HEYNE
BÜCHER

Das Buch

Daß du ewig denkst an mich Laurie Kenyon, die wegen Mordes aus Eifersucht vor Gericht steht, wird von ihrer Schwester Sarah, einer geschickten Anwältin, verteidigt. Alles an Laurie ist mysteriös. Als Kind wurde sie entführt und tauchte nach zwei Jahren plötzlich wieder auf. Ihre Erinnerungen an die furchtbaren Geschehnisse der Entführung sind vollkommen ausgelöscht. Unter dem Druck der Ereignisse spaltet sich Lauries Persönlichkeit - und eine dieser vier verschiedenen Persönlichkeiten begeht den Mord. Sarah kämpft mit allen Mitteln um ihre Schwester, gegen den Widerstand und die hinterhältigen Intrigen einiger Personen, die sich Lauries Zustand zunutze machen wollen.

In *Das fremde Gesicht* zieht Mary Higgins Clark, trickreich und virtuos unsichtbare Schlingen um ihre sympathische Heldin. Unversehens gerät die Welt, aus der die junge New Yorker Journalistin Meghan Collins stammt, in Aufruhr, als ihr geliebter Vater angeblich bei einem Massenunfall ums Leben kommt - doch seine Leiche wurde nie gefunden. Ungewißheit quält die Familie, genau wie die allmähliche Entdeckung, daß der gute Daddy ein Doppelleben geführt haben muß. Auf der Suche nach dem Schicksal ihres Vaters kommt Meghan, die nur durch Verwechslung einem Mordanschlag entkommen ist, einem schrecklichen Geheimnis auf die Spur...

Die Autorin

Mary Higgins Clark, Jahrgang 1928, fing erst spät, mit 46 Jahren, zu schreiben an. »Ganz nebenbei« studierte Mary Higgins Clark Philosophie an der New Yorker Fordham University und wurde Präsidentin der Mystery Writers of Amerika. Mit ihren letzten Romanen eroberte sie die ersten Plätze der US-Bestsellerlisten, und heute ist Mary Higgins Clark eine der meistgelesenen Autorinnen Amerikas.

Mary Higgins Clark

Daß du ewig denkst an mich
Das fremde Gesicht

Zwei spannende Psychothriller

WILHELM HEYNE VERLAG
MÜNCHEN

HEYNE TIPP DES MONATS
Nr. 23/164

Umwelthinweis:
Dieses Buch wurde auf
chlor- und säurefreiem Papier gedruckt.

6. Auflage

Taschenbuchausgabe 05/2000

Printed in Germany 2001
Quellennachweis: s. Anhang
http://www.heyne.de
Umschlagillustration: Georgios Manoli/Artbank
International, London
Umschlaggestaltung: Nele Schütz Design, München
Druck und Bindung: Elsnerdruck

ISBN: 3-453-16878-X

Daß du ewig denkst an mich

ERSTER TEIL

1

Juni 1974
Ridgewood, New Jersey

Zehn Minuten bevor es passierte, saß die vierjährige Laurie Kenyon im Schneidersitz auf dem Boden des Kinderzimmers und verstellte die Möbel in ihrem Puppenhaus. Sie hatte keine Lust mehr, allein zu spielen, und wollte in den Swimmingpool. Aus dem Eßzimmer hörte sie die Stimmen von Mama und ihren ehemaligen Schulfreundinnen aus New York. Sie redeten und lachten, während sie zu Mittag aßen.

Mama hatte gesagt, Beth, die manchmal abends auf sie aufpaßte, würde herüberkommen, um mit ihr zu schwimmen, weil Sarah, ihre große Schwester, auf einer Geburtstagsparty war. Aber kaum war Beth eingetroffen, hatte sie auch schon angefangen zu telefonieren.

Laurie strich sich das lange blonde Haar aus dem Gesicht; ihr war warm. Sie war schon vor längerer Zeit ins Obergeschoß gegangen und hatte ihren neuen rosa Badeanzug angezogen. Sollte sie Beth vielleicht noch einmal erinnern?

Beth hatte sich auf der Couch eingerollt und sich das Telefon zwischen Schulter und Ohr geklemmt. Laurie zupfte sie am Arm. »Ich habe schon meinen Badeanzug an.«

Beth fertigte sie ärgerlich ab. »Gleich«, sagte sie. »Ich führe ein sehr wichtiges Gespräch.« Laurie hörte, wie sie ins Telefon seufzte. »Babysitten ist einfach widerlich.«

Laurie ging ans Fenster. Eine lange Limousine fuhr

langsam am Haus vorbei. Dahinter kam ein offener, mit Blumen beladener Wagen und dann eine ganze Menge weiterer Autos, die alle die Lichter eingeschaltet hatten. Immer wenn sie solche Autos sah, pflegte Laurie zu sagen, daß eine Parade anrücke, aber Mama sagte, nein, das seien Leichenzüge auf dem Weg zu Beerdigungen auf dem Friedhof. Trotzdem dachte Laurie immer an eine Parade, und es machte ihr Freude, die Einfahrt hinunterzulaufen und den Leuten in den Autos zuzuwinken. Manchmal winkten sie zurück.

Beth legte den Hörer auf. Laurie wollte sie gerade fragen, ob sie miteinander hinausgehen und sich die restlichen Autos ansehen könnten, aber da hatte Beth schon eine neue Nummer gewählt.

Beth war wirklich gemein. Laurie ging auf Zehenspitzen hinaus und spähte ins Eßzimmer. Mama und ihre Freundinnen redeten und lachten immer noch. Mama sagte gerade: »Kannst du dir vorstellen, daß es schon zweiunddreißig Jahre her ist, seit wir unsere Abschlußprüfung gemacht haben?«

Die Frau, die neben ihr saß, sagte: »Nun, Marie, bei dir könnte man das schon vergessen. Du hast eine vierjährige Tochter. Ich habe eine vierjährige Enkeltochter!«

»Ach was, wir sehen immer noch verdammt gut aus«, sagte eine andere, und dann lachten sie alle wieder schallend.

Sie bemerkten sie nicht einmal, als Laurie ins Zimmer kam. Sie waren auch gemein. Die hübsche Spieldose, die Mamas Freundin ihr gebracht hatte, stand auf dem Tisch. Laurie nahm sie. Bis zur Gittertür waren es nur ein paar Schritte. Sie öffnete sie lautlos, rannte über die Veranda und die Einfahrt hinunter zur Straße. Dort fuhren immer noch Autos vorbei. Sie winkte.

Sie sah zu, bis die Kolonne verschwunden war, und seufzte. Hoffentlich ging der Besuch endlich. Sie zog die Spieldose auf und hörte Klavierklimpern und Singstimmen: »Osten, Westen ...«

»Hallo, Kleine.«

Laurie hatte gar nicht gemerkt, daß jemand an den Randstein gefahren war und angehalten hatte. Eine Frau saß am Steuer. Der Mann neben ihr stieg aus, hob Laurie hoch, und ehe sie wußte, wie ihr geschah, saß sie eingezwängt zwischen den beiden auf dem Vordersitz. Laurie war zu überrascht, um etwas zu sagen. Der Mann lächelte sie an, aber es war kein nettes Lächeln. Der Frau hing das Haar ins Gesicht, und sie trug keinen Lippenstift. Der Mann hatte einen Bart und eine Menge gekräuselter Haare auf den Armen.

Der Wagen begann sich in Bewegung zu setzen. Laurie preßte die Spieldose an sich. Jetzt sangen die Stimmen: »In der ganzen Stadt herum ... Jungs und Mädels zusammen ...«

»Wo fahren wir hin?« fragte sie. Ihr war eingefallen, daß sie nicht allein auf die Straße hinausdurfte. Mama würde böse sein. Tränen stiegen ihr in die Augen.

Die Frau blickte finster. Der Mann sagte: »In der ganzen Stadt herum, meine Kleine. In der ganzen Stadt herum.«

2

Vorsichtig ein Stück Geburtstagskuchen auf einem Pappteller balancierend, eilte Sarah die Straße entlang. Laurie liebte Schokoladenfüllung, und Sarah wollte bei ihr gutmachen, daß sie nicht mit ihr gespielt hatte, als Mama Besuch hatte.

Sie war ein knochiges, langbeiniges zwölfjähriges Mädchen mit großen grauen Augen, karottenrotem Haar, das sich bei feuchtem Wetter kräuselte, Haut so weiß wie Milch und einem Spritzer Sommersprossen quer über die Nase. Sie sah weder ihrer Mutter noch ihrem Vater ähnlich – ihre Mutter war zierlich, blond und blauäugig, das graue Haar ihres Vaters war ursprünglich dunkelbraun gewesen.

Sarah beunruhigte es, daß John und Marie Kenyon so viel älter waren als die Eltern anderer Kinder. Sie hatte immer Angst, sie könnten sterben, ehe sie herangewachsen war. Ihre Mutter hatte ihr einmal erklärt: »Wir waren schon fünfzehn Jahre verheiratet, und ich hatte die Hoffnung aufgegeben, je ein Baby zu bekommen. Als ich siebenunddreißig war, wußte ich, daß du unterwegs warst. Wie ein Geschenk. Und als dann acht Jahre später Laurie auf die Welt kam – oh, Sarah, das war ein Wunder!«

Sarah erinnerte sich, wie sie in der zweiten Klasse Schwester Catherine gefragt hatte, was besser sei, ein Geschenk oder ein Wunder.

»Ein Wunder ist das größte Geschenk, das ein Mensch bekommen kann«, hatte Schwester Catherine gesagt. Als Sarah darauf mitten in der Klasse zu weinen anfing, flunkerte sie und sagte, sie hätte Magenschmerzen.

Obwohl sie wußte, daß Laurie der Liebling war, liebte Sarah ihre Eltern über alles. Als sie zehn Jahre war, hatte sie einen Handel mit dem lieben Gott abgeschlossen. Wenn Er nicht zuließ, daß Papa und Mama starben, ehe sie erwachsen war, würde sie jeden Abend die Küche saubermachen, helfen, sich um Laurie zu kümmern, und nie wieder Kaugummi kauen. Sie hielt ihren Teil des Handels ein, und bis zur Stunde hatte der liebe Gott sich auch an die Abmachung gehalten.

Ohne daß sie es bemerkte, spielte ein kleines Lächeln um ihre Lippen, als sie um die Ecke der Twin Oaks Road bog. Sie erstarrte. Zwei Polizeiwagen mit zuckendem Blaulicht standen in der Einfahrt. Eine Menge Nachbarn hatten sich versammelt, selbst die neuen Leute zwei Häuser weiter unten an der Straße standen dabei. Alle sahen aufgeregt und verängstigt aus und hielten ihre Kinder fest an der Hand.

Sarah fing zu rennen an. Vielleicht war Mama oder Papa krank. Richie Johnson stand auf dem Rasen. Er ging in ihre Klasse in Mount Carmel. Sarah fragte Richie, was los sei.

Er sah sie traurig an. Laurie sei verschwunden, sagte er. Die alte Mrs. Whelan hatte gesehen, wie ein Mann sie in einen Wagen zog, hatte aber nicht begriffen, daß Laurie gerade entführt wurde.

3

1974–1976
Bethlehem, Pennsylvania

Sie fuhren lange Zeit bis zu einem schmutzigen Haus irgendwo draußen im Wald. Wenn sie weinte, schlugen sie sie. Der Mann hob sie immer wieder auf und drückte sie an sich. Dann trug er sie nach oben. Sie versuchte sich zu wehren, aber er lachte sie nur aus. Sie nannten sie Lee. Selbst hießen sie Bic und Opal. Nach einer Weile fand sie Mittel und Wege, ihnen zu entwischen, in ihren Gedanken. Manchmal schwebte sie einfach an der Decke und beobachtete, was mit dem kleinen Mädchen mit dem langen blonden Haar geschah. Manchmal bedauerte sie das kleine Mädchen. Und dann machte sie sich wieder über das Mädchen lustig. Manchmal, wenn sie sie allein schlafen ließen, träumte sie von anderen Leuten, von Mama und Papa und Sarah. Aber dann mußte sie wieder weinen, und sie schlugen sie; also zwang sie sich, Mama und Papa und Sarah zu vergessen. *Das ist gut*, sagte eine Stimme in ihrem Kopf. *Vergiß sie ganz.*

4

Zuerst kam die Polizei jeden Tag ins Haus, und Lauries Bild war auf den Titelseiten der Zeitungen von New Jersey und New York. Sarah konnte nicht mehr weinen, wenn sie ihre Mutter und ihren Vater im Fernsehen in ›Guten Morgen, Amerika‹ sah, wo sie die Leute, die Laurie mitgenommen hatten, anflehten, sie doch wieder zurückzubringen.

Dutzende von Leuten riefen an und sagten, sie hätten Laurie gesehen, aber keiner der Hinweise führte weiter. Die Polizei hatte gehofft, daß eine Lösegeldforderung kommen würde, aber es geschah nichts.

Der Sommer schleppte sich dahin. Sarah bemerkte, wie das Gesicht ihrer Mutter immer verhärmter wurde und ihr Vater ständig irgendwelche Pillen schluckte. Jeden Morgen gingen sie in die 7-Uhr-Messe und beteten zu Gott, er möge Laurie nach Hause zurückbringen. Sarah wachte nachts häufig auf und hörte das Schluchzen ihrer Mutter und die verzweifelten Versuche ihres Vaters, sie zu beruhigen. »Es ist ein Wunder, daß Laurie geboren wurde. Wir müssen jetzt auf das Wunder hoffen, daß sie uns zurückgebracht wird«, hörte sie ihn sagen.

Die Schule fing wieder an. Sarah war immer eine gute Schülerin gewesen. Jetzt flüchtete sie sich geradezu ins Lernen, um ihren Kummer zu vergessen. Sie begann Golf- und Tennisstunden zu nehmen. Aber ihre kleine Schwester fehlte ihr so sehr, und sie litt darunter. Sie fragte sich, ob der liebe Gott sie damit für all die Male strafte, wo sie eifersüchtig auf Laurie gewesen war. Sie machte sich bittere Vorwürfe, daß sie an jenem Tag zu der Geburtstagsparty gegangen war. Wenn der liebe Gott ihnen Laurie zurückgeben würde, würde sie sich immer, *immer* um sie kümmern, versprach sie.

5

Der Sommer verstrich. Ein kalter Wind wehte durch die Ritzen des Hauses. Laurie fror die ganze Zeit. Eines Tages kam Opal mit langärmeligen Hemden und Overalls und einer Winterjacke zurück. Sie war nicht so hübsch wie die, die Laurie zu Hause getragen hatte. Als es wieder warm wurde, gaben sie ihr andere Kleider, Shorts, Hemden und

Sandalen. Ein weiterer Winter verstrich. Laurie sah, wie die Blätter auf dem großen alten Baum vor dem Haus zu knospen begannen und sich öffneten.

Bic hatte eine alte Schreibmaschine im Schlafzimmer. Sie klapperte so laut, daß Laurie es hören konnte, wenn sie in der Küche saubermachte oder vor dem Fernseher saß. Sie mochte das Klappern. Es bedeutete, daß Bic sie in Ruhe lassen würde.

Nach einer Weile pflegte er dann aus dem Schlafzimmer zu kommen, ein Bündel Papiere in der Hand, aus denen er Laurie und Opal laut vorlas. Er schrie dabei immer und schloß immer mit denselben Worten: »Halleluja. Amen!« Dann pflegten er und Opal gemeinsam zu singen. Üben nannten sie das. Lieder über Gott und die Rückkehr nach Hause.

Nach Hause. Ihre Stimmen sagten Laurie, daß das ein Wort war, an das sie nicht mehr denken sollte.

Sonst bekam Laurie niemanden zu sehen, nur Bic und Opal. Und wenn sie ausgingen, schlossen sie sie im Keller ein. Das passierte häufig. Das Fenster dort war fast an der Decke und mit Brettern vernagelt. Der Keller war unheimlich und voller Schatten, die sich zu bewegen schienen. Laurie versuchte jedesmal, sofort auf der Matratze einzuschlafen, die sie ihr auf den Boden gelegt hatten.

Besuch kam fast nie. Und wenn jemand kam, wurde Laurie in den Keller gebracht und mit einem Bein an ein Leitungsrohr gekettet, damit sie nicht die Treppe hinaufgehen und an die Tür klopfen konnte. »Und daß du ja nicht nach uns rufst«, warnte Bic sie. »Du würdest großen Ärger bekommen, und wir könnten dich ohnehin nicht hören.«

Unter ihrer Aufsicht durfte sie in den Garten hinter dem Haus. Sie brachten ihr bei, wie man den Gemüsegarten jätet und Eier aus dem Hühnerverschlag einsammelt. Es gab ein frischgeschlüpftes Küken, und sie durfte es behalten. Im Garten spielte sie mit dem Küken, und manchmal, wenn sie im Keller eingesperrt wurde, erlaubten sie ihr, es mitzunehmen.

Bis zu jenem schrecklichen Tag, an dem Bic das Huhn tötete.

Eines Morgens packten sie ihre Kleider und den Fernseher und Bics Schreibmaschine ins Auto und fuhren los. Bic und Opal lachten übermütig und sangen »Ha-le-luu-ja«.

»Ein Fünfzehntausend-Watt-Sender in Ohio!« schrie Bic. »Bibelland, hier kommen wir!«

Sie waren ungefähr zwei Stunden unterwegs. Laurie hörte vom Rücksitz aus, wo sie sich an die zerbeulten alten Koffer drückte, wie Opal sagte: »Laß uns an einem Schnellimbiß halten und etwas Anständiges essen. Niemand wird auf sie achten. Warum auch?«

»Du hast recht«, sagte Bic. Dann blickte er über die Schulter zu Laurie. »Opal wird ein Sandwich und Milch für dich bestellen. Daß du mir ja mit niemandem redest, hörst du?«

Sie betraten einen Raum mit einer langen Theke und Tischen und Stühlen. Laurie war so hungrig, daß sie den Speck, der in der Pfanne brutzelte und dessen Duft in der Luft hing, schon fast auf der Zunge spürte. Aber da war noch etwas. Sie erinnerte sich daran, daß sie mit der anderen Familie auch einmal an einem solchen Ort gewesen war. Ein Schluchzen, das sie nicht unterdrücken konnte, stieg ihr in die Kehle. Bic stieß sie an, und sie begann zu weinen, so heftig, daß sie keine Luft mehr kriegte. Sie konnte sehen, wie die Frau an der Registrierkasse sie anstarrte. Bic packte sie und zerrte sie auf den Parkplatz hinaus, und Opal folgte ihnen.

Bic warf sie auf den Rücksitz des Wagens, und er und Opal beeilten sich, vorn einzusteigen. Während Opal das Gaspedal niedertrat, griff er nach ihr. Sie versuchte sich wegzuducken, als die haarige Hand ihr links und rechts ins Gesicht klatschte. Aber nach dem ersten Schlag fühlte sie keinen Schmerz mehr. Ihr tat nur das kleine Mädchen leid, das so heftig weinte.

6

Juni 1976
Ridgewood, New Jersey

Sarah saß mit ihren Eltern vor dem Fernseher und sah sich das Programm über verschwundene Kinder an. Der letzte Teil befaßte sich mit Laurie. Bilder von ihr, die unmittelbar vor ihrem Verschwinden aufgenommen worden waren. Ein Phantombild zeigte, wie sie wahrscheinlich heute aussehen würde, zwei Jahre nach ihrer Entführung.

Als das Programm zu Ende war, rannte Marie Kenyon aus dem Zimmer und schrie: »Ich will mein Baby! Ich will mein Baby!«

Tränenüberströmt hörte Sarah, wie ihr Vater sich bemühte, ihre Mutter zu beruhigen. »Vielleicht geschieht das Wunder jetzt nach dieser Sendung«, sagte er. Aber es klang nicht so, als würde er selbst daran glauben.

Eine Stunde später nahm Sarah das Telefon ab, als es klingelte. Bill Conners, der Polizeichef von Ridgewood, hatte Sarah immer als Erwachsene behandelt. »Deine Eltern sind wohl von der Sendung noch ziemlich aufgewühlt, was?« fragte er.

»Ja.«

»Ich weiß nicht, ob ich ihnen Hoffnung machen soll, aber da war ein Anruf, der vielleicht etwas verspricht. Eine Kassiererin in einem Schnellimbiß in Harrisburg in Pennsylvania ist fest überzeugt, sie hätte Laurie heute nachmittag gesehen.«

»Heute nachmittag!« Sarahs Atem stockte.

»Die Kassiererin hat Verdacht geschöpft, weil das kleine Mädchen plötzlich hysterisch wurde. Es sei aber kein plötzlicher Wutanfall gewesen. Sie wäre vor Tränen fast erstickt. Die Polizei von Harrisburg hat Lauries Phantombild.«

»Wer war bei ihr?«

»Ein Mann und eine Frau. Hippietypen. Die Kassiererin

hat nur auf das Kind geachtet, deshalb ist die Beschreibung der beiden sehr vage.«

Er überließ Sarah die Entscheidung, ob sie es ihren Eltern sagen und ihnen Hoffnung machen wollte. Sie ging einen weiteren Handel mit dem lieben Gott ein. »Laß das ihr Wunder sein. Laß die Polizei von Harrisburg Laurie finden, dann werde ich mich immer um Laurie kümmern.«

Sie rannte die Treppe hinauf, um ihrer Mutter und ihrem Vater von dem Anruf zu erzählen.

7

Kurz nachdem sie den Schnellimbiß verlassen hatten, machte der Wagen Probleme. Jedesmal, wenn sie langsamer wurden, stotterte der Motor und starb dann ab. Als es das dritte Mal passierte, sagte Opal: »Wenn er ganz den Geist aufgibt und ein Bulle kommt, mußt du vorsichtig sein. Er könnte ihretwegen Fragen stellen.« Sie deutete mit einer Kopfbewegung auf Laurie.

Bic forderte sie auf, eine Autowerkstatt zu suchen und von der Straße abzubiegen. Als sie eine fanden, befahl er Laurie, sich auf den Boden zu legen, und häufte Abfallsäcke, die mit alten Kleidern gefüllt waren, über sie.

An dem Wagen mußte eine größere Reparatur vorgenommen worden; er würde erst am nächsten Tag fertig sein. Neben der Werkstatt war ein Motel.

Sie fuhren hinüber. Bic ging hinein und kam mit dem Schlüssel zurück. Laurie wurde hastig ins Zimmer geschoben, und Bic fuhr den Wagen zur Werkstatt zurück. Anschließend saßen sie den Rest des Nachmittags vor dem Fernseher. Bic brachte zum Abendessen Hamburger. Laurie war eingeschlafen, als das Programm über die vermißten Kinder kam. Sie wachte auf und hörte Bic fluchen. *Laß die Augen lieber zu!* warnte sie eine Stimme. *Sonst wird er es dich büßen lassen.*

»Die Kassiererin hat sie gesehen«, hörte sie Opal noch sagen. »Wir müssen sie loswerden.«

Am nächsten Nachmittag ging Bic den Wagen holen. Als er zurückkam, setzte er Laurie auf das Bett und preßte ihr die Arme an den Leib. »Wie heiße ich?« fragte er sie.

»Bic.«

Er deutete mit einer Kopfbewegung auf Opal. »Und sie?«

»Opal.«

»Ich möchte, daß du das vergißt. Ich möchte, daß du uns vergißt. Du darfst nie über uns reden. Verstehst du das, Lee?«

Laurie verstand nicht. *Sag ja,* flüsterte eine Stimme ungeduldig. *Nicke mit dem Kopf und sag ja.*

»Ja«, sagte sie leise und spürte, wie ihr Kopf nickte.

»Erinnerst du dich, wie ich dem Huhn den Kopf abgeschnitten habe?« fragte Bic.

Sie schloß die Augen. Das Huhn war im Garten herumgetaumelt, und das Blut war ihm aus dem Hals geströmt. Dann war es ihr auf die Füße gefallen. Sie hatte zu schreien versucht, als das Blut über sie spritzte, aber es war kein Laut herausgekommen. Danach war sie nie wieder in die Nähe der Hühner gegangen. Manchmal träumte sie, daß das kopflose Huhn hinter ihr herrannte.

»Erinnerst du dich?« fragte Bic und preßte ihr die Arme noch fester an den Leib.

»Ja.«

»Wir müssen weggehen. Wir werden dich an einer Stelle zurücklassen, wo man dich finden wird. Wenn du je irgend jemandem meinen Namen oder Opals Namen oder den Namen, den wir dir gegeben haben, sagst oder wo wir gewohnt haben oder irgend etwas, was wir miteinander getan haben, dann komme ich mit dem Hühnermesser und schneide dir den Kopf ab. Verstehst du das?«

Das Messer. Lang und scharf und mit Hühnerblut beschmiert.

»Versprich mir, daß du niemandem etwas sagen wirst«, verlangte Bic.

»Ich verspreche es«, murmelte sie verzweifelt.

Sie stiegen in den Wagen. Wieder zwangen sie sie, sich auf den Boden zu legen. Es war so heiß. Die Mülltüten klebten an ihrer Haut.

Als es dunkel war, hielten sie vor einem großen Gebäude an. Bic zog sie aus dem Wagen. »Das ist eine Schule«, sagte er. »Morgen früh werden eine Menge Leute kommen und Kinder, mit denen du spielen kannst. Bleib hier und warte auf sie.«

Sie zuckte vor seinem Kuß und seiner heftigen Umarmung zurück. »Ich bin ganz verrückt nach dir«, sagte er, »aber denk daran, wenn du ein Wort über uns sagst ...« Er hob den Arm, schloß die Faust, als würde er ein Messer halten, und machte eine Bewegung, als wollte er ihr den Hals abschneiden.

»Ich verspreche es«, schluchzte sie, »ganz bestimmt.«

Opal gab ihr eine Tüte mit Keksen und eine Cola. Laurie sah ihnen nach, wie sie wegfuhren. Sie wußte, daß sie zurückkommen und ihr weh tun würden, wenn sie nicht hierblieb. Es war so finster. Im nahegelegenen Wäldchen konnte sie Tiere umherhuschen hören.

Laurie drückte sich an die Tür des Gebäudes und schlang sich die Arme fest um den Leib. Den ganzen Tag über war ihr heiß gewesen, aber jetzt fror sie, und sie hatte solche Angst. Vielleicht rannte dort draußen das kopflose Huhn herum. Sie fing zu zittern an.

Sieh dir das ängstliche Kätzchen an. Sie glitt davon, wurde ein Teil der höhnischen Stimme und lachte über die kleine Gestalt, die sich verängstigt an die Mauer schmiegte.

8

Polizeichef Conners rief am Morgen wieder an. Der Hinweis schien doch vielversprechend, sagte er. Der Hausmeister einer Schule in der Nähe von Pittsburgh hatte ein

Mädchen, auf das Lauries Beschreibung paßte, gefunden. Sie würden, so schnell es ging, Lauries Fingerabdrücke hinschicken.

Eine Stunde später rief er zurück. Die Fingerabdrücke stimmten überein. Laurie würde nach Hause kommen.

9

John und Marie Kenyon flogen nach Pittsburgh. Man hatte Laurie in ein Krankenhaus gebracht, um sie gründlich zu untersuchen. Am nächsten Tag sah Sarah in den Mittagsnachrichten im Fernsehen, wie ihre Mutter und ihr Vater aus dem Krankenhaus kamen, Laurie in der Mitte. Sarah kauerte vor dem Fernseher und hielt ihn mit beiden Händen fest. Laurie war größer geworden. Ihr langes blondes Haar wirkte struppig. Sie war sehr dünn. Aber da war noch etwas. Laurie war immer so freundlich gewesen. Obwohl sie den Kopf gesenkt hielt, irrten ihre Augen umher, als suchte sie nach etwas, vor dem sie Angst hatte.

Die Reporter bombardierten die Eltern mit Fragen, John Kenyons Stimme klang angespannt und müde, als er sagte: »Die Ärzte haben uns gesagt, Lauries Gesundheitszustand sei gut, wenn sie auch ein wenig Untergewicht habe. Aber sie ist natürlich verwirrt und verängstigt.«

»Hat sie etwas über die Entführer gesagt?«

»Sie hat über gar nichts gesprochen. Bitte, wir sind Ihnen für Ihr Interesse und Ihre Sorge sehr dankbar, aber es wäre wirklich sehr freundlich, wenn Sie es uns ermöglichten, in Ruhe wieder zueinanderzufinden.« Die Stimme ihres Vaters klang fast flehend.

»Gibt es irgendwelche Anzeichen, daß sie mißbraucht worden ist?«

Sarah sah den Schock im Gesicht ihrer Mutter. »Absolut nicht!« sagte ihre Mutter. Ihre Stimme klang entsetzt. »Wir glauben, daß die Leute, die Laurie entführt haben, ein

Kind haben wollten. Wir hoffen nur, daß sie jetzt nicht einer anderen Familie diesen Alptraum bereiten werden.«

Sarah mußte irgendwie die hektische Energie loswerden, die sich in ihr aufgebaut hatte. Sie bezog Lauries Bett mit dem bunten Laken mit den Märchenfiguren, das Laurie so gern mochte. Sie arrangierte Lauries Lieblingsspielsachen in deren Zimmer, die Zwillingspuppen in ihrem Wägelchen, das Puppenhaus, die Bären, ihre Peter-Rabbit-Bücher. Schließlich legte sie Lauries Kuscheldecke auf das Kissen.

Dann fuhr Sarah mit dem Rad zum Laden, um Käse, Pasta und Hackfleisch zu kaufen. Laurie liebte Lasagne. Während Sarah sie vorbereitete, klingelte das Telefon andauernd. Es gelang ihr, alle Anrufer davon zu überzeugen, in den nächsten paar Tagen von Besuchen abzusehen.

Um sechs Uhr sollten sie nach Hause kommen. Um halb sechs stand die Lasagne in der Bratröhre, der Salat im Kühlschrank, und der Tisch war wieder für vier gedeckt. Sarah ging nach oben, um sich umzuziehen. Sie betrachtete sich im Spiegel. Ob Laurie sie noch kennen würde? In den vergangenen zwei Jahren war sie acht Zentimeter gewachsen. Ihr Haar, das sie früher schulterlang getragen hatte, war jetzt kurz. Jetzt, mit vierzehn, begannen ihre Brüste voller zu werden. Und an Stelle einer Brille trug sie Kontaktlinsen.

Fernsehkameras surrten in der Einfahrt, als der Wagen hielt. Nachbarn und Freunde warteten im Hintergrund. Alle fingen zu jubeln an, als die Wagentür sich öffnete und John und Marie Kenyon Laurie aus dem Wagen halfen.

Sarah rannte zu ihrer kleinen Schwester und ging auf die Knie. »Laurie«, flüsterte sie und streckte die Arme aus. Aber Laurie schlug erschreckt beide Hände vors Gesicht. Sie hat Angst, ich könnte sie schlagen, dachte Sarah.

Sie nahm Laurie hoch und trug sie ins Haus, während ihre Eltern mit den Reportern sprachen.

Laurie ließ durch nichts erkennen, daß sie sich an das Haus erinnerte. Sie sprach kein Wort. Beim Abendessen saß sie stumm da, die Augen auf den Teller gesenkt. Als sie fertig war, stand sie auf, trug ihren Teller zum Spülbecken und begann den Tisch abzuräumen.

Marie stand auf. »Liebling, du brauchst doch nicht ...«

»Laß sie, Mama«, flüsterte Sarah. Sie half Laurie beim Abräumen und redete auf sie ein, sagte, was für ein großes Mädchen sie jetzt sei und daß Laurie ihr ja immer beim Abräumen geholfen hätte. Erinnerte sie sich nicht?

Nachher gingen sie ins Wohnzimmer, und Sarah schaltete den Fernseher ein. Laurie fuhr zitternd zurück, als Marie und John sie aufforderten, sich zwischen sie zu setzen. »Sie hat Angst«, warnte Sarah. »Tut so, als wäre sie nicht da.«

Die Augen ihrer Mutter füllten sich mit Tränen, aber sie tat so, als würde sie sich ganz auf das Programm konzentrieren. Laurie saß im Schneidersitz auf dem Boden und hatte sich eine Stelle ausgewählt, wo sie den Bildschirm im Blick hatte, selbst aber nicht gesehen werden konnte.

Als Marie ihr um neun Uhr vorschlug, ein warmes Bad zu nehmen und zu Bett zu gehen, geriet Laurie in Panik. Sie preßte die Knie an die Brust und vergrub ihr Gesicht in den Händen. Sarah und ihr Vater tauschten Blicke.

»Mein armes kleines Mädchen«, sagte er. »Du brauchst noch nicht ins Bett zu gehen.« Sarah sah denselben Blick in seinen Augen, den sie vorher bei ihrer Mutter gesehen hatte. »Dir ist noch alles so fremd hier, nicht wahr?«

Marie versuchte sich nicht anmerken zu lassen, daß sie weinte. »Sie hat Angst vor uns«, murmelte sie.

Nein, dachte Sarah, sie hat Angst, ins Bett zu gehen. Warum?

Sie ließen den Fernseher eingeschaltet. Um Viertel vor zehn streckte Laurie sich auf dem Fußboden aus und schlief ein. Sarah trug sie ins Kinderzimmer, zog sie aus und legte sie ins Bett.

Laurie schlief lange und bis spät in den Morgen hinein.

Sarah schlich sich an ihr Bett und genoß das friedliche Bild, den Anblick der kleinen Gestalt mit der Kuscheldecke unter dem Kinn und dem langen Haar, das sich über das Gesicht gekräuselt hatte. Sie wiederholte das Versprechen, das sie dem lieben Gott gegeben hatte: »Ich werde mich immer um sie kümmern.«

Ihre Mutter und ihr Vater waren bereits auf. Beide wirkten erschöpft, strahlten aber vor Freude. »Wir haben immer wieder nachgesehen, ob sie wirklich da ist«, sagte Marie. »Sarah, wir haben gerade von dir gesprochen und daß wir diese zwei Jahre ohne dich wohl nicht geschafft hätten.«

Sarah half ihrer Mutter, Lauries Lieblingsfrühstück zu bereiten, Pfannkuchen und Speck. Ein paar Minuten später trippelte Laurie ins Zimmer. Sie kletterte Marie auf den Schoß. »Mama«, sagte sie, und ihre Stimme klang ganz wie früher. »Gestern wollte ich zum Swimmingpool, und Beth hat die ganze Zeit telefoniert.«

ZWEITER TEIL

10

12. September 1991
Ridgewood, New Jersey

Während der Messe sah Sarah immer wieder zu Laurie hinüber. Der Anblick der beiden Särge auf den Stufen der Aussegnungshalle hatte sie offenbar in geradezu hypnotischen Bann gezogen. Sie schien weder die Musik noch die Gebete oder die Leichenrede wahrzunehmen. Sarah mußte Laurie mit der Hand am Ellbogen daran erinnern, daß sie aufstehen oder niederknien mußte.

Am Ende der Messe, als Monsignore Fisher die Särge segnete, flüsterte Laurie: »Mama, Papa, es tut mir so leid. Ich gehe ganz bestimmt nicht wieder allein auf die Straße.«

»Laurie«, flüsterte Sarah.

Laurie sah sie mit Augen an, die nichts sahen, drehte sich dann um und blickte verwirrt in die überfüllte Kirche. »So viele Leute.« Ihre Stimme klang verängstigt und jung.

Als letzte Hymne wurde ›Amazing Grace‹ gesungen.

Ein Paar im hinteren Teil der Kirche schloß sich dem Gesang der Gemeinde an, zuerst leise, dann lauter, weil er es gewöhnt war, vorzusingen. Wie jedesmal geriet er in Fahrt, und sein klarer Bariton erhob sich über die anderen Stimmen, schwoll an und übertönte die dünnere Stimme des Solosängers. Die Leute drehten sich bewundernd um.

»Einmal war ich verloren, aber jetzt hat der Herr mich gefunden …«

Bei all dem Schmerz und dem Leid verspürte Laurie eisigen Schrecken. Die Stimme erfüllte ihr ganzes Wesen.

Ich bin verloren, jammerte sie stumm. *Ich bin verloren.*

Jetzt bewegten sie die Särge. Die Räder der Totenbahre, auf der der Sarg ihrer Mutter stand, quietschten.

Dann das Klappern der Schreibmaschine.

Sie hörte die gemessenen Schritte der Leichenträger.

»›… war ich blind, doch nun sehe ich.‹«

»Nein! Nein!« schrie Laurie und versank in barmherzige Finsternis.

Viele von Lauries Klassenkameradinnen vom Clinton College und einige Lehrkräfte hatten der Messe beigewohnt. Allan Grant, Professor für englische Sprache, war auch dabei und sah erschreckt, wie Laurie zusammenbrach.

Grant war einer der beliebtesten Lehrer in Clinton. Er war gerade vierzig geworden und hatte dichtes, etwas widerspenstiges braunes Haar mit zahlreichen grauen Strähnen. Die großen dunkelbraunen Augen, die Humor und Intelligenz verrieten, ließen das etwas langgeratene Gesicht vergessen. Sein schlaksiger Körper und seine legere Kleidung verliehen ihm ein Aussehen, das viele seiner Studentinnen unwiderstehlich fanden.

Grant interessierte sich wirklich für seine Studenten. Laurie war seit ihrem Eintritt in Clinton jedes Jahr in einer seiner Klassen gewesen. Er kannte ihre Vorgeschichte und war neugierig gewesen, ob es irgendwelche erkennbaren Nachwirkungen ihrer Entführung gab. Das einzige Mal, daß ihm etwas in dieser Hinsicht aufgefallen war, war in seinem Kurs für kreatives Schreiben gewesen. Laurie war nicht imstande, eine persönliche Erinnerung zu schreiben. Wenn sie dagegen Bücher, Autoren und Theaterstücke zu kritisieren hatte, zeigte sie durchaus Einfühlungsvermögen und eigenständiges Denken.

Vor drei Tagen hatte man sie während seinem Unterricht ins Büro gerufen. Das war am Ende der Unterrichtsstunde gewesen, und weil ihm Unheil schwante, hatte er sie begleitet. Als sie über den Campus eilten, hatte sie ihm gesagt, daß ihre Mutter und ihr Vater zu ihr unterwegs seien, um die Autos zu tauschen. Sie hatte vergessen, ihr Cabrio zur Inspektion zu bringen, und war deshalb mit der Limousine ihrer Mutter ins College zurückgekehrt. »Wahrscheinlich verspäten sie sich bloß«, hatte sie gesagt, sichtlich, um sich selbst zu beruhigen. »Meine Mutter sagt, ich mache mir viel zu viele Sorgen um sie. Aber sie hat sich in letzter Zeit nicht besonders wohl gefühlt, und Vater ist fast zweiundsiebzig.«

Dann hatte ihnen der Dekan mit ernster Stimme mitgeteilt, daß es auf der Route 78 eine Massenkarambolage gegeben habe.

Allan Grant fuhr Laurie ins Krankenhaus. Ihre Schwester Sarah war bereits dort. Grant war Sarah auf einigen College-Veranstaltungen begegnet und war immer wieder von der Fürsorge beeindruckt gewesen, die die junge Staatsanwältin Laurie gegenüber zeigte.

Ein Blick auf das Gesicht ihrer Schwester reichte aus, um Laurie klarzumachen, daß ihre Eltern tot waren. »Meine Schuld, meine Schuld«, klagte sie immer wieder und schien gar nicht zu hören, wie Sarah sie unter Tränen eindringlich zu überzeugen versuchte, daß sie sich nicht die Schuld geben dürfe.

Besorgt sah Grant zu, wie ein Kirchendiener Laurie aus der Kirche trug, Sarah neben ihm. Der Organist begann die Schlußhymne zu spielen. Die Leichenträger schritten langsam, von dem Monsignore geführt, den Mittelgang hinunter. Grant sah, wie sich in der Reihe vor ihm ein Mann aus der Kirchenbank drängte. »Bitte, entschuldigen Sie. Ich bin Arzt«, sagte er mit leiser, aber gebieterischer Stimme.

Irgendein Instinkt veranlaßte Allan Grant dazu, ihm in den kleinen Raum neben der Vorhalle zu folgen, in den man Laurie gebracht hatte. Sie lag auf zwei aneinandergeschobenen Stühlen. Sarah beugte sich mit kreidebleichem Gesicht über sie.

»Lassen Sie mich ...« Der Arzt tippte Sarah an den Arm.

Laurie regte sich und wimmerte leise.

Der Arzt schob ihre Augenlider hoch, fühlte den Puls. »Sie kommt jetzt zu sich, aber man sollte sie nach Hause bringen. In ihrem Zustand kann sie auf keinen Fall auf den Friedhof gehen.«

»Ich weiß.«

Allan sah, wie verzweifelt Sarah sich bemühte, Haltung zu bewahren. »Sarah«, sagte er. Sie drehte sich zu ihm herum und schien ihn allem Anschein nach zum erstenmal zu bemerken. »Sarah, lassen Sie mich mit Laurie zu Ihrem Haus zurückfahren. Ich kümmere mich um sie.«

»Oh, würden Sie das tun?« Einen Augenblick lang veränderte sich ihr Ausdruck, Dankbarkeit trat an die Stelle von Leid und Sorge. »Ein paar von den Nachbarn sind dort und richten etwas zu essen, aber Laurie hat großes Vertrauen zu Ihnen. Sie würden mir einen großen Gefallen tun.«

»*›Einst war ich verloren, doch jetzt hat der Herr mich gefunden…‹*«

Eine Hand bewegte sich auf sie zu, sie hielt das Messer, das Messer, von dem Blut tropfte, es durchschnitt die Luft. Ihr Hemd und ihr Overall waren blutbefleckt. Sie konnte die klebrige Wärme im Gesicht spüren. Etwas zappelte hilflos zu ihren Füßen. Das Messer kam…

Laurie schlug die Augen auf. Sie lag im Bett in ihrem Zimmer. Es war dunkel. Was war passiert?

Sie erinnerte sich. Die Kirche. Die Särge. Der Gesang.

»Sarah!« rief sie mit schriller Stimme. »Sarah, wo bist du?«

11

Sie wohnten im Wyndham Hotel an der Achtundfünfzigsten Straße in Manhattan. »Ein ausgezeichnetes Hotel«, hatte er ihr gesagt. »Eine Menge Leute aus dem Showbusineß wohnen dort. Der richtige Ort, um Verbindungen herzustellen.«

Auf der Fahrt vom Begräbnis nach New York blieb er stumm. Zum Mittagessen waren sie mit Reverend Rutland Garrison, Pastor der ›Welle Gottes‹, und dem geschäftsführenden Produzenten der Fernsehstation verabredet. Garrison wollte in den Ruhestand gehen und suchte einen Nachfolger. Jede Woche wurde ein Gastprediger eingeladen, um mit ihm zusammen das Programm zu moderieren.

Sie sah ihm zu, wie er nacheinander drei verschiedene Anzüge probierte, ehe er sich schließlich für einen mitternachtsblauen Anzug, ein weißes Hemd und eine blaugraue Krawatte entschied. »Sie wollen einen Prediger. Und den sollen sie auch bekommen. Wie sehe ich aus?«

»Perfekt«, versicherte sie ihm. Und das traf auch zu. Sein Haar war jetzt silbern, obwohl er erst fünfundvierzig war. Er achtete sorgfältig auf sein Gewicht und hatte sich angewöhnt, sehr aufrecht zu stehen, so daß er immer über die Leute hinauszuragen schien, selbst über größere Männer. Er hatte es sich angewöhnt, seine Predigten mit weitaufgerissenen Augen zu donnern, bis das schließlich sein üblicher Gesichtsausdruck geworden war.

Gegen das rot-weiß karierte Kleid, das ihre erste Wahl gewesen war, hatte er sein Veto eingelegt. »Nicht elegant genug für diese Besprechung.«

Sie hielt ihm ein schmales schwarzes Leinenkleid mit dazupassendem Jäckchen hin. »Wie wär's damit?«

Er nickte stumm. »Ja, das geht.« Dann runzelte er die Stirn. »Und denk daran ...«

»Ich werde dich nie vor anderen Leuten mit Bic ansprechen«, ergänzte sie begütigend. »Habe ich doch seit Jahren nicht mehr getan.«

Seine Augen glänzten fiebrig. Opal kannte und fürchtete diesen Blick. Drei Jahre waren vergangen, seit ihn zum letztenmal die Polizei zum Verhör abgeholt hatte, weil sich irgendein kleines blondes Mädchen bei ihrer Mutter über ihn beklagt hatte. Er hatte es immer geschafft, solche Klagen durch selbstbewußtes Auftreten in gestammelte Entschuldigungen zu verwandeln, aber trotzdem war es in zu vielen Städten zu häufig vorgekommen. Und dieser Blick bedeutete, daß er wieder einmal im Begriff war, die Kontrolle über sich zu verlieren.

Lee war das einzige Kind gewesen, das er je behalten hatte. Von dem Augenblick an, wo er sie das erstemal mit ihrer Mutter im Einkaufszentrum entdeckt hatte, war er von ihr förmlich besessen gewesen. An jenem ersten Tag war er hinter ihrem Wagen hergefahren und danach mehrmals an ihrem Haus vorbeigerollt, in der Hoffnung, einen Blick auf das Kind erhaschen zu können. Er und Opal hatten damals in einem schmuddeligen Nachtclub in New Jersey ein zweiwöchiges Engagement gehabt, Gitarre und Gesang, und in einem Motel zwanzig Minuten vom Haus der Kenyons entfernt gewohnt. Das war das letztemal gewesen, daß sie in einem Nachtclub aufgetreten waren. Bic hatte dann angefangen, bei Erweckungsversammlungen Gospels zu singen und später im nördlichen Teil des Staates New York zu predigen. Der Besitzer einer Radiostation in Bethlehem, Pennsylvania, hörte ihn und forderte ihn auf, auf seiner kleinen Station ein religiöses Programm zu übernehmen.

Es war Pech gewesen, daß er auf dem Rückweg nach Pennsylvania darauf bestanden hatte, ein letztes Mal an dem Haus vorbeizufahren. Lee war allein draußen gewesen. Er hatte sie geschnappt, sie mitgenommen, und dann hatte Opal zwei Jahre lang in beständiger Angst und Eifersucht gelebt, obwohl sie sich bemühte, ihn nichts merken zu lassen.

Fünfzehn Jahre waren vergangen, seit sie sie in dem Schulhof abgesetzt hatten, aber Bic hatte den Verlust nie überwinden können. Er trug ihr Bild versteckt in seiner Brieftasche, und manchmal ertappte Opal ihn dabei, wie er es anstarrte und mit den Fingern darüberstrich. In den letzten Jahren, in denen er immer erfolgreicher geworden war, hatte er sich Sorgen gemacht, eines Tages könnten FBI-Beamte vor ihn treten und ihn wegen Entführung und Kindsmißbrauch verhaften. »Schau dir das Mädchen in Kalifornien an, das seinen Vater ins Gefängnis gebracht hat, weil sie bei einem Psychiater war und anfing, sich an Dinge zu erinnern, die am besten vergessen geblieben wären«, pflegte er manchmal zu sagen.

Sie waren gerade in New York angekommen, als Bic in der *Times* die Notiz über den tödlichen Unfall der Kenyons gelesen hatte. Trotz Opals Protesten waren sie zu der Beerdigung gegangen. »Opal«, hatte er zu ihr gesagt, »wir unterscheiden uns doch wie Tag und Nacht von diesen beiden gitarrespielenden Hippies, an die Lee sich erinnert.«

Es stimmte, sie sahen völlig anders aus. Gleich an dem Morgen, nachdem sie Lee losgeworden waren, hatten sie angefangen, ihr Aussehen zu verändern. Bic rasierte sich den Bart ab und ließ sich das Haar kurz schneiden. Sie hatte ihr Haar aschblond gefärbt und es zu einem Knoten zusammengebunden. Beide hatten sie ordentliche Kleider gekauft, Sachen, in denen sie wie alle anderen aussahen, wie typische Durchschnittsamerikaner. »Nur für den Fall, daß irgend jemand in dem Schnellimbiß uns genauer angesehen hat«, hatte er gesagt. Damals hatte er ihr verboten, ihn jemals vor anderen Leuten mit Bic anzusprechen, und hatte erklärt, er würde sie von nun an in der Öffentlichkeit Carla nennen, nach ihrem richtigen Namen. »Lee hat in diesen zwei Jahren immer wieder unsere Namen gehört«, hatte er gesagt. »Von nun an bin ich für jeden, den wir kennenlernen, Reverend Bobby Hawkins.«

Trotzdem hatte sie die Angst in ihm gespürt, als sie die Treppe der Kirche hinaufgeeilt waren. Am Ende der Messe, als der Organist die ersten Noten von ›Amazing Grace‹ angestimmt hatte, hatte er ihr zugeflüstert: »Das ist unser Lied, das von Lee und mir.« Seine Stimme erhob sich über alle anderen. Sie saßen auf den äußersten Sitzen ganz am Ende der Kirchenbänke. Als der Kirchendiener Lees leblose Gestalt an ihnen vorbeitrug, mußte Opal seine

Hand festhalten, um ihn daran zu hindern, sie auszustrecken und das Mädchen zu berühren.

»Bist du fertig?« Seine Stimme klang sarkastisch. Er stand an der Tür ihrer Suite.

»Ja.« Opal griff nach ihrer Handtasche und trat zu ihm. Sie mußte ihn beruhigen. Die Spannung in ihm war fast körperlich zu spüren. Sie legte ihm beide Hände an die Wangen. »Bic, Liebster. Du mußt dich entspannen«, sagte sie mit besänftigender Stimme. »Du willst doch einen guten Eindruck machen, nicht wahr?«

Aber er schien kein Wort davon gehört zu haben. Er murmelte: »Ich habe immer noch die Macht, dieses kleine Mädchen fast zu Tode zu erschrecken, nicht wahr?« Und dann begann er zu schluchzen, ein hartes, trockenes Schluchzen, das seinen ganzen Körper erzittern ließ. »Herrgott, wie ich sie liebe.«

12

Zehn Tage nach der Beerdigung rief Sarah den Psychiater Dr. Peter Carpenter an. Sie war ihm gelegentlich in Ridgewood begegnet, er war ihr sympathisch, und die Erkundigungen, die sie über ihn eingezogen hatte, bestätigten ihren persönlichen Eindruck. Ihr Chef, Ed Ryan, der Staatsanwalt von Bergen County, hatte eine besonders hohe Meinung von Carpenter. »Der Mann ist in Ordnung. Er redet nicht um die Dinge herum. Ich würde ihm jedes Mitglied meiner eigenen Familie anvertrauen, und Sie wissen, daß ich damit eine ganze Menge sage. In diesem Beruf gibt es zu viele schräge Vögel.«

Sie bat um einen kurzfristigen Termin. »Meine Schwester gibt sich die Schuld an dem Unfall unserer Eltern«, erklärte sie und wurde sich bewußt, daß sie das Wort ›Tod‹ vermied. Für sie war es immer noch keine Tatsache. Den Telefonhörer fest umklammernd, sagte sie: »Sie hatte jahrelang immer wiederkehrende Alpträume. Seit einigen Jahren blieben sie aus, aber seit dem Unfall hat sie sie wieder regelmäßig.«

Dr. Carpenter erinnerte sich noch genau an Lauries Entführung. Als sie von den Entführern ausgesetzt worden und wieder nach Hause zurückgekehrt war, hatte er mit Kollegen über mögliche Auswirkungen ihres totalen Gedächtnisverlustes gesprochen. Er war in hohem Maße daran interessiert, die junge Frau jetzt zu sehen, meinte aber zu Sarah: »Ich glaube, es wäre klug, zuerst mit Ihnen zu sprechen, ehe ich mir Laurie ansehe. Ich habe heute nachmittag eine Stunde Zeit.«

Wie seine Frau oft im Scherz meinte, war Carpenter der Prototyp des freundlichen Familienarztes: stahlgraues Haar, rosige Gesichtsfarbe, randlose Brille, gütiger Gesichtsausdruck, schlanke Figur und genauso alt aussehend, wie er tatsächlich war, nämlich zweiundfünfzig.

Seine Praxis war bewußt behaglich eingerichtet: zartgrüne Wände, grün-weiß gemusterte Vorhänge, ein Mahagonischreibtisch, Zimmerpflanzen, ein bequemer bordeauxroter lederner Armsessel gegenüber seinem Drehstuhl und eine Couch in gleicher Farbe, die den Fenstern abgewandt stand.

Sarah fiel es leicht, Dr. Carpenters Fragen zu beantworten. »Ja. Laurie war verändert, als sie zurückkam. Ich war schon damals überzeugt, daß sie sexuell mißbraucht worden war. Aber meine Mutter ließ sich nicht davon abbringen, daß liebevolle Menschen, die ein Kind wollten, sie mitgenommen hatten, und erzählte das auch allen. Mutter brauchte diesen Glauben. Vor fünfzehn Jahren redeten die Leute noch nicht von Kindesmißhandlung. Aber Laurie hatte solche Angst, zu Bett zu gehen. Sie liebte meinen Vater, wollte aber nie mehr auf seinem Schoß sitzen. Sie wollte nicht, daß er sie berührte. Sie hatte vor Männern im allgemeinen Angst.«

»Sie ist doch sicherlich untersucht worden, als man sie fand?«

»Ja, in dem Krankenhaus in Pennsylvania.«

»Vielleicht existieren die Aufzeichnungen noch. Würden Sie bitte veranlassen, daß man sie mir schickt? Und was ist mit ihrem immer wiederkehrenden Traum?«

»Letzte Nacht hatte sie ihn wieder. Sie war völlig durcheinander. Sie nennt ihn den Messertraum. Seit sie zu uns zurückgekommen ist, hat sie Angst vor scharfen Messern.«

»Was ist Ihnen denn an Veränderungen aufgefallen?«

»Eine ganze Menge. Laurie war vor ihrer Entführung ein geselliges, offenes Kind. Ein wenig verzogen, denke ich, aber sehr süß. Sie hatte viele Freundinnen und immer Spaß daran, sie zu besuchen. Nach ihrer Rückkehr wollte sie nie mehr bei anderen Leuten übernachten. Unter Gleichaltrigen wirkte sie immer etwas zurückhaltend.

Sie entschloß sich, das Clinton College zu besuchen, weil man dorthin nur eineinhalb Stunden fährt. An vielen Wochenenden kam sie nach Hause.«

Carpenter fragte: »Wie steht es mit Freunden?«

»Wie Sie sehen werden, ist sie eine sehr schöne junge Frau. Sie hat sicherlich eine Menge Einladungen bekommen und hat auf der High-School die üblichen Bälle und Sportveranstaltungen besucht. Aber sie schien sich nie für jemanden zu interessieren – außer für Gregg Bennett. Und das war dann ganz plötzlich zu Ende.«

»Warum?«

»Das wissen wir nicht. Gregg weiß es auch nicht. Sie waren das ganze letzte Jahr zusammen. Er ist ebenfalls am Clinton College, und sie hat ihn oft an den Wochenenden mit nach Hause gebracht. Wir mochten ihn sehr, und Laurie schien so glücklich mit ihm. Sie sind beide gute Sportler, ganz besonders gute Golfspieler. Und dann war es eines Tages im letzten Frühjahr vorbei. Keinerlei Erklärungen. Einfach vorbei. Sie will nicht darüber reden, will auch nicht mit Gregg reden. Er hat keine Ahnung, was den Bruch veranlaßt hat. Er studiert dieses Semester in England, und ich weiß nicht, ob er überhaupt etwas über meine Eltern gehört hat.«

»Ich würde Laurie gern morgen um elf sehen.«

Am nächsten Morgen fuhr Sarah Laurie zu dem Termin und versprach, sie in genau fünfzig Minuten abzuholen. »Ich kaufe ein paar Sachen zum Abendessen«, sagte sie. »Wir müssen zusehen, daß du wieder Appetit bekommst.«

Laurie nickte und folgte Carpenter in seine Praxis. Sie weigerte sich, sich auf die Couch zu legen, und zog es vor, ihm gegenüber am Schreibtisch Platz zu nehmen. Sie wartete stumm und in sich gekehrt.

Offensichtlich eine tiefe Depression, dachte Carpenter. »Ich würde Ihnen gern helfen, Laurie.«

»Können Sie meine Mutter und meinen Vater zurückbringen?«

»Ich wünschte, ich könnte das. Laurie, Ihre Eltern sind tot, weil die Bremsen eines Busses versagt haben.«

»Sie sind tot, weil ich versäumt habe, meinen Wagen zur Inspektion zu bringen.«

»Das haben Sie vergessen.«

»Das habe ich nicht vergessen. Ich habe den Termin bei der Werkstätte absichtlich abgesagt. Ich habe denen gesagt, ich würde zur Zulassungsstelle fahren, wo die Inspektion gratis ist. Das habe ich dann vergessen, aber den ersten Termin habe ich bewußt abgesagt. Es ist meine Schuld.«

»Warum haben Sie den ersten Termin abgesagt?« Er beobachtete Laurie Kenyon scharf, während sie über seine Frage nachdachte.

»Es gab einen Grund dafür, aber den habe ich vergessen.«

»Wieviel kostet denn eine Inspektion in der Werkstatt?«

»Zwanzig Dollar.«

»Und bei der Zulassungsstelle ist sie gratis. Ist das kein ausreichender Grund?«

Sie schien in Gedanken versunken. Carpenter fragte sich, ob sie ihn gehört hatte. Dann flüsterte sie: »Nein«, und schüttelte den Kopf.

»Warum, meinen Sie, haben Sie dann den ersten Termin abgesagt?«

Jetzt war er sicher, daß sie ihn nicht gehört hatte. Sie befand sich an einem anderen Ort. Er versuchte es andersherum. »Laurie, Sarah sagte mir, daß Sie wieder schlimme Träume gehabt haben, oder besser gesagt, denselben schlimmen Traum, den Sie früher hatten.«

Laurie hörte ein lautes Wehklagen in sich. Sie zog die Beine an die Brust und vergrub den Kopf in den Händen. Das Wehklagen war nicht nur in ihrem Inneren. Es kam aus ihrer Brust, ihrer Kehle und ihrem Mund.

13

Sie hatten im Kasino von Worldwide Cable gegessen, der Gesellschaft, die Rutland Garrisons Programm international verbreitete. Beim Kaffee ließ der Prediger keinen Zweifel an seinen Vorstellungen. »Ich habe die ›Welle Gottes‹ gegründet, als Fünfundzwanzig-Zentimeter-Schwarzweißfernseher noch ein Luxus waren«, sagte er. »Im Laufe der Jahre hat mein geistliches Amt Millionen Menschen Hoffnung, Glauben und Wohlstand vermittelt. Und sehr viel Geld für unterstützungswürdige, wohltätige Zwecke aufgebracht. Ich will sicherstellen, daß nach mir ein Berufener mein Werk fortführt.«

Bic und Opal hatten genickt, beide mit einem Gesichtsausdruck voller Respekt, Frömmigkeit und Ehrfurcht.

Am folgenden Sonntag wurden sie in der ›Welle Gottes‹ vorgestellt. Bic sprach vierzig Minuten lang.

Er erzählte von seiner vergeudeten Jugend, seinem hoffärtigen Wunsch, ein Rockstar zu werden, von der Stimme, die der Herrgott ihm gegeben hatte, und davon, wie er sie mit weltlichen Gesängen mißbraucht hatte. Er sprach vom Wunder seiner Bekehrung. Ja, wahrhaftig, er war die Straße nach Damaskus in den Fußstapfen des

Paulus gegangen. Der Herr sagte nicht: »Saulus, Saulus, warum verfolgst du mich?« Nein, die Frage schmerzte noch viel mehr. Saulus dachte wenigstens, er handle im Namen des Herrn, als er versuchte, die Christenheit auszumerzen. Als er, Bobby, in jenem überfüllten, schmutzigen Nachtclub stand und jene ekelhaften Texte sang, erfüllte eine Stimme sein Herz und seine Seele, eine Stimme, die so kraftvoll und doch so traurig, so zornig und doch so voll der Vergebung fragte: »Bobby, Bobby, warum lästerst du mich?«

An dieser Stelle fing er zu weinen an.

Am Ende der Predigt legte Prediger Rutland Garrison ihm väterlich den Arm um die Schultern. Bobby winkte Carla zu sich. Sie trat auf die Bühne, die Augen feucht, mit zitternden Lippen. Er stellte sie den Zuhörern von Worldwide Cable vor.

Und dann sangen sie beide die Schlußhymne: »›Wir bringen die Garben vom Feld ...‹«

Nach der Sendung wurde die Telefonzentrale mit Anrufen überflutet, die Reverend Bobby Hawkins bejubelten. Er wurde aufgefordert, in zwei Wochen erneut aufzutreten.

Auf der Rückfahrt nach Georgia war Bic stundenlang stumm. Dann sagte er: »Lee ist auf dem College in Clinton New Jersey. Vielleicht wird sie zurückkehren. Vielleicht auch nicht. Der Herr befiehlt mir, sie daran zu erinnern, was passieren wird, wenn sie über uns spricht.«

Bic würde als Rutland Garrisons Nachfolger auserwählt werden. Das spürte Opal. Garrison war genauso beeindruckt gewesen wie alle anderen. Aber wenn Lee anfing, sich zu erinnern ... »Was wirst du ihretwegen unternehmen, Bic?«

»Ich habe da einige Ideen ... Ideen, die mir kamen, während ich betete.«

14

Als Laurie Dr. Carpenter das zweitemal aufsuchte, sagte sie ihm, daß sie nächsten Montag aufs College zurückkehren würde. »Es ist besser für mich, besser für Sarah«, sagte sie ruhig. »Sie macht sich solche Sorgen um mich, daß sie nicht wieder zur Arbeit gegangen ist. Ich werde wie verrückt büffeln müssen, um die drei Wochen aufzuholen, die ich versäumt habe.«

Carpenter wußte nicht recht, was er sah. Laurie Kenyon wirkte völlig verändert, selbstbewußt, völlig anders als das bedrückte Mädchen, das er vor einer Woche gesehen hatte.

Jenes erste Mal hatte sie eine goldfarbene Kaschmirjacke, gut geschnittene schwarze Hosen und eine Seidenbluse mit einem schwarzweißgoldenen Muster getragen. Ihr Haar war ihr locker auf die Schultern gefallen. Heute trug sie Jeans und einen sackförmigen Pullover. Das Haar hatte sie sich hinten mit einer Klammer zusammengesteckt. Sie schien völlig gelassen.

»Hatten Sie wieder Alpträume, Laurie?«

Sie zuckte die Achseln. »Es ist mir wirklich peinlich, wenn ich daran denke, wie ich mich letzte Woche benommen habe. Hören Sie, eine Menge Leute haben hie und da schlimme Träume und beklagen sich nicht gleich darüber, stimmt's?«

»Nein, stimmt nicht«, sagte er ruhig. »Laurie, nachdem Sie sich jetzt soviel stärker fühlen, warum legen Sie sich nicht auf die Couch und entspannen sich, und wir reden ein wenig?« Er beobachtete genau, wie sie reagierte.

Es war genauso wie letzte Woche. Blanke Panik in ihren Augen. Diesmal folgte der Panik ein trotziger Blick. »Gar nicht nötig, daß ich mich hinlege. Ich bin durchaus imstande, im Sitzen zu reden. Nicht daß es so viel zu reden gäbe. Zwei Dinge in meinem Leben sind schiefgelaufen. In beiden Fällen trifft die Schuld mich. Das gebe ich ja zu.«

»Sie geben sich die Schuld, daß Sie als vierjähriges Mädchen entführt wurden?«

»Selbstverständlich. Man hatte mir verboten, allein auf die Straße zu gehen. Ich meine, richtig verboten. Das einzige Mal, daß meine Mutter mich wirklich ausgeschimpft hat, war, als sie mich allein auf dem vorderen Rasen beim Ballspielen erwischte. Und Sie wissen, daß ich für den Tod meiner Eltern verantwortlich bin.«

Jetzt war nicht die Zeit, das zu ergründen. »Laurie, ich möchte Ihnen helfen. Sarah hat mir erzählt, daß Ihre Eltern der Ansicht waren, es wäre für Sie besser, nach Ihrer Entführung nicht psychologisch betreut zu werden. Wahrscheinlich ist das zum Teil der Grund, weshalb Sie jetzt nicht mit mir reden wollen. Warum schließen Sie nicht einfach die Augen und ruhen sich aus und versuchen zu lernen, sich in meinem Beisein wohl zu fühlen? Möglicherweise können wir dann in einer anderen Sitzung miteinander arbeiten.«

»Sind Sie so sicher, daß es andere Sitzungen geben wird?«

»Das hoffe ich. Wird es sie geben?«

»Nur um Sarah eine Freude zu machen. Ich werde an den Wochenenden nach Hause kommen, also muß es an den Samstagen sein.«

»Das läßt sich einrichten. Kommen Sie jedes Wochenende nach Hause?«

»Ja.«

»Tun Sie das, weil Sie mit Sarah zusammensein wollen?«

Die Frage schien sie zu erregen. Ihre gleichgültige Haltung verflog. Laurie schlug die Beine übereinander, hob das Kinn und öffnete die Spange, die ihr Haar zusammenhielt.

Das leuchtendblonde Haar umwallte ihr Gesicht. Ein geheimnisvolles Lächeln spielte um ihre Lippen. »An den Wochenenden kommt seine Frau nach Hause«, sagte sie. »Da hat es keinen Sinn, im College rumzuhängen.«

15

Laurie öffnete die Tür ihres Wagens. »Sieht schon richtig herbstlich aus«, sagte sie.

Die ersten Blätter fielen von den Bäumen. Letzte Nacht hatte sich automatisch die Heizung eingeschaltet. »Ja, da hast du recht«, sagte Sarah. »Hör mal, wenn es für dich zuviel ist ...«

»Aber nein. Sorge du nur dafür, daß all die Gauner ins Gefängnis kommen, dann hole ich all die Stunden auf, die ich verpaßt habe, und behalte mein *cum laude.* Vielleicht klappt es sogar noch mit *magna.* Du hast mich ja mit deinem *summa* ohnehin weit abgehängt. Bis Freitag abend also.« Sie setzte zu einer angedeuteten Umarmung an und drückte Sarah dann an sich. »Sarah, daß du mir auch nie zuläßt, daß ich das Auto mit dir tausche.«

Sarah strich Laurie über das Haar. »He, ich dachte, wir hatten uns geeinigt, daß Mama und Papa wirklich böse wären, wenn du so redest. Laß uns am Samstag eine Runde Golf spielen, wenn du bei Dr. Carpenter warst.«

Laurie versuchte zu lächeln. »Und wer gewinnt, zahlt das Abendessen.«

»Das sagst du nur, weil du weißt, daß du gewinnst.«

Sarah winkte ihr nach, bis der Wagen verschwunden war. Sie ging zum Haus zurück. Es war so still, so leer. Nach dem Todesfall in der Familie schien es zwar ratsam, keine drastischen Veränderungen vorzunehmen, aber ihr Instinkt sagte ihr, daß sie sofort beginnen sollte, sich nach einem anderen Zuhause umzusehen, vielleicht einer Eigentumswohnung, und das Haus zu verkaufen. Vielleicht würde sie Dr. Carpenter anrufen und seinen Rat einholen.

Sie war bereits für das Büro angezogen und brauchte nur ihren Aktenkoffer und ihre Schultertasche zu holen, die beide auf dem Tisch in der Diele lagen. Das schöne Stück aus dem achtzehnten Jahrhundert mit den Marmorintarsien und dem Spiegel darüber hatte ihrer Großmutter gehört. Wie würden all die Möbel, an denen sie so hing, all die Erstausgaben von Klassikern, die John Kenyons Bibliothek füllten, in eine Vier-Zimmer-Eigentumswohnung passen? Sarah schob den Gedanken von sich.

Gewohnheitsmäßig blickte sie in den Spiegel und erschrak über das totenbleiche Gesicht mit den dunklen Ringen unter den Augen, das ihr entgegenblickte. Sie hatte immer ein schmales Gesicht gehabt, aber jetzt waren ihre Wangen geradezu hohl und ihre Lippen fahl. Sie erinnerte sich, daß ihre Mutter an ihrem letzten Morgen gesagt hatte: »Sarah, warum trägst du nicht ein wenig Make-up? Etwas Lidschatten würde deine Augen betonen.«

Sie legte die Schultertasche und den Aktenkoffer wieder hin, ging nach oben und holte die selten benutzte Kosmetikbox aus dem Spiegelschrank im Bad. Das Bild ihrer Mutter in ihrem cremefarbenen Morgenrock, in ihrer ganzen liebevollen, mütterlichen Schönheit, das sie aufforderte, Lidschatten aufzulegen, trieb ihr endlich die heißen Tränen in die Augen, die sie um Lauries willen zurückgehalten hatte.

Es tat gut, in ihr stickiges Büro mit der abgeblätterten Farbe an den Wänden, den Aktenstapeln und dem ewig klingelnden Telefon zurückzukehren. Viele ihrer Kollegen hatten an der Beerdigung teilgenommen. Ihre engeren Freunde waren im Gottesdienst gewesen und hatten in den letzten zwei Wochen angerufen oder sie besucht.

Heute schienen alle zu verstehen, daß sie sich wieder nach dem normalen Alltag sehnte. »Schön, daß du wieder da bist.« Eine schnelle Umarmung. Und dann das vertraute: »Sarah, wenn Sie dann mal eine Minute Zeit haben...«

Ihr Mittagessen bestand aus einem Käsesandwich und schwarzem Kaffee in der Gerichtskantine. Um drei Uhr hatte Sarah das beruhigende Gefühl, daß sie sich um die wichtigsten Anliegen von Klägern, Zeugen und Anwälten gekümmert hatte.

Um vier Uhr hielt sie es nicht länger aus und rief Laurie im College an. Der Hörer auf der anderen Seite wurde sofort abgehoben. »Hallo?«

»Laurie, ich bin's. Wie geht's denn?«

»So lala. Ich war in drei Vorlesungen, die letzte habe ich dann sausenlassen. Ich war einfach zu müde.«

»Kein Wunder. Schließlich hast du ja keine Nacht richtig geschlafen. Was machst du heute abend?«

»Ins Bett gehen. Einmal einen klaren Kopf bekommen.«

»Okay. Ich werde eine Weile länger im Büro bleiben und gegen acht zu Hause sein. Soll ich dich dann anrufen?«

»Das wäre fein.«

Sarah blieb bis Viertel nach sieben im Büro und kaufte sich dann in einem Schnellimbiß einen Hamburger zum Mitnehmen. Um halb neun rief sie Laurie an.

Es klingelte ewig. Vielleicht duscht sie gerade. Vielleicht hat sich auch irgendeine Reaktion eingestellt. Sarah hielt den Hörer und ließ es endlos klingeln. Schließlich meldete sich eine ungeduldige Stimme. »Laurie Kenyons Apparat.«

»Ist Laurie da?«

»Nein. Ersparen Sie mir das bitte, wenn der Apparat beim fünften oder sechsten Mal nicht abgehoben wird. Mein Zimmer ist auf der anderen Seite des Korridors, und ich muß mich auf eine Prüfung vorbereiten.«

»Tut mir leid. Es ist nur so, daß Laurie früh zu Bett gehen wollte.«

»Nun, sie hat es sich anders überlegt. Sie ist vor ein paar Minuten weggegangen.«

»War alles in Ordnung mit ihr? Ich bin ihre Schwester und mache mir etwas Sorgen.«

»Oh, das wußte ich nicht. Das mit Ihrer Mutter und Ihrem Vater tut mir so leid. Ja, ich glaube, Laurie war okay. Sie war richtig rausgeputzt, wie zu einer Verabredung.«

Um zehn rief Sarah wieder an. Dann um elf, um zwölf und um eins. Beim letztenmal meldete sich eine schläfrige Laurie. »Mir geht's gut, Sarah. Ich bin gleich nach dem

Abendessen zu Bett gegangen und habe seitdem geschlafen.«

»Laurie, ich habe das Telefon so lange läuten lassen, daß das Mädchen auf der anderen Seite des Flurs rüberkam und abgehoben hat. Sie sagte mir, du seist weggegangen.«

»Sarah, das stimmt nicht. Ich schwöre dir, ich war die ganze Zeit hier.« Lauries Stimme klang verängstigt. »Warum sollte ich dich denn anlügen?«

Das weiß ich nicht, dachte Sarah.

»Nun, Hauptsache, es geht dir gut. Schlaf weiter«, sagte sie und legte langsam den Hörer auf.

16

Dr. Carpenter spürte die Veränderung sofort, als Laurie sich in dem schweren Ledersessel zurücklehnte, und schlug gar nicht erst vor, daß sie sich auf die Couch legen sollte. Das vorsichtig tastende Vertrauen in ihn, das sich bei ihr zu entwickeln begann, durfte unter keinen Umständen wieder verlorengehen. Er erkundigte sich, wie die letzte Woche im College gewesen war.

»Ganz in Ordnung, denke ich. Die Leute waren alle schrecklich nett zu mir. Ich muß so viel nachholen, daß ich meistens bis spät in die Nacht hinein büffle.« Sie zögerte und verstummte dann ganz.

Carpenter wartete eine Weile und fragte dann vorsichtig: »Was ist denn, Laurie?«

»Als ich gestern abend nach Hause kam, fragte mich Sarah, ob ich von Gregg Bennett gehört hätte.«

»Gregg Bennett?«

»Mit dem bin ich eine Weile ausgegangen. Meine Eltern und Sarah haben ihn sehr gemocht.«

»Mögen Sie ihn?«

»Ich habe ihn gemocht, bis ...«

Wieder wartete er.

Ihre Augen weiteten sich. »Er wollte mich nicht loslassen.«

»Sie meinen, er hat sich Ihnen aufgedrängt?«

»Nein. Geküßt hat er mich. Das war schon in Ordnung. Ich mochte das. Aber dann hat er meine Arme gepackt und zugedrückt.«

»Und das hat Ihnen angst gemacht.«

»Ich wußte, was passieren würde.«

»Was hätte denn passieren sollen?«

Ihre Augen wurden glasig, als blickte sie in weite Ferne. »Darüber wollen wir nicht reden.«

Zehn Minuten lang blieb sie stumm. Dann sagte sie bedrückt: »Ich habe gleich gemerkt, daß Sarah mir nicht geglaubt hat, daß ich neulich abends nicht ausgewesen bin. Sie hat sich Sorgen gemacht.«

Sarah hatte ihn deswegen angerufen. »Vielleicht waren Sie aus«, meinte Dr. Carpenter. »Es wäre gut für Sie, mit Freunden wegzugehen.«

»Nein. Ich bin im Augenblick überhaupt nicht an Jungs interessiert. Ich habe viel zuviel zu tun.«

»Irgendwelche Träume?«

»Der Traum mit dem Messer.«

Als er sie vor zwei Wochen darüber befragt hatte, hatte sie einen hysterischen Anfall bekommen. Heute klang ihre Stimme beinahe gleichgültig. »Ich werde mich daran gewöhnen müssen. Der Traum wird immer wiederkommen, bis das Messer mich einholt. Das wird es nämlich, wissen Sie?«

»Laurie, in der Therapie bezeichnen wir es als Abreaktion, wenn wir eine Erinnerung, die uns emotionell belastet, ausleben, sie sozusagen vorspielen. Ich möchte, daß Sie sich jetzt abreagieren. Zeigen Sie mir, was Sie in dem Traum sehen. Ich denke, Sie haben Angst davor, sich schlafen zu legen, weil Sie befürchten, daß der Traum wiederkommt. Aber ohne Schlaf hält man es nicht aus. Sie brauchen nicht zu reden. Zeigen Sie mir nur, was in dem Traum passiert.«

Laurie stand langsam auf und hob dann die Hand. Ihr Mund verzog sich zu einem listigen, schmallippigen Lächeln. Sie ging langsam, aber zielstrebig um den Tisch herum auf ihn zu, und ihre Hand zuckte dabei auf und ab, schwang ein imaginäres Messer. Unmittelbar bevor sie ihn erreichte, blieb sie stehen, und ihre Haltung veränderte sich. Sie stand wie angewurzelt da, starrte ihn an, und ihre Hand versuchte etwas aus ihrem Gesicht und ihrem Haar zu wischen. Sie blickte an sich hinunter und sprang erschreckt zurück.

Sie brach auf dem Boden zusammen, schützte ihr Gesicht mit den Händen, preßte sich zitternd an die Wand und gab klagende Laute wie ein verwundetes Tier von sich.

Zehn Minuten verstrichen, bis Laurie sich beruhigte, die Hände vom Gesicht nahm und sich langsam aufrichtete.

»Das ist der Messertraum«, sagte sie.

»Kommen Sie in dem Traum vor, Laurie?«

»Ja.«

»Wer sind Sie – diejenige, die das Messer hat, oder diejenige, die Angst hat?«

»Alle. Und am Ende sterben wir alle miteinander.«

»Laurie, ich möchte gern mit einem mir bekannten Psychiater sprechen, der große Erfahrung mit Menschen hat, die ein Kindheitstrauma erlitten haben. Würden Sie mir eine Freigabeerklärung unterschreiben, daß ich Ihren Fall mit ihm besprechen darf?«

»Wenn Sie wollen. Was kann das mir schon ausmachen?«

17

Um halb acht am Montag morgen eilte Dr. Justin Donnelly aus seinem Apartment am Central Park South die Fifth Avenue hinauf zum Lehman Hospital an der Sechsundneunzigsten Straße. Er befand sich in einem ständigen

Wettbewerb mit sich selbst, um die drei Kilometer jeden Tag ein oder zwei Minuten schneller zurückzulegen. Aber wenn er nicht regelrecht joggte, schaffte er es einfach nicht, seinen Rekord zu verbessern, der zur Zeit zwanzig Minuten betrug.

Er war ein großer, kräftig gebauter Mann, der aussah, als müßte er Cowboystiefel und einen breitkrempigen Hut tragen, was gar nicht so abwegig war. Donnelly war auf einer Schafzuchtfarm in Australien aufgewachsen. Sein lockiges schwarzes Haar war immer etwas zerzaust. Der schwarze, buschige Schnurrbart betonte beim Lächeln seine kräftigen weißen Zähne. Seine tiefblauen Augen waren von dunklen Wimpern und Augenbrauen eingerahmt, um die die Frauen ihn beneideten. Er hatte sich ziemlich früh in seiner Karriere als Psychiater auf multiple Persönlichkeiten spezialisiert, und seine Artikel, die er in bekannten Ärztezeitschriften veröffentlichte, trugen ihm bald internationale Anerkennung ein. Bereits mit fünfunddreißig Jahren wurde er nach New York eingeladen, um im Lehman Hospital ein Zentrum für Persönlichkeitsstörungen einzurichten.

Justin lebte jetzt seit zwei Jahren in Manhattan und betrachtete sich als eingefleischten New Yorker. Auf dem Weg ins Büro genoß er die neuvertrauten Bilder: die Pferde und Kutschen, die durch den Park rollten, den Zoo an der Fünfundsechzigsten Straße, die Türsteher an den schicken Apartmentgebäuden an der Fifth Avenue. Die meisten von ihnen begrüßten ihn mit Namen. Als er jetzt an ihnen vorbeischritt, machten einige von ihnen Bemerkungen über das schöne Oktoberwetter.

Es würde ein anstrengender Tag werden. Justin war gewöhnlich bemüht, die Zeit zwischen zehn und elf für Gespräche mit seinen Mitarbeitern freizuhalten. Heute morgen machte er eine Ausnahme. Ein dringender Telefonanruf am Samstag von einem Kollegen aus New Jersey hatte sein Interesse geweckt. Dr. Peter Carpenter wollte so schnell wie möglich mit ihm über eine Patientin sprechen, bei der er Persönlichkeitsspaltung und Suizidgefahr vermutete. Justin hatte sich um zehn Uhr mit ihm verabredet.

Er erreichte die Kreuzung zwischen der Sechsundneunzigsten Straße und der Fifth Avenue in fünfundzwanzig Minuten und tröstete sich damit, daß der dichte Fußgängerverkehr ihn aufgehalten hatte. Der Haupteingang des Hospitals lag an der Fifth Avenue. Die Klinik erreichte man durch eine diskrete Privattür an der Sechsundneunzigsten. Justin war fast immer der erste, der dort eintraf. Sein Büro war eine kleine Suite am Ende des Korridors. Den in sanften Elfenbeintönen gehaltenen Vorraum mit seinem Schreibtisch, dem Drehsessel, zwei Besuchersesseln, Bücherschränken und ein paar Aktenregalen belebten bunte Drucke von Segelbooten im Hafen von Sydney. Der Raum dahinter, das Sprechzimmer, war mit einer Videokamera und einem Tonbandgerät ausgestattet.

Seine erste Patientin war eine vierzigjährige Frau aus Ohio, die sich seit sechs Jahren in Behandlung befand und für die die Diagnose auf Schizophrenie lautete. Zu ihm war sie erst gekommen, als ein gewitzter Psychologe sich zu der Erkenntnis durchgerungen hatte, daß die Stimmen, die die Frau hörte, die anderer Persönlichkeiten waren. Sie machte gute Fortschritte.

Dr. Carpenter traf pünktlich um zehn ein. Er bedankte sich bei Justin, daß er ihn so kurzfristig empfangen hatte, und begann sofort über Laurie zu sprechen.

Donnelly hörte zu, machte sich Notizen, stellte Fragen. Carpenter schloß: »Ich bin kein Experte für multiple Persönlichkeit, aber die Symptome sprechen dafür. Ihre Stimme und ihr Verhalten haben sich während der letzten beiden Besuche deutlich verändert. Mindestens in einem Fall war ihr nicht bewußt, daß sie ihr Zimmer verließ und stundenlang weg war. Ich bin überzeugt, daß sie nicht bewußt lügt, wenn sie behauptet, die ganze Zeit geschlafen zu haben. Sie hat immer wieder denselben Alptraum, in dem ein Messer auf sie einsticht. Aber in der Abreaktion hielt sie das Messer und stach selbst zu. Dann schaltete sie um und versuchte ihm auszuweichen. Ich habe eine Kopie ihrer Akte gemacht.«

Donnelly überflog die Blätter. Der Fall faszinierte ihn. Als er die Akte weglegte, sagte er: »Die Aufzeichnungen des Krankenhauses in Pittsburgh, wo man sie untersucht hatte, deuteten auf sexuellen Mißbrauch über einen längeren Zeitraum und enthalten die Empfehlung auf psychiatrische Behandlung. Ich nehme an, daß eine solche Behandlung nicht stattgefunden hat.«

»Die Eltern haben das kategorisch abgelehnt«, antwortete Dr. Carpenter, »demzufolge kam es zu keinerlei Therapie.«

»Typisch für die Denkweise vor fünfzehn Jahren«, stellte Donnelly fest. »Wenn wir Laurie dazu überreden könnten, hierherzukommen, damit ich mir selbst ein Urteil bilden kann, wäre das natürlich am besten, und zwar, je früher, desto besser. Ansonsten würde ich gern mit der Schwester sprechen. Sie sollte auf ungewöhnliches Verhalten achten und darf Andeutungen über Selbstmord auf keinen Fall auf die leichte Schulter nehmen.«

Die beiden Psychiater gingen gemeinsam zur Tür. Im Empfangsraum starrte ein dunkelhaariges junges Mädchen zum Fenster hinaus. Ihre Arme waren bis zu den Ellbogen bandagiert.

Donnelly sagte leise: »Sie müssen das sehr ernst nehmen. Patienten, die in ihrer Kindheit ein Trauma erlitten haben, stellen für sich selbst die größte Gefahr dar.«

18

Als Sarah an jenem Abend von der Arbeit nach Hause kam, lag die Post in einem ordentlichen Stapel auf dem Tischchen im Flur. Ihre langjährige Haushälterin Sophie hatte ihr nach dem Begräbnis vorgeschlagen, nur noch an zwei Tagen in der Woche zu kommen. »Öfter brauchst du mich jetzt nicht mehr, Sarah. Ich werde schließlich auch nicht jünger.«

Montag war einer der Tage, an denen sie kam. Deshalb war die Post sortiert, ein schwacher Geruch von Möbelpolitur lag in der Luft, die Vorhänge waren zugezogen, und das weiche Licht der Stehlampen und Wandleuchten hüllte die Räume im Erdgeschoß in angenehmes Licht.

Der Brief, der ganz obenauf lag, kam aus England. Sie riß den Umschlag auf und wußte bereits, daß er von Gregg Bennett war. Sie überflog ihn hastig, und las ihn dann ein zweites Mal langsamer. Gregg hatte gerade von dem Unfall erfahren und drückte sein Mitgefühl in höchst bewegender Weise aus. Er schrieb von der Zuneigung, die er für John und Marie Kenyon empfunden hatte, wie schön es für ihn immer gewesen sei, sie zu besuchen, und wie hart es jetzt für sie und Laurie sein mußte.

Der letzte Abschnitt beunruhigte sie: »Sarah, ich habe Laurie angerufen. Sie wirkte so niedergeschlagen. Und dann schrie sie plötzlich: ›Nein, das mache ich nicht!‹ und legte einfach auf. Ich mache mir schreckliche Sorgen um sie. Sie ist so zerbrechlich. Ich weiß, daß du dich sehr um sie bemühst, aber du mußt sehr vorsichtig sein. Ich komme im Januar zurück und würde dich dann gern sehen. Alles Liebe, und gib diesem Mädchen von mir einen Kuß. Gregg.«

Mit zitternden Händen trug Sarah die Post in die Bibliothek. Morgen würde sie Dr. Carpenter anrufen und ihm den Brief vorlesen. Sie wußte, daß er Laurie Antidepressiva verschrieben hatte, aber nahm sie sie auch ein? Das Lämpchen am Anrufbeantworter blinkte. Dr. Carpenter hatte angerufen und seine Privatnummer hinterlassen.

Als sie ihn erreichte, berichtete sie ihm von Greggs Brief und hörte sich dann erschrocken und beunruhigt seinen Bericht über das Gespräch mit Dr. Justin Donnelly in New York an und wie wichtig es sei, daß Sarah ihn so bald wie möglich aufsuche. Er gab ihr die Nummer von Donnellys Auftragsdienst. Als sie dort anrief, war sie so aufgeregt, daß sie ihre Telefonnummer zweimal wiederholen mußte, bis die Telefonistin sie verstand.

Sophie hatte ein Hühnchen gebraten und ihr einen Salat bereitgestellt. Sarah stocherte in dem Essen herum und brachte kaum etwas hinunter. Sie hatte sich gerade Kaffee gemacht, als Dr. Donnelly zurückrief. Er war den ganzen Tag über beschäftigt, würde sie aber morgen abend um sechs empfangen können. Sie legte auf, las Greggs Brief ein drittes Mal und wählte dann mit dem Gefühl, keine Minute länger warten zu dürfen, Lauries Nummer. Niemand meldete sich. Sie versuchte es jede halbe Stunde, bis sie schließlich um elf Uhr hörte, wie der Hörer abgenommen wurde. Lauries »Hallo« klang ganz vergnügt. Sie plauderten ein paar Minuten, und dann sagte Laurie: »Was sagst du dazu: Nach dem Abendessen habe ich es mir im Bett bequem gemacht, um mich auf diese verdammte Klausur vorzubereiten, und dabei bin ich eingeschlafen! Jetzt muß ich die Nacht durcharbeiten.«

19

Es war Montag nacht elf Uhr, als Professor Grant sich ins Bett legte und die Nachttischlampe anknipste. Das Schlafzimmerfenster war halb geöffnet, aber ihm war immer noch zu warm. Karen, seine Frau, zog ihn oft damit auf, daß er wohl in einem früheren Leben einmal ein Eisbär gewesen sein mußte. Karen konnte es nicht leiden, wenn es im Schlafzimmer kalt war. Nicht daß sie besonders häufig da wäre, um sich darüber lustig zu machen, dachte er, während er die Decke zurückschlug und sich noch einmal aus dem Bett schwang.

Die letzten drei Jahre hatte Karen in einem Reisebüro in Manhattan gearbeitet. Anfangs hatte sie nur gelegentlich in New York übernachtet, aber dann hatte sie immer häufiger am Nachmittag angerufen: »Liebster, wir haben so viel zu tun, und es gibt noch eine Menge Post zu erledigen. Kommst du allein zurecht?«

Er war vierunddreißig Jahre allein zurechtgekommen, ehe er sie vor sechs Jahren auf einer Rundreise durch Italien kennengelernt hatte. Also war es gar nicht so schwierig, sich wieder daran zu gewöhnen. Karen hatte jetzt ein Apartment im Hotel, blieb gewöhnlich fast die ganze Woche dort und kam nur an den Wochenenden nach Hause.

Grant stapfte durchs Zimmer und öffnete das Fenster einen Spalt weiter. Die Vorhänge bauschten sich, und sofort wehte ein höchst angenehmer kühler Lufthauch ins Zimmer. Er eilte zum Bett zurück, zögerte dann aber und blickte zum Flur. Es hatte keinen Sinn, er war einfach nicht müde genug. Heute war wieder so ein seltsamer Brief gekommen. Wer, zum Teufel, war Leona? Er kannte keine Studentin, die so hieß, hatte nie eine Leona in einer seiner Vorlesungen gehabt.

Er kratzte sich am Kopf und zog die Pyjamahose hoch. Dann ging er den Flur entlang in sein Arbeitszimmer. Er schaltete die Deckenbeleuchtung ein und schloß die oberste Schreibtischschublade auf, holte die Briefe heraus und begann sie erneut zu lesen.

Der erste war vor zwei Wochen gekommen: »Liebster Allan, ich durchlebe noch einmal die herrlichen Stunden, die wir letzte Nacht miteinander verbracht haben. Ich kann kaum glauben, daß wir nicht immer so wahnsinnig ineinander verliebt waren, aber vielleicht liegt das daran, daß für uns die Zeit, die wir nicht zusammen verbringen, überhaupt nicht zählt. Weißt Du, welche Zurückhaltung es mich kostet, es nicht über alle Dächer hinauszuschreien, daß ich verrückt nach Dir bin? Ich weiß, Du empfindest es ganz genauso. Wir müssen verstecken, was wir einander bedeuten. Das verstehe ich. Aber ich flehe Dich an, liebe und begehre mich weiterhin so wie jetzt. Leona.«

Alle Briefe waren im gleichen Stil gehalten. Jeden zweiten Tag kam einer und schilderte wilde Liebesszenen mit ihm in seinem Büro oder in diesem Haus.

Er hatte hier oft genug unkonventionelle Seminare und Workshops abgehalten, so daß eine ganze Anzahl seiner Studenten das Haus kannten. Einige der Briefe erwähnten den schäbigen braunen Ledersessel in seinem Arbeitszimmer. Aber er hatte kein einziges Mal eine Studentin allein im Haus gehabt. So verrückt war er nicht.

Grant studierte die Briefe sorgfältig. Offensichtlich waren sie auf einer alten Schreibmaschine getippt worden. Das D und das W waren beschädigt. Er hatte sich die Akten seiner Studentinnen angesehen, aber da gab es keine, die eine solche Maschine benutzte. Auch die hingekritzelte Unterschrift erkannte er nicht.

Sobald er herausgefunden hatte, wer ihm die Briefe schickte, würde er den Dekan einschalten. Das Unangenehme war, daß er nicht den geringsten Hinweis hatte. Und wenn jemand glaubte, daß an den Briefen auch nur ein Jota Wahrheit war, dann wäre es um seine Zukunft am College schlecht bestellt.

Er las die Briefe erneut, suchte nach Eigenheiten in der Diktion, die vielleicht auf eine seiner Studentinnen hinwiesen. Doch nichts dergleichen. Schließlich legte er die Briefe wieder in die Schublade, schloß sie ab, streckte sich und erkannte, daß er todmüde war. Außerdem fror er. Es war eine Sache, in eine warme Decke gehüllt in einem kalten Zimmer zu schlafen, eine ganz andere, nur mit einem Baumwollpyjama bekleidet im Luftzug zu sitzen. Wo, zum Teufel, kam dieser Luftzug eigentlich her?

Karen zog immer die Vorhänge zu, wenn sie zu Hause war, aber er scherte sich nie darum. Jetzt bemerkte er, daß die Glasschiebetür zur Terrasse ein paar Zentimeter weit offenstand. Die Tür war schwer und ließ sich nur mit Mühe in ihren Schienen bewegen. Wahrscheinlich hatte er sie, als er das letztemal draußen war, nicht ganz zugezogen, und das Schloß taugte auch nicht viel. Die Hälfte der Zeit schnappte es nicht ein. Er ging zur Tür, schob sie zu und ließ das Schloß einschnappen. Dann schaltete er das Licht aus und ging wieder ins Bett.

Er kuschelte sich in dem jetzt angenehm kühlen Schlafzimmer unter die Decke, schloß die Augen und schlief sofort ein. Selbst in seinen wildesten Träumen hätte er sich nie vorstellen können, daß nur eine halbe Stunde zuvor eine schlanke Gestalt mit langem blondem Haar in seinem braunen Ledersessel gesessen hatte und erst davongeeilt war, als sich seine Schritte näherten.

20

In New Jersey war der achtundfünfzigjährige Privatdetektiv Daniel O'Toole als Danny der Schlafzimmerspezialist bekannt. Unter seinem robusten Äußeren, dem man ansah, daß er einem guten Tropfen nicht abgeneigt war, verbarg sich ein erstaunlich gründlicher Arbeiter, der sich darauf verstand, mit höchster Diskretion Informationen zu sammeln.

Daß Kunden ihm falsche Namen angaben, wenn es darum ging, auf Abwege geratenen Ehemännern oder -frauen nachzuspüren, war Danny gewohnt. Ihn störte das nicht. Solange sein Vorschuß und die weiteren Rechnungen prompt bezahlt wurden, konnten seine Klienten sich nennen, wie sie wollten.

Trotzdem überraschte es ihn ein wenig, als ihn am Dienstagmorgen eine Frau, die ihren Namen mit Jane Graves angab, in seinem Büro anrief und ihm unter Hinweis auf mögliche Versicherungsansprüche den Auftrag erteilte, die Geschwister Kenyon zu beobachten. Sie wollte wissen, ob die ältere Schwester ihrem Beruf nachging, ob die jüngere Schwester wieder aufs College zurückgekehrt war und dort wieder studierte, wie oft sie nach Hause kam und wie die Schwestern auf den Tod ihrer Eltern reagierten. Außerdem interessierte sie, ob es irgendwelche

Hinweise auf einen Nervenzusammenbruch gab, ganz besonders, ob eine der beiden Frauen etwa in psychiatrischer Behandlung wäre.

Danny spürte, daß hier etwas nicht ganz hasenrein war. Er war Sarah Kenyon einige Male vor Gericht begegnet. Der tödliche Unfall ihrer Eltern war von einem Reisebus mit schadhaften Bremsen verursacht worden, der zu schnell gefahren war. Es bestand durchaus die Möglichkeit, daß ein Verfahren gegen die Busgesellschaft anhängig war, aber gewöhnlich setzten Versicherungsgesellschaften ihre eigenen Ermittler ein. Trotzdem, Auftrag war Auftrag, und in Anbetracht der herrschenden konjunkturellen Flaute war das Scheidungsgeschäft ziemlich lausig. Sich zu trennen war dann besonders hart, wenn das Geld knapp war.

Danny beschloß, seinen üblichen Vorschuß zu verdoppeln, worauf man ihm sagte, der Scheck würde sofort abgeschickt werden. Er erhielt die Anweisung, seine Berichte und künftige Rechnungen an ein privates Postfach in New York zu senden.

Danny legte mit breitem Lächeln den Hörer auf.

21

Am Dienstag abend nach der Arbeit fuhr Sarah nach New York. Sie kam pünktlich zu der Verabredung mit Dr. Justin Donnelly, aber als sie sein Vorzimmer betrat, eilte dieser gerade aus seinem Büro.

Er entschuldigte sich bei ihr, erklärte, er müsse sich um einen Notfall kümmern, und bat sie, zu warten. Sie hatte einen flüchtigen Eindruck von Größe, Breite und dunklem Haar und scharfblickenden blauen Augen – dann war er verschwunden.

Die Empfangsdame war offensichtlich schon nach Hause gegangen, und die Telefone blieben stumm. Nachdem sie sich zehn Minuten damit beschäftigt hatte, eine

Zeitschrift durchzublättern, ohne dabei auch nur eine Zeile bewußt aufzunehmen, legte Sarah sie weg und saß still und ganz in Gedanken versunken da.

Es wurde sieben Uhr, bis Dr. Donnelly zurückkehrte. »Es tut mir außerordentlich leid«, sagte er nur und führte sie in sein Büro.

Sarah lächelte und gab sich Mühe, ihren aufkommenden Hunger und deutliche Anzeichen einsetzender Kopfschmerzen zu ignorieren. Sie hatte mittags ein Schinkensandwich und eine Tasse Kaffee hinuntergewürgt und seitdem nichts mehr zu sich genommen.

Der Psychiater wies auf den Sessel, der seinem Schreibtisch gegenüberstand. Sie setzte sich, spürte, daß er sie beobachtete, und kam gleich zur Sache.

»Dr. Donnelly, ich habe heute meine Sekretärin in die Bibliothek geschickt und mir Material über Persönlichkeitsspaltung besorgen lassen. Ich hatte da bisher nur ganz vage Vorstellungen. Aber was ich heute gelesen habe, macht mir angst.«

Er sagte nichts und wartete.

»Wenn ich es richtig verstanden habe, entwickelt sich so etwas vorzugsweise nach einem Kindheitstrauma, ganz besonders nach sexuellem Mißbrauch über längere Zeit. Stimmt das?«

»Ja.«

»Die Entführung stellte für Laurie sicherlich ein Trauma dar, und die Ärzte, die sie untersuchten, nachdem sie ausgesetzt worden war, glauben, daß sie mißbraucht worden ist.«

»Darf ich Sie Sarah nennen?« fragte er.

»Natürlich.«

»Also gut, Sarah. Wenn Laurie eine multiple Persönlichkeit geworden ist, dann fing das wahrscheinlich zur Zeit ihrer Entführung an. Wenn wir einmal davon ausgehen, daß sie mißbraucht worden ist, muß ihr das solche Angst, solchen Schrecken eingejagt haben, daß sie als kleines menschliches Wesen unmöglich alles, was mit ihr geschah, verarbeiten konnte. An dem Punkt ging etwas in Stücke. Psychologisch gesehen, zog sich Laurie, das Kind, das Sie gekannt haben, vor dem Schmerz und der Angst zurück, und andere Persönlichkeiten sind ihr zu Hilfe gekommen. Die Erinnerung an jene Jahre ist in ihnen verschlossen. Wie es scheint, sind diese anderen Persönlichkeiten bis jetzt nicht zum Vorschein gekommen. Nach allem, was ich bis jetzt verstanden habe, kehrte Laurie, nachdem sie wieder zu Hause war, mit der Zeit – abgesehen von immer wiederkehrenden Alpträumen – in ihr altes Selbst zurück. Jetzt hat sie durch den Tod ihrer Eltern ein weiteres schreckliches Trauma erlitten; Dr. Carpenter hat in den letzten Sitzungen deutliche Persönlichkeitsveränderungen an ihr wahrgenommen. Er hat sich deshalb so unverzüglich an mich gewandt, weil er befürchtet, sie könnte zu Selbstmord neigen.«

»Das hat er mir nicht gesagt.« Sarah spürte, wie ihr Mund trocken wurde. »Laurie war natürlich deprimiert, aber … O Gott, Sie halten das doch ganz sicher nicht für möglich?« Sie biß sich auf die Unterlippe.

»Sarah, können Sie Laurie dazu überreden, mich aufzusuchen?«

Sie schüttelte den Kopf. »Es ist schon schwierig genug, sie dazu zu bringen, Dr. Carpenter aufzusuchen. Meine Eltern waren wunderbare Menschen, aber von Psychiatrie hielten sie nichts. Mutter hat da immer einen ihrer Lehrer vom College zitiert. Nach seiner Meinung gibt es drei Arten von Menschen: diejenigen, die zur Therapie gehen, wenn sie unter Streß stehen; diejenigen, die ihre Probleme mit Freunden oder Taxifahrern oder Barkeepern bereden; und diejenigen, die ihre Probleme für sich behalten. Der Lehrer hatte behauptet, daß die Gesundungsrate bei allen drei Typen genau gleich ist. Mit dieser Vorstellung ist Laurie aufgewachsen.«

Justin Donnelly lächelte. »Ich glaube, diese Ansicht wird von vielen Menschen geteilt.«

»Ich weiß, daß Laurie professionelle Hilfe braucht«,

sagte Sarah. »Das Problem ist nur, daß sie nicht bereit ist, sich Dr. Carpenter zu öffnen. Es ist gerade, als hätte sie Angst vor dem, was er möglicherweise über sie herausfinden könnte.«

»Dann bleibt uns für den Augenblick nichts anderes übrig, als ohne sie weiterzuarbeiten. Sarah, achten Sie aufmerksam auf alle Hinweise auf Selbstmord, ganz gleich wie beiläufig sie Ihnen erscheinen mögen, und berichten Sie sie sofort Dr. Carpenter und mir. Ich will ganz ehrlich sein: Ich würde mich gern weiter mit Lauries Fall befassen. Ich konzentriere mich in meiner Arbeit auf die Erforschung multipler Persönlichkeiten, und es ergibt sich nicht oft, daß wir einen Patienten treffen, bei dem alternative Persönlichkeiten gerade aufzutauchen beginnen. Ich werde mit Dr. Carpenter wegen Laurie in Verbindung bleiben und nach den nächsten Sitzungen mit ihm über sie sprechen. Wenn es keine radikale Veränderung gibt, habe ich das Gefühl, daß wir von Ihnen mehr Information als von Laurie bekommen werden. Seien Sie sehr aufmerksam.«

Sarah zögerte kurz und fragte dann: »Doktor, ist es denn nicht so, daß Laurie nie wieder ganz gesund wird, solange sie nicht Zugang zu diesen verlorenen Jahren bekommt?«

»Sie sollten das so sehen, Sarah. Meine Mutter hat sich einmal einen Fingernagel bis unter die Nagelhaut aufgerissen, und es kam zu einer Infektion. Ein paar Tage später war der ganze Finger angeschwollen und schmerzte. Sie hat ihn weiterhin selbst verarztet, weil sie Angst hatte, ihn aufschneiden zu lassen. Als sie schließlich in die Notaufnahme kam, hatte sie einen roten Streifen am Unterarm und stand kurz vor einer Blutvergiftung. Sie hatte die Warnzeichen ignoriert, verstehen Sie, weil sie vor dem unmittelbaren Schmerz einer Behandlung Angst hatte.«

»Und Laurie zeigt Warnzeichen einer psychischen Infektion?«

»Ja.«

Sie gingen gemeinsam durch den langen Korridor bis

zur Tür. Der Wachmann ließ sie hinaus. Es ging zwar kein Wind, aber die herrschende Kühle ließ keinen Zweifel daran, daß es ein Oktoberabend war.

Donnelly begleitete sie zum Wagen. »Halten Sie mich auf dem laufenden.«

Was für ein netter Mensch, dachte Sarah, als sie wegfuhr. Sie versuchte ihre eigenen Gefühle zu analysieren. Ihre Sorge um Laurie war jetzt noch größer als vor dem Gespräch mit Dr. Donnelly, aber sie hatte jetzt wenigstens das Gefühl, daß ihr kompetente Hilfe zur Verfügung stand.

Zehn Minuten später führte sie Lou, der Oberkellner von Nicola's, den sie schon viele Jahre kannte, an einen kleinen Tisch. »Ist ja großartig, Sie mal wiederzusehen, Sarah«, sagte er.

In dem Restaurant herrschte wie üblich eine lockere Atmosphäre, und der köstliche Anblick von dampfender Pasta, die gerade aus der Küche gebracht wurde, hob Sarahs Stimmung. »Ich weiß, was ich will, Lou.«

»Spargel vinaigrette, Linguine mit weißer Muschelsoße, Pellegrino, ein Glas Wein«, leierte er herunter.

»Sie haben's erfaßt.«

Sie griff in den Brotkorb und nahm sich ein warmes knuspriges Brötchen. Als ihr Spargel kam, setzte sich jemand an den kleinen Tisch zu ihrer Linken. Sie hörte, wie eine bekannte Stimme sagte: »Ausgezeichnet, Lou. Danke. Ich bin am Verhungern.«

Sarah blickte auf und sah in das überraschte und dann sichtlich erfreute Gesicht von Dr. Donnelly.

22

Rutland Garrison war achtundsiebzig Jahre alt und hatte von Kindesbeinen an gewußt, daß er zum Predigeramt berufen war. 1947 hatte er bereits die enorme Reichweite des Fernsehens erkannt und daraufhin den Sender Dumont in

New York dazu überredet, am Sonntagmorgen für eine religiöse Sendung unter dem Titel ›Welle Gottes‹ Zeit einzuräumen. Seit damals hatte er das Wort des Herrn ohne Unterbrechung gepredigt.

Jetzt begannen seine Kräfte nachzulassen, und sein Arzt hatte ihm geraten, unverzüglich in den Ruhestand zu treten. »Sie haben zu Ihren Lebzeiten so viel wie ein Dutzend Männer geleistet, Reverend Garrison«, hatte er gesagt. »Sie haben ein Bibel-College, ein Krankenhaus, Pflege- und Seniorenheime errichtet. Jetzt sollten Sie sich selbst Gutes tun.«

Keiner wußte so gut wie Garrison, wie leicht es war, riesige Summen von einer guten Sache in habgierige Taschen abzuzweigen. Er wollte nicht, daß sein Predigeramt jemandem dieser Sorte in die Hände fiel.

Er wußte auch, daß ein Fernsehprediger dem Wesen des Amtes nach jemand sein mußte, der seine Herde nicht nur inspirieren und führen konnte, nein, er mußte auch in der Lage sein, eine gute Predigt zu halten, die begeisterte.

»Wir müssen einen Mann mit Schauspieltalent wählen, aber keineswegs einen Schauspieler«, warnte Garrison die Mitglieder des Beirates der ›Welle Gottes‹. Dennoch beschloß der Rat Ende Oktober, nachdem Reverend Bobby Hawkins zum dritten Mal als Gastprediger aufgetreten war, ihm den Platz auf der Kanzel anzubieten.

Garrison verfügte über das Vetorecht und konnte damit Entscheidungen des Beirates umstoßen. »Ich bin mir bei diesem Mann nicht sicher«, erklärte er den Ratsmitgliedern ärgerlich. »Er hat irgend etwas an sich, das mich beunruhigt. Wir sollten die Entscheidung nicht überstürzen.«

»Er hat etwas Messianisches an sich«, wandte einer von ihnen ein.

»Der Messias selbst hat uns gewarnt, uns vor falschen Propheten in acht zu nehmen.« Der verständnisvolle, aber irgendwie irritierte Ausdruck der Männer um ihn herum verriet Rutland Garrison, daß sie alle glaubten, seine Einwände beruhten einzig und allein auf seinem Widerstreben, in den Ruhestand zu treten. Er stand auf. »Tun Sie, was Sie wollen«, sagte er müde. »Ich gehe nach Hause.«

In jener Nacht verstarb Reverend Rutland Garrison im Schlaf.

23

Seit er das letztemal in New York gepredigt hatte, war Bic reizbar gewesen. »Dieser alte Mann kann mich nicht leiden, Opal«, sagte er. »Er ist eifersüchtig wegen all der Anrufe und Briefe, die sie meinetwegen bekommen. Ich habe eines der Beiratsmitglieder angerufen, weil ich wissen wollte, warum ich nichts mehr von ihnen gehört habe.«

»Vielleicht ist es besser, wenn wir hier in Georgia bleiben, Bic«, meinte Opal. Sie saß am Eßtisch, von Stapeln von Briefumschlägen umgeben. Sie wich seinem finsteren Blick aus.

»Wie waren diese Woche die Spenden?«

»Sehr gut.« Bic forderte jeden Donnerstag in seiner lokalen Fernsehsendung und auch bei Kirchenversammlungen zu Spenden für verschiedene ausländische Wohltätigkeitsvorhaben auf. Opal und er waren die einzigen, die Zugang zu den Spenden hatten.

»Im Vergleich zu dem, was die ›Welle Gottes‹ einnimmt, wenn ich spreche, sind sie alles andere als gut.«

Am 28. Oktober kam ein Anruf aus New York. Als Bic den Hörer auflegte, starrte er Opal an, und sein Gesicht und seine Augen leuchteten. »Garrison ist letzte Nacht gestorben. Man hat mich eingeladen, Pastor der ›Welle Gottes‹ zu werden. Sie wollen, daß wir so bald wie möglich für immer nach New York kommen. Wir sollen so lange im Wyndham wohnen, bis wir einen ständigen Wohnsitz gefunden haben.«

Opal wollte schon auf ihn zustürzen, hielt dann aber inne. Sein Gesichtsausdruck warnte sie; es war besser, ihn jetzt allein zu lassen. Er ging in sein Arbeitszimmer und schloß die Tür. Ein paar Augenblicke später hörte sie leise Musik und wußte, daß er wieder einmal Lees Spieldose herausgeholt hatte. Sie schlich auf Zehenspitzen zur Tür und hörte Fistelstimmen singen: »In der ganzen Stadt herum ... Jungs und Mädels zusammen ...«

24

Es war sehr schwer, Sarah nicht merken zu lassen, wie groß ihre Angst war. Laurie erzählte es jetzt Sarah und Dr. Carpenter nicht mehr, wenn sie von dem Messer träumte. Es nützte nichts, darüber zu reden. Niemand, nicht einmal Sarah, konnte verstehen, daß das Messer näher und näher kam.

Dr. Carpenter wollte ihr helfen, aber sie mußte ganz vorsichtig sein. Manchmal verging die Stunde mit ihm so schnell, und Laurie wußte dann, daß sie ihm Dinge erzählt hatte, an die sie sich nachher gar nicht mehr erinnerte.

Sie war immer so müde. Obwohl sie fast jeden Abend in ihrem Zimmer blieb und lernte, hatte sie immer große Schwierigkeiten, ihre Aufgaben zu erledigen. Manchmal passierte es, daß sie sie fertig auf ihrem Schreibtisch fand und sich gar nicht daran erinnerte, daß sie sie gemacht hatte.

Und dann gab es da so viele laute Gedanken, die in ihrem Kopf dröhnten, wie Leute, die in einer Echokammer schrien. Eine der Stimmen sagte ihr, sie sei dumm und eine Versagerin und würde allen nur Ärger machen, und sie solle den Mund halten, wenn Dr. Carpenter dabei sei. Und manchmal war da ein kleines Mädchen, das in Lauries Bewußtsein ständig weinte. Manchmal weinte es ganz leise, manchmal schluchzte es jämmerlich. Und eine andere Stimme, viel tiefer und irgendwie anzüglich, redete wie ein Pornostar.

Die Wochenenden waren besonders schlimm. Das Haus war so groß, so still. Sie war froh, daß Sarah es einem Immobilienmakler zum Verkauf angeboten hatte.

Das einzige Mal, wo Laurie sich wie sie selbst fühlte, war, wenn sie und Sarah im Club Golf spielten und mit Freunden zu Mittag oder zu Abend aßen. Dann dachte sie immer daran, wie sie mit Gregg Golf spielte. Er fehlte ihr so sehr, daß es richtig weh tat, aber sie hatte jetzt solche Angst vor ihm, und die Furcht verdrängte ihre ganze Liebe. Der Gedanke daran, daß er im Januar nach Clinton zurückkommen würde, bedrückte sie.

25

Schon in dem Gespräch mit Dr. Carpenter hatte Justin Donnelly den Eindruck gewonnen, daß Sarah Kenyon eine ungewöhnlich starke junge Frau war. Er war aber trotzdem nicht auf den Eindruck vorbereitet gewesen, den sie beim persönlichen Kennenlernen auf ihn gemacht hatte. An jenem ersten Abend war sie ihm in seinem Büro gegenübergesessen, selbstbewußt und schön, und nur der Schmerz, den man in ihren Augen lesen konnte, ließen die Angst und das Leid erkennen.

Beeindruckt hatte ihn auch, daß sie vor dem Besuch bei ihm Informationen über multiple Persönlichkeiten eingeholt hatte.

Als er Sarah dann in Nicola's angetroffen hatte, schien sie erfreut, ihn zu sehen, und so war es ganz einfach und natürlich, daß er sich zu ihr setzte, um den letzten kleinen Tisch für das junge Paar freizumachen, das nach ihm das Lokal betreten hatte.

Sarah war es, die die Unterhaltung führte. Sie hatte ihm mit einem Lächeln den Korb mit den Brötchen gereicht.

»Ich kann mir vorstellen, Sie haben Ihr Mittagessen genauso im Stehen eingenommen wie ich«, meinte sie. »Ich fange gerade an, einen Mordfall zu bearbeiten, und habe den ganzen Tag mit Zeugen gesprochen.«

Sie erzählte von ihrer Arbeit im Büro des Staatsanwalts und lenkte das Gespräch dann geschickt auf ihn. Sie wußte, daß er Australier war. Justin erzählte ihr von seiner Familie und seinen Jugendjahren auf einer Schaffarm. »Mein Urgroßvater väterlicherseits kam in Ketten aus England. Natürlich wurde das einige Generationen lang nicht erwähnt. Jetzt ist man stolz darauf, einen Vorfahren zu haben, der in der Strafkolonie Gast der Krone war. Meine Großmutter mütterlicherseits ist in England geboren, und ihre Familie ist nach Australien ausgewandert, als sie drei Monate alt war. Omi hat uns ihr ganzes Leben lang vorgejammert, wie sehr England ihr doch fehlte. Sie war in achtzig Jahren zweimal dort. So können Aussies auch sein.«

Erst als sie an ihrem Cappuccino nippten, wandte sich das Gespräch seiner Entscheidung zu, sich auf die Behandlung von Patienten zu spezialisieren, die an Persönlichkeitsspaltung litten.

Von jenem Abend an sprach Justin wenigstens einmal die Woche mit Dr. Carpenter und Sarah. Dr. Carpenter stellte fest, daß Laurie immer unkooperativer werde. »Sie verstellt sich«, erklärte er Justin. »An der Oberfläche stimmt sie mir zu, daß sie sich nicht für den Tod ihrer Eltern verantwortlich fühlen sollte, aber das glaube ich ihr nicht. Wenn sie über die Eltern spricht, dann nur in liebevoller Erinnerung, aber wenn sie emotional wird, dann weint und redet sie wie ein kleines Kind. Sie weigert sich nach wie vor strikt, Rorschach- oder andere Persönlichkeitstests zu machen.«

Sarah berichtete, daß sie keine Hinweise auf Depressionen mit Selbstmordgedanken erkennen könne. »Laurie hat eine große Abneigung davor, samstags zu Dr. Carpenter zu gehen«, erklärte sie Justin. »Sie sagt, das sei Geldverschwendung, und schließlich sei es doch völlig normal, daß man traurig ist, wenn die Eltern gestorben sind. Wenn wir in den Club gehen, muntert sie das auf. Sie hat in ein paar Fächern ziemlich schlechte Noten bekommen und mich deshalb gebeten, sie gegen acht Uhr anzurufen, wenn ich abends mit ihr reden möchte. Nach acht möchte sie beim Studieren nicht gestört werden. Ich glaube, sie will nur nicht, daß ich sie kontrolliere.«

Dr. Justin Donnelly verschwieg Sarah, daß er und Dr. Carpenter das Gefühl hatten, daß Lauries Zustand wie die Ruhe vor dem Sturm war. Er schärfte ihr ein, Laurie weiterhin fest im Auge zu behalten. Und jedesmal, wenn er den Hörer auflegte, war ihm bewußt, daß er sich auf höchst unprofessionelle Weise auf Sarahs Anrufe freute.

26

Bei dem Mord, den Sarah bei der Staatsanwaltschaft bearbeitete, handelte es sich um einen besonders brutalen Fall: Ein neunzehnjähriger junger Mann hatte sich auf einem Bahnhofsparkplatz gewaltsam Zugang zum Wagen der siebenundzwanzigjährigen Maureen Mays verschafft und sie erwürgt.

Für Sarah war es eine willkommene Abwechslung, sich jetzt, wo der Verhandlungstermin näherrückte, in die letzten Vorbereitungen zu stürzen. Sie nahm mit größter Konzentration die Aussagen der Zeugen in sich auf, die den Beschuldigten auf dem Parkplatz hatten herumlungern sehen. Wenn sie nur irgend etwas unternommen hätten, dachte Sarah, nachdem sie doch alle das Gefühl gehabt hatten, daß er nichts Gutes im Schilde führte. Das Opfer hatte sich verzweifelt gegen den Angreifer gewehrt; dafür gab es genügend physische Beweise. Sarah wußte, daß diese ihren Eindruck auf die Geschworenen nicht verfehlen würden.

Die Verhandlung begann am 2. September. Es stellte sich bald heraus, daß die Chancen keineswegs so eindeutig auf seiten der Anklagevertretung lagen, denn ein äußerst sympathischer Verteidiger, Conner Marcus, versuchte Sarahs Argumentation in Stücke zu reißen. Er führte die Befragung der Zeugen sehr geschickt durch und arbeitete heraus, daß es auf dem Parkplatz dunkel gewesen sei, daß die Zeugen nicht wußten, ob der Angeklagte die Wagentür geöffnet hatte oder ob das Opfer selbst geöffnet und ihn eingelassen hatte.

Aber als Sarah dann ins Kreuzverhör eintrat, erklärten alle Zeugen mit Bestimmtheit, daß Maureen Mays auf dem Parkplatz James Parkers Annäherungsversuche eindeutig abgewiesen hatte.

Nicht zuletzt wegen Marcus' schauspielerischer Talente bemächtigten sich die Medien scharenweise des Falles. Die Zuschauerbänke füllten sich, und die regelmäßigen Gerichtssaalbesucher schlossen Wetten auf das Ergebnis ab.

Sarah bewegte sich in einem Rhythmus, der ihr in den letzten fünf Jahren zur zweiten Natur geworden war. Die Sache ›Staat von New Jersey gegen James Parker‹ beschäftigte sie Tag und Nacht, beim Essen, Trinken und Schlafen. Laurie fuhr an den Samstagen nach ihren Besuchen bei Dr. Carpenter jetzt wieder regelmäßig aufs College zurück. »Du bist beschäftigt, und für mich ist es auch gut, wenn ich mich mehr um mein Studium kümmere«, erklärte sie Sarah.

»Wie läuft's denn mit Dr. Carpenter?«

»Ich fange an, dem Busfahrer die Schuld an dem Unfall zu geben.«

»Das ist eine gute Nachricht.« Bei ihrem nächsten Telefonat mit Dr. Donnelly sagte Sarah: »Ich wünschte nur, ich könnte ihr glauben.«

Das Thanksgiving-Fest verbrachten sie mit Verwandten in Connecticut. Weihnachten flogen sie und Laurie nach Florida und machten eine fünftägige Karibik-Kreuzfahrt. Wenn sie auf dem Lidodeck im Pool schwammen, hätte man glauben können, Weihnachten mit all den Erinnerungen, die es erweckte, läge in weiter Ferne. Trotzdem sehnte Sarah sich nach dem Ende der Gerichtsferien, damit sie sich wieder dem Prozeß widmen konnte.

Laurie verbrachte einen großen Teil der Kreuzfahrt in der Kabine mit Lesen. Sie hatte sich für Allan Grants Vorlesungen über viktorianische Schriftstellerinnen eingeschrieben und wollte sich darauf vorbereiten. Sie hatte die alte Reiseschreibmaschine ihrer Mutter mitgebracht, angeblich um sich Notizen zu machen, aber Sarah wußte, daß sie auch Briefe darauf schrieb. Briefe, die sie immer dann, wenn Sarah die Kabine betrat, aus der Maschine riß und zudeckte. Hatte Laurie eine Bekanntschaft gemacht? Warum gab sie sich dann aber so geheimnisvoll?

Sie ist einundzwanzig, sagte sie sich. Kümmere dich um deine eigenen Sachen, Sarah.

27

Am Weihnachtsabend hatte Professor Allan Grant eine unangenehme Auseinandersetzung mit seiner Frau. Er hatte vergessen, den Schlüssel zu seiner Schreibtischschublade zu verstecken, und Karen hatte die Briefe gefunden. Jetzt wollte sie wissen, warum er sie vor ihr verborgen gehalten und warum er sie nicht der Universitätsverwaltung übergeben hatte, wenn sie, wie er behauptete, nur lächerliche Fantasien einer Verrückten waren.

Zunächst hatte er ihr mit großer Geduld und später nicht mehr so großer Geduld erklärt: »Karen, ich habe wirklich keinen Anlaß gesehen, dich zu beunruhigen. Und was die Universität angeht, so bin ich nicht einmal sicher, daß die Briefe wirklich von einer Studentin kommen, obwohl ich das vermute. Was könnte die Verwaltung also anderes tun, als was du jetzt tust, nämlich sich fragen, wieviel Wahrheit wirklich dahintersteckt?«

In der Woche zwischen Weihnachten und Neujahr kamen keine Briefe. »Ein Beweis dafür, daß sie vermutlich von einer Studentin kommen«, sagte er zu Karen. »Wenn jetzt einer käme, würde uns vielleicht der Poststempel weiterbringen.«

Karen wollte den Silvesterabend mit ihm in New York verbringen, wo sie zu einer Party eingeladen waren.

»Du weißt, daß ich große Partys nicht mag«, wandte er ein. »Außerdem haben uns die Larkins eingeladen.« Walter Larkin war Dekan des Clinton College.

Am Silvesterabend schneite es heftig. Karen rief aus dem Büro an. »Liebling, schalte das Radio ein. Die Busse und Züge haben alle Verspätung. Was soll ich tun?«

Allan wußte, welche Antwort sie von ihm erwartete. »Sieh bloß zu, daß du nicht in der Penn Station oder auf der Straße in einem Bus steckenbleibst. Bleib doch in der Stadt.«

»Und es macht dir auch ganz sicher nichts aus?«

Es machte ihm nichts aus.

Allan Grant war mit dem festen Entschluß in die Ehe gegangen, daß es sich um eine Übereinkunft auf Lebenszeit handelte. Sein Vater hatte seine Mutter verlassen, als Allan noch ein Baby war, und er hatte sich geschworen, nie einer Frau dasselbe anzutun.

Karen fühlte sich mit ihrem Arrangement offenbar wohl: Ihr gefiel es, die Woche über in New York zu leben und die Wochenenden in seiner Gesellschaft zu verbringen. Anfänglich hatte es auch recht gut funktioniert, weil Allan Grant gewohnt war, allein zu leben, und das Alleinsein auch genoß. Aber jetzt begann er unzufrieden zu werden. Karen war eine der hübschesten Frauen, die ihm je begegnet waren, und sie kleidete sich wie ein Fotomodell. Im Gegensatz zu ihm war sie geschäftstüchtig und erledigte daher alle finanziellen Angelegenheiten. In physischer Hinsicht hingegen war ihre Anziehungskraft für ihn schon vor langer Zeit erloschen, und ihr etwas hartnäckiger gesunder Menschenverstand begann ihn zu langweilen.

Was haben wir eigentlich gemeinsam, fragte sich Allan nicht zum erstenmal, während er sich für die Einladung beim Dekan ankleidete, schob die bohrende Frage dann aber beiseite.

Heute würde er es einfach genießen, den Abend mit guten Freunden zu verbringen. Schließlich kannte er alle Gäste, die kommen würden, und es waren alles attraktive, interessante Leute.

Ganz besonders Vera West, das neue Fakultätsmitglied.

28

Anfang Januar war der Campus des Clinton College zu einem Kristallpalast geworden. Es hatte heftig geschneit, was die Studenten dazu inspirierte, fantasievolle Skulpturen aus Schnee zu schaffen, die in den eisigen Temperaturen in ihrer ganzen Schönheit erhalten blieben, bis dann, für die Jahreszeit ungewöhnlich, warmer Regen einsetzte.

Jetzt klebte der restliche Schnee an matschigbraunem Gras, und die Überreste der Skulpturen wirkten in ihrem dahinschmelzenden Zustand grotesk. Die frivole Euphorie, die sich nach den Examina einzustellen pflegte, war vorbei, und in den Vorlesungsräumen zog wieder der Alltag ein.

Laurie strebte mit schnellen Schritten auf Professor Grants Büro zu, die Hände in den Taschen ihrer Skijacke, die sie über Jeans und Pullover trug, geballt. Ihr blondes Haar hatte sie zu einem Pferdeschwanz zusammengebunden. Zunächst hatte sie Lidschatten und Lippenstift aufgelegt, sie dann aber wieder abgewischt.

Mach dir doch nichts vor. Du bist häßlich.

Diese lauten Gedanken stellten sich jetzt immer häufiger ein. Laurie beschleunigte ihre Schritte, als könnte sie den Stimmen davonrennen. *Laurie, alles ist deine Schuld. Das, was dir als Kind zugestoßen ist, ist deine Schuld.*

Laurie hatte die Hoffnung, bei der ersten Prüfung über viktorianische Schriftstellerinnen nicht zu schlecht abgeschnitten zu haben. Bis zu diesem Semester hatte sie immer gute Noten bekommen, aber jetzt ging es wie auf einer Berg-und-Tal-Bahn zu. Manchmal bekam sie eine Eins oder eine Zwei plus, und dann war ihr der Stoff wieder so fremd, daß sie bei der Vorlesung wohl überhaupt nicht aufgepaßt hatte. Später fand sie dann Notizen, an die sie sich überhaupt nicht erinnerte.

Dann sah sie ihn. Gregg. Er überquerte gerade die Zufahrt zwischen zwei Studentenhäusern. Er hatte sie letzte Woche nach seiner Ankunft aus England angerufen. Sie hatte ihn angebrüllt, er solle sie in Frieden lassen, und hatte den Hörer hingeknallt.

Bis jetzt hatte er sie noch nicht entdeckt. Sie fing zu rennen an.

Glücklicherweise war der Korridor leer. Sie preßte das Gesicht einen Augenblick lang gegen die Mauer und genoß die beruhigende Kühle.

Feigling.

Ich bin kein Feigling, dachte sie trotzig, drückte die Schultern zurück und zwang sich zu einem lockeren Lächeln, als sie an die halbgeöffnete Tür von Allan Grants Büro klopfte. Sein freundliches »Kommen Sie doch herein, Laurie« tat ihr gut. Er war immer freundlich zu ihr.

Grant deutete auf seinen Besucherstuhl. »Setzen Sie sich, Laurie.« Er trug einen dunkelblauen Sweater über einem weißen Rollkragenpullover. Er sah fast wie ein Priester aus, dachte sie.

Er hielt ihre letzte Arbeit, die sich mit Emily Dickinson befaßte, in der Hand. »Hat Ihnen wohl nicht gefallen?« fragte sie besorgt.

»Ganz im Gegenteil: Ich fand es großartig. Ich verstehe nur nicht ganz, warum Sie Ihre Meinung über die alte Emily geändert haben.«

Es gefiel ihm also. Laurie lächelte erleichtert. Aber was meinte er mit ›Meinung ändern‹?

»Im letzten Semester haben Sie Emily Dickinsons Entscheidung unterstützt, ein Einsiedlerleben zu führen, und geschrieben, daß ihr Genie sich nur dadurch in vollem Maße entwickeln konnte, daß sie sich der Menge entzog. Jetzt stellen Sie die These auf, daß sie eine von Furcht gequälte Neurotikerin war und daß ihre Dichtkunst zu noch viel größeren Höhen aufgestiegen wäre, wenn sie ihre Emotionen nicht unterdrückt hätte. Am Ende schreiben Sie: ›Eine lustvolle Affäre mit ihrem Idol und Mentor Charles Wadsworth hätte ihr ganz sicher gutgetan.‹«

Grant lächelte. »Ich habe das manchmal auch schon gedacht. Aber was hat Sie eigentlich dazu veranlaßt, Ihre Meinung zu ändern?«

Ja, was? Laurie fand eine Antwort. »Vielleicht tickt mein Verstand genau wie der Ihre. Vielleicht habe ich mir überlegt, was passiert wäre, wenn sie ihre Gefühle hätte ausleben können, statt vor ihnen Angst zu haben.«

Grant nickte. »Okay. Diese zwei Sätze am Rand... Haben Sie die geschrieben?«

Es sah ganz und gar nicht wie ihre Handschrift aus, aber auf dem blauen Aktendeckel stand ihr Name, und so nickte sie.

Professor Grant wirkte verändert. Sein Gesichtsausdruck war nachdenklich, ja beunruhigend geworden. Gab er sich nur Mühe, nett zu ihr zu sein? Vielleicht war die Arbeit dennoch lausig.

Sie stand auf. »Ich... ich muß jetzt gehen. War noch etwas?«

Allan Grant sah Laurie bedrückt nach. Um ganz sicher zu sein, war es noch zu früh, aber die Arbeit, die er in der Hand hielt, war der erste greifbare Hinweis auf die geheimnisvolle Verfasserin der Briefe, die mit ›Leona‹ unterzeichnet waren.

Die Arbeit hatte von der Diktion her etwas Sinnliches an sich, ganz anders, als Laurie sonst zu schreiben pflegte, aber den Briefen ähnlich. Er glaubte sogar, einige besonders ungewöhnliche Wendungen zu erkennen. Das war noch kein Beweis, aber immerhin ein Anfang.

Er hätte Laurie Kenyon nicht einmal in seinen kühnsten Träumen als Verfasserin jener Briefe verdächtigt. Sie hatte ihm gegenüber stets die Haltung einer respektvollen Studentin an den Tag gelegt, die ihren Lehrer bewunderte und mochte.

Grant griff nach seiner Jacke und entschied, seinen Verdacht zunächst noch für sich zu behalten. Einige der Briefe waren geradezu zotig und obszön, und für eine Unschuldige wäre es peinlich, danach gefragt zu werden, ganz besonders für eine junge Frau, die eine solche Tragödie wie Laurie erlebt hatte. Er knipste das Licht aus und machte sich auf den Heimweg.

Leona hielt sich im Gebüsch verborgen und sah ihm nach; ihre Fingernägel krallten sich in die Handflächen.

Letzte Nacht hatte sie sich wieder vor seinem Haus versteckt. Er hatte wie gewöhnlich die Vorhänge offengelassen, und sie hatte ihn drei Stunden lang beobachtet. Gegen neun hatte er sich eine Pizza aufgewärmt und sie mit einem Glas Bier in sein Arbeitszimmer getragen. Dort hatte er es sich auf seinem alten Ledersessel bequem gemacht, die Schuhe ausgezogen und die Füße auf den Hocker gelegt.

Er hatte eine Biographie von George Bernard Shaw gelesen. Wenn Allan sich fahrig mit der Hand durchs Haar fuhr, durchströmte sie ein warmes Gefühl. In der Vorlesung pflegte er gelegentlich dieselbe Geste zu machen. Als er das Bier getrunken hatte, sah er auf das leere Glas, zuckte die Achseln und ging in die Küche, um gleich darauf mit einem neuen zurückzukommen.

Um elf sah er sich die Nachrichten an, schaltete dann das Licht aus und verließ das Zimmer. Sie wußte, daß er jetzt zu Bett ging. Er ließ das Fenster immer offen, aber die Schlafzimmervorhänge waren zugezogen. Meistens ging sie, nachdem er das Licht ausgeschaltet hatte. Aber einmal hatte sie die Schiebetür zu bewegen versucht und festgestellt, daß das Schloß nicht eingeschnappt war. Von da an schlich sie sich von Zeit zu Zeit hinein und kuschelte sich in seinen Sessel. Sie redete sich dann immer ein, daß er sie gleich rufen würde: »Liebste, komm doch ins Bett. Ich bin so allein.«

Ein- oder zweimal hatte sie gewartet, bis sie sicher war, daß er schlief, und hatte sich dann auf Zehenspitzen ins Schlafzimmer geschlichen und ihn angesehen. Letzte Nacht hatte sie gefroren und war übermüdet nach Hause gegangen, nachdem er das Licht im Arbeitszimmer ausgemacht hatte.

Kalt und sehr müde.

Kalt.

Laurie rieb die Hände aneinander. Ganz plötzlich war es so finster geworden. Sie hatte gar nicht gemerkt, wie finster es war, als sie vor einer Minute aus Professor Grants Büro gekommen war.

29

»Ridgewood ist einer der schönsten Orte in New Jersey«, erklärte Betsy Lyons der dezent gekleideten Frau, die sich mit ihr Fotos von Immobilienangeboten ansah. »Preislich gesehen liegt es natürlich eher hoch. Aber so wie der Markt im Augenblick aussieht, gibt es ein paar ausgezeichnete Angebote.«

Opal nickte nachdenklich. Dies war jetzt ihr dritter Besuch bei der Maklerin. Sie hatte gesagt, daß ihr Mann nach New York versetzt würde und sie deshalb vorsorglich Häuser in New Jersey, Connecticut und Westchester ansehen wolle.

»Du mußt ihr Vertrauen gewinnen«, hatte Bic ihr eingeschärft. »All diese Immobilienmakler sind darauf geschult, potentielle Käufer im Auge zu behalten, damit die nichts mitgehen lassen, wenn man ihnen Häuser zeigt. Zunächst mußt du allen sagen, daß du dich in verschiedenen Gegenden umsiehst und dann, nach ein oder zwei Besuchen, daß dir New Jersey am besten gefällt. Beim ersten Besuch mußt du sagen, du hättest eigentlich im Preis nicht so hoch gehen wollen wie Ridgewood. Und dann deutest du an, daß es dir dort wirklich gut gefällt und du es dir in Wirklichkeit leisten könntest. Am Ende bringst du sie dazu, daß sie dir an einem der Freitage, an denen wir herauskommen, Lees Haus zeigt. Lenke sie ab, und dann ...«

Es war an einem frühen Freitagnachmittag. Der Plan funktionierte. Opal hatte Betsy Lyons' Vertrauen gewonnen. Die Zeit, das Kenyon-Haus anzusehen, war gekommen. Die Haushälterin kam Montag und Freitag vormittags und würde bereits aus dem Haus sein. Die ältere Schwester war beim Gericht und war im Augenblick mit einem Prozeß beschäftigt, der viel Aufsehen erregte. Opal würde Lees Haus ungestört besichtigen können.

Was Betsy Lyons an Carla Hawkins gefiel, war ihre Offenheit. Sie hatte von Anfang an die Karten auf den Tisch gelegt. Sie sah sich auch anderswo um und geriet nicht gleich bei jedem Haus, das sie sah, in Verzückung. Und dann wies sie auch nicht ständig auf Mängel hin. Sie stellte überlegte Fragen bezüglich der Häuser, die ihr Interesse weckten. Da war offensichtlich Geld vorhanden. Ein guter Immobilienmakler lernte es, teure Kleidung richtig einzuschätzen. Kurz und gut, Betsy Lyons hatte das Gefühl, daß ein gutes Geschäft in der Luft lag.

»Ein besonders hübscher Besitz«, sagte sie und deutete auf das Foto eines im Ranchstil gehaltenen Ziegelbaus. »Neun Zimmer, erst vier Jahre alt, hervorragend erhalten, allein in der Gartenanlage steckt ein Vermögen.«

Opal gab sich interessiert und las die Daten, die unter dem Foto vermerkt waren. »Das wäre interessant«, sagte sie langsam, »aber lassen Sie uns weitersehen. Oh, was ist das?« Endlich hatte sie die Seite erreicht, auf der das Kenyon-Haus abgebildet war.

»O ja, wenn Sie ein wahrhaft schönes, geräumiges, gepflegtes Haus haben wollen, ist das ein besonders günstiger Kauf«, sagte Betsy Lyons begeistert. »Fast fünftausend Quadratmeter Grund, Swimmingpool, vier große Schlafzimmer, jedes mit eigenem Bad; Wohnzimmer, Eßzimmer, Frühstückszimmer, Arbeitszimmer und Bibliothek im Erdgeschoß. Achthundert Quadratmeter Wohnfläche, Stuckdecken, Vertäfelung, Parkettboden, Speisekammer.«

»Sehen wir uns doch heute diese beiden an«, schlug Opal vor. »Mehr schaffe ich mit meinem Knöchel nicht.«

Bic hatte ihr das linke Fußgelenk verbunden. »Sag der Maklerin, du hättest dir den Fuß verstaucht«, riet er ihr. »Wenn du dann behauptest, du hättest in einem der Schlafzimmer einen Handschuh verloren, wird es ihr nichts ausmachen, dich in der Küche allein zu lassen.«

»Ich muß bei dem einen nachfragen«, sagte Lyons. »Sie haben kleine Kinder und wollen, daß wir vorher anrufen. Das Kenyon-Haus kann ich wochentags jederzeit ohne Ankündigung herzeigen.«

Sie fuhren zuerst zu dem Haus im Ranchstil. Opal dachte daran, all die richtigen Fragen zu stellen. Schließlich fuhren sie weiter zum Haus der Kenyons. Sie ging noch einmal Bics Instruktionen durch.

»Warum wird es denn verkauft?« Es wäre unnatürlich, dachte Opal, die Frage nicht zu stellen. Sie haßte es, diese Straße zu fahren, sie erinnerte sie an jene zwei Jahre. Sie erinnerte sich daran, wie ihr Herz wie wild geschlagen hatte, als sie an dem rosa Haus an der Ecke eingebogen waren. Jetzt war das Haus weiß getüncht.

Betsy Lyons wußte, daß es keinen Sinn hatte, mit der Wahrheit hinter dem Berg zu halten. Das Problem war nur, daß manche Leute mit Häusern, in denen das Unglück wohnte, nichts zu tun haben wollten. Besser, es gleich zu sagen, als sie herumschnüffeln und es selbst herausfinden zu lassen, war ihr Motto. »Jetzt leben hier nur zwei Schwestern«, sagte sie. »Die Eltern sind letzten September bei einem Autounfall ums Leben gekommen. Ein Bus hat sie auf der Achtundsiebzig gerammt.« Damit versuchte sie geschickt, Opal auf die Tatsache zu lenken, daß der Unfall auf der Route 78 und nicht im Haus passiert war.

Jetzt bogen sie in die Einfahrt. Bic hatte Opal eingeschärft, sich nichts entgehen zu lassen. Er wollte alles über das Haus wissen, in dem Lee wohnte. Sie stiegen aus, und Betsy Lyons suchte nach dem Schlüssel.

»Das hier ist das Foyer«, sagte sie, als sie die Tür öffnete. »Verstehen Sie jetzt, was ich gemeint habe, als ich sagte, das Haus sei gepflegt? Ist es nicht wunderschön?«

Das Wohnzimmer lag zur Linken. Eine Bogentür. Große Fenster. Überwiegend blaue Polsterung. Dunkel polierter Parkettboden mit einem großen Orientteppich und einem kontrastierenden kleinen Läufer vor dem offenen Kamin. Opal hätte am liebsten laut aufgelacht. Aus diesem Palast hatten sie Lee auf ihre armselige Farm verschleppt. Ein Wunder, daß sie nicht sofort daran zerbrochen war.

In der Bibliothek hingen Porträts an den Wänden. »Das sind die Kenyons«, erklärte Betsy Lyons. »Ein gutaussehendes Paar, nicht wahr? Und das sind Aquarelle von den Mädchen, als sie noch klein waren. Sarah hat Laurie praktisch von Anfang an richtig bemuttert. Ich weiß nicht, ob Sie davon gehört haben, aber ...«

Als Opal die Geschichte vom Verschwinden der kleinen Laurie vor siebzehn Jahren hörte, schlug ihr Herz wie rasend. Auf dem Couchtisch stand ein Bild von Lee mit einem älteren Mädchen. Lee trug den rosa Badeanzug, den sie damals angehabt hatte. Eigentlich merkwürdig, daß ihr Blick bei den vielen gerahmten Fotos ausgerechnet auf dies eine gefallen war. Bic hatte recht. Es gab einen Grund dafür, daß Gott sie hierhergeschickt hatte.

Sie tat so, als müsse sie niesen, zog das Taschentuch heraus und ließ in Lees Schlafzimmer einen Handschuh fallen. Selbst wenn Betsy Lyons es ihr nicht gesagt hätte, war leicht festzustellen, welches Zimmer Lee gehörte. Im Zimmer der Schwester lagen stapelweise juristische Bücher auf dem Schreibtisch.

Opal folgte Betsy Lyons die Treppe hinunter und bat dann darum, sich noch einmal die Küche ansehen zu dürfen. »Mir gefällt diese Küche«, seufzte sie. »Dieses Haus ist ein Traum.« Wenigstens war sie ehrlich, dachte Opal amüsiert. »Aber jetzt sollten wir besser fahren. Mein Knöchel tut mir weh, ich sollte mich hinsetzen.« Sie setzte sich auf einen der hochbeinigen Hocker vor der Eßtheke.

»Aber selbstverständlich.« Betsy Lyons konnte spüren, wenn ein Kaufentschluß reifte.

Opal griff in die Manteltasche, suchte ihre Handschuhe und runzelte die Stirn. »Ich hab' sie doch beide beim Hereinkommen angehabt.« Sie kramte in der anderen Tasche herum, brachte das Taschentuch zum Vorschein. »Oh, jetzt weiß ich es. Ich wette, ich hab' den Handschuh fallen lassen, als ich niesen mußte. Das war in dem Schlafzimmer mit dem blauen Teppich.« Sie schickte sich an, vom Hocker zu rutschen.

»Warten Sie ruhig hier«, erbot sich Betsy Lyons. »Ich laufe hinauf und sehe nach.«

»Oh, würden Sie das tun?«

Opal wartete, bis die Schritte auf der Treppe ihr bestätigten, daß Betsy Lyons auf dem Weg ins Obergeschoß war. Dann sprang sie vom Hocker und rannte zu der Reihe von Messern mit blauen Handgriffen, die neben dem Herd an der Wand befestigt waren. Sie schnappte sich das größte, ein langes Tranchiermesser, und ließ es in ihre Schultertasche gleiten.

Als Betsy Lyons lächelnd mit dem Handschuh in der Hand in die Küche zurückkam, saß sie schon wieder auf dem Hocker und rieb sich den Knöchel.

30

Die erste Wochenhälfte war wie im Flug vergangen. Sarah arbeitete bis Donnerstag spät in die Nacht an ihrem Schlußplädoyer.

Sie las aufmerksam, machte sich Auszüge und bereitete sich kleine Kärtchen mit den wesentlichen Punkten vor, mit denen sie die Geschworenen beeindrucken wollte. Das erste Licht des jungen Morgens drang durch ihre Schlafzimmerfenster. Um Viertel nach sieben las Sarah den letzten Absatz ihres Plädoyers. »Meine Damen und Herren, Mr. Marcus ist ein geschickter und erfahrener Strafverteidiger. Er hat sich sämtliche Zeugen, die in jener Nacht auf dem Bahnhofsgelände waren, einen nach dem anderen vorgenommen. Zugegebenermaßen war nicht heller Tag, aber es war auch nicht so dunkel, daß sie James Parkers Gesicht nicht sehen konnten. Jeder Zeuge hatte gesehen, wie er sich an Maureen Mays heranmachte und von ihr abgewiesen wurde. Jeder von ihnen hat Ihnen, und zwar ohne zu zögern, gesagt, daß James Parker derjenige ist, der in jener Nacht in Maureens Wagen stieg ...

Ich würde sagen, meine Damen und Herren, das Beweismaterial hat Ihnen ohne den leisesten Zweifel gezeigt, daß James Parker diese junge Frau ermordet und damit ihren Ehemann, ihre Mutter, ihren Vater und ihre Geschwister ihrer Liebe und ihrer Unterstützung beraubt hat.

Nichts kann sie wieder ins Leben zurückrufen, aber Sie, die Geschworenen, haben die Macht, ihren Mörder der Gerechtigkeit zuzuführen.«

Sie war auf sämtliche Punkte eingegangen. Das Gebäude aus Beweisen, das sie aufgebaut hatte, war unerschütterbar. Doch Conner Marcus war der beste Strafverteidiger, dem sie sich je gegenübergesehen hatte. Und Geschworene waren unberechenbar.

Sarah stand auf und streckte sich. Das Adrenalin, das während einer Verhandlung immer durch ihre Adern pulsierte, würde sie wie ein Fieber gepackt halten, wenn sie ihre letzten Argumente einleitete. Darauf baute sie.

Sie ging ins Bad und drehte die Dusche an. Die Versuchung, unter den Kaskaden von heißem Wasser zu verweilen, war groß. Besonders ihre Schultern waren völlig verspannt. Trotzdem schaltete sie das heiße Wasser ab und drehte den Kaltwasserhahn ganz nach rechts. Mit verzerrtem Gesicht ertrug sie den eisigen Strahl.

Sie frottierte sich schnell ab, schlüpfte in einen langen, dicken Frotteemantel und Pantoffeln und rannte hinunter, um sich Kaffee zu kochen. Während er durch die Maschine tropfte, machte sie ein paar gymnastische Übungen und sah sich in der Küche um. Betsy Lyons, die Immobilienmaklerin, glaubte eine echte Interessentin für das Haus zu haben. Und bei dem Gedanken wurde ihr bewußt, daß ihr Entschluß, es zu verkaufen, immer noch nicht ganz feststand. Jedenfalls hatte sie Betsy Lyons gesagt, daß sie den Preis unter keinen Umständen senken würde.

Sie trug den Kaffee nach oben und nippte immer wieder daran, während sie Lippenstift, Rouge und Lidschatten auflegte. Das war zu einem morgendlichen Ritual geworden, so etwas wie ein liebevoller Tribut an ihre Mutter. Mama, wenn es dir nichts ausmacht, werde ich heute elegant sein, dachte sie. Aber Marie wäre mit dem blaugrauen Tweedkostüm sicher einverstanden gewesen.

Sie bürstete ihr krauses Haar. »Morgen wird die Sonne wieder scheinen ...«, sang sie leise.

Sie warf einen prüfenden Blick in ihren Aktenkoffer. Die Notizen für ihr Plädoyer waren dort, wo sie sie hingelegt hatte. Das wär's dann, dachte sie. Sie war fast unten an der Treppe angelangt, als sie hörte, wie die Küchentür aufging. »Ich bin's, Sarah«, rief Sophie. Schritte klapperten durch die Küche. »Ich muß heute zum Zahnarzt, also bin ich ein wenig früher gekommen. Oh, siehst du hübsch aus.«

»Danke. Du hättest nicht so früh zu kommen brauchen. Jetzt bist du zehn Jahre bei uns, da kannst du dir doch mal eine oder zwei Stunden freinehmen, wenn es nötig ist.« Sie lächelten einander zu.

Daß das Haus verkauft werden sollte, bedrückte Sophie, daraus machte sie kein Hehl.

»Es sei denn, ihr Mädchen nehmt euch hier in der Nähe eine Wohnung, damit ich mich um euch kümmern kann«, hatte sie zu Sarah gesagt.

An diesem Morgen wirkte sie beunruhigt. »Sarah, du kennst doch den Satz Messer neben dem Herd?«

Sarah war damit beschäftigt, ihren Mantel zuzuknöpfen. »Ja.«

»Hast du vielleicht eines davon weggenommen?«

»Nein.«

»Ich habe gerade bemerkt, daß das größte Tranchiermesser fehlt. Ist doch eigenartig.«

»Oh, es wird schon irgendwo sein.«

»Na ja, aber ich weiß nicht wo.«

Plötzlich hatte Sarah ein ungutes Gefühl. »Wann hast du es zuletzt gesehen?«

»Ich weiß nicht genau. Am Montag ist mir aufgefallen, daß es fehlte. In der Küche ist es nicht, das weiß ich sicher.« Sophie zögerte. »Laurie wird es doch nicht aus irgendeinem Grund in der Schule brauchen?« Sophie wußte von dem Traum mit dem Messer.

»Das glaube ich kaum.« Sarah schluckte und spürte plötzlich einen Kloß in der Kehle. »Ich muß mich jetzt beeilen.« Während sie die Tür öffnete, sagte sie: »Wenn du irgendwo auf das Messer stoßen solltest, dann hinterlaß mir im Büro eine Nachricht, ja? ›Ich hab's gefunden‹, reicht schon. Okay?«

Sie sah das Mitgefühl in Sophies Gesicht. Sie glaubt, Laurie hat es genommen, dachte Sarah. Mein Gott!

In ihrer Unruhe rannte sie zurück zum Telefon und wählte Lauries Nummer. Eine schläfrige Stimme meldete sich am anderen Ende. Laurie hatte beim ersten Klingeln abgehoben.

»Sarah? Natürlich geht's mir gut. Ich hab' sogar in zwei

Fächern wieder gute Noten bekommen. Das sollten wir irgendwie feiern.«

Erleichtert legte Sarah auf und eilte nach draußen in die Garage. Sie war für vier Fahrzeuge gebaut, aber nur ihr Wagen stand darin. Laurie ließ den ihren immer in der Einfahrt stehen.

Während sie ins Freie fuhr, entschied sie für sich, daß Laurie im Augenblick ganz vernünftig klang. Sie würde heute abend Dr. Carpenter und Dr. Donnelly anrufen und ihnen von dem Messer erzählen. Aber zunächst mußte sie es aus ihren Gedanken verdrängen. Maureen Mays und ihrer Familie gegenüber wäre es nicht fair, wenn sie heute vor Gericht nicht in Bestform war. Aber warum in Gottes Namen sollte Laurie das Tranchiermesser genommen haben?

31

»Sarahs Geschworene sind noch nicht in den Gerichtssaal zurückgekehrt«, sagte Laurie zu Dr. Carpenter, während sie ihm in seiner Praxis gegenübersaß. »Ich beneide sie. Sie nimmt ihren Beruf so ernst, daß sie alles, woran sie gerade nicht denken will, einfach verdrängen kann.«

Carpenter wartete. Laurie war anders, irgendwie kälter. Das war das erstemal, daß sie für Sarah feindselige Gefühle empfand. In ihren Augen konnte man den aufgestauten Zorn blitzen sehen. Irgend etwas war zwischen ihr und Sarah vorgefallen. »Ich habe von dem Fall gelesen«, sagte er ruhig.

»Das kann ich mir vorstellen, schließlich vertritt Sarah ja die Anklage. Aber so feinfühlig, wie sie sich das einbildet, ist sie nicht.«

Wieder wartete er. »Ich war gestern abend gerade nach Hause gekommen, als sie auftauchte. Voller Entschuldigungen. Es täte ihr leid, daß sie nicht zu Hause gewesen wäre, um mich zu begrüßen. Typisch große Schwester. Ich sagte: ›Hör zu, Sarah, irgendwann muß ich anfangen, mich selber um mich zu kümmern. Schließlich bin ich einundzwanzig und nicht vier.‹«

»Vier?«

»Ja, so alt war ich, als sie auf ihre blöde Party ging, statt zu Hause zu bleiben. Wenn sie zu Hause geblieben wäre, hätte man mich nicht entführt.«

»Sie haben sich bisher immer selbst die Schuld dafür gegeben, daß man Sie entführt hat, Laurie.«

»Ja, freilich, stimmt ja auch. Aber Schwesterchen war da schon auch beteiligt. Ich wette, sie haßt mich.«

Dr. Carpenter hatte eines seiner Ziele darin gesehen, Laurie von ihrer Schwester unabhängig zu machen. Aber das war etwas völlig Neues. Es war, als säße ihm eine andere Patientin gegenüber. »Warum sollte sie Sie hassen?«

»Sie hat keine Zeit für ein eigenes Leben. *Sie* sollten Sie als Patientin haben. Mann, das würde ich gern hören! Ein ganzes Leben lang immer die große Schwester sein zu müssen. Ich habe heute morgen in ihrem alten Tagebuch gelesen, das sie seit ihrer Kindheit geführt hat. Sie schreibt darin eine ganze Menge darüber, daß ich entführt wurde und dann wieder zurückkam und daß sie das Gefühl hatte, ich hätte mich verändert. Ich denke, das hat sie wirklich mitgenommen.« Lauries Stimme klang befriedigt.

»Lesen Sie regelmäßig Sarahs Tagebücher?«

Laurie sah ihn mitleidig an. »Sie sind doch derjenige, der immer wissen möchte, was alle Leute denken. Was macht Sie denn besser als mich?«

Es war die Art und Weise, wie sie dasaß, die kampflustige Haltung, die Knie zusammengepreßt, die Hände um die Armstützen gekrampft, den Kopf nach vorn geschoben, mit starrem Gesichtsausdruck. Wo war das weiche, bedrückte junge Gesicht, die zögernde Jackie-Onassis-Stimme?

»Das ist eine gute Frage, aber ich kann nicht mit einem Satz darauf antworten. Warum sind Sie über Sarah verärgert?«

»Das Messer. Sarah denkt, ich hätte ein Tranchiermesser aus der Küche stibitzt.«

»Wie kommt sie denn darauf?«

»Na, weil es verschwunden ist. Ich habe es ganz bestimmt nicht genommen. Sophie, unsere Haushälterin, hat mit dem Ganzen angefangen.«

»Hat Sarah Sie beschuldigt oder einfach nur nach dem Messer gefragt? Das ist ein großer Unterschied, wissen Sie.«

»Ich weiß, wenn man mich beschuldigt, das können Sie mir glauben.«

»Ich hatte das Gefühl, Sie hätten Angst vor Messern. Habe ich mich getäuscht, Laurie?«

»Ich möchte, daß Sie Kate zu mir sagen.«

»Kate? Gibt es dafür einen Grund?«

»Kate klingt besser als Laurie – reifer. Und ich heiße mit Mittelnamen Katherine.«

»Das könnte sehr positiv sein. Daß Sie kindische Sachen ablegen. Empfinden Sie das jetzt so, daß Sie kindische Sachen ablegen?«

»Nein. Ich mag nur keine Angst vor Messern haben.«

»Ich hatte aber den deutlichen Eindruck, daß Sie sogar schreckliche Angst davor haben.«

»O nein. Ich nicht. Laurie hat vor allem Angst. Ein Messer ist für sie das Allerschlimmste. Wissen Sie, Doktor, es gibt Leute, die dem Rest der Welt nur Schmerz und Leid bringen. Unsere kleine Laurie zum Beispiel.«

Dr. Carpenter wurde klar, daß er jetzt wußte, daß eine von Laurie Kenyons Spaltpersönlichkeiten Kate hieß.

32

Am Samstag morgen parkten sie in der Nähe von Dr. Carpenters Büro. Bic hatte bewußt einen Buick in derselben Farbe gemietet, wie Laurie einen fuhr. Nur die Lederausstattung war anders. »Lee sperrt ihren Wagen nie ab. Ihre

Tasche mit den Schulbüchern liegt immer auf dem Boden vor dem Vordersitz. Ich werde das Messer einfach unten hineinschieben. Es ist ganz egal, wann sie es findet. Sie wird jedenfalls bald darauf stoßen. Das soll für sie nur eine kleine Erinnerung an das sein, was geschehen wird, wenn sie bei ihrem Seelenklempner anfängt, über uns nachzudenken. Und jetzt tu, was du tun mußt, Opal.«

Lee verließ Dr. Carpenters Büro immer exakt fünf Minuten vor zwölf. Um sechs Minuten vor zwölf öffnete Opal die Tür des Privateingangs zu seinem Büro im Obergeschoß. Sie sah sich um, als hätte sie sich getäuscht und in Wirklichkeit den Haupteingang des Gebäudes an der Ridgewood Avenue benutzen wollen. Aber auf der Treppe nach oben war niemand zu sehen. Sie wickelte schnell das kleine Päckchen aus, das sie in der Hand hielt, ließ seinen Inhalt mitten in dem Vorraum fallen und ging hinaus. Bic wartete draußen in dem Mietwagen.

»Nicht einmal ein Blinder könnte es verfehlen«, sagte Opal, als er sie fragend ansah.

»Niemand hat auf dich geachtet«, versicherte er ihr.

»Jetzt werden wir ein paar Minuten warten und sehen, was passiert.«

Laurie eilte die Treppe hinunter. Sie wollte auf schnellstem Weg zum College zurück. Als ob sie es nötig hätte, hier herumzusitzen und sich in ihrem Kopf herumstochern zu lassen! Oder sich von Sarah bemuttern zu lassen! Unerträglich. Höchste Zeit, endlich herauszufinden, wieviel sie eigentlich geerbt hatte. Eine ganze Menge. Und wenn das Haus verkauft wurde, wollte sie nichts davon hören, daß irgendwelche anderen Leute das Geld für sie anlegten. Sie war es einfach leid, sich ständig mit diesem Jammerlappen herumzuärgern, der nichts anderes herausbrachte als »Ja, Sarah. Nein, Sarah. Ganz wie du meinst, Sarah.«

Unten an der Treppe stieß ihr Fuß an etwas Weiches, Matschiges. Sie blickte herab. Das leblose Auge eines Huhnes starrte sie an. Am Schädel klebten ein paar zerzauste Federn, und der abgeschnittene Hals war mit eingetrocknetem Blut verkrustet.

Draußen hörten Bic und Opal die ersten Schreie. Bic lächelte. »Klingt das nicht vertraut?« Er drehte den Schlüssel im Zündschloß und flüsterte: »Aber jetzt möchte ich sie gern trösten.«

33

Sarahs Sekretärin eilte in den Gerichtssaal, als die Geschworenen gerade hereinkamen. Sarahs Herz schlug wild, als der Richter fragte: »Herr Vorsitzender, haben die Geschworenen sich auf einen Spruch geeinigt?«

»Ja, das haben wir, Euer Ehren.«

Jetzt kommt's, dachte Sarah, die am Tisch der Anklagevertretung stand, mit Blick auf die Richterbank. Sie spürte ein Zupfen an ihrem Arm, und als sie sich umdrehte, sah sie ihre Sekretärin Janet hinter sich stehen.

»Jetzt nicht«, sagte sie entschieden, überrascht darüber, daß Janet sie während der Verkündung eines Schuldspruchs störte.

»Sarah, es tut mir furchtbar leid. Da war ein Anruf – ein Dr. Carpenter hat Ihre Schwester in die Notaufnahme des Krankenhauses von Hackensack gebracht. Sie steht unter Schock.«

Sarahs Finger krampften sich so um den Kugelschreiber, den sie in der Hand hielt, daß ihre Knöchel weiß hervortraten. Der Richter sah sie sichtlich verärgert an. Sie flüsterte: »Sagen Sie ihm, ich komme in ein paar Minuten.«

»Die Anklage lautete auf Mord. Wie haben Sie entschieden: schuldig oder nicht schuldig?«

»Schuldig, Euer Ehren.«

»Das ist nicht fair!« tönte es von der Familie und den Freunden James Parkers. Der Richter schlug mit dem Hammer auf sein Pult und verbat sich weitere Störungen.

Dann vergewisserte er sich durch Befragung der Geschworenen, daß es sich um einen einstimmigen Spruch handelte.

Anschließend wurde die Bestellung einer Kaution für James Parker abgelehnt und ein Termin für die Urteilsverkündung festgesetzt, worauf man ihn in Handschellen abführte. Das Gericht vertagte sich. Sarah hatte keine Zeit, ihren Sieg auszukosten. Janet erwartete sie bereits im Korridor, ihren Mantel und ihre Schultertasche in den Händen.

Dr. Carpenter erwartete sie in der Notaufnahme und erklärte ihr in kurzen Worten, was vorgefallen war. »Laurie hatte sich gerade von mir verabschiedet. Kurz darauf hörte ich sie draußen schreien. Als wir zu ihr kamen, war sie in Ohnmacht gefallen. Sie steht unter extremem Schock, kommt aber gerade wieder zu sich.«

»Was ist denn passiert?« Sarah traten heiße Tränen aus den Augen. Carpenter hatte etwas an sich, das sie an ihren Vater erinnerte. Wenn er jetzt nur bei ihr gewesen wäre.

»Sie ist offensichtlich auf einen abgeschnittenen Hühnerkopf getreten, hat einen hysterischen Anfall bekommen und dann einen Schock erlitten.«

»Ein Hühnerkopf! Im Vorraum Ihrer Praxis!«

»Ja. Ich habe einen Patienten, der unter erheblichen Bewußtseinsstörungen leidet und mit einem Voodoo-Kult zu tun hat. Ich kann mir gut vorstellen, daß er so etwas getan hat. Hat Laurie ungewöhnliche Angst vor Hühnern oder Mäusen oder sonstigen Tieren?«

»Nein. Sie ißt nur kein Hühnerfleisch. Sie ekelt sich davor.«

Eine Schwester kam hinter einem Vorhang hervor. »Sie dürfen jetzt zu ihr.«

Laurie lag reglos mit geschlossenen Augen da. Sarah berührte ihre Hand. »Laurie.«

Sie schlug langsam die Augen auf, was ihr sichtlich Mühe bereitete, und Sarah schloß daraus, daß man ihr eine erhebliche Dosis Beruhigungsmittel gegeben hatte. Ihre Stimme klang schwach, war aber trotzdem kristallklar, als sie sagte: »Sarah, ehe ich noch einmal zu diesem Doktor gehe, bring ich mich um.«

34

Allan saß in der Küche und aß ein Sandwich.

»Liebling, tut mir leid, daß ich gestern abend nicht nach Hause gekommen bin, aber ich mußte unbedingt meine Präsentation für Wharton vorbereiten.« Karen umarmte ihn.

Er gab ihr einen Kuß auf die Wange und löste sich aus ihrer Umarmung. »Ist schon gut. Möchtest du etwas zu Mittag essen?«

»Du hättest warten sollen. Ich hätte mich schon darum gekümmert.«

Karen goß Chianti aus der Karaffe und reichte Allan ein Glas. Sie stieß mit ihm an. »Auf dein Wohl, mein Lieber.«

»Auf dein Wohl«, sagte er, ohne zu lächeln.

»He, Professor, da stimmt doch was nicht.«

»Allerdings. Mir ist nämlich vor einer Stunde klargeworden, daß Laurie Kenyon diese geheimnisvolle Leona ist, du weißt schon: diejenige, die diese Briefe schreibt.«

Karen riß den Mund auf. »Bist du ganz sicher?«

»Ja. Ich habe Arbeiten korrigiert. An der ihren hing ein Zettel, ihr Computer sei ausgefallen und sie hätte die Arbeit deshalb mit ihrer alten Reiseschreibmaschine zu Ende schreiben müssen. Und das ist ohne Zweifel dieselbe Maschine, auf der die Briefe geschrieben sind – einschließlich dem, der gestern gekommen ist.« Er griff in die Tasche und reichte ihn Karen.

Sie las: »Allan, Liebster, diese Nacht werde ich nie vergessen. Ich beobachte Dich so gern, wenn Du schläfst. Ich mag es, wie Du Dich umdrehst und Dich in die Decken kuschelst. Warum ist es bloß so kalt in Deinem Zimmer? Ich habe das Fenster ein wenig zugezogen. Ich wette, Du hast das nicht bemerkt, Liebster. Manchmal bist Du der typische zerstreute Professor. Aber nur manchmal. Daß Du nur ja mich nie vergißt. Denke immer an mich. Wenn Dich Deine Frau schon nicht ständig in ihrer Nähe haben will – ich brauche Dich jedenfalls. Ich liebe Dich. Leona.«

Karen las den Brief langsam ein zweites Mal. »Du lieber Gott, Allan, glaubst du, dieses Mädchen war wirklich im Haus?«

»Das glaube ich nicht. Diese Schäferstündchen in meinem Büro bildet sie sich jedenfalls ganz bestimmt ein. Und das hier auch.«

»Da bin ich nicht so sicher. Komm mal mit.«

Er folgte ihr ins Schlafzimmer. Karen trat vor das fast bis zum Boden reichende Fenster, griff nach der Kurbel und drehte sie, worauf das Fenster sich lautlos nach außen bewegte. Sie stieg über den niedrigen Sims nach draußen und drehte sich zu ihm um. Ein kühler Lufthauch blies ihr das Haar ins Gesicht und ließ den Vorhang flattern. »Leicht reinzukommen und genauso leicht wieder raus«, sagte sie und stieg ins Zimmer zurück. »Allan, es mag ja sein, daß sie sich das alles nur einbildet, aber sie hätte auch hier sein können. Du schläfst wie ein Toter. In Zukunft darfst du das Fenster nicht mehr so weit geöffnet lassen.«

»Mir reicht's jetzt. Ich habe nicht die geringste Lust, meine Schlafgewohnheiten zu ändern. Ich muß mit Sarah Kenyon sprechen. Laurie tut mir schrecklich leid. Sarah muß dafür sorgen, daß sie die nötige Hilfe bekommt.«

Als er Sarah anrief, erreichte er nur ihren Anrufbeantworter und hinterließ eine kurze Botschaft, mit der Bitte, ihn so bald als möglich zurückzurufen.

Das tat Sarah um halb drei; Karen hörte, wie Allans Stimme plötzlich besorgt klang. »Sarah, was ist denn los? Laurie? Ist ihr etwas passiert? – Du lieber Gott, das ist ja schrecklich. Sarah, weinen Sie nicht. Ich weiß, wie schlimm das für Sie sein muß. Es kommt schon wieder in Ordnung. Sie müssen nur etwas Geduld haben. – Nein, ich wollte nur von Ihnen hören, wie es ihr geht. – Natürlich. Wir sprechen bald wieder miteinander. Wiedersehen.«

Er legte den Hörer auf und drehte sich zu Karen um. »Laurie ist im Krankenhaus. Irgend etwas hat einen Schock in ihr ausgelöst, als sie die Praxis des Psychiaters verließ. Ich denke, jetzt ist sie wieder in Ordnung, aber die wollten, daß sie eine Nacht im Krankenhaus bleibt. Ihre Schwester ist ziemlich fertig.«

»Wird Laurie an die Schule zurückkehren?«

»Sie ist fest entschlossen, am Montag wieder dazusein.« Er zuckte hilflos die Achseln. »Karen, ich habe es einfach nicht fertiggebracht, Sarah etwas von diesen Briefen zu sagen.«

»Wirst du sie der Verwaltung übergeben?«

»Natürlich. Dekan Larkin wird bestimmt veranlassen daß einer der Psychologen mit Laurie spricht. Ich weiß, daß sie bei einem Psychiater in Ridgewood in Behandlung ist, aber vielleicht braucht sie hier auch Unterstützung. Das arme Kind.«

35

Laurie saß aufrecht im Bett und las Zeitung, als Sarah am späten Sonntagvormittag ins Krankenhaus kam. Sie begrüßte sie vergnügt. »Tag. Du hast mir Kleider mitgebracht. Klasse. Ich zieh mich gleich an, und dann können wir im Club miteinander essen.«

Das hatte sie ihrer Schwester schon vor einer Stunde am Telefon angekündigt. »Und du bist auch ganz sicher, daß es dir nicht zuviel werden wird?« fragte Sarah besorgt. »Gestern ging es dir noch ziemlich schlecht.«

»Für *dich* wird es vielleicht zuviel. Wenn ich du wäre würde ich ausziehen und keine Nachsendeadresse hinterlassen. Ehrlich, ich bin dir eine solche Last.« Sie blickte bedrückt und Nachsicht heischend, und Sarah beugte sich über sie und drückte sie an sich.

Das war die gute alte Laurie, die keinem zur Last fallen wollte. »Du siehst wirklich prima aus. Besser als in den ganzen letzten Monaten«, sagte Sarah aufrichtig.

»Die haben mir irgend etwas gegeben, und ich habe wie ein Murmeltier geschlafen.«

»Das war nur eine leichte Schlaftablette. Dr. Carpenter hat das veranlaßt. Die Schlaftablette und Antidepressiva.«

Lauries Miene verfinsterte sich. »Sarah, ich habe mir bis jetzt nie von ihm irgendwelche Pillen geben lassen, obwohl er es dauernd versucht hat. Du weißt, daß ich das Zeug nicht mag. Aber meinetwegen – ich werde die Pillen nehmen. Doch mit der Therapie ist Schluß.«

»Du wirst mit Dr. Carpenter über die Reaktion auf die Medikamente sprechen müssen.«

»Am Telefon von mir aus.«

»Laurie, du weißt doch, daß Dr. Carpenter deinetwegen einen Psychiater in New York konsultiert hat, er heißt Dr. Donnelly. Wenn du nicht zu ihm gehen willst, ist es dir dann recht, wenn ich mit ihm spreche?«

»Lieber nicht, Sarah. Aber wenn es dich glücklich macht.« Laurie sprang aus dem Bett. »Und jetzt schauen wir, daß wir hier rauskommen.«

Im Club baten sie Bekannte an ihren Tisch. Laurie hatte einen gesunden Appetit und war gut gelaunt, so daß Sarah sich kaum vorstellen konnte, wie verzweifelt sie selbst gestern gewesen war. Als sie mit Professor Grant telefoniert hatte, hätte sie beinahe geweint.

Als sie den Club verließen, fuhr Sarah nicht gleich nach Hause, sondern schlug die entgegengesetzte Richtung ein.

Laurie sah sie fragend an. »Wo fährst du hin?«

»Nach Glen Rock, das sind vielleicht zehn Minuten Fahrt. Dort stehen ein paar neue Eigentumswohnungen zum Verkauf, die sehr schön sein sollen. Ich dachte, wir sehen sie uns einmal an.«

»Meinst du nicht, daß wir uns für eine Weile einfach etwas mieten sollten, Sarah? Ich meine, was wäre denn, wenn du in eine Anwaltskanzlei in New York kommst? Du hast doch schon eine ganze Menge Angebote gehabt. Unsere nächste Wohnung, wo auch immer sie ist, sollte auf dich zugeschnitten sein, nicht auf mich. Wenn ich mich entschließen sollte, Golfprofi zu werden, werde ich ja ohnehin hinter der Sonne herziehen.«

»Ich trete in keine private Kanzlei ein, das steht fest. Laurie, immer wenn ich die Angehörigen von Gewaltopfern befrage und ihr Leid und ihren Zorn miterlebe, dann weiß ich, daß ich es einfach nicht fertigbringe, auf der anderen Seite zu arbeiten und irgendwelche Schlupflöcher in den Gesetzen zu suchen, um die Täter freizukriegen. Ich schlafe viel besser, wenn ich die Anklage gegen Mörder vertrete, als wenn ich sie verteidige.«

Das Objekt mit drei Etagen gefiel ihnen beiden. »Wirklich ein hübscher Grundriß«, meinte Sarah. Dem Makler, der sie herumführte, sagte sie: »Jemand interessiert sich allem Anschein nach ernsthaft für unser Haus. Sobald wir sicher wissen, daß wir es verkaufen können, melden wir uns wieder.«

Sie hakte Laurie kumpelhaft unter, als sie zum Wagen zurückgingen. Es war ein klarer, kühler Tag, und Frost lag in der Luft. Trotzdem konnte man spüren, daß der Frühling nur noch sechs Wochen entfernt war. »Eine schöne Außenanlage«, meinte Sarah. »Überleg doch: Wir brauchten uns überhaupt nicht darum zu kümmern, daß der Garten gepflegt wird. Wäre doch prima, nicht wahr?«

»Papa hat gern draußen rumgewerkelt, und Mama war am glücklichsten, wenn sie vor irgendeinem Blumenbeet knien konnte.« Lauries Stimme klang liebevoll und amüsiert.

Konnte sie jetzt allmählich über ihre Eltern reden, ohne daß sich gleich Selbstvorwürfe und nagender Schmerz einstellten? Lieber Gott, ich bitte dich darum, dachte Sarah und schickte ein Stoßgebet zum Himmel. Als sie den Parkplatz erreichten, wirkte Laurie jedoch plötzlich beunruhigt: »Sarah, laß mich eines sagen: Wenn wir nach Hause kommen, möchte ich nicht über gestern reden. Ich habe zu Hause immer das Gefühl, daß du mich besorgt beobachtest und mir Fragen stellst, die irgendwie zielgerichtet sind, ganz und gar nicht beiläufig. Du solltest jetzt wirklich aufhören, mich darüber auszufragen, wie ich geschlafen habe, was ich esse, mit wem ich ausgehe und dergleichen. Ich möchte diejenige sein, die bestimmt, worüber sie reden möchte. Und du hältst es mit mir genauso. Einverstanden?«

»Einverstanden«, sagte Sarah und dachte: Du hast sie wirklich wie ein kleines Kind behandelt, das Mama alles erzählen muß. Vielleicht ist es ein gutes Zeichen, daß sie anfängt, sich dagegen aufzulehnen? Aber was ist gestern nur passiert?

Als hätte sie ihre Gedanken gelesen, sagte Laurie: »Sarah, ich weiß nicht, weshalb ich gestern plötzlich in Ohnmacht gefallen bin. Ich weiß nur, daß es schrecklich anstrengend ist, wenn Dr. Carpenter mir dauernd Fangfragen stellt. Ich habe dann immer das Gefühl, als müßte ich alle Fenster und Türen verriegeln, weil jemand ins Haus einbrechen will.«

»Er ist aber doch kein Einbrecher. Er will dir helfen. Aber du bist wohl noch nicht bereit dazu.«

Sarah fuhr an den Wachleuten am Tor vorbei und registrierte, daß alle ankommenden Fahrzeuge angehalten und überprüft wurden. Laurie hatte das offenbar ebenfalls bemerkt, denn sie meinte: »Sarah, laß uns eine Anzahlung für diese Eckwohnung leisten. Ich würde hier wirklich gern wohnen. Mit dieser Torwache wären wir sicher. Ich habe ein solches Bedürfnis nach Sicherheit. Ich habe noch nie so empfunden, und das macht mir angst.«

Unterdessen befanden sie sich wieder auf der Straße und beschleunigten ihre Fahrt. Sarah mußte einfach die Frage stellen, die sie quälte: »Hast du deshalb das Messer weggenommen? Um dich sicher zu fühlen? Laurie, das kann ich verstehen. Solange du nur nicht zuläßt, daß du in solche Depressionen gerätst, daß du... dir selbst weh tust.«

Laurie seufzte. »Sarah, ich habe nicht vor, Selbstmord zu begehen. Ich weiß, daß du darauf hinauswillst. Ich wünschte, du würdest mir glauben. Ich schwöre dir: Ich habe dieses Messer nicht genommen!«

Am Abend kippte Laurie den Inhalt ihrer Schultasche auf das Bett, um sie neu zu packen. Schulbücher, Blocks und Ringbücher purzelten heraus. Als letztes kam der Gegenstand, der ganz unten in der Tasche versteckt gewesen war: das verschwundene Tranchiermesser aus der Küche.

Laurie fuhr zurück. »Nein! Nein! Nein!« Sie sank auf die Knie und verbarg das Gesicht in den Händen. »Ich habe es nicht genommen, Saraaah!« schluchzte sie. »Papa hat gesagt, daß ich nicht mit Messern spielen darf.«

Plötzlich schoß eine spöttische Stimme durch ihr Bewußtsein. *Oh, halt doch den Mund, Mädchen. Du weißt doch, warum du es hast. Kapier doch und steck es dir in den Hals. Herrgott, wie ich eine Zigarette brauche.*

36

Gregg Bennett sagte sich, daß es ihm egal war. Oder genauer: daß es ihm egal sein sollte. Schließlich gab es eine ganze Menge attraktiver junger Frauen auf dem Campus, und in Kalifornien würde er noch viele andere kennenlernen. Im Juni würde er seinen Abschluß machen und nach Stanford gehen, um dort Betriebswirtschaft zu studieren.

Gregg war fünfundzwanzig und damit wesentlich älter als seine Kommilitonen und fühlte sich auch so. Der neunzehnjährige Dummkopf, der nach einem Jahr vom College abgegangen war, um Unternehmer zu werden, war ihm immer noch ein Rätsel. Nicht, daß ihm die Erfahrung geschadet hätte. Jedenfalls hatte er auf diese Weise herausgefunden, wieviel er noch nicht wußte und daß es die Welt der internationalen Finanzen war, die ihn interessierte.

Gregg wohnte in einem Einzimmer-Apartment über der Garage eines privaten Einfamilienhauses, nicht weit vom Campus entfernt. Er fühlte sich dort wohl, denn er hatte nicht die geringste Lust, sich mit drei oder vier anderen Typen ein Zimmer zu teilen und dauernd Partys zu feiern. Seine Wohnung war sauber und luftig, mit einer bequemen Bettcouch, auf der man sowohl sitzen als auch schlafen konnte, und in der Küche konnte er sich selber kleine Mahlzeiten zubereiten.

Als er in Clinton zu studieren begonnen hatte, hatte er Laurie zwar auf dem Campus gesehen, mit ihr aber keine gemeinsamen Vorlesungen belegt. Dann waren sie vor eineinhalb Jahren im Auditorium nebeneinandergesessen, als dort *Cinema Paradiso* gezeigt wurde. Der Film war große Klasse gewesen, und als es wieder hell wurde, hatte sie sich zu ihm gewandt und gesagt: »War das nicht herrlich?«

Das war der Anfang gewesen. Wenn ein so attraktives Mädchen ihm signalisierte, daß sie an ihm interessiert war, war Gregg mehr als bereit, den nächsten Schritt zu tun. Aber da war etwas an Laurie, das ihn zur Zurückhaltung veranlaßte. Er hatte instinktiv erkannt, daß er sich bei ihr Zeit lassen mußte, demzufolge hatte sich ihre Beziehung eher als eine Art Freundschaft entwickelt. Sie war wirklich ein süßes Mädchen – nicht etwa zuckersüß, sondern ungemein lustig und sehr selbstbewußt. Bei ihrer dritten Verabredung hatte er ihr gesagt, es sei offenkundig, daß man sie als Kind verzogen hatte. Sie waren miteinander Golf spielen gegangen und hatten eine Stunde warten müssen, bis sie zum Abschlag kamen. Laurie hatte sich furchtbar geärgert.

»Ich wette, du hast nie warten müssen. Ich wette, Mama

und Papa haben dich ihre kleine Prinzessin genannt«, hatte er zu ihr gesagt, und sie hatte gelacht und zugegeben, daß das zutraf. Beim Abendessen erzählte sie ihm dann von ihrer Entführung. »Das letzte, woran ich mich erinnere, ist, daß ich in einem rosa Badeanzug vor meinem Haus stand und jemand mich mitnahm. Und das nächste, daß ich in meinem eigenen Bett wieder aufgewacht bin. Nur war das fast zwei Jahre später.«

»Tut mir leid, daß ich das mit dem ›Verzogen‹ gesagt habe«, entschuldigte er sich. »Es stand dir zu.«

Sie hatte gelacht. »Man hat mich vorher verzogen und nachher auch. Du hast den Nagel auf den Kopf getroffen.«

Gregg wußte, daß er für Laurie ein Freund war, dem sie vertraute. Für ihn war es nicht so einfach. Mit einem Mädchen, das wie Laurie aussah, mit diesem herrlich blonden Haar, Augen so blau wie Mitternacht und perfekten Zügen, ist man nicht einfach zusammen, ohne sein ganzes Leben mit ihr verbringen zu wollen. Als sie anfing, ihn an einigen Wochenenden nach Hause einzuladen, war das für ihn das Zeichen gewesen, daß auch sie sich in ihn verliebt hatte.

Und dann war es an einem Sonntagvormittag im letzten Mai plötzlich zu Ende gewesen. Er konnte sich noch ganz deutlich daran erinnern. Laurie hatte ihn geweckt und mit Croissants, Frischkäse und geräuchertem Lachs überrascht. Sie trug ein Leinenkleid und Sandalen und sah so frisch und kühl wie der junge Morgen aus. Sie setzte Kaffee auf, stellte die Croissants hin und sagte, sie sei auf dem Nachhauseweg und könne nur ein paar Minuten bleiben. Zum Abschied umarmte sie ihn und gab ihm einen Kuß. Sie neckte ihn wegen seiner Bartstoppeln, küßte ihn noch einmal und wandte sich zum Gehen. Und da war es passiert. Gregg war ihr impulsiv zur Tür gefolgt, hatte die Hände auf ihre Arme gelegt, sie emporgehoben und an sich gedrückt. In diesem Augenblick drehte sie durch. Fing zu schluchzen an, stieß mit den Beinen nach ihm. Er hatte sie losgelassen und sie verärgert gefragt, was denn in sie gefahren sei. Ob sie ihn für Jack the Ripper hielte? Sie war nach draußen gerannt, und von da an hatte sie nie wieder mit ihm gesprochen, nur einmal, um ihm zu sagen, er solle sie in Ruhe lassen. Auch jetzt, nachdem er seit einem Monat aus London zurück war, lehnte sie es immer noch hartnäckig ab, sich mit ihm zu treffen.

Eines Montagabends schlenderte Gregg zur Cafeteria im Studentenzentrum hinüber. Er wußte, daß Laurie gelegentlich dort war, und schloß sich einer Gruppe von Studentinnen aus ihrem Wohnheim an.

»Vorstellen könnte man es sich ja«, sagte eine von ihnen am anderen Ende des Tisches. »Laurie geht abends häufig gegen neun Uhr weg. Seine Frau hält sich während der Woche in New York auf. Ich habe Laurie deswegen einmal aufgezogen, aber sie ist gar nicht darauf eingegangen. Daß sie sich mit irgend jemandem getroffen hat, war klar, aber mehr war nicht aus ihr herauszuholen.«

Gregg spitzte die Ohren.

»Margy hilft ja nachmittags im Verwaltungssekretariat aus. Dabei schnappt sie 'ne Menge auf und wußte gleich daß etwas nicht hasenrein war, als Sexy Allan mit besorgter Miene hereinkam.«

»Ich finde nicht, daß Grant sexy ist. Er ist einfach ein netter Kerl.« Das kam von einer dunkelhaarigen Studentin, die recht vernünftig wirkte.

Aber die Klatschtante wischte ihren Einwand weg. »Vielleicht hältst du ihn nicht für sexy, aber da sind eine ganze Menge anderer Leute nicht deiner Ansicht. Laurie zum Beispiel. Sie hat ihm, wie ich gehört habe, ein ganzes Bündel Liebesbriefe geschickt, die sie mit ›Leona‹ unterschrieben hat. Er hat die Briefe in der Verwaltung abgegeben und behauptet, es handle sich um reine Hirngespinste. Vielleicht hat er Angst, sie könnte auch anderen Leuten gegenüber etwas ausplaudern. Ich denke, das ist ein Präventivschlag, ehe etwas zu seiner Frau durchsickert.«

»Was hat sie denn geschrieben?«

»Na was wohl? Nach dem, was in den Briefen steht, haben die's überall getrieben: in seinem Büro, seinem Haus und so weiter.«

»Ehrlich?«

»Nun, seine Frau ist häufig weg. Da passieren eben solche Dinge. Erinnerst du dich, wie er beim Begräbnis ihrer Eltern zu ihr gerannt ist, als sie ohnmächtig wurde?«

Jetzt reichte es Gregg. Er stand ruckartig auf und merkte gar nicht, daß er dabei seinen Stuhl umstieß. Mit langen Schritten eilte er aus der Cafeteria.

37

Als Laurie am Dienstag ihren Briefkasten leerte, fand sie eine Notiz, in der sie aufgefordert wurde, am gleichen Nachmittag um drei Uhr ins Dekanat zu kommen.

Es war ein kühler, klarer Tag, der sie veranlaßte, tief durchzuatmen und die Schultern nach hinten zu drücken. Was für eine Erleichterung es doch war, daß sie nächsten Samstag vormittag nicht in diesem verdammten Büro bei Dr. Carpenter sitzen würde, der sich so bemühte, freundlich auszusehen, aber dauernd in ihr herumstocherte.

Sie winkte einigen Kommilitoninnen aus ihrem Wohnheim zu und wunderte sich, daß diese sie so komisch ansahen.

Das Messer. Wie war das Messer in ihre Schultasche gekommen? Sie wußte ganz genau, daß sie es nicht hineingetan hatte, aber würde Sarah ihr das glauben? »Da, schau, Sarah, das blöde Ding steckte zwischen meinen Büchern. Da ist es. Damit wäre das Problem gelöst.«

Und Sarah würde die vernünftige Frage stellen: »Wie ist es denn in deine Tasche gekommen?« Und dann würde sie vorschlagen, wieder mit Dr. Carpenter zu sprechen.

Das Messer lag jetzt hinten im Kleiderschrank ihres Zimmers im Studentenwohnheim, im Ärmel einer alten

Jacke versteckt. Die Jacke hatte einen elastischen Ärmelbund, so daß es nicht herausfallen konnte.

Während sie quer über den Rasen zum Verwaltungsgebäude ging, grübelte sie darüber nach, wie sie es anstellen sollte, das Messer wieder ins Haus zurückzubringen. Vielleicht in einer Küchenschublade verstecken? Aber Sarah hatte gesagt, daß Sophie die ganze Küche danach abgesucht hatte.

Plötzlich kam ihr eine Idee: Sophie suchte ständig irgendwelche Sachen, die sie polieren konnte. Manchmal nahm sie sich die Messer vor, wenn sie das silberne Geschirr poliert hatte. Das war es! dachte Laurie. Ich werde das Messer in den Silberschrank im Eßzimmer legen, ganz nach hinten, damit man es nicht auf den ersten Blick sieht. Selbst wenn Sophie dort nachgesehen hatte, würde sie vielleicht glauben, sie hätte es übersehen. Sarah jedenfalls würde das als Möglichkeit akzeptieren.

Die Lösung ließ sie aufatmen, bis sie plötzlich eine spöttische Stimme in ihrem Kopf schreien hörte: *Sehr schlau, Laurie. Aber wie erklärst du dir denn selbst das Messer? Denkst du, es ist in deine Tasche gehüpft?*

Dekan Larkin war nicht allein. Dr. Iovino, der Leiter der Psychologischen Beratungsstelle, war bei ihm. Laurie erstarrte, als sie ihn sah.

Dekan Larkin bot ihr einen Stuhl an, fragte sie, wie es ihr gehe, wie sie in ihrem Studium vorwärtskomme, erinnerte sie daran, daß alle sich der schrecklichen Tragödie bewußt waren, die über ihre Familie hereingebrochen war, und bekräftigte noch einmal, daß die ganze Fakultät im höchsten Maße um ihr Wohlergehen besorgt sei.

Dann bat er sie, ihn zu entschuldigen, da Dr. Iovino unter vier Augen mit ihr sprechen wolle.

Als der Dekan die Tür hinter sich geschlossen hatte, lächelte Dr. Iovino und sagte: »Schauen Sie nicht so verängstigt drein, Laurie. Ich wollte mit Ihnen nur über Professor Grant sprechen. Was halten Sie von ihm?«

Das war einfach. »Ich finde, er ist ein wunderbarer Mensch«, sagte Laurie. »Er ist ein prima Lehrer und war mir immer ein guter Freund.«

»Ein guter Freund.«

»Ja, natürlich.«

»Laurie, es ist ganz und gar nicht ungewöhnlich, daß ein Student oder eine Studentin eine gewisse Zuneigung zu Angehörigen der Fakultät entwickelt. In einem Fall wie dem Ihren, wo Sie doch ein ganz besonderes Bedürfnis nach Mitgefühl und Freundlichkeit haben, wäre es ganz normal, wenn Sie eine solche Beziehung in Ihrer Einsamkeit und Ihrem Leid falsch einschätzten und irgendwelche Fantasievorstellungen darüber entwickelten. Was Sie sich in Ihren Tagträumen als möglich ausgemalt haben, ist in Ihrer Vorstellung Wirklichkeit geworden. Das ist durchaus verständlich.«

»Wovon reden Sie eigentlich?«

Der Psychologe hielt ihr ein Bündel Briefe hin. »Laurie, haben Sie diese Briefe geschrieben?«

Sie überflog sie, und ihre Augen weiteten sich. »Sie sind mit dem Namen Leona unterschrieben. Was in aller Welt bringt Sie auf die Idee, daß ich sie geschrieben habe?«

»Laurie, Sie haben doch eine Schreibmaschine, oder nicht?«

»Meine Arbeiten schreibe ich auf einem Computer.«

»Aber Sie besitzen doch eine Schreibmaschine?«

»Ja, schon. Eine alte Reiseschreibmaschine von meiner Mutter.«

»Haben Sie sie hier?«

»Ja, für den Notfall, wenn der Computer ausfällt.«

»Diese Arbeit hier haben Sie letzte Woche abgeliefert?«

Sie warf einen Blick darauf. »Ja.«

»Sie sehen, daß das D und das W auf diesen Blättern beschädigt sind. Und jetzt sehen Sie sich die beschädigten Buchstaben D und W in den Briefen an Professor Grant an. Sie sind auf derselben Maschine getippt.«

Laurie starrte Dr. Iovino an. Sein Gesicht verschmolz

mit dem von Dr. Carpenter. *Die reinste Inquisition! Diese Dreckskerle!*

Dr. Iovino, ein stattlich gebauter, jovialer Mann, meinte mit sanfter Stimme: »Laurie, wenn Sie die Unterschrift ›Leona‹ mit den handschriftlichen Einfügungen in Ihrer Semesterarbeit vergleichen, dann ist eine große Ähnlichkeit zu erkennen.«

Laurie stand auf. »Dr. Iovino, ich habe diese Schreibmaschine einer ganzen Menge Leute geliehen. Ich empfinde dieses Gespräch als ausgesprochen beleidigend und bin erschüttert darüber, daß Professor Grant der Überzeugung ist, ich hätte dieses Zeug geschrieben. Meine Schwester ist Staatsanwältin. ›Beweismaterial‹, wie Sie es mir hier zeigen und das mich angeblich mit diesen widerwärtigen Ergüssen in Verbindung bringt, würde meine Schwester in der Luft zerreißen.«

Sie griff nach den Briefen und warf sie auf den Schreibtisch. »Ich erwarte eine schriftliche Entschuldigung. Und wenn das bereits auf dem Campus durchgesickert ist, wie es allem Anschein nach mit allem in diesem Büro der Fall ist, dann verlange ich eine öffentliche Entschuldigung. Was Professor Grant betrifft, so habe ich ihn in meiner augenblicklichen schwierigen Situation als guten, verständnisvollen Freund betrachtet. Offensichtlich habe ich mich geirrt. Die Studentinnen, die ihn ›Sexy Allan‹ nennen und sich über seine ewigen Flirts den Mund zerreißen, haben also wohl recht. Ich habe vor, ihm das sofort persönlich zu sagen.« Sie drehte sich auf dem Absatz um und verließ das Zimmer.

Allan Grants Vorlesung sollte um dreiviertel vier beginnen. Es war jetzt halb vier. Wenn sie Glück hatte, würde sie ihn auf dem Flur erwischen.

Als er den Korridor herunterkam, wartete sie auf ihn. Die fröhliche Miene, mit der er die anderen Studenten begrüßte, verflog augenblicklich, als er sie entdeckte. »Tag, Laurie.« Er wirkte nervös.

»Professor Grant, wie sind Sie auf die lächerliche

Idee gekommen, ich hätte Ihnen diese Briefe geschrieben?«

»Laurie, ich weiß, daß Sie sich im Augenblick in einer schwierigen Lage befinden und …«

»Und da dachten Sie, Sie würden es mir leichtermachen, wenn Sie Dekan Larkin erzählen, ich hätte die Fantasievorstellung, daß ich mit Ihnen schlafen würde? Sind Sie verrückt?«

»Laurie, regen Sie sich nicht auf. Da, schauen Sie, wir haben bereits Zuhörer. Warum kommen Sie nicht nach der Vorlesung in mein Büro?«

»Damit wir uns beide ausziehen können und ich Ihren herrlichen Körper sehen und meine Wollust daran befriedigen kann?« Laurie machte es nicht das geringste aus, daß Leute stehengeblieben waren und ihren Wortwechsel hörten. »Sie sind widerlich. Das werden Sie bereuen.« Sie spie ihm die Worte förmlich ins Gesicht. »Gott ist mein Zeuge, Sie werden das bereuen.«

Sie bahnte sich ihren Weg durch die verblüfften Studenten und rannte zu ihrem Wohnheim zurück. Dort sperrte sie die Tür hinter sich ab, ließ sich auf das Bett fallen und lauschte den Stimmen, die auf sie einschrien.

Eine sagte: *Nun, wenigstens hast du dich zur Abwechslung einmal auf die Hinterbeine gestellt.*

Und die andere schrie: *Wie konnte Allan mich verraten? Ich habe ihn doch gewarnt, daß er diese Briefe niemandem zeigen soll. Ich sag dir, das wird er bereuen. Gut, daß du das Messer hast. Der wird sich nicht mehr über Briefe von uns zu beklagen haben.*

38

Bic und Opal flogen am Sonntag gleich nach der Sendung nach Georgia. Am Abend sollte ein Abschiedsbankett für sie stattfinden.

Am Dienstag morgen traten sie die Fahrt nach New

York an. Im Kofferraum lagen Bics Schreibmaschine, ihr Gepäck und ein sorgfältig in Handtücher gehüllter Benzinkanister. Ihre anderen persönlichen Habseligkeiten ließen sie zurück. Bis sie sich ein Haus ausgesucht hatten, würden sie in der Suite im Wyndham Hotel wohnen.

Auf der Fahrt legte Bic Opal seine Pläne dar. »Stell dir vor, der Herr prüft uns, indem er zuläßt, daß Lee sich an Einzelheiten aus unserem Leben mit ihr erinnert. Angenommen, sie sagt etwas von dem Bauernhaus und dem Grundriß dort und den Treppen ins Obergeschoß. Angenommen, die finden es irgendwie und fangen an, Ermittlungen anzustellen, wer es damals gemietet hatte. Jenes Haus ist sichtbarer Beweis dafür, daß sie damals unter unserer Obhut stand. Davon abgesehen, na ja, da hätte Lee Probleme: Niemand hat sie je in unserer Gesellschaft gesehen, nur diese Kassiererin, und die konnte keine Beschreibung von uns liefern. Also müssen wir das Haus loswerden, das hat der Herr so befohlen.«

Als sie durch Bethlehem fuhren und schließlich in Elmville eintrafen, war es dunkel. Trotzdem konnten sie erkennen, daß sich in den fünfzehn Jahren nicht viel verändert hatte. Da stand immer noch die schäbige Imbißbude an der Straße, die Tankstelle und die paar Holzhäuser.

Bic machte einen Umweg und fuhr den Rest der Strecke zu der Farm auf Nebenstraßen. Als sie sich ihr näherten, schaltete er die Scheinwerfer ab.

»Und wenn ein Bulle kommt?« fragte Opal besorgt. »Angenommen, er fragt, warum du ohne Licht fährst?«

Bic seufzte. »Opal, du hast keinen Glauben. Der Herr lenkt unsere Schritte. Außerdem führt diese Straße nur in die Sümpfe und zu der Farm.«

Als sie das Haus erreichten, lenkte er den Wagen hinter ein paar Büsche. Nirgends war ein Lebenszeichen wahrzunehmen.

»Komm mit, Opal.« Das war ein Befehl.

Opal glitt auf dem vereisten Boden aus und griff nach Bics Arm.

Das Haus war allem Anschein nach unbewohnt und lag in völliger Dunkelheit da. Einige Fensterscheiben waren zerbrochen.

Bic versuchte den Türgriff zu bewegen, doch die Tür war abgesperrt. Als er mit der Schulter dagegendrückte, ging sie ächzend auf.

Bic stellte den Benzinkanister ab und holte eine kleine Taschenlampe aus seiner Tasche. Er ließ den Lichtkegel durch den Raum wandern. »Sieht noch so wie damals aus«, stellte er fest. »Jedenfalls haben die keine neuen Möbel reingestellt. Da steht noch der Schaukelstuhl, auf dem ich immer saß, wenn ich Lee auf dem Schoß hatte, das liebe, süße Kind.«

»Bic, ich will hier raus. Es ist kalt hier, und mir hat diese Bude immer angst gemacht. Die ganzen zwei Jahre lang hatte ich immer Angst, jemand würde kommen und sie sehen.«

»Aber es ist niemand gekommen. Wenn dieses Haus noch in ihrer Erinnerung existiert, wird das der einzige Ort bleiben. Opal, ich werde jetzt dieses Benzin verspritzen, dann gehen wir hinaus, und du kannst das Streichholz anzünden.«

Als die ersten Flammen über den Baumwipfeln zu sehen waren, saßen sie bereits wieder im Wagen und rasten davon. Zehn Minuten später befanden sie sich auf der Hauptstraße. Während ihres halbstündigen Aufenthalts in Elmville waren sie keinem einzigen Fahrzeug begegnet.

39

Am Dienstag morgen, als Sarah gerade an ihrem Schreibtisch im Büro Platz nahm, klingelte das Telefon. Betsy Lyons, die Immobilienmaklerin, war ganz erregt, weil eine zweite potentielle Käuferin aufgetreten war, die ernsthaftes Interesse an dem Haus zeigte. Das Problem war, daß die Frau schwanger war und unbedingt vor Ankunft des Babys einziehen wollte. Wie schnell würde das Haus zur Verfügung stehen, falls die Frau sich zum Kauf entschloß?

»So schnell, wie sie es haben will«, erwiderte Sarah. Während sie das sagte, hatte sie das Gefühl, als würde ihr eine schwere Last von den Schultern genommen. Möbel oder sonstige Gegenstände, die sie und Laurie behalten wollten, ließen sich schließlich irgendwo einlagern.

Um halb acht, nach einem Tag mit nicht enden wollenden Gratulationen für ihren Erfolg vor Gericht, schloß sie die Haustür auf. Der Prozeß der Entspannung, der immer auf ein anstrengendes Verfahren folgte, hatte am Nachmittag eingesetzt, und das war so, als hätte sie körperlich gearbeitet.

Sie schlüpfte sofort in einen Pyjama und einen dazupassenden Morgenrock und sah in den Kühlschrank. Sophie ist ein Schatz, dachte sie. Da stand doch tatsächlich ein bereits fertig zubereiteter kleiner Braten und daneben, in kleinen, mit Folie abgedeckten Schüsseln, Gemüse, Kartoffeln und Soße, die sie nur noch warmzumachen brauchte.

Sie wollte eben das Tablett mit dem Essen in ihr Zimmer tragen, als Allan Grant anrief. Sarahs vergnügte Begrüßung erstarb ihr auf den Lippen, als er sagte: »Sarah, ich wollte Ihnen das neulich schon sagen und weiß jetzt, daß es nicht fair war, Sie und Laurie nicht zu warnen, ehe ich zur Verwaltung ging.«

»Wovor warnen?«

Während sie ihm zuhörte, wurden ihre Knie weich. Sie zog sich einen Küchenstuhl heran und setzte sich. Die Schreibmaschine. Die Briefe, die Laurie auf der Kreuzfahrt geschrieben und mit denen sie so geheimnisvoll getan hatte. Als Allan ihr von seiner Auseinandersetzung mit Laurie erzählte, schloß Sarah die Augen und wünschte sich, sie könnte gleichzeitig auch ihre Ohren verschließen. Allan kam zum Ende: »Sarah, Laurie braucht Hilfe, viel Hilfe. Ich weiß, daß sie bei einem Psychiater in Behandlung ist, aber ...«

Sarah sagte Allan Grant nicht, daß Laurie es abgelehnt hatte, weiter zu Dr. Carpenter zu gehen. »Ich ... ich kann Ihnen gar nicht sagen, wie leid mir das tut, Professor Grant«, sagte sie. »Sie waren so freundlich zu Laurie, es ist für Sie bestimmt nicht leicht gewesen. Ich werde sie anrufen. Irgendwie werde ich schon die Hilfe finden, die sie braucht.« Ihre Stimme brach. »Wiedersehen. Vielen Dank.«

Sie durfte das Gespräch mit Laurie nicht aufschieben, aber wie sollte sie es anpacken? Sie rief Justin Donnelly zu Hause an, aber niemand meldete sich.

Dr. Carpenter erreichte sie. Die Fragen, die er ihr stellte, waren knapp. »Laurie leugnet entschieden, diese Briefe geschrieben zu haben? Aha. – Nein, sie lügt nicht. Sie blockiert. Sarah, rufen Sie sie an, versichern Sie sie Ihrer Unterstützung und machen Sie ihr den Vorschlag, daß sie nach Hause kommen soll. Ich glaube nicht, daß es gut für sie ist, in Professor Grants Nähe zu sein. Wir müssen sie dazu bringen, Dr. Donnelly aufzusuchen. Ich wußte das schon bei der Sitzung am Samstag.«

Ihr Abendessen war jetzt vergessen. Sarah wählte die Nummer von Lauries Zimmer. Niemand meldete sich. Sie versuchte es jede halbe Stunde bis Mitternacht. Schließlich rief sie Susan Grimes an, die Studentin, die Laurie gegenüber wohnte.

Susans schläfrige Stimme veränderte sich sofort, klang interessiert, als Sarah sich zu erkennen gab. Ja, sie wußte, was vorgefallen war, und würde selbstverständlich nach Laurie sehen.

Während sie wartete, stellte Sarah fest, daß sie zu beten begonnen hatte. Laß nicht zu, daß sie sich etwas angetan hat. Bitte, lieber Gott, nicht das. Sie hörte, wie der Hörer aufgenommen wurde.

»Ich habe nachgesehen. Laurie schläft tief. Das weiß ich genau, denn ihr Atem geht regelmäßig. Möchten Sie, daß ich sie wecke?«

Tiefe Erleichterung überflutete Sarah. »Dann hat sie

ganz bestimmt eine Schlaftablette genommen. Nein, stören Sie sie nicht, und entschuldigen Sie bitte, daß ich Sie geweckt habe.«

Sarah ging erschöpft zu Bett und schlief sofort ein, sicher in dem Wissen, daß sie sich wenigstens diese Nacht keine Sorgen um Laurie zu machen brauchte. Und morgen früh würde sie sie gleich anrufen.

40

Im Kühlschrank gab es nur Reste. Er verzog das Gesicht. Während seine Pizza in der Mikrowelle lag, grübelte Allan Grant weiter darüber nach, wie sehr er doch die Sache mit Laurie Kenyon verpatzt hatte. Dekan Larkin war ebenso wie Dr. Iovino von Lauries hartnäckigem Leugnen beeindruckt gewesen, und der Dekan hatte gemeint: »Allan, Miss Kenyon hat wirklich recht, wenn sie sagt, jeder in ihrem Wohnheim hätte ihre Schreibmaschine benutzen können und eine ähnliche Handschrift sei wirklich noch kein Beweis dafür, daß sie diese Briefe verfaßt hatte.«

Und jetzt sind die der Meinung, ich hätte vielleicht etwas in Gang gebracht, das unangenehme Folgen für das College haben kann, dachte Allan. Großartig. Wie verhalte ich mich jetzt ihr gegenüber bis zum Semesterende in den Vorlesungen? Könnte es vielleicht doch sein, daß ich mich geirrt habe?

Während er die Pizza aus der Mikrowelle nahm, sagte er laut: »Ich kann mich unmöglich irren. Laurie hat diese Briefe geschrieben.«

Karen rief um acht an. »Liebling, ich habe an dich gedacht. Wie war's denn?«

»Nicht besonders, muß ich sagen.« Sie unterhielten sich zwanzig Minuten lang. Als sie schließlich auflegten, fühlte Allan sich erleichtert.

Um halb elf klingelte das Telefon erneut. »Ich bin schon

okay«, sagte er. »Ich bin froh, daß nun alles auf dem Tisch liegt. Ich werde jetzt eine Schlaftablette nehmen und zu Bett gehen. Bis morgen.« Dann fügte er hinzu: »Ich liebe dich.« Er drückte den SLEEP-Knopf auf dem Radio und schlief sofort ein.

Allan Grant hörte die leisen Schritte nicht, nahm die Gestalt nicht wahr, die sich über ihn beugte, und wachte nicht auf, als das Messer sich in sein Herz bohrte. Im nächsten Augenblick dämpfte das Rascheln der Vorhänge das würgende Keuchen, das sich seiner Kehle entrang, als er starb.

41

Es war wieder der Traum mit dem Messer, aber diesmal war er anders. Das Messer kam nicht auf sie zu. Sie hielt es in der Hand und bewegte es auf und ab, auf und ab. Laurie fuhr im Bett hoch, preßte sich die Hand über den Mund, um nicht laut aufzuschreien. Ihre Hand fühlte sich klebrig an. Warum? Sie blickte an sich herab. Warum trug sie immer noch Jeans und Jacke? Warum waren sie so verschmiert? Ihre linke Hand berührte etwas Hartes. Sie schloß die Finger darum und spürte einen schneidenden Schmerz. Warmes, feuchtes Blut rann über ihre Handfläche.

Sie stieß die Bettdecke von sich. Das Tranchiermesser lag halb versteckt unter ihrem Kopfkissen, und die Laken waren mit eingetrocknetem Blut besudelt. Was war geschehen? Wann hatte sie sich geschnitten? Hatte sie so sehr geblutet? Warum hatte sie das Messer aus dem Schrank geholt? Träumte sie immer noch?

Du darfst keine Minute verschwenden! schrie eine Stimme. *Wasch dir die Hände! Wasch das Messer ab! Versteck es im Schrank! Tu, was ich dir sage! Beeil dich! Nimm deine Uhr ab! Und das Armband in deiner Tasche, das mußt du auch waschen.*

Wasch das Messer ab! Sie rannte ins Badezimmer, drehte

die Wasserhähne in der Wanne auf und hielt das Messer unter das laufende Wasser.

Leg es in den Schrank! Sie rannte ins Schlafzimmer zurück. *Wirf deine Uhr in die Schublade! Runter mit den Kleidern! Zieh das Bett ab! Wirf alles in die Wanne!*

Laurie taumelte ins Badezimmer, legte den Duschhebel um und warf das Bettzeug in die Wanne. Dann zog sie sich aus, warf ihre Kleider ins Wasser und starrte auf die sich rot färbende Brühe.

Sie stieg in die Wanne. Die Bettlaken blähten sich unter ihren Füßen. Hastig schrubbte sie das klebrige Zeug von Händen und Gesicht. Die Schnittwunde an ihrer Handfläche blutete immer noch, selbst als sie sie mit einem Waschlappen verband. Dann stand sie minutenlang mit geschlossenen Augen da und ließ sich das Wasser über Haar, Gesicht und Körper laufen. Sie fröstelte, obwohl das Badezimmer sich mit Dampf füllte.

Schließlich stieg sie aus der Wanne, wand sich ein Handtuch ums Haar, schlüpfte in den langen Frotteemantel und zog den Stöpsel aus der Wanne. Sie wusch ihre Kleider und das Bettzeug, bis das Wasser wieder klar war.

Sie stopfte alles in einen Wäschesack, zog sich an und ging zu dem Trockner im Kellergeschoß. Dort wartete sie, während der Trockner lief. Als er abgeschaltet hatte, faltete sie die Laken und die Kleider ordentlich zusammen und trug sie in ihr Zimmer zurück.

Jetzt mußt du das Bett neu machen und hier verschwinden! Geh in deine erste Vorlesung und bleib ruhig. Diesmal steckst du wirklich im Schlamassel.

Das Telefon klingelte. *Geh nicht ran! Das ist wahrscheinlich Sarah.*

Als sie über den Campus ging, begegnete sie einer Gruppe von Studentinnen und Studenten; eine Kommilitonin versuchte ihr klarzumachen, in ihrem Fall handle es sich ganz eindeutig um sexuelle Belästigung und sie solle Professor Grant unbedingt anzeigen. Eine Gemeinheit sei das, sie so zu beschuldigen.

Sie nickte geistesabwesend und fragte sich, wer wohl das kleine Mädchen war, das die ganze Zeit so jämmerlich weinte, ein halberstickes Weinen, so als hätte es den Kopf im Kopfkissen vergraben. Das Bild eines kleinen Mädchens mit langem blondem Haar, das in einem kalten Zimmer auf einem Bett lag, schob sich vor ihr inneres Auge. Ja, sie war es, die weinte.

Laurie bemerkte es gar nicht, als die anderen Studentinnen sie stehenließen, um zu ihren Vorlesungen zu gehen. Sie bemerkte auch die Blicke nicht, mit denen sie sie musterten, und hörte nicht, wie eine von ihnen sagte: »Sie ist wirklich seltsam.«

Sie betrat das Gebäude wie in Trance und fuhr mit dem Lift in den zweiten Stock. Als sie an dem Raum vorbeikam, in dem Allan Grant seine Vorlesung halten sollte, schob sie den Kopf durch die Tür. Ein Dutzend Studenten waren versammelt und warteten auf ihn. »Ihr vergeudet eure Zeit«, rief sie ihnen zu. »Sexy Allan ist mausetot.«

DRITTER TEIL

42

Als Sarah ihre Schwester am Mittwoch morgen nicht in ihrem Zimmer erreichen konnte, rief sie wieder Susan Grimes an. »Bitte, stecken Sie Laurie einen Zettel an die Tür, daß sie mich im Büro anrufen soll. Es ist sehr wichtig.«

Um elf Uhr rief Laurie vom Polizeirevier aus an.

Sarah war wie gelähmt. Mechanisch rief sie Dr. Carpenter an, sagte ihm, was vorgefallen war, und bat ihn, Dr. Donnelly zu verständigen. Dann griff sie nach Mantel und Handtasche und rannte zu ihrem Wagen. Die Fahrt nach Clinton dauerte eine Stunde und war die schiere Hölle.

Immer wieder hallte in ihr Lauries stockende, benommen wirkende Stimme nach: »Sarah, man hat Professor Grant ermordet aufgefunden. Die glauben, ich hätte es getan. Sie haben mich verhaftet und aufs Polizeirevier gebracht. Sie haben mir gesagt, ich hätte einen Telefonanruf frei.«

Ihre einzige Frage an Laurie war: »Wie ist er gestorben?« Sie hatte die Antwort im voraus gewußt: Allan Grant war erstochen worden. O Gott, barmherziger Gott im Himmel, warum?

Endlich erreichte Sarah das Polizeirevier, wo man ihr sagte, Laurie werde gerade verhört. Sarah verlangte, zu ihr gebracht zu werden.

Der diensthabende Beamte wußte, daß Sarah im Büro des Staatsanwalts tätig war. Er sah sie mitfühlend an. »Miss Kenyon, Sie wissen, daß während des Verhörs nur ihr Anwalt bei ihr sein kann.«

»Ich bin ihre Anwältin«, erklärte Sarah.

»Sie können nicht …«

»Ich habe in dieser Minute meine Stellung aufgegeben. Sie können zuhören, während ich telefonisch kündige.«

Die Verhörzelle war klein. Laurie saß auf einem wackeligen Holzstuhl und starrte in das Objektiv einer Videokamera, die das Verhör aufzeichnete. Zwei Beamte waren bei ihr. Als sie Sarah sah, flog sie ihr in die Arme. »Sarah, das ist verrückt. Das mit Professor Grant ist so schrecklich. Er war so gut zu mir. Ich war gestern so verärgert, weil er dachte, ich hätte diese Briefe geschrieben. Sarah, du mußt ihnen sagen, daß sie herausfinden müssen, wer diese Briefe geschrieben hat. Dann haben sie auch die Verrückte, die ihn getötet hat.« Sie fing zu schluchzen an.

Sarah drückte Lauries Kopf an ihre Schulter und wiegte ihre Schwester hin und her. Sie erinnerte sich, daß ihre Mutter sie so beruhigt hatte, als sie noch klein war.

»Setzen Sie sich, Laurie«, unterbrach sie der jüngere Beamte.

Sarah schob Laurie auf den Stuhl zurück. »Ich bleibe hier bei dir. Ich möchte nicht, daß du jetzt noch weitere Fragen beantwortest.«

Laurie vergrub das Gesicht in den Händen. Ihr Haar fiel nach vorn.

»Miss Kenyon, kann ich Sie sprechen? Ich bin Frank Reeves.« Sarah erinnerte sich an das Gesicht des älteren Beamten. Er hatte in einem der Verfahren, in denen sie die Anklage vertreten hatte, ausgesagt. Er zog sie beiseite. »Ich muß Ihnen leider sagen, daß der Fall völlig eindeutig ist. Sie hat gestern Professor Grant bedroht. Und heute morgen, noch bevor man seine Leiche entdeckt hat, verkündete sie in dem Hörsaal voller Studenten, daß er tot sei. In ihrem Zimmer hat man ein Messer gefunden, bei dem es sich mit hoher Wahrscheinlichkeit um die Mordwaffe handelt. Sie hat versucht, ihre Kleidung und ihr Bettzeug zu waschen, aber es sind noch Blutspuren daran. Der Laborbericht wird das endgültig bestätigen.«

»Sär-wah!«

Sarah fuhr herum. Das war Laurie. Aber da saß eine andere Laurie auf dem Stuhl, und sie hatte die Stimme einer Dreijährigen. *Sär-wah.* So hatte Laurie als Krabbelkind ihren Namen ausgesprochen. »Sär-wah, ich will meinen Teddy.«

Sarah hielt Lauries Hand, als man sie zur Anklage verhörte. Der Richter setzte eine Kaution von hundertfünfzigtausend Dollar fest. Sie versprach Laurie: »In ein paar Stunden hole ich dich hier heraus.« Dann sah sie zu, starr und unfähig, Schmerz zu empfinden, wie man Laurie in Handschellen abführte.

Während sie im Gerichtsgebäude damit beschäftigt war, die Formulare für die Kaution auszufüllen, trat Gregg Bennett zu ihr. »Sarah.«

Sie blickte auf. Er wirkte ebenso schockiert und verzweifelt wie sie. Sie hatte ihn seit Monaten nicht mehr gesehen; früher einmal hatte sie den Eindruck gehabt, Laurie wäre mit diesem netten jungen Mann glücklich.

»Sarah, Laurie würde niemals absichtlich jemandem weh tun. Irgend etwas in ihr muß kaputtgegangen sein.«

»Ich weiß. Wir werden auf Unzurechnungsfähigkeit plädieren. Unzurechnungsfähigkeit zur Tatzeit.« Während sie das sagte, dachte Sarah an all die Strafverteidiger, die sie vor Gericht besiegt hatte und die sich jener Strategie bedient hatten. Sie hatte nur selten Erfolg und führte bestenfalls dazu, genügend Zweifel zu wecken, um den Angeklagten vor der Todesstrafe zu retten.

Sie bemerkte, daß Gregg ihr die Hand auf die Schulter gelegt hatte. »Sie sehen so aus, als könnten Sie eine Tasse Kaffee brauchen«, meinte er. »Trinken Sie ihn immer noch schwarz?«

»Ja.«

Als sie die letzte Seite des Antrags ausfüllte, kam er mit zwei dampfenden Plastikbechern zurück und wartete dann mit ihr, während der Antrag bearbeitet wurde. Er ist wirklich ein netter Kerl, dachte Sarah. Warum hat Laurie sich nicht in ihn verliebt? Warum ausgerechnet in einen verheirateten Mann? Hatte sie Allan Grant etwa als Vaterersatz gewählt? Der Schock, unter dem sie gestanden hatte, ließ langsam nach, und sie dachte an Professor Grant und daran, wie er zu Laurie geeilt war, als sie in der Kirche ohnmächtig geworden war. Hatte er sie vielleicht doch auf eine besonders raffinierte Art verführt? Und das zu einer Zeit, wo sie unter emotionalem Druck stand? Sarah wurde bewußt, daß sie sich bereits mit möglichen Strategien für die Verteidigung befaßte.

Um Viertel nach sechs wurde Laurie auf Kaution freigelassen. Sie kam in Begleitung einer uniformierten Beamtin aus dem Gefängnisgebäude. Als sie ihre Schwester sah, versagten ihr die Knie den Dienst. Gregg rannte auf sie zu, um sie aufzufangen. Laurie stöhnte auf, als er sie packte, und fing dann zu kreischen an: »Sarah, Sarah, laß nicht zu, daß er mir weh tut!«

43

Am Mittwoch um elf Uhr klingelte das Telefon in der Global Travel Agency an der Sechsundsiebzigsten Straße in Manhattan.

Karen Grant war gerade im Begriff, hinauszugehen. Sie zögerte und rief dann über die Schulter zurück: »Wenn es für mich ist, dann sagen Sie, daß ich in zehn Minuten wieder zurück bin. Ich muß das jetzt erledigen, bevor ich etwas anderes in Angriff nehme.«

Connie Santini, die Sekretärin, nahm den Hörer ab. »Global Travel Agency, guten Morgen«, sagte sie und lauschte dann. »Karen ist gerade weggegangen. Sie kommt in ein paar Minuten zurück.« Connies Stimme klang geschäftsmäßig.

Anne Webster, die Inhaberin des Reisebüros, stand am Aktenschrank. Sie drehte sich um. Die zweiundzwanzigjährige Connie Santini war eine gute Sekretärin, aber am

Telefon war sie für Annes Geschmack etwas zu kurz angebunden. »Lassen Sie sich immer den Namen sagen«, pflegte sie zu predigen. »Wenn es ein geschäftlicher Anruf ist, müssen Sie immer fragen, ob jemand anderer behilflich sein kann.«

»Ja, ich bin sicher, daß sie gleich wiederkommt«, sagte Connie. »Ist etwas nicht in Ordnung?«

Anne eilte zu Karens Schreibtisch hinüber, nahm den Hörer des Zweitapparats ab und bedeutete Connie mit einer Kopfbewegung, sie solle auflegen.

»Hier ist Anne Webster. Kann ich etwas für Sie tun?«

Anne hatte in ihren neunundsechzig Jahren schon oft schlechte Nachrichten über Verwandte oder Freunde am Telefon bekommen. Als der Anrufer sich als Dekan Larkin vom Clinton College zu erkennen gab, wußte sie mit eisiger Sicherheit, daß Allan Grant etwas passiert war. »Ich bin Karens Arbeitgeberin und mit ihr befreundet«, erklärte sie dem Dekan. »Karen ist gerade außer Haus. Aber ich kann sie holen.«

Aber Larkin hielt sie auf und meinte zögernd: »Es wäre vielleicht nicht unklug, wenn ich es Ihnen sagte. Ich würde ja selbst kommen, aber ich habe solche Angst, daß Karen es vielleicht im Radio hört oder ein Reporter sie anruft, ehe ich hinkomme ...«

Und dann hörte Anne Webster mit Entsetzen die Nachricht von Allan Grants Ermordung. »Ich werde mich darum kümmern«, sagte sie. Tränen stiegen ihr in die Augen, als sie den Hörer auflegte. Durch die Glasfront konnte sie Karen näher kommen sehen. Sie ging mit beschwingten Schritten, ein Lächeln auf den Lippen. Ihr dunkles Haar bewegte sich rhythmisch mit ihren Schritten, und ihr rotes Nippon-Kostüm mit den Perlmuttknöpfen betonte ihre perfekte Figur. Offensichtlich hatte sie, was sie sich vorgenommen hatte, erfolgreich erledigt.

Anne Webster biß sich nervös auf die Unterlippe. Wie sollte sie Karen die schreckliche Nachricht vermitteln? Etwa sagen, es hätte einen Unfall gegeben, und warten, bis sie in Clinton waren, ehe sie mehr sagte? O Gott flehte sie, gib mir die Kraft, die ich jetzt brauchen werde.

Die Tür öffnete sich. »Die haben sich entschuldigt«, rief Karen triumphierend. »Und zugegeben, daß es ihre Schuld war.« Dann erstarrte ihr Lächeln, war wie weggewischt. »Anne, was ist passiert?«

»Allan ist tot.« Anne konnte selbst nicht glauben, daß die drei Worte eben aus ihrem Mund gekommen waren.

»Allan? Tot?« Karens Stimme klang fragend, verständnislos. Dann wiederholte sie: »Allan. Tot.«

Die beiden Frauen sahen, wie Karens Gesicht aschfahl wurde. Sie eilten auf sie zu, packten sie bei den Armen und führten sie zu einem Stuhl. »Wie?« fragte Karen mit monotoner Stimme. »Der Wagen? Ich hatte ihn gewarnt, die Bremsen waren nicht mehr in Ordnung. Aber er versteht sich nicht auf solche Dinge.«

»Oh, Karen.« Anne Webster legte die Arme um die zitternden Schultern der jüngeren Frau. Dann schilderte sie ihr die wenigen Einzelheiten. Connie Santini rief die Garage an und verlangte, daß man sofort Karens Wagen bringen sollte, und trug dann Mäntel, Handschuhe und Handtaschen zusammen. Sie erbot sich, mitzufahren und sich ans Steuer zu setzen. Aber Karen erhob Einspruch. Jemand mußte im Büro bleiben.

Karen bestand darauf, zu fahren. »Du kennst die Straßen nicht, Anne.« Unterwegs wollten sich keine Tränen einstellen. Sie redete über Allan, als wäre er noch am Leben. »Er ist der netteste Mensch auf der ganzen Welt... Er ist so gut... der klügste Mann, den ich je gekannt habe...«

Anne war froh, daß kein dichter Verkehr herrschte. Karen fuhr wie ein Roboter.

»Ich habe Allan auf einer Reise kennengelernt«, sagte Karen. »Ich habe damals eine Reisegruppe nach Italien geführt, und er schloß sich im letzten Augenblick an. Sechs Jahre ist das jetzt her. Es war an den Feiertagen, und seine Mutter war gerade gestorben. Er sagte mir, ihm sei plötzlich klargeworden, daß er Weihnachten nirgends hinkonnte, und auf dem College wollte er auch nicht bleiben. Bis wir wieder zu Hause landeten, waren wir verlobt.«

Sie trafen kurz nach Mittag in Clinton ein, und Karen fing zu schluchzen an, als sie die Absperrungen um ihr Haus sah. »Bis zu diesem Augenblick habe ich immer noch gedacht, es wäre ein schlimmer Traum«, flüsterte sie.

Ein uniformierter Polizeibeamter hielt sie an der Einfahrt an und trat dann schnell beiseite, um den Wagen passieren zu lassen. Als sie ausstiegen, flammten Blitzlichter auf. Anne legte schützend den Arm um Karen, als sie die paar Stufen zur Haustür hinaufeilten.

Das Haus wimmelte von Polizei. Sie waren überall: im Wohnzimmer, in der Küche, im Flur, der zu den Schlafzimmern führte. »Ich will meinen Mann sehen«, sagte Karen.

Ein grauhaariger Mann hielt sie auf und führte sie ins Wohnzimmer. »Ich bin Detective Reeves«, sagte er. »Es tut mir wirklich sehr leid, Mrs. Grant. Wir haben ihn weggebracht. Sie können ihn später sehen.«

Karen fing zu zittern an. »Dieses Mädchen, das ihn getötet hat. Wo ist sie?«

»Man hat sie verhaftet. Sie behauptet, unschuldig zu sein, Mrs. Grant, aber wir haben in ihrem Zimmer ein Messer gefunden, bei dem es sich höchstwahrscheinlich um die Mordwaffe handelt.«

Jetzt brach der Damm endlich. Anne Webster hatte gewußt, daß es dazu kommen würde. Karen Grant stieß einen halberstickten Schrei aus, der halb ein Schluchzen und halb ein Lachen war, und bekam einen hysterischen Anfall.

44

Bic schaltete die Mittagsnachrichten ein, während er und Opal in seinem Büro im Fernsehstudio an der Einundsechzigsten Straße zu Mittag aßen. STUDENTIN ERMORDET PROFESSOR AM CLINTON COLLEGE, lautete die Schlagzeile des Aufmachers.

Opal blieb der Bissen im Hals stecken, und Bic wurde weiß im Gesicht, als das Bild von Laurie als Kind über den Fernsehschirm huschte. »Als Vierjährige war Laurie Kenyon das Opfer einer Entführung. Heute wird die einundzwanzigjährige Studentin beschuldigt, einen beliebten College-Professor, dem sie angeblich Dutzende von Liebesbriefen geschrieben hat, mit Messerstichen getötet zu haben. Allan Grant wurde im Bett aufgefunden…«

Das Bild eines Hauses erschien auf dem Bildschirm. Die unmittelbare Umgebung war mit gelben Plastikbändern abgesperrt. Die Kamera schwenkte auf ein offenes Fenster. »Man nimmt an, daß Laurie Kenyon durch dieses Fenster in Allan Grants Schlafzimmer gedrungen ist.« Die Straßen waren von Streifenwagen gesäumt.

Ein Reporter interviewte eine Studentin, deren Augen vor Aufregung glänzten. »Laurie hat in aller Öffentlichkeit behauptet, daß Professor Grant mit ihr geschlafen hätte. Ich glaube, er hat versucht, mit ihr Schluß zu machen, und sie hat durchgedreht.«

Als der Beitrag zu Ende war, sagte Bic: »Schalt das ab, Opal.«

Sie gehorchte.

»Sie hat sich einem anderen Mann hingegeben«, sagte Bic dumpf. »Sie ist nachts in sein Bett gekrochen.«

Opal wußte nicht, was sie tun oder sagen sollte. Bic zitterte am ganzen Leib, und sein Gesicht war schweißüberströmt. Er zog sein Jackett aus, krempelte die Ärmel hoch und streckte die Arme aus; die dichte Behaarung war grau geworden. »Erinnerst du dich, wieviel Angst sie immer hatte, wenn ich ihr die Arme entgegenstreckte?« fragte er. »Aber Lee hat gewußt, daß ich sie liebe. Sie hat mich all die Jahre verfolgt, das hast du miterlebt, Opal. Und während ich all die Monate litt, weil ich sie sah und so nahe bei ihr war, daß ich sie hätte berühren können, und Angst hatte, sie würde diesem Doktor gegenüber etwas über mich sagen und damit alles in Frage stellen, wonach ich gestrebt habe, hat sie einem anderen Mann obszöne Briefe geschrieben.«

Die Augen traten ihm fast aus dem Kopf, waren unnatürlich geweitet, leuchteten, schleuderten förmlich Blitze. Opal gab ihm die Antwort, die von ihr erwartet wurde. »Lee sollte bestraft werden, Bic.«

»Das wird sie auch. Wenn dein Auge dich ärgert, dann reiß es heraus. Wenn deine Hand dich ärgert, dann schneide sie ab. Lee steht eindeutig unter dem Einfluß Satans. Es ist meine Pflicht, sie der heilenden Vergebung des Herrn zuzuführen, indem ich sie zwinge, das Messer gegen sich selbst zu richten.«

45

Sarah fuhr den Garden State Parkway hinauf; Laurie schlief auf dem Beifahrersitz. Die Polizeibeamtin hatte versprochen, Dr. Carpenter anzurufen und ihm mitzuteilen, daß sie nach Hause unterwegs waren. Gregg hatte Laurie in Sarahs Arme geschoben und dabei protestiert: »Laurie, Laurie, ich würde dir nie weh tun. Laurie, ich liebe dich.« Dann hatte er resigniert den Kopf geschüttelt und zu Sarah gesagt: »Ich verstehe das nicht.«

»Ich rufe Sie an«, versprach Sarah ihm hastig. Sie wußte, daß seine Nummer in Lauries Adreßbuch stand. Letztes Jahr hatte Laurie Gregg regelmäßig angerufen.

Als sie Ridgewood erreichte und in ihre Straße einbog, stellte sie bestürzt fest, daß drei Übertragungswagen vor dem Haus parkten. Eine Anzahl Reporter mit Kameras und Mikrofonen versperrten die Zufahrt. Sarah drückte auf die Hupe. Sie ließen sie vorbei, rannten aber neben dem Wagen her, bis sie schließlich an der Verandatreppe anhielt. Laurie regte sich, schlug die Augen auf und sah sich um. »Sarah, was wollen diese Leute?«

Zu Sarahs Erleichterung ging die Haustür auf, und Dr.

Carpenter und Sophie kamen die Treppe heruntergeeilt. Carpenter drängte sich durch die Reporter, öffnete die Beifahrertür und legte den Arm um Laurie. Als er und Sophie Laurie über die Treppe hinauf ins Haus brachten, ging ein Sperrfeuer von Fragen und ein wahres Blitzlichtgewitter auf sie nieder.

Sarah wußte, daß sie eine Erklärung abgeben mußte. Sie stieg aus dem Wagen und wartete, während man ihr die Mikrofone entgegenhielt. Sie zwang sich, ruhig und zuversichtlich zu wirken, und hörte sich die Fragen an. »Handelt es sich um einen Mord aus Hörigkeit? ... Werden Sie auf Unzurechnungsfähigkeit plädieren? ... Stimmt es, daß Sie Ihre Stellung aufgegeben haben, um Laurie zu verteidigen? ... Glauben Sie, daß sie schuldig ist?«

Sarah entschied sich dafür, die letzte Frage zu beantworten. »Meine Schwester ist sowohl im juristischen als auch im moralischen Sinne unschuldig, und wir werden das vor Gericht beweisen.« Damit drehte sie sich um und bahnte sich den Weg zur Tür, die Sophie aufhielt.

Laurie lag auf der Couch im Wohnzimmer. Dr. Carpenter war bei ihr. »Ich habe ihr ein starkes Beruhigungsmittel gegeben«, flüsterte er Sarah zu. »Bringen Sie sie sofort nach oben und legen Sie sie ins Bett. Ich habe Dr. Donnelly eine Nachricht hinterlassen. Er sollte heute aus Australien zurückkommen.«

Es ist, als würde man eine Puppe ausziehen, dachte Sarah, als sie Laurie mit Sophies Hilfe den Pullover über den Kopf zogen und ihr das Nachthemd überstreiften. Laurie hielt die ganze Zeit die Augen geschlossen, schien überhaupt nicht wahrzunehmen, was mit ihr geschah. »Ich hole noch eine weitere Decke«, sagte Sophie leise. »Ihre Hände und Füße sind eiskalt.«

Der erste klagende Laut war zu hören, als Sarah die Nachttischlampe anknipste. Laurie weinte herzzerreißend, preßte sich aber das Kopfkissen vor den Mund, um die Laute zu ersticken.

»Sie weint im Schlaf«, sagte Sophie. »Das arme Kind.«

Das arme Kind ... Wenn Sarah Laurie nicht angesehen hätte, hätte sie geglaubt, die Laute kämen von einem verängstigten Kind. »Dr. Carpenter soll bitte raufkommen.«

Ihr Instinkt drängte sie, die Arme um Laurie zu legen und sie zu trösten, aber sie zwang sich, abzuwarten, bis der Arzt gekommen war. Er stand neben ihr und beobachtete Laurie in der schwachen Beleuchtung. Als sie schließlich zu schluchzen aufhörte und das Kissen losließ, fing sie zu flüstern an. Sie beugten sich über sie, um besser hören zu können. »Ich will meinen Papa. Ich will meine Mama. Ich will Sär-wah. Ich will nach Hause.«

46

Thomasina Perkins wohnte in einem kleinen Reihenhaus in Harrisburg, Pennsylvania. Sie war jetzt zweiundsiebzig, eine Frau von durch und durch fröhlicher Natur, mit dem einzigen Fehler, daß sie nicht aufhören konnte, über das aufregendste Ereignis in ihrem Leben zu reden – ihre Beteiligung an dem Fall Laurie Kenyon. Sie war die Kassiererin gewesen, die die Polizei gerufen hatte, als Laurie in dem Schnellimbiß ihren hysterischen Anfall bekommen hatte.

Am meisten bedauerte sie, daß sie das Entführerpaar nicht besser zu Gesicht bekommen hatte und sich auch nicht an den Namen erinnerte, den die Frau dem Mann zugerufen hatte, als sie Laurie ins Freie gezerrt hatten. Manchmal träumte Thomasina sogar von ihnen, ganz besonders von dem Mann, aber er hatte nie ein Gesicht, nur langes Haar, einen Bart und kräftige, dichtbehaarte Arme.

Thomasina hörte in den Sechs-Uhr-Fernsehnachrichten von Laurie Kenyons Verhaftung. Was für eine arme Familie, dachte sie. Die vielen Probleme. Die Kenyons waren ihr so dankbar gewesen. John Kenyon hatte ihr damals einen Scheck über fünftausend Dollar in die Hand gedrückt.

Thomasina hatte gehofft, daß die Kenyons mit ihr in Verbindung bleiben würden. Eine Weile schrieb sie ihnen regelmäßig lange Briefe, in denen sie ihnen wortreich schilderte, daß alle Leute, die in ihre Imbißstube kamen, von ihr über den Fall hören wollten und daß sie dann alle Tränen in den Augen hatten, wenn Thomasina ihnen schilderte, wie verängstigt Laurie ausgesehen und wie jämmerlich sie geweint hatte.

Dann kam eines Tages ein Brief von John Kenyon, in dem er ihr noch einmal für ihre Hilfe dankte, sie aber bat, ihnen keine weiteren Briefe zu schreiben, weil sie seine Frau zu sehr aufregten. Sie seien alle bemüht, jene schreckliche Zeit zu vergessen. Das hatte Thomasina schrecklich enttäuscht.

Als sie dann im September von dem Unfall der Eltern hörte, schrieb sie Sarah und Laurie und drückte ihnen ihr Beileid aus. Sarah antwortete darauf mit einem reizenden Brief, in dem sie schrieb, ihre Eltern hätten immer das Gefühl gehabt, Gott hätte durch Thomasinas Hilfe ihre Gebete erhört, und ihr für die fünfzehn glücklichen Jahre dankte, die ihre Familie seit Lauries Rückkehr gehabt hätte. Thomasina rahmte den Brief ein und sorgte dafür, daß jeder Besucher ihn zu sehen bekam.

Thomasina saß gern vor dem Fernseher, ganz besonders am Sonntagmorgen. Sie war eine tiefreligiöse Frau, und die ›Welle Gottes‹ war ihr Lieblingsprogramm, so daß sie zutiefst erschüttert gewesen war, als der von ihr verehrte Reverend Rutland Garrison starb.

Reverend Bobby Hawkins war ganz anders. Thomasina hatte bei ihm immer ein seltsames Gefühl. Aber wenn er und Carla zusammen im Fernsehen zu sehen waren, ging eine hypnotische Wirkung von ihnen aus, und sie konnte den Blick nicht von ihnen wenden. Und ein gewaltiger Prediger war er allemal.

Jetzt wünschte sich Thomasina inbrünstig, es wäre Sonntagmorgen, damit sie, wenn Reverend Bobby seine Gemeinde aufforderte, die Hände auf den Fernseher zu legen und um ein persönliches Wunder zu bitten, darum beten konnte, Lauries Verhaftung möge sich als Irrtum erweisen. Aber es war Mittwoch, nicht Sonntag, und sie würde noch vier Tage warten müssen.

Um neun Uhr klingelte das Telefon. Der Produzent der lokalen Fernsehsendung ›Guten Morgen, Harrisburg‹ war am Apparat, entschuldigte sich, daß er so spät anrufe, und fragte, ob Thomasina bereit sei, am nächsten Morgen ins Studio zu kommen und vor der Kamera über Laurie zu reden.

Thomasina war begeistert. »Ich habe mir die Archivaufzeichnungen über den Fall Kenyon angesehen, Miss Perkins«, sagte der Produzent. »Mann, ist ja wirklich schade, daß Sie sich nicht an den Namen des Typen erinnern konnten, der mit Laurie in der Imbißstube war.«

»Ich weiß«, meinte Thomasina. »Mir ist immer noch, als müßte der Name irgendwo in mir klingen, aber wahrscheinlich ist der Kerl entweder schon tot, oder er lebt jetzt irgendwo in Südamerika. Was würde es schon nützen?«

»Eine ganze Menge würde es nützen«, sagte der Produzent. »Ihre Aussage ist die einzige Chance für einen Augenzeugenbeweis, daß Laurie möglicherweise von ihren Entführern mißhandelt worden ist. Die werden noch eine ganze Menge mehr Beweise brauchen, um vor Gericht Mitgefühl für sie zu erwecken. Wir werden morgen in der Sendung darüber sprechen.«

Thomasina legte den Hörer auf, sprang auf und rannte ins Schlafzimmer. Sie holte ihr bestes blaues Seidenkleid mit der dazu passenden Jacke heraus und musterte es sorgfältig. Gott sei Dank hatte es keine Flecken. Sie legte sich ihr bestes Korsett, ihre Sonntagsschuhe und die neue Strumpfhose bereit. Seit sie nicht mehr arbeitete, hatte sie es sich abgewöhnt, nachts Lockenwickler ins Haar zu tun, aber jetzt machte sie sich daran, jede ihrer dünner werdenden Haarsträhnen sorgfältig aufzudrehen.

Als sie gerade ins Bett gehen wollte, kam ihr Reverend Bobbys Rat, um ein Wunder zu beten, wieder in den Sinn.

Sie holte das lavendelfarbene Briefpapier heraus, das ihre Nichte ihr zu Weihnachten geschenkt hatte, und suchte nach dem neuen Kugelschreiber, den sie im Supermarkt gekauft hatte. Dann setzte sie sich an den Eßtisch und schrieb Reverend Bobby Hawkins einen langen Brief, in dem sie ihm das Erlebnis mit Laurie Kenyon ausführlich schilderte. Sie schrieb auch, daß sie es vor Jahren abgelehnt hatte, sich einer Hypnosebefragung zu unterziehen, um sich vielleicht so an den Namen des Mannes zu erinnern, den die Frau gerufen hatte. Sie war immer fest überzeugt gewesen, daß man seine Seele der Macht eines anderen überließ, wenn man sich hypnotisieren ließ, und daß es Gott nicht wohlgefällig war. Was halten Sie davon, Reverend Bobby? Bitte schreiben Sie bald.

Dann schrieb sie einen zweiten Brief an Sarah und erklärte ihr, warum sie in der morgigen Fernsehsendung auftrat.

Schließlich legte sie noch eine Spende von zwei Dollar in den an Reverend Bobby Hawkins adressierten Briefumschlag.

47

Justin Donnelly war nach Australien gereist, um zu Hause einen Monat Weihnachtsurlaub zu machen. Dort war es Sommer, und er besuchte in den vier Wochen seine Familie, suchte Freunde auf, plauderte mit alten Kollegen und genoß die Gelegenheit, sich einmal gründlich zu entspannen.

Justin wurde sich in diesen Wochen bewußt, daß seine Gedanken immer häufiger um Sarah Kenyon kreisten. Er hatte sie nur dieses eine Mal im Oktober gesehen, und doch vermißte er ihre wöchentlichen Telefonate. Jetzt wünschte er sich, er wäre nicht so zurückhaltend gewesen und hätte ihr damals den Vorschlag gemacht, wieder einmal miteinander zu Abend zu essen.

Als er kurz nach seiner Rückkehr mit Sarah telefonierte, erschrak er über den Klang ihrer müden, angespannten Stimme. Entsetzt hörte er, was sie ihm zu berichten hatte. »Sie müssen Laurie dazu bringen, mich aufzusuchen«, sagte er. »Wie wäre Freitag um zehn Uhr?«

»Sie wird nicht kommen wollen.«

»Sie muß.«

»Ich weiß.« Sarah machte eine kurze Pause, dann sagte sie: »Ich bin so froh, daß Sie wieder da sind, Dr. Donnelly.«

Ich auch, dachte Justin, während er den Hörer auflegte. Er wußte, daß Sarah sich noch nicht ganz klar darüber war, was für ein Martyrium ihr bevorstand. Eine der Spaltpersönlichkeiten, die in Laurie wohnten, hatte einen Mord begangen; damit war es durchaus möglich, daß die eigentliche Laurie Kenyon seiner Hilfe bereits entrückt war.

48

Brendon Moody war mit seinen Freunden in Florida fischen gewesen und kehrte nach einer Woche am späten Mittwoch abend nach Teaneck, New Jersey, zurück. Seine Frau Betty war aufgeblieben und erzählte ihm von der Verhaftung Laurie Kenyons.

Laurie Kenyon! Vor siebzehn Jahren, als die vierjährige Laurie verschwunden war, bis zu seiner Pensionierung, war Brendon als Kriminalbeamter im Morddezernat der Staatsanwaltschaft, bei der Sarah arbeitete, tätig gewesen. Er kannte Sarah sehr gut.

Er schüttelte den Kopf und schaltete die Elf-Uhr-Nachrichten ein, die Bilder von Allan Grants Haus zeigten, wie Grants Witwe in das Haus geführt wurde, Laurie und Sarah beim Verlassen des Polizeireviers und schließlich Sarah mit ihrer kurzen Erklärung vor ihrem Haus in Ridgewood.

Brendon starrte bedrückt auf den Bildschirm und hörte aufmerksam zu. Als der Bericht vorüber war, schaltete er ab. »Eine böse Sache«, sagte er.

Brendon war jetzt sechzig, aber von dem energischen Draufgängertum, das ihn zum besten Ermittlungsbeamten der Staatsanwaltschaft gemacht hatte, war nichts verlorengegangen.

In drei Tagen wollten sie Bettys Schwester in Charleston besuchen, und Betty wußte sehr wohl, daß sie ihm einen Vorwand gab, die Reise abzusagen, als sie fragte: »Kannst du da nichts machen?« Brendon war nämlich jetzt lizenzierter Privatdetektiv und übernahm nur Fälle, die ihn persönlich interessierten.

»Und ob ich das kann«, erklärte er grimmig. »Sarah braucht jemanden auf dem Universitätsgelände, der Hinweise sammelt und ihnen nachgeht. Auf den ersten Blick scheint das ein eindeutiger Fall zu sein. Sarah Kenyon ist eine verdammt nette Frau und eine verdammt gute Anwältin. Ich habe immer schon prophezeit, daß die es einmal zu etwas bringt. Aber jetzt braucht sie Hilfe. Echte Hilfe. Morgen gehe ich zu ihr und biete mich ihr an.«

»Wenn sie dich überhaupt haben will«, wandte Betty bedächtig ein.

»Sie wird mich haben wollen. Bets, wie wäre es, wenn du allein nach Charleston fahren und Jane besuchen würdest?«

Betty schlüpfte aus ihrem Morgenmantel und ging zu Bett. »Ja, ist wohl besser. Von nun an hast du ja ohnehin nur noch diesen Fall im Kopf und wirst sogar noch davon träumen.«

49

Um Viertel vor zwölf am Donnerstag ließ die Wirkung des Schlafmittels nach. Laurie schlug die Augen auf und sah sich in dem vertrauten Zimmer um. Eine Vielzahl von Gedanken huschten wirr durch ihr Bewußtsein. Irgendwo weinte ein Kind. Zwei Frauen schrien einander in ihrem Kopf an. Die eine brüllte: *Ich hatte eine mächtige Wut auf ihn, aber ich habe ihn geliebt und wollte nicht, daß das passiert.*

Die andere sagte: *Ich habe dir doch gesagt, daß du an jenem Abend zu Hause bleiben solltest. Dummes Luder. Jetzt schau, was du ihr angetan hast.*

Ich hab' ja schließlich nicht allen gesagt, daß er tot ist! Das dumme Luder bist du.

Laurie preßte sich die Hände über die Ohren. O Gott, war das alles ein Traum gewesen? War Allan Grant wirklich tot? Glaubte denn wirklich irgend jemand, daß sie ihm ein Leid zugefügt hatte? Das Polizeirevier. Die Zelle. Diese Kameras, die ihr Bild aufgenommen hatten. Das alles war ihr doch nicht wirklich widerfahren, oder? Wo war Sarah? Sie stieg aus dem Bett und lief zur Tür. »Sarah! Sarah!«

»Sie kommt gleich wieder.« Das war Sophie, ihre Stimme klang vertraut, beruhigend, besänftigend. Jetzt kam sie die Treppe herauf. »Wie fühlst du dich?«

Ungeheure Erleichterung durchflutete Laurie. Die Stimmen in ihrem Kopf hörten auf zu streiten. »Oh, Sophie, bin ich froh, daß du da bist. Wo ist Sarah?«

»Sie mußte ins Büro, ist aber in ein paar Stunden wieder zurück. Ich habe dir Essen gemacht, Fleischbrühe und Thunfischsalat, so wie du ihn magst.«

»Nur die Fleischbrühe, Sophie. Ich komme in zehn Minuten runter.«

Sie ging ins Bad und drehte die Dusche auf. Gestern hatte sie beim Duschen Bettzeug und Kleider gewaschen. Wie man nur etwas so Seltsames tun konnte. Sie drehte am Duschkopf, bis das heiße Wasser ihre verkrampften Muskeln an Hals und Nacken wie ein Wasserfall aus tausend Nadelspitzen massierte. Die bohrenden Kopfschmerzen, die von den Beruhigungsmitteln herrührten, begannen sich zu lösen, und mit der Zeit wurde ihr die Ungeheuerlichkeit dessen, was geschehen war, bewußt. Allan

Grant, dieser warmherzige, liebenswürdige Mensch, war mit dem Messer ermordet worden, das aus ihrem Haus verschwunden war.

Sarah hat mich gefragt, ob ich das Messer genommen hätte, dachte Laurie, als sie das Wasser abdrehte und aus der Duschkabine trat. Sie hüllte sich in eines der riesigen Badetücher. Und dann habe ich das Messer in meiner Tasche gefunden. Jemand muß es aus meinem Zimmer geholt haben, vielleicht dieselbe Person, die diese widerlichen Briefe geschrieben hat.

Sie fragte sich, wieso Allan Grants tragischer Tod sie nicht mehr bedrückte. Er war immer so nett zu ihr gewesen. Als sie die Tür zu ihrem Kleiderschrank öffnete und überlegte, was sie anziehen solle, glaubte sie zu begreifen. Die Regale mit den Pullovern. Mutter war meistens dabeigewesen, als sie sie gekauft hatte. Mutter, für die es immer die größte Freude gewesen war, zu geben und noch einmal zu geben. Papa bekam immer einen Schrecken, wenn er sie mit den vielen Tüten nach Hause kommen sah. »Ich komme mir vor, als würde ich den ganzen Einzelhandel der Vereinigten Staaten unterstützen.«

Laurie zog Jeans und einen Pullover an und wischte sich die Tränen aus den Augen. Wer zwei Menschen wie sie verloren hat, kann nicht zusätzlich noch um andere trauern.

Sie trat vor den Spiegel und bürstete sich das Haar. Sie brauchte einen neuen Schnitt, aber heute war dafür keine Zeit. Die Leute würden sie anstarren, im Flüsterton über sie reden. Aber ich habe doch nichts getan, protestierte sie Auge in Auge mit ihrem Spiegelbild. Wieder kam eine ganz klare Erinnerung an Mutter zum Vorschein. Wie oft hatte sie doch gesagt: »Oh, Laurie, du siehst ganz genauso aus wie ich, als ich in deinem Alter war.«

Aber Mutter hatte nie diesen ängstlichen, verschreckten Gesichtsausdruck gehabt. Mutter hatte immer ein Lächeln im Gesicht gehabt. Mutter hatte die Menschen glücklich gemacht. Sie brachte niemandem Schmerz und Leid.

He, warum solltest du denn alle Schuld auf dich nehmen? fragte eine Stimme höhnisch. *Karen Grant hat sich für Allan nicht interessiert. Sie hatte ständig einen Vorwand, um in New York zu bleiben. Er war einsam. Die meiste Zeit hat er zu Abend nur eine Pizza gegessen. Er hat mich gebraucht. Er wußte es bloß noch nicht. Ich hasse Karen. Ich wünschte, sie wäre tot.*

Laurie ging zu ihrem Schreibtisch hinüber.

Ein paar Minuten später klopfte Sophie und rief mit besorgter Stimme: »Laurie, das Essen ist fertig. Geht es dir gut?«

»Würdest du mich bitte allein lassen? Die Fleischbrühe wird doch nicht gleich verdunsten, oder?« Gereizt faltete sie den Brief zusammen, den sie gerade geschrieben hatte, und schob ihn in einen Umschlag.

Der Briefträger kam gegen halb eins. Sie hielt am Fenster Ausschau nach ihm, bis er auf der Straße auftauchte, eilte dann hinunter und öffnete die Tür, als er die Veranda erreichte. Während sie die Post entgegennahm, steckte sie ihm den Brief zu.

Sophie kam aus der Küche geeilt. »Laurie, Sarah möchte nicht, daß du weggehst.«

»Ich gehe doch nicht weg. Ich hab' nur die Post geholt.« Laurie legte Sophie die Hand auf den Arm. »Sophie, du bleibst doch bei mir, bis Sarah wiederkommt, ja? Ich will hier nicht allein sein.«

50

Am frühen Mittwoch abend fuhr eine blasse, aber gefaßte Karen Grant mit ihrer Partnerin Anne Webster nach New York zurück. »Es ist besser, wenn ich in der Stadt bin«, sagte sie. »In dem Haus könnte ich es nicht aushalten.«

Anne erbot sich, bei ihr zu übernachten, aber das lehnte Karen ab. »Du siehst noch viel erschöpfter aus, als ich es bin. Ich werde eine Schlaftablette nehmen und gleich ins Bett gehen.«

Sie schlief lang und tief bis elf Uhr am nächsten Morgen. Die drei obersten Stockwerke des Hotels waren als Apartments für Dauermieter eingerichtet. In den drei Jahren, die Karen das Apartment jetzt bewohnte, hatte sie mit der Zeit ihre eigene Note hineingebracht: Orientbrücken in Rot, Elfenbein und Blau, die das eintönige Beige der Hotelauslegeware belebten, antike Lampen, Seidenkissen, Lalique-Figuren und Originalgemälde von vielversprechenden jungen Künstlern. Das verlieh den Räumen den Eindruck von Luxus und zugleich eine sehr persönliche Note.

Karen liebte die Bequemlichkeit des Lebens im Hotel, ganz besonders den Zimmerservice und die Betreuung durch die Hausdame und die Zimmermädchen. Und ebensosehr liebte sie ihren Kleiderschrank voll Modellkleider, Charles-Jourdan- und Ferragamo-Schuhe, Hermès-Tücher und Gucci-Taschen.

Sie stand auf und ging ins Badezimmer. Ihre Augen waren immer noch ein wenig geschwollen. Allan auf der Steinplatte im Leichenschauhaus ansehen zu müssen, war schrecklich gewesen. Erinnerungen an all die schönen Tage, die sie miteinander erlebt hatten, waren auf sie eingestürmt, daran, wie sie sich immer gefreut hatte, wenn seine Schritte den Korridor herunterkamen. Die Tränen, die sie vergossen hatte, waren echt gewesen und würden sich erneut einstellen, wenn sie sein Gesicht das letzte Mal sah. Sie würde übrigens noch die nötigen Arrangements treffen müssen, aber nicht jetzt. Jetzt wollte sie frühstücken. Sie drückte die Vier auf ihrem Telefon, um den Zimmerservice zu bestellen.

Sie nippte an ihrer ersten Tasse Kaffee, als es diskret an der Tür klopfte. Sie flog förmlich, um sie zu öffnen. Und da war Edwin, besorgtes Mitgefühl auf seinen hübschen Patrizierzügen. »Oh, meine Liebe«, seufzte er.

Er umarmte sie, und Karen schmiegte ihr Gesicht an das weiche Kaschmirjackett, das sie ihm zu Weihnachten geschenkt hatte. Dann schlang sie die Arme um seinen Hals, sorgfältig darauf bedacht, sein präzise gekämmtes dunkelblondes Haar nicht in Unordnung zu bringen.

51

Justin Donnelly lernte Laurie am Freitag morgen kennen. Er hatte bereits Zeitungsbilder von ihr gesehen, war aber nicht auf ihr auffallend gutes Aussehen vorbereitet gewesen, die atemberaubend blauen Augen, das goldblonde Haar, das ihr bis zur Schulter reichte und in ihm unwillkürlich das Bild einer Märchenprinzessin wachrief. Sie war schlicht gekleidet: dunkelblaue lange Hose, eine weiße, hochgeschlossene Seidenbluse und einen blau-weiß gemusterten Blazer. Trotz der fast körperlich wahrnehmbaren Angst, die von ihr ausging, war eine angeborene Eleganz zu spüren.

Sarah saß neben ihrer Schwester, aber ein Stück hinter ihr. Laurie hatte nicht allein in seine Praxis kommen wollen. »Ich habe Sarah versprochen, mit Ihnen zu reden, aber nur in ihrer Gegenwart.«

Vielleicht lag es an Sarahs Anwesenheit, die beruhigend auf sie wirkte, aber Justin war dennoch überrascht, als Laurie geradeheraus fragte: »Dr. Donnelly, glauben Sie, daß ich Professor Allan Grant getötet habe?«

»Meinen Sie, ich habe Anlaß, das zu glauben?«

»Nun, ich glaube, daß jedermann Anlaß hat, mich zu verdächtigen. Aber ich habe es ganz einfach nicht getan und würde nie einen Menschen töten. Daß Allan Grant mich mit diesem anonymen Schmutz in Verbindung brachte, den er bekommen hatte, war für mich erniedrigend. Aber wir töten doch nicht einen Menschen, nur weil er eine häßliche Sache falsch deutet.«

»*Wir*, Laurie?«

War das Verlegenheit oder Schuld, was da einen ganz kurzen Augenblick lang über ihr Gesicht huschte? Als sie keine Antwort gab, sagte Justin: »Laurie, Sarah hat mit Ihnen über die ernsten Vorwürfe gesprochen, die man Ihnen macht. Verstehen Sie, was man Ihnen zur Last legt?«

»Sicher. Das ist alles absurd, aber schließlich habe ich oft genug meinem Vater und Sarah zugehört, wenn sie über die Fälle redeten, mit denen sie befaßt waren, und über die Urteile, die dann gefällt wurden, und ich weiß daher sehr wohl, was das bedeuten kann.«

»Sie sollten sich darauf einstellen, daß einiges Unangenehme auf Sie zukommen wird, Laurie.«

Sie senkte den Kopf. Ihr Haar fiel nach vorn und schirmte ihr Gesicht ab. Ihre Schultern fielen herunter, die Hände verkrampften sich im Schoß, und sie zog die Füße hoch, so daß sie den Boden nicht mehr berührten, sondern vom Stuhl baumelten. Das leise Weinen, das Sarah in den letzten Tagen einige Male gehört hatte, entrang sich ihrer Kehle. Instinktiv beugte Sarah sich vor, um Laurie zu trösten, aber Justin Donnelly schüttelte den Kopf. »Sie haben schreckliche Angst, nicht wahr, Laurie?« fragte er mit sanfter Stimme.

Sie schüttelte heftig den Kopf.

»Sie haben keine Angst?«

Ihr Kopf nickte heftig, und dann sagte sie schluchzend: »Nicht Laurie.«

»Sie sind nicht Laurie. Wollen Sie mir Ihren Namen sagen?«

»Debbie.«

»Debbie. Was für ein hübscher Name. Wie alt bist du, Debbie?«

»Ich bin vier.«

Mein Gott, dachte Sarah, als sie Dr. Donnelly mit Laurie reden hörte, als spräche er mit einem kleinen Kind. Er hat recht. In jenen zwei Jahren, die sie weg war, muß ihr etwas Schreckliches widerfahren sein. Arme Mutter, sie war immer fest davon überzeugt, daß ein Paar, das sich nach der Liebe eines Kindes sehnte, sie mitgenommen und geliebt hat. Ich wußte, daß sie anders war, als sie nach Hause kam. Würden wir jetzt hier sein, wenn sie damals Hilfe bekommen hätte? Angenommen, in Laurie gibt es eine völlig getrennte Persönlichkeit, die jene Briefe geschrieben und dann Allan Grant getötet hat? Darf ich zulassen, daß Justin zu dieser Erkenntnis gelangt? Und was ist, wenn sie gesteht?

»Debbie, du bist sehr müde, nicht wahr?«

»Ja.«

»Würdest du gern in dein Zimmer gehen und dich ausruhen? Ich wette, du hast ein hübsches Schlafzimmer.«

»Nein! Nein! Nein!«

»Ist schon gut. Du kannst natürlich hierbleiben. Schlaf doch ein wenig in dem Sessel, und wenn Laurie da ist, würdest du sie dann bitten, daß sie zurückkommt und mit mir spricht?«

Ihr Atem wurde gleichmäßig. Gleich darauf hob sie den Kopf. Ihre Schultern hoben sich wieder, ihre Füße berührten den Boden, und sie wischte sich das Haar aus dem Gesicht. »Natürlich habe ich Angst«, gab Laurie zu. »Aber da ich ja nichts mit Allans Tod zu tun habe, weiß ich, daß ich mich darauf verlassen kann, daß Sarah die Wahrheit herausfindet.« Sie drehte sich um, lächelte Sarah zu und sah dem Arzt dann wieder gerade in die Augen. »Wenn ich Sarah wäre, würde ich mir wünschen, daß ich ein Einzelkind geblieben wäre. Aber da bin ich nun mal, und sie ist immer für mich dagewesen. Sie hat immer verstanden.«

»Was verstanden, Laurie?«

Ein Achselzucken. »Ich weiß nicht.«

»Ich denke, Sie wissen das schon.«

»Nein, wirklich nicht.«

Justin wußte, daß die Zeit gekommen war, Laurie über ihre Entführung aufzuklären. In jenen zwei Jahren, in denen sie verschwunden gewesen war, war etwas Schreckliches geschehen, etwas so Bedrückendes, daß sie als kleines Kind nicht allein damit fertig werden konnte.

Andere waren ihr zu Hilfe geeilt, vielleicht ein oder zwei, vielleicht auch mehr Helfer, sie war praktisch zu einer multiplen Persönlichkeit geworden. Als man sie nach Hause zurückgebracht hatte, hatte die liebevolle Umgebung es unnötig gemacht, daß die anderen Persönlichkeiten hervortraten, höchstens ganz selten. Der Tod ihrer Eltern erst war für sie so schmerzhaft gewesen, daß sie wieder gebraucht wurden.

Laurie hatte schweigend zugehört. »An welche Behandlung denken Sie denn?« fragte sie schließlich.

»An Hypnose. Ich würde während der Sitzungen gern Videobandaufnahmen von Ihnen machen.«

»Angenommen, ich gestehe, daß ein Teil von mir – irgendeine Person, wenn Sie wollen – Allan Grant tatsächlich getötet hat, was dann?«

Es war Sarah, die antwortete: »Laurie, ich fürchte, so wie die Dinge jetzt stehen, wird eine Jury dich fast unausweichlich schuldig sprechen. Unsere einzige Hoffnung liegt darin, entweder mildernde Umstände vorzubringen oder zu beweisen, daß du außerstande warst, das Verbrechen in seinem ganzen Ausmaß zu begreifen.«

»Ich verstehe. Es ist also möglich, daß ich Allan getötet habe, daß ich diese Briefe geschrieben habe? Nicht nur möglich – wahrscheinlich. Sarah, hat es schon andere Leute gegeben, die sich gegen eine Mordanklage verteidigt haben, indem sie behaupteten, unter Persönlichkeitsspaltung zu leiden?«

»Ja.«

»Und wie viele von ihnen kamen frei?«

Sarah gab keine Antwort.

»Wie viele, Sarah?« beharrte Laurie. »Einer? Zwei? Gar keiner? So ist es doch, oder? Keiner von denen ist freigekommen. O mein Gott. Also gut, machen wir weiter. Wir sollten ja wirklich die Wahrheit herausfinden, obwohl ganz klar ist, daß die Wahrheit mir nicht die Freiheit bringen wird.«

Sie schien gegen die Tränen anzukämpfen, dann wurde

ihre Stimme zornig, durchdringend: »Nur eines, Doktor. Sarah bleibt bei mir. Ich bin immer noch nicht bereit, mich mit Ihnen allein in einem Raum mit verschlossener Tür aufzuhalten, und werde auch nicht auf dieser Couch liegen. Ist das klar?«

»Laurie, ich werde alles tun, um Ihnen die Therapie leichterzumachen. Sie sind ein guter Mensch, der ganz Schlimmes erlebt hat.«

Sie lachte höhnisch. »Was ist denn an dieser dummen Versagerin gut? Sie hat seit ihrer Geburt nie etwas anderes getan, als anderen Leuten Ärger bereitet.«

»Laurie«, protestierte Sarah.

»Ich glaube, Laurie ist wieder weggegangen«, sagte Justin ruhig. »Habe ich recht?«

»Ja. Ich habe beide Hände voll zu tun mit ihr.«

»Wie heißen Sie?«

»Kate.«

»Wie alt sind Sie, Kate?«

»Dreiunddreißig. Hören Sie, ich wollte gar nicht raus. Ich wollte Sie bloß warnen. Glauben Sie ja nicht, daß Sie Laurie hypnotisieren und dazu bringen werden, über jene zwei Jahre zu reden. Sie vergeuden Ihre Zeit.«

Eine Pause trat ein. Dann seufzte Laurie müde: »Könnten wir jetzt zu reden aufhören? Ich habe solche Kopfschmerzen.«

52

Am Freitag morgen erhielt Betsy Lyons von dem Ehepaar, das so bald als möglich einziehen wollte, weil die Frau ein Baby erwartete, ein Festangebot über fünfhundertfünfundsiebzigtausend Dollar für das Kenyon-Haus. Sie rief Sarah sofort an, erreichte sie aber erst am Nachmittag. Zu ihrer großen Bestürzung teilte Sarah ihr mit, sie habe ihre Meinung geändert und wolle das Haus im Augenblick nicht verkaufen. »Es tut mir furchtbar leid, Mrs. Lyons.

Zum einen ist das Angebot viel zu niedrig, zum andern könnte ich mich jetzt ohnehin nicht mit einem Umzug belasten. Ich weiß, daß Sie sich große Mühe gegeben haben, hoffe aber auf Ihr Verständnis.«

Betsy Lyons hatte Verständnis, hatte aber angesichts des augenblicklich sehr schwachen Immobilienmarktes mit der Provision gerechnet.

»Es tut mir wirklich leid«, wiederholte Sarah, »aber ich kann mir im Augenblick nicht vorstellen, daß ich mich vor dem Herbst mit Umzugsplänen befassen kann. Und jetzt müssen Sie mich bitte entschuldigen, ich habe jemanden hier. Wir können uns ja ein anderes Mal unterhalten.«

Sie befand sich mit Brendon Moody in der Bibliothek. Unmittelbar bevor das Telefon geklingelt hatte, war sie gerade mit einem ausführlichen Bericht fertig geworden und hatte dabei auch die Sitzung bei Justin Donnelly nicht ausgelassen.

Moody hatte sich Notizen gemacht. Wie er so in seinem konservativ geschnittenen dunkelbraunen Anzug mit der präzise gebundenen Schleife dasaß, die hohe Stirn gerunzelt, mit seiner randlosen Brille, die seine aufmerksam blickenden braunen Augen noch größer erscheinen ließ, wirkte er wie ein Buchprüfer. Sarah wußte, daß das ein Bild war, das durchaus den Tatsachen entsprach: Wenn Brendon Moody eine Ermittlung führte, entging ihm nichts.

Sie wartete, während er seine Notizen noch einmal sorgfältig las. Ihr war dieses Vorgehen vertraut; als sie im Büro des Staatsanwalts mit ihm zusammengearbeitet hatte, war es ganz genauso gewesen. Sie hörte Sophie die Treppe hinaufgehen; das war gut, sie sah wieder nach Laurie.

Einen Augenblick lang dachte Sarah an die Nachhausefahrt von Dr. Donnellys Büro. Laurie war zutiefst deprimiert gewesen und hatte gemeint: »Sarah, ich wünschte, ich hätte in dem Wagen gesessen, als der Bus ihn rammte. Dann würden Mama und Papa noch leben, und du würdest in deinem Beruf arbeiten können, den du so liebst. Ich bringe nur Unglück.«

»Nein, das tust du nicht«, hatte Sarah widersprochen. »Du hattest als vierjähriges Mädchen das Unglück, entführt und Gott weiß wie schlecht behandelt zu werden. Und jetzt bist du einundzwanzig Jahre alt und steckst ohne eigene Schuld im Schlamassel, also hör auf, dir Vorwürfe zu machen!«

Und dann war Sarah in Tränen ausgebrochen. Sie hatte die Tränen hastig weggewischt und sich auf den dichten Verkehr zu konzentrieren versucht.

Vielleicht war dieser Ausbruch sogar ein versteckter Segen gewesen, überlegte sie jetzt. Laurie jedenfalls war zutiefst erschrocken und hatte zerknirscht gesagt: »Sarah, ich bin so schrecklich selbstsüchtig. Sag mir, was ich tun soll.«

Und sie hatte geantwortet: »Tu genau, was Dr. Donnelly sagt. Führe ein Tagebuch. Das wird ihm helfen. Du mußt jetzt wirklich aufhören, dich gegen ihn zu spreizen. Und die Hypnose muß auch sein.«

»Also gut, ich glaube, ich habe alles«, sagte Moody mit einem erleichterten Aufatmen und riß Sarah aus ihren Gedanken. »Ich muß Ihnen recht geben. Im physischen Sinne ist der Fall ziemlich eindeutig.«

Sarah tat es gut, wie er ›im physischen Sinne‹ betonte. Er hatte offenbar begriffen, welchen Weg die Verteidigung einschlagen wollte.

»Sie werden sich auf Streß und beschränkte Zurechnungsfähigkeit berufen?« fragte er.

»Ja.«

Plötzlich war die Bibliothek mit den gemütlich wirkenden Mahagonibücherschränken, den Familienbildern, den Gemälden, dem blauen Orientteppich und den mit handschuhweichem Leder bezogenen Sesseln und Sofas von derselben prickelnden Atmosphäre erfüllt wie ihr vollgestopftes winziges Büro in der Staatsanwaltschaft. Der antike englische Schreibtisch ihres Vaters verwandelte sich in das zerkratzte schäbige Relikt, an dem sie fast fünf Jahre gearbeitet hatte. »Es gibt da einen ganz aktuellen Fall, in dem ein Angeklagter für schuldig befunden wurde, ein zwölfjähriges Mädchen vergewaltigt zu haben«, begann Sarah. »Das juristische Problem liegt darin, daß das Opfer chronologisch gesehen siebenundzwanzig Jahre alt war. Sie litt unter Persönlichkeitsspaltung und konnte ein Geschworenengericht überzeugen, daß sie in ihrer Person als Zwölfjährige mißbraucht wurde und daher juristisch formuliert außerstande war, aufgeklärt zuzustimmen. Der Täter wurde daher der Vergewaltigung einer geistig nicht voll zurechnungsfähigen Person in nicht einwilligungsfähigem Alter für schuldig befunden. Der Schuldspruch wurde in der Berufungsinstanz zurückgewiesen. Worauf ich aber hinauswill, ist, daß ein Geschworenengericht der Aussage einer Frau mit Persönlichkeitsspaltung glaubte.«

Moody beugte sich vor. Die Bewegung war die eines Jagdhundes, der die erste Witterung der Beute aufnimmt. »Sie haben vor, es umzudrehen.«

»Ja. Allan Grant hat sich besonders um Laurie bemüht. Als sie beim Begräbnisgottesdienst in der Kirche ohnmächtig wurde, rannte er sofort zu ihr und erbot sich, sie nach Hause zu bringen und bei ihr zu bleiben. Wenn ich jetzt darüber nachdenke, frage ich mich, ob das nicht ein ungewöhnliches Maß an Besorgnis war.« Sie seufzte. »Zumindest ist es ein Angriffspunkt. Viel mehr haben wir nicht.«

»Sogar ein guter Angriffspunkt«, sagte Moody entschieden. »Ich muß noch ein paar Dinge erledigen und werde dann nach Clinton fahren und anfangen zu recherchieren.«

Sophie klopfte an die Tür und trat ein. »Es tut mir leid, wenn ich störe, Sarah, aber diese Maklerin ist wieder am Telefon, und sie sagt, es sei sehr wichtig.«

Sarah ging an den Apparat, begrüßte Betsy Lyons und hörte dann zu. Schließlich sagte sie langsam: »Ich nehme an, ich bin Ihnen das schuldig, Mrs. Lyons, aber lassen Sie mich eines ganz klar sagen: Diese Frau kann sich nicht andauernd das Haus ansehen. Montag morgen sind wir außer Haus, da können Sie sie zwischen zehn und eins herbringen. Aber dann muß Schluß sein.«

Als Sarah aufgelegt hatte, erklärte sie Brendon Moody: »Es gibt da eine Kaufinteressentin, die sich zunächst nicht so recht für dieses Haus entscheiden konnte. Offenbar hat sie sich jetzt durchgerungen und ist auch bereit, den vollen Preis zu zahlen. Sie möchte das Haus noch einmal besichtigen und hat angedeutet, sie wäre bereit, mit dem Einzug zu warten, bis es frei ist. Sie wird am Montag herkommen.«

53

Der zwölfköpfige Beirat der ›Welle Gottes‹ traf sich am ersten Samstag jeden Monats. Die Neuerungen, die Reverend Bobby Hawkins hastig eingeführt hatte, hatten keineswegs den Beifall aller Ratsmitglieder gefunden, insbesondere nicht die Idee des ›Kelchs der Wunder‹.

Man lud die Zuschauer ein, Briefe zu schreiben, in denen sie erklärten, warum sie ein Wunder benötigten. Die Briefe wurden in den Kelch gelegt, und dann streckte Reverend Hawkins vor dem letzten Choral die Hände über dem Kelch aus und betete darum, daß die Wünsche erfüllt werden mögen. Manchmal forderte er ein Mitglied der Studiokongregation, das um ein Wunder flehte, auf, für einen besonderen Segen vor die Kamera zu treten.

»Rutland Garrison muß sich im Grab umdrehen«, meinte ein Beiratsmitglied.

Bic musterte ihn kühl. »Haben die Spenden etwa nicht deutlich zugenommen?«

»Ja, aber ...«

»Aber was? Mehr Geld für das Krankenhaus und das Altersheim, mehr für die Waisenhäuser in Südamerika, für die ich mich persönlich immer eingesetzt habe, und mehr Gläubige, die dem Herrn ihre Bedürfnisse darlegen.«

Er ließ seinen Blick um den Konferenztisch kreisen. »Als ich dieses Amt annahm, habe ich angekündigt, daß ich es in offenere Gewässer steuern werde. Ich habe die Aufzeichnungen studiert. In den letzten paar Jahren sind die Spenden beständig zurückgegangen. Ist das richtig oder falsch?«

Keine Antwort.

»Ist das nicht richtig?« donnerte er.

Betretenes Kopfnicken.

»Nun gut. Dann schlage ich vor, daß, wer nicht für mich ist, gegen mich ist und aus diesem erlesenen Gremium zurücktreten sollte. Die Sitzung ist beendet.«

Er verließ den Konferenzraum und schritt hoheitsvoll den Korridor hinunter zu seinem Privatbüro, wo Opal die Post sortierte, die für den ›Kelch der Wunder‹ eingegangen war. Sie pflegte dabei die Briefe zu überfliegen und solche, die irgendwie vom Üblichen abwichen, für Bic beiseite zu legen, damit er sie möglicherweise in der Sendung laut verlesen konnte. Anschließend wanderten die Briefe auf eine Seite, wo sie aufgestapelt wurden, um in den Kelch gelegt zu werden, während die Spenden einen zweiten Stapel bildeten, damit Bic sie ordnen konnte.

Opal hatte Angst, ihm den einen Brief zu zeigen, den sie beiseite gelegt hatte.

»Langsam kommt ihnen die Erkenntnis, Carla«, verkündete er ihr. »Sie beginnen zu begreifen, daß mein Weg der Weg des Herrn ist.«

»Bic«, sagte sie vorsichtig.

Er runzelte die Stirn. »In diesem Büro darfst du nie ...«

»Ich weiß. Es tut mir leid. Es ist nur ... Da, lies.« Sie hielt ihm Thomasina Perkins' wortreichen Brief hin.

54

Der Begräbnisgottesdienst für Professor Allan Grant wurde am Samstag morgen in der St. Luke's Episkopalkirche in der Nähe des Campus von Clinton abgehalten. Angehörige der Fakultät, Studenten und Studentinnen drängten sich in den Saal, um dem beliebten Lehrer die letzte Ehre zu erweisen. Der Rektor hob in seiner Rede Allans Intellekt, seine menschliche Wärme und seine Großzügigkeit hervor. »Er war ein Erzieher von besonderem Format... Sein Lächeln hellte auch den finstersten Tag auf... Er hatte die Gabe, Menschen dazu zu bringen, sich mit sich selbst wohl zu fühlen... Er spürte es, wenn es jemandem schlecht ging, und fand immer irgendeine Möglichkeit zu helfen.«

Brendon Moody nahm an der Feier als Beobachter teil. Ganz besonders aufmerksam studierte er Allan Grants Witwe, die ein täuschend einfaches schwarzes Kostüm mit einer Perlenkette trug. Sie weinte, als sie hinter dem Sarg die Kirche verließ.

Nach dem Begräbnis fuhren Karen und die Angehörigen der Fakultät in das Haus des Collegepräsidenten, wo ein Mittagsbüfett aufgebaut war. Dekan Larkin sagte Karen, er könne sich nicht verzeihen, daß er die Krankheit Laurie Kenyons nicht erkannt habe. »Dr. Iovino, der Leiter unsrer psychologischen Beratungsstelle, empfindet ebenso.«

»Was geschehen ist, ist eine Tragödie, und es nützt jetzt nichts, uns oder anderen die Schuld zu geben«, erwiderte Karen ruhig. »Ich hätte Allan dazu überreden müssen, diese Briefe der Verwaltung zu zeigen, schon ehe er sicher war, daß Laurie die Verfasserin war. Allan selbst hätte das Schlafzimmerfenster nicht offenstehen lassen dürfen. Ich sollte dieses Mädchen hassen, muß aber die ganze Zeit daran denken, wie Allan sie bedauert hat.«

Walter Larkin hatte Karen immer für eiskalt gehalten und fragte sich jetzt, ob dieses Urteil nicht unfair gewesen war. Die Tränen in ihren Augen und das Zittern ihrer Lippen waren sicherlich nicht gespielt.

Am nächsten Morgen machte er seiner Frau Louise gegenüber eine entsprechende Bemerkung. »Mach dir da bloß nichts vor, Walter«, meinte sie. »Karen haben das Leben auf dem Campus und unsere Teeabende zu Tode gelangweilt. Wenn Allan ihr gegenüber nicht so großzügig gewesen wäre, hätte sie ihn schon lange verlassen. Weißt du, was ich glaube? Allan hatte endlich angefangen zu begreifen, was das für eine Frau war, die er geheiratet hatte. Ich wette, er hätte das nicht mehr lange mitgemacht. Diese arme Laurie Kenyon hat Karen eine einfache Fahrkarte erster Klasse nach New York ausgestellt.«

55

Opal traf pünktlich um zehn Uhr am Montagvormittag in Betsy Lyons' Büro ein, wo diese schon auf sie wartete. »Mrs. Hawkins«, sagte sie, »ich muß Ihnen leider sagen, daß ich Sie nur noch dieses eine Mal durch das Haus führen kann, machen Sie sich also bitte Notizen über alles, was Sie sich ansehen oder wonach Sie sich erkundigen wollen.«

Das paßte Opal hervorragend in den Kram, denn Bic hatte sie aufgefordert, aus der Maklerin möglichst viele Informationen über die Familie und den Fall herauszuholen.

»Diese Familie hat so viel Tragisches durchgemacht«, seufzte sie. »Wie geht es dem armen Mädchen?«

Betsy Lyons war erleichtert, daß Carla Hawkins allem Anschein nach keine Verbindung zwischen dem Haus selbst und den erschütternden Schlagzeilen über Laurie Kenyons Verhaftung herstellte, und erwies sich dafür erkenntlich, indem sie etwas weniger zurückhaltend als sonst war. »Sie können sich ja vorstellen, daß es in der ganzen Stadt keinen anderen Gesprächsstoff mehr gibt. Alle bedauern sie schrecklich. Mein Mann ist Anwalt und meint, daß wohl auf verringerte Zurechnungsfähigkeit plädiert werden wird, aber das wird nicht einfach sein. Laurie Kenyon hat sich in all den Jahren nie irgendwie seltsam oder gar geistesgestört verhalten. Doch wir sollten jetzt fahren.«

Auf der Fahrt zum Haus war Opal still. Was, wenn Lee sich plötzlich erinnerte? Aber dann würde sie sich sofort wieder an Bics Drohung erinnern.

An jenem Tag war Bic wirklich zum Fürchten gewesen. Er hatte Lee dazu gebracht, dieses alberne Huhn in ihr Herz zu schließen, und ihr sonst so trauriges Gesicht hatte sich jedesmal aufgehellt, wenn sie in den Garten ging. Sie rannte dann auf das Hühnchen zu und drückte es liebevoll an sich. Bic hatte das Schlachtermesser aus der Küchenschublade geholt und Opal zugezwinkert. »Jetzt paß auf«, hatte er gesagt.

Er war nach draußen gegangen und hatte mit dem Messer vor Lee herumgefuchtelt, die das Hühnchen erschreckt an sich gepreßt hielt. Dann hatte er es ihr weggenommen und es am Hals gepackt. Es hatte zu kreischen angefangen, und Lee, die sonst nie besonders couragiert war, hatte versucht, es Bic wegzureißen. Er hatte ihr eine so heftige Ohrfeige versetzt, daß sie umgefallen war. Als sie sich wieder hochgerappelt hatte, hatte er weit ausgeholt und dem Huhn mit einem einzigen Schnitt den Kopf abgetrennt.

Opal war selbst das Blut gestockt, als er Lee den Hühnerkadaver vor die Füße warf, wo er herumgeflattert war und sie mit Blut bespritzt hatte. Dann hatte Bic den Kopf der toten Kreatur hochgehalten und Lee die Messerspitze an den Hals gedrückt. Mit schrecklich anzuhörender Stimme und furchterregend funkelnden Augen hatte er geschworen, das würde auch ihr widerfahren, wenn sie je über ihn und Opal redete. Bic hatte recht. An jenen Tag erinnert zu werden, würde Lee entweder zum Schweigen bringen oder sie vollends in den Wahnsinn treiben.

Betsy Lyons war das Schweigen ihres Fahrgastes keineswegs unangenehm. Sie hatte die Erfahrung gemacht, daß Leute, die im Begriff waren, sich für einen Kauf zu entscheiden, ernst und nachdenklich wurden. Nur daß Carla Hawkins ihren Mann nicht wenigstens einmal zur Besichtigung mitgebracht hatte, verwunderte sie, und deshalb erkundigte sie sich danach, während sie über die Einfahrt zum Anwesen der Kenyons rollten.

»Mein Mann überläßt die Entscheidung ganz mir«, sagte Opal ruhig. »Er vertraut auf mein Urteil, weil ich genau weiß, was ihn glücklich macht.«

»Das ist ein großes Kompliment für Sie«, beeilte sich Betsy ihr zu versichern.

Sie wollte gerade den Schlüssel ins Schloß stecken, als die Tür sich öffnete. Opal war es gar nicht recht, die untersetzte Gestalt in dunklem Rock und Strickjacke zu sehen, die man ihr als die Haushälterin Sophie Perosky vorstellte. Wenn die Frau mit ihnen durch das Haus ging, würde sie vielleicht das Foto nicht loswerden.

Aber Sophie blieb in der Küche, und so war es viel einfacher, das Foto zu plazieren, als Opal erwartet hatte. Sie stellte sich in jedem Zimmer ans Fenster, um den Ausblick zu studieren. »Mein Mann hat gesagt, ich solle darauf achten, daß wir nicht zu nahe an anderen Häusern sind«, erklärte sie. In Lees Zimmer entdeckte sie auf dem Schreibtisch einen Spiralblock. Der Deckel hatte sich etwas verschoben, und man konnte darunter einen Kugelschreiber hervorlugen sehen. »Wie sind die genauen Maße dieses Zimmers?« fragte sie, während sie sich über den Schreibtisch beugte, um zum Fenster hinauszusehen.

Betsy Lyons beugte sich, ganz wie Opal das erwartet hatte, über ihre Aktentasche, um den Plan herauszuholen, und den Augenblick nutzte Opal, um den Spiralblock aufzuschlagen. Nur die ersten drei oder vier Seiten waren beschrieben. Die Worte ›Dr. Donnelly möchte, daß ich ...‹ sprangen sie an. Offenbar führte Lee ein Tagebuch, und Opal hätte nur zu gern die Eintragungen gelesen.

Sie brauchte nur einen Augenblick, um das Bild aus der Tasche zu holen und es etwa zwanzig Seiten weiter in den Block zu schieben. Es handelte sich um das Foto, das Bic an jenem ersten Tag, gleich nachdem sie auf der Farm eingetroffen waren, von Lee gemacht hatte. Lee hatte in ihrem rosa Badeanzug fröstelnd vor dem großen Baum gestanden, geweint und die Arme an sich gepreßt.

Bic hatte Lees Kopf aus dem Bild geschnitten und ihn mit einer Heftklammer unten befestigt. Jetzt zeigte das Bild Lees Gesicht mit vom Weinen geschwollenen Augen und zerzaustem Haar, wie es zu ihrem kopflosen Körper hinaufstarrte.

»Es steht wirklich völlig abseits von den anderen Häusern, und man ist ganz für sich«, bemerkte Opal, als Betsy Lyons erklärte, das Zimmer sei vier mal sechs Meter groß, was für ein Schlafzimmer wirklich wunderbar sei.

56

Justin Donnelly hatte seine Termine so eingeteilt, daß er Laurie von Montag bis Freitag jeweils um zehn Uhr empfangen konnte, und hatte außerdem dafür gesorgt, daß sie Tagebuch- und Kunsttherapeuten konsultierte. Am Freitag hatte er ihr ein halbes Dutzend Bücher über Persönlichkeitsstörungen gegeben.

»Laurie«, hatte er gesagt, »ich möchte, daß Sie diese Bücher lesen und begreifen, daß die meisten Patienten, die ähnliche Probleme wie Sie haben, Frauen sind, die als Kind mißbraucht worden sind und das, was ihnen widerfahren ist, ebenso verdrängt haben, wie Sie es verdrängen. Ich glaube, daß die Persönlichkeiten, die Ihnen in jenen zwei Jahren geholfen haben, mit Ihrem Los fertig zu werden, so lange verborgen geblieben sind, bis Sie Ihre Eltern verloren haben. Jetzt sind sie mit aller Macht zurückgekehrt. Mit Hilfe dieser Bücher werden Sie erkennen, daß solche anderen Persönlichkeiten oft nur bemüht sind, Ihnen zu helfen, und nicht, Ihnen weh zu tun. Deshalb hoffe ich auch, daß Sie Ihr Bestes tun werden, um es mir zu ermöglichen, gezielt mit Ihnen zu sprechen.«

Am Montag morgen hatte Justin in seiner Praxis eine

Videokamera aufstellen lassen. Falls Sarah beschloß, vor Gericht irgendwelche Aufnahmen vorzuführen, so mußte er jeden Anschein vermeiden, als würde er Laurie Aussagen in den Mund legen.

Als Sarah und Laurie eintrafen, zeigte er ihnen die Kamera, erklärte ihnen, daß er die Sitzungen aufzeichnen würde, und sagte zu Laurie: »Ich werde sie Ihnen nach einer Weile vorspielen.« Dann hypnotisierte er sie zum erstenmal. Laurie klammerte sich an Sarahs Hand und wandte ihm gehorsam ihre ganze Aufmerksamkeit zu, lauschte seiner Stimme, als er sie drängte, sich zu entspannen, schloß die Augen, ließ sich zurücksinken und ließ ihre Hand der ihrer Schwester entgleiten.

»Wie fühlen Sie sich, Laurie?«

»Traurig.«

»Warum sind Sie traurig, Laurie?«

»Ich bin immer traurig.« Ihre Stimme klang jetzt höher, zögernd, mit der Andeutung eines Lispelns.

Sarah beobachtete, wie Laurie das Haar in die Stirn fiel, wie sich ihre Gesichtszüge aufweichten, sich veränderten, bis sie einen kindlichen Ausdruck annahmen. Sie hörte, wie Justin Donnelly sagte: »Ich glaube, ich spreche jetzt mit Debbie. Stimmt's?«

Ein scheues Nicken belohnte ihn.

»Warum bist du traurig, Debbie?«

»Ich bin manchmal böse.«

»Wie denn, Debbie?«

»Lassen Sie das Kind in Frieden! Sie weiß gar nicht wovon sie redet.«

Sarah biß sich auf die Lippe. Die zornige Stimme, die sie am Freitag gehört hatte. Doch Justin Donnelly schien überhaupt nicht beunruhigt. »Kate, sind Sie das?«

»Das wissen Sie ganz genau.«

»Kate, ich will weder Laurie noch Debbie weh tun. Denen hat man schon genug weh getan. Wenn Sie ihnen helfen wollen, warum vertrauen Sie mir dann nicht?«

Ein zorniges, bitteres Lachen und dann ein Wortschwall,

der es Sarah kalt über den Rücken laufen ließ: »Wir dürfen keinem Mann vertrauen. Sehen Sie sich doch Allan Grant an. Er hat sich Laurie gegenüber so nett gegeben, und nun sehen Sie, in was für einen Schlamassel er sie gebracht hat. Um den ist's nicht schade, denke ich.«

»Sie meinen doch nicht, Sie sind froh, daß er tot ist?«

»Ich wünschte, er wäre nie geboren worden.«

»Wollen Sie darüber reden, Kate?«

»Nein, das will ich nicht.«

»Würden Sie darüber etwas in Ihr Tagebuch schreiben?«

»Ich wollte heute morgen schreiben, aber da hatte diese dumme Göre das Buch. Die hat ja keine Ahnung von Rechtschreibung.«

»Erinnern Sie sich noch, worüber Sie schreiben wollten?«

Ein spöttisches Lachen. »Sie würde ja viel mehr interessieren, worüber ich *nicht* schreiben will.«

Als Laurie wieder im Wagen saß und nach Hause fuhr, war sie sichtlich erschöpft. Sophie hatte das Mittagessen fertig; Laurie stocherte lustlos darin herum und beschloß dann, sich hinzulegen.

Sarah setzte sich an ihren Schreibtisch und blätterte in den Zetteln, auf denen Sophie die eingegangenen Telefongespräche notiert hatte. Die Anklagejury würde sich am Montag, dem 17., mit der Anklage gegen Laurie befassen. Bis dahin waren es nur noch zwei Wochen. Wenn die Staatsanwaltschaft die Jury so schnell einberief, mußte sie überzeugt sein, bereits jetzt über triftiges Beweismaterial zu verfügen. Und das war auch der Fall.

Auf ihrem Schreibtisch hatte sich ein Stapel Post angesammelt. Sie blätterte die Umschläge durch, ohne sich die Mühe zu machen, sie zu öffnen, bis sie auf einen stieß, der an der linken oberen Ecke sorgfältig in Druckbuchstaben den Absender Thomasina Perkins trug. Das war die Kassiererin, die Laurie vor so langer Zeit in dem Restaurant entdeckt hatte. Sarah erinnerte sich noch gut an die tiefe

Dankbarkeit, die ihr Vater dieser Frau gegenüber empfunden hatte, die dann freilich im Laufe der Zeit in Unwillen umgeschlagen war, als immer wieder Briefe von ihr kamen und die Erinnerung an jenes schreckliche Ereignis immer aufs neue wachriefen. Aber daß Thomasina Perkins ihnen wohlgesonnen war, stand außer Zweifel, und sie hatte ihnen auch im September einen sehr freundlichen Brief geschrieben. Dies war vermutlich wieder eine Beileidsbezeugung. Sarah schlitzte den Umschlag auf und las das eine Blatt, das er enthielt und auf dem Thomasina Perkins auch ihre Telefonnummer angegeben hatte.

Thomasina meldete sich beim ersten Klingeln; als Sarah sich zu erkennen gab, war sie entzückt. »Oh, ich habe große Neuigkeiten«, sprudelte sie hervor. »Reverend Bobby Hawkins hat mich persönlich angerufen. Er hält nichts von Hypnose und hat mich eingeladen, am nächsten Sonntag in seiner Sendung aufzutreten. Er wird mir die Hand auflegen und darum beten, daß Gott mir den Namen jenes schrecklichen Mannes ins Ohr flüstert, der Laurie entführt hat.«

57

Reverend Bobby Hawkins verwandelte das Problem Thomasina Perkins geschickt in einen potentiellen Vorteil. Ein vertrauter Mitarbeiter wurde sofort nach Harrisburg entsandt, um festzustellen, ob nicht etwa ein neugieriger Reporter sie dazu veranlaßt hatte, den Brief zu schreiben. Außerdem wollte Bic Näheres über Thomasinas Gesundheitszustand, ganz besonders ihr Hör- und Sehvermögen, in Erfahrung bringen.

Das Ergebnis der Ermittlung war befriedigend: Thomasina trug Dreistärkengläser und hatte sich vor einiger Zeit einer Staroperation unterzogen. Ihre Beschreibung der beiden Leute, die sie mit Laurie gesehen hatte, war von Anfang an ziemlich vage gewesen.

»Sie erkennt uns ganz offensichtlich auf dem Bildschirm nicht und wird uns daher auch von Angesicht zu Angesicht nicht wiedererkennen«, erklärte Bic Opal.

Am folgenden Montag blickte Thomasina, die Hände zum Gebet gefaltet, entzückt zu Bic auf. Er legte ihr die Hände auf die Schultern. »Vor Jahren hat diese brave Frau ein Wunder herbeigeführt, als der Herr sie zu der Erkenntnis befähigte, daß ein Kind der Hilfe bedurfte. Aber der Herr hat Thomasina nicht die Fähigkeit gewährt, sich an den Namen des Schurken zu erinnern, der Laurie Kenyon begleitete. Jetzt ist Lee wieder in Not. Thomasina, ich befehle dir, zu lauschen und dich an den Namen zu erinnern, der all die Jahre in deinem Unterbewußtsein schlummerte.«

Thomasina konnte kaum ihre Fassung bewahren. Da stand sie wie eine Prominente vor der Fernsehkamera, es war einfach ihre Pflicht, dem Befehl von Reverend Bobby zu gehorchen. Sie spitzte die Ohren und hörte von irgendwo, die weichen Klänge der Orgel übertönend, ein Flüstern: »Jim ... Jim ... Jim ...«

Thomasina richtete sich auf, streckte beide Arme aus und schrie: »Der Name, den ich gesucht habe, ist Jim!«

58

Sarah hatte Justin Donnelly von Thomasina Perkins erzählt und ihm auch erklärt, weshalb sie in der ›Welle Gottes‹ auftreten wollte. Am Sonntag morgen um zehn Uhr schaltete Donnelly den Fernseher ein und beschloß im letzten Augenblick, die Sendung aufzuzeichnen.

Thomasina trat erst auf, als die Stunde schon fast zu Ende war. Und dann wurde ein ungläubiger Donnelly Zeuge von Reverend Bobbys Schauspielkunst und der Enthüllung Thomasina Perkins', daß der Name des Entführers ›Jim‹ war. Dieser Bursche behauptet, er könne

Wunder vollbringen, dabei war er nicht einmal fähig, sich Lauries Namen richtig zu merken, dachte Donnelly angewidert, als er den Fernseher abschaltete. Als Lee hat er sie bezeichnet. Trotzdem schrieb er ein Etikett, klebte es auf die Kassette und legte sie in seine Aktentasche.

Ein paar Minuten später rief Sarah an. »Bitte entschuldigen Sie, daß ich Sie zu Hause anrufe«, sagte sie, »aber ich muß Sie einfach gleich fragen, was Sie davon halten. Kann es wirklich sein, daß Miss Perkins den richtigen Namen genannt hat?«

»Nein«, sagte Donnelly entschieden und hörte, wie sie seufzte.

»Ich werde trotzdem die Polizei von Harrisburg bitten, ›Jim‹ durch die Computer zu jagen«, sagte sie. »Es könnte ja eine Akte über einen Kindsentführer namens Jim geben, der vor siebzehn Jahren aktiv war.«

»Ich fürchte, Sie vergeuden Ihre Zeit. Die Perkins hat einfach geraten. Schließlich hatte sie den allmächtigen Herrn an der Leitung, nicht wahr? Wie geht's Laurie?«

»Ganz gut.« Das klang vorsichtig.

»Hat sie die Sendung gesehen?«

»Nein, sie weigert sich entschieden, irgendwelche religiöse Musik zu hören. Außerdem gebe ich mir große Mühe, sie von alledem abzulenken. Wir werden eine Runde Golf spielen. Dafür, daß Februar ist, ist das Wetter recht angenehm.«

»Ich hatte schon immer vor, einmal mit Golf anzufangen. Ich bin sicher, daß das Ihnen beiden guttun wird. Hat Laurie in ihr Tagebuch geschrieben?«

»Sie ist im Augenblick oben und schreibt.«

»Gut. Bis morgen dann.« Donnelly legte auf und entschied, daß er die Unruhe, die ihn plagte, am besten mit einem langen Spaziergang loswerden würde; ihm wurde bewußt, daß ihm die Aussicht auf einen unverplanten Sonntag zum erstenmal, seit er in New York lebte, ausgesprochen unangenehm war.

59

Thomasina hatte gehofft, Reverend Bobby Hawkins und seine reizende Frau Carla würden sie nach der Sendung in irgendein nettes Lokal zum Mittagessen einladen und sie vielleicht ein wenig in New York herumfahren. Thomasina war seit dreißig Jahren nicht mehr in New York gewesen.

Aber dann war irgend etwas passiert. Kaum waren die Kameras abgeschaltet, flüsterte Carla Reverend Bobby etwas zu, und von dem Augenblick an wirkten die beiden beunruhigt. Sie bedankten sich hastig bei Thomasina, verabschiedeten sich von ihr und forderten sie auf, weiter zu beten. Jemand geleitete Thomasina zu dem Wagen, der sie zum Flughafen bringen würde.

Auf der Fahrt versuchte Thomasina sich mit ihrem ruhmreichen Auftritt in der Sendung zu trösten und mit dem vielen, was sie darüber zu erzählen haben würde. Vielleicht lud man sie noch einmal in die Sendung ›Guten Morgen, Harrisburg‹ ein, damit sie dort über das Wunder sprach.

Thomasina seufzte. Sie war müde. Letzte Nacht hatte sie vor lauter Aufregung kaum ein Auge zugetan, jetzt hatte sie Kopfschmerzen und wünschte sich nichts so sehnlich wie eine Tasse Tee.

Als sie am Flughafen eintraf, mußte sie noch fast zwei Stunden auf ihr Flugzeug warten, deshalb ging sie in eines der Flughafenrestaurants. Orangensaft, Cornflakes, Eier mit Speck, ein Nußhörnchen und eine Kanne Tee stellten ihr inneres Gleichgewicht wieder her. Es war wirklich ein aufregendes Erlebnis gewesen, und Reverend Bobby war ihr so gottgleich erschienen, daß ihr Schauer über den Rücken gelaufen waren, als er ihr die Hand aufgelegt und gebetet hatte.

Sie schob den leeren Teller zurück, goß sich die zweite Tasse Tee ein und dachte, während sie daran nippte, an das Wunder. Gott hatte unmittelbar zu ihr gesprochen und »Jim, Jim« gesagt.

Um nichts in aller Welt würde sie etwas bezweifeln, das ihr der Allmächtige eingegeben hatte. Und doch schämte sich Thomasina, während sie die Papierserviette in ihr Wasserglas tauchte und einen Fettspritzer von ihrem guten blauen Kleid wegtupfte, des schuldhaften Gedankens, der sich in ihr Bewußtsein gedrängt hatte: Das ist einfach nicht der Name, an den ich mich erinnere.

60

Am Montag morgen, zehn Tage nach der Beerdigung ihres Mannes, kam Karen Grant mit einem schweren Stapel Post in das Reisebüro.

Anne Webster und Connie Santini waren schon da. Sie hatten sich wieder einmal darüber ausgesprochen, daß Karen sie nicht zu dem Empfang nach der Beerdigung eingeladen hatte, obwohl sie beide deutlich gehört hatten, wie der Präsident des College Karen aufgefordert hatte, alle guten Bekannten einzuladen, die an der Zeremonie teilgenommen hatten.

Anne Webster wunderte sich immer noch darüber. »Es liegt sicher daran, daß Karen so durcheinander war.«

Connie sah es anders. Sie war überzeugt, daß Karen nicht wollte, daß irgendwelche Kollegen ihres verstorbenen Mannes sie nach dem Gang der Geschäfte fragten, weil Anne dann möglicherweise gesagt hätte, daß das Geschäft schon seit einigen Jahren miserabel lief. Connie hätte ihren letzten Dollar darauf verwettet, daß Karen im Clinton College den Eindruck vermittelt hatte, bei Global Travel handle es sich um eine der bedeutendsten Reiseagenturen des Landes.

Bei Karens Eintritt brach das Gespräch ab. Sie begrüßte sie kurz und sagte: »Der Dekan hat jemanden die Post bei mir zu Hause abholen lassen. Ein riesiger Haufen ist das, größtenteils Kondolenzkarten, nehme ich an. Ich mag sie ja nicht lesen, aber das läßt sich wohl nicht vermeiden.«

Mit einem übertriebenen Seufzen ließ sie sich an ihrem Schreibtisch nieder und griff nach einem Brieföffner. Minuten später stöhnte sie auf: »Mein Gott.«

Connie und Anne sprangen auf und eilten zu ihr. »Was ist denn? Was ist denn passiert?«

»Ruft die Polizei in Clinton an«, rief Karen erschreckt und mit kreidebleichem Gesicht. »Da ist ein Brief von Laurie Kenyon, wieder mit der Unterschrift ›Leona‹. Jetzt droht dieses verrückte Mädchen, mich umzubringen!«

61

Am Montag morgen war die Sitzung mit Laurie nicht sonderlich ergiebig. Sie war still und deprimiert und erzählte Justin nur von ihrem letzten Golfspiel. »Ich war miserabel, Dr. Donnelly. Ich konnte mich einfach nicht konzentrieren. So viele laute Gedanken.« Aber er brachte sie nicht dazu, über diese lauten Gedanken zu sprechen, und es wollte auch keine der anderen Persönlichkeiten mit ihm sprechen.

Um zwei Uhr mittags rief unerwartet Sarah an. Im Hintergrund konnte Justin Donnelly Laurie schreien hören.

Mit zitternder Stimme sagte Sarah: »Laurie hat einen hysterischen Anfall. Sie hat in den Fotoalben geblättert und ein Bild völlig zerfetzt.«

Jetzt konnte Donnelly hören, was Laurie die ganze Zeit kreischte: »Ich verspreche, daß ich es niemandem sagen werde. Das verspreche ich, ich sage es ganz bestimmt niemandem.«

»Beschreiben Sie mir den Weg zu Ihrem Haus«, sagte er schnell. »Und verpassen Sie ihr zwei Valium.«

Sophie ließ ihn ein und führte ihn die Treppe in Lauries Zimmer hinauf. Sarah saß auf dem Bett und hielt die unter Beruhigungsmitteln stehende Laurie an sich gedrückt.

Justin beugte sich über Laurie und begann sie zu untersuchen. Ihr Puls ging unregelmäßig, ihr Atem war schwach, die Pupillen waren geweitet, und die Haut fühlte sich kalt an. »Sie steht unter Schock«, sagte er leise. »Wissen Sie, was den Schock ausgelöst hat?«

»Nein. Als wir nach Hause kamen, wirkte sie ganz normal. Sie sagte, sie wolle in ihr Tagebuch schreiben. Dann hörte ich sie schreien. Ich denke, sie muß in den Alben geblättert haben, weil sie ein Bild zerfetzt hat. Die Fetzen sind über den ganzen Schreibtisch verstreut.«

»Ich möchte, daß Sie die einzelnen Stücke einsammeln«, sagte Justin. »Sehen Sie zu, daß Sie keines übersehen.« Er tippte Laurie an die Stirn. »Laurie, ich bin's, Dr. Donnelly. Ich möchte, daß Sie mit mir reden. Sagen Sie mir Ihren vollen Namen.«

Sie gab keine Antwort. Donnelly tippte noch einmal an ihre Stirn, diesmal kräftiger. »Sagen Sie mir Ihren Namen«, drängte er. Schließlich schlug Laurie die Augen auf. Ein Ausdruck der Überraschung zog über ihr Gesicht, dem Erleichterung folgte.

»Dr. Donnelly«, murmelte sie. »Wann sind Sie gekommen?«

Sarah spürte, wie die Anspannung, die sie erfaßt hatte, nachließ. Die letzte Stunde war qualvoll gewesen; das Beruhigungsmittel hatte zwar Lauries hysterischen Anfall beendet, aber die Art und Weise, wie sie sich völlig in sich zurückgezogen hatte, war noch erschreckender gewesen, und sie hatte befürchtet, Laurie könnte ihnen so weit entgleiten, daß sie den Weg zurück vielleicht nicht mehr schaffen würde.

»Ich will nicht hierbleiben«, sagte Laurie plötzlich. Sie hatte sich aufgesetzt und preßte sich schützend die Arme an den Leib. »Ich kann nicht hierbleiben. Bitte.«

»Also gut«, sagte Justin ruhig. »Gehen wir hinunter. Wir könnten alle eine Tasse Tee gebrauchen.« Er stützte Laurie, und sie gingen die Treppe hinunter, als die Glocke im Vorraum ertönte.

Sophie empfing zwei uniformierte Polizeibeamte. Sie hatten einen Haftbefehl für Laurie. Mit dem Drohbrief an Allan Grants Witwe hatte sie die Bedingungen verletzt, unter denen man ihr Haftverschonung gewährt hatte; diese war deshalb widerrufen worden.

Am Abend desselben Tages saß Sarah in Justin Donnellys Büro in der Klinik. »Wenn Sie nicht dagewesen wären, dann wäre Laurie jetzt in einer Gefängniszelle«, sagte sie. »Ich kann Ihnen gar nicht sagen, wie dankbar ich bin.«

Donnelly hatte den Richter davon überzeugt, daß Laurie unter ungeheurem psychischem Streß stand und auf stationäre fachkundige Behandlung angewiesen war, worauf der Richter seine Verfügung geändert und die Einweisung in Donnellys Klinik verfügt hatte. Auf der Fahrt von New Jersey nach New York hatte sie wie in Trance geschlafen.

Justin wählte seine Worte sorgfältig. »Ich bin froh, sie hierzuhaben; sie muß ständig überwacht werden.«

»Um sie davon abzuhalten, Drohbriefe zu verschicken?«

»Und um sie davon abzuhalten, daß sie sich etwas antut.«

Sarah stand auf. »Ich habe jetzt Ihre Zeit genügend beansprucht, Doktor. Ich komme morgen früh wieder.«

Es war inzwischen fast neun Uhr geworden. »Gleich um die Ecke gibt es ein Lokal, wo man gut ißt und schnell bedient wird«, meinte Donnelly. »Was halten Sie davon, mit mir schnell einen Happen zu essen, und dann lasse ich einen Wagen kommen, der Sie nach Hause bringt?«

Die Vorstellung, mit Justin Donnelly etwas zu essen und eine Tasse Kaffee zu trinken, statt in das leere Haus zurückzukehren, war Sarah durchaus angenehm. »Gern«, sagte sie einfach.

Laurie stand am Fenster ihres Zimmers. Das Zimmer gefiel ihr, es war nicht groß, und sie konnte es mit einem

Blick erfassen. Sie fühlte sich sicher. Das Fenster nach draußen ließ sich nicht öffnen, das hatte sie ausprobiert. Es gab noch ein Fenster nach innen, zum Korridor und der Schwesternstation. Sie hatte den Vorhang ein Stück beiseite geschoben, um nicht ganz im Dunkeln zu sein.

Was war heute passiert? Das letzte, woran sie sich erinnerte, war, daß sie am Schreibtisch gesessen und geschrieben hatte. Sie hatte umgeblättert, und dann …

Dann war alles dunkel geworden, bis ich sah, wie Dr. Donnelly sich über mich beugte, dachte sie. Dann gingen wir die Treppe hinunter, und die Polizei kam.

Die Polizeibeamten hatten gesagt, sie hätte einen Brief an Allan Grants Frau geschrieben. Warum sollte ich ihr schreiben? fragte sich Laurie. Die haben gesagt, ich hätte sie bedroht. Das ist albern, dachte sie. Wann hätte ich den Brief denn schreiben sollen? Und wann ihn zur Post bringen?

Wenn Karen Grant in den letzten Tagen einen Drohbrief erhalten hatte, war das ein Beweis dafür, daß jemand anderer ihn abgeschickt haben mußte. Sie konnte es gar nicht erwarten, Sarah darauf hinzuweisen.

Laurie lehnte die Stirn gegen das Fenster. Es fühlte sich kühl an. Sie war jetzt müde und würde zu Bett gehen.

Sie drehte sich um, ging durchs Zimmer, legte sich ins Bett und zog die Decke hoch. Ihre Augen waren so schwer. Wie gut es doch tat, sich einfach treiben zu lassen.

62

Am Dienstag morgen fuhr Brendon Moody zum Clinton College; er wollte sich mit den Bewohnern von Lauries Wohnheim befassen.

Die Labortechniker der Staatsanwaltschaft hatten Lauries Apartment gründlich durchsucht und dann freigegeben. Für Brendon war es die erste Station.

Es wirkte völlig chaotisch: Das Bett war abgezogen, die Tür des Einbauschrankes stand offen, und die Kleider sahen aus, als hätte man sie untersucht und dann wahllos wieder auf die Bügel gehängt. Die Schubladen der Kommode standen halb offen, und der Inhalt des Schreibtisches war auf der Platte verstreut.

Die Schreibmaschine, auf der die Briefe an Allan Grant geschrieben worden waren, und das restliche Papier hatten die Ermittler mitgenommen, das wußte Moody. Er wußte auch, daß die Bettlaken und Lauries notdürftig gewaschene Kleidung sowie ein blutbeflecktes Uhrenarmband und ein Armreif konfisziert worden waren.

Was suchte er also?

Im aufgeräumten Zustand war das Apartment recht nett, das konnte man erkennen. Beige, bodenlange, geraffte Vorhänge, eine beige Überdecke auf dem Bett, eingerahmte Monet- und Manet-Drucke und ein halbes Dutzend Golftrophäen auf dem Regal über dem Bücherschrank. Auf dem Schreibtisch stand ein einziges Familienbild. Brendon studierte die Fotografie. Die Kenyons. Er hatte ihre Eltern gekannt. Diese Aufnahme mußte am Swimmingpool hinter dem Haus aufgenommen worden sein und zeigte eine ganz offenkundig glückliche und zufriedene Familie.

Versetz dich in Lauries Lage, dachte Moody. Die Familie ist zerstört, und du gibst dir dafür die Schuld. Du bist verletzbar und klammerst dich an einem Typen fest, der nett zu dir ist, ein Mann, der sowohl attraktiv als auch alt genug ist, um eine Art Vaterfigur abzugeben, und dann weist er dich ab. Und du explodierst.

Ein eindeutiger Fall. Brendon suchte herum, überprüfte, wertete aus, überlegte. Er stand vor der Wanne im Badezimmer. Man hatte Blutspuren darin gefunden. Laurie war geistesgegenwärtig genug gewesen, die Laken und ihre Kleidung zu waschen, sie zum Trockner zu tragen, sie dann zusammenzufalten und wegzulegen. Sie hatte auch versucht, ihr Uhrenarmband zu säubern. Brendon wußte sehr wohl, was der Ankläger aus solchem Beweismaterial machen konnte. Da sollte mal einer versuchen, Panik und Verwirrung zu beweisen, wenn jemand so systematisch versuchte, Spuren zu verwischen.

Als Brendon schon im Begriff war, das Zimmer zu verlassen, sah er sich noch einmal um. Er hatte absolut nichts gefunden, nichts, was sich auch nur annähernd als Entlastungsmaterial für Laurie verwenden ließ… Warum nagte dann bloß der Gedanke an ihm, daß er irgend etwas übersah?

63

Sarah konnte die ganze Nacht nicht schlafen; die Ereignisse des Tages liefen immer wieder vor ihrem inneren Auge ab: Lauries Schreie, das zerfetzte Bild, die Polizeibeamten an der Tür, der Anblick Lauries, wie sie in Handschellen weggeführt wurde, sie und Justin im Wagen hinter dem Streifenwagen. Als Sarah schließlich einschlief, dämmerte bereits der Morgen, und sie fiel in unruhigen Schlaf, in dem sie von Gerichtssälen und Schuldsprüchen träumte.

Um acht Uhr wachte sie auf, duschte, zog ein hellbraunes Kaschmirhemd an, dazupassende Hosen und dunkelbraune Stiefel und ging dann hinunter. Sophie war bereits in der Küche, und der Kaffee duftete. In einem geblümten Krug stand frischgepreßter Orangensaft auf dem Tisch, dazu ein hübsch in einer Tiffany-Schale angerichteter Salat aus Orangen, Grapefruit, Äpfeln und Melone.

Alles sieht so normal aus, dachte Sarah, gerade als würden Mama und Papa und Laurie jeden Augenblick die Treppe herunterkommen. Sie rieb sich müde die Stirn. »Gestern ist etwas passiert, ich weiß nicht was, aber Laurie hat gesagt, sie würde nie wieder eine Nacht in ihrem

Schlafzimmer verbringen. Sophie, wenn diese Frau, die sich neulich das Haus noch einmal angesehen hat, es haben will, werde ich es verkaufen.«

Der erwartete Protest blieb aus, Sophie seufzte nur: »Vielleicht hast du recht. Das ist kein glückliches Zuhause mehr.«

Daß Sophie ihr beipflichtete, war für Sarah eine Erleichterung und traf sie doch zugleich wie ein Schlag. Sie trank ihren Saft aus und schluckte an dem Kloß, der ihr in der Kehle saß. »Ich nehme nur noch Kaffee, sonst nichts.« Plötzlich kam ihr ein Gedanke. »Glaubst du, du hast den größten Teil der Schnipsel gefunden, in die Laurie gestern das Bild zerrissen hat?«

Um Sophies Lippen spielte ein triumphierendes Lächeln. »Noch viel besser: Ich habe es zusammengesetzt. Da schau, ich habe es auf einem Blatt Papier zusammengefügt, und als ich dann sicher war, daß alles stimmte, habe ich es geklebt. Das Problem ist nur, daß die einzelnen Schnipsel zu klein waren, so daß der Klebstoff sie fast zudeckt. Man kann nicht viel erkennen.«

»Aber es ist doch nur ein Bild von Laurie als Kind«, rief Sarah aus. »Das kann sie doch unmöglich so erregt haben.« Sie studierte das Bild und zuckte dann hilflos die Achseln. »Ich werde es Dr. Donnelly zeigen.«

Sophie war enttäuscht. Sie hatte so sehr gehofft, daß das zusammengeklebte Bild irgendeinen Hinweis darauf liefern würde, was Lauries hysterischen Anfall ausgelöst hatte. Dann fiel ihr etwas ein, und sie kramte in ihrer Schürzentasche. Doch die Heftklammer, die sie aus einem der Bildfetzen gelöst hatte, war nicht da, sie steckte in der Tasche des Hauskleides, das sie gestern getragen hatte. Aber eigentlich konnte sie ja nicht wichtig sein, entschied sie, als sie Sarah eine letzte Tasse Kaffee einschenkte.

64

Am Dienstag morgen hörten Bic und Opal in den Acht-Uhr-Nachrichten von Laurie Kenyons Drohbrief an Karen Grant und daß man die ihr gewährte Haftverschonung aufgehoben und sie zur Behandlung von Persönlichkeitsstörungen in eine geschlossene Klinik eingewiesen habe.

»Bic, meinst du, daß die sie dort zum Reden bringen werden?« fragte Opal nervös.

»Man wird sich sehr darum bemühen, daß sie sich an ihre Kindheit erinnert«, sagte er. »Wir müssen unbedingt wissen, was da im Gange ist. Und, Carla, ruf diese Immobilienmaklerin an.«

Betsy Lyons erwischte Sarah, als diese gerade nach New York fahren wollte. »Sarah«, sprudelte es aus ihr heraus, »ich habe gute Nachrichten für Sie! Mrs. Hawkins hat angerufen. Sie ist ganz verrückt nach dem Haus, will so bald wie möglich abschließen und ist bereit, Sie noch ein Jahr darin wohnen zu lassen. Sie bittet nur darum, gelegentlich, wenn es Ihnen angenehm ist, mit ihrem Innenarchitekten ins Haus zu dürfen. Sarah, erinnern Sie sich noch? Ich habe Ihnen gesagt, bei der augenblicklichen Marktlage müßten Sie vielleicht unter siebenhundertfünfzigtausend gehen. Meine Liebe, Sie werden es nicht glauben, aber sie hat überhaupt nicht um den Preis gefeilscht und zahlt bar.«

»Ich glaube, das ist so vorbestimmt«, sagte Sarah leise. »Ich bin froh, daß Leute das Haus bekommen werden, die es mögen. Sie können ihnen sagen, daß sie bis August einziehen können. Bis dahin sollte die Wohnung fertig sein. Mir macht es nichts aus, wenn sie mit ihrem Innenarchitekten kommen. Laurie wird im Krankenhaus sein, und wenn ich zu Hause bin, werde ich in der Bibliothek arbeiten.«

Betsy rief Carla Hawkins an. »Meine Gratulation. Alles klar. Sarah ist einverstanden, daß Sie Ihren Innenarchitekten mitbringen. Sie sagt, wenn sie zu Hause ist, wird sie in der Bibliothek arbeiten.« Jetzt wurde Betsys Tonfall vertraulich. »Sie wissen ja, sie wird ihre Schwester verteidigen. Das arme Mädchen, sie wird alle Hände voll zu tun haben.«

Bic hatte den Hörer des Zweittelefons abgenommen und das Gespräch mitgehört. Jetzt legte er lächelnd den Hörer wieder auf. »Ganz sicher werden wir zusammen sehr glücklich sein«, sagte er und wiederholte damit Betsy Lyons' letzte Worte, mit denen sie ihnen zu dem Kauf gratuliert hatte. »Mein Spezialtelefonbuch, Carla, wo ist es?«

»Hier, Bic, in dieser Schublade.« Sie reichte es ihm eilfertig. »Bic, welchen Innenarchitekten soll ich denn nehmen?«

Er seufzte. »Oh, Carla.« Dann blätterte er in dem Telefonbuch, fand den Namen, den er suchte, und wählte eine Nummer in Kentucky.

65

Sarah erinnerte sich, daß Laurie außer den Kleidern, die sie angehabt hatte, nichts mit in die Klinik genommen hatte. Zum Glück war ihr das noch rechtzeitig vor der Abfahrt eingefallen; sie ging in Lauries Zimmer und packte mit Sophies Hilfe einen Koffer.

In der Klinik untersuchte eine Schwester den Kofferinhalt und legte einen Ledergürtel und Turnschuhe mit Schnürsenkeln beiseite. »Eine reine Vorsichtsmaßnahme«, sagte sie.

»Sie glauben alle, daß sie selbstmordgefährdet ist«, meinte Sarah ein paar Minuten später zu Justin und wich seinem verständnisvollen Blick aus. Sie wußte, daß sie alles vertragen konnte, nur kein Mitleid.

»Sarah, ich habe Ihnen gestern gesagt, daß Laurie deprimiert und höchst zerbrechlich ist. Aber eines kann ich

Ihnen versprechen – und darauf gründet unsere ganze Hoffnung: Sie will Ihnen um keinen Preis weh tun. Sie wird alles tun, um das zu verhindern.«

»Ist ihr klar, daß sie mir damit am meisten weh tun würde, wenn sie sich selbst etwas antäte?«

»Ja, ich glaube, das weiß sie, und ich meine auch, daß sie langsam anfängt, mir zu vertrauen. Konnten Sie übrigens herausfinden, was sie gestern zerfetzt hat?«

»Sophie hat das Bild wieder zusammengesetzt.« Sarah holte die zusammengeklebte Fotografie aus ihrer Handtasche und zeigte sie ihm. »Ich verstehe nicht, warum dieses Bild sie so durcheinandergebracht hat«, sagte sie. »Es ähnelt einer ganzen Menge anderer Bilder in dem Album und auch sonst im Haus.«

Justin Donnelly studierte das Foto. »Bei all den Knicken und dem Klebstoff kann man nicht viel erkennen. Ich werde Laurie hereinrufen lassen.«

Laurie trug Kleidung, die Sarah mitgebracht hatte: Jeans und einen blauen Pullover. Das Haar fiel ihr lose über die Schultern, sie hatte kein Make-up aufgelegt und sah etwa wie sechzehn aus. Als sie Sarah sah, lief sie auf sie zu, und die Schwestern umarmten sich. Während Sarah ihr das Haar aus dem Gesicht strich, dachte sie: Wenn wir in die Verhandlung gehen, wird sie ganz genauso aussehen. Jung. Verletzbar.

Der Gedanke half ihr, sich in den Griff zu bekommen, und sie erkannte, daß ihre eigenen Gefühle dann gut unter Kontrolle waren, wenn sie sich auf Lauries Verteidigung konzentrierte.

Laurie setzte sich in einen der Armsessel.

»Ich wette, Sie haben gedacht, Sie würden sie jetzt dazu bringen, sich hinzulegen.« Das war wieder die schrille Stimme.

»Ich denke, jetzt spricht Kate, nicht wahr?« fragte Justin freundlich.

Das Aussehen einer Sechzehnjährigen war verflogen. Lauries Gesicht hatte einen harten Ausdruck angenommen. Nein, es war fester geworden, ausgeprägter, dachte Sarah. Sie wirkt älter.

»Ja, es ist Kate. Und ich möchte Ihnen dafür danken, daß Sie es geschafft haben, diesen Jammerlappen gestern vor dem Gefängnis zu bewahren. Ich habe neulich versucht, sie davon abzuhalten, diesen verrückten Brief an Allans Frau zu schreiben, aber sie wollte nicht auf mich hören. Und jetzt sehen Sie, was passiert ist.«

»Laurie hat den Brief geschrieben?« fragte Justin.

»Nein, das war Leona. Der Jammerlappen hätte einen Beileidsbrief geschrieben, und das wäre genauso schlimm gewesen. Ich schwör's, ich kann sie nicht ertragen und die anderen beiden auch nicht! Die eine schmachtet die ganze Zeit nach Allan Grant, und die andere, das kleine Kind, heult immer. Wenn sie nicht bald den Mund hält, drehe ich ihr den Hals um.«

Sarah konnte den Blick nicht von Laurie wenden. Diese andere Persönlichkeit, die sich Kate nannte, bewohnte Lauries Körper, lenkte Lauries Handlungen oder versuchte zumindest, sie zu lenken. Wenn sie im Zeugenstand mit solcher Arroganz auftrat und mit diesem Gehabe, mit dem sie andere Menschen einzuschüchtern versuchte, würde keine Jury Laurie jemals freisprechen.

»Wissen Sie, ich habe die Videokamera noch nicht eingeschaltet«, meinte Justin. »Sie sind heute morgen mächtig schnell rausgekommen. Ist es Ihnen recht, wenn ich sie jetzt einschalte?«

Ein Achselzucken. »Nur zu, Sie tun's ja ohnehin.«

»Kate, Laurie hat sich gestern schrecklich aufgeregt nicht wahr?«

»Das wissen Sie doch. Sie waren ja selbst dabei.«

»Ich kam erst dazu, nachdem sie sich aufgeregt hatte. Ich hatte mich nur gefragt, ob Sie mir vielleicht sagen können, was die Aufregung ausgelöst hat.«

»Darüber zu sprechen ist verboten.«

Donnelly schien das kalt zu lassen. »Na schön, dann

reden wir eben nicht darüber. Könnten Sie mir zeigen, was Laurie tat, als sie sich aufregte?«

»Kommt nicht in Frage.« Sie drehte den Kopf zur Seite. »Hör doch mit dem Schniefen auf.«

»Weint Debbie?« fragte Justin.

»Wer denn sonst?«

»Das weiß ich nicht. Wie viele sind Sie denn?«

»Nicht viele. Ein paar von den anderen sind weggegangen, als Laurie wieder zu Hause war. Zum Glück. Es fing an, eng zu werden. Du sollst aufhören, habe ich gesagt.«

»Kate, wenn ich mit Debbie reden könnte, finde ich vielleicht heraus, was sie plagt.«

»Nur zu. Ich komme mit der ohnehin auf keinen grünen Zweig.«

»Debbie, bitte, du brauchst keine Angst zu haben. Ich verspreche dir, niemand wird dir weh tun. Sprich doch wieder mit mir, ja?« Justin Donnellys Stimme klang sanft und einschmeichelnd.

Der Wechsel vollzog sich blitzartig. Das Haar fiel nach vorn, die Gesichtszüge glätteten sich, die Lippen schürzten sich, fingen zu beben an, die Hände verschränkten sich im Schoß, die Beine baumelten. Tränen strömten ihr über die Wangen.

»Tag, Debbie«, sagte Justin. »Du hast heute schon 'ne Menge geweint, was?«

Sie nickte heftig.

»Ist gestern etwas mit dir passiert?«

Sie nickte zustimmend.

»Debbie, du weißt doch, daß ich dich mag. Du weißt auch, daß ich aufpasse, daß dir nichts geschieht. Glaubst du, du kannst mir vertrauen?«

Ein vorsichtiges Nicken.

»Kannst du mir dann sagen, was dir angst gemacht hat?«

Sie schüttelte den Kopf.

»Du kannst es mir nicht sagen. Dann kannst du es mir

vielleicht zeigen. Warst du dabei, ins Tagebuch zu schreiben?«

»Nein. Laurie hat geschrieben.« Die Stimme klang weich wie die eines Kindes und traurig.

»Laurie hat geschrieben, aber du hast mitgekriegt, was sie schrieb, oder?«

»Nicht alles. Ich habe gerade mit Lesen lernen angefangen.«

»Also schön, dann zeig mir, was Laurie gemacht hat.«

Sie griff nach einem imaginären Stift, machte eine Bewegung, wie wenn man ein Buch aufschlägt, und begann in der Luft zu schreiben. Sie zögerte, hob den Stift, als dächte sie nach, sah sich um, und dann senkte sich ihre Hand, um umzublättern.

Ihre Augen weiteten sich, ihr Mund öffnete sich in einem lautlosen Schrei. Sie sprang auf, warf das Buch weg und begann mit schreckverzerrtem Gesicht mit beiden Händen etwas zu zerreißen.

Dann hielt sie plötzlich inne, ließ die Hände sinken und schrie: »Debbie, geh weg! Hören Sie, Doktor, mag sein, daß ich die kleine Göre leid bin, aber ich kümmere mich um sie. Verbrennen Sie das Bild, haben Sie verstanden? Sorgen Sie ja dafür, daß sie es nicht wieder sieht.«

Kate hatte erneut die Führung übernommen.

Am Ende der Sitzung kam eine Helferin, um Laurie abzuholen. »Kannst du später noch einmal kommen?« bettelte Laurie, als Sarah sich zum Gehen anschickte.

»Ja. Dr. Donnelly muß mir nur sagen, wann es paßt.«

Als Laurie gegangen war, reichte Justin Sarah das Foto. »Sehen Sie irgend etwas auf dem Bild, das ihr angst machen könnte?«

Sarah studierte das Bild aufmerksam. »Bei all den Sprüngen und dem eingetrockneten Klebstoff kann man nicht viel sehen, nur daß sie friert, da sie sich die Arme an den Leib preßt. Auf dem Bild mit mir, das wir in der Bibliothek haben, trägt sie denselben Badeanzug. Die Aufnahme ist ein paar Tage vor ihrer Entführung gemacht worden. Das ist sogar der Badeanzug, den sie anhatte, als man sie entführte. Meinen Sie, daß das ihre Angst ausgelöst hat?«

»Das ist durchaus möglich.« Dr. Donnelly legte das Foto in den Aktendeckel zurück. »Wir werden sie heute laufend beschäftigen. Am Vormittag hat sie Kunsttherapie und am Nachmittag eine Tagebuchsitzung. Sie lehnt es immer noch ab, irgendwelche standardisierten Tests zu machen. Ich werde für sie in den Pausen zwischen den anderen Patienten zur Verfügung stehen, und hoffe, daß die Zeit kommt, wo sie auch ohne Ihre Anwesenheit bereit ist, mit mir zu sprechen. Dazu wird es sicher kommen.«

Sarah stand auf. »Um welche Zeit soll ich wiederkommen?«

»Gleich nachdem sie zu Abend gegessen hat. Wäre Ihnen sechs Uhr recht?«

»Selbstverständlich.« Während Sarah hinausging, überlegte sie, daß es jetzt beinahe Mittag war und sie mit etwas Glück um eins zu Hause sein würde. Sie würde dann um halb fünf wieder abfahren müssen, um nicht in den schlimmsten Stoßverkehr hineinzugeraten. So hatte sie immerhin noch dreieinhalb Stunden am Schreibtisch zur Verfügung.

Justin begleitete sie bis in sein Vorzimmer und sah ihr dann nach. Sie ging hochaufgerichtet, die Schultertasche umgehängt, mit erhobenem Kopf. Kopf hoch, Mädchen, dachte er. Und dann sah er, wie sie beide Hände in die Taschen steckte, als suchte sie Wärme und Schutz vor einem eisigen Hauch, den nur sie spüren konnte.

VIERTER TEIL

66

Am Freitag, dem 17. September, trat die Jury zusammen. Sie brauchte nicht lange, um gegen Laurie wegen wissentlichen und vorbedachten Mordes an Allan Grant Anklage zu erheben. Als Termin für die Verhandlung wurde der 5. Oktober festgesetzt.

Am darauffolgenden Tag traf sich Sarah mit Brendon Moody.

»Ich komme in Clinton nicht recht weiter, Sarah.« Er holte seine Notizen heraus. »Die beste und vielleicht auch gefährlichste Zeugin ist Susan Grimes, die auf der anderen Seite des Korridors von Laurie wohnt. Das ist das Mädchen, das Sie ein paarmal angerufen haben. Seit Oktober ist ihr aufgefallen, daß Laurie regelmäßig abends zwischen acht und neun Uhr ausgegangen und meist gegen elf oder später wieder zurückgekommen ist. Sie sagte, Laurie hätte dann immer ganz anders ausgesehen, mit viel Make-up, einer wilden Frisur und die Jeans in hochhackige Stiefel gesteckt, also recht sexy und ganz und gar nicht so, wie sie sonst wirkt. Sie dachte immer, Laurie würde sich mit irgendeinem Typen treffen.«

»Gibt es irgendwelche Hinweise darauf, daß sie tatsächlich mit Allan Grant zusammen war?«

»Aus einigen der Briefe, die sie ihm geschrieben hat, kann man Daten der Rendezvous herauslesen, aber die passen nicht«, erklärte Moody und zog seinen Notizblock heraus. »Am sechzehnten November schrieb Laurie, wie schön es in der vorangegangenen Nacht in Allans Armen gewesen sei. Die vorangegangene Nacht war Freitag, der fünfzehnte November: Allan und Karen haben an jenem Abend gemeinsam an einer Veranstaltung der Fakultät teilgenommen. Dieselbe Fantasievorstellung für den zweiten, zwölften und vierzehnten Dezember sowie den sechsten und elften Januar. Ich könnte so bis zum achtundzwanzigsten Januar fortfahren. Ich hatte gehofft, beweisen zu können, daß Allan Grant ihr Avancen gemacht hatte. Wir wissen zwar, daß sie sich um sein Haus herumgetrieben hat, haben aber nicht den Funken eines Beweises dafür, daß er davon gewußt hat. Tatsächlich spricht sogar alles dagegen.«

»Dann wollen Sie damit sagen, daß sich das alles nur in Lauries Fantasie abgespielt hat und wir nicht einmal andeutungsweise behaupten können, Grant hätte ihre Verzweiflung ausgenutzt?«

»Es gibt da jemanden, den ich noch aushorchen möchte, eine Lehrerin, die eine Zeitlang beurlaubt war. Sie heißt Vera West, und mir sind da einige Gerüchte über sie und Grant zu Ohren gekommen.«

Sarah wußte, worauf Brendon Moody hinauswollte: Wenn sich Laurie all die Begegnungen mit Allan Grant nur eingebildet hatte, wenn Allan in Abwesenheit seiner Frau eine Affäre mit einer anderen Frau angefangen und Laurie davon erfahren hatte, dann unterstützte das die Behauptung der Anklage, daß sie ihn in einem Eifersuchtsanfall getötet hatte. »Wann werden Sie Vera West befragen?« wollte sie wissen.

»Bald, hoffe ich.«

Sarah erhob sich. »Ich fahre jetzt besser zurück. Ich werde mich mit den Leuten treffen, die unser Haus kaufen wollen. Stellen Sie sich vor, diese Mrs. Hawkins, die sich für das Haus interessiert, ist niemand anderes als die Frau von Reverend Bobby Hawkins.«

»Wer ist das?« fragte Brendon.

»Der neue Prediger in der Fernsehsendung ›Die Welle Gottes‹. Derjenige, der Miss Perkins die Hand aufgelegt hat und sie so dazu brachte, sich an den Namen des Mannes zu erinnern – Jim –, mit dem Laurie vor Jahren in dem Schnellimbiß war.«

»Oh, der ist das. Was für ein Scharlatan. Wie kommt es, daß gerade er Ihr Haus kauft? Was für ein Zufall, wo er doch auch mit dieser Perkins zu tun hatte.«

»Eigentlich nicht. Seine Frau hatte sich schon vorher für das Haus interessiert. Die Perkins hat ihm geschrieben, nicht etwa andersrum. Haben wir von der Polizei von Harrisburg schon etwas über ›Jim‹ erfahren?«

Brendon Moody hatte gehofft, daß Sarah ihm diese Frage nicht stellen würde, und wählte deshalb jetzt seine Worte sehr sorgfältig, als er meinte: »Ja, Sarah, das haben wir tatsächlich. Es gab da einen Jim Brown aus Harrisburg, der dafür bekannt war, daß er Kinder mißbrauchte. Sein Strafregister ist ellenlang, und er war auch in der Gegend, als man Laurie in dem Schnellimbiß entdeckte. Man hat Miss Perkins damals ein Foto von ihm vorgelegt, aber sie konnte ihn nicht identifizieren. Man hatte ihn zum Verhör laden wollen, aber er ist nach Lauries Auffindung spurlos verschwunden.«

»Und nie wieder aufgetaucht?«

»Er ist vor sechs Jahren in Seattle im Gefängnis verstorben.«

»Weshalb saß er ein?«

»Wegen Entführung und sexueller Mißhandlung eines fünfjährigen Mädchens. Sie hat bei seinem Prozeß über die zwei Monate, die sie in seiner Gewalt war, ausgesagt. Ich habe die Aussage gelesen. Ein intelligentes kleines Mädchen, hat ziemlich schreckliche Dinge ausgesagt. Alle Zeitungen haben damals darüber geschrieben.«

»Das heißt also, daß uns das, selbst wenn er der Entführer Lauries war, nichts nützen wird. Wenn es Dr. Donnelly gelingt, Laurie zu jenen zwei Jahren, die in ihrem Gedächtnis fehlen, Zugang zu verschaffen, und sie sich dann an ihn erinnert und beschreiben kann, was er ihr angetan hat, würde der Staatsanwalt die Zeitungen aus Seattle vorlegen und behaupten, sie würde jenen Fall nachplappern.«

»Wir wissen nicht, ob dieser Bursche überhaupt etwas mit Laurie zu tun hatte«, meinte Moody. »Aber Sie haben natürlich recht: Wenn es so war, würde es, ganz gleich, woran Laurie sich erinnert, nach einer Lüge klingen.«

Keiner von beiden sprach den Gedanken aus, der sie quälte. So wie die Dinge liefen, würden sie möglicherweise den Staatsanwalt bitten müssen, bezüglich Laurie eine Absprache dahingehend zu treffen; gegen ein Geständnis vor Gericht ein milderes Strafmaß zu erwirken. Sollte sich das als nötig erweisen, bedeutete das, daß Laurie Ende des Sommers im Gefängnis sein würde.

67

Bic und Opal fuhren mit Betsy Lyons zum Haus der Kenyons. Sie hatten sich beide bewußt konservativ gekleidet: Bic trug einen grauen Anzug mit Nadelstreifen und ein weißes Hemd mit blaugrauer Krawatte. Zu seinem dunkelgrauen Mantel hatte er graue Nappalederhandschuhe gewählt.

Opal hatte sich gerade bei Elizabeth Arden das Haar heller tönen lassen und sich eine neue Frisur zugelegt. Ihr graues Wollkleid war am Kragen und an den Aufschlägen mit Samt besetzt. Darüber trug sie einen schwarzen, enganliegenden Mantel mit einem schmalen Zobelkragen. Die Schuhe und die Handtasche, die sie bei Gucci gekauft hatte, waren aus schwarzem Eidechsenleder.

Bic saß vorn neben Betsy, die während der Fahrt im Plauderton immer wieder auf verschiedene interessante Gebäude in der Ortschaft hinwies und dabei gelegentlich Bic von der Seite musterte. Als eine Kollegin sie gefragt hatte: »Betsy, wissen Sie eigentlich, wer der Mann ist?« war sie verblüfft gewesen.

Sie wußte, daß er mit dem Fernsehen zu tun hatte, war sich aber nicht darüber klargewesen, daß er seine eigene

Sendung hatte. Für sie war Reverend Hawkins ein höchst attraktiver, charismatischer Mann. Er sprach jetzt von seinem Umzug nach New York.

»Als ich von der ›Welle Gottes‹ in das Predigeramt berufen wurde, wußte ich sofort, daß ich nicht in New York selbst wohnen wollte. Ich bin einfach kein Stadtmensch. Die undankbare Aufgabe, ein Haus zu suchen, fiel Carla zu. Sie ist immer wieder auf dieses Haus in Ridgewood zurückgekommen, obwohl ich ehrlich besorgt war, das Haus könne für immer vom Markt genommen werden.«

Das habe ich auch befürchtet, dachte Betsy Lyons. »Die Mädchen werden in einer kleineren Wohnung glücklicher sein«, vertraute sie ihm an. »Sehen Sie, das ist jetzt die Straße. Man fährt die Lincoln Avenue hinunter, vorbei an all diesen wunderschönen Häusern, und dann macht die Straße hier eine Biegung, und dann kommt die Twin Oaks Road.«

Als sie in die Twin Oaks Road einbogen, spulte sie die Namen der Nachbarn ab. »Ihm gehört die Williams Bank. Die Kimballs wohnen in diesem Haus im Tudorstil. Das hier ist Courtney Meiers, die Schauspielerin.«

Auf dem Rücksitz zerknüllte Opal nervös ihre Handschuhe. Jedesmal, wenn sie nach Ridgewood kamen, hatte sie das Gefühl, sich auf dünnem Eis zu bewegen und immer näher an den Punkt zu gelangen, wo es unter ihnen einbrechen würde.

Sarah erwartete sie. Eine attraktive Frau, entschied Opal, als sie sie zum erstenmal aus der Nähe sah. Je älter sie wird, desto besser wird sie aussehen. Bic hätte sie als kleines Kind nicht beachtet. Opal wünschte, Lee hätte nicht blondes, hüftlanges Haar gehabt. Sie wünschte, Lee wäre an jenem Tag nicht an der Straße gestanden.

Mrs. Hawkins wirkte trotz ihrer modischen Kleidung und Frisur irgendwie verhuscht, dachte Sarah. Vielleicht lag das daran, daß Reverend Bobby Hawkins eine magnetische Ausstrahlung hatte, die den ganzen Raum erfüllte und alle darin vorhandene Energie für sich zu beanspruchen schien. Er kam sofort auf Laurie zu sprechen.

»Ich weiß nicht, ob Ihnen bekannt ist, daß wir in unserer Sendung darum gebetet haben, daß der Name des Entführers Ihrer Schwester einer Miss Thomasina Perkins wieder ins Gedächtnis zurückgerufen werden möge.«

»Ich habe die Sendung gesehen«, erklärte Sarah.

»Haben Sie herauszufinden versucht, ob es irgendeine Verbindung zu dem Namen Jim gibt? Der Herr geht manchmal seltsame Wege, manchmal sind diese Wege direkt und manchmal nicht.«

»Es gibt nichts, was wir bei der Verteidigung meiner Schwester nicht überprüfen«, erwiderte Sarah kurzangebunden.

Reverend Hawkins verstand den Fingerzeig und wechselte das Thema. »Ein herrlicher Raum ist das«, sagte er und sah sich in der Bibliothek um. »Aber ich will Ihre Zeit nicht länger beanspruchen. Wenn wir ein letztes Mal mit Mrs. Lyons durch das Haus gehen dürfen? Dann kann mein Anwalt mit Ihrem Anwalt wegen des Kaufvertrages Verbindung aufnehmen ...«

Betsy Lyons führte die beiden nach oben, und Sarah wandte sich wieder ihrer Arbeit zu, ordnete die Notizen, die sie aus der Gerichtsbibliothek mitgebracht hatte.

Reverend Hawkins erklärte nach der Besichtigung, er würde gern so bald wie möglich seinen Architekten ins Haus bringen, aber natürlich nicht, solange Sarah in der Bibliothek arbeitete. Was eine gute Zeit wäre?

»Morgen oder übermorgen zwischen neun und zwölf oder am späten Nachmittag«, erklärte Sarah.

»Dann morgen vormittag.«

Als Sarah am nächsten Nachmittag aus der Klinik zurückkam und in die Bibliothek ging, konnte sie nicht ahnen, daß von nun an jedes Wort, das in dem Raum gesprochen wurde, modernste stimmgesteuerte Geräte einschalten und von einem im Wandschrank des Gästezimmers verborgenen Tonbandgerät aufgezeichnet werden würde.

68

Mitte März fuhr Karen Grant nach Clinton, das letztemal, wie sie hoffte. In den Wochen, die seit Allans Tod vergangen waren, hatte sie die Samstage damit verbracht, das, was sich in sechs Jahren Ehe in dem Haus angesammelt hatte, zu durchforsten und die Möbelstücke auszuwählen, die sie nach New York mitnehmen wollte. Allans Wagen hatte sie verkauft und einen Immobilienmakler mit dem Verkauf des Hauses betraut. Heute würde in der Kapelle auf dem Campus ein Gedächtnisgottesdienst für Allan abgehalten werden.

Morgen würde sie für vier Tage nach St. Thomas reisen. Der Tapetenwechsel würde ihr guttun. Bei dem Gedanken, daß auch Edwin mit dabeisein würde, beschleunigte sich ihr Puls, und sie lächelte. Nur noch bis zum Herbst, dann würden sie sich nicht mehr zu verstecken brauchen.

Der Gedächtnisgottesdienst war fast so schlimm wie die Beerdigung. Die Lobrede auf Allan überwältigte sie, und Karen hörte sich schluchzen. Louise Larkin, die neben ihr saß, legte den Arm um sie. »Wenn er nur auf mich gehört hätte«, flüsterte Karen Louise zu. »Ich habe ihn gewarnt, daß dieses Mädchen gefährlich sei.«

Nach dem Gottesdienst gab es einen Empfang bei den Larkins zu Hause, zu dem nicht nur Angehörige der Fakultät und der Verwaltung, sondern auch ein Dutzend Studenten und Studentinnen eingeladen worden waren. Einige von ihnen ergingen sich in Beileidsbezeugungen, andere erzählten Anekdoten über Allan. Karens Augen wurden feucht, wenn sie ihren Gesprächspartnern sagte, daß Allan ihr jeden Tag mehr fehlte.

Auf der anderen Seite des Raumes nippte Vera West, das jüngste Mitglied der Fakultät, an einem Glas Weißwein. Ihr rundes, freundliches Gesicht war von kurzen braunen Naturlocken eingerahmt. Eine getönte Brille, die sie eigentlich gar nicht brauchte, verbarg ihre nußbraunen Augen, aber sie hatte Angst, daß ihr Ausdruck sie verraten könnte. Wieder nippte sie an ihrem Wein und versuchte, die Erinnerung an eine Fakultätsparty vor ein paar Monaten zu verdrängen, wo Allan, nicht seine Frau, auf der anderen Seite des Raumes gestanden hatte. Vera hatte gehofft, daß ihre krankheitsbedingte Abwesenheit ihr die Zeit geben würde, die sie brauchte, um ihre Gefühle in den Griff zu bekommen – Gefühle, die niemand bei ihr vermuten durfte. Während sie die Haarsträhne, die ihr immer wieder in die Stirn fiel, zurückschob, dachte sie an den Vers eines Dichters aus dem 19. Jahrhundert: »Kummer, der sich nie in Worte kleidet, ist die schwerste Last, die Menschen tragen müssen.«

Louise Larkin trat neben sie. »Schön, daß Sie wieder zurück sind, Vera. Sie haben uns gefehlt. Wie fühlen Sie sich?« Ihre Augen musterten sie prüfend.

»Viel besser, vielen Dank.« Nach Allans Beerdigung hatte Vera sich in ihr Haus in Cape Cod geflüchtet. Eine schwere Grippe war der Vorwand gewesen, den sie am Telefon dem Dekan gegenüber gebraucht hatte.

»Für jemanden, der einen so schrecklichen Verlust erlitten hat, sieht Karen wirklich großartig aus, finden Sie nicht, Vera?«

Vera hob das Glas an die Lippen und sagte dann ruhig: »Karen ist eine wunderschöne Frau.«

»Wenn ich eine Fremde wäre und müßte raten, wer von Ihnen beiden den Verlust eines lieben Menschen betrauert, würde ich auf Sie tippen. Sie wirken furchtbar mitgenommen.« Louise Larkin drückte Veras Hand und lächelte mitfühlend.

69

Laurie erwachte von leisen Stimmen auf dem Korridor. Es war ein beruhigendes Geräusch, und sie hörte es jetzt seit drei Monaten. Februar. März. April. Jetzt war Anfang Mai. Draußen, bevor sie hierhergekommen war, ob es nun auf der Straße, auf dem Campus oder selbst zu Hause war, hatte sie sich immer gefühlt, als befände sie sich im freien Fall, ohne anhalten zu können. Hier in der Klinik hatte sie das Gefühl, die Zeit wäre für sie stehengeblieben und hätte ihren Sturz verlangsamt. Sie war dankbar für den Aufschub, wenn sie auch wußte, daß am Ende niemand sie würde retten können.

Langsam setzte sie sich auf und zog die Knie ans Kinn. Dies war einer der besten Augenblicke des Tages, wenn sie aufwachte und wußte, daß nicht der Messertraum sie aus dem Schlaf gerissen hatte und daß, was immer sie bedrohte, in Schach gehalten wurde.

Sie sollte solche Gedanken in ihr Tagebuch schreiben, also griff sie nach ihrem Spiralblock und dem Stift auf dem Nachttischchen. Sie hatte noch Zeit, ein paar Worte hinzukritzeln, ehe sie sich anzog und frühstücken ging. Sie schob die Kissen hoch, lehnte sich zurück und schlug das Buch auf.

Da waren ein paar Seiten vollgeschrieben, die gestern abend noch nicht dagewesen waren. Eine Kinderhandschrift hatte immer wieder geschrieben: ›Ich will meine Mama. Ich will nach Hause.‹

Später, als sie mit Sarah Dr. Justin Donnelly gegenübersaß, musterte Laurie den Arzt eingehend, während er in ihrem Tagebuch las. Ein so großer Mann, dachte sie, mit so breiten Schultern, so ausgeprägten Gesichtszügen und dieser schwarzen Mähne. Sie mochte seine Augen, die von intensivem, dunklem Blau waren. Normalerweise mochte sie Schnurrbärte nicht, aber seiner paßte zu ihm, ganz besonders über seinen ebenmäßigen weißen Zähnen. Seine

Hände mochte sie auch. Breit, aber mit langen Fingern. Gebräunt, aber kaum behaart. Komisch, daß sie behaarte Hände oder Arme an einem Mann nicht leiden konnte. Sie hörte sich das sagen.

Donnelly blickte auf. »Laurie?«

Sie zuckte die Achseln. »Ich weiß nicht, warum ich das gesagt habe.«

»Würden Sie es bitte wiederholen?«

»Ich habe gesagt, ich kann behaarte Hände und Arme an einem Mann nicht leiden.«

»Warum glauben Sie wohl, daß Ihnen das gerade jetzt in den Sinn gekommen ist?«

»Darauf wird sie nicht antworten.«

Sarah erkannte Kates Stimme inzwischen sofort.

»Jetzt machen Sie mal Pause, Kate«, sagte Donnelly locker. »Sie können Laurie nicht ständig unter Druck setzen. Sie will mit mir reden. Oder vielleicht auch Debbie. Ich glaube, Debbie war es, die letzte Nacht ins Tagebuch geschrieben hat. Es sieht nach ihrer Schrift aus.«

»Nun, die meine ist es sicherlich nicht.« In den letzten drei Monaten war Kates Tonfall weniger schrill geworden. Zwischen Justin und jener anderen Persönlichkeit, die Laurie beherbergte und die Kate hieß, hatte sich ein gewisses vorsichtiges Einvernehmen entwickelt.

»Kann ich jetzt mit Debbie sprechen?«

»Na ja, meinetwegen, aber daß sie mir nicht wieder zu weinen anfängt. Mich macht das Geschniefe ganz krank.«

»Kate, das glaubt Ihnen keiner«, sagte Justin. »Sie beschützen Debbie, und Laurie und ich wissen das beide. Aber Sie müssen sich von mir helfen lassen. Für Sie ist das zu schwierig.«

Das Haar, das ihr in die Stirn fiel, war das übliche Signal. Sarah zerriß es das Herz, das verängstigte Kind zu hören, das sich Debbie nannte. Waren jene zwei Jahre, die Laurie in der Gewalt der Entführer verbracht hatte, gleichbedeutend mit Weinen, Angst und Sehnsucht nach den Menschen, die sie liebte?

»Tag, Debbie«, sagte Justin. »Wie geht's unserem großen Mädchen heute?«

»Besser, vielen Dank.«

»Debbie, ich bin so froh, daß du wieder angefangen hast, in das Tagebuch zu schreiben. Weißt du, warum du letzte Nacht geschrieben hast?«

»Ich wußte, daß das Buch leer war. Ich habe es zuerst geschüttelt.«

»Du hast das Buch geschüttelt? Was hast du denn geglaubt, das du finden würdest?«

»Ich weiß nicht.«

»Was hast du denn befürchtet, das du finden würdest, Debbie?«

»Bilder«, wisperte sie. »Ich muß jetzt gehen. Die suchen mich.«

»Wer? Wer sucht dich?«

Aber sie war nicht mehr da.

Ein träges Lächeln. Laurie hatte die Beine übereinandergeschlagen und sich in den Sessel sinken lassen. Mit einer bewußt provozierenden Geste strich sie sich mit der Hand durchs Haar.

»Da geht sie hin und versucht sich zu verstecken und hofft, daß die sie nicht finden.«

Sarah fuhr zusammen. Das war Leona, die die Briefe an Allan Grant geschrieben hatte. Dies war die verschmähte Frau, die ihn getötet hatte. In den letzten drei Monaten war sie nur zweimal herausgekommen.

»Tag, Leona.« Justin lehnte sich über den Schreibtisch, gab sich so, als widme er einer attraktiven Frau schmeichelhafte Aufmerksamkeit. »Ich hatte gehofft, daß Sie uns besuchen würden.«

»Nun, man muß ja schließlich leben. Man kann nicht die ganze Zeit Trübsal blasen. Haben Sie 'ne Zigarette?«

»Na klar.« Er griff in die Schublade, hielt ihr das Päckchen hin und gab ihr Feuer. »Haben Sie denn Trübsal geblasen, Leona?«

Sie zuckte die Achseln. »Oh, Sie wissen doch, wie es ist.

Ich war ganz schön wild auf Professor Grant. Aber jetzt ist's vorbei. Er tut mir ja leid, aber so etwas passiert eben.«

»Was denn?«

»Ich meine, daß er mich an den Seelenklempner und den Dekan verpetzt hat.«

»Dafür waren Sie ihm böse, nicht wahr?«

»Und ob ich das war. Laurie übrigens auch, aber aus anderen Gründen. Sie hat wirklich einen klasse Auftritt hingelegt, als sie ihn sich auf dem Flur vorgeknöpft hat.«

Ich muß mich mit dem Richter arrangieren, dachte Sarah. Wenn im Zeugenstand diese Persönlichkeit herauskam, ohne einen Funken Bedauern über Allan Grants Tod...

»Sie wissen, daß Allan tot ist...«

»Oh, daran habe ich mich jetzt gewöhnt. Obwohl es natürlich ein Schock war!«

»Wissen Sie, wie er gestorben ist?«

»Na klar. Unser Küchenmesser.« Jetzt begann ihre prahlerische Fassade zu bröckeln. »Ich wünschte, ich hätte es in meinem Zimmer gelassen, als ich ihn in jener Nacht aufsuchte. Wissen Sie, ich war wirklich verrückt nach ihm.«

70

In den drei Monaten zwischen Anfang Februar und Ende April hatte Brendon Moody das Clinton College einige Male besucht. Er war dort zu einer vertrauten Gestalt geworden, hatte mit den Studenten im Ratskeller oder im Studentenzentrum geplaudert, sich mit den Lehrkräften unterhalten und war gelegentlich mit den Bewohnerinnen von Lauries Wohnheim über den Campus gegangen.

Am Ende jener drei Monate hatte er nur wenig in Erfahrung gebracht, das für Lauries Verteidigung nützlich sein konnte, wenn er auch durchaus auf einige strafmindernde Sachverhalte gestoßen war. Die ersten drei Jahre auf dem College war sie geradezu eine Musterstudentin gewesen und beim Lehrkörper ebenso beliebt wie bei den Kommilitonen. »Beliebt, aber ohne enge Freunde«, meinte eine Studentin aus dem dritten Stock ihres Wohnheims. »Es ergibt sich nach einer Weile ganz selbstverständlich, daß Freundinnen ziemlich offen über ihre Verabredungen oder ihre Familien reden oder einfach über das, was sie gerade beschäftigt. Laurie hat das nie getan. Sie schloß sich den anderen an und war freundlich, aber wenn jemand sie wegen Gregg Bennett aufzog, der offenbar in sie verknallt war, dann hat sie einfach nur darüber gelacht. Sie hatte immer eine Mauer um sich herum.«

Brendon Moody hatte gründliche Nachforschungen über Gregg Bennett angestellt. Eine Familie mit Geld. Intelligent. War vom College abgegangen, um Unternehmer zu werden, hatte sich eine blutige Nase geholt und war zurückgekehrt, um doch noch seinen Abschluß zu machen. Hatte in zwei Hauptfächern mit Auszeichnung bestanden und würde im Mai das College abschließen und sich nächsten September in Stanford immatrikulieren. Ein junger Mann, wie man ihn für die eigene Tochter wünschte, dachte Brendon und erinnerte sich dann, daß man über den Serienmörder Ted Bundy genau dasselbe gesagt hatte.

Alle Studenten, mit denen er sprach, stimmten darin überein, daß sich Laurie nach dem Tod ihrer Eltern dramatisch verändert hatte. Trübsinnig. In sich gekehrt. Häufig Kopfschmerzen. Ließ immer wieder Unterrichtsstunden ausfallen und lieferte ihre Arbeiten verspätet ab. »Manchmal ging sie einfach an mir vorbei und hat nicht einmal ›Tag‹ gesagt, oder sie hat mich angesehen, als sähe sie mich das erstemal«, erklärte eine Studentin aus einem der unteren Semester.

Lauries Persönlichkeitsstörungen erwähnte Brendon nie; Sarah hatte sich diesen Punkt für den Prozeß vorbehalten und wollte ihn nicht an die Öffentlichkeit tragen.

Daß Laurie regelmäßig abends allein ausgegangen und spät zurückgekommen war, hatten mehrere Studenten bemerkt und auch darüber miteinander gesprochen und Vermutungen darüber angestellt, mit wem sie sich wohl treffen mochte. Einige hatten gewisse Schlüsse daraus gezogen, daß Laurie häufig zu früh zu Allan Grants Vorlesungen erschien und nachher öfters noch etwas verweilte, um mit ihm zu reden. Louise Larkin, die Frau des Dekans, unterhielt sich gern mit Moody. Von ihr stammte der Hinweis, daß Allan Grant angefangen hatte, sich für eine der neuen Lehrerinnen im Fachbereich Anglistik zu interessieren. Darauf suchte Moody das Gespräch mit Vera West, die sich allerdings als nicht sehr zugänglich erwies.

Brendon war unzufrieden. Bald würde das Schuljahr zu Ende sein, und eine ganze Anzahl Studenten des letzten Semesters, die Laurie Kenyon gut kannten, würden ihre Abschlußprüfungen ablegen. Leute wie Gregg Bennett.

Diese Überlegung brachte Brendon dazu, Bennett anzurufen; dieser war jedoch schon im Begriff, ins Wochenende abzureisen. Sie kamen deshalb überein, sich am Montag zu treffen.

»Grüßen Sie Sarah von mir und sagen Sie ihr, sie soll mich anrufen, wenn ich irgend etwas tun kann«, sagte Bennett noch.

Wieder eine Woche ohne Ergebnis, dachte Brendon frustriert auf der Nachhausefahrt.

Der langersehnte Durchbruch kam noch am selben Abend. Brendon saß an der Bar seiner Lieblingsgaststätte und unterhielt sich mit einigen ehemaligen Kollegen von der Staatsanwaltschaft. Nach einer Weile wandte sich das Gespräch Sarah und Laurie Kenyon zu, und man war allgemein der Ansicht, daß es für Sarah wohl am besten sein würde, es mit ›Mauscheln‹ zu versuchen, wie es im Jargon hieß, also sich auf eine inoffizielle Absprache mit dem Gericht und der Staatsanwaltschaft einzulassen und mit einem Schuldbekenntnis in einem frühen Stadium eine mildere Strafe einzuhandeln und damit die Prozeßdauer abzukürzen. »Wenn die die Anklage auf schwere Körperverletzung mit Todesfolge herunterschrauben, könnte Laurie fünfzehn bis dreißig Jahre bekommen, davon wahrscheinlich ein Drittel absitzen und mit sechsundzwanzig oder siebenundzwanzig wieder in Freiheit sein.«

»Den Vorsitz führt Richter Armon, der läßt sich nicht auf Mauscheln ein«, meinte einer der stellvertretenden Staatsanwälte. »Und außerdem sind Täter dieser Art bei keinem Richter sonderlich populär, wenn es zur Festsetzung des Strafmaßes kommt.«

Bill Owens, ein Privatdetektiv einer Versicherungsgesellschaft, stand neben Brendon Moody und wartete, bis das Thema wechselte. Dann meinte er: »Brendon, ich werde Ihnen jetzt einen Tip geben, aber daß mir ja niemand erfährt, daß er von mir kommt.«

Nur Moodys Augen bewegten sich, den Kopf hielt er still. »Was gibt's?«

»Sie kennen doch Danny O'Toole?«

»Danny, den Schlafzimmerspezialisten? Sicher. Wen hat er denn in letzter Zeit bespitzelt?«

»Genau darauf will ich hinaus. Er war neulich hier und ein wenig angetrunken, und die Rede kam ebenfalls auf den Fall Kenyon. Und jetzt hören Sie gut zu: Nach dem Tod der Eltern wurde Danny engagiert, um Nachforschungen über die Schwestern anzustellen. Es ging um einen Versicherungsanspruch. Als die jüngere dann verhaftet wurde, wurde sein Auftrag beendet.«

»Klingt verdächtig«, sagte Moody. »Ich werde mich sofort darum kümmern. Vielen Dank.«

71

»Die Leute, die unser Haus gekauft haben, gehen Sarah allmählich auf die Nerven«, vertraute Laurie Dr. Donnelly an.

Das überraschte Justin. »Das war mir gar nicht bewußt.«

»Ja, Sarah sagt, sie seien dauernd um sie herum. Sie wollen das Haus im August übernehmen und haben gebeten, ein paar Sträucher pflanzen zu dürfen.«

»Haben Sie sie je im Fernsehen gesehen, Laurie?«

Sie schüttelte den Kopf. »Ich mag solche Sendungen nicht.«

Justin wartete. Der Bericht der Kunsttherapeutin lag auf seinem Schreibtisch. Allmählich war in Lauries Skizzen ein durchgehendes Thema zu erkennen. Das letzte halbe Dutzend waren Collagen gewesen, jede davon hatte zwei ganz bestimmte Szenen enthalten: einen Schaukelstuhl mit einem dicken Kissen und daneben die Strichfigur einer Frau, und die andere war ein Baum mit einem dicken Stamm und mächtigen Zweigen vor einem fensterlosen Haus.

Justin deutete auf die Zeichnungen. »Laurie, sehen Sie sich diesen Schaukelstuhl an. Können Sie ihn mir beschreiben?«

Er merkte, daß sie anfing, ihm zu entgleiten, denn ihre Augen weiteten sich, und ihr ganzer Körper schien sich zu verspannen. Aber er wollte sich jetzt nicht von einer ihrer anderen Persönlichkeiten den Weg versperren lassen. »Laurie, versuchen Sie es.«

»Ich habe Kopfschmerzen«, wisperte sie.

»Laurie, haben Sie Vertrauen zu mir. Sie haben sich gerade an etwas erinnert, nicht wahr? Haben Sie keine Angst und erzählen Sie mir davon. Sarah möchte es auch wissen. Bitte, lassen Sie es heraus.«

Sie deutete auf den Schaukelstuhl und preßte dann die Lippen zusammen, drückte die Arme an die Seiten.

»Laurie, zeigen Sie es mir. Wenn Sie nicht darüber reden können, dann zeigen Sie mir, was passiert ist.«

»Das werde ich.« Die kindliche Lispelstimme.

»Braves Mädchen, Debbie.« Justin wartete.

Sie hakte die Füße unter seinem Schreibtisch ein und kippte ihren Stuhl nach hinten. Ihre Arme waren an ihre Seiten gepreßt, als hielte sie ein unsichtbarer Riese fest. Sie ließ den Stuhl auf den Boden hinunterkrachen und kippte ihn dann wieder nach hinten. Ihr Gesicht war angstverzerrt. »›*Amazing grace*‹«, sang sie mit ihrer brüchigen Mädchenstimme.

Der Stuhl polterte abwechselnd auf den Boden und kippte dann wieder, die perfekte Imitation eines Schaukelstuhls. Mit nach hinten gelehntem Körper und reglosen Armen imitierte sie ein kleines Kind, das jemand auf dem Schoß hielt. Justin blickte auf die oberste Zeichnung, die vor ihm lag. Das war es: Das Kissen sah wie ein Schoß aus. Ein kleines Kind, das von jemandem gehalten wurde und das sang, während jemand es wiegte. Vor und zurück. Vor und zurück.

»›... und die Gnade wird mich nach Hause führen.‹« Der Stuhl kam zur Ruhe. Ihre Augen schlossen sich wieder, und ihr Atem wurde schneller, ging in ein schmerzvolles Keuchen über. Sie stand auf, reckte sich auf den Zehen, als würde jemand sie hochheben. »Zeit, hinaufzugehen«, sagte sie mit tiefer Stimme.

72

»Jetzt kommen sie schon wieder«, stellte Sophie bissig fest, als der inzwischen vertraute dunkelblaue Cadillac in die Einfahrt rollte.

Sarah und Brendon Moody warteten in der Küche darauf, daß der Kaffee fertig wurde. »O Gott«, sagte Sarah gereizt. »Aber ich bin ja selbst schuld, daß es dazu gekommen ist«, meinte sie dann zu Brendon gewandt. »Sophie bring den Kaffee in die Bibliothek, wenn er fertig ist, und sag ihnen, ich hätte Besuch. Ich bin jetzt einfach nicht in der Stimmung für Gebete.«

Brendon folgte ihr eilig und schloß die Tür der Bibliothek, als der Gong durchs Haus tönte. »Ich bin froh, daß Sie ihnen keinen Schlüssel gegeben haben«, sagte er.

»So verrückt bin ich nun auch nicht«, erwiderte Sarah lächelnd. »Es ist nur so, daß es eine Menge Dinge im Haus gibt, die ich nicht gebrauchen kann, und die beiden sind ganz scharf darauf, sie zu kaufen. Ich habe sie schätzen lassen, und jetzt bringen die ihre eigenen Experten, um ebenfalls Schätzungen machen zu lassen.«

»Warum bringen Sie es nicht ein für allemal hinter sich?« fragte Brendon.

»Das ist größtenteils meine Schuld. Ich sage ihnen, was ich verkaufen will, und dann seh ich mir all das Zeug in diesem Haus an und erkenne, daß das unmöglich alles in eine Wohnung hineinpaßt. Also sage ich ihnen, daß dieses andere Zeug auch alles zu haben ist. Und dann kommen sie wieder und erkundigen sich nach einem bestimmten Gemälde und einem Tisch und einer ganz bestimmten Lampe. Und so geht es hin und her.« Sarah strich sich das Haar aus der Stirn. Es war ein schwüler Tag, ihr Haar hatte sich gekräuselt und umgab ihr Gesicht wie dunkle Herbstblätter.

»Und dann ist da noch etwas«, fügte sie hinzu, während sie am Schreibtisch Platz nahm. »Papa hat nie etwas für Klimaanlagen übriggehabt, nun wollen sie ein neues System einbauen. Sie möchten damit anfangen, sobald wir den Notariatsvertrag abgeschlossen haben, und das bedeutet dann Installateure und alles mögliche.«

Halt den Mund, sagte sich Brendon, während er auf dem Ledersessel gegenüber Sarahs Schreibtisch Platz nahm. Er wußte, daß die Hawkins einen Spitzenbetrag für das Haus bezahlt hatten, und wenn sie die Möbel kauften, die Sarah nicht brauchen konnte, dann hieß das, daß sie dafür keine Käufer suchen oder sie einlagern mußte. Lauries Behandlung kostete ein Vermögen, und die Studentenversicherung, die sie abgeschlossen hatte, kam nur für einen Bruchteil davon auf, ganz zu schweigen von den Kosten für die Vorbereitung ihrer Verteidigung. Und Sarah bezog auch kein Gehalt mehr, dachte er.

»Hatten Sie schon Gelegenheit, sich Ihre Versicherungspolicen anzusehen?« fragte er.

»Ja. Brendon, ich verstehe das nicht. Es gibt keine offenen Ansprüche oder solche, über die noch verhandelt würde. Mein Vater hat seine Unterlagen immer einwandfrei in Ordnung gehalten. Seine Versicherung ging an Mutter und dann, für den Fall, daß sie vor ihm sterben sollte, an uns. Da er sie ein paar Minuten überlebt hat, ging die Versicherung unmittelbar an uns. Unglücklicherweise ist das ganze übrige Vermögen, mit Ausnahme des Hauses, mündelsicher angelegt, was, wenn alles das nicht passiert wäre, durchaus vernünftig gewesen wäre. An uns beide wird fünf Jahre lang jährlich ein Betrag von fünfzigtausend Dollar ausbezahlt. Aber es gibt keine Möglichkeit, an das Stammkapital heranzukommen.«

»Was ist denn mit der Busgesellschaft?« fragte Brendon. »Haben Sie gegen die Ansprüche eingeklagt?«

»Selbstverständlich«, sagte Sarah. »Aber warum sollten die uns überprüfen lassen? Wir waren ja nicht in den Unfall verwickelt.«

»Teufel noch mal«, sagte Brendon. »Ich hatte gehofft, daß ich damit irgendwie weiterkommen würde. Ich werde den Privatdetektiv betrunken machen und ihn ausquetschen müssen, darauf wird es wahrscheinlich hinauslaufen. Wie geht es Laurie?«

Sarah überlegte. »In vieler Hinsicht besser. Ich glaube, sie findet sich jetzt langsam damit ab, daß sie Papa und Mama verloren hat. Dr. Donnelly ist wunderbar.«

»Irgendeine Erinnerung an Allan Grants Tod?«

»Nichts. Aber mit der Zeit kommen jetzt Erinnerungen aus den Jahren ihrer Entführung an die Oberfläche, wenn auch nur stückweise. Justin – ich meine Dr. Donnelly – ist sicher, daß sie damals mißhandelt worden ist. Aber auch wenn man ihr Videobänder von den Therapiesitzungen zeigt, in denen ihre anderen Persönlichkeiten herauskommen, verhilft ihr das nicht zu einem echten Durchbruch.« Sarahs Stimme, die bisher ruhig und gelassen gewesen war, klang nun verzweifelt. »Brendon, jetzt ist Mai. In drei Monaten habe ich nichts gefunden, was ich für ihre Verteidigung einsetzen kann. Es scheint, daß sie drei andere Persönlichkeiten hat. Kate, die eine Art Beschützerin ist und fast so etwas wie ein brummiges Kindermädchen. Sie nennt Laurie immer eine Versagerin oder einen Jammerlappen und wird böse auf sie, versucht aber dann, sie abzuschirmen. Sie blockiert ständig ihre Erinnerung. Leona ist eine Sexbombe, das ist die Persönlichkeit, die von Allan Grant besessen war. Erst letzte Woche hat sie Dr. Donnelly gesagt, wie leid es ihr täte, daß sie in jener Nacht das Messer bei sich hatte.«

»Großer Gott«, murmelte Brendon.

»Die letzte Persönlichkeit ist Debbie, ein vierjähriges Mädchen, das die ganze Zeit weint.« Sarah hob die Hände und ließ sie dann resigniert wieder fallen.

»Wird sie sich je an das erinnern, was geschehen ist?«

»Möglich ist das schon, aber wie lange es dauern wird, kann niemand vorhersagen. Sie hat kein Vertrauen zu Justin. Sie begreift zwar, daß sie im Gefängnis enden kann, scheint aber irgendwie nicht in der Lage, ihre verdrängten Erinnerungen hervorzuholen.« Sarah sah ihn an. »Brendon, jetzt machen Sie bloß nicht den Vorschlag, daß ich mich auf eine Mauschelei einlassen soll.«

»Das hatte ich nicht vor«, brummte Brendon. »Wenigstens im Augenblick noch nicht.«

Sophie brachte den Kaffee in die Bibliothek. »Ich habe sie im Obergeschoß alleingelassen«, sagte sie. »Das ist doch in Ordnung, oder?«

»Natürlich«, nickte Sarah. »Schließlich ist er ja ein Prediger, Sophie, und wird sich nicht gerade mit Dingen, die ihm nicht gehören, die Taschen vollstopfen.«

»Heute haben sie eine große Diskussion darüber, ob sie die Wand zwischen deinem Badezimmer und Lauries Zimmer einreißen und einen Whirlpool einbauen lassen sollen. Und ich habe immer gedacht, daß die Geistlichkeit dem einfachen Leben zugetan ist.« Geräuschvoll stellte sie das Tablett auf den Schreibtisch.

»Nicht unbedingt«, meinte Brendon, ließ drei Stück Zucker in seinen Kaffee fallen und rührte heftig um. »Sarah, Gregg Bennett weiß wirklich nicht, was Lauries Verhalten ihm gegenüber im letzten Jahr so verändert hat. Ich glaube, er ist immer noch ziemlich in sie verknallt. An dem Abend vor Grants Tod haben ein paar Studenten über Lauries Schwärmerei für den Professor geredet, und Gregg hat es gehört und ist auf und davon gerannt.«

»Eifersüchtig?« fragte Sarah.

Brendon zuckte die Achseln. »Wenn er das war, dann scheint mir das jedenfalls nichts mit Allan Grants Tod zu tun zu haben, es sei denn ...«

»Es sei denn, Laurie findet ihre Erinnerung wieder.«

Es klopfte an der Tür. Sarah hob die Augenbrauen. »Bereiten Sie sich darauf vor, gesegnet zu werden«, murmelte sie und rief dann: »Herein!«

Unter der Tür standen lächelnd Bic und Opal. Sie waren leger gekleidet, Bic hatte das Jackett ausgezogen, so daß sein kurzärmeliges T-Shirt die muskulösen, dichtbehaarten Arme sehen ließ. Opal trug eine lange Hose und eine Baumwollbluse. »Wir wollen nicht stören, sondern nur sehen, wie es Ihnen geht«, sagte sie.

Sarah stellte ihnen Brendon Moody vor, der sie ziemlich einsilbig begrüßte.

»Und was macht das kleine Mädchen?« fragte Bic. »Sie können sich nicht vorstellen, wie viele Menschen wir für sie beten lassen.«

73

Justin Donnelly wollte Sarah nicht eingestehen, daß er nicht mehr daran glaubte, daß Laurie ihr Gedächtnis rechtzeitig für die Verhandlung wiederfinden würde. Er sah sich mit zwei Mitarbeiterinnen, Pat und Kathie, die für

Kunst- und Tagebuchtherapie zuständig waren, die Bänder seiner Therapiesitzungen mit Laurie an. »Haben Sie bemerkt, wie die Spaltpersönlichkeiten mir jetzt vertrauen und durchaus zum Reden bereit sind? Aber wenn ich versuche, zu der Nacht des achtundzwanzigsten Januar oder der Zeit von Lauries Entführung zurückzugehen, schweigen sie wie ein Grab. Gehen wir noch einmal die drei Spaltpersönlichkeiten durch.

Kate ist dreiunddreißig, also ziemlich genau gleichaltrig mit Sarah. Ich glaube, Laurie hat sie als Beschützerin geschaffen, so sieht sie ihre Schwester Sarah. Ganz im Gegensatz zu Sarah ist Kate gewöhnlich über Laurie verstimmt, nennt sie eine Versagerin und ärgert sich über sie, wenn sie in Schwierigkeiten gerät. Ich glaube, das zeigt Lauries Schuldgefühle gegenüber Sarah.

Debbie, das vierjährige Kind, will reden, ist aber zu verängstigt oder versteht einfach nicht, was geschehen ist. Ich habe den Verdacht, daß sie Laurie im Alter von vier Jahren sehr ähnlich ist. Manchmal kommt es bei ihr zu einem kurzen Aufblitzen von Humor. Sarah Kenyon hat gesagt, Laurie sei vor ihrer Entführung ein altkluges, recht spaßiges Kind gewesen.

Leona ist ziemlich sexy. Es steht außer Zweifel, daß sie nach Allan Grant verrückt und auf seine Frau eifersüchtig war. Es gibt auch keinen Zweifel, daß sie über das, was sie als seinen Verrat an ihr empfand, so wütend war, daß sie möglicherweise imstande gewesen wäre, ihn zu töten. Aber jetzt spricht sie mit einer Art Zuneigung von ihm, so wie man vielleicht über einen ehemaligen Liebhaber spricht. Der Streit ist vorbei, die Wut ist verraucht, und man erinnert sich nur an die schönen Zeiten.«

Sie saßen in dem kleinen Pausenraum neben Justins Büro. Die Frühlingssonne schien zu den Fenstern herein, und Justin konnte von seinem Platz aus in den Wintergarten hinübersehen, wo einige Patienten die Sonne genossen. Gerade kam Laurie Arm in Arm mit Sarah herein.

Pat, die Kunsttherapeutin, hatte ein paar neue Zeichnungen mitgebracht. »Haben Sie den Schnappschuß, den Laurie bei sich zu Hause zerrissen hat?« fragte sie.

»Ja, der muß da sein«, meinte Justin und blätterte in seiner Akte.

Die Therapeutin studierte das Foto, verglich es mit einigen von Lauries Skizzen und legte es dann daneben. »Sehen Sie sich das an.« Sie deutete auf eine Strichfigur. »Und das. Und das. Was entnehmen Sie daraus?«

»Sie fängt an, dem Strichmännchen einen Badeanzug anzuziehen«, meinte Justin.

»Genau. Und jetzt sehen Sie, wie das Strichmännchen auf diesen drei Skizzen langes Haar hat, und sehen Sie sich den Unterschied auf diesen zwei anderen Zeichnungen an. Ganz kurzes Haar. Sie hat eine Art Gesicht gezeichnet, das auf mich eher wie das eines Jungen wirkt. Die Arme sind genauso gefaltet wie auf dem zusammengeklebten Foto. Ich denke, sie versucht ein neues Bild von sich zu schaffen, es aber in einen Jungen umzuwandeln. Wenn der Abzug nur nicht so zerfetzt wäre!«

Kathie, die Tagebuchtherapeutin, hatte Lauries letzte Eintragungen aufgeschlagen. »Das hier ist die Handschrift von Kate, aber beachten Sie, wie sehr sie sich von der Schriftprobe im Februar unterscheidet. Sie nähert sich immer mehr Lauries Schrift. Und hören Sie sich das an: ›Ich bin jetzt immer so müde. Laurie wird stark genug sein, um zu akzeptieren, was sein muß. Sie würde gern im Central Park spazierengehen. Sie würde gern ihre Golfschläger nehmen, in den Club fahren und dort eine Partie spielen. Das würde ihr richtig Spaß machen. Ist es wirklich nur ein knappes Jahr her, daß sie als beste junge Golfspielerin in New Jersey Preise gewonnen hat? Vielleicht ist es im Gefängnis auch nicht viel anders als hier. Vielleicht ist es dort genauso sicher. Vielleicht bleibt ihr der Traum mit dem Messer im Gefängnis erspart. Niemand kann sich in ein Gefängnis einschleichen, in dem überall Wachen stehen. Sie können nachts nicht mit Messern hinein. Und im

Gefängnis wird auch die ganze eingehende Post überprüft. Das bedeutet, daß dort Bilder nicht von selbst in Bücher geraten können.‹« Die Tagebuchtherapeutin reichte Justin den Block. »Doktor, das könnte ein Zeichen dafür sein, daß Kate Schuld und Strafe für Laurie akzeptiert.«

Justin starrte zum Fenster hinaus. Sarah und Laurie saßen nebeneinander, und Laurie lachte über etwas, das Sarah gesagt hatte. Ebensogut hätten die beiden zwei sehr attraktive junge Frauen auf ihrer Terrasse zu Hause oder in einem Country-Club sein können.

Die Kunsttherapeutin war seinem Blick gefolgt. »Ich habe gestern mit Sarah gesprochen. Ich habe das Gefühl, sie hält sich nur noch mit letzter Kraft auf den Beinen. An dem Tag, an dem sich die Gefängnistüren hinter Laurie schließen, könnten Sie eine neue Patientin bekommen.«

Justin stand auf. »Ich bin mit den beiden in zehn Minuten hier in meinem Büro verabredet. Pat, ich denke, Sie haben recht. Sie zeichnet unterschiedliche Versionen von dem zerrissenen Foto. Können Sie jemanden ausfindig machen, der es auseinandernehmen, den Klebstoff herauswaschen, es wieder zusammensetzen und vergrößern kann, damit wir es uns genauer ansehen können?«

Sie nickte. »Ich werd's versuchen.«

Er wandte sich Kathie zu. »Meinen Sie, Laurie oder Kate würden sich weniger leicht mit ihrer Verurteilung abfinden, wenn sie erkennen, welche Auswirkung ihre Einweisung ins Gefängnis auf Sarah haben wird?«

»Könnte sein.«

»Okay. Ich werde übrigens mit Gregg Bennett sprechen, Lauries ehemaligem Freund, und versuchen, alles über jenen Tag herauszufinden, an dem sie plötzlich Angst vor ihm bekam.«

74

Als Brendon Moody sich neben Danny, dem Schlafzimmerspezialisten, auf einen Barhocker setzte, bemerkte er, daß Dannys engelhaftes Gesicht aufgedunsen wirkte. Die vielen geplatzten Äderchen auf der Nase und den Wangen verrieten seine Zuneigung zu trockenen Manhattans.

Danny begrüßte Moody mit gewohntem Überschwang: »Ah, da sind Sie ja, Brendon, ein Labsal für meine Augen.« Brendon brummte einen einsilbigen Gruß und widerstand dem Drang, Danny zu sagen, was er von ihm hielt. Er erinnerte sich an den Grund seines Hierseins und bestellte eine Runde. Eine Stunde später nippte Brendon immer noch an seinem ersten Glas, während Danny das dritte geleert hatte. Dann steuerte er nach einigem Vorgeplänkel das Gespräch vorsichtig auf Laurie Kenyon. »Ich habe mich mit dem Fall befaßt«, flüsterte er Danny zu.

Die Augen des Privatdetektivs verengten sich. »Hab' schon davon gehört. Das arme Mädchen ist übergeschnappt, oder?«

»Sieht so aus«, räumte Brendon ein. »Wahrscheinlich hat sie bei dem Unfall ihrer Eltern einen Knacks bekommen. Ein Unglück, daß sie sich damals nicht gleich in psychiatrische Behandlung begeben hat.«

Danny sah sich um. »Aber das hat sie doch«, flüsterte er.

Brendon gab sich verblüfft. »Sie wollen sagen, daß sie bei einem Seelenklempner war?«

»Na klar, drüben in Ridgewood.«

»Woher wissen Sie das, Danny?«

»Das bleibt aber unter uns?«

»Ehrenwort.«

»Gleich nach dem Tod der Eltern hat man mich engagiert, um die Schwestern und ihre Aktivitäten unter die Lupe zu nehmen.«

»Tatsächlich? Die Versicherungsgesellschaft, nehme ich an. Hat es mit einem Anspruch gegen die Busgesellschaft zu tun?«

»Brendon, Sie wissen doch, daß die Beziehung zwischen Mandant und Privatdetektiv streng vertraulich ist.«

»Natürlich ist sie das. Aber dieser Bus ist zu schnell gefahren; die Bremsen taugten nichts. Natürlich muß da eine Versicherungsgesellschaft nervös werden und sich etwas näher mit möglichen Klägern befassen. Wer würde sich denn sonst für sie interessieren?«

Aber Danny wollte nicht mit der Sprache heraus. Brendon gab dem Barkeeper ein Zeichen, aber der schüttelte den Kopf. »Ich werde meinen Freund nach Hause bringen«, versprach Brendon. Er wußte, daß er jetzt das Thema wechseln mußte. Eine Stunde später, als er Danny auf den Beifahrersitz seines Wagens verfrachtete, brachte er die Rede wieder auf die Kenyons, und als er schließlich in die Einfahrt von Dannys bescheidenem Reihenhaus einbog, wurde er fündig.

»Brendon, alter Junge, Sie sind wirklich mein Freund«, sagte Danny mit belegter Stimme. »Bilden Sie sich bloß nicht ein, ich hätte nicht gemerkt, daß Sie mich aushorchen wollen. Im Vertrauen: Ich weiß gar nicht, wer mich angeheuert hat. Das war alles sehr geheimnisvoll. Eine Frau wars. Sie nannte sich Jane Graves. Persönlich bin ich ihr nie begegnet. Hat jede Woche angerufen, um sich Bericht erstatten zu lassen. Meine schriftlichen Berichte mußte ich an ein privates Postfach in New York City schicken. Wissen Sie, wer ich glaube, daß es sein könnte? Die Witwe von dem Professor. Hat denn diese Laurie Kenyon ihm nicht Liebesbriefe geschrieben? Und war dann mit meinem Auftrag nicht am Tag nach dem Mord Schluß?«

Danny stieß die Wagentür auf und taumelte ins Freie. »Eine wunderschöne gute Nacht. Und das nächstemal können Sie mich gleich geraderaus fragen. Kostet Sie nicht so viele Drinks.«

75

Der ›Architekt‹, den Bic bei einem seiner ersten Besuche zum Haus der Kenyons mitgebracht hatte, war ein ehemaliger Sträfling aus Kentucky. Er hatte komplizierte elektronische Geräte in der Bibliothek installiert, die Telefonleitung angezapft und im Gästeschlafzimmer über dem Arbeitszimmer ein Tonbandgerät eingebaut.

Bic und Opal war es ein leichtes, jeweils die Kassetten zu wechseln, wenn sie im Obergeschoß mit Maßbändern, Stoffen und Farbmustern hantierten. Sie saßen kaum im Wagen, als Bic schon anfing, die Bänder abzuhören, und wenn sie wieder in ihrer Suite im Wyndham Hotel eingetroffen waren, hörte er sie sich immer wieder an.

Sarah telefonierte jetzt an den Abenden regelmäßig mit Justin Donnelly, und diese Gespräche erwiesen sich als wahre Fundgruben für Informationen. Zuerst kostete es Opal große Mühe, sich die Verärgerung über Bics Gier nach jeglichen Neuigkeiten über Lee nicht anmerken zu lassen. Aber mit der Zeit fühlte sie sich immer stärker zwischen der Angst vor der Entdeckung und der Faszination über die Gespräche, die sich mit Lauries Erinnerungsfragmenten befaßten, hin und her gerissen. Ganz besonders gefiel Bic Sarahs Gespräch mit dem Arzt über den Schaukelstuhl.

»Der kleine Liebling«, seufzte er. »Erinnerst du dich, wie hübsch sie war und wie nett sie singen konnte? Das haben wir ihr beigebracht.« Dann runzelte er die Stirn. »Aber sie fängt an zu plaudern.«

Bic hatte die Fenster ihrer Suite geöffnet und ließ die warme Mailuft ins Zimmer. Das Haar trug er jetzt etwas länger, und heute war es etwas zerzaust. Er trug alte Jeans und ein T-Shirt, so daß man das dichte Kraushaar an seinen Armen sehen konnte, das Opal ihr Lieblingskopfkissen nannte. Sie starrte ihn bewundernd an.

»Was denkst du, Opal?« fragte er.

»Du wirst denken, ich bin verrückt.«

»Laß es drauf ankommen.«

»Mir ist gerade in den Sinn gekommen, daß du mit deinem zerzausten Haar und in deinem T-Shirt und ohne Jackett bloß noch den goldenen Ohrring brauchst, den du immer getragen hast, und schon wäre Reverend Hawkins verschwunden. Dann wärst du wieder Bic, der Nachtclubsänger.«

Bic starrte sie eine endlose Minute lang an. Das hätte ich jetzt nicht sagen dürfen, dachte sie betroffen. Aber dann sagte er: »Opal, der Herr hat dir diese Offenbarung geschenkt. Ich dachte gerade über das alte Farmhaus in Pennsylvania nach und den Schaukelstuhl, auf dem ich immer mit diesem süßen Baby im Arm saß, und langsam entwickelte sich in mir ein Plan. Und den hast du jetzt vollendet.«

»Was für ein Plan?«

Sein wohlwollender Ausdruck verflog. »Keine Fragen. Das weißt du doch. Niemals irgendwelche Fragen. Das ist etwas zwischen mir und dem Herrn, gesegnet sei sein Name.«

»Tut mir leid, Bobby.« Sie benutzte bewußt seinen Kosenamen, um ihn zu besänftigen.

»Ist schon gut. Eines habe ich aus all den Aufnahmen gelernt: Ich darf in Gegenwart der Kenyons keine kurzen Ärmel tragen. Diese Geschichte von wegen behaarten Armen taucht immer wieder auf. Und ist dir nicht noch etwas aufgefallen?«

Sie wartete.

Bic lächelte kalt. »Diese ganze Sache könnte möglicherweise ein kleines romantisches Buschfeuer entfachen. Hör dir an, wie dieser Doktor und Sarah miteinander reden. Der Tonfall wird immer wärmer, und er wird immer besorgter um sie. Ich denke, für sie wird es recht hübsch sein, wenn sie jemanden hat, der sie tröstet, nachdem Lee sich den himmlischen Chören angeschlossen hat.«

76

Karen Grant blickte von ihrem Schreibtisch auf und lächelte strahlend. Irgendwie kam ihr der kleine Mann mit beginnender Glatze und gerunzelter Stirn bekannt vor. Sie lud ihn ein, Platz zu nehmen, worauf er ihr seine Karte reichte. Jetzt wußte sie auch, weshalb sie ihn erkannt hatte. Es war der Privatdetektiv, der für die Kenyons tätig war und der auch an dem Begräbnis teilgenommen hatte. Louise Larkin hatte ihr erzählt, daß er sich auf dem Campus umgehört hatte.

»Mrs. Grant, wenn es Ihnen gerade nicht paßt, dann sagen Sie es mir bitte.« Moody sah sich in dem Büro um.

»Doch, es paßt ausgezeichnet«, versicherte sie ihm. »Heute vormittag ist nicht viel los.«

»Wie ich höre, läuft das Touristikgeschäft zur Zeit ganz allgemein nicht sonderlich gut«, meinte Moody beiläufig. »Wenigstens behaupten das meine Freunde.«

»Na ja, alles ist etwas bescheidener geworden, dafür ist die Konkurrenz härter. Kann ich Ihnen eine Reise verkaufen?«

Die Frau versteht ihr Geschäft, dachte Brendon, und aus der Nähe gesehen ist sie genauso attraktiv wie auf dem Friedhof. Karen Grant trug ein türkisfarbenes Leinenkostüm mit dazupassender Bluse. Die blaugrüne Farbe betonte ihre grünen Augen. »Heute nicht«, sagte er. »Wenn Sie erlauben, würde ich Ihnen gern ein paar Fragen über Ihren verstorbenen Mann stellen.«

Ihr Lächeln schwand. »Es fällt mir sehr schwer, über Allan zu sprechen«, sagte sie. »Louise Larkin hat mir von Ihnen erzählt; ich weiß, daß Sie für die Verteidigung von Laurie Kenyon tätig sind. Mr. Moody, mir tut Laurie schrecklich leid, aber sie hat meinem Mann das Leben genommen und das meine bedroht.«

»Sie kann sich an nichts davon erinnern. Sie ist ein sehr krankes junges Mädchen«, sagte Brendon ruhig. »Meine Aufgabe besteht darin, der Jury behilflich zu sein, das zu verstehen. Ich habe mir Kopien der Briefe angesehen, die sie oder irgend jemand anders an Professor Grant geschrieben hat. Seit wann war Ihnen bekannt, daß er diese Briefe erhielt?«

»Anfangs hat Allan sie mir nicht gezeigt. Wahrscheinlich weil er dachte, sie könnten mich beunruhigen.«

»Beunruhigen?«

»Nun, sie waren ja ganz offensichtlich absurd. Ich meine, einige ihrer Reminiszenzen betrafen Nächte, in denen Allan und ich zusammen waren. Es war offenkundig, daß alles nur Fantasiegebilde waren. Trotzdem waren sie unangenehm. Ich bin zufällig in seiner Schreibtischschublade auf diese Briefe gestoßen und habe ihn danach gefragt.«

»Wie gut haben Sie Laurie gekannt?«

»Nicht sehr gut. Sie ist eine ausgezeichnete Golferin, und ich hatte in den Zeitungen Berichte über sie gelesen und war ihren Eltern gelegentlich bei College-Veranstaltungen begegnet. Nach dem Tod ihrer Eltern hat sie mir schrecklich leid getan. Ich weiß, daß Allan dachte, sie treibe auf einen Nervenzusammenbruch zu.«

»In der Nacht, in der er starb, waren Sie in New York?«

»Ich war auf dem Flughafen von Newark und habe dort zusammen mit Anne eine Kundin abgeholt.«

»Wann haben Sie das letztemal mit Ihrem Mann gesprochen?«

»Ich habe ihn in jener Nacht gegen acht Uhr angerufen. Er war schrecklich erregt und hat mir von der Szene mit Laurie Kenyon erzählt. Er hatte das Gefühl, sich nicht richtig verhalten zu haben, und dachte, es wäre besser gewesen, wenn er sich mit Sarah und Laurie erst zusammengesetzt hätte, anstatt Laurie vor den Dekan zu bestellen. Er sagte, er glaube ehrlich, daß sie sich nicht daran erinnern konnte, jene Briefe geschrieben zu haben.«

»Es ist Ihnen bewußt, daß es für Laurie hilfreich sein könnte, wenn Sie in diesem Sinne im Zeugenstand aussagen?«

Jetzt traten Karen Grant die Tränen in die Augen. »Mein Mann war der netteste, freundlichste Mensch, den ich je gekannt habe. Er wäre der letzte, der sich wünschte, daß ich diesem Mädchen weh tue.«

Moodys Augen verengten sich. »Mrs. Grant, ist Ihnen je in den Sinn gekommen, daß Ihr Mann sich in Laurie verliebt haben könnte?«

Sie sah ihn erstaunt an. »Das ist doch lächerlich. Sie ist zwanzig oder einundzwanzig. Allan war vierzig.«

»So etwas soll schon vorgekommen sein. Ich würde es Ihnen auch nicht verübeln, wenn Sie deswegen vielleicht sogar Nachforschungen anstellen ließen.«

»Ich weiß nicht, wovon Sie reden.«

»Nun, ich meine, vielleicht einen Privatdetektiv einstellten, so wie mich ...«

Jetzt versiegten ihre Tränen, und sie war sichtlich ärgerlich. »Mr. Moody, eine solche Beleidigung hätte ich meinem Mann niemals zugefügt. Und Sie beleidigen mich.« Sie stand auf. »Ich glaube nicht, daß wir einander noch mehr zu sagen haben.«

Moody erhob sich langsam. »Mrs. Grant, bitte verzeihen Sie mir. Versuchen Sie zu verstehen, daß meine Aufgabe darin besteht, irgendeinen Grund für Lauries Tat zu finden. Sie sagten, Professor Grant habe gedacht, Laurie triebe auf einen Nervenzusammenbruch zu. Wenn zwischen den beiden etwas war, wenn er sie dann an die Verwaltung verraten hat und sie daran zerbrochen ist ...«

»Mr. Moody, versuchen Sie nicht, das Mädchen, das meinen Mann ermordet hat, zu verteidigen, indem Sie Allans Ruf zerstören. Allan war ein sehr zurückhaltender Mann, und die Schwärmereien seiner Studentinnen waren ihm äußerst peinlich. Das ist eine Tatsache, und daran können Sie nichts ändern, um seine Mörderin zu retten.«

Brendon nickte entschuldigend und ließ seinen Blick durch das Büro schweifen. Es war ansprechend mit einer roten Ledercouch und dazupassenden Sesseln möbliert, an den Wänden hingen gerahmte Plakate von exotischen

Reisezielen, und auf Karens Schreibtisch und dem Besuchertisch vor der Couch standen frische Blumen. Auf ihrem Schreibtisch lag allerdings kein einziges Blatt Papier, und das Telefon hatte, seit er das Büro betreten hatte, nicht geklingelt. »Mrs. Grant, ich möchte nicht in dieser Stimmung weggehen. Meine Tochter ist Stewardeß bei American Airlines und liebt ihre Arbeit. Reisen ist ihr zur zweiten Natur geworden. Ich hoffe, auch Ihnen hilft Ihre Arbeit, über den Verlust Ihres Mannes hinwegzukommen.«

Er hatte das Gefühl, daß er sie damit etwas besänftigt hatte. »Wenn ich die nicht hätte, wäre ich verloren.«

Außer ihr war niemand zu sehen. »Wie viele Leute sind hier tätig?« fragte er beiläufig.

»Meine Sekretärin ist unterwegs, um etwas zu besorgen. Anne Webster, die Inhaberin, ist krank.«

»Dann führen Sie das Geschäft?«

»Anne wird bald in den Ruhestand treten, dann übernehme ich alles.«

»Ich verstehe. Nun, ich habe Ihre Zeit genügend in Anspruch genommen.«

Moody verließ das Hotel, in dem Global Travel untergebracht war, nicht gleich, sondern setzte sich in die Lobby und beobachtete das Reisebüro. Zwei Stunden später hatte es immer noch kein einziger Kunde betreten, und durch die Glaswand konnte er sehen, daß Karen kein einziges Mal zum Telefon griff. Er legte die Zeitung beiseite, mit der er sich getarnt hatte, schlenderte zur Loge des Portiers und verwickelte ihn in ein Gespräch.

77

Sarah erwartete Gregg Bennett in der Klinik am Empfang. Er gab ihr einen Kuß auf die Wange. Ihr Aussehen verriet, daß sie die Hölle hinter sich hatte. Sie hatte dunkle Ringe unter den Augen, und ihre dunklen Augenbrauen und

Wimpern ließen ihre Haut fast durchsichtig erscheinen. Sie führte ihn sofort in das Büro von Lauries Arzt und stellte ihn vor.

Donnelly machte kein Hehl aus seiner Besorgnis. »Möglicherweise wird Laurie uns eines Tages von den Jahren erzählen können, die ihr abhanden gekommen sind, und auch über Allan Grants Tod. Aber so, wie es jetzt steht, kann sie das jedenfalls nicht rechtzeitig, damit wir es für ihre Verteidigung nutzen könnten. Sie haben Sarah und Detective Moody von der Episode vor einem Jahr in Ihrer Wohnung erzählt – die würden wir gern nachstellen. Vielleicht erfahren wir dabei, was den Anstoß zu Lauries seltsamer Reaktion gegeben hat.

Laurie ist mit dem Experiment einverstanden. Wir werden eine Videoaufnahme von Ihnen und ihr machen. Wir möchten, daß Sie in ihrer Gegenwart beschreiben, was Sie getan und gesagt haben und wo Sie in bezug zueinander waren. Ich bitte Sie eindringlich, um Lauries willen nichts auszulassen oder zu verstecken. Ich meine, wirklich nichts.«

Gregg nickte.

Dr. Donnelly griff nach dem Telefon und ließ Laurie hereinbitten.

Gregg wußte nicht, was er erwarten sollte, jedenfalls nicht die attraktive Laurie im kurzen Baumwollrock und T-Shirt mit einem schmalen Gürtel um die schlanke Taille und Sandalen. Als sie ihn sah, wurde ihre Haltung starr. Irgendein Gefühl sagte Gregg, nicht aufzustehen, und er winkte ihr nur beiläufig zu. »Tag, Laurie.«

Sie beobachtete ihn argwöhnisch, als sie neben Sarah Platz nahm, nickte dann, sagte aber nichts.

Justin schaltete die Kamera ein. »Gregg, Laurie ist vor etwa einem Jahr zu Ihnen zu Besuch gekommen und aus irgendeinem unbekannten Grund in Panik geraten. Erzählen Sie uns davon.«

Gregg hatte so oft über jenen Morgen nachgedacht, daß er keinen Augenblick zu zögern brauchte. »Es war Sonntag. Ich hatte lange geschlafen. Um zehn Uhr klingelte Laurie und weckte mich.«

»Beschreiben Sie, wo Sie wohnen«, unterbrach ihn Justin.

»Ein gemietetes Studio über einer Garage, vielleicht zwei Kilometer vom Campus entfernt. Eine Kochnische mit Eßtheke und Barhockern, eine Schlafcouch, Bücherregale, eine Kommode, zwei Einbauschränke und ein Klo von vernünftiger Größe. Insgesamt für eine Studentenbude gar nicht schlecht.«

Sarah beobachtete, wie Laurie die Augen schloß, als erinnerte sie sich.

»Schön«, sagte Justin. »Hatten Sie damit gerechnet, daß Laurie vorbeikommen würde?«

»Nein. Sie hatte vor, nach Hause zu fahren, und mich sogar eingeladen, mitzukommen. Aber ich mußte mich noch auf eine Klausur vorbereiten. Sie war in der Neun-Uhr-Messe gewesen und bei der Bäckerei vorbeigefahren. Als ich die Tür öffnete, sagte sie so etwas Ähnliches wie ›Kaffee gegen ein ofenfrisches Croissant? Ist das ein guter Tausch?‹«

»Was machte sie denn für einen Eindruck?«

»Entspannt, gut gelaunt. Wir hatten am Samstag miteinander Golf gespielt, und die Runde war ganz knapp ausgegangen. Sie hatte mich nur mit einem Schlag Vorsprung besiegt. Am Sonntag morgen trug sie ein weißes Leinenkleid und sah hinreißend aus.«

»Haben Sie sie geküßt?«

Gregg blickte zu Laurie hinüber. »Auf die Wange. Ich hatte mir angewöhnt, auf ihre Signale zu achten. Meistens mochte sie es, wenn ich sie küßte, aber ich war immer vorsichtig. Man konnte sie leicht verschrecken. Wenn ich sie küßte oder den Arm um sie legte, dann machte ich das immer ganz langsam und achtete darauf, ob sie sich verspannte. Wenn das der Fall war, zog ich mich gleich zurück.«

»Fanden Sie das nicht ziemlich frustrierend?« fragte Justin schnell.

»Na klar. Aber ich glaube, ich wußte immer schon, daß in Laurie etwas steckte, das Angst hatte, und daß ich abwarten mußte, bis sie mir vertraute.« Gregg sah Laurie gerade an. »Ich würde ihr nie weh tun. Und ich würde jeden umbringen, der ihr weh tut.«

Laurie starrte ihn an, wich seinem Blick nicht mehr aus. Jetzt ergriff sie das Wort. »Ich saß neben Gregg an der Eßtheke. Wir tranken zwei Tassen Kaffee und teilten uns das dritte Croissant. Wir redeten darüber, wann wir wieder eine Runde Golf spielen könnten. Ich fühlte mich an jenem Tag so glücklich. Es war ein so herrlicher Morgen, und alles war so frisch und sauber.« Die Stimme stockte, als sie ›sauber‹ sagte.

Gregg stand auf. »Laurie sagte, sie müsse jetzt fahren. Sie gab mir einen Kuß und schickte sich zum Gehen an.«

»Sie haben an dem Punkt keine Anzeichen von Angst oder Panik bemerkt?« fragte Justin.

»Nein.«

»Laurie, ich möchte, daß Sie neben Gregg stehen, so wie an jenem Tag. Tun Sie so, als wären Sie im Begriff, seine Wohnung zu verlassen.«

Laurie stand zögernd auf. »So«, wisperte sie und griff nach einem imaginären Türknopf, wobei sie Gregg den Rücken zuwandte. »Und er ...«

»Und ich war im Begriff, sie hochzuheben ...«, sagte Gregg. »Ich meine, im Spaß. Ich wollte ihr noch einen Kuß geben.«

»Zeigen Sie, wie Sie das gemacht haben«, bat Justin.

»So.« Gregg trat hinter Laurie, umfaßte sie mit beiden Armen und setzte dazu an, sie hochzuheben.

Sie wurde am ganzen Körper steif und fing zu wimmern an. Gregg ließ sie sofort los.

»Laurie, sagen Sie mir, warum Sie Angst haben«, fragte Justin schnell.

Das Wimmern ging in ein halbersticktes kindliches Weinen über, aber sie gab keine Antwort.

»Debbie, du weinst«, sagte Justin. »Sag mir, warum.«

Sie deutete nach rechts. Eine brüchige Stimme schluchzte: »Er wird mich dorthin bringen.«

Gregg blickte erschreckt und zugleich verwirrt. »Augenblick mal«, sagte er. »Wenn wir in meinem Apartment wären, würde sie jetzt auf die Schlafcouch zeigen.«

»Beschreiben Sie sie«, befahl Justin.

»Ich war gerade aufgestanden, die Couch war also noch offen und nicht gemacht.«

»Debbie, warum hattest du Angst, als du dachtest, Gregg würde dich zum Bett tragen? Was könnte dort mit dir geschehen? Sag es uns.«

Sie hatte die Hände vor das Gesicht geschlagen, und ihr leises Kinderweinen hielt an. »Ich kann nicht.«

»Warum nicht, Debbie? Wir haben dich alle lieb.«

Sie blickte auf und rannte zu Sarah. »Sär-wah, ich weiß nicht, was passiert ist«, wisperte sie. »Immer wenn wir zum Bett gingen, bin ich davongeschwebt.«

78

Vera West zählte die Tage bis zum Semesterende. Es bereitete ihr zunehmend Schwierigkeiten, die Fassade kühler Ruhe aufrechtzuerhalten, die sie als absolut notwendig erkannt hatte. Als sie jetzt mit einer zum Bersten mit Abschlußarbeiten gefüllten Aktentasche in der angenehmen Nachmittagssonne über den Campus ging, wünschte sie sich nichts sehnlicher, als ihr gemietetes Häuschen zu erreichen, ehe sie in Tränen ausbrach.

Sie liebte das kleine Häuschen, das am Ende einer Sackgasse inmitten von Bäumen stand und einmal der großen Villa in der Nähe als Gartenhäuschen gedient hatte. Nachdem sie mit siebenunddreißig Jahren an der Universität Boston eine Doktorarbeit begonnen und mit vierzig promoviert hatte, fühlte sie sich in Boston nicht mehr wohl und hatte die Stelle am Lehrstuhl für Anglistik in Clinton angenommen.

Sie liebte kleine Colleges wie Clinton und genoß es als Theaterfan außerdem, New York in der Nähe zu haben.

Natürlich hatten sich im Laufe der Jahre einige Männer für sie interessiert. Sie hatte sich oft danach gesehnt, jemand Besonderen zu finden, sich aber schließlich damit abgefunden, daß sie wohl in die Fußstapfen ihrer unverheirateten Tanten würde treten müssen.

Dann hatte sie Allan Grant kennengelernt.

Daß sie im Begriff war, sich in ihn zu verlieben, war Vera erst klargeworden, als es schon zu spät gewesen war. Er war ein Kollege an ihrer Fakultät, ein Mensch, dessen Intellekt sie bewunderte und dessen Popularität begreiflich war.

Angefangen hatte es im Oktober, als Allans Wagen eines Abends nicht anspringen wollte und sie ihm angeboten hatte, ihn von einem Vortrag im Auditorium nach Hause zu bringen. Er hatte sie auf einen Drink ins Haus eingeladen, und sie hatte die Einladung angenommen, ohne daß ihr dabei in den Sinn gekommen wäre, daß seine Frau nicht zu Hause war. Daß Karen in Manhattan arbeitete, wußte sie, nicht aber, daß sie dort ein Apartment hatte.

Zwei Tage später brachte Allan ihr abends ein Buch zurück. Sie hatte sich gerade ein Hühnchen gebraten, und das Haus war von dem einladenden Duft erfüllt. Eine Bemerkung, die er darüber machte, veranlaßte sie dazu, ihn spontan zum Abendessen einzuladen.

Allan war es gewohnt, vor dem Abendessen einen langen Spaziergang zu machen. Ab und zu schaute er bei ihr vorbei; das passierte an den Abenden, die Karen in New York verbrachte, immer häufiger. Er pflegte anzurufen und sie zu fragen, ob sein Besuch willkommen sei, und wenn ja, was er mitbringen solle. Gewöhnlich brachte er Wein oder Käse oder etwas Obst mit und verabschiedete sich meist gegen acht oder halb neun. Er war ihr gegenüber immer sehr aufmerksam, aber nicht anders, als wenn der Raum voller Menschen gewesen wäre.

Trotzdem lag Vera nachts oft wach und fragte sich, wie lange es wohl dauern würde, bis die Leute anfingen, über sie zu klatschen. Ohne ihn gefragt zu haben, war sie überzeugt, daß er seiner Frau nicht erzählte, wieviel Zeit sie miteinander verbrachten.

Die Leona-Briefe zeigte Allan ihr sofort, als sie bei ihm einzutreffen begannen. »Ich werde sie Karen nicht sehen lassen«, sagte er. »Sie würde sich nur aufregen.«

»Aber sie würde doch nicht an diesen Unsinn glauben?«

»Nein, aber Karen ist innerlich viel unsicherer, als man bei ihrer Bildung und ihrem Auftreten annehmen würde, und ich bin ihr eine größere Stütze, als ihr wahrscheinlich klar ist.« Ein paar Wochen später erzählte er ihr, daß Karen die Briefe gefunden hatte. »Genau wie ich es erwartet hatte: Jetzt ist sie beunruhigt und macht sich Sorgen.«

Damals hatte Vera sich gedacht, daß Karen eigentlich nicht so recht erkennen ließ, was ihr wirklich wichtig war – auf der einen Seite machte sie sich Sorgen um ihren Mann, andererseits ließ sie ihn die meiste Zeit allein.

Anfangs machte Allan den Eindruck, als wolle er ganz bewußt allen persönlichen Themen aus dem Wege gehen, fing aber dann an, aus seiner Jugendzeit zu erzählen. »Mein alter Herr ist abgehauen, als ich acht Monate alt war. Meine Mutter und meine Großmutter ... die waren vielleicht ein Paar! Meine Großmutter hatte ein großes altes Haus in Ithaca und vermietete Zimmer an alte Leute. Ich sagte immer, ich sei in einem Altenheim aufgewachsen. Vier oder fünf der Mieter waren pensionierte Lehrer, und so hatte ich immer Hilfe bei meinen Hausaufgaben. Meine Mutter arbeitete in dem Kaufhaus in der Stadt. Sie sparten sich jeden Penny für meine Ausbildung vom Mund ab und legten das Geld geschickt an. Ich könnte schwören, daß sie enttäuscht waren, als ich ein Stipendium für Yale bekam. Kochen konnten beide hervorragend, ich erinnere mich immer noch ganz deutlich daran, wie herrlich es war, wenn ich an einem kalten Nachmittag, nachdem ich meine Zeitungen ausgetragen hatte, nach Hause kam und die Tür öffnete und mir ein warmer Schwall entgegenschlug und ich all die herrlichen Düfte aus der Küche roch.«

All das hatte ihr Allan eine Woche vor seinem Tod erzählt und dann gemeint: »Und, Vera, genauso fühle ich mich, wenn ich hierherkomme. Wärme und Gefühl, zu jemandem nach Hause zu kommen, mit dem ich zusammensein möchte und dem hoffentlich auch meine Gesellschaft etwas bedeutet.« Er hatte den Arm um sie gelegt. »Wirst du Geduld mit mir haben? Ich muß da etwas regeln.«

An dem Abend vor seinem Tod war Allan das letztemal bei ihr gewesen. Er war deprimiert und unruhig gewesen. »Ich hätte zuerst mit Laurie und ihrer Schwester sprechen sollen; daß ich zum Dekan ging, war eine Kurzschlußhandlung. Der Dekan meinte, ich sei diesem jungen Mädchen gegenüber zu freundlich, und hat mich geradeheraus gefragt, ob Karen und ich Probleme hätten, ob es irgendwelche Gründe für ihre häufige Abwesenheit gäbe.« An jenem Abend hatte er sie an der Tür geküßt und gesagt: »Etwas wird sich ändern. Ich mag dich sehr gern und brauche dich.«

Irgendein Instinkt hatte sie dazu gedrängt, ihn zum Bleiben aufzufordern. Hätte sie doch nur darauf gehört und sich nicht um all den Klatsch geschert. Aber sie hatte ihn gehen lassen. Kurz nach halb elf hatte sie ihn angerufen; er hatte erstaunlich vergnügt gewirkt. Er habe mit Karen gesprochen, und jetzt liege alles auf dem Tisch. Er würde eine Schlaftablette nehmen und zu Bett gehen. Und dann hatte er gesagt: »Ich liebe dich.« Das waren die letzten Worte gewesen, die sie von ihm gehört hatte.

Zu aufgedreht, um zu Bett zu gehen, hatte sich Vera die Elf-Uhr-Nachrichten im Fernsehen angesehen und dann angefangen, das Wohnzimmer aufzuräumen, die Kissen aufzuschütteln, Zeitschriften zu ordnen. Dabei hatte sie auf dem Lehnsessel etwas blitzen sehen – Allans Zündschlüssel. Er mußte ihm aus der Tasche gefallen sein.

Eine unerklärliche Unruhe hatte sie erfüllt, und der Schlüssel war der Vorwand gewesen, ihn noch einmal anzurufen. Sie hatte seine Nummer gewählt und das Telefon endlos klingeln lassen, aber niemand hatte sich gemeldet. Wahrscheinlich hatte die Schlaftablette bereits ihre Wirkung getan, hatte sie sich eingeredet.

Heute bedrückte sie ihre Einsamkeit ganz besonders, als sie sich an Allans Gesicht erinnerte, während sie mit gesenktem Kopf über den mit Kopfsteinen gepflasterten Weg eilte. Ihre Arme sehnten sich nach ihm. Jetzt hatte sie die Treppe erreicht. »Allan. Allan. Allan.«

Vera war nicht bewußt, daß sie seinen Namen laut ausgesprochen hatte, bis sie aufblickte und dem forschenden Blick Brendon Moodys begegnete, der auf der Terrasse auf sie wartete.

79

Sarah saß an einem Ecktisch in der Villa Cesare in Hillsdale, ein paar Kilometer von Ridgewood, und fragte sich, was in aller Welt sie dazu getrieben hatte, sich von Reverend Bobby und Carla Hawkins zu einem gemeinsamen Abendessen überreden zu lassen.

Fünf Minuten nach Sarahs Rückkehr aus New York waren die beiden an ihrer Haustür aufgetaucht. Sie seien nur so herumgefahren, hatten sie gesagt, um sich mit ihrer neuen Umgebung vertraut zu machen, und sie hätten sie auf der Lincoln Avenue überholt.

»Sie sahen so aus, als würden Sie ein wenig Beistand brauchen«, hatte Reverend Bobby gesagt. »Und da spürte ich, wie der Herr mir sagte, ich solle umkehren, bei Ihnen läuten und hallo sagen.«

Sarah war in der Klinik gewesen, hatte sich dort schließlich von Gregg Bennett verabschiedet und war um sieben

Uhr nach Hause gekommen. Sie war müde und hungrig. Sophie war nicht da, und Sarah wußte in dem Augenblick, als sie die Tür des leeren Hauses geöffnet hatte, daß sie nicht zu Hause bleiben wollte.

Die Villa Cesare war seit langer Zeit eines ihrer Lieblingsrestaurants, denn die Küche war vorzüglich. Muschelragout, Scampi, ein Glas Weißwein, Cappuccino, eine freundliche, wohltuende Atmosphäre, das brauchte sie jetzt. Sie war gerade im Begriff, das Haus zu verlassen, als die Hawkins kamen. Und irgendwie hatte es sich dann ergeben, daß sie gemeinsam in das Lokal gefahren waren.

Während Sarah vertrauten Gesichtern an anderen Tischen zunickte, sagte sie sich: Das sind Leute, die es gut meinen, und wenn jemand für mich beten will, habe ich ganz bestimmt nichts dagegen. In Gedanken versunken merkte sie plötzlich, daß Reverend Hawkins sie nach Laurie gefragt hatte.

»Es ist alles eine Frage der Zeit«, erklärte sie. »Justin – ich meine Dr. Donnelly – zweifelt nicht im geringsten daran, daß Laurie irgendwann einmal ihren Widerstand einstellen und über die Nacht, in der Professor Grant gestorben ist, sprechen wird. Aber allem Anschein nach ist jene Erinnerung mit der Angst vor dem verknüpft, was in ihrer Vergangenheit geschehen ist. Der Arzt meint, daß es irgendwann einmal einen ganz spontanen Durchbruch für sie geben wird. Gott gebe, daß es dazu kommt.«

»Amen«, sagten Bobby und Carla aus einem Munde.

Sarah merkte, daß sie anfing, unvorsichtig zu werden, und zuviel über Laurie redete. Schließlich waren diese Leute Fremde, mit denen sie einzig und allein die Tatsache verband, daß sie das Haus gekauft hatten.

Das Haus. Das war unverfänglich. »Mutter hat den Garten so angelegt, daß immer Farbe um uns war«, sagte sie, während sie sich ein Brötchen aus dem Korb nahm. »Die Tulpen waren herrlich, Sie haben sie ja gesehen. In etwa einer Woche werden die Azaleen aufblühen, die mag ich am liebsten. Unsere Azaleen sind schön, aber nicht so einmalig wie die der D'Andreas'. Die wohnen in dem Haus an der Ecke.«

Opal lächelte strahlend. »Welches Haus ist das? Das mit den grünen Läden oder das weiße, das früher einmal rosa war?«

»Das, das einmal rosa war. Mein Vater war damals richtig wütend, als die alten Besitzer es in der Farbe streichen ließen. Ich erinnere mich noch gut daran, wie er sagte, er würde zur Stadtverwaltung gehen und verlangen, daß man seine Grundsteuer heruntersetzen solle.«

Opal spürte, wie Bics Augen sie anfunkelten. Der Fehler, den sie gemacht hatte, war so ungeheuerlich, daß sie am liebsten aufgestöhnt hätte. Warum war ihr das rosa Haus plötzlich in den Sinn gekommen? Wie viele Jahre war es her, daß man es neu gestrichen hatte?

Aber glücklicherweise schien Sarah Kenyon nichts bemerkt zu haben, denn sie fing jetzt an, über ihre neue Wohnung zu sprechen und wie schnell dort alles vorwärtsging. »Am ersten August wird sie fertig sein«, sagte sie. »Also können wir das Haus rechtzeitig für Sie räumen. Es war wirklich sehr liebenswürdig von Ihnen, so lange zu warten.«

»Könnte es sein, daß Laurie nach Hause darf?« fragte Bic beiläufig, während der Ober ihm seine Piccata Milanese brachte.

»Beten Sie darum, Reverend Hawkins«, sagte Sarah. »Dr. Donnelly hat gesagt, daß sie für niemanden die geringste Gefahr darstellt. Er möchte, daß die Staatsanwaltschaft einen Psychiater damit beauftragt, sie zu untersuchen und zuzustimmen, daß sie ambulant behandelt werden kann. Er ist der Ansicht, daß Laurie das Gefühl überwinden muß, sie müsse hinter Schloß und Riegel gehalten werden, um sicher zu sein, und meint, nur so könne sie ihre Verteidigung unterstützen.«

»Ich wünsche mir von Herzen, Ihre kleine Schwester zu Hause in Ridgewood zu sehen«, sagte Bic und tätschelte dabei Sarahs Hand.

Als Sarah sich abends schlafen legte, nagte der Gedanke an ihr, daß da irgend etwas gewesen war, das sie hätte stutzig machen müssen, ihr aber wieder entschlüpft war.

Es muß irgend etwas gewesen sein, das Laurie gesagt hatte, entschied sie, ehe sie in Schlaf sank.

80

Als Justin Donnelly zu Fuß von der Klinik zu seinem Apartment am Central Park South ging, war er so in Gedanken versunken, daß er überhaupt keinen Blick für das sich wandelnde Panorama New Yorks hatte. Es war sieben Uhr, und die Sonne hatte noch vierzig Minuten Zeit, bis sie im Westen versinken würde. Das schwüle Wetter hatte Scharen von Menschen auf die Fifth Avenue gelockt, wo sie in den Bücherständen schmökerten, die den Park säumten, oder die ausgestellten Amateurkunstwerke mehr oder weniger kennerhaft musterten.

Der würzige Duft von Souvlaki, der um seine Nase fächelte, während die müden Straßenhändler ihre Karren wegschoben, der Anblick der geduldigen Pferde, die an den festlich geschmückten Kutschen angeschirrt standen, die Reihe von Limousinen vor dem Plaza Hotel – für all diese Dinge war er blind. Justins Gedanken befaßten sich ausschließlich mit Laurie Kenyon.

Sie war mit Abstand die interessanteste Patientin, mit der er je zu tun gehabt hatte. Für Frauen, die in ihrer Kindheit sexuell mißhandelt worden waren, war es durchaus nicht ungewöhnlich, daß sie später das Gefühl hatten, sie hätten dies selbst provoziert oder veranlaßt. Aber den meisten wurde irgendwann klar, daß sie, was ihnen widerfahren war, unmöglich hätten verhindern können. Laurie Kenyon widersetzte sich dieser Erkenntnis.

Doch es gab durchaus Fortschritte. Er hatte sie vor dem Verlassen der Klinik noch einmal kurz aufgesucht. Das

Abendessen war bereits vorüber, und sie saß im Wintergarten. Sie war still und nachdenklich gewesen. »Daß Gregg heute gekommen ist, war furchtbar nett von ihm«, hatte sie unaufgefordert gesagt und dann hinzugefügt: »Ich weiß, daß er mir nie etwas Böses antun würde.«

Als Justin sein Apartmentgebäude betrat, fragte er sich, ob er sie vielleicht zu stark unter Druck gesetzt hatte. Ob es vielleicht ein Fehler war, den von der Staatsanwaltschaft bestellten Psychiater anzurufen und ihn zu bitten, Laurie noch einmal zu untersuchen und sie gegen Kaution eventuell auf freien Fuß zu setzen.

Ein paar Minuten später saß er auf der Terrasse seines Apartments vor einem Glas seines Lieblingsweines, einem australischen Chardonnay, als das Telefon klingelte. Es war die Klinik. Die Oberschwester entschuldigte sich für die Störung. »Es ist Miss Kenyon. Sie sagt, sie müsse Sie unbedingt sofort sprechen.«

»Laurie!«

»Nicht Laurie, Doktor. Ihre andere Persönlichkeit, Kate. Sie will Ihnen etwas schrecklich Wichtiges sagen.«

»Stellen Sie sie durch!«

Die eindringliche Stimme sagte: »Dr. Donnelly, hören Sie, da ist ein kleiner Junge, der Ihnen etwas ganz Schlimmes sagen will, aber Laurie hat Angst davor und will es nicht zulassen.«

»Wer ist der Junge, Kate?« fragte Justin schnell. Ich habe recht gehabt, dachte er. Laurie hat noch weitere Persönlichkeiten in sich, die bis jetzt noch nicht an die Oberfläche gekommen sind.

»Wie er heißt, weiß ich nicht, und er will mir auch nicht sagen, worum es geht. Aber er ist neun oder zehn und recht clever und hat für Laurie eine ganze Menge eingesteckt. Er will jetzt nicht länger den Mund halten. Sie müssen weiter auf sie einwirken. Jetzt haben Sie es bald geschafft. Heute wäre er fast so weit gekommen, Sie anzusprechen.«

Es klickte in Justins Ohr. Sie hatte aufgelegt.

81

Am 15. Juni erhielt Reverend Hawkins einen Anruf von Liz Pierce von der Zeitschrift *People*, die ihn um ein Interview bat, weil sie, wie sie sagte, in der Septemberausgabe einen Artikel über ihn schreiben sollte.

Bic sträubte sich zuerst, sagte dann aber, er fühle sich geschmeichelt, und versicherte der Journalistin: »Es wird mir eine Freude sein, die Kunde von meinem göttlichen Auftrag zu verbreiten.«

Als er jedoch den Hörer auflegte, veränderte sich sein Tonfall unvermittelt und verlor jegliche Wärme. »Opal, wenn ich abgelehnt hätte, würde diese Journalistin jetzt glauben, ich hätte etwas zu verbergen. So kann ich wenigstens auf das, was sie schreibt, Einfluß nehmen.«

82

Brendon Moody sah Sarah mitfühlend an. Es war ein schwüler Julitag, aber sie hatte die Klimaanlage in der Bibliothek noch nicht eingeschaltet. Sie trug ein dunkelblaues Leinenjackett mit einem weißen Kragen und dazu einen weißen Rock. Es war erst halb neun, aber sie war bereits für die Fahrt nach New York fertig angekleidet. Vier Monate geht das jetzt, dachte Brendon, vier Monate voll und ganz auf eine Verteidigung konzentriert, die einfach keine Fortschritte macht; vier Monate, in denen sie fast jeden Tag in einer psychiatrischen Klinik verbracht hat, dankbar dafür, daß ihre Schwester wenigstens dort und nicht im Bezirksgefängnis untergebracht ist. Und er würde ihr jetzt gleich die letzte Hoffnung auf eine erfolgreiche Verteidigung nehmen.

Sophie klopfte an der Tür und trat, ohne auf Antwort zu warten, mit einem Tablett mit Kaffee, Brötchen und Orangensaft ins Zimmer. »Mr. Moody«, sagte sie, »hoffentlich können Sie Sarah dazu bringen, wenigstens dieses Brötchen zu essen. Sie ißt jetzt überhaupt nichts mehr und besteht bald nur noch aus Haut und Knochen.«

»Oh, Sophie«, protestierte Sarah.

»Gar nicht ›oh, Sophie‹ – es ist ja schließlich wahr.« Sophie stellte mit besorgter Miene das Tablett auf den Schreibtisch. »Wird der Wundertäter heute wieder auftauchen?« fragte sie. »Sarah, du solltest Miete von diesen Leuten verlangen.«

»Sie sollten von mir Miete verlangen«, widersprach Sarah. »Schließlich gehört ihnen dieses Haus schon seit März.«

»Aber es war doch vereinbart, daß ihr im August ausziehen würdet.«

»Sie stören mich nicht. Eigentlich sind sie sogar sehr nett zu mir gewesen.«

»Nun, ich sehe sie mir seit einiger Zeit jeden Sonntag im Fernsehen an, und ich kann dir sagen, mir gefallen die beiden gar nicht. Für meine Begriffe treibt dieser Mann Mißbrauch mit dem Namen des Herrn, indem er für Geld Wunder verspricht und so redet, als würde der Herrgott jeden Tag auf ein Plauderstündchen zu ihm kommen.«

»Sophie«, protestierte Sarah.

»Schon gut, schon gut.« Sophie stapfte kopfschüttelnd aus der Bibliothek, und ihre schweren Schritte drückten ihre Mißbilligung aus.

Sarah reichte Brendon eine Tasse. »Wie wir gerade sagten – oder haben wir überhaupt schon etwas gesagt?«

Brendon nahm die Tasse entgegen, kippte drei gehäufte Löffel Zucker hinein und rührte lautstark. »Ich wünschte, ich hätte gute Nachrichten«, sagte er, »aber das ist nicht der Fall. Unsere größte Hoffnung bestand darin, daß Allan Grant Lauries Deprimiertheit und Kummer ausgenützt und sie, indem er ihre Briefe der Verwaltung übergeben hat, in den Abgrund getrieben hat. Nun, Sarah, auch wenn das wirklich so war, werden wir es nie beweisen können. Seine Ehe war ziemlich zerrüttet, das habe ich gespürt, und ich habe mich deshalb näher mit seiner Frau befaßt. Die ist mir vielleicht eine! Die Hotelangestellten sagen, sie hätte eine ganze Menge Männerbeziehungen gehabt. Seit einem Jahr allerdings gibt es da nur noch einen Mann, und nach dem scheint sie ziemlich verrückt zu sein. Edwin Rand heißt er. Einer von diesen geschniegelten, gutaussehenden Typen, die ihr ganzes Leben lang von Frauen leben. Etwa vierzig oder fünfundvierzig. Ein Reiseschriftsteller, der nicht genügend Geld verdient, um davon zu leben, aber in Hotels auf der ganzen Welt eingeladen wird. Ein Nassauer, wie er im Buche steht.«

»Wußte Allan Grant über ihn Bescheid?« fragte Sarah.

»Weiß ich nicht. Wenn Karen zu Hause war, sind die beiden gut miteinander ausgekommen.«

»Aber angenommen, er wußte es und hat sich deshalb Laurie zugewandt, die in ihn verliebt war?«

Sarah schien, während sie das sagte, förmlich aufzuleben. Armes Mädchen, dachte Brendon, die greift nach allem, was sie für ihre Verteidigung nutzen kann.

»Zieht nicht«, meinte er und schüttelte den Kopf. »Allan hatte sich mit einer Kollegin namens Vera West getroffen. Sie hat mir erzählt, sie hätte das letztemal um halb elf an dem Abend, an dem er starb, mit ihm gesprochen. Er war guter Stimmung und sagte, er sei erleichtert, weil jetzt alles auf dem Tisch läge.«

»Und was soll das heißen?«

»Sie hat daraus geschlossen, daß er seiner Frau gesagt hatte, daß er die Scheidung will.«

Brendon wandte den Blick ab, als er die Verzweiflung in Sarahs Augen sah. »Sie könnten daraus natürlich seiner Frau einen Strick drehen«, sagte er. »Allan Grants Mutter hat einen Treuhandfonds hinterlassen, aus dem Grant jährlich um die hunderttausend Dollar bezog. An das Kapital – und das sind fast eineinhalb Millionen, die sich immer noch vermehren – wäre er erst mit sechzig rangekommen. Die Mutter hatte offensichtlich erkannt, daß er kein Geschick für den Umgang mit Geld hatte.

Nach allem, was ich gehört habe, betrachtete Karen Grant dieses Einkommen als ihr persönliches Taschengeld. Im Falle einer Scheidung wäre der Fonds aber nicht dem Gemeinschaftsvermögen zugeschlagen worden. Was sie in dem Reisebüro verdient, reicht unmöglich für ihr teures Apartment und ihre Designerkleider. Und mit ihrem Schriftstellerfreund wäre Schluß gewesen. Durch Allans Tod hat sie alles bekommen.

Das Problem«, schloß Brendon, »ist nur, daß Karen Grant sich ganz sicherlich nicht das Messer ausgeliehen, ihren Mann getötet und anschließend das Messer wieder Laurie zurückgegeben hat.«

Sarah nahm nicht mehr wahr, daß ihr Kaffee nur noch lauwarm war. Schlückchenweise an ihrer Tasse zu nippen, half ihr, die angespannten Halsmuskeln zu lockern.

»Ich habe Nachricht aus der Staatsanwaltschaft bekommen«, erklärte sie. »Der zweite Psychiater, der beigezogen wurde, hat sich die Videoaufzeichnungen von Lauries Therapiesitzungen angesehen, und man ist jetzt bereit, zu akzeptieren, daß sie an Persönlichkeitsstörungen leidet.«

Sie strich sich mit der Hand über die Stirn, als würde sie damit Kopfschmerzen wegwischen. »Falls Laurie sich des Totschlags schuldig erklärt, würde man darauf verzichten, die Höchststrafe zu fordern. Wahrscheinlich würde sie dann in fünf Jahren, vielleicht sogar in noch kürzerer Zeit, freikommen. Aber wenn wir vor Gericht gehen, wird die Anklage auf bewußten und vorsätzlichen Mord lauten. Und die Chance, daß die Staatsanwaltschaft damit durchkommt, ist recht gut.«

83

»Seit Kate mich angerufen hat, um mir zu sagen, daß es da zusätzlich die Persönlichkeit eines neun- oder zehnjährigen Jungen gäbe, der mit mir sprechen will, ist ein Monat vergangen«, meinte Justin Donnelly zu Sarah. »Wie Sie wissen, leugnet Kate seitdem entschieden, irgend etwas von einer solchen Persönlichkeit zu wissen.«

Sarah nickte. »Ich weiß.« Es war an der Zeit, Justin Donnelly zu sagen, daß sie und Brendon Moody übereingekommen waren, das Angebot der Staatsanwaltschaft anzunehmen und auf Totschlag zu plädieren. »Ich bin zu einer Entscheidung gelangt«, begann sie.

Justin hörte ihr zu, ohne sie aus den Augen zu lassen. Wenn ich Künstler wäre, dachte er, würde ich dieses Gesicht jetzt zeichnen und das Bild ›Leid‹ nennen.

»Sie sehen also«, schloß Sarah, »die Psychiater der Staatsanwaltschaft glauben, daß Laurie als Kind mißbraucht worden ist und es deutliche Hinweise auf Persönlichkeitsstörungen gibt. Das wird ihr die Sympathie der Geschworenen eintragen, und sie werden sie deshalb höchstwahrscheinlich nicht des Mordes schuldig sprechen. Aber das Strafmaß für schweren Totschlag beträgt ebenfalls bis zu dreißig Jahre. Wenn sie sich andererseits des Totschlags zweiten Grades schuldig erklärt, also der absichtlichen Tötung aus Leidenschaft, noch dazu unter entsprechender Provozierung, könnte sie schlimmstenfalls zu zehn Jahren verurteilt werden. Es würde im Ermessen des Gerichts liegen, auf fünf Jahre ohne das Recht der Begnadigung oder auf ein Strafmaß von fünf Jahren *mit* dem Recht auf Begnadigung zu erkennen, so daß sie in ein oder zwei Jahren wieder frei sein könnte. Ich habe einfach nicht das Recht, fast dreißig Jahre von Lauries Leben aufs Spiel zu setzen.«

»Wie kann sie sich eines Verbrechens schuldig bekennen, an das sie sich nicht erinnert?« fragte Justin.

»Das wäre durchaus legal. Ihre Aussage würde dann etwa der Art sein, daß sie zwar keine Erinnerung an die Tat hat, daß sie und ihr Anwalt aber nach Würdigung des Beweismaterials zu der Meinung gelangt sind, daß sie sie begangen hat.«

»Wie lange können Sie sie noch hinhalten?«

Sarahs Stimme wurde unsicher. »Welchen Sinn würde

das haben? Ich denke, daß es auf lange Sicht für Laurie günstig wäre, den Druck von ihr zu nehmen, wenn sie sich an die Tat erinnern soll.«

»Lassen Sie mir noch ein wenig Zeit. Wie lange wird es denn dauern, bis der Richter sie nach Hause gehen läßt?«

»Bis nächste Woche.«

»Gut. Es gibt da nämlich etwas, das ich Ihnen unbedingt zeigen möchte.«

Er zog ein Foto im Format zwanzig mal vierundzwanzig aus Lauries Akte, das kreuz und quer mit dünnen Linien überzogen war.

»Das ist eine Vergrößerung von dem Bild, das Laurie zerfetzt hat«, erklärte er. »Die Rekonstruktion ist hervorragend gelungen. Sagen Sie mir, was Sie auf dem Bild sehen.«

Sarah sah auf die Fotografie, und ihre Augen weiteten sich. »So wie das vorher aussah, konnte ich nicht erkennen, daß Laurie weinte. Dieser Baum. Das halbzerfallene Haus. Und was ist das dahinter – eine Scheune? In Ridgewood gibt es so etwas nicht. Wo ist dieses Bild aufgenommen worden?«

Sie runzelte die Stirn. »Oh, warten Sie mal. Laurie ist an drei Nachmittagen die Woche in einen Kindergarten gegangen. Man hat mit den Kindern Ausflüge in Parks und an Seen gemacht. Im Harriman State Park gibt es solche Bauernhäuser. Aber ich verstehe nicht, warum dieses Bild sie so erschreckt hat.«

»Das will ich versuchen herauszufinden«, sagte Justin und schaltete die Videokamera ein, als Laurie die Tür öffnete.

Laurie zwang sich, das Bild anzusehen. »Der Hühnerstall hinter dem Haus«, flüsterte sie. »Dort passieren schlimme Dinge.«

»Was für schlimme Dinge, Laurie?« fragte Justin.

»Halt den Mund, Blödmann. Sonst merkt er's, und dann weißt du ja, was mit dir passiert.«

Sarah grub die Fingernägel in die Handflächen. Das war eine Stimme, die sie noch nie zuvor gehört hatte, eine junge, kräftige, knabenhafte Stimme. Laurie runzelte die Stirn. Obwohl ihr Gesicht allem Anschein nach seine Konturen verloren hatte, wirkte ihr Mund fest und entschlossen. Die eine Hand schlug nach der anderen.

»Tag«, sagte Justin beiläufig. »Du bist neu. Wie heißt du denn?«

»Schau, daß du wieder hineinkommst, du!« Das war Leonas Tonfall. »Hören Sie, Doktor, ich weiß, daß dieses Miststück von Kate versucht hat, mich wegzudrängen. Aber dazu kommt's nicht.«

»Leona, warum müssen Sie eigentlich immer Ärger machen?« fragte Justin.

Sarah begriff, daß er es mit einer neuen Taktik versuchte. Seine Stimme klang aggressiv.

»Weil die Leute es immer mit krummen Touren versuchen. Ich habe Allan vertraut, und dann hat er mich reingelegt. Und dann habe ich Ihnen vertraut, als Sie gesagt haben, wir sollten ein Tagebuch führen, und Sie haben dieses Bild reingeschoben.«

Laurie fiel jetzt das Haar ins Gesicht. Sie schob es mit einer unbewußt verführerischen Handbewegung zurück.

»Das ist unmöglich. Sie haben dieses Bild nicht in Ihrem Tagebuch gefunden, Leona.«

»Aber sicher habe ich das. Genauso wie ich dieses verdammte Messer in meiner Schultertasche gefunden habe. Ich ging zu Allan, um Klarheit zu schaffen, und er wirkte so friedlich, daß ich ihn nicht einmal aufweckte. Und jetzt geben die Leute mir die Schuld dafür, daß er tot ist.«

Sarah hielt den Atem an. Du darfst jetzt nicht reagieren, sagte sie sich. Du darfst sie nicht ablenken.

»Haben Sie versucht, ihn aufzuwecken?« Es klang so, als erkundigte Justin sich nur nach dem Wetter.

»Nein, ich wollt's ihm zeigen. Ich meine, ich komme da ja nicht raus. Das Küchenmesser, das verschwunden war. Sarah. Sophie. Dr. Carpenter. Alle wollen sie wissen, warum ich es genommen habe. Ich habe dieses Messer nicht genommen. Und dann hält Allan mich zum Narren. Wissen Sie, was ich da beschlossen habe?« Sie wartete seine Antwort nicht ab. »Ich wollt's diesem Kerl zeigen. Mich vor seinen Augen umbringen. Ihm sollte es leid tun, was er mir angetan hat. Hatte doch keinen Sinn, weiterzuleben. Nichts wird jemals wieder gut für mich sein.«

»Sie gingen also zu seinem Haus, und da stand das große Fenster offen?«

»Nein. Ich steige nicht durch Fenster ein. Die Terrassentür zu seinem Arbeitszimmer. Das Schloß funktioniert nicht. Er lag bereits im Bett. Ich ging in sein Zimmer. Herrgott noch mal, haben Sie eine Zigarette?«

»Selbstverständlich.« Donnelly wartete, bis Leona sich zurückgelehnt hatte, die angezündete Zigarette zwischen den Fingern, ehe er fragte: »Was hat Allan denn getan, als Sie ins Zimmer kamen?«

Ihre Lippen verzogen sich zu einem Lächeln. »Geschnarcht hat er. Können Sie sich das vorstellen? Mein großer Auftritt im Eimer. Im Bett eingerollt wie ein kleiner Junge, die Arme um das Kopfkissen, das Haar zerzaust, und schnarcht.« Ihre Stimme wurde weicher, sie redete jetzt stockend. »Mein Papa hat auch immer geschnarcht. Mama hat immer gesagt, das sei das einzige an ihm, das sie ändern würde. Tote hätte der mit seinem Schnarchen aufwecken können.«

»Und Sie hatten das Messer?«

»Oh, das Messer. Ich legte meine Schultertasche neben dem Bett auf den Boden. Das Messer hatte ich da schon in der Hand. Ich legte es oben auf die Tasche. Ich war so müde. Und wissen Sie, was ich dachte?«

»Sagen Sie es mir.«

Die Stimme änderte sich vollkommen, wurde die der vierjährigen Debbie. »Ich dachte an all die vielen Male, wo ich mich von meinem Papa nicht festhalten oder küssen ließ, nachdem ich von dem Haus mit dem Hühnerstall zurückgekommen war, und legte mich neben Allan aufs

Bett, und er hat es gar nicht gemerkt, er hat einfach weitergeschnarcht.«

»Und was ist dann geschehen, Debbie?«

»Dann wurde mir bange. Ich bekam Angst, er würde aufwachen und böse auf mich sein und mich wieder beim Dekan verraten. Und so stand ich auf und ging auf Zehenspitzen hinaus. Und er wußte überhaupt nicht, daß ich dagewesen war.«

Sie kicherte vergnügt wie ein kleines Mädchen, das jemandem einen Streich gespielt hatte und dabei nicht erwischt worden war.

Justin ging mit Sarah in Neary's Restaurant zum Abendessen. »Ich bin hier Stammgast«, sagte er zu ihr, als ein strahlender Jimmy Neary ihnen entgegeneilte, um sie zu begrüßen. Justin stellte Sarah vor: »Da bringe ich jemanden, den Sie ein bißchen aufpäppeln müssen, Jimmy.«

Am Tisch sagte er: »Ich glaube, Sie haben einen schweren Tag hinter sich. Soll ich Ihnen von Australien erzählen?«

Sarah hätte nie geglaubt, daß sie imstande sein würde, ihr Steak und die Pommes frites bis auf den letzten Bissen aufzuessen. Als Justin eine Flasche Chianti bestellt hatte, hatte sie protestiert: »He, Sie können zu Fuß nach Hause gehen, ich muß fahren.«

»Ich weiß. Es ist erst neun. Wir werden nachher einen langen Spaziergang zu meiner Wohnung machen und dort Kaffee trinken.«

New York an einem Sommerabend, dachte Sarah, als sie auf Justins kleiner Terrasse saßen und in winzigen Schlucken Espresso tranken. Die Lichter auf den Bäumen, das üppige Laub, die Pferde und die Kutschen, die Spaziergänger und die Jogger. All dies war eine Welt, die mit versperrten Räumen und Gefängnisgittern nichts gemein hatte.

»Lassen Sie uns darüber reden«, sagte sie. »Besteht denn

irgendeine Chance, daß das, was Laurie, oder besser Debbie, uns heute gesagt hat – daß sie sich neben Allan Grant gelegt und ihn, ohne ihn aufzuwecken, wieder verlassen hat –, wirklich die Wahrheit ist?«

»Soweit Debbie das weiß, ist es vermutlich wahr.«

»Ich verstehe. Ich dachte, Laurie erinnerte sich an etwas, als sie dieses Foto sah. Was könnte das sein?«

»Ich glaube, an dem Ort, an dem Laurie jene zwei Jahre lang festgehalten wurde, gab es wahrscheinlich einen Hühnerstall. Das Bild hat sie an etwas erinnert, das dort geschehen ist. Möglicherweise erfahren wir im Laufe der Zeit, was das war.«

»Aber die Zeit wird knapp.« Sarah war nicht bewußt, daß sie weinte, bis sie spürte, wie ihr die Tränen über die Wangen strömten. Sie griff sich mit beiden Händen an den Mund, versuchte das Schluchzen zu unterdrücken, das sie plötzlich würgte.

Justin legte die Arme um sie. »Lassen Sie alles raus, Sarah«, sagte er zärtlich.

84

Brendon Moody hatte eine Theorie, daß man, wenn man nur lange genug wartete, auch eine Chance bekam. Seine Chance kam am 25. Juni wie aus heiterem Himmel. Don Fraser, ein Student im ersten Semester in Clinton, wurde wegen Drogenhandels festgenommen. Dem jungen Mann war klar, daß man ihn in flagranti ertappt hatte, und so deutete er an, er würde, wenn man ihm eine milde Strafe versprach, etwas darüber sagen können, wo Laurie Kenyon in der Nacht gewesen war, als Allan Grant ermordet wurde.

Der Vertreter der Anklage garantierte ihm gar nichts, sagte aber, er würde tun, was er könnte. Rauschgifthandel im Umkreis von dreihundert Metern um eine High-School konnte ein Strafmaß von drei Jahren bedeuten, aber nachdem man Fraser gerade am Rande der Dreihundert-Meter-Zone festgenommen hatte, erklärte sich der Staatsanwalt einverstanden, es mit dem Vergehen im Schulbereich nicht zu genau zu nehmen, falls Fraser etwas von Bedeutung liefern konnte.

»Ich möchte, daß ich für das, was ich Ihnen sagen werde, straffrei gestellt werde«, beharrte Fraser.

»Sie hätten einen guten Anwalt abgegeben«, meinte der Staatsanwalt mit säuerlicher Miene. »Ich sage es noch einmal: Liefern Sie uns etwas, das uns weiterhilft, dann helfen wir Ihnen auch. Weiter werde ich im Augenblick nicht gehen. Jetzt liegt's bei Ihnen.«

»Schon gut, schon gut. Ich war in der Nacht des achtundzwanzigsten Januar zufällig an der Ecke der North Church und der Maple Street«, begann Fraser.

»Zufällig! Um welche Zeit war das?«

»Zehn nach elf.«

»Also gut. Und was ist dann geschehen?«

»Ich hatte mich mit ein paar Freunden unterhalten. Sie waren gegangen, und ich hatte auf jemand anders gewartet, der aber nie aufgetaucht ist. Es war kalt, und so dachte ich mir, ich würde jetzt ins Wohnheim zurückgehen.«

»Das war um zehn nach elf.«

»Ja.« Fraser wählte seine Worte mit Bedacht. »Plötzlich tauchte diese Biene wie aus dem Nichts auf. Ich wußte, daß es Laurie Kenyon war. Jeder kennt sie. Ihr Bild war ja dauernd in den Zeitungen, wegen Golf und dann auch, als ihre Eltern starben.«

»Was hatte sie an?«

»Eine Skijacke und Jeans.«

»Waren an ihr irgendwelche Blutspuren zu sehen?«

»Nein. Überhaupt nicht.«

»Haben Sie mit ihr gesprochen?«

»Sie kam auf mich zu. So wie sie ging, dachte ich, sie würde mich aufgabeln. Da war etwas an ihr, das richtig sexy wirkte.«

»Augenblick mal. North Church und Maple ist etwa zehn Blocks vom Haus der Grants entfernt, nicht wahr?«

»Ja, ungefähr. Sie kam jedenfalls auf mich zu und fragte mich, ob ich eine Zigarette hätte.«

»Und was taten Sie?«

»Das wird jetzt nicht gegen mich verwendet?«

»Nein. Was taten Sie?«

»Ich dachte, sie meinte Gras, also holte ich welches raus.«

»Und dann?«

»Wurde sie böse. Sie sagte, daß sie das Zeug nicht mag und daß sie eine richtige Zigarette wollte. Ich hatte welche bei mir und sagte ihr, ich würde ihr ein Päckchen verkaufen.«

»Sie haben ihr keine angeboten?«

»He, warum sollte ich?«

»Hat sie Ihnen Zigaretten abgekauft?«

»Nein. Sie griff nach ihrer Handtasche, die sie gar nicht dabeihatte, und dann hat sie etwas Komisches gesagt. Sie hat gesagt: ›Verdammt noch mal, jetzt muß ich zurück. Dieses dumme Kind hat vergessen, sie mitzunehmen.‹«

»Welches Kind? Was vergessen?«

»Ich weiß nicht, welches Kind. Ich bin sicher, sie hat ihre Handtasche gemeint. Sie sagte, ich solle zwanzig Minuten warten, dann würde sie wiederkommen.«

»Haben Sie gewartet?«

»Ich dachte mir, warum eigentlich nicht? Vielleicht würde dann mein anderer Freund auch noch kommen.«

»Sie blieben also dort stehen, wo Sie waren.«

»Nein. Ich wollte nicht, daß man mich sah. Ich ging ein paar Schritte weiter, vom Bürgersteig runter, und stellte mich zwischen zwei Büsche auf den Rasen vor dem Haus an der Ecke.«

»Wie lange dauerte es, bis Laurie zurückkam?«

»Vielleicht eine Viertelstunde. Aber sie rannte einfach an mir vorbei, blieb nicht stehen. Sie rannte, als ob der Teufel hinter ihr her wäre.«

»Das ist jetzt sehr wichtig: Hatte sie ihre Handtasche bei sich?«

»Sie umklammerte mit beiden Händen etwas, also denke ich, daß das die Handtasche war.«

85

Bic und Opal hörten gebannt die Bandaufnahmen von Sarahs Gespräch mit Brendon Moody über die Aussage des wegen Rauschgifthandels festgenommenen Studenten an. »Es stimmt mit dem überein, was Laurie uns gesagt hat«, erklärte Sarah Moody. »Debbie, die kindliche Persönlichkeit, erinnert sich daran, Allan Grant verlassen zu haben. Keine von Lauries Persönlichkeiten redet über das, was nach ihrer Rückkehr geschah.«

Bic meinte mit unheilvoller Miene: »Sich aus dem Haus eines Mannes schleichen – um dann zurückzukehren und einen Mord zu begehen – schrecklich.«

Opal versuchte ihre Eifersucht zu unterdrücken und tröstete sich mit dem Wissen, daß es nicht mehr lange so weitergehen würde. Sarah Kenyon würde in einigen Wochen nicht mehr in dem Haus sein, und zu der neuen Wohnung würde Bic keinen Zugang haben.

Bic ließ das letzte Stück Band noch einmal ablaufen. »Der Richter wird Lee am achten Juli erlauben, die Klinik zu verlassen. Das ist am kommenden Mittwoch«, sagte er. »Wir werden in Ridgewood einen Besuch abstatten, um Lee zu Hause willkommen zu heißen.«

»Bic, du hast doch nicht etwa vor, ihr vor die Augen zu treten?«

»Ich weiß, was ich vorhabe, Opal. Wir werden beide konservativ gekleidet sein und weder über Gott noch über Gebete sprechen, so sehr es mich auch schmerzt, den Herrn nicht an allem teilhaben zu lassen, was wir tun. Aber es ist wichtig, daß wir uns mit ihr anfreunden. Dann wird sie, falls zuviel von ihrer Erinnerung zurückkehrt, völlig durcheinandergeraten. Wir werden nicht lange bleiben. Wir werden uns dafür entschuldigen, daß wir stören, und wieder gehen.«

Das Telefon klingelte, und Opal nahm ab.

Es war Rodney Harper vom Sender WLIS in Bethlehem.

»Erinnern Sie sich an mich?« fragte er. »Ich habe den Sender geleitet, als Sie vor Jahren hier gearbeitet haben. Ich bin stolz, Ihnen sagen zu können, daß der Sender heute mir gehört.«

Opal winkte Bic zu, den zweiten Hörer abzunehmen, während sie sagte: »Rodney Harper, natürlich erinnere ich mich an Sie.«

»Ich wollte Ihnen beiden zu Ihrem Erfolg gratulieren. Sie haben es wirklich weit gebracht. Der Grund, daß ich heute anrufe, ist, daß eine Frau von der Zeitschrift *People* hier war und mit mir über Sie gesprochen hat.«

Opal und Bic tauschten Blicke. »Was hat sie Sie denn gefragt?«

»Oh, sie wollte nur wissen, was Sie für Leute waren. Ich hab' ihr gesagt, daß Bobby der beste Prediger war, den wir hier je hatten. Dann wollte sie wissen, ob ich ein Bild aus jener Zeit von Ihnen hätte.«

Opal sah, wie Bics Gesicht sich verfinsterte. »Und hatten Sie eines?«

»Ich muß Ihnen leider sagen, daß wir keines finden konnten. Wir sind vor etwa zehn Jahren mit dem Sender umgezogen und haben eine Menge Zeug weggeworfen. Wahrscheinlich sind Ihre Bilder mit in den Müll geraten.«

»Oh, das macht nichts«, sagte Opal und spürte, wie ihre Muskeln sich entspannten. »Warten Sie einen Augenblick. Mein Mann ist auch da und möchte guten Tag sagen.«

Bic meldete sich schier überschwenglich zu Wort. »Rodney, mein Freund, was für eine Freude, Ihre Stimme zu hören. Ich werde Ihnen nie vergessen, daß Sie uns als erster eine Chance gegeben haben. Wenn wir nicht in Bethlehem in Ihrem Sender gewesen und dort bekanntgeworden wären, dann weiß ich nicht, ob wir heute die ›Welle Gottes‹ machen würden. Aber trotzdem: Wenn Sie auf ein altes Bild stoßen, wäre ich wirklich dankbar, wenn Sie es zerreißen würden. Ich habe damals wie ein richtiger Hippie ausgesehen, und das paßt nicht so recht dazu, wenn man in der ›Welle Gottes‹ älteren Herrschaften predigt.«

»Aber sicher, Reverend. Nur eines noch, und ich hoffe, es macht Ihnen nichts aus. Ich bin mit dieser Journalistin von *People* zu der Farm gefahren, wo Sie in den zwei Jahren gewohnt haben, die Sie bei uns waren. Verflixt noch mal. Ich habe wirklich gar nicht mitgekriegt, daß sie niedergebrannt war. Wahrscheinlich sind da Halbstarke oder irgendein Landstreicher eingebrochen und haben unvorsichtig mit Streichhölzern hantiert.«

Bic machte einen Kreis aus Daumen und Zeigefinger und blinzelte Opal zu. »Tut mir wirklich leid, das zu hören. Carla und ich haben uns dort sehr wohl gefühlt.«

»Nun, sie haben ein paar Fotos von dem Anwesen gemacht. Ich hörte, wie diese Reporterin sagte, sie wüßte nicht, ob sie sie in dem Artikel bringen würde, aber der Hühnerstall stehe wenigstens noch und das sei für jedermann Beweis genug, daß Sie ganz bescheiden angefangen haben.«

86

Karen Grant kam um neun Uhr in die Agentur und seufzte erleichtert auf, als sie feststellte, daß Anne Webster noch nicht da war. Karen fiel es immer schwerer, ihren Unmut über Annes Unschlüssigkeit zu verbergen. Jetzt wollte sie das Büro erst Mitte August an Karen verkaufen.

Sie hatte Anne erklärt, es sei wirklich nicht nötig, daß sie weiterhin ins Büro komme, denn die Geschäfte gingen schlecht, und sie konnte die Arbeit mühelos allein bewältigen. Schließlich war Anne beinahe siebzig, und die tägliche Fahrt aus Bronxville in die Stadt war anstrengend.

Aber Anne erwies sich als unerwartet hartnäckig und versteifte sich darauf, alte Stammkunden zum Essen auszuführen und ihnen zu versichern, daß Karen sich ebenso gut um sie kümmern werde, wie sie das getan hatte.

Dafür gab es natürlich einen guten Grund: Anne würde drei Jahre lang einen prozentualen Anteil am Gewinn bekommen, und es stand außer Zweifel, daß nach beinahe zwei Jahren Flaute die Stimmung langsam umschlug und die Leute sich wieder auf das Reisen besannen.

Sobald Anne ausgeschieden war, könnte Edwin ihr Büro benutzen. Aber sie würden bis zum Herbst warten, ehe sie zusammenzogen, weil es sich bestimmt besser machte, wenn sie bei Laurie Kenyons Prozeß als trauernde Witwe auftrat. Wenn man von Anne absah und davon, daß ständig dieser verdammte Detektiv auftauchte, fühlte Karen sich wie im siebenten Himmel. Sie war verrückt nach Edwin, und Allans Treuhandvermögen war jetzt auf ihren Namen umgeschrieben worden. Einhunderttausend oder mehr im Jahr auf die nächsten zwanzig Jahre, und in der Zwischenzeit wuchs der Wert der Aktien noch an. Eigentlich tat es ihr gar nicht leid, daß sie noch nicht an das Kapital herankonnte. Vielleicht würde sie nicht auf alle Zeit mit Edwin zusammensein, und sein Geschmack war eher noch kostspieliger als der ihre.

Die Tür ging auf, und Karen zwang sich zu einem freundlichen Lächeln, als Anne Webster hereinkam. Jetzt wird sie mir erzählen, daß sie letzte Nacht nicht geschlafen hat, dafür aber ihr übliches Nickerchen im Zug gemacht hat, dachte sie.

»Guten Morgen, Karen. Du siehst aber heute reizend aus. Ist das schon wieder ein neues Kleid?«

»Ja, ich hab' es erst gestern gekauft.« Karen konnte nicht widerstehen, auch den Namen des Designers zu erwähnen. »Es ist ein Scaasi.«

»Das sieht man ihm an.« Anne seufzte und schob eine graue Haarsträhne zurück. »Heute morgen spüre ich wirklich mein Alter. Ich war die halbe Nacht wach und habe dann wie üblich im Zug wie eine Tote geschlafen. Ich saß neben Ed Anderson, einem Nachbarn von mir. Er nennt mich immer Dornröschen und sagt, ich würde irgendwann einmal auf dem Rangierbahnhof aufwachen.«

Karen fiel in Annes Lachen ein. Mein Gott, wie oft muß ich mir diese Dornröschengeschichte noch anhören? dachte sie. Nur noch drei Wochen, sagte sie sich dann. An dem Tag, an dem der Vertrag ausläuft, ist es aus mit Anne Webster.

87

Brendon Moody beobachtete das Reisebüro von der Hotelhalle aus, als um Viertel vor zehn Connie Santini, die Sekretärin, kam und Karen Grant das Büro kurz darauf verließ. Irgend etwas an Anne Websters Schilderung des Abends, den sie mit Karen Grant auf dem Flughafen von Newark verbracht hatte, beschäftigte ihn. Er hatte sich vor einer Woche mit Anne Webster unterhalten und wollte sie heute noch einmal sprechen. Er ging zu der Agentur hinüber und gab sich beim Öffnen der Tür Mühe, das Lächeln eines zufälligen Besuchers aufzusetzen. »Guten Morgen, Mrs. Webster. Ich bin zufällig vorbeigekommen und dachte, ich sehe mal rein. Sie sehen gut aus. Schön, Sie wiederzusehen. Ich hatte schon befürchtet, daß Sie inzwischen im Ruhestand wären.«

»Nett, daß Sie sich erinnern, Mr. Moody. Nein, ich habe mich entschlossen, abzuwarten und erst Mitte August Schluß zu machen. Offengestanden, nimmt das Geschäft im Augenblick wirklich zu, und ich frage mich manchmal, ob ich mit dem Verkauf nicht noch hätte zuwarten sollen. Aber wenn ich dann am Morgen aufstehe und zum Zug eile und mein Mann beim Kaffee noch die Zeitung liest, dann sage ich mir, genug ist genug.«

»Nun, Sie und Karen Grant scheinen sich wirklich auf persönliche Betreuung zu verstehen«, meinte Moody, während er sich in einen Sessel sinken ließ. »Erinnern Sie sich, wie Sie mir erzählten, daß Sie und Karen in der Nacht, in der Professor Grant starb, am Flughafen von Newark waren? Es gibt nicht viele Leute in der Reisebranche, die persönlich zum Flughafen fahren, selbst wenn ihr allerbester Kunde ankommt.«

Anne Webster schien über das Kompliment erfreut. »Die Dame, die wir abgeholt haben, ist schon recht betagt«, sagte sie. »Es gibt für sie nichts Schöneres als Reisen, und sie nimmt gewöhnlich eine ganze Schar Freunde und Verwandte auf ihre Kosten mit. Letztes Jahr haben wir für sie und acht weitere Leute eine Kreuzfahrt erster Klasse rund um die Welt gebucht. An dem Abend, an dem wir sie abholten, hatte sie eine Reise abgekürzt und kam allein zurück, weil sie sich nicht wohl fühlte. Ihr Chauffeur war zufällig gerade abwesend, also hatten wir uns erboten, sie am Flughafen abzuholen. Ist ja wirklich nichts Besonderes, wenn es darum geht, sie bei der Stange zu halten.«

»Die Maschine ist um halb zehn eingetroffen, wenn ich mich richtig erinnere«, sagte Brendon beiläufig.

»Nein, sie sollte um halb zehn eintreffen, und wir kamen um neun am Flughafen an. Der Flug hatte sich in London verzögert, und man sagte uns, es würde zehn werden, also gingen wir in die VIP-Lounge.«

Brendon warf einen Blick auf seine Notizen. »Und dann ist das Flugzeug, wie Sie sagten, um zehn gelandet.«

Anne Webster wurde verlegen. »Ich hatte mich geirrt. Nach dem letzten Gespräch mit Ihnen wurde mir klar, daß es fast halb eins geworden war.«

»Halb eins!«

»Ja. Als wir in die Lounge kamen, sagten die uns, die Computer seien ausgefallen, und es würde spät werden. Aber Karen und ich haben uns auf dem Fernseher in der Lounge einen Film angesehen, und die Zeit verging uns ziemlich schnell.«

»Das kann ich mir vorstellen«, warf die Sekretärin

lachend ein. »Wahrscheinlich haben Sie den ganzen Film verschlafen, Mrs. Webster.«

»Ganz sicher nicht«, widersprach Anne Webster etwas indigniert. »Die zeigten *Spartacus.* Das war vor Jahren einmal einer meiner Lieblingsfilme, und jetzt haben sie die Stellen eingefügt, die man damals rausgeschnitten hatte. Ich habe kein Auge zugetan.«

Moody ließ es dabei bewenden. »Karen Grant ist mit einem gewissen Edwin befreundet, einem Reiseschriftsteller, nicht wahr?« Als er das sagte, entging ihm der Gesichtsausdruck der Sekretärin nicht, ihre zusammengepreßten Lippen und das Stirnrunzeln. Wenn sie allein war, würde er dieses Thema noch einmal anschneiden.

»Mr. Moody, eine Geschäftsfrau lernt viele Männer kennen. Das führt dann natürlich dazu, daß sie mit ihnen zu Mittag oder zu Abend ißt, und es stört mich, daß man heutzutage in so etwas noch etwas Ungehöriges hineininterpretieren kann.« Anne Webster schien der Punkt recht wichtig. »Karen Grant ist eine attraktive junge Frau, die hart arbeitet. Sie war mit einem brillanten Professor verheiratet, der durchaus Verständnis dafür hatte, daß sie sich ihr eigenes Leben aufbaute. Allan Grant war ihr gegenüber ungewöhnlich großzügig. Sie hat über ihn immer nur das Beste gesagt. Und ihre Beziehungen zu anderen Männern waren durch und durch ehrenhaft.«

Connie Santinis Schreibtisch stand schräg hinter dem von Anne Webster. Sie fing Brendons Blick auf und verdrehte die Augen.

88

Die Dienstbesprechung in der Klinik am 8. Juli war fast zu Ende. Es gab nur noch einen Fall zu diskutieren: Laurie Kenyon. Justin Donnelly wußte sehr wohl, daß ihr Fall alle in höchstem Maße beschäftigte.

»Wir machen Fortschritte«, sagte er. »Möglicherweise

sind wir sogar im Begriff, dem auf die Spur zu kommen, was ihr in jenen fehlenden zwei Jahren widerfahren ist. Das Problem ist nur, daß wir nicht mehr genug Zeit haben. Laurie wird heute nachmittag nach Hause entlassen und von nun an ambulant behandelt werden. In ein paar Wochen wird sie vor Gericht treten und sich des Totschlags schuldig bekennen.«

In dem Raum herrschte Stille. Außer Dr. Donnelly saßen noch vier weitere Personen am Konferenztisch: zwei Psychiater, die Kunsttherapeutin und die Tagebuchtherapeutin. Kathie, die Tagebuchtherapeutin, schüttelte den Kopf. »Doktor, ganz gleich, welche ihrer zusätzlichen Persönlichkeiten in das Tagebuch schreibt, keine von ihnen gibt zu, Allan Grant getötet zu haben.«

»Das ist mir bekannt«, sagte Justin. »Ich habe Laurie gebeten, mit uns zu Grants Haus in Clinton zu fahren, um nachzustellen, was in jener Nacht geschehen ist. Aber wenn es um Grants Tod geht, mauert sie.«

»Das deutet doch darauf hin, daß weder sie noch irgendeine ihrer Alternativpersönlichkeiten sich an das erinnern will, was dort vorgefallen ist?«

»Schon möglich.«

»Doktor, sehen Sie sich diese Zeichnungen an. Die neuesten Strichfiguren sind viel detaillierter.« Pat, die Kunsttherapeutin, reichte ein paar Zeichnungen herum. »Die sehen doch eindeutig so aus, als würde eine Frauengestalt eine Art Halskette tragen. Können Sie sie nicht dazu bringen, darüber zu reden?«

Als Laurie eine Stunde später in Justins Büro kam, trug sie eine hellrosa Leinenjacke und einen weißen Faltenrock. Sarah begleitete sie, und Justins Kompliment bezüglich der Kleidung ihrer Schwester bereitete ihr sichtlich Freude. »Es ist mir gestern beim Einkaufen aufgefallen«, erklärte sie, »und dies ist schließlich ein wichtiger Tag.«

»Freiheit«, sagte Laurie leise, »kurz und beängstigend, aber dennoch wohltuend.«

Und dann fügte sie völlig unerwartet hinzu: »Vielleicht ist's Zeit, daß ich einmal Ihre Couch ausprobiere, Doktor.«

Justin bemühte sich, lässig zu klingen. »Aber gern. Gibt es irgendeinen Grund, daß Sie das ausgerechnet heute wollen?«

Sie schlüpfte aus ihren Schuhen und streckte sich auf der Couch aus. »Vielleicht kommt es daher, daß ich mich in der Gesellschaft von euch beiden wohl fühle.« Sie zögerte. »Sarah hat gesagt, ich habe nach meinem Schuldbekenntnis etwa sechs Wochen bis zum Urteilsspruch. Der Staatsanwalt hat sich bereit erklärt, dafür zu plädieren, daß ich bis zum Urteilsspruch auf Kaution frei bleiben darf. Ich weiß, daß ich unmittelbar nach der Urteilsverkündung ins Gefängnis gehen muß, also werde ich diese sechs Wochen wirklich genießen. Wir werden Golf spielen und die Wohnung herrichten, damit ich etwas habe, woran ich mich erinnern kann, während ich weg bin.«

»Ich hoffe, Sie werden nicht vergessen, zu den Sitzungen bei mir zu kommen, Laurie.«

»O nein. Wir werden jeden Tag kommen. Es gibt nur so viel, was ich tun möchte. Ich sehne mich danach, wieder Auto zu fahren. Gregg hat eine neues Cabrio. Ich gehe nächste Woche mit ihm golfen.« Sie lächelte. »Es ist wirklich schön, daß ich mich darauf freuen kann, mit ihm auszugehen, und keine Angst zu haben brauche, daß er mir weh tun wird. Das ist der Grund, weshalb ich mich auf die Couch legen kann. Ich weiß, Sie werden mir auch nicht weh tun.«

»Nein, das werde ich nicht«, sagte Justin. »Sind Sie in Gregg verliebt, Laurie?«

Sie schüttelte den Kopf. »Das wäre zuviel gesagt. Ich bin viel zu durcheinander, um irgend jemanden zu lieben, wenigstens so, wie Sie das meinen. Aber der erste Schritt ist doch, daß es einem einfach Spaß macht, mit jemandem zusammenzusein, oder?«

»Ja, so ist es. Laurie, könnte ich mit Kate sprechen?«

»Wenn Sie wollen.« Sie klang gleichgültig.

Seit Wochen hatte Justin Laurie nicht zu hypnotisieren brauchen, um die anderen Persönlichkeiten herbeizurufen. Jetzt richtete Laurie sich auf, drückte die Schultern zurück, und ihre Augen verengten sich. »Was ist denn nun schon wieder, Doktor?« Es war Kates Stimme.

»Kate, ich bin ein wenig beunruhigt«, sagte Justin. »Ich möchte, daß Laurie ihren Frieden mit sich selbst und mit allem, was geschehen ist, macht, aber erst dann, wenn die ganze Wahrheit herausgekommen ist. Sie vergräbt sie immer tiefer, nicht wahr?«

»Doktor, Sie fangen jetzt wirklich an, mir gründlich auf die Nerven zu gehen! Kapieren Sie denn wirklich nicht? Sie ist bereit, regelmäßig zu Ihnen zu kommen. Sie freut sich, wieder mit Gregg zusammenzusein. Sie weiß, daß der Tod ihrer Eltern ein schrecklicher Unfall war und nicht ihre Schuld. Der Typ an der Tankstelle, wo sie ihren Wagen prüfen lassen wollte, hatte behaarte Arme. Es war nicht ihre Schuld, daß er ihr einen solchen Schrecken eingejagt hat. Sie begreift das jetzt wirklich. Sind Sie denn nie zufrieden?«

»He, Kate, Sie wußten die ganze Zeit, weshalb Laurie diesen Servicetermin für ihren Wagen nicht eingehalten hat, und haben es mir nie gesagt? Warum sagen Sie es mir jetzt?«

Sarah dachte an Sam, den Tankstellenangestellten in Ridgewood. Sie hatte den Wagen erst gestern dort volltanken lassen. Sam war ein hünenhafter junger Mann mit kräftigen, muskulösen Armen. Gestern hatte er ein kurzärmeliges Hemd getragen, und ihr war aufgefallen, daß selbst seine Handrücken mit dickem, krausem Haar bedeckt waren.

Kate zuckte die Achseln. »Ich sage es Ihnen, weil ich einfach keine Lust mehr habe, alles für mich zu behalten. Außerdem wird dieser kleine Jammerlappen im Gefängnis in Sicherheit sein.«

»In Sicherheit vor was? Vor wem?« fragte Justin eindringlich. »Kate, das dürfen Sie ihr nicht antun. Sagen Sie uns, was Sie wissen.«

»Ich weiß, daß die nicht an sie rankönnen, solange sie im Knast sitzt. Sie kann ihnen nicht entkommen. Wenn sie nicht bald ins Gefängnis geht, werden die etwas unternehmen.«

»Wer hat sie denn bedroht? Kate, bitte.« Justin bettelte förmlich.

Sie schüttelte den Kopf. »Doktor, ich bin es leid, Ihnen immer wieder zu sagen, daß ich schließlich nicht alles weiß, und der kleine Junge, der es weiß, will nicht mit Ihnen reden. Das ist der Alleswisser.«

Sarah sah zu, wie der aggressive Ausdruck in Lauries Zügen verschwamm, während sie sich langsam zurücklehnte und sich wieder auf der Couch ausstreckte. Und dann schloß sie die Augen, und ihr Atem ging wieder gleichmäßig.

»Kate wird nicht mehr lange dasein«, flüsterte Justin Sarah zu. »Aus irgendeinem Grund hat sie das Gefühl, daß ihre Arbeit erledigt ist. Sarah, sehen Sie sich die an.« Er hielt ihr Lauries Zeichnungen hin. »Sehen Sie diese Strichfigur? Können Sie mit der Halskette etwas anfangen, die sie trägt?«

Sarah runzelte die Stirn. »Irgendwie kommt sie mir bekannt vor, als hätte ich sie schon einmal gesehen.«

»Vergleichen Sie einmal diese beiden«, sagte Justin. »Die sind voller Details. Sie sehen, daß die Fassung in der Mitte oval und von Brillanten umgeben ist. Sagt Ihnen das etwas?«

»Ich weiß nicht…«, sinnierte Sarah. »Meine Mutter hatte ein paar sehr schöne Schmuckstücke. Die sind alle im Banksafe. Ein Anhänger ist auch dabei. Er hatte kleine Diamanten um den Stein in der Mitte – was war es denn? – ein Aquamarin? Nein: Ich sehe den Anhänger ganz deutlich vor mir… Es ist…«

»Sprich das Wort nicht aus. Das ist verboten.« Der Befehl kam in einer jungen, erschreckten, aber irgendwie selbstbewußten knabenhaften Stimme. Laurie hatte sich aufgesetzt und starrte Sarah eindringlich an.

»Was ist das für ein verbotenes Wort?« fragte Justin.

»Sag es nicht.« Die knabenhafte Stimme, die von Lauries Lippen kam, bettelte und befahl gleichzeitig.

»Du bist der kleine Junge, der letzten Monat gekommen ist, um mit uns zu reden«, sagte Justin. »Wir kennen deinen Namen immer noch nicht.«

»Es ist nicht erlaubt, Namen zu nennen.«

»Nun, dir mag es vielleicht verboten sein, aber nicht Sarah. Sarah, erinnern Sie sich an den Stein, der im Anhänger Ihrer Mutter war?«

»Es war ein Opal«, sagte Sarah leise.

»Und was bedeutet ›Opal‹ für dich?« fragte Justin und wandte sich Laurie zu.

Laurie schüttelte den Kopf. Ihr Ausdruck wurde wieder ihr eigener. Sie wirkte verwirrt. »Bin ich eingeschlafen? Ich fühle mich plötzlich so schläfrig. Was haben Sie mich gefragt? Opal? Nun, das ist ein Edelstein. Sarah, hatte Mama nicht einen hübschen Opal-Anhänger?«

89

Als sie die Tafel mit der Aufschrift WILLKOMMEN IN RIDGEWOOD passierten, spürte Opal wieder, wie sich die Spannung in ihr aufbaute. Wir sehen völlig anders aus, versicherte sie sich selbst, und strich den Rock ihres blauweißen, konservativ geschnittenen Kleides glatt; es hatte einen V-Ausschnitt, lange Ärmel und einen schmalen Gürtel. Dazu trug sie dunkelblaue Schuhe und eine passende Handtasche. Ihr einziger Schmuck bestand aus einer einfachen Perlenkette und ihrem Ehering. Vor ein paar Stunden hatte sie sich das Haar schneiden und tönen lassen. Jetzt war jede einzelne der aschblonden Strähnen sorgfältig frisiert. Eine große, blaugetönte Sonnenbrille verdeckte ihre Augen und veränderte die Konturen ihres Gesichts auf subtile Art.

»Du siehst wirklich sehr vornehm aus, Carla«, hatte Bic nach einem anerkennenden Blick gesagt, ehe sie das Wyndham verließen. »Mach dir keine Sorgen. Es besteht nicht die leiseste Gefahr, daß Lee dich erkennt.«

Er selbst trug ein gestärktes, weißes, langärmeliges Hemd, einen beigen, einreihigen Sommeranzug und eine in Beige und Weiß gehaltene Krawatte mit braunen Tupfen. Sein Haar war jetzt silbern, und er hatte es straff nach hinten gekämmt, so daß von den lockigen Wellen, auf die er früher so stolz gewesen war, nicht das geringste zu erkennen war. Er hatte sich sogar seine Handrücken rasiert und war das perfekte Abbild eines würdevollen Priesters.

Ihr Wagen bog in die Twin Oaks Road. »Das war einmal das rosa Haus«, sagte Bic sarkastisch und deutete darauf. »Erwähne es ja nicht wieder und sprich das kleine Mädchen auch nicht mit Lee an. Nenne sie Laurie, wenn du mit ihr sprichst, was du aber möglichst nicht tun solltest.«

Opal wollte Bic daran erinnern, daß er derjenige war, der sie in der Sendung als Lee bezeichnet hatte, wagte es aber nicht. Vielmehr ging sie die paar Worte noch einmal durch, die sie mit Laurie wechseln würde, wenn sie ihr gegenüberstand.

In der Einfahrt standen drei Wagen. Der eine gehörte der Haushälterin, den erkannten sie sofort; der zweite, ein BMW, gehörte Sarah. Aber der dritte, ein Oldsmobile mit einer New Yorker Nummer – wem gehörte der?

»Es ist jemand zu Besuch«, sagte Bic. »Damit könnte der Herr uns einen Zeugen gesandt haben, der, falls notwendig, bestätigen kann, daß Lee uns begegnet ist.«

Es war fünf Uhr. Die schräg einfallenden Strahlen der Nachmittagssonne ließen die strahlendblauen Hortensien leuchten, die das Haus säumten.

Bic bog in die Einfahrt. »Wir werden nur einen Augenblick bleiben, selbst wenn sie uns zum Bleiben auffordern.«

Sarah, Laurie und Justin saßen im Wohnzimmer, und Sophie, die Laurie gerade fest umarmt hatte, servierte lächelnd Tee.

Justin hatte Sarah mit dem Vorschlag überrascht, sie zu begleiten. »Es könnte gut sein, wenn ich zugegen bin, wenn Laurie nach Hause kommt«, meinte er. »Ich rechne nicht unbedingt mit einer negativen Reaktion, aber sie ist jetzt seit fünf Monaten nicht mehr daheim gewesen; sie wird von einer ganzen Menge Erinnerungen überflutet werden. Wir können an meinem Apartment vorbeifahren, dann hole ich meinen Wagen und fahre hinter Ihnen her.«

»Und außerdem wollen Sie dabei sein, falls es irgendwelche Durchbrüche geben sollte«, hatte Sarah hinzugefügt.

»Auch das.«

»Nun, ich wäre wirklich froh, wenn Sie mitkommen würden. Ich glaube, ich habe vor dieser Heimkehr genausoviel Angst wie Laurie.«

Sarah hatte unbewußt die Hand ausgestreckt, und Justin hatte sie ergriffen. »Sarah, wenn Laurie anfängt, ihre Strafe abzusitzen, müssen Sie mir versprechen, daß Sie sich selbst auch psychiatrisch beraten lassen. Keine Sorge, nicht durch mich. Ich bin sicher, daß Sie das nicht wollen. Aber es wird hart für Sie sein.«

Als sie die Wärme seiner Hand spürte, war Sarahs Angst für einen Augenblick verflogen.

Als es nun an der Tür klingelte, war sie besonders dankbar dafür, daß Justin da war. Laurie, die den Arzt im Haus herumgeführt hatte, wirkte plötzlich verängstigt. »Ich will niemanden sehen.«

Sophie murmelte: »Ich wette zehn zu eins, es sind wieder die beiden.«

Sarah biß sich auf die Unterlippe. Herrgott, diese Leute waren wirklich allgegenwärtig. Sie konnte hören, wie Reverend Hawkins Sophie erklärte, daß er eine Schachtel mit wichtigen Papieren versehentlich mit anderen Sachen hierher nach Ridgewood geschickt hätte. »Wenn ich nur kurz in den Keller gehen und sie holen könnte, wären wir Ihnen sehr dankbar«, sagte er.

»Es sind die Leute, die das Haus gekauft haben«, erklärte Sarah Justin und Laurie. »Keine Sorge. Ich werde sie nicht zum Platznehmen auffordern, aber ich sollte wohl kurz mit ihnen sprechen. Ich bin sicher, sie haben meinen Wagen bemerkt.«

»Ich glaube nicht, daß Sie sich die Mühe machen müssen«, meinte Justin, als sich Schritte näherten. Im nächsten Augenblick standen Bic und Opal in der Tür.

»Sarah, meine Liebe, ich muß mich entschuldigen. Ich suche ein paar Geschäftsunterlagen, die mein Steuerberater dringend braucht. Und das ist wohl Laurie?«

Laurie hatte neben Sarah auf dem Sofa gesessen und stand jetzt auf. »Sarah hat mir von Ihnen und Mrs. Hawkins erzählt.«

Bic blieb unter der Tür stehen. »Wir sind wirklich entzückt, Ihre Bekanntschaft zu machen, Laurie. Ihre Schwester ist einfach großartig; sie spricht viel von Ihnen.«

»Wirklich großartig«, tönte es wie ein Echo aus Opals Mund. »Und wir sind so glücklich, in dieses wunderschöne Haus einziehen zu dürfen.«

Bic wandte sich zu Justin. »Reverend und Mrs. Hawkins, Dr. Donnelly«, stellte Sarah vor.

Zu ihrer großen Erleichterung sagte Hawkins, nachdem er kurz ein »Erfreut, Sie kennenzulernen« gemurmelt hatte: »Wir wollen ganz bestimmt nicht stören. Wenn wir nur in den Keller hinuntergehen und die Papiere holen dürfen, dann gehen wir gleich wieder. Ich wünsche einen guten Tag.«

In jenen ein oder zwei Minuten begriff Sarah, daß die Hawkins es geschafft hatten, Laurie die Heimkehr zu verderben. Sie verstummte und rührte sich nicht mehr vom Fleck.

Sarah war dankbar, als Justin ihre Einladung zum Abendessen annahm. »Sophie hat für eine ganze Armee gekocht«, sagte sie.

Auch Laurie war sichtlich froh darüber. »Ich fühle mich besser, wenn Sie hier sind, Dr. Donnelly.«

Das Abendessen war überraschend angenehm. Der kalte Hauch, den die Hawkins ins Haus getragen hatten, verflog, als sie den köstlichen Fasan mit wildem Reis aßen, den Sophie zubereitet hatte. Während sie beim Kaffee saßen, entschuldigte sich Laurie und ging in ihr Zimmer hinauf. Als sie wieder herunterkam, trug sie eine kleine Reisetasche in der Hand. »Doktor«, sagte sie, »ich kann nicht anders. Ich fahre mit Ihnen zurück und schlafe in der Klinik. Sarah, es tut mir so leid, aber ich weiß, daß mir in diesem Haus etwas Schreckliches passieren wird, und ich will nicht, daß das heute nacht geschieht.«

90

Als Brendon Moody Sarah am nächsten Morgen anrief, konnte er hören, wie im Hintergrund Türen geöffnet und wieder geschlossen und Möbel bewegt wurden. »Wir ziehen aus«, erklärte ihm Sarah. »Laurie fühlt sich nicht sicher in diesem Haus. Die Wohnung ist zwar noch nicht ganz fertig, aber die können ja die letzten Arbeiten auch später erledigen.« Sie berichtete ihm, daß Laurie in der vergangenen Nacht in die Klinik zurückgekehrt war.

»Ich werde sie heute am späten Nachmittag abholen« fuhr sie fort, »dann fahren wir direkt zu der Wohnung. Sie kann mir sogar beim Einräumen helfen.«

»Geben Sie nur den Hawkins keinen Schlüssel zu der neuen Wohnung«, sagte Brendon säuerlich.

»Das habe ich nicht vor. Die beiden treiben mich noch zur Weißglut. Aber bedenken Sie …«

»Ich weiß schon. Sie haben einen Spitzenpreis bezahlt und Sie auch nach dem Verkauf noch bleiben lassen. Wie haben Sie es nur geschafft, so schnell ein Umzugsunternehmen zu bekommen?«

»Das war nicht einfach.«

»Ich komme hinüber und helfe Ihnen beim Einpacken.«

Als Brendon eintraf, war der Umzug bereits voll im Gange. Sarah hatte sich ein Tuch um den Kopf gebunden und trug Khakishorts und eine Baumwollbluse. Sie war damit beschäftigt, die Möbel zu kennzeichnen, die die Hawkins gekauft hatten.

»Ich werde es nicht schaffen, heute alles von hier wegzubringen«, erklärte sie Brendon. »Aber dann drehe ich den Spieß eben um. Wir haben vereinbart, daß mir dieses Haus bis zum fünfundzwanzigsten August zur Verfügung steht, und ich werde so frei sein, hier ein und aus zu gehen, um mir das auszusuchen, wofür ich mich jetzt noch nicht entscheiden kann.«

Sophie war in der Küche. »Ich hätte nie gedacht, daß ich einmal froh sein würde, dieses Haus zu verlassen«, meinte sie. »Diese beiden haben wirklich Nerven. Fragen mich die doch glatt, ob ich ihnen beim Einziehen helfen würde, wenn sie das Haus beziehen. Aber die Antwort darauf lautet nein.«

Brendon spürte, wie sich seine Antennen aufstellten. »Was gefällt Ihnen denn nicht an ihnen, Sophie? Sie haben ja gehört, Sarah findet, daß sie ihr einen großen Gefallen getan haben.«

Sophie schnaubte, und ihr rundes, sonst freundliches Gesicht verzog sich angewidert. »Es ist irgend etwas, das die beiden an sich haben. Wie oft muß man denn Zimmer und Einbauschränke studieren, um zu entscheiden, ob man sie jetzt größer macht oder sie aufteilt? Für mich reden die beiden zuviel. Und all die Schachteln, die sie in den Keller getragen haben! Sie brauchen ja bloß eine aufzuheben – federleicht. Ich wette, die sind nicht einmal halb voll. Aber das hat sie nicht abgehalten, immer wieder welche anzuschleppen. Nur ein Vorwand, um hier rumzuschnüffeln, da bin ich ganz sicher. Wetten, daß der Reverend Lauries Geschichte in einem seiner Programme bringt?«

»Sophie, Sie sind eine sehr kluge Frau«, sagte Brendon leise. »Möglicherweise haben Sie den Nagel auf den Kopf getroffen.«

Sarah bat Brendon, den Inhalt ihres Schreibtisches einzupacken, darunter auch Lauries Akten aus der mittleren Schublade. »Ich brauche sie in der gleichen Reihenfolge«, schärfte sie ihm ein. »Ich blättere sie immer durch und hoffe, daß mich irgend etwas plötzlich anspringt.«

Brendon stellte fest, daß auf der obersten Mappe ›Huhn‹ stand. »Was ist denn das?«

»Ich sagte Ihnen doch, daß auf dem Foto von Laurie, das Dr. Donnelly zusammensetzen und vergrößern ließ, im Hintergrund ein Hühnerstall war und daß irgend etwas an diesem Bild Laurie total verschreckt hat.«

Moody nickte. »Ja, daran erinnere ich mich.«

»Mich beschäftigt das schon eine ganze Weile, und jetzt ist mir auch klargeworden, warum. Letzten Winter konsultierte Laurie Dr. Carpenter, einen Psychiater aus Ridgewood. Ein paar Tage vor Allan Grants Tod verließ sie Carpenters Praxis und geriet unter Schock. Wie es scheint, wurde er dadurch ausgelöst, daß sie im Vorraum der Praxis auf einen Hühnerkopf trat.«

Moody legte den Kopf etwas zur Seite, so wie ein Jagdhund, der Witterung aufnimmt. »Sarah, wollen Sie damit sagen, daß der abgeschnittene Kopf eines Huhns zufällig im Eingang zur Praxis eines Psychiaters lag?«

»Dr. Carpenter hatte einen stark geistesgestörten Mann behandelt, der immer wieder unangemeldet auftauchte und von dem die Polizei annahm, er hätte etwas mit einem Voodookult zu tun. Brendon, mir oder Dr. Carpenter ist es damals überhaupt nicht in den Sinn gekommen, daß das in irgendeiner Weise mit Laurie in Verbindung stehen könnte. Aber jetzt fange ich an, mir Gedanken zu machen.«

»Ich weiß nicht, was ich davon halten soll«, erklärte er. »Aber ich weiß, daß es da eine Frau gibt, die Danny

O'Toole über Sie und Ihre Aktivitäten hat berichten lassen. Danny wußte, daß Laurie einen Psychiater in Ridgewood konsultierte, das hat er mir gegenüber erwähnt. Und das bedeutet, daß seine Auftraggeberin, wer auch immer das war, es ebenfalls wußte.«

»Brendon, ist es möglich, daß jemand, der wußte, welche Auswirkung das auf Laurie haben würde, den Hühnerkopf dort absichtlich hingelegt hat?«

»Das weiß ich nicht. Aber eines will ich Ihnen sagen: Ich habe es tief in meinen Knochen gespürt, daß Danny nicht von einer Versicherungsgesellschaft bezahlt wurde. Danny dachte, seine Klientin wäre Allan Grants Frau, aber ich habe das nie geglaubt.«

Brendon sah, daß Sarah vor Müdigkeit und Aufregung zitterte. »Beruhigen Sie sich«, sagte er. »Ich werde morgen bei Danny O'Toole vorbeisehen, und – das verspreche ich Ihnen, Sarah – ehe ich mit ihm fertig bin, werden wir beide wissen, wer diesen Bericht über Sie und Laurie in Auftrag gegeben hat.«

91

Auf der Fahrt zurück in die Klinik war Laurie sehr still gewesen. Die Nachtschwester meldete Justin am darauffolgenden Morgen, daß sie unruhig geschlafen und im Schlaf laut geredet hätte.

»Haben Sie etwas verstehen können?« wollte Justin wissen.

»Nur einzelne Worte. Ich bin ein paarmal hineingegangen. Sie murmelte die ganze Zeit etwas von einem Band, das bindet.«

»Einem Band, das bindet?« Justin runzelte die Stirn. »Warten Sie. Das stammt aus einem Kirchenlied.« Er summte ein paar Takte. »Ja, das ist es. ›Gesegnet sei das Band, das bindet...‹«

Als Laurie später zur Therapiesitzung kam, wirkte sie

ruhig, aber müde. »Doktor, Sarah hat gerade angerufen. Sie kommt erst heute nachmittag. Wissen Sie, warum? Wir ziehen heute in die Wohnung um. Ist das nicht großartig?«

»He, das ging aber schnell.« Klug von Sarah, dachte Justin. Dieses Haus enthält zu viele Erinnerungen. Er war immer noch nicht sicher, was gestern in Laurie einen so drastischen Sinneswandel ausgelöst hatte. Es war passiert, als die Hawkins ins Haus gekommen waren. Aber sie waren nicht einmal eine Minute geblieben. Lag es daran, daß sie Fremde waren und deshalb für Laurie eine Bedrohung darstellten?

»Was mir an der Wohnung gefällt, ist, daß es am Tor einen Sicherheitswächter gibt«, sagte Laurie. »Wenn jemand klingelt, dann kann man eine Fernsehkamera einschalten und auf diese Weise nie einen Fehler machen und einen Fremden einlassen.«

»Laurie, Sie haben gestern gesagt, in dem Haus würde Ihnen etwas Schreckliches zustoßen. Lassen Sie uns darüber reden.«

»Ich will nicht darüber reden, Doktor. Ich werde ohnehin nicht mehr dort wohnen.«

»Also gut. Letzte Nacht waren Sie im Schlaf anscheinend recht gesprächig.«

Das schien sie zu amüsieren. »Wirklich? Papa hat immer gesagt, wenn ich irgend etwas nicht im Laufe des Tages losgeworden wäre, würde ich ganz sicher in der Nacht zu Wort kommen.«

»Die Schwester hat nicht sehr viel von dem verstanden, was Sie gesagt haben, nur ›das Band, das bindet‹ hat sie gehört. Erinnern Sie sich, was Sie geträumt haben, als Sie das sagten?«

Donnelly beobachtete, wie Lauries Lippen jegliche Farbe verloren; die Augenlider sanken herunter, sie faltete die Hände, und ihre Beine baumelten vom Stuhl. »›Gesegnet sei das Band, das bindet …‹« Die Kinderstimme sang klar und deutlich und verstummte dann wieder.

»Debbie, das bist du, nicht wahr? Erzähl mir von dem Lied. Wann hast du es gelernt?«

Sie fing wieder zu singen an. »›Unsere Herzen in der Liebe Christi ...‹«

Und dann klappte sie abrupt den Mund zu.

»Verduften Sie und lassen Sie sie in Frieden, Mister!« befahl eine Knabenstimme. »Wenn Sie's unbedingt wissen müssen, im Hühnerstall hat sie's gelernt.«

92

Brendon Moody suchte um neun Uhr früh Danny O'Tooles Büro auf. Er war entschlossen, den Privatdetektiv diesmal nüchtern zu erwischen.

»Danny«, begann er, »ich will nicht um den heißen Brei rumreden. Wahrscheinlich haben Sie schon gehört, daß Laurie Kenyon wieder zu Hause ist.«

»Ja, das habe ich.«

»Hat irgend jemand mit Ihnen Verbindung aufgenommen und verlangt, daß Sie sie wieder überwachen?«

Danny verdrehte die Augen. »Brendon, Sie wissen ganz genau, daß die Beziehung zwischen einem Klienten und einem Privatdetektiv ebenso geheiligt wie die Beichte ist.«

Brendon ließ seine Faust auf den Tisch krachen. »Nicht in diesem Fall. Und ganz bestimmt nicht in einem Fall, wo jemand dank der Aktivitäten eines Detektivs in Gefahr gerät.«

Dannys gerötetes Gesicht wurde bleich. »Was soll das heißen?«

»Es soll heißen, daß jemand der Lauries Zeitplan kannte, ganz gezielt versucht hat, ihr angst zu machen, indem er einen abgeschnittenen Hühnerkopf an eine Stelle legte, wo sie darauf stoßen mußte. Das bedeutet, daß ich ganz sicher bin, daß Sie nicht von einer Versicherungsgesellschaft angeheuert worden sind. Und daß Allan Grants Witwe es war, glaube ich auch nicht.

Danny, ich habe drei Fragen an Sie, und ich möchte klare Antworten darauf. Erstens, wer hat Sie bezahlt, und wie hat man Sie bezahlt? Zweitens, wohin haben Sie Ihre Berichte über die Kenyon-Schwestern geschickt? Drittens, wo sind die Kopien dieser Informationen?«

Die beiden Männer funkelten einander einen Augenblick lang an. Dann stand Danny auf, zog einen Schlüssel aus der Tasche, schloß den Aktenschrank auf und durchwühlte die Ordner. Schließlich zog er einen heraus und reichte ihn Brendon. »Da stehen sämtliche Antworten«, erklärte er. »Der Anruf kam von einer Frau, die sich als Jane Graves vorstellte und sagte, sie vertrete jemanden, der möglicherweise wegen des Unfalls der Kenyons belangt werden könnte. Sie wollte, daß ich Ermittlungen über die Schwestern anstellte. Wie ich Ihnen schon sagte, begann das gleich nach dem Begräbnis der Eltern und dauerte an, bis Laurie Kenyon wegen Mordes an Allan Grant verhaftet wurde. Ich habe die Berichte samt Rechnung an ein Postfach in New York City geschickt. Die Honoraranzahlung und alle weiteren Rechnungen wurden per Scheck auf eine Bank in Chicago bezahlt.«

»Per Scheck«, schnaubte Brendon. »Ein Postfach. Und das ist Ihnen nicht verdächtig vorgekommen?«

»Wenn man in Ehescheidungsgeschichten tätig ist, so wie ich, kommt es oft vor, daß die Leute, die einen anheuern, sehr auf ihr Inkognito bedacht sind«, erwiderte Danny. »Sie können sich auf meinem Xerox-Gerät eine Kopie dieser Akte machen. Und vergessen Sie ja nicht, von mir haben Sie sie nicht bekommen.«

Am Tag darauf suchte Brendon die neue Wohnung der Kenyons auf. Sarah war mit Sophie beim Einräumen; Laurie war nach New York gefahren. »Sie ist selbst gefahren. Sie war ganz erpicht darauf. Ist das nicht großartig?«

»Hat sie denn keine Angst?«

»Sie sperrt immer alle Wagentüren ab und wird unmittelbar vor der Klinik parken. Sie hat jetzt Telefon im Auto. Deshalb fühlt sie sich sicher.«

»Vorsicht kann nie schaden«, sagte Brendon und legte Dannys Akte auf ihren Schreibtisch. »Sehen Sie sich das an.«

Sie fing an zu lesen, und ihre Augen weiteten sich erstaunt. »Mein Gott, das ist ja eine minutiöse Schilderung unseres Lebens. Können Sie sich vorstellen, wer das über uns wissen möchte? Gibt es irgend jemanden, der so etwas wissen will?« Sie blickte zu Brendon auf.

»Das möchte ich herausfinden, und wenn ich die Archive dieser Bank in Chicago sprengen muß«, sagte Brendon grimmig.

»Brendon, wenn wir beweisen können, daß Laurie von jemandem unter extremen Druck gesetzt wurde, der wußte, wie man sie erschrecken konnte, dann bin ich sicher, daß das den Richter beeinflussen wird.«

Brendon Moody wandte sich ab, als er die nackte Hoffnung in Sarahs Gesicht sah. Er beschloß, ihr nicht zu sagen, daß er aus purem Instinkt angefangen hatte, Karen Grant genauer unter die Lupe zu nehmen. Da ist einiges faul, dachte er, und es hat mit jener Dame zu tun. Was auch immer es war, er war fest entschlossen, die Antwort herauszufinden.

93

Das private Postfach in New York war unter dem Namen J. Graves gemietet und die Mietbeträge waren in bar entrichtet worden. Der für die Postfächer verantwortliche Angestellte, ein kleiner Mann mit pomadisiertem Haar und einem ungebügelten Anzug, konnte sich absolut nicht erinnern, wer das Fach geleert hatte. »Das Fach hat seit dem Februar dreimal den Besitzer gewechselt«, erklärte er

Moody. »Ich kriege mein Geld dafür, daß ich Post sortiere, und nicht, daß ich einen Freizeitclub führe.«

Brendon wußte, daß Postfächer dieser Art gewöhnlich von Lieferanten von Pornoliteratur und zwielichtigen Existenzen benutzt wurden, die nicht daran interessiert waren, eine Papierspur zu hinterlassen. Sein nächster Anruf galt der Citizen's Bank in Chicago, und während er auf die Verbindung wartete, drückte er sich selbst die Daumen. In manchen Banken konnte man einfach an den Schalter gehen, Geld hinlegen und Bankschecks kaufen, während andere Institute derartige Schecks nur an ihre Kontobesitzer ausgaben.

Der Leiter der Bankfiliale erklärte Brendon, in seinem Hause würden Bankschecks nur an Kontoinhaber ausgefertigt, die dafür auf ihren Spar- oder Scheckkonten belastet wurden. Geschafft, dachte Brendon. Aber dann erklärte ihm der Mann am anderen Ende der Leitung, wie nicht anders zu erwarten gewesen war, daß er ohne Gerichtsbeschluß keinerlei Auskünfte über Kunden seiner Bank oder deren Konten geben würde. »Den Gerichtsbeschluß werde ich besorgen, keine Sorge«, erklärte Moody grimmig.

»Ich habe einen Freund von der Universität, der in Chicago eine Kanzlei führt«, meinte Sarah. »Ich werde sehen, daß er einen entsprechenden Gerichtsbeschluß beibringt. Das wird zwar eine oder zwei Wochen dauern, aber wenigstens unternehmen wir etwas.«

»Freuen Sie sich nur nicht zu früh«, warnte Moody. »Ich habe da eine Theorie: Karen Grant verfügte sicherlich über die Mittel, um Danny anzuheuern. Wir wissen, daß Laurie Professor Grant gern mochte und ihm vertraute. Jetzt nehmen Sie nur einmal an, daß sie ihm etwas über Dinge erzählt hat, die ihr angst gemacht haben, und er dann mit seiner Frau darüber gesprochen hat.«

»Sie meinen, Karen Grant könnte versucht haben, Laurie abzuschrecken?«

»Das ist die einzige Erklärung, die mir in den Sinn kommt, und damit könnte ich natürlich meilenweit danebenliegen. Aber eines will ich Ihnen sagen, Sarah: Diese Frau ist eiskalt und versteckt sich hinter einer falschen Fassade.«

94

Am 24. Juli bekannte sich Laurie an Sarahs Seite des Totschlags an Professor Allan Grant schuldig.

In den Pressebänken des Gerichtssaals drängten sich die Reporter. Karen Grant saß in einem enganliegenden schwarzen Kleid und reichlich Goldschmuck hinter dem Vertreter der Anklage. Von den Besucherbänken aus verfolgten Studenten von Clinton und die üblichen Stammgäste das Verfahren und sogen den Akteuren jedes Wort von den Lippen.

Justin Donnelly, Gregg Bennett und Brendon Moody saßen in der ersten Reihe hinter Laurie und Sarah. Justin überkam ein überwältigendes Gefühl der Hilflosigkeit, als der Gerichtsdiener rief: »Bitte erheben Sie sich für das Gericht« und der Richter den Saal betrat. Laurie trug ein hellblaues Leinenkostüm, das ihre zarte Schönheit unterstrich. Sie sah eher wie achtzehn als wie zweiundzwanzig aus, als sie mit leiser, aber fester Stimme die Fragen des Richters beantwortete. Sarah wirkte noch zerbrechlicher als ihre Schwester, dachte Justin. Ihr dunkelrotes Haar hob sich wie eine Flamme vor ihrem hellgrauen Blazer ab, der ihr irgendwie zu groß zu sein schien, und er fragte sich, wieviel sie wohl abgenommen haben mochte, seit dieser Alptraum angefangen hatte.

Während Laurie die Fragen des Richters beantwortete, schien der ganze Gerichtssaal von tiefer Hoffnungslosigkeit erfüllt. Ja, sie hätte verstanden, was ihr Schuldbekenntnis bedeutete. Ja, sie hatte sich gründlich mit dem Beweismaterial befaßt. Ja, sie und ihre Anwältin waren überzeugt, daß sie Allan Grant in einem Anfall von Wut und Leidenschaft getötet hatte, nachdem er ihre Briefe der Schulverwaltung ausgehändigt hatte. Und dann schloß sie mit den Worten: »Das Beweismaterial hat mich überzeugt, daß ich dieses Verbrechen begangen habe. Ich kann mich an überhaupt nichts erinnern, weiß aber, daß ich schuldig sein muß. Es tut mir so schrecklich leid. Er war so gut zu mir. Als er diese Briefe der Verwaltung übergab, hat mich das sehr verletzt, und ich war zornig; aber das lag daran, daß ich mich überhaupt nicht daran erinnern konnte, sie geschrieben zu haben. Ich möchte mich bei Professor Grants Freunden und Studenten und seinen Kollegen und Kolleginnen entschuldigen. Ich werde das nie wiedergutmachen können und weiß, daß sie meinetwegen einen wunderbaren Menschen verloren haben.« Sie wandte sich Karen Grant zu. »Es tut mir wirklich sehr, sehr leid. Wenn ich es könnte, würde ich gern mein Leben hingeben, um Ihnen Ihren Mann zurückzubringen.«

Der Richter setzte als Termin für die Urteilsverkündung den 31. August fest. Sarah schloß die Augen. Es ging alles so schrecklich schnell. Vor weniger als einem Jahr hatte sie ihre Eltern verloren, und jetzt sollte ihr auch noch die Schwester genommen werden.

Ein Beamter führte sie zu einem Seitenausgang, wo die Reporter sie nicht belästigen konnten. Sie fuhren schnell weg. Gregg saß am Steuer, Brendon neben ihm, Justin hatte sich neben Laurie und Sarah auf den Rücksitz gezwängt. Plötzlich sagte Laurie: »Ich möchte zu Professor Grants Haus fahren.«

»Du hast dich doch dagegen gesträubt, dorthin zu gehen. Warum willst du das jetzt plötzlich?« fragte Sarah.

Laurie preßte sich die Hände an den Kopf. »Als ich im Gerichtssaal vor dem Richter stand, dröhnten die Gedanken wie Trommeln in meinem Kopf, und ein kleiner Junge schrie immer wieder, ich sei eine Lügnerin.«

Gregg wendete vorschriftsmäßig auf der Straße. »Ich weiß, wo das Haus ist.«

Die Tafel eines Immobilienmaklers steckte im Rasen. Das weiße, im Ranchstil gehaltene Haus wirkte leer und verlassen, und der Rasen war ungemäht. Zwischen den Büschen sproß Unkraut. »Ich will hinein«, sagte Laurie.

»Da ist eine Telefonnummer der Maklerfirma angegeben«, meinte Moody und deutete auf die Tafel. »Wir könnten anrufen und fragen, ob sie uns einen Schlüssel geben.«

»Das Schloß an der Schiebetür hinten am Arbeitszimmer schließt nicht«, sagte Laurie, und dann lachte sie glucksend. »Ich muß das ja schließlich wissen. Ich habe die Tür oft genug aufgemacht.«

Sarah lief es eisig über den Rücken, als ihr klar wurde, daß Leona es war, die gelacht hatte.

Sie folgten ihr stumm, als sie sie um das Haus herum auf die mit Natursteinen belegte Terrasse führte. Eine Reihe hochgewachsener immergrüner Büsche schirmte die Terrasse von der Straße ab. Leona hatte in ihren Briefen an Allan Grant mehrfach erwähnt, daß sie ihn durch diese Tür beobachtet hätte. Kein Wunder, daß sie nicht von Passanten bemerkt worden war.

»Man meint zunächst, sie sei abgesperrt, aber man muß nur ein wenig daran rütteln...« Die Tür öffnete sich, und Leona trat ein.

Das Zimmer roch muffig. Ein paar Möbelstücke standen ungeordnet herum. Leona zeigte auf einen alten Ledersessel mit einem Schemel davor. »Das war sein Lieblingssessel. Manchmal ist er ein paar Stunden auf dem Stuhl gesessen. Ich habe ihn gern dabei beobachtet und mich manchmal, nachdem er zu Bett gegangen war, auf dem Stuhl zusammengekuschelt.«

»Leona«, sagte Justin, »Sie sind doch in der Nacht, in der Allan Grant starb, umgekehrt, um Ihre Handtasche zu holen. Debbie hat uns gesagt, er hätte geschlafen, als Sie weggegangen sind. Ihre Schultertasche und das Messer lagen neben ihm auf dem Boden. Zeigen Sie uns, was geschehen ist.«

Sie nickte, ging vorsichtig und fast lautlos auf den Korridor zu, der ins Schlafzimmer führte, und blieb dann stehen. »Es ist so still. Er schnarcht nicht mehr. Vielleicht ist er aufgewacht.« Auf Zehenspitzen ging sie zur Schlafzimmertür und hielt inne.

»Die Tür stand offen?« fragte Justin.

»Ja.«

»Brannte Licht?«

»Das Nachtlicht im Badezimmer? O nein!«

Sie ging mit unsicheren Schritten in das Zimmer und blickte nach unten. Dann veränderte sich ihre Körperhaltung abrupt. »Sehen Sie ihn an. Er ist tot. Die werden wieder Laurie die Schuld geben.« Die junge, knabenhafte Stimme, die aus Lauries Kehle drang, klang erschrocken. »Ich muß hier raus.«

Wieder der Junge, dachte Justin. Ich muß unbedingt an ihn herankommen. Er ist der Schlüssel zu allem.

Sarah sah voller Schrecken zu, wie Laurie, die nicht Laurie war, mit weit auseinandergespreizten Füßen, einem Gesicht mit volleren Wangen und schmalen Lippen die Augen schloß, sich nach vorn beugte und mit beiden Händen eine Bewegung machte, als würde sie etwas herausreißen.

Sie zieht das Messer aus der Leiche, dachte Sarah. O Gott. Justin, Brendon und Gregg standen reglos neben ihr, wie Zuschauer eines surrealistischen Stückes. Plötzlich schien Allan Grants Totenbett in dem leeren Raum zu stehen. Der Teppich war gereinigt worden, aber Sarah malte ihn sich mit Blut verspritzt aus, wie in jener Nacht.

Jetzt beugte sich der Junge, der im Augenblick Lauries Körper bewohnte, vor, um etwas vom Teppich aufzuheben.

Ihre Umhängetasche, dachte Sarah. Er versteckt das Messer in der Tasche.

»Ich muß hier raus«, sagte die verängstigte junge Stimme erneut. Die Füße, die in Wirklichkeit nicht Lauries Füße waren, hasteten zum Fenster, hielten inne. Der Körper, der nicht ihr Körper war, drehte sich um. Die Augen, die nicht ihre Augen waren, schweiften durch den Raum. Dann beugte sie sich vor, als würde sie etwas aufheben, und machte dann eine Bewegung, als würde sie etwas in eine Tasche schieben.

Deshalb hat man das Armband in Lauries Jeans gefunden, dachte Sarah.

Das Fenster wurde geöffnet, und dann stieg, immer noch die imaginäre Tasche an sich gepreßt, der Junge in Lauries Körper über den niedrigen Sims nach draußen.

Justin flüsterte: »Wir müssen ihm folgen.«

Draußen erwartete sie Leona. »In jener Nacht brauchte man das Fenster gar nicht zu öffnen«, sagte sie, als sei das die selbstverständlichste Sache der Welt. »Es stand bereits offen, als ich zurückkam. Deshalb war es in dem Zimmer so kalt geworden. Ich hoffe, Sie haben Zigaretten mitgebracht, Doktor.«

95

Bic und Opal wohnten der Gerichtsverhandlung gegen Laurie nicht bei. Für Bic war die Versuchung groß gewesen, aber ihm war natürlich klar, daß die Medien ihn erkennen würden. »Als Priester des Herrn und Freund der Familie wäre es durchaus angemessen, daß ich teilnehme«, sagte er, »aber Sarah lehnt alle Einladungen zum Abendessen ab und will auch nicht, daß wir Lee besuchen.«

Sie hielten sich jetzt häufig in dem Haus in Ridgewood auf. Opal haßte es. Es regte sie auf, daß Bic so oft in das Schlafzimmer ging, das Lee gehört hatte. Das einzige Möbelstück dort war ein altersschwacher Schaukelstuhl, der dem glich, den sie auf der Farm gehabt hatten. Stundenlang saß er darin und schaukelte und hielt den ausgebleichten rosa Badeanzug an sich gedrückt und streichelte ihn. Manchmal sang er auch religiöse Lieder, oder er hörte zu, wie Lees Spieldose mit schrillen Klimpertönen immer wieder dasselbe Lied spielte. »›In der ganzen Stadt herum... Jungs und Mädels zusammen...‹«

Liz Pierce, die Reporterin der Zeitschrift *People,* hatte sich einige Male mit Bic und Opal in Verbindung gesetzt, um Fakten und Daten zu verifizieren. »Sie waren im Nordteil des Staates New York und haben dort ihre Berufung gefunden. Sie haben beim Sender von Bethlehem, Pennsylvania, gepredigt und dann in Marietta, Ohio; in Louisville, Kentucky; in Atlanta, Georgia, und schließlich in New York. Das stimmt doch, oder?«

Opal lief es kalt über den Rücken, als ihr klar wurde, wie exakt Pierce die Zeit in Bethlehem eingegrenzt hatte. Aber niemand dort hatte Lee je zu Gesicht bekommen. Es gab keinen einzigen Menschen, der nicht einen heiligen Eid darauf geleistet hätte, daß sie allein gelebt hatten. Es konnte wirklich nichts passieren, sagte sie sich immer wieder.

An dem Tag, an dem Lee sich schuldig bekannte, rief Pierce an, um einen Fototermin zu vereinbaren. Man hatte das Predigerpaar für das Titelbild der Ausgabe vom 31. August ausgewählt.

96

Nach dem, was Brendon Moody in Allan Grants Schlafzimmer miterlebt hatte, drängte es ihn, sich ausführlich mit Dr. Donnelly zu unterhalten. Deshalb nahm er bereitwillig Sarahs Einladung zum Mittagessen in ihrer Wohnung an.

Als Sarah Donnelly bat, den Grill auf der Terrasse anzuheizen, war das seine Chance, und er folgte dem Psychiater. Draußen fragte er ihn leise: »Wäre es möglich, daß Laurie bzw. die Spaltpersönlichkeiten die Wahrheit gesagt haben, daß sie nämlich Allan Grant lebend verlassen hat und ihn dann tot auffand, als sie zurückkehrte?«

»Ich fürchte, es deutet mehr darauf, daß eine weitere Persönlichkeit in Lauries Körper, die wir bis jetzt noch nicht kennengelernt haben, Grant umgebracht hat.«

»Könnten Sie sich nicht vorstellen, daß sie möglicherweise völlig unschuldig ist?«

Donnelly legte die Holzkohlenbriketts sorgfältig auf dem Grillrost zurecht und griff nach dem Brennspiritus. »Möglich? Nun, möglich ist wahrscheinlich alles. Sie haben ja heute zwei von Lauries zusätzlichen Persönlichkeiten beobachtet, Leona und den Jungen. Es ist gut möglich, daß es noch ein Dutzend weitere gibt, die bis jetzt noch nicht zum Vorschein gekommen sind, und ich bin keineswegs sicher, daß sie das je tun werden.«

»Trotzdem werde ich das Gefühl nicht los ...« Brendon verstummte, als Sarah aus der Küche auf die Terrasse trat.

Auch sein Unbehagen gegenüber Karen Grant wurde Brendon Moody nicht los. Ende Juli schlenderte er an der Global Travel Agency vorbei und stellte fest, daß Anne Webster sich jetzt wohl endgültig in den Ruhestand begeben hatte. Wo früher einmal ihr Schreibtisch gestanden hatte, stand jetzt ein hübscher Tisch aus Kirschbaumholz, und auch sonst war die Einrichtung des Reisebüros eleganter geworden. Moody beschloß, daß die Zeit gekommen war, Karen Grants ehemalige Partnerin aufzusuchen, diesmal in ihrem Haus in Bronxville.

Anne machte Brendon gegenüber kein Hehl daraus, daß Karens Verhalten sie zutiefst verletzt hatte. »Sie hat mich die ganze Zeit gedrängt, und die Tinte auf dem Vertrag war noch nicht trocken, als sie mir auch schon erklärte, es sei nicht mehr notwendig, daß ich überhaupt ins Büro komme, sie würde schon allein klarkommen. Dann hat sie sofort meine Sachen weggeschafft und neue Möbel für ihren Galan hingestellt. Dabei habe ich sie immer verteidigt, wenn die Leute Bemerkungen über sie machten.

Heute komme ich mir richtig blöd vor. Die trauernde Witwe – daß ich nicht lache!«

»Mrs. Webster«, meinte Moody, »das ist jetzt sehr wichtig. Es könnte durchaus sein, daß Laurie Kenyon den Mord an Allan Grant gar nicht begangen hat. Trotzdem wird sie nächsten Monat ins Gefängnis wandern, wenn wir nicht beweisen können, daß jemand anders die Tat begangen hat. Würden Sie bitte noch einmal ganz gründlich über jenen Abend nachdenken, ich meine den, den Sie mit Karen Grant auf dem Flughafen verbracht haben. Schildern Sie mir jede Einzelheit, ganz gleich, wie unwichtig sie Ihnen auch vorkommen mag. Beginnen Sie mit der Fahrt nach Newark.«

»Wir sind um acht Uhr weggefahren. Karen hatte gerade mit ihrem Mann telefoniert und war ganz aufgeregt. Als ich sie danach fragte, sagte sie, es gäbe da ein hysterisches junges Mädchen, das ihn bedroht hätte, und den Ärger darüber würde er jetzt an ihr auslassen.«

»An ihr auslassen? Was hat sie damit gemeint?«

»Das weiß ich auch nicht. Ich mag Klatsch nicht und mische mich auch nicht in anderer Leute Angelegenheiten ein.«

»Mrs. Webster, bitte, was hat sie damit gemeint?«

»Karen hatte in den Monaten davor immer häufiger in ihrem Apartment in New York übernachtet, und zwar seit sie Edwin Rand kennengelernt hatte. Ich habe das Gefühl, daß Allan Grant ihr klargemacht hat, daß er das nicht mehr hinnehmen konnte. Auf der Fahrt zum Flughafen erwähnte sie so etwas Ähnliches wie: ›Ich sollte das mit Allan geradebiegen, und nicht den Chauffeur spielen.‹ Ich erinnerte sie daran, daß es sich immerhin um eine unserer wichtigsten Kundinnen handelte und daß sie eine Aversion gegenüber Taxis hatte.«

»Und dann verspätete sich das Flugzeug.«

»Ja, das hat Karen wirklich in Rage gebracht. Aber wir gingen in die VIP-Lounge und nahmen einen Drink. Im Fernsehen wurde *Spartacus* gezeigt. Das ist mein …«

»Ihr Lieblingsfilm, ich weiß, und auch ein sehr langer. Und Sie neigen dazu, bei Filmen einzuschlafen. Sind Sie ganz sicher, daß Karen die ganze Zeit vor dem Fernseher saß und sich den ganzen Film angesehen hat?«

»Nun, ich weiß, daß sie sich nach der Verspätung erkundigt hat und auch einmal weggegangen ist, um ein paar Telefongespräche zu führen.«

»Mrs. Webster, Karens Haus in Clinton ist fast siebzig Kilometer von dem Flughafen entfernt. Wäre es möglich, daß Sie sie zwei bis zweieinhalb Stunden nicht gesehen haben? Ich meine, könnte es sein, daß sie Sie allein gelassen hat und nach Hause gefahren ist?«

»Ich glaube wirklich nicht, daß ich eingeschlafen war, aber ...« Sie stockte. »Mir fällt jetzt ein, daß Karens Wagen an einem anderen Platz stand, als wir mit unserer Kundin aus dem Flughafengebäude kamen. Als wir ankamen, herrschte solches Gedränge, daß wir ein ziemliches Stück zum Terminal gehen mußten. Aber als wir dann wegfuhren, stand der Wagen direkt gegenüber dem Eingang.«

Moody seufzte. »Ich wünschte, Sie hätten mir das früher gesagt, Mrs. Webster.«

97

Es war wieder ganz wie in der Zeit vor Lees Klinikaufenthalt, dachte Opal. Sie und Bic fingen wieder an, ihr in gemieteten Wagen zu folgen. Manchmal parkten sie auf der anderen Straßenseite und beobachteten Lee, wie sie aus der Garage zum Eingang der Klinik eilte, und warteten, bis sie wieder herauskam. Bic starrte dabei unverwandt auf die Tür, voller Angst, er könnte auch nur einen Blick auf sie verpassen. Auf seiner Stirn bildeten sich Schweißtropfen, und wenn Lee endlich herauskam, krampften sich seine Hände um das Steuer.

»Ich möchte wissen, wovon sie heute geredet hat«, sagte er manchmal, und in seiner Stimme mischten sich

Angst und Zorn. »Sie ist mit diesem Psychiater allein in diesem Zimmer, Opal. Vielleicht führt sie ihn in Versuchung.«

An Werktagen ging Lee morgens zur Klinik. Nachmittags spielte sie häufig mit Sarah Golf, gewöhnlich auf einem der öffentlichen Plätze. Aus Sorge, Sarah könnte auffallen, daß ihnen ein Wagen folgte, fing Bic an, sich telefonisch auf den Golfplätzen nach Reservierungen auf den Namen Kenyon zu erkundigen. Wenn er fündig wurde, fuhren er und Opal gelegentlich zu dem betreffenden Platz und versuchten, im Restaurant wie zufällig auf Sarah und Lee zu stoßen.

Er hielt sich nie länger an ihrem Tisch auf, begrüßte sie nur beiläufig und ging dann weiter, aber es gab nichts an Lee, das seiner Aufmerksamkeit entging. Nachher äußerte er sich immer erregt über ihr Aussehen. »Dieses Golfhemd klebt förmlich an ihrem zarten Körper... Ich mußte an mich halten, um nicht über den Tisch zu greifen und die Spange zu lösen, die ihr goldenes Haar hält.«

An den Wochenenden mußten sie wegen der ›Welle Gottes‹ in New York bleiben, und dafür war Opal insgeheim dankbar. Wenn sie an Samstagen und Sonntagen Lee und Sarah zu Gesicht bekamen, dann waren immer der Arzt und dieser junge Mann, Gregg Bennett, mit ihnen zusammen. Das machte Bic wütend.

Eines Tages Mitte August rief er Opal zu sich in Lees Zimmer. Die Vorhänge waren zugezogen, und er saß auf dem Schaukelstuhl. »Ich habe den Herrn in meinen Gebeten um Rat ersucht und eine Antwort erhalten«, erklärte er ihr. »Lee fährt immer allein nach New York und kommt auch wieder allein zurück. Sie hat ein Telefon im Wagen. Ich habe ihre Nummer ausfindig gemacht.«

Opal zuckte zusammen, als Bics Gesicht sich verzerrte und jenes fremdartige, manische Leuchten in seinen Augen erschien. »Opal«, donnerte er, »glaube ja nicht, daß ich deine Eifersucht nicht bemerkt habe. Ich verbiete dir, mich damit zu belästigen. Lees Zeit auf Erden ist beinahe abgelaufen. In den Tagen, die ihr noch bleiben, mußt du mir erlauben, daß ich mich mit dem Anblick, dem Klang und dem Duft jenes hübschen Kindes erfülle.«

98

Thomasina Perkins war entzückt, als sie einen Brief von Sarah Kenyon erhielt, in dem diese sie darum bat, zu Lauries Gunsten einen Brief an den Richter zu schreiben.

»Sie erinnern sich doch deutlich daran, wie verängstigt und erschreckt Laurie war«, schrieb Sarah, »und Sie sind die einzige, die sie je mit ihren Entführern gesehen hat. Wir müssen den Richter dazu bringen, daß er das Trauma versteht, das Laurie erlitt, als sie ein kleines Kind war. Und vergessen Sie bitte nicht, den Namen zu erwähnen, mit dem die Frau den Mann gerufen hat, als sie Laurie aus dem Schnellimbiß drängten.« Sarah schloß ihren Brief mit der Anmerkung, daß sich damals in der Gegend von Harrisburg ein wegen Kindsmißbrauch einschlägig Vorbestrafter jenes Namens aufgehalten hatte; sie hätte die Absicht, auf die Möglichkeit hinzuweisen, daß er der Entführer gewesen war, wenn sie auch wohl wisse, daß sie das nicht würde beweisen können.

Thomasina hatte so oft erzählt, wie sie Laurie gesehen und dann die Polizei gerufen hatte, daß der Brief sich wie von selbst schrieb. Bis sie zu jenem kritischen Punkt kam.

Die Frau hatte den Mann *nicht* Jim gerufen. Thomasina wußte das mit absoluter Sicherheit. Sie konnte diesen Namen nicht an den Richter weitergeben, das wäre genauso, als würde sie unter Eid lügen. Es bekümmerte sie, daß Sarah Zeit und Geld darauf verschwendet hatte, den Falschen ausfindig zu machen.

Thomasina begann an Reverend Hawkins zu zweifeln. Sie hatte ihm einige Male geschrieben und ihm dafür gedankt, daß sie in seiner Sendung hatte auftreten dürfen, und dabei erklärt, sie wolle unter keinen Umständen andeuten, daß Gott einen Fehler gemacht hätte, aber sie selbst sei vielleicht zu ungeduldig gewesen und hätte weiter auf Ihn lauschen sollen. Denn der Name, den sie gehört hatte, sei der des Jungen an der Theke gewesen. Ob sie es noch einmal versuchen könnte?

Reverend Hawkins hatte sich nicht die Mühe gemacht, ihr zu antworten. Oh, sie stand natürlich auf seiner Liste und bekam jedesmal, wenn sie zwei Dollar spendete, einen Brief, in dem er sie um mehr bat.

Thomasinas Nichte hatte ihren Auftritt in der ›Welle Gottes‹ auf Band aufgezeichnet, und Thomasina hatte immer wieder Freude daran, sich das Band anzusehen. Aber in dem Maße, wie ihre Verstimmung über Reverend Hawkins wuchs, fiel ihr auch einiges an der Aufnahme auf. Zum Beispiel, daß sein Mund ganz dicht an ihrem Ohr gewesen war, als sie den Namen gehört hatte. Und daß er nicht einmal Lauries Namen richtig zitiert hatte. Er hatte sie einmal als Lee bezeichnet.

Thomasina hatte ein völlig reines Gewissen, als sie einen leidenschaftlichen Brief an den Richter absandte, in dem sie Lauries Panik und Hysterie in glühenden Farben schilderte, den Namen ›Jim‹ aber nicht erwähnte. Sarah schickte sie eine Kopie des Briefes und fügte ein paar erklärende Zeilen bei, indem sie auf den Fehler hinwies, den Reverend Hawkins gemacht hatte, als er Laurie Lee genannt hatte.

99

»Es kommt näher«, erklärte Laurie Dr. Donnelly, während sie aus ihren Schuhen schlüpfte und sich auf der Couch zurechtlegte.

»Was kommt näher, Laurie?«

Er erwartete, daß sie über das Gefängnis sprechen würde. Statt dessen sagte sie: »Das Messer.«

Er wartete.

Dann sprach Kate zu ihm: »Doktor, ich glaube, wir haben beide getan, was wir konnten.«

»He, Kate«, sagte er, »Resignation hätte ich aber von Ihnen nicht erwartet.« Waren das Selbstmordtendenzen, die in Laurie aufkamen? fragte er sich.

Laurie streckte sich. »Ich habe solche Kopfschmerzen«, murmelte sie. »Jetzt kommen die Träume nicht mehr nur in der Nacht. Selbst gestern, als Sarah und ich auf dem Golfplatz waren, konnte ich plötzlich die Hand, die das Messer hält, sehen.«

»Laurie, das sind die Erinnerungen, die jetzt immer mehr an die Oberfläche kommen. Können Sie sie nicht einfach rauslassen?«

»Ich kann die Schuld einfach nicht loslassen.« War das jetzt Laurie oder Leona oder Kate? Zum erstenmal konnte Justin sie nicht unterscheiden. »Ich habe so schlimme Dinge getan«, sagte sie, »ekelhafte Dinge. Und da ist ein geheimes Stück von mir, das sich daran erinnert.«

Justin erhob sich. »Kommen Sie. Wir machen einen Spaziergang im Park. Setzen wir uns eine Weile auf den Spielplatz und sehen den Kindern beim Spielen zu.«

Überall waren kleine Kinder, auf den Schaukeln und Rutschbahnen ebenso wie in dem künstlichen Dschungel. Sie saßen auf einer Parkbank zwischen wachsamen Müttern und Kindermädchen. Die Kinder lachten, riefen einander zu, stritten, wer als nächstes auf der Schaukel sitzen durfte. Justin entdeckte ein kleines Mädchen, das vielleicht vier Jahre alt war und vergnügt Ball spielte. Das Kindermädchen rief dem Kind ein paarmal zu: »Geh nicht zu weit weg, Christy.« Aber die Kleine war so in ihr Ballspiel versunken, daß sie sie allem Anschein nach gar nicht hörte. Schließlich stand das Kindermädchen auf, lief zu ihr und nahm den Ball entschlossen an sich. »Ich habe gesagt, du sollst auf dem Spielplatz bleiben«, schalt sie. »Wenn du dem Ball auf die Straße nachläufst, könntest du überfahren werden.«

»Das habe ich vergessen.« Das kleine Gesicht wirkte reumütig und bedrückt, aber als sie sich umdrehte und Laurie und Justin entdeckte, die sie beobachteten, hellte es sich sofort wieder auf. Sie rannte auf sie zu: »Gefällt euch mein neuer Pullover?« fragte sie.

Das Kindermädchen eilte hinter ihr her. »Christy, du darfst die Leute nicht belästigen.« Sie lächelte entschuldigend. »Christy meint, alles, was sie anhat, sei schön.«

»Nun, das ist es doch auch«, sagte Laurie. »Wirklich ein wunderschöner neuer Pullover.«

Wenig später gingen sie zur Klinik zurück. »Jetzt stellen Sie sich vor«, sagte Justin, »dieses kleine Mädchen würde, in sein Ballspiel versunken, zu nahe an die Straße laufen, und jemand würde sie packen, in einen Wagen stecken, mit ihr verschwinden und sie mißhandeln. Glauben Sie, daß sie sich Jahre später selbst die Schuld dafür geben sollte?«

Laurie traten die Tränen in die Augen. »Ich habe verstanden, Doktor.«

»Dann sollten Sie sich selbst ebenso bereitwillig vergeben, wie Sie der kleinen Christy vergeben würden, wenn ihr heute etwas passiert wäre, für das sie nichts konnte.«

Sie gingen in Justins Sprechzimmer zurück, und Laurie legte sich auf die Couch. »Wenn jemand heute das kleine Mädchen gepackt und in einen Wagen gezerrt hätte ...« Sie zögerte.

»Stellen Sie sich vor, was ihr passieren könnte«, schlug Justin vor.

»Sie wollte nach Hause zurück. Mama würde böse sein, daß sie zur Straße hinuntergegangen ist. Da gab es einen neuen Nachbarn mit einem siebzehnjährigen Sohn, der immer viel zu schnell fuhr. Mama sagte, das kleine Mädchen darf nicht mehr vorn an der Straße spielen. Sie könnte dort von dem Wagen angefahren werden. Sie hat das kleine Mädchen so geliebt. Ihr Wunder nannte sie sie.«

»Aber die Leute wollten sie nicht nach Hause zurückbringen?«

»Nein, sie sind gefahren, gefahren und immer weitergefahren. Sie hat geweint, und die Frau hat sie geschlagen und gesagt, sie solle still sein. Der Mann mit den haarigen Armen hat sie sich auf den Schoß gesetzt.« Lauries Hände ballten sich zu Fäusten und öffneten sich dann wieder.

Justin beobachtete, wie sie mit beiden Händen ihre Schultern umklammerte. »Sie sagten dem kleinen Mädchen, es solle aus dem Wagen steigen. Es ist so kalt. Sie muß auf die Toilette, aber er will ein Bild von ihr machen, und deshalb zwingt er sie, sich neben den Baum zu stellen.«

»Das Bild, das Sie zerfetzt haben. Es hat Sie daran erinnert, nicht wahr?«

»Ja. Ja.«

»Und dann mußte das kleine Mädchen bei ihm bleiben... *Sie* mußten bei ihm bleiben...«

»Er hat mich vergewaltigt!« schrie Laurie. »Ich wußte nie, wann es passieren würde, aber jedesmal, nachdem wir auf dem Schaukelstuhl diese Lieder gesungen haben, hat er mich mit nach oben genommen. Jedesmal. Jedesmal. Er hat mir so weh getan.«

Justin beugte sich über die schluchzende junge Frau und tröstete sie.

»Er war so groß. Ich versuchte mich gegen ihn zu wehren, aber ich konnte ihn nicht daran hindern«, kreischte sie. »Ich konnte ihn nicht daran hindern!«

Das war der Augenblick, um die Frage zu stellen. »War Opal dort?«

»Sie ist seine Frau.«

Laurie stöhnte auf und biß sich auf die Unterlippe. Ihre Augen verengten sich.

»Doktor, ich habe Ihnen gesagt, daß das ein verbotenes Wort ist.« Auch heute wollte der neunjährige Junge nicht zulassen, daß weitere Erinnerungen herauskamen.

100

Am 17. August führte Gregg Laurie zum Abendessen und ins Theater aus, während Sarah und Brendon zum Flughafen Newark fuhren. Sie trafen um 20 Uhr 55 ein. »Das ist ungefähr die Zeit, zu der Karen Grant und Anne Webster in der Nacht, in der Allan Grant starb, hierherkamen«, erklärte Moody Sarah, als sie auf den Parkplatz fuhren. »Das Flugzeug, mit dem ihre Kundin kam, hatte sich um mehr als drei Stunden verspätet, genauso wie eine ganze Menge anderer Flugzeuge an jenem Abend. Das bedeutet, daß der Parkplatz ziemlich überfüllt gewesen sein mußte. Anne Webster sagte, sie hätten bis zum Terminal ein ziemliches Stück Weges zu gehen gehabt.«

Er parkte bewußt ganz hinten am Parkplatz. »Bis zur Abfertigungshalle ist es eine ziemliche Strecke«, stellte er fest. »Lassen Sie uns in normalem Tempo gehen. Das sollte wenigstens fünf Minuten dauern.«

Sarah nickte. Sie hatte sich fest vorgenommen, nicht nach irgendwelchen Strohhalmen zu greifen, anders zu reagieren als so viele Angehörige von Angeklagten, gegen die sie die Anklage vertreten hatte. Selbst angesichts überwältigenden Beweismaterials ließen diese oft nicht von ihrer Überzeugung ab, daß irgendein schrecklicher Fehler vorliegen mußte.

Moodys Theorie, wonach Karen Grant sowohl ein Motiv als auch Gelegenheit gehabt hatte, ihren Mann zu töten, wollte Sarah möglichst objektiv und leidenschaftslos prüfen.

»Vergessen Sie nicht, Karen Grant und Mrs. Webster erfuhren erst, als sie hier ankamen, daß die Computeranlage ausgefallen war und das Flugzeug erst um halb ein Uhr nachts eintreffen sollte.« Moody hielt inne und blickte auf die Bildschirme mit den Ankunfts- und Abflugszeiten. »Wie reagieren Sie, wenn Sie Karen Grant sind und auf Ihren Mann gerade schlecht zu sprechen sind? Vielleicht sogar ein bißchen mehr als nur schlecht zu sprechen, wenn

Sie mit ihm telefoniert haben und er Ihnen erklärt hat, er wolle sich scheiden lassen?«

In all diesen Monaten hatte Sarah in Karen Grant immer die trauernde Witwe gesehen. Vor Gericht, als Laurie sich schuldig erklärt hatte, hatte sie Schwarz getragen. Seltsam, dachte Sarah jetzt, während sie sich an die Szene erinnerte. Vielleicht ein wenig dick aufgetragen – heutzutage gibt es nicht mehr viele Leute Anfang Dreißig, die zum Zeichen der Trauer Schwarz tragen.

Sarah machte Brendon gegenüber eine entsprechende Bemerkung, während sie auf die VIP-Lounge zugingen. Er nickte. »Die Witwe Grant spielt eine bestimmte Rolle, das merkt man. – Wir wissen, daß sie und Anne Webster in die Lounge gegangen sind und dort einen Drink genommen haben. Der Film *Spartacus* begann an diesem Abend um einundzwanzig Uhr. Die Empfangsdame, die damals Dienst hatte, ist heute hier«, sagte er. »Wir wollen mit ihr sprechen.«

Die Empfangsdame erinnerte sich nicht an den Abend des 28. Januar, kannte aber Anne Webster und mochte sie. »Ich bin jetzt seit zehn Jahren im Beruf«, erklärte sie, »und ich kenne keinen, der den Reisebüroberuf ernster nimmt. Das einzige Problem mit Anne Webster ist, daß sie den Fernseher völlig beschlagnahmt, wenn sie hier Zeit totschlagen muß. Sie schaltet immer einen der Filmsender ein und kann richtig stur werden, wenn jemand Nachrichten oder irgend etwas anderes ansehen will.«

»Ein echtes Problem«, meinte Brendon mitfühlend.

Die Frau lachte. »Oh, eigentlich nicht. Ich sage den Leuten immer, sie sollen fünf Minuten warten. Anne Webster schläft schneller ein als irgend jemand, den ich kenne. Und sobald sie eingeschlafen ist, wechseln wir den Kanal.«

Vom Flughafen fuhren sie nach Clinton. Unterwegs überlegte Moody: »Nehmen wir einmal an, daß Karen sich in jener Nacht während des Wartens auf dem Flughafen immer größere Sorgen machte, sie würde ihrem Mann die

Scheidung nicht mehr ausreden können. Webster ist entweder in einen Film vertieft oder eingeschlafen und würde sie nicht vermissen. Und das Flugzeug kommt erst um halb eins.«

»Also stieg sie in ihren Wagen und fuhr nach Hause«, sagte Sarah.

»Genau. Nehmen Sie jetzt weiter an, daß sie das Haus aufgesperrt hat und ins Schlafzimmer gegangen ist. Allan schlief. Karen sah eine fremde Umhängetasche und ein Messer und ergriff sofort die günstige Gelegenheit, ihren Mann aus dem Weg zu räumen.«

Noch immer war das Ganze Theorie, denn auch die gerichtliche Verfügung an die Bank in Chicago hatte bis jetzt keine weiteren Ergebnisse geliefert.

Das Konto war auf den Namen Jane Graves und eine Adresse auf den Bahamas eröffnet worden, die sich wiederum als Schließfach erwies. Die Einzahlung stammte von einem Nummernkonto in der Schweiz.

»Es ist fast unmöglich, über solche Einzahlungen Auskunft zu bekommen«, sagte Brendon. »Ich neige jedoch zu der Annahme, daß Karen Grant Danny angeheuert hat. Vielleicht hat sie einen Teil des Treuhandfonds von Allan Grant beiseite geschafft, und als in der Reisebranche Tätige kennt sie sich ja mit Auslandskonten aus.«

Als sie Clinton erreichten, stand die Tafel des Immobilienmaklers immer noch vor Allan Grants Haus auf dem Rasen.

Sie betrachteten das Haus eine Weile lang, ohne auszusteigen. »Es könnte so gewesen sein«, sagte Sarah schließlich. »Sinn macht es. Aber wie beweisen wir es?«

»Ich habe heute nochmals mit Connie Santini, der Sekretärin, gesprochen«, sagte Moody. »Sie bestätigt alles, was wir wissen. Karen Grant hat ganz nach ihren persönlichen Vorstellungen gelebt und Allan Grants Einkommen als persönliches Taschengeld benutzt. Sie hat die trauernde Witwe gespielt, obwohl ihre Stimmung nie besser war, meint die Sekretärin. Sarah, ich möchte, daß Sie mich am 26. August begleiten, wenn Anne Webster aus dem Urlaub zurückkommt. Wir werden uns gemeinsam mit der Dame unterhalten.«

»Am 26. August«, sagte Sarah. »Fünf Tage bevor Laurie ins Gefängnis geht.«

101

»Die letzte Woche in Freiheit«, seufzte Laurie, als sie am 24. August in Justin Donnellys Sprechzimmer trat.

Sie lehnte sich auf der Couch zurück, die Arme hinter dem Kopf verschränkt.

»Gestern hat's Spaß gemacht, nicht wahr, Justin? Entschuldigen Sie, hier sollte ich Doktor zu Ihnen sagen.«

»Ja, es hat Spaß gemacht. Sie spielen wirklich hervorragend Golf, Laurie. Sie haben uns vernichtend geschlagen.«

»Selbst Gregg. Nun, bald werde ich völlig aus der Übung sein. Letzte Nacht war ich noch lange Zeit wach und dachte über jenen Tag nach, an dem ich entführt wurde. Ich konnte mich ganz deutlich in meinem rosa Badeanzug sehen, wie ich die Einfahrt hinunterging, um mir die Leute in dem Leichenzug anzusehen. Ich dachte, es sei eine Parade.

Als der Mann mich aufhob, hatte ich immer noch meine Spieldose in der Hand. Dieses Lied geht mir immer wieder durch den Kopf… ›Osten, Westen, in der ganzen Stadt herum… Jungs und Mädels zusammen…‹« Sie hielt inne.

Justin wartete geduldig.

»Als mich der Mann mit den haarigen Armen in den Wagen setzte, fragte ich ihn, wo wir hinfahren würden. Die Spieldose spielte immer noch.

Letzte Nacht, nachdem Sie und Gregg weggegangen waren, saßen Sarah und ich noch lange da und unterhielten uns über jenen Tag. Ich sagte ihr, daß die alte Mrs. Whelan auf der Terrasse saß, als wir an dem Haus an der Ecke vorbeifuhren, dem Haus, das rosa gestrichen war. Ist es nicht eigenartig, daß man sich an so etwas erinnert?«

»Eigentlich nicht. Erinnerungen verschwinden nicht. Sobald sie alle rausgekommen sind, wird die Angst, die sie verursachen, vergangen sein.«

»›Jungs und Mädels zusammen ...‹«, sang Laurie leise. »Deshalb waren die anderen mit mir zusammen. Wir waren Jungs und Mädels zusammen.«

»Jungs? Laurie, gibt es da noch einen Jungen?«

Laurie schwang die Beine von der Couch. Dann klatschte sie mit einer Hand auf die andere. »Nein, Doktor, da bin nur ich.« Die junge Stimme fing zu flüstern an. »Sie braucht sonst keinen. Ich habe sie immer weggeschickt, wenn Bic ihr weh tat.«

Justin hatte den geflüsterten Namen nicht verstanden. »Wer hat ihr weh getan?«

»Ach du liebe Güte!« sagte der Junge. »Das wollte ich nicht sagen. Bin ich froh, daß Sie es nicht gehört haben.«

Nach der Sitzung tröstete Justin Donnelly sich, daß er zwar den Namen nicht verstanden hatte, den die jungenhafte Persönlichkeit laut ausgesprochen hatte, er aber ganz nahe an der Oberfläche sein mußte. Er würde wieder herauskommen.

Aber nächste Woche um diese Zeit würde Laurie im Gefängnis sein, und dort war psychiatrische Beratung nicht selbstverständlich.

Auch wußte Justin, daß viele seiner Kollegen nichts von multiplen Persönlichkeiten hielten.

102

Anne Webster und ihr Mann kehrten am Morgen des 26. August von ihrer Urlaubsreise zurück. Moody erreichte sie am Mittag und konnte sie dazu überreden, sich sofort mit ihm und Sarah zu treffen. Als sie in Bronxville eintrafen, kam Anne erstaunlich schnell zur Sache. »Ich habe viel über die Nacht nachgedacht, in der Allan gestorben ist«, sagte sie. »Wissen Sie, niemand fühlt sich gern als Narr. Ich habe Karen nicht widersprochen, als sie behauptete, sie hätte den Wagen nicht bewegt. Aber wissen Sie, was? Ich habe Beweise dafür, daß sie es doch getan hat.«

Moodys Kopf fuhr in die Höhe. Sarahs Lippen wurden trocken. »Was für Beweise, Mrs. Webster?« fragte sie.

»Ich habe Ihnen ja gesagt, daß Karen auf der Fahrt zum Flughafen ziemlich erregt war. Aber ich habe wohl vergessen, Ihnen zu sagen, daß sie mich angefahren hat, als ich darauf hinwies, daß ihr Benzin zur Neige ging. Nun, sie hat auf der Fahrt zum Flughafen nicht getankt und ebensowenig auf der Rückfahrt und am nächsten Morgen, als ich mit ihr nach Clinton fuhr, auch nicht.«

»Wissen Sie, ob Karen Grant auf Rechnung tankt oder bar bezahlt?« fragte Moody.

Anne Webster lächelte schief. »Wenn sie in jener Nacht getankt hat, hat sie mit der Firmenkreditkarte bezahlt, darauf können Sie Ihren letzten Cent wetten.«

»Wo würde ich denn die Kontoauszüge vom letzten Januar finden?«

»Im Büro. Ich werde Connie anrufen und sie bitten, sie rauszusuchen.«

Auf der Rückfahrt nach New York warnte Moody Sarah. »Vergessen Sie nicht, daß wir, selbst wenn wir beweisen könnten, daß Karen sich in jener Nacht in Clinton aufgehalten hat, immer noch keinen Funken eines Beweises hätten, der sie mit dem Tod ihres Mannes in Verbindung bringt.«

»Ich weiß«, nickte Sarah. »Aber, Brendon, irgend etwas Greifbares *muß* es doch geben.«

Connie Santini begrüßte sie mit einem triumphierenden Lächeln. »Hier ist der Januar-Auszug von einer Exxon-Tankstelle an der Route 78, sechseinhalb Kilometer vor

Clinton«, sagte sie, »und eine Quittungskopie mit Karens Unterschrift. Mann, ich geb' diesen Job hier auf. Diese Frau ist so verdammt geizig. Ich habe das ganze letzte Jahr nicht um Gehaltserhöhung gebeten, weil das Geschäft schlecht lief. Jetzt läuft es wirklich wieder gut, aber das ist ihr keinen Cent für mich wert. Eines will ich Ihnen sagen: Die gibt mehr Geld für Schmuck aus, als ich im ganzen Jahr verdiene.«

Connie deutete durch die Lobby auf das Juweliergeschäft L. Crown. »Sie kauft dort drüben so ein wie manche Leute im Supermarkt. Am Tag, an dem ihr Mann starb, hatte sie ein Armband gekauft und es dann verloren. Auf Händen und Knien hat sie es mich suchen lassen. Als am nächsten Morgen der Anruf wegen Allan kam, war sie gerade bei Crown und hat dort Krach geschlagen, daß die Schließe des Armbandes nichts taugte. Sie hatte es wieder verloren. Diesmal endgültig.«

Ein Armband, dachte Sarah, *ein Armband!* An dem Tag, an dem Laurie sich vor Gericht schuldig bekannt hatte, hatte sie, oder genauer gesagt die Persönlichkeit des Jungen, ihnen vorgespielt, wie er etwas aufhob und es in die Tasche schob. Daß das Armband, das man in Lauries Jeans gefunden hat, möglicherweise ihr gar nicht gehört hat, ist mir nie in den Sinn gekommen, dachte sie. Ich habe es mir nie zeigen lassen.

»Miss Santini, Sie waren uns eine große Hilfe«, sagte Moody. »Werden Sie noch eine Weile hier sein?«

»Nur bis fünf.«

»Das reicht.«

Im Juweliergeschäft stand ein junger Angestellter hinter dem Tresen. Moodys Andeutung, er komme von einer Versicherungsgesellschaft und wolle Erkundigungen nach einem bestimmten verschwundenen Armband anstellen, überzeugte den jungen Mann, und er blätterte bereitwillig in den Unterlagen.

»O ja, Sir. Mrs. Grant hat am 28. Januar ein Armband gekauft. Es war ein neues Modell, Gold mit eingeflochtenem Silber, so daß es wie Diamanten aussah. Wirklich ein sehr schönes Stück. Es hat fünfzehnhundert Dollar gekostet. Aber ich verstehe nicht, warum sie bei Ihnen Ansprüche gestellt hat. Wir haben es ihr ersetzt. Sie kam am nächsten Morgen zu uns, hochgradig erregt. Sie war sicher, daß es ihr, kurz nachdem sie es gekauft hatte, vom Handgelenk gefallen war.«

»Haben Sie zufälligerweise ein Bild von dem Armband oder vielleicht ein ähnliches Stück?«

»Ich habe sowohl ein Bild als auch ein Armband. Wir haben seit Januar ein paar Dutzend davon gemacht.«

»Alle gleich? Oder war an dem betreffenden Armband irgend etwas anders?«

»Die Schließe, Sir. Wir haben sie nach der Geschichte mit Mrs. Grant an den anderen ausgewechselt. Wir wollten nicht, daß noch einmal so etwas passierte.«

Mit einer Kopie der Rechnung vom 28. Januar, einem Farbfoto des Armbandes und einer unterschriebenen Skizze der Schließe gingen Sarah und Moody zur Global Travel Agency zurück. Connie Santini erwartete sie bereits mit neugieriger Miene. Sie wählte sofort Anne Websters Nummer, als sie sie darum baten, und reichte Moody das Telefon, worauf dieser den Lautsprecherknopf drückte.

»Mrs. Webster«, sagte er, »in der Nacht, die Sie mit Karen Grant auf dem Flughafen in Newark waren, war da in irgendeiner Weise die Rede von einem verschwundenen Armband?«

»O ja. Ich sagte Ihnen ja, daß Karen unsere Kundin und mich nach New York zurückfuhr. Plötzlich sagte sie: ›Verdammt, jetzt habe ich es wieder verloren.‹ Dann wandte sie sich zu mir um und wollte, ganz aufgeregt, wissen, ob ich ihr Armband auf dem Flughafen bemerkt hätte.«

»Und war das der Fall?«

Mrs. Webster zögerte. »Ich war da vielleicht nicht ganz ehrlich. Tatsächlich weiß ich, daß sie es in der VIP-Lounge getragen hatte, aber ich erinnerte mich daran, wie sie sich aufgeführt hatte, als sie glaubte, sie hätte es im Büro verloren… Nun, ich wollte jedenfalls nicht, daß sie vor unserer Kundin einen hysterischen Anfall bekam, und deshalb sagte ich sehr entschieden, sie hätte es im Flughafen nicht getragen und es würde wahrscheinlich irgendwo auf ihrem Schreibtisch herumliegen. Aber später habe ich dann den Flughafen doch angerufen, für den Fall, daß jemand es ablieferte. Aber der Juwelier hat es ihr ja dann ersetzt.«

»Würden Sie das Armband wiedererkennen, Mrs. Webster?« fragte Moody.

»Natürlich. Sie hat es Connie und mir gezeigt und uns auch gesagt, daß es sich um ein ganz neues Modell handelte.«

Connie nickte zustimmend.

»Mrs. Webster, ich rufe Sie gleich wieder an. Sie waren eine große Hilfe.«

Jetzt fehlte nur noch eine letzte Einzelheit. Bitte, bitte, betete Sarah, als sie das Büro des Staatsanwalts anrief. Sie wurde durchgestellt und erklärte dem Staatsanwalt, was sie benötigte. »Ich werde warten.« Während sie wartete, erklärte sie Moody: »Sie schicken jemanden in das Beweislager.«

Sie warteten stumm zehn Minuten lang, und dann beobachtete Moody, wie Sarahs Gesicht wie die junge Morgensonne erstrahlte, und gleich darauf sah er die ersten Tränen aus den Augen quellen. »Gold mit eingearbeiteten Silberfäden«, sagte sie. »Danke. Ich muß Sie gleich morgen früh sprechen. Wird Richter Armon auch da sein?«

103

Am Donnerstag morgen saß Connie Santini mit Anne Webster in dem kleinen Vorraum des Staatsanwalts und dachte: Wenn Karen wüßte, wo ich gerade bin… Sarah Kenyon und Mr. Moody befanden sich im Zimmer des

Staatsanwalts. Die aufgeladene Atmosphäre, die sie umgab, faszinierte Connie. Klingelnde Telefone. Junge Anwälte, die mit Akten beladen vorbeieilten.

Sarah Kenyon öffnete die Tür und sagte: »Würden Sie jetzt bitte reinkommen? Der Staatsanwalt möchte mit Ihnen sprechen.«

Während Staatsanwalt Levine sich vorstellte, blickte Anne Webster auf seinen Schreibtisch und bemerkte den Gegenstand in dem etikettierten Plastikbeutel. »Du liebe Güte, das ist ja Karens Armband«, rief sie. »Wo haben Sie denn das gefunden?«

Eine Stunde später befanden sich Staatsanwalt Levine und Sarah im Amtszimmer von Richter Armon. »Euer Ehren«, sagte Levine, »ich weiß nicht recht, wo ich anfangen soll, aber ich bin mit Sarah Kenyon zu Ihnen gekommen, um gemeinsam mit ihr einen Aufschub der Urteilsverkündung gegen Laurie Kenyon um zwei Wochen zu erbitten.«

Die Brauen des Richters hoben sich. »Warum?«

»Euer Ehren, so etwas ist mir bisher noch nie passiert, ganz besonders nicht nach einem Schuldbekenntnis. Wir haben Anlaß, ernsthaft in Frage zu stellen, ob Laurie Kenyon diesen Totschlag begangen hat. Wie Sie wissen, hat Miss Kenyon Ihnen gegenüber angedeutet, sie könne sich nicht an die Tat erinnern, hätte sich aber durch die Ermittlungen der Staatsanwaltschaft überzeugen lassen, daß sie sie begangen hat.

Jetzt sind neue und höchst erstaunliche Beweise ans Tageslicht getreten, die ernsthafte Zweifel an ihrer Schuldhaftigkeit aufwerfen.«

Sarah hörte stumm zu, wie der Anklagevertreter dem Richter von dem Armband, der Aussage des Verkäufers aus dem Juweliergeschäft, dem Benzinkauf an der Tankstelle von Clinton berichtete und ihm dann die schriftlichen Erklärungen von Anne Webster und Connie Santini übergab.

Dann saßen sie eine Weile schweigend da, während

Richter Armon die Erklärungen las und die Quittungen überprüfte. Als er fertig war, schüttelte er den Kopf und sagte: »Nun, ich muß sagen, ich übe mein Amt jetzt seit zwanzig Jahren aus und habe so etwas ebenfalls noch nie erlebt. Selbstverständlich werde ich die Urteilsverkündung angesichts dieser Umstände vertagen.«

Er sah Sarah mitfühlend an; sie umklammerte krampfhaft die Armlehnen ihres Sessels, und auf ihrem Gesicht waren widerstreitende Gefühle zu lesen.

Sarah war bemüht, ihrer Stimme nichts anmerken zu lassen, als sie sagte: »Euer Ehren, einerseits bin ich natürlich erleichtert, andererseits erschüttert es mich, zugelassen zu haben, daß Laurie sich schuldig bekannt hat.«

»Seien Sie nicht so streng mit sich, Sarah«, sagte Richter Armon. »Wir alle wissen, daß Sie Ihre ganze Energie in die Verteidigung Ihrer Schwester gelegt haben.«

Der Anklagevertreter erhob sich. »Ich hatte eigentlich die Absicht, vor der Urteilsverkündung mit Mrs. Grant über die Aussage zu sprechen, die sie vor Gericht machen wollte. Jetzt werde ich wohl eher mit ihr darüber reden müssen, wie ihr Mann ums Leben gekommen ist.«

»Was soll das heißen, die Urteilsverkündung wird nicht am Montag stattfinden?« fragte Karen indigniert. »Was für eine Verzögerung? Mr. Levine, ich glaube, Sie sollten sich darüber klar sein, daß all das für mich eine schreckliche Belastung ist. Ich will diesem Mädchen nicht noch einmal gegenüberstehen. Es ist schon Aufregung genug, die Aussage vorzubereiten, die ich vor dem Richter machen werde.«

»Es gibt Probleme bürokratischer Art«, sagte Levine besänftigend. »Kommen Sie doch morgen gegen zehn in mein Büro, dann können wir alles besprechen.«

Am folgenden Morgen kleidete sich Karen sehr sorgfältig für ihre Besprechung. Möglicherweise war es ein wenig zu dick aufgetragen, heute Schwarz zu tragen, dachte sie und entschied sich für dunkelblaues Leinen und dazu passende Pumps. Make-up legte sie nur ganz dezent auf.

Der Staatsanwalt ließ sie nicht warten. »Bitte, kommen Sie herein, Karen. Ich freue mich, Sie zu sehen.«

Er war immer so freundlich zu ihr. Wirklich ein sehr attraktiver Mann. Karen lächelte ihn an. »Ich habe meine Aussage für den Richter vorbereitet. Ich denke, sie vermittelt wirklich alles, was ich empfinde.«

»Ehe wir darauf kommen, möchte ich gern ein paar Dinge mit Ihnen besprechen, die sich in den letzten Tagen ergeben haben. Würden Sie bitte reinkommen?«

Es überraschte sie, daß sie nicht etwa in sein Zimmer gingen, sondern in einen kleineren Raum. Einige Männer und eine Stenografin warteten bereits. Zwei der Männer erkannte sie als die Ermittlungsbeamten wieder, die an dem Morgen, nachdem Allans Leiche aufgefunden worden war, in ihrem Haus mit ihr gesprochen hatten.

Staatsanwalt Levine wirkte irgendwie verändert, und seine Stimme klang geschäftsmäßig und distanziert, als er sagte: »Karen, ich werde Ihnen jetzt Ihre verfassungsmäßigen Rechte vorlesen.«

»Was?«

»Sie haben das Recht, die Aussage zu verweigern.«

Karen Grant spürte, wie alles Blut aus ihrem Gesicht wich.

»Sie haben das Recht auf einen Anwalt... Alles, was Sie sagen, kann vor Gericht gegen Sie verwendet werden...«

»Was, zum Teufel, geht hier vor? Ich bin doch die Witwe des Opfers.«

Er fuhr fort, ihr ihre Rechte vorzulesen und sie zu fragen, ob sie alles verstanden hätte. Schließlich fragte er: »Sind Sie bereit, die Verzichterklärung zu lesen und zu unterschreiben und mit uns zu sprechen?«

»Ja, aber ich glaube, Sie sind alle verrückt.« Karen Grants Hand zitterte, während sie die Unterschrift leistete.

Und dann begannen die Fragen. Sie nahm die Videokamera nicht mehr wahr und hörte das schwache Klappern der Tasten kaum, als die Finger der Stenografin über die Tastatur flogen.

»Nein, natürlich habe ich den Flughafen in jener Nacht nicht verlassen. Nein. Ich habe nicht an einer anderen Stelle geparkt. Diese alte Schachtel Webster schläft ja immer halb. Die ganze Zeit habe ich vor dem blöden Fernseher gesessen und mir einen albernen Film angesehen, während sie neben mir schnarchte.«

Sie zeigten ihr die Benzinquittung.

»Das muß ein Fehler sein, das Datum stimmt nicht. Diese Leute passen ja nie auf, was sie tun.«

Das Armband.

»Die verkaufen eine ganze Menge von diesen Armbändern. Was glauben Sie eigentlich? Meinen Sie vielleicht, ich bin die einzige Kundin dieses Geschäfts? Außerdem habe ich das Armband im Büro verloren. Selbst Anne Webster hat gesagt, daß ich es im Flughafen nicht anhatte.«

Karens Kopf fing an zu dröhnen. Der Staatsanwalt wies darauf hin, daß die Schließe an dem Armband eine einmalige Anfertigung war und daß Anne Webster unter Eid erklärt hatte, sie habe das Armband am Flughafen an Karens Handgelenk gesehen, und den Verlust gemeldet hatte.

Ihre Beziehung zu Allan? »Sie war perfekt. Wir waren verrückt nacheinander. Er hat mich in jener Nacht keineswegs am Telefon um die Scheidung gebeten.«

Edwin Rand? »Er ist bloß ein Freund.«

Das Armband? »Ich will nicht mehr über dieses Armband sprechen. Nein, ich habe es nicht im Schlafzimmer verloren.«

Die Adern an Karen Grants Hals traten hervor und pochten. Tränen stiegen ihr in die Augen. Sie zerknüllte ein Taschentuch.

Der Staatsanwalt und die Ermittlungsbeamten spürten, wie in ihr die Erkenntnis reifte, daß sie keine Chance mehr hatte, sich herauszureden.

Der ältere Beamte, Frank Reeves, versuchte es auf die mitfühlende Art, sie zu einem Geständnis zu bringen. »Ich kann mir gut vorstellen, wie es passiert ist. Sie fuhren nach

Hause, um sich mit Ihrem Mann zu versöhnen. Er schlief. Sie sahen eine fremde Tasche auf dem Boden neben dem Bett stehen. Vielleicht dachten Sie, Allan hätte Sie belogen und doch eine Beziehung zu dieser Laurie gehabt. Und da ist in Ihnen etwas zerbrochen. Das Messer war da. Eine Sekunde später wurde Ihnen klar, was Sie getan hatten. Es muß ein Schock für Sie gewesen sein, als ich Ihnen sagte, daß wir das Messer in Lauries Zimmer gefunden hatten.«

Karen senkte den Kopf, und ihr ganzer Körper sackte in sich zusammen. Tränen liefen ihr über die Wangen, und sie sagte bitter: »Er hatte mir am Telefon gesagt, daß er sich von mir scheiden lassen wolle und daß es jemand anders gebe. Als Sie mir sagten, daß Laurie das Messer hatte, konnte ich es nicht glauben. Ich konnte auch nicht glauben, daß Allan wirklich tot war. Ich hatte ihn nie töten wollen.«

Sie blickte flehentlich in die Gesichter des Staatsanwalts und der Ermittlungsbeamten. »Ich habe ihn wirklich geliebt, wissen Sie«, sagte sie. »Er war so großzügig.«

104

»Das war vielleicht ein Wochenende«, sagte Justin zu Laurie, als sie sich auf der Couch zurechtlegte.

»Es will mir immer noch nicht ganz in den Kopf«, erwiderte Laurie. »Ist Ihnen eigentlich klar, daß ich genau um diese Stunde jetzt hätte vor Gericht stehen sollen, um mein Urteil entgegenzunehmen?«

»Wie ist Ihnen zumute, wenn Sie an Karen Grant denken?«

»Das weiß ich ehrlich nicht. Ich kann es immer noch nicht recht glauben, daß ich mit dem Tod ihres Mannes nichts zu tun hatte.«

»Glauben Sie's, Laurie«, sagte Justin mit sanfter Stimme. Er beobachtete sie aufmerksam. Ihre Euphorie hatte sich gelegt; sie würde noch eine ganze Weile unter den Nachwirkungen all der Belastungen zu leiden haben. »Ich finde, es ist eine großartige Idee, daß Sie und Sarah ein paar Wochen verreisen und Ferien machen wollen.

Laurie, ich möchte gern dem kleinen Jungen danken, der sich so um Sie gekümmert hat. Außer ihm wußte keiner, daß Sie unschuldig waren. Kann ich ihn sprechen?«

»Wenn Sie wollen.«

Sie schloß die Augen, setzte sich auf und öffnete sie wieder. Ihre Lippen wurden schmal und ihre Gesichtszüge weicher. Ihre Haltung änderte sich. Eine höfliche Knabenstimme sagte: »So, Doktor, jetzt bin ich da.«

»Ich wollte dir nur sagen, daß du großartig warst«, sagte Justin.

»Nein, so großartig nun auch nicht. Wenn ich dieses Armband nicht mitgenommen hätte, hätte man nicht Laurie die Schuld gegeben.«

»Das brauchst du dir nicht vorzuwerfen. Du hast getan, was du konntest, und schließlich bist du ja erst neun Jahre alt. Laurie ist zweiundzwanzig, und sie fängt an, ihr Leben zu meistern. Ich denke, du und Kate und Leona und Debbie solltet bald daran denken, euch ihr vollständig anzuschließen. Debbie habe ich jetzt schon seit Wochen nicht mehr gesehen und Kate und Leona auch nicht oft. Meinst du nicht, daß es langsam Zeit ist, Laurie in all die Geheimnisse einzuweihen und ihr beim Gesundwerden zu helfen?«

Laurie seufzte. »Du liebe Güte, habe ich heute Kopfschmerzen«, sagte sie und legte sich auf die Couch zurück. »Irgend etwas ist heute anders, Doktor. Ich glaube, die anderen wollen, daß ich das Reden übernehme.«

Justin wußte, daß dies ein wichtiger Augenblick war, den er unter keinen Umständen ungenutzt verstreichen lassen durfte. »Sie wollen ein Stück von Ihnen werden, Laurie«, sagte er vorsichtig. »Wissen Sie, eigentlich waren sie immer ein Stück von Ihnen. Kate ist nichts anderes als Ihr natürliches Bestreben, für sich selbst zu sorgen. Sie ist die Selbsterhaltung. Leona ist die Frau in Ihnen. Sie haben Ihre normalen weiblichen Reaktionen so lange verdrängt, daß sie auf einem anderen Weg herauskommen mußten.«

»Als Sexbombe«, meinte Laurie und lächelte verlegen.

»Leona ist tatsächlich ziemlich sexy oder war das wenigstens«, pflichtete Justin ihr bei. »Debbie ist das verlorene kleine Mädchen, das Kind, das nach Hause wollte. Jetzt sind Sie zu Hause, Laurie. Sie sind in Sicherheit.«

»Bin ich das wirklich?«

»Das werden Sie sein, wenn Sie nur zulassen, daß dieser neunjährige Junge den Rest des Puzzlespiels zusammenfügt. Er hat mir gegenüber zugegeben, daß einer der Namen, die Sie nicht aussprechen dürfen, Opal ist. Gehen wir doch noch ein kleines Stückchen weiter. Bringen Sie ihn dazu, daß er seine Erinnerung an Sie weitergibt. Wissen Sie, wie der Junge heißt?«

»Jetzt weiß ich es.«

»Sagen Sie es mir, Laurie. Ich verspreche Ihnen, es wird nichts passieren.«

Sie seufzte. »Hoffentlich nicht. Sein Name ist Lee.«

105

Das Telefon wollte nicht aufhören zu klingeln. Die ganze Zeit waren Gratulanten an der Leitung. Sarah stellte fest, daß sie immer wieder dasselbe sagen mußte. »Ich weiß. Es ist ein Wunder. Ich glaube, wir können es noch gar nicht richtig fassen.«

Pausenlos trafen Blumengebinde und Sträuße ein. Das prunkvollste Gebinde kam von Reverend Bobby und Carla Hawkins mit ihren Gebeten und Glückwünschen.

»Es ist so groß, als würde es vom Hauptleidtragenden bei einer Beerdigung stammen«, sagte Sophie naserümpfend.

Sarah überlief es bei diesen Worten eisigkalt. »Sophie,

bitte nimm es mit, wenn du gehst. Mir ist egal, was du damit machst.«

»Und du brauchst mich heute auch ganz bestimmt nicht mehr?«

»Jetzt hör mal, du mußt dich wirklich einmal ausruhen.« Sarah ging auf Sophie zu und drückte sie an sich. »Ohne dich hätten wir das alles nicht geschafft. Gregg kommt herüber und holt Laurie ab.«

»Und du?«

»Ich bleibe zu Hause. Ich muß einmal richtig ausspannen.«

»Kommt Dr. Donnelly nicht?«

»Heute abend nicht. Er muß nach Connecticut wegen irgendeiner Versammlung.«

»Ich mag ihn, Sarah.«

»Ich auch.«

Kaum war Sophie zur Tür hinaus, als das Telefon klingelte. Es war Justin. Seine hastige Begrüßung alarmierte Sarah. »Stimmt etwas nicht?« fragte sie.

»Nein, nein«, besänftigte er sie. »Ich wollte Ihnen nur sagen, daß Laurie heute ein Name eingefallen ist, und ich versuche mich daran zu erinnern, wo ich diesen Namen letzthin gehört habe.«

»Wie ist der Name denn?«

»Lee.«

Sarah runzelte die Stirn. »Moment mal. Ah ja, jetzt weiß ich's. Der Brief, den Thomasina Perkins mir vor ein paar Wochen geschrieben hat. Ich habe Ihnen davon erzählt. Sie hatte sich entschieden, nicht mehr an Reverend Hawkins' Wunder zu glauben. In dem Brief wies sie darauf hin, daß er, als er über sie gebeugt betete, Laurie als ›Lee‹ bezeichnet hat.«

»Genau. Das ist es«, sagte Justin. »Mir ist das damals auch aufgefallen, als ich mir die Sendung ansah.«

»In welchem Zusammenhang hat Laurie denn den Namen benutzt?« wollte Sarah wissen.

»Dieser neunjährige Junge in ihr nennt sich so. Wahrscheinlich nur ein Zufall. Sarah, ich muß mich beeilen. Ich werde gebraucht. Laurie ist bereits nach Hause unterwegs. Ich rufe Sie später noch einmal an.«

Sarah legte langsam den Hörer auf. Ein Gedanke, der so beängstigend war, so unglaublich und doch so plausibel, brannte wie Feuer in ihr. Sie wählte die Nummer von Betsy Lyons in der Immobilienagentur. »Mrs. Lyons, bitte suchen Sie die Akte über unser Haus heraus. Ich komme gleich zu Ihnen. Ich muß die exakten Daten wissen, an denen die Hawkins in unserem Haus waren.«

Laurie war bereits nach Hause unterwegs, und Gregg würde jeden Augenblick kommen. Bevor sie aus dem Apartment eilte, dachte Sarah noch daran, den Schlüssel für ihn unter dem Fußabstreifer zu verstecken.

106

Laurie wußte, warum sie dieses schreckliche Gefühl plagte, daß ihre Zeit knapp wurde.

Es war verboten, die Namen zu nennen. Es war verboten, zu sagen, was er ihr angetan hatte. Ihr Autotelefon klingelte. Sie drückte den Empfangsknopf.

Es war Reverend Hawkins. »Laurie, Sarah hat mir Ihre Nummer gesagt. Sind Sie auf dem Nachhauseweg?«

»Ja. Wo ist Sarah?«

»Hier bei mir. Sie hatte einen kleinen Unfall, aber es ist nichts Schlimmes, meine Liebe.«

»Unfall! Was meinen Sie damit?«

»Sie ist herübergekommen, um Post abzuholen, und hat sich den Knöchel verstaucht. Können Sie gleich herkommen?«

»Natürlich.«

»Beeilen Sie sich, meine Liebe.«

107

Thomasina Perkins betrachtete entzückt das Titelbild der Zeitschrift *People,* das Bobby und Carla Hawkins zeigte, und vergab ihnen beinahe, daß sie sie so vernachlässigt hatten. Sie schlug die Titelgeschichte auf und staunte über das völlig andere Bild der Hawkins, das vor zwanzig Jahren aufgenommen worden war. Sein goldener Ohrring, die muskulösen, haarigen Arme, der Bart. Ihr strähniges, dunkles Haar. Beide hatten Gitarren in der Hand. Und dann schoß Thomasina eine Erinnerung durch den Kopf, als sie las: »Bic und Opal als junge Rocksänger.« *Bic.* Der Name, der sie so viele Jahre verfolgt hatte.

Fünfzehn Minuten nach dem Telefonat mit Sarah verließ Justin Donnelly seine Praxis, um nach Connecticut zu fahren, wo er an einem Seminar teilnehmen sollte. Während er durch sein Vorzimmer eilte, fiel sein Blick auf die aufgeschlagene Zeitschrift auf dem Tisch seiner Sekretärin, und ihm war, als würde ihm das Blut gefrieren. Er griff hastig nach dem Magazin. Der mächtige Baum. Das Haus war verschwunden, aber der Hühnerstall dahinter … Und der Text darunter lautete: ›Von diesem Haus aus begann Reverend Hawkins' Werdegang.‹

Justin rannte in sein Büro zurück, riß das rekonstruierte Foto aus Lauries Akte und hielt es neben das Bild in der Zeitschrift. Der Baum auf dem neuen Bild war dikker, hatte aber denselben knorrigen Stamm; der Hühnerstall auf dem alten Bild war exakt derselbe wie auf dem neuen. Und dann noch die steinerne Mauer neben dem Baum.

Er eilte aus der Klinik. Sein Wagen parkte auf der Straße. Er würde Sarah über Autotelefon anrufen. Vor seinem geistigen Auge sah er ganz deutlich die Fernsehsendung, sah Reverend Hawkins, wie er sich über Thomasina Perkins beugte und darum betete, daß sie den Namen der Leute nennen möge, die Lee entführt hatten.

Betty Moody machte es sich auf ihrem Lieblingssessel bequem, um die neueste Ausgabe von *People* zu lesen. Brendon hatte sich ein paar Tage frei genommen und verzog das Gesicht, als er die Titelseite mit den Hawkins sah. »Ich kann die beiden nicht ausstehen«, murmelte er, während er über Bettys Schulter mitlas.

Betty schlug die Titelgeschichte auf. »Bic und Opal als junge Rocksänger ...«

»Was bin ich bloß für ein Idiot!« schrie Brendon. »Das war ja von Anfang an sonnenklar!« Er rannte hinaus und holte seine Pistole.

108

Sarah saß an Betsy Lyons' Schreibtisch und sah die Akte Kenyon-Hawkins durch. »Carla Hawkins ist also zum erstenmal in Ihr Büro gekommen, als wir unser Haus ausgeschrieben haben«, meinte sie.

»Aber ich habe es ihr nicht sofort gezeigt.«

»Wie kamen Sie dazu, es ihr zu zeigen?«

»Sie hat in meinen Angeboten geblättert, und dabei ist es ihr aufgefallen.«

»Haben Sie sie je in unserem Haus allein gelassen?«

»Niemals«, antwortete Lyons fast beleidigt.

»Mrs. Lyons, Ende Januar ist ein Messer aus unserer Küche verschwunden. Wie ich sehe, hat Carla Hawkins sich das Haus vor diesem Datum einige Male angesehen. Es ist nicht so einfach, ein Messer von einer Wandhalterung zu stehlen, wenn man nicht wenigstens kurze Zeit allein ist. Erinnern Sie sich, ob Sie sie je allein in der Küche gelassen haben?«

Mrs. Lyons biß sich auf die Unterlippe. »Ja«, kam es dann zögernd. »Sie hatte ihren Handschuh in Lauries Zimmer liegenlassen; sie blieb in der Küche sitzen, während ich ihn holte.«

»Also doch. Etwas anderes: Ist es nicht ziemlich eigenartig, daß Leute überhaupt nicht zu feilschen versuchen, wenn ihnen der Preis eines Hauses genannt wird? Und ist es nicht höchst ungewöhnlich, den ehemaligen Besitzern nach einem verbindlichen Angebot zu erlauben, so lange wohnen zu bleiben, bis sie umziehen wollen, und ihnen nicht einmal Miete abzuverlangen?«

»Ja, das ist außergewöhnlich.«

»Mich überrascht nichts mehr. Sehen Sie sich diese Daten an. Mrs. Hawkins ist häufig am Samstag gegen elf gekommen.«

»Ja.«

»Das war genau die Zeit, in der Lauries Therapie lief, und die haben das gewußt.« Der Hühnerkopf, der Laurie so erschreckt hatte. Das Messer. Das Foto in ihrem Tagebuch. Diese Leute, die ständig im Haus ein und aus gingen, mit den Schachteln, die kaum etwas wogen. Lauries eindringlicher Wunsch, in der Nacht, in der sie nach Hause kam, in die Klinik zurückzukehren, gleich nachdem die Hawkins vorbeigekommen waren. Und ... das rosa Haus! dachte Sarah. Carla Hawkins erwähnte es an dem Abend, an dem ich mit ihnen zu Abend aß.

»Mrs. Lyons, haben Sie Mrs. Hawkins je erzählt, daß das Eckhaus an unserer Straße früher einmal rosa getüncht war?«

»Ich wußte gar nicht, daß es einmal rosa war.«

Sarah griff nach dem Telefon. »Ich muß zu Hause anrufen.« Gregg Bennett meldete sich.

»Gregg, bin ich froh, daß Sie da sind. Lassen Sie Laurie nicht aus den Augen.«

»Sie ist noch nicht da«, sagte Gregg. »Ich hatte gehofft, daß sie bei Ihnen ist. Sarah, Brendon Moody ist hier. Und Justin ist hierher unterwegs. Sarah, die Hawkins sind die Leute, die Laurie entführt haben. Justin und Moody sind sich dessen ganz sicher. Wo ist Laurie?«

Mit instinktiver Sicherheit wußte es Sarah. »Das Haus«, sagte sie. »Ich fahre zu dem Haus.«

Ein verstauchter Knöchel ist nicht so schlimm, versuchte Laurie sich einzureden, während sie die vertraute Straße entlangfuhr. Aber das war es nicht. Da war irgend etwas Schreckliches passiert. Sie wußte es. Den ganzen Tag über hatte sie es gespürt.

Sie lenkte den Wagen von der Straße in die Einfahrt. Das Haus wirkte verändert. Die Hawkins hatten an Stelle der blauen Vorhänge schwarze Jalousien angebracht, so daß das Haus finster und abweisend wirkte. Es erinnerte sie an ein anderes Haus, ein dunkles, geschlossenes Haus, in dem schreckliche Dinge geschahen.

Sie eilte den Weg hinauf und über die Terrasse zum Eingang. Eine Sprechanlage war eingebaut worden. Man mußte Laurie gesehen haben, denn als sie den Klingelknopf drückte, hörte sie eine Frau sagen: »Die Tür ist nicht abgeschlossen. Kommen Sie rein.«

Sie drehte den Türknopf, trat ins Foyer und schloß die Tür hinter sich. Das Foyer, das gewöhnlich vom Licht aus den umliegenden Zimmern erhellt war, lag im Halbdunkel. Laurie blinzelte und sah sich um. Kein Laut war zu hören.

»Sarah«, rief sie. »Sarah.«

»Wir sind in deinem alten Zimmer und warten auf dich«, antwortete eine Stimme aus der Ferne.

Sie begann die Treppe hinaufzusteigen, zuerst schnell und dann mit immer schwereren Schritten.

Der Schweiß brach ihr aus. Ihre Hand, die sich an das Treppengeländer klammerte, hinterließ eine feuchte Spur. Ihre Zunge fühlte sich dick und trocken an. Ihr Atem ging hastig in kurzen, qualvollen Stößen. Sie war jetzt oben an der Treppe angelangt und wandte sich dem Korridor zu. Die Tür zu ihrem Zimmer war geschlossen.

»Sarah!« rief sie.

»Komm herein, Lee!« Diesmal war die Stimme des Mannes ungeduldig, so ungeduldig, wie sie früher immer war, wenn sie seinem Befehl nicht nachkommen wollte, mit ihm hinaufzugehen.

Verzweifelt stand sie vor ihrer Schlafzimmertür. Sie wußte, daß Sarah nicht da war. Sie hatte immer gewußt, daß sie eines Tages auf sie warten würden. Und heute war es soweit.

Die Tür schwang nach innen, Opal hatte sie geöffnet. Ihre Augen waren kalt und feindselig, wie damals, als Laurie sie zum erstenmal gesehen hatte; ein Lächeln, das kein Lächeln war, teilte ihre Lippen. Opal trug einen kurzen schwarzen Rock und ein enganliegendes T-Shirt. Ihr langes, strähniges, dunkles Haar war zerzaust und ungekämmt.

Laurie leistete keinen Widerstand, als Opal nach ihrer Hand griff und sie quer durch das Zimmer zu dem alten Schaukelstuhl führte, auf dem Bic saß, mit nackten Füßen, die glänzenden schwarzen Jeans am Bund aufgeknöpft, mit einem schmutzigen T-Shirt, das seine dichtbehaarten Arme entblößte. Der goldene Ohrring in seinem Ohr baumelte, als er sich nach vorn beugte und ihre Hände packte. Er zwang sie, vor ihn zu treten, wie ein Kind, das die Schule geschwänzt hatte. Er hatte einen rosa Stoffetzen auf dem Knie, ihren Badeanzug. Das einzige Licht kam von dem Nachtlicht in der Steckdose am Boden, das Mama immer eingeschaltet gelassen hatte, weil Laurie solche Angst vor der Dunkelheit hatte.

Laute Gedanken kreischten in ihrem Kopf.

Eine zornige Stimme, die sie schalt: *Kleine Närrin, du hättest nicht kommen sollen.*

Ein weinendes Kind: *Zwing mich nicht dazu.*

Die Stimme eines Jungen: *Lauf weg, lauf weg!*

Eine müde Stimme: *Es ist Zeit, für all die schlimmen Dinge zu sterben, die wir getan haben.*

»Lee«, seufzte Bic. »Du hast vergessen, was du versprochen hast, nicht wahr? Du hast mit diesem Arzt über uns geredet.«

»Ja.«

»Weißt du, was mit dir passieren wird?«

»Ja.«

»Was ist mit diesem Huhn passiert?«

»Du hast ihm den Kopf abgeschnitten.«

»Würdest du dich lieber selbst bestrafen?«

»Ja.«

»Braves Mädchen. Siehst du das Messer?«

Er deutete in die Ecke. Sie nickte.

Während sie durchs Zimmer ging, schrien die Stimmen in ihr:

Tu's nicht.

Lauf weg!

Hol es! Tu, was er sagt.

Sie legte die Hand um den Messergriff und kehrte zu ihm zurück. Sie zuckte zusammen, als sie das Huhn vor ihren Füßen flattern sah. Jetzt war sie an der Reihe.

Er war so nahe bei ihr. Sein Atem brannte heiß auf ihrem Gesicht. Sie hatte gewußt, eines Tages würde sie in ein Zimmer treten und ihn so vorfinden, auf dem Schaukelstuhl.

Seine Arme schlossen sich um sie. Jetzt saß sie auf seinem Schoß, ihre Beine baumelten herunter, sein Gesicht strich über das ihre. Er begann hin und her zu schaukeln, vor und zurück.

»Du warst meine Versuchung«, flüsterte er. »Wenn du stirbst, wirst du mich befreien. Bete um Vergebung, wenn wir das schöne Lied singen, das wir immer zusammen gesungen haben. Dann wirst du aufstehen, mir einen Abschiedskuß geben und das Messer auf dein Herz richten. Wenn du nicht gehorchst, weißt du ja, was ich mit dir machen muß.«

Seine Stimme war tief, aber weich, als er zu singen begann: »›Amazing Grace …‹«

Der Schaukelstuhl schwang vor und zurück, krachte bei jeder Bewegung auf dem nackten Fußboden. »Sing, Lee!« befahl er.

»›Einen armen Sünder wie mich gerettet …‹« Seine Hände streichelten ihre Schultern, ihre Arme, ihren Hals. Nur eine Minute, dann wird alles vorbei sein, versprach sie sich.

Und dann tönte ihre Sopranstimme klar und süß: »›Einst war ich verloren, doch jetzt hat der Herr mich gefunden ... Einst war ich blind, doch jetzt kann ich sehen.‹« Ihre Finger preßten die Messerspitze gegen ihr Herz.

Wir brauchen nicht zu warten, drängte Leona. *Tu es jetzt.*

110

Justin fuhr, so schnell er es wagte, von New York nach New Jersey und versuchte sich die ganze Zeit einzureden, daß Laurie in Sicherheit sei.

Er hatte kaum hinter dem Steuer Platz genommen, als er schon versucht hatte, Sarah anzurufen, um sie vor den Hawkins zu warnen, aber in ihrer Wohnung hatte sich niemand gemeldet. Alle zehn Minuten wählte er aufs neue.

Er hatte gerade die Route 17 nach Norden erreicht, als sich endlich jemand meldete. Gregg war in der Wohnung. Sarah war nicht da, erklärte er Justin, aber Laurie müßte jeden Augenblick kommen.

»Lassen Sie Laurie nicht aus den Augen«, befahl Justin. »Die Hawkins waren ihre Entführer. Da bin ich ganz sicher.«

»Hawkins! Dieser Hurensohn!«

Greggs Wut machte Justin bewußt, welch ungeheures Leid Laurie hatte erdulden müssen. All die Monate hatte Hawkins sie umkreist, sie terrorisiert, versucht, sie in den Wahnsinn zu treiben. Er trat das Gaspedal durch. Der Wagen machte einen Satz.

Er bog von der Route 17 in die Ridgewood Avenue ein, als sein Telefon klingelte.

Es war Gregg. »Brendon Moody ist bei mir. Sarah glaubt, Laurie könnte bei Hawkins im alten Haus sein. Wir fahren hin.«

Justin passierte das Schwimmbad von Ridgewood und mußte abbremsen. Es war überfüllt, und zahlreiche Familien mit kleinen Kindern überquerten die Straße.

Das Bild der kleinen Laurie tauchte vor ihm auf, wie sie als vierjähriges Kind in einem rosa Badeanzug vor dem Ungeheuer stand, das sie entführt hatte.

111

Lauries Buick stand in der Einfahrt. Sarah rannte die Terrassenstufen hinauf. Sie klingelte ein paarmal und drehte dann den Türknopf. Die Tür war nicht abgeschlossen. Während sie ins Foyer stürmte, hörte sie, wie irgendwo im ersten Stock eine Tür zugeknallt wurde.

»Laurie!« rief sie.

Carla Hawkins kam mit zerzaustem Haar die Treppe herunter und stieß, während sie den Gürtel ihres Morgenrockes zuband, erregt hervor: »Sarah, Laurie ist vor ein paar Minuten mit einem Messer ins Haus gekommen. Sie droht, sich selbst zu töten. Bobby versucht, es ihr auszureden. Sie dürfen sie nicht erschrecken. Bleiben Sie hier bei mir.«

Sarah stieß sie beiseite und hetzte die Treppe hinauf. Die Tür zu Lauries Zimmer am anderen Ende des Korridors war verschlossen. Ihre Füße berührten kaum den Boden, so schnell rannte sie darauf zu. Von drinnen konnte sie eine Männerstimme hören. Ganz langsam öffnete sie die Tür.

Laurie stand in der Ecke und starrte Bobby Hawkins mit glasigen Augen an. Sie hielt ein Messer auf ihr Herz gerichtet. Die Spitze war bereits in ihr Fleisch eingedrungen, und ein dünner Blutfaden rann über ihre Bluse.

Hawkins war in einen weißen Frotteemantel gehüllt, der bis zum Boden reichte; sein volles Haar war aufgelöst. »Du mußt nur das tun, was der Herr von dir verlangt«, sagte er. »Erinnere dich daran, was man von dir erwartet.«

Er versucht sie dazu zu bringen, sich selbst zu töten, dachte Sarah. Laurie befand sich in einer Art Trance und nahm Sarah überhaupt nicht wahr. Sarah hatte Angst davor, sie durch eine plötzliche Bewegung zu erschrecken. »Laurie«, sagte sie leise. »Laurie, schau mich an.« Lauries Hand drückte das Messer ein wenig tiefer.

»Alle Sünden müssen bestraft werden«, sagte Hawkins in einer hypnotisch klingenden Singsangstimme. »Du darfst nicht wieder sündigen.«

Sarah sah, wie ein Ausdruck von Endgültigkeit über Lauries Gesicht zog. »Laurie, tu's nicht!« schrie sie. »Laurie, *nicht!!*«

Die Stimmen kreischten auf sie ein.

Lee schrie: *Hör auf!*

Debbie weinte hysterisch.

Kate brüllte: *Versagerin! Närrin!*

Leonas Stimme war die lauteste: *Bring's hinter dich!*

Und da war noch jemand, der schrie. Sarah. Sarah, die immer so stark war, sich immer um sie gekümmert hatte, kam mit ausgestreckten Händen auf sie zu, Tränen strömten ihr über das Gesicht, und sie bettelte: »Verlaß mich nicht! Ich liebe dich.«

Dann verstummten die Stimmen. Laurie warf das Messer quer durchs Zimmer und taumelte auf Sarah zu, schloß sie in die Arme.

Das Messer lag auf dem Boden. Seine Augen glitzerten. Der Bademantel, den Opal ihm um die Schultern gelegt hatte, als es an der Tür klingelte, glitt von seinen Schultern. Bic beugte sich vor. Seine Finger schlossen sich um das Heft des Messers.

Lee würde jetzt nie mehr ihm gehören. All die Jahre, in denen er sie begehrt hatte, in denen er ihre Erinnerungen gefürchtet hatte, waren vorbei. Sein Predigeramt würde er verlieren. Sie war seine Versuchung und sein Untergang. Ihre Schwester hatte sie ihm vorenthalten. Sollten sie zusammen sterben.

Laurie erkannte das Zischen, das sie all die Jahre verfolgt hatte, sah die Messerklinge im Halbdunkel blitzen, sah, wie sie in immer größer werdenden Kreisen die Luft durchschnitt, getrieben von dem dicken, haarigen Arm.

»Nein!« stöhnte Laurie und schob Sarah mit einem heftigen Stoß beiseite, aus der Bahn des Messers.

Sarah verlor das Gleichgewicht, taumelte rückwärts und stürzte. Ihr Kopf schlug krachend gegen den Schaukelstuhl.

Mit grimassenhaftem Lächeln schritt Bic auf Laurie zu; die zuckende Messerklinge versperrte ihr den Weg. Sie wich zurück, bis es nicht mehr weiterging, und starrte an die Wand gepreßt in das Gesicht ihres Henkers.

112

Brendon Moody trat das Gaspedal bis zum Boden durch, als er die Twin Oaks Road entlangjagte. »Sie sind beide da«, stieß er hervor, als er die Wagen in der Einfahrt sah. Zusammen mit Gregg stürmte er auf das Haus zu. Die Haustür stand sperrangelweit offen. Über den abgedunkelten Zimmern lag unnatürliche Stille.

»Sehen Sie sich unten um«, befahl Brendon. »Ich laufe nach oben.«

Am Ende des Korridors stand eine Tür offen. Lauries Schlafzimmer. Er rannte darauf zu. Instinktiv zog er seine Waffe. Er hörte ein Stöhnen, als er die Tür erreichte. Und dann bot sich ihm die ganze alptraumhafte Szene.

Sarah lag auf dem Boden und versuchte, wieder auf die Beine zu kommen. Blut rann von ihrer Stirn.

Carla Hawkins stand starr ein paar Schritte hinter ihr.

Laurie war in eine Ecke des Zimmers gedrängt, die Hände an der Kehle, und starrte eine Gestalt an, die mit irrem Blick immer näher auf sie zurückte und ein Messer schwang.

Bic Hawkins hob das Messer in die Luft, blickte auf Lauries Gesicht herunter, das nur wenige Zentimeter von dem seinen entfernt war, und flüsterte: »Leb wohl, Lee.«

Brendon Moody drückte ab.

Justin stürzte ins Haus, als ein Schuß die Stille durchpeitschte. »Oben!« schrie Gregg aus dem Foyer, und beide rasten die Treppe hinauf.

Sie hatte immer gewußt, daß es einmal so geschehen würde. Das Messer würde sich in ihre Kehle bohren, und dann würde klebriges, warmes Blut über ihre Brust und ihre Arme laufen.

Aber jetzt war das Messer verschwunden. Die Blutstropfen, die sie bespritzten, waren nicht ihr Blut. Es war Bic, nicht sie, der zusammengesackt und zu Boden gefallen war. Es waren seine Augen, nicht die ihren, die glasig nach oben starrten.

Laurie sah reglos zu, wie die glänzenden, hypnotischen Augen flackerten und sich dann für immer schlossen.

Justin und Gregg erreichten die Schlafzimmertür gleichzeitig. Carla Hawkins, die neben der Leiche kniete, flehte: »Komm zurück, Bic. Ein Wunder. Du kannst Wunder wirken.«

Sarah gelang es endlich, sich mühsam aufzurichten. Laurie ging mit ausgestreckten Armen auf sie zu. Dann standen sie eine volle Minute lang da, sahen einander an, bis Laurie schließlich mit fester Stimme sagte: »Es ist vorbei, Sarah. Es ist wirklich vorbei.«

Zwei Wochen später standen Sarah und Justin an der Sicherheitskontrolle im Flughafen Newark und blickten Laurie nach, die den Laufgang zum Flug 19 der United Airlines nach San Francisco hinunterging.

»In Greggs Nähe zu sein ist das beste, was sie tun kann«, versicherte Justin Sarah, als er bemerkte, daß das Lächeln, mit dem sie ihre Schwester verabschiedet hatte, in Besorgnis umgeschlagen war.

»Ich weiß. Sie kann ausgiebig Golf spielen, wieder in Form kommen und ihren Collegeabschluß machen. Auf die Weise ist sie unabhängig und kann doch Gregg bei sich haben. Die beiden sind gut füreinander. Mich braucht sie nicht mehr, wenigstens nicht mehr so wie früher.«

An der Biegung im Laufgang drehte Laurie sich um, lächelte und warf ihnen eine Kußhand zu.

Sie ist anders, dachte Sarah. Selbstbewußt, zuversichtlich. Ich habe diesen Ausdruck noch nie zuvor an ihr gesehen.

Sie drückte die Fingerspitzen an die Lippen und erwiderte die Kußhand.

Als Lauries schlanke Gestalt um die Ecke entschwand, spürte Sarah, wie Justins Arm sich um ihre Schultern legte.

»Heb dir die restlichen Küsse für mich auf, Liebes.«

Das fremde Gesicht

Für mein neuestes Enkelkind
Jerome Warren Derenzo
»Scoochie«
mit Liebe und Freude

Im Schimpfe wurzelnd widerstand sein Ruhm,
Und fälschlich wahr hielt ihn treulose Treu!

ALFRED LORD TENNYSON,
KÖNIGSIDYLLEN

TEIL I

1

Meghan Collins stand etwas abseits von dem Pulk der anderen Journalisten in der Notaufnahme des Roosevelt Hospital in Manhattan. Minuten zuvor war ein ehemaliger Senator der Vereinigten Staaten auf der Central Park West überfallen und sofort hier eingeliefert worden. Die Medienleute drängten sich in Erwartung einer Nachricht zu seinem Zustand.

Meghan ließ ihre schwere Tasche auf den Boden gleiten. Das drahtlose Mikrofon, das Funktelefon und die Notizblöcke führten dazu, daß ihr der Tragriemen in die Schulter schnitt. Sie lehnte sich an die Wand und schloß für eine kurze Ruhepause die Augen. All die Reporter waren müde. Seit dem frühen Nachmittag waren sie im Gericht gewesen und hatten auf das Urteil in einem Unterschlagungsprozeß gewartet. Um neun Uhr, als sie gerade abziehen wollten, kam der Anruf, sie sollten über den Überfall berichten. Jetzt war es bald elf. Der frische Oktobertag war einer verhangenen Nacht gewichen, die einen unwillkommenen frühen Winter verhieß.

Es herrschte reger Betrieb in dem Krankenhaus. Junge Eltern mit einem blutenden Kleinkind auf den Armen wurden am Anmeldeschalter vorbei durch die Tür zum Untersuchungsbereich gewiesen. Leidtragende eines Autounfalls, mit Prellungen und sichtbar mitgenommen, trösteten einander, während sie auf ihre medizinische Versorgung warteten.

Draußen verstärkte das unablässige Aufheulen ankommender und abfahrender Krankenwagen die vertraute Kakophonie des New Yorker Verkehrs.

Eine Hand berührte Meghan am Arm. »Na, wie geht's denn so, Frau Anwältin?«

Es war Jack Murphy von Channel 5. Seine Frau hatte mit Meghan an der New York University Jura studiert. Meghan Collins, Doktor der Rechte, hatte ein halbes Jahr bei einer Kanzlei an der Park Avenue gearbeitet, dann gekündigt und bei dem Rundfunksender WPCD eine Stelle als Nachrichtenreporterin bekommen. Sie war jetzt seit drei Jahren dort, und im letzten Monat hatte PCD Channel 3, der angeschlossene Fernsehsender, sie regelmäßig ausgeliehen.

»Soweit ganz gut, denke ich«, entgegnete ihm Meghan. Ihr Piepser meldete sich.

»Komm bald mal zu uns zum Essen«, sagte Jack. »Ist schon so lange her.« Er ging wieder zu seinem Kameramann, während sie nach ihrer Tasche griff, um das Funktelefon herauszuholen.

Der Anruf kam von Ken Simon in der Nachrichtenzentrale von WPCD. »Meg, der Ambulanz-Spezialempfänger hat gerade einen Krankenwagen aufgespürt, der zum Roosevelt fährt. Opfer mit Stichwunden, Ecke Sechsundfünfzigste Straße und Zehnte. Kümmer' dich drum.«

Der ominöse Ieee-Oooah-Ton eines sich nähernden Rettungswagens fiel mit dem Stakkato-Getrappel hastender Füße zusammen. Das Traumatologie-Team war auf dem Weg zum Eingang der Notaufnahme. Meg stellte das Telefon ab, steckte es in ihre Tasche und folgte der leeren Krankentrage, die zu der halbkreisförmigen Auffahrt geschoben wurde.

Die Ambulanz kam quietschend zum Stehen. Erfahrene Hände halfen eilends, das Opfer auf die Bahre zu legen. Eine Sauerstoffmaske wurde über das Gesicht der Frau gestülpt. Das Tuch, das ihren schlanken Körper bedeckte, war voller Blut.

Wirres haselnußbraunes Haar betonte noch die bläuliche Blässe ihres Halses.

Meg rannte zur Fahrertür. »Irgendwelche Zeugen?« fragte sie rasch.

»Hat sich niemand gemeldet.« Das Gesicht des Fahrers war von Erschöpfung gezeichnet, seine Stimme sachlich. »Da ist ein Durchgang zwischen zwei dieser alten Mietshäuser bei der Zehnten. Ist wohl einer von hinten gekommen, hat sie da reingestoßen und auf sie eingestochen. Ist wahrscheinlich blitzschnell passiert.«

»Wie schlimm ist sie dran?«

»Könnte nicht schlimmer sein.«

»Irgendein Hinweis, wer sie ist?«

»Nichts. Sie ist beraubt worden. Wahrscheinlich irgend so ein Fixer, der was zum Drücken gebraucht hat.«

Die Bahre wurde hineingerollt. Meghan huschte zurück und hinterher in die Notaufnahme.

Einer der Reporter schnauzte: »Der Arzt des Senators gibt jetzt 'ne Stellungnahme ab.«

Die Medienhorde flutete durch den Raum, um den Schalter zu belagern. Meghan wußte nicht, welche Eingebung sie bei der Bahre verharren ließ. Sie sah, wie der Arzt, der eine Infusion anlegen wollte, die Sauerstoffmaske entfernte und die Augenlider des Opfers aufschob.

»Sie ist tot«, sagte er.

Meghan warf einen Blick über die Schulter einer Krankenschwester und starrte in die blicklosen Augen der toten jungen Frau.

Sie rang nach Luft, als sie diese Augen in sich aufnahm, die breite Stirn, die gewölbten Brauen, die hohen Wangenknochen, die gerade Nase, die vollen Lippen.

Es war, als schaute sie in einen Spiegel.

Sie betrachtete ihr eigenes Gesicht.

2

Meghan nahm ein Taxi zu ihrem Apartment in Battery Park City, ganz unten an der Spitze von Manhattan. Die Fahrt war teuer, aber es war spät, und sie war sehr müde. Bis sie nach Hause kam, vertiefte sich der betäubende Schock vom Anblick der Toten noch, anstatt nachzulassen. Man hatte das Opfer in die Brust gestochen, wohl vier oder fünf Stunden, bevor sie gefunden wurde. Sie hatte Jeans an, eine abgesteppte Jeansjacke, Sportschuhe und Socken. Raub war vermutlich das Motiv gewesen. Ihre Haut war braungebrannt. Schmale Streifen hellerer Haut an ihrem Handgelenk und mehreren Fingern ließen vermuten, daß Ringe und eine Uhr fehlten. Ihre Taschen waren leer, und man hatte keine Handtasche gefunden.

Meghan machte das Licht am Eingang an und blickte quer durch das Zimmer. Von ihren Fenstern aus konnte sie Ellis Island und die Freiheitsstatue sehen. Sie konnte den Vergnügungsschiffen folgen, wie sie zu ihren Anlegeplätzen auf dem Hudson gelotst wurden. Sie liebte das Geschäftszentrum von New York, die Enge der Straßen, die majestätische Wucht des World Trade Center, die Betriebsamkeit des Finanzbezirks.

Die Wohnung war ein geräumiges Einzimmerapartment mit einer Schlafnische und einer Küchenzeile. Meghan hatte es mit ausrangierten Gegenständen ihrer Mutter ausstaffiert, in der Absicht, später einmal eine größere Wohnung zu beziehen und sich nach und nach neu einzurichten. In den drei Jahren, seit sie für WPCD arbeitete, war es nicht dazu gekommen.

Sie warf ihren Mantel über einen Stuhl, ging ins Bad und zog sich Pyjama und Morgenrock an. Die Wohnung war angenehm warm, doch sie fröstelte, als sei sie krank. Ihr wurde bewußt, daß sie es vermied, in den Spiegel über ihrem Frisiertisch zu schauen. Schließlich drehte sie sich um und musterte sich, während sie nach der Reinigungscreme griff.

Ihr Gesicht war kalkweiß, die Augen stierten ihr entgegen. Ihre Hand zitterte, als sie sich das Haar löste, so daß es ihr um den Nacken fiel. Fassungslos und wie erstarrt versuchte sie, Unterschiede zwischen sich und der Toten herauszufinden. Sie wußte noch, daß das Gesicht des Opfers etwas voller gewesen war, die Form der Augen eher rund als oval, das Kinn kleiner. Aber der Hautton und die Haarfarbe und die offenen – nunmehr blicklosen – Augen waren fast genauso wie bei ihr.

Sie wußte, wo das Opfer jetzt war: im Leichenschauhaus der Gerichtsmedizin, für Fotos und Fingerabdrücke. Und man würde die Zähne registrieren.

Und dann die Obduktion.

Meghan merkte, daß sie zitterte. Sie eilte zu der Kochnische, öffnete den Kühlschrank und holte die Milchtüte heraus. Heißer Kakao. Vielleicht würde das helfen.

Sie hockte sich auf die Couch und schlang die Arme um die Knie, die dampfende Tasse vor sich. Das Telefon klingelte. Es war vermutlich ihre Mutter, weshalb sie hoffte, ihre Stimme wirke gefaßt, als sie den Hörer abnahm.

»Meg, hoffentlich hast du noch nicht geschlafen.«

»Nein, bin grad' nach Haus gekommen. Wie geht's denn, Mom?«

»Ach, es geht schon. Die Versicherungsleute haben sich heute gemeldet. Sie kommen morgen nachmittag wieder vorbei. Ich hoffe bei Gott, daß sie nicht wieder wegen dem Kredit zu fragen anfangen, den Dad auf seine Policen aufgenommen hat. Die scheinen einfach nicht zu kapieren, daß ich keine Ahnung hab', was er mit dem Geld gemacht hat.«

Ende Januar war Meghans Vater auf der Heimfahrt nach Connecticut vom Flughafen Newark aus unterwegs gewesen. Es hatte den ganzen Tag geschneit und gehagelt. Um zwanzig nach sieben rief Edwin Collins vom Wagen aus einen Arbeitskollegen an, Victor Orsini, um einen Termin für den nächsten Morgen zu vereinbaren. Er teilte Orsini mit, er sei auf der Zufahrt zur Tappan Zee Bridge.

Möglicherweise nur wenige Sekunden später geriet auf der Brücke ein Tanklaster außer Kontrolle und krachte in einen Sattelschlepper, wodurch es zu einer Folge von Explosionen und einem Feuerball kam, der sieben oder acht Kraftfahrzeuge erfaßte. Der Sattelschlepper schleuderte gegen die Leitplanke der Brücke und riß ein gähnendes Loch hinein, bevor er in das strudelnde, eisige Wasser des Hudson stürzte. Der Tankwagen folgte nach und riß die übrigen, in lauter Teile auseinanderfliegenden Fahrzeuge mit sich.

Ein schwerverletzter Augenzeuge, dem es gelungen war, dem Tankwagen auszuweichen, sagte aus, eine dunkelblaue Limousine sei vor ihm zur Seite gewirbelt und durch den zerborstenen Stahl verschwunden. Edwin Collins hatte einen dunkelblauen Cadillac gefahren.

Es war die schlimmste Katastrophe in der Geschichte der Brücke. Acht Menschenleben waren zu beklagen. Megs sechzigjähriger Vater kam an jenem Abend nicht nach Hause. Man ging davon aus, daß er in der Explosion umgekommen war. Die New Yorker Verkehrsbehörden suchten noch immer nach Wrackteilen und menschlichen Überresten, doch bis jetzt, fast neun Monate später, war noch immer keine Spur von ihm oder seinem Wagen gesichtet worden.

Man hatte eine Gedenkmesse eine Woche nach dem Unglück abgehalten, doch da kein Totenschein ausgestellt worden war, lag eine Sperre auf dem gesamten gemeinsamen Vermögen von Edwin und Catherine Collins, und seine hohen Lebensversicherungen waren nicht ausgezahlt worden.

Schlimm genug für Mom, dieser schreckliche Kummer, auch ohne den Ärger, den ihr diese Leute machen, dachte Meg. »Ich komm' morgen nachmittag raus, Mom. Wenn sie sich weiter so anstellen, müssen wir sie vielleicht verklagen.«

Sie überlegte kurz, entschied dann aber, daß ihre Mutter jetzt am allerwenigsten die Nachricht vertragen konnte, daß eine Frau, die Meghan zum Verwechseln ähnlich sah, erstochen worden war. Statt dessen erzählte Meg von dem Gerichtsverfahren, über das sie an diesem Tag berichtet hatte.

Lange Zeit lag Meghan unruhig im Bett und döste vor sich hin. Endlich schlief sie richtig ein.

Ein hoher Quietschton rüttelte sie wach. Das Faxgerät fing an zu jammern. Sie schaute auf die Uhr: Es war Viertel nach vier. Was in aller Welt ...? dachte sie. Sie knipste das Licht an, zog sich auf einen Ellbogen hoch und beobachtete, wie das Papier langsam aus der Maschine glitt. Sie sprang aus dem Bett, rannte durch den Raum und griff nach der Botschaft.

Sie lautete: VERSEHEN. ANNIE WAR EIN VERSEHEN.

3

Tom Weicker, der zweiundfünfzigjährige Nachrichtenchef von PCD Channel 3, hatte sich Meghan Collins immer häufiger von der Hörfunk-Abteilung ausgeliehen. Er war dabei, einen weiteren Reporter für das Live-Nachrichtenteam nach sorgfältiger Überlegung auszuwählen, und hatte die Kandidaten abwechselnd ausprobiert, aber nun stand seine Entscheidung fest: Meghan Collins.

Er war zu dem Schluß gekommen, daß sie sich gut präsentierte, von einem Moment auf den anderen improvisieren konnte und selbst einer weniger wichtigen Nachricht stets ein Gefühl von Unmittelbarkeit und Dringlichkeit verlieh. Ihre juristische Ausbildung war ein echtes Plus bei Gerichtsverfahren. Sie sah verdammt gut aus und strahlte natürliche Wärme aus. Sie mochte Menschen und konnte mit ihnen umgehen.

Am Freitag morgen ließ Weicker Meghan zu sich kommen. Als sie an die offene Tür zu seinem Büro klopfte, winkte er sie herein. Meghan trug eine hervorragend sitzende Jacke in Tönen von Blaßblau und Rostbraun. Ein Rock aus der gleichen feinen Wolle reichte bis zu ihren Stiefeln hinunter. Klasse, dachte Weicker, genau richtig für den Job.

Meghan betrachtete Weickers Miene und versuchte, seine Gedanken zu erraten. Er hatte ein schmales, scharf geschnittenes Gesicht und trug eine randlose Brille. Dies und sein schon schütteres Haar ließen ihn älter erscheinen, als er tatsächlich war, und eher wie einen Bankkassierer denn wie ein Medienenergiebündel. Dieser Eindruck war jedoch schnell verflogen, sobald er zu sprechen anfing. Meghan mochte Tom, wußte aber, daß er seinen Spitznamen »Tödlicher Weicker« nicht umsonst erhalten hatte. Als er begann, sie vom Rundfunksender auszuleihen, hatte er deutlich gemacht, es sei zwar eine schlimme, scheußliche Sache, daß ihr Vater sein Leben in dem Brückenunglück verloren habe, aber er brauche ihre Zusicherung, daß dies ihre Arbeitsleistung nicht beeinträchtigen werde. Es hatte sie nicht beeinträchtigt, und nun vernahm Meghan, wie ihr die Stelle angeboten wurde, die sie sich so sehr wünschte.

Als unwillkürliche Reaktion durchfuhr sie sofort der Gedanke: Ich kann's nicht abwarten, das Dad zu erzählen!

Dreißig Stockwerke weiter unten, in der Tiefgarage des PCD-Gebäudes, durchsuchte Bernie Heffernan, der Garagenwächter, in Tom Weickers Wagen das Handschuhfach. Dank einer genetischen Ironie waren Bernies Gesichtszüge dazu angetan, ihm den Ausdruck eines unbeschwerten Gemüts zu verleihen. Seine Wangen waren voll, sein Kinn und Mund klein, seine Augen groß und arglos, seine Haare voll und wuschelig, sein Körperbau war kräftig, wenn auch etwas rundlich. Mit seinen fünfunddreißig Jahren vermittelte er einem Beobachter den Eindruck, er sei ein Mensch, der einem einen platten Reifen wechseln würde, obwohl er gerade seinen besten Anzug anhatte.

Er wohnte noch bei seiner Mutter in dem schäbigen Haus in Jackson Heights, Queens, wo er geboren worden war. Von dort weg gewesen war er nur zu jenen düsteren, alptraumhaften Zeiten seiner Inhaftierung. Am Tag nach seinem zwölften Geburtstag wurde er zum ersten von einem Dutzend Malen in eine Besserungsanstalt für Jugendliche eingewiesen. Mit Anfang Zwanzig hatte er drei Jahre in einer psychiatrischen Anstalt verbracht. Vier Jahre lag es zurück, daß er zu zehn Monaten auf Riker's Island verurteilt worden war. Das war, nachdem die Polizei ihn dabei erwischt hatte, wie er sich im Wagen einer Studentin versteckt hielt. Man hatte ihn wieder und wieder verwarnt, er solle sich von ihr fernhalten. Komisch, dachte Bernie – er konnte sich jetzt nicht einmal mehr daran erinnern, wie sie aussah. Nicht an sie, und auch nicht an all die anderen. Und sie waren ihm alle einmal so wichtig gewesen.

Bernie wollte nie mehr ins Gefängnis. Die anderen Häftlinge machten ihm angst. Zweimal hatten sie ihn zusammengeschlagen. Er hatte seiner Mama geschworen, er würde sich nie mehr im Gebüsch verstecken und in Fenster hineinschauen oder einer Frau folgen und sie zu küssen versuchen. Er schaffte es auch schon sehr gut, sein Temperament zu zügeln. Den Psychiater hatte er nicht ausstehen können, der Mama ständig warnte, eines Tages werde dieses tückische Temperament Bernie noch in Schwierigkeiten bringen, die keiner mehr gutmachen konnte. Bernie wußte, daß sich niemand mehr um ihn Sorgen machen mußte.

Sein Vater war abgehauen, als er noch ein Baby war. Seine verbitterte Mutter verließ das Haus nicht mehr, und Bernie mußte daheim ihr endloses Wiederaufwärmen all der Ungerechtigkeiten ertragen, die ihr das Leben während ihrer dreiundsiebzig Jahre zugefügt habe, und was er ihr doch alles schuldig sei.

Nun ja, was immer er ihr »schuldete«, Bernie gelang es jedenfalls, den größten Teil seines Geldes in elektronischer Ausrüstung anzulegen. Er hatte ein Radio, das den Polizeifunk einfing, ein anderes Spezialradio, das Programme aus der ganzen Welt empfangen konnte, einen Apparat, der die Stimme veränderte.

Abends sah er pflichtschuldig zusammen mit seiner Mutter fern. Nachdem sie jedoch um zehn Uhr zu Bett gegangen war, schaltete Bernie den Fernseher ab, eilte in den Keller hinunter, machte die Radioapparate an und begann, die Moderatoren von Talk-Shows anzurufen. Zu diesem Zweck dachte er sich Namen und Lebensgeschichten aus. So rief er etwa einen rechtslastigen Showmaster an und beschwor liberale Werte, dann einen liberalen Moderator und erging sich in Lobeshymnen über die extreme Rechte. In seiner Anruf-Persönlichkeit liebte er Auseinandersetzungen, Konfrontationen, den Austausch von Beleidigungen.

Ohne das Wissen seiner Mutter hatte er auch einen Fernsehapparat mit einem Ein-Meter-Bildschirm und einen Videorecorder im Keller und sah sich oft Filme an, die er aus Porno-Läden mit nach Hause gebracht hatte.

Der Polizeiempfänger regte zu weiteren Einfällen an. Er begann, Telefonbücher durchzugehen und Nummern zu umkringeln, die bei weiblichen Namen angegeben waren. Mitten in der Nacht wählte er dann eine jener Nummern und erklärte, er rufe von einem Funktelefon direkt beim Haus der Frau an und werde jetzt einbrechen. Dann flüsterte er, vielleicht komme er nur eben auf einen Sprung herein, oder vielleicht bringe er sie um. Anschließend pflegte Bernie grinsend dazusitzen und im Polizeifunk mitzuhören, wie ein Streifenwagen eilends zu der Adresse geschickt wurde. Es war fast so gut, wie an Fenstern zu spionieren oder Frauen zu verfolgen, und er brauchte sich nie Sorgen zu machen, daß sich plötzlich die Scheinwerfer eines Polizeiwagens auf ihn richten würden oder ein Bulle mit einer Flüstertüte brüllen würde: »Keine Bewegung!«

Der Wagen, der Tom Weicker gehörte, war eine wahre Goldgrube an Informationen für Bernie. Weicker hatte ein elektronisches Adressenverzeichnis in seinem Handschuhfach. Darin hatte er die Namen, Adressen und Nummern der wichtigsten Mitarbeiter des Senders gespeichert. Die großen Tiere, dachte Bernie, als er die Telefonnummern auf sein eigenes elektronisches Register übertrug. Er hatte sogar Weickers Frau eines Abends zu Hause erreicht. Sie hatte zu kreischen angefangen, als er ihr erzählte, er sei am Hintereingang und im Begriff, hereinzukommen.

Bei der Erinnerung an ihr Entsetzen hatte er noch stundenlang danach gekichert.

Was ihm aber inzwischen zu schaffen machte, war die Tatsache, daß er zum ersten Mal seit seiner Entlassung aus Riker's Island das bedrückende Gefühl hatte, nicht in der Lage zu sein, sich jemanden aus dem Kopf zu schlagen. Dieser Jemand war eine Reporterin. Sie war so hübsch, daß er beim Aufhalten der Wagentür dagegen ankämpfen mußte, sie anzufassen.

Ihr Name war Meghan Collins.

4

Irgendwie brachte es Meghan fertig, Weickers Angebot gelassen zu akzeptieren. Die Kollegen witzelten darüber, wenn man sich zu sehr »Ach, wie toll«-erfreut über eine Beförderung zeige, würde Tom Weicker noch ins Grübeln geraten, ob er die richtige Wahl getroffen habe. Er wollte ehrgeizige Leute, die nicht zu bremsen waren und die fanden, jede Anerkennung, die man ihnen zollte, sei längst überfällig.

Bemüht, möglichst sachlich zu wirken, zeigte sie ihm die Fax-Botschaft. Während er sie las, hob er die Augenbrauen. »Was soll das heißen?« fragte er. »Was ist das für ein ›Versehen‹? Wer ist Annie?«

»Ich weiß nicht. Tom, ich war im Roosevelt Hospital, als das Opfer des Messerstechers gestern nacht eingeliefert wurde. Ist sie inzwischen identifiziert worden?«

»Noch nicht. Was ist mit ihr?«

»Ich glaube, Sie sollten etwas wissen«, sagte Meghan widerstrebend. »Sie sieht aus wie ich.«

»Sie sieht Ihnen ähnlich?«

»Sie könnte fast meine Doppelgängerin sein.«

Toms Augen zogen sich zusammen. »Wollen Sie damit sagen, daß dieses Fax etwas mit dem Tod dieser Frau zu tun hat?«

»Es ist wahrscheinlich bloß ein Zufall, aber ich dachte, ich sollte Sie's wenigstens sehen lassen.«

»Das ist auch gut so. Lassen Sie's mir da. Ich finde heraus, wer in diesem Fall die Ermittlungen leitet, und lasse ihn einen Blick drauf werfen.«

Für Meghan war es eine ausgesprochene Erleichterung, die Daten für ihre nächsten Berichte in der Nachrichtenredaktion abzuholen.

Es war ein relativ zahmer Tag. Eine Pressekonferenz im Amt des Bürgermeisters, wo er seine Entscheidung für den neuen Polizeichef bekanntgab, ein verdächtiges Feuer, das ein Mietshaus im Stadtteil Washington Heights in Schutt und Asche gelegt hatte. Am Spätnachmittag sprach Meghan mit dem Büro des Gerichtsmediziners. Eine Zeichnung und eine Beschreibung der toten jungen Frau waren von der Vermißtenstelle ausgegeben worden. Ihre Fingerabdrücke waren nach Washington unterwegs zum Vergleich mit den Akten der Regierung und des Bundeskriminalamts. Sie war an einer einzigen tiefen Stichwunde in der Brust gestorben. Die inneren Blutungen waren langsam, aber massiv gewesen. Arme wie Beine hatten einige Jahre früher Brüche erlitten. Falls innerhalb von dreißig Tagen niemand Anspruch darauf erhob, würde man ihre Leiche auf dem Armenfriedhof in einem numerierten Grab beisetzen. Eine weitere »Jane Doe« – ein anonymes Opfer aus den Polizeiakten.

Um sechs Uhr abends machte Meghan gerade Schluß mit der Arbeit. Wie stets seit dem Verschwinden ihres Vaters wollte sie das Wochenende bei ihrer Mutter verbringen. Für Sonntag nachmittag war ihr ein Bericht über eine Veranstaltung in der Manning Clinic zugeteilt worden, einem Institut für künstliche Fortpflanzung, das vierzig Minuten von ihrem Zuhause in Newtown entfernt lag. Die Klinik hielt ihr jährliches Treffen der Kinder ab, die aus den künstlichen Befruchtungen, die man dort ausführte, hervorgegangen waren.

Der für die Zuteilung zuständige Redakteur fing sie am Fahrstuhl ab. »Steve ist Ihr Kameramann am Sonntag bei der Manning Clinic. Ich hab' ihm gesagt, er soll Sie dort um drei treffen.«

»Okay.«

Die Woche über benützte Meghan einen Wagen des Senders. Heute morgen war sie mit ihrem eigenen Auto gekommen. Der Lift kam ruckend auf Höhe der Tiefgarage zum Stillstand. Sie lächelte, als Bernie sie entdeckte und sich sofort im Dauerlauf zur unteren Parkebene in Bewegung setzte. Er fuhr mit ihrem weißen Mustang vor und hielt ihr die Fahrertür auf. »Gibt's was Neues von Ihrem Dad?« fragte er teilnahmsvoll.

»Nein, aber danke für die Frage.«

Er beugte sich vor, so daß sein Gesicht ihrem ganz nahe kam. »Meine Mutter und ich beten für ihn.«

Was für ein netter Kerl! dachte Meghan, während sie den Wagen die Rampe hinauf zur Ausfahrt steuerte.

5

Catherines Haar sah stets so aus, als wäre sie gerade mit der Hand durchgefahren. Es war ein kurzer, lockiger Schopf, jetzt aschblond getönt, der den frischen Reiz ihres herzförmigen Gesichts noch hervorhob. Gelegentlich bemerkte Catherine Meghan gegenüber, wie gut es sei, daß sie das energische Kinn ihres Vaters geerbt habe. Ansonsten sähe sie jetzt mit ihren dreiundfünfzig Jahren wie ein dahinwelkendes Engelspüppchen aus, ein Eindruck, der durch ihre Körpergröße noch verstärkt würde. Kaum einen Meter fünfzig groß, nannte sie sich selbst den Hauszwerg.

Meghans Großvater Patrick Kelly war mit neunzehn Jahren aus Irland in die Vereinigten Staaten gekommen, »mit den

Kleidern auf meinem Buckel und einmal Unterwäsche extra unter meinem Arm aufgerollt«, wie es in seiner Geschichte hieß. Nachdem er tagsüber in der Küche eines Hotels an der Fifth Avenue als Tellerwäscher und nachts mit der Putzkolonne eines Bestattungsunternehmens gearbeitet hatte, war er zu dem Schluß gekommen, es gebe zwar eine Menge Dinge, worauf die Leute verzichten könnten, doch niemand könne das Essen oder das Sterben aufgeben. Da es erfreulicher war, die Leute beim Essen als im Sarg mit darübergestreuten Nelken vor sich zu sehen, entschied sich Patrick Kelly, all seine Energien im Gaststättengewerbe einzusetzen.

Fünfundzwanzig Jahre später baute er in Newtown, Connecticut, den Gasthof seiner Träume und taufte ihn Drumdoe nach dem Dorf seiner Geburt. Er hatte zehn Gästezimmer und ein hervorragendes Restaurant, das die Menschen aus einem Umkreis von achtzig Kilometern anlockte. Pat vollendete den Traum mit der Renovierung eines bezaubernden Farmhauses auf dem Nachbargrundstück als Familiensitz. Dann erwählte er sich eine Braut, zeugte Catherine und führte seine Gaststätte bis zu seinem Tod im Alter von achtundachtzig Jahren.

Seine Tochter und seine Enkelin waren buchstäblich in dem Gasthaus großgezogen worden. Catherine führte es jetzt mit der gleichen Hingabe, die Patrick ihr eingeflößt hatte, und ihre Arbeit dort half ihr, mit dem Tod ihres Mannes besser fertig zu werden.

In den neun Monaten jedoch seit der Tragödie auf der Brücke war es ihr unmöglich gewesen, nicht daran zu glauben, daß eines Tages die Tür aufgehen und Ed fröhlich rufen würde: »Wo sind denn meine Mädchen?« Gelegentlich ertappte sie sich noch immer dabei, wie sie horchte, ob nicht die Stimme ihres Mannes erklang.

Zusätzlich zu all dem Schrecken und Kummer war jetzt auch ihre finanzielle Situation zu einem akuten Problem geworden. Zwei Jahre zuvor hatte Catherine das Gasthaus für sechs Monate geschlossen, darauf eine Hypothek aufgenommen und eine grundlegende Renovierung und Neugestaltung durchgeführt.

Der Zeitpunkt dafür hätte sich nicht als ungünstiger erweisen können. Die Wiedereröffnung fiel mit der allgemeinen Rezession zusammen. Die Hypothekenzahlungen waren vom gegenwärtigen Gewinn nicht abgedeckt, und die vierteljährlichen Steuern waren bald fällig. Auf ihrem Privatkonto waren nur noch ein paar tausend Dollar.

Noch Wochen nach dem Unglück hatte Catherine sich für den Anruf gewappnet, der ihr mitteilen würde, die Leiche ihres Mannes sei aus dem Fluß geborgen worden. Jetzt betete sie darum, der Anruf möge kommen und die Unsicherheit beenden.

Es war ein so überwältigendes Gefühl von Unvollständigkeit. Catherine mußte oft daran denken, daß Menschen ohne Verständnis für Leichenbegängnisse nicht begriffen, daß diese Rituale für das Gemüt nötig waren. Sie wollte in der Lage sein, Eds Grab zu besuchen. Pat, ihr Vater, hatte des öfteren von einer »anständigen christlichen Beerdigung« gesprochen. Sie und Meg machten gern ihre Witze darüber. Wenn Pat den Namen eines Freundes von früher in den Todesanzeigen entdeckte, dann frotzelte sie oder Meg: »Du liebe Güte, er hat doch hoffentlich eine anständige christliche Beerdigung gekriegt.«

Sie machten keine Witze mehr darüber.

Am Freitag nachmittag war Catherine im Haus und machte sich fertig, um für die Abendessenszeit zur Gaststätte hinüberzugehen. *TGIF*, wie es heißt, *Thank God it's Friday*, das kann man wohl sagen, dachte sie – wie gut, daß es Freitag ist. Freitag hieß, daß Meg bald zum Wochenende daheim sein würde.

Die Leute von der Versicherung mußten jeden Moment kommen. Wenn sie mir wenigstens eine Teilzahlung geben, bis die Taucher von der Behörde Wrackteile des Wagens finden, überlegte Catherine, als sie sich eine Schmucknadel an das Revers ihrer Jacke mit dem Hundezahnmuster steckte. Ich brauche das Geld. Sie versuchen bloß, sich aus der Verdoppelung der Entschädigungssumme bei Tod durch Unfall herauszuwinden, aber ich bin bereit, darauf zu verzichten, bis sie den Beweis haben, von dem sie ständig reden.

Doch als die zwei ernst blickenden Versicherungsangestellten eintrafen, war es nicht, um die Zahlung in Gang zu setzen. »Mrs. Collins«, erklärte der ältere der beiden, »ich hoffe, Sie verstehen unsere Position. Wir haben Verständnis für Sie und sind uns im klaren über die mißliche Lage, in der Sie sich befinden. Das Problem ist, daß wir die Auszahlung auf die Police Ihres Mannes nicht ohne einen Totenschein bewilligen können, und der wird offenbar nicht ausgestellt.«

Catherine starrte ihn an. »Sie meinen, er wird nicht ausgestellt, solange kein absoluter Beweis für seinen Tod vorliegt? Aber was ist, wenn seine Leiche flußabwärts bis in den Atlantik getragen worden ist?«

Die Männer sahen beide verlegen aus. Der jüngere antwortete ihr. »Mrs. Collins, die New Yorker Verkehrsbehörde, in ihrer Eigenschaft als Eignerin und Betreiberin der Tappan Zee Bridge, hat in einem umfassenden Einsatz alles darangesetzt, sowohl die Opfer wie die Wrackteile aus dem Fluß zu bergen. Zugegeben, die Explosionen haben dazu geführt, daß die Fahrzeuge zerfetzt wurden. Trotzdem lösen sich schwere Teile wie Getriebe und Motoren nicht einfach auf. Außer dem Sattelschlepper und dem Tanklaster sind sechs Fahrzeuge über die Seitenplanke gegangen, oder sieben, wenn wir den Wagen Ihres Mannes mitrechnen würden. Von allen anderen sind Teile aufgefunden worden. All die anderen Leichen sind ebenfalls geborgen worden. Da ist nicht einmal ein Rad oder Reifen, eine Tür oder ein Motorenteil eines Cadillac im Flußbett unter der Unglücksstelle.«

»Sie wollen also sagen ...« Es fiel Catherine schwer, die Worte zu formulieren.

»Wir wollen damit sagen, daß der umfassende Bericht über das Unglück, den die Behörde demnächst zur Veröffentlichung freigibt, kategorisch feststellt, daß Edwin Collins bei dem Brückenunglück an jenem Abend nicht zu Tode gekommen sein kann. Die Experten meinen, er mag zwar durchaus in der Nähe der Brücke gewesen sein, aber keiner glaubt, daß Edwin Collins eins der Opfer war. Wir glauben, daß er entkam, als die anderen Fahrzeuge in den Unfall verwickelt wurden, und dieses günstige Zusammentreffen dazu ausnutzte, um sein schon geplantes Verschwinden in die Tat umzusetzen. Wir denken, daß er der Meinung war, er könnte Sie und Ihre Tochter mit der Versicherung versorgen und sich dann dem neuen Leben zuwenden, das er auf die eine oder andere Weise bereits ins Auge gefaßt hatte.«

6

Mac, wie Dr. Jeremy MacIntyre von seinen Freunden genannt wurde, wohnte mit seinem siebenjährigen Sohn Kyle ganz in der Nähe der Familie Collins.

Während seiner College-Jahre an der Yale University hatte Mac den Sommer über als Kellner im Drumdoe Inn gearbeitet. Während jener Sommermonate hatte er eine dauerhafte Vorliebe für die Gegend entwickelt und beschlossen, sich dort eines Tages niederzulassen.

Als er heranwuchs, hatte Mac die Beobachtung gemacht, daß er der Typ in der Menge war, den die Mädchen nicht beachteten. Durchschnittliche Größe, durchschnittliches Gewicht, durchschnittliches Aussehen. Es war eine einigermaßen zutreffende Beschreibung, doch in Wirklichkeit wurde Mac sich selbst nicht gerecht. Beim zweiten Hinschauen fanden Frauen sehr wohl etwas Herausforderndes an dem spöttischen Ausdruck seiner braunen Augen, eine attraktive Jungenhaftigkeit an dem sandfarbenen Haar, das immer vom Wind zerzaust schien, eine wohltuende Verläßlichkeit in der souveränen Haltung, mit der er sie auf die Tanzfläche führte oder sie an einem frostigen Abend mit der Hand am Ellenbogen nahm.

Mac hatte schon immer gewußt, daß er eines Tages Arzt sein würde. Als er dann sein Medizinstudium an der New York University aufnahm, war er mehr und mehr der Überzeugung, die Zukunft der Medizin liege in der Genetik. Inzwischen sechsunddreißig, arbeitete er bei LifeCode, einem Institut für genetische Forschung in Westport, an die fünfzig Autominuten südöstlich von Newtown gelegen.

Es war die Stelle, die er wollte, und sie fügte sich gut in sein Leben als geschiedener, alleinerziehender Vater ein. Mit siebenundzwanzig hatte Mac geheiratet. Die Ehe dauerte eineinhalb Jahre und brachte Kyle hervor. Dann kam Mac eines Tages vom Labor nach Hause und fand einen Babysitter und eine Nachricht vor. Sie lautete: »Mac, das hier ist nichts für mich. Ich bin eine lausige Ehefrau und eine lausige Mutter. Wir wissen beide, daß es nicht funktionieren kann. Ich muß einfach die Chance zu einer Karriere haben. Kümmer' dich gut um Kyle. Tschüs, Ginger.«

Ginger hatte sich seither ganz gut gemacht. Sie sang in Lokalen in Vegas und auf Vergnügungsschiffen. Sie hatte ein paar Schallplatten produziert, und die letzte war in die Hitlisten gelangt. Sie schickte Kyle teure Geschenke zu seinem Geburtstag und zu Weihnachten. Die Geschenke waren ausnahmslos zu kompliziert oder zu babyhaft. Sie hatte Kyle nur dreimal in den sieben Jahren gesehen, seit sie sich aus dem Staub gemacht hatte.

Trotz der Tatsache, daß es fast eine Erleichterung bedeutet hatte, hegte Mac noch immer einen Rest von Bitterkeit über Gingers Fahnenflucht. Eine Scheidung war nie Teil der Zukunft gewesen, die er sich ausgemalt hatte, und er fühlte sich noch immer unwohl dabei. Er wußte, daß sein Sohn eine Mutter vermißte, und so gab er sich besondere Mühe und setzte all seinen Stolz daran, ein guter, aufmerksamer Vater zu sein. Freitag abends gingen Mac und Kyle häufig ins Drumdoe Inn zum Essen. Sie aßen in der kleinen, legeren Grillstube, wo das spezielle Freitagsmenü individuell zubereitete Pizzas, Fisch und Pommes frites bot.

Catherine war abends immer im Gasthof. In jungen Jahren war Meg auch ständig dort zu finden gewesen. Als sie zehn und Mac ein Aushilfskellner von neunzehn war, hatte sie ihm ernst erklärt, daß es Spaß mache, zu Hause zu essen. »Daddy und ich machen es manchmal, wenn er da ist.«

Seit ihr Vater verschwunden war, verbrachte Meg praktisch jedes Wochenende zu Hause und aß mit ihrer Mutter in der Gaststätte zu Abend. An diesem Freitag abend jedoch war weder Catherine noch Meg zu sehen.

Mac gestand sich ein, daß er enttäuscht war; Kyle hingegen, der sich immer ganz besonders auf Meg freute, gab sich ungerührt. »Dann ist sie halt nicht da. Toll.«

»Toll« war Kyles neues Wort für alles. Er gebrauchte es, wenn er begeistert war, abgestoßen oder scheinbar erhaben. Heute abend war sich Mac nicht ganz sicher, welche Empfindung er da heraushörte. Aber hör mal, sagte er sich, laß dem Jungen doch Freiraum. Wenn ihm tatsächlich irgend etwas zusetzt, dann kommt es schon früher oder später ans Tageslicht, und mit Meghan kann es bestimmt nichts zu tun haben.

Kyle aß schweigend den Rest seiner Pizza auf. Er war sauer auf Meghan. Sie tat immer so, als sei sie wirklich interessiert an dem Zeug, das er machte, aber am Mittwoch nachmittag, als er draußen war und gerade seinem Hund Jake beigebracht hatte, auf den Hinterbeinen zu stehen und bitte-bitte zu machen, war Meghan an ihm vorbeigefahren, ohne ihn zu beachten. Sie war auch ganz langsam gefahren, und er hatte zu ihr hinübergeschrien, sie solle anhalten. Er wußte, daß sie ihn gesehen hatte, weil sie direkt zu ihm hingeschaut hatte. Dann aber hatte sie Gas gegeben und war weggefahren, ohne sich auch nur die Zeit zu nehmen, Jakes Trick anzuschauen. Toll.

Er würde seinem Vater nichts davon erzählen. Dad sagte dann bestimmt, daß Meghan nicht gut drauf war, weil Mr. Collins schon lange nicht mehr heimgekommen war und vielleicht zu den Leuten gehörte, die mit dem Auto von der Brücke in den Fluß gefallen waren. Er würde erklären, daß die Leute manchmal, wenn sie an etwas denken, einfach direkt an Leuten vorbeigehen und sie nicht einmal sehen. Aber Meg *hatte* Kyle am Mittwoch gesehen und hatte es nicht mal für nötig gehalten, ihm zuzuwinken.

Toll, dachte er. Wirklich toll.

7

Als Meghan zu Hause ankam, fand sie ihre Mutter im dämmrigen Wohnzimmer vor, wo sie dasaß, die Hände im Schoß gefaltet. »Mom, bist du okay?« fragte sie besorgt. »Es ist schon fast halb acht. Gehst du nicht zum Drumdoe?« Sie knipste das Licht an und entdeckte Catherines verquollenes, tränenverschmiertes Gesicht. Sie sank in die Knie und packte die Hände ihrer Mutter. »Mein Gott, haben sie ihn gefunden? Ist es das?«

»Nein, Meggie, das ist es nicht.« Immer wieder stockend berichtete Catherine Collins von dem Besuch der Versicherungsleute.

Dad doch nicht, dachte Meghan. Er könnte, er würde Mutter so etwas nicht antun. Ihr nicht. Da mußte etwas nicht stimmen. »Das ist das Verrückteste, was ich je gehört hab'«, sagte sie energisch.

»Das hab' ich ihnen auch gesagt. Aber Meg, warum hat sich Dad dann so viel auf seine Versicherung ausgeliehen? Das verfolgt mich. Und selbst wenn er es investiert hat, weiß ich nicht, wo. Ohne einen Totenschein sind mir die Hände gebunden. Ich kann nicht mit den Kosten Schritt halten. Phillip schickt bisher Dads Monatseinkommen von der Firma, aber das ist nicht fair ihm gegenüber. Das meiste Geld, was Dad noch an Provision zustand, ist schon lange eingegangen. Ich weiß, daß ich von Natur aus eher zurückhaltend bin, aber als ich den Gasthof renoviert hab', war ich's wahrhaftig nicht. Ich hab' wirklich übertrieben. Jetzt muß ich Drumdoe vielleicht verkaufen.«

Der Gasthof. Es war Freitag abend. Ihre Mutter hätte jetzt eigentlich dort sein sollen, ganz in ihrem Element, während sie die Gäste begrüßte, ein Auge auf die Kellner und Gehilfen, auf die Tischgedecke hatte, die Gerichte in der Küche abschmeckte. Ganz automatisch überprüfte sie stets jedes Detail wieder und wieder.

»Dad hat dir das nicht angetan«, stellte Meg kategorisch fest. »Das weiß ich einfach.«

Catherine Collins brach in heftiges, trockenes Schluchzen aus. »Vielleicht hat Dad ja das Brückenunglück als Gelegenheit genützt, um von mir wegzukommen. Aber warum, Meg? Ich hab' ihn so geliebt.«

Meghan legte die Arme um ihre Mutter. »Hör mal«, sagte sie resolut, »du hast zu Anfang recht gehabt. Dad würde dir das nie antun, und egal wie, wir werden das auch beweisen.«

8

Die Personalberatungsfirma Collins and Carter Executive Search lag in Danbury, Connecticut. Edwin Collins hatte die Firma mit achtundzwanzig gegründet, nachdem er fünf Jahre lang bei einer der im Wirtschaftsmagazin *Fortune* aufgeführten Spitzenfirmen mit Hauptsitz in New York gearbeitet hatte. In der Zeit dort war ihm klargeworden, daß die Arbeit innerhalb einer Konzernstruktur nichts für ihn war.

Nach seiner Eheschließung mit Catherine Kelly hatte er sein Büro nach Danbury verlegt. Sie wollten in Connecticut leben, und die geographische Lage von Edwins Firma war nicht entscheidend, da er einen Großteil seiner Zeit landesweit unterwegs war, um Klienten aufzusuchen.

Etwa zwölf Jahre vor seinem Verschwinden hatte Collins Phillip Carter in sein Geschäft aufgenommen.

Carter, Absolvent der Wirtschaftshochschule Wharton mit der zusätzlichen Qualifikation einer juristischen Ausbildung, war ursprünglich ein Kunde von Edwin gewesen, der ihn mehrfach erfolgreich in Positionen plaziert hatte, zuletzt, bevor sie sich zusammentaten, bei einem internationalen Unternehmen in Maryland.

Wenn Collins jene Kundenfirma aufsuchte, pflegten er und Carter sich zum Essen oder auf einen Drink zu treffen. Im Lauf der Jahre entwickelte sich eine geschäftlich orientierte Freundschaft.

Anfang der achtziger Jahre verließ Phillip Carter schließlich nach einer schwierigen, für eine Midlife-Krise typischen Scheidung seine Stellung in Maryland, um sich Collins als Partner und Teilhaber anzuschließen.

Sie waren in vielerlei Hinsicht Gegensätze. Collins war groß, gutaussehend im klassischen Sinn, makellos gekleidet und hatte einen unaufdringlichen Humor, während Carter derb und herzhaft war, mit anziehend unregelmäßigen Gesichtszügen und vollem, angegrautem Haar. Seine Kleidung war teuer, wirkte aber nie ganz richtig abgestimmt. Seine Krawatte saß oft lose am Knoten. Er war ein Mann nach Männergeschmack, der eine Trinkrunde mit seinen Geschichten zu Lachsalven hinreißen konnte, ein Mann auch, der gern ein Auge auf die Damen warf.

Die Partnerschaft hatte funktioniert. Lange Zeit wohnte Phillip Carter in Manhattan und pendelte gegen den Strom nach Danbury, wenn er nicht für die Firma auf Reisen war. Sein Name erschien häufig in den Gesellschaftsspalten der New Yorker Zeitungen im Zusammenhang von Galadiners oder Wohltätigkeitsveranstaltungen, die er in Begleitung verschiedener Frauen besucht hatte. Im Lauf der Zeit kaufte er sich dann ein kleines Haus in Brookfield, zehn Minuten vom Büro entfernt, und hielt sich immer häufiger dort auf.

Jetzt, im Alter von dreiundfünfzig Jahren, war Phillip Carter eine vertraute Gestalt im Umkreis von Danbury.

Er arbeitete regelmäßig noch mehrere Stunden an seinem Schreibtisch, nachdem alle anderen schon weg waren, weil der frühe Abend eine günstige Zeit war, all die Kundenfirmen und Jobkandidaten zu kontaktieren, die im mittleren Westen und an der Westküste angesiedelt waren. Seit dem Abend der Brückenkatastrophe verließ Phillip selten vor acht Uhr das Büro.

Als Meghan an diesem Abend um fünf vor acht anrief, griff er gerade nach seinem Mantel. »Ich hab' schon befürchtet, daß es dazu kommen würde«, sagte er, nachdem sie ihm von dem Besuch der Versicherungsleute erzählte. »Kannst du morgen gegen Mittag vorbeischauen?«

Nachdem er aufgelegt hatte, saß er lange Zeit an seinem Schreibtisch. Dann nahm er den Hörer wieder und rief seinen Wirtschaftsprüfer an. »Ich glaube, es ist besser, wenn wir jetzt sofort die Bücher durchgehen«, sagte er ruhig.

9

Als Meghan am Samstag um zwei Uhr in den Büroräumen der Collins and Carter Executive Search eintraf, stieß sie auf drei Männer, die mit Rechnern an dem langen Tisch arbeiteten, auf dem normalerweise Zeitschriften und Pflanzen plaziert waren. Sie benötigte nicht erst Phillip Carters Erklärung zu der Erkenntnis, daß es Revisoren waren. Auf seinen Vorschlag hin gingen sie beide in das private Büro ihres Vaters.

Sie hatte eine schlaflose Nacht hinter sich, ihr Kopf ein Schlachtfeld der Fragen, der Zweifel und der Verweigerung. Phillip schloß die Tür und wies auf einen der beiden Stühle vor dem Schreibtisch. Er nahm den anderen, ein Zeichen von Feingefühl, das sie zu schätzen wußte. Es hätte ihr weh getan, ihn hinter dem Schreibtisch ihres Vaters zu sehen.

Sie wußte, daß Phillip aufrichtig zu ihr sein würde. Sie fragte: »Phillip, hältst du es im entferntesten für möglich, daß mein Vater noch lebt und absichtlich verschwunden ist?«

Die kurze Pause, bevor er sprach, genügte als Antwort. »Du hältst es tatsächlich für möglich?« hakte sie nach.

»Meg, ich lebe lange genug, um zu wissen, daß alles und jedes möglich ist. Ehrlich gesagt, die Ermittlungsbeamten von der Behörde und die Versicherungsleute haben sich hier schon ziemlich lange herumgetrieben und ganz schön direkte Fragen gestellt. Ein paarmal hätte ich sie am liebsten rausgeschmissen. Wie alle andern auch hatte ich erwartet, daß man Eds Wagen, oder Wrackteile davon, finden würde. Es ist möglich, daß ein großer Teil davon von der Strömung flußabwärts getragen worden oder im Flußbett steckengeblieben ist, aber es ist keine große Hilfe, daß man keine einzige Spur von dem Auto gefunden hat. Also, um dir zu antworten, ja, es ist möglich. Und nein, ich kann mir nicht vorstellen, daß dein Vater zu so einem Streich imstande ist.«

Es war, was sie zu hören erwartet hatte, aber es machte die Situation nicht leichter. Als sie noch ganz klein gewesen war, hatte Meghan einmal versucht, ein angebranntes Stück Brot mit einer Gabel aus dem Toaster zu entfernen. Sie fühlte sich jetzt, als spüre sie von neuem den heftigen Schmerz, wie ihr der elektrische Schlag durch den Körper fuhr.

»Und natürlich ist es keine große Hilfe, daß Dad ein paar Wochen, bevor er verschwunden ist, den Barwert auf seine Versicherungen abgehoben hat.«

»Nein, wirklich nicht. Du sollst wissen, daß ich die Buchprüfung deiner Mutter zuliebe mache. Wenn diese Sache an die Öffentlichkeit gelangt, und verlaß dich drauf, das tut sie bestimmt, möchte ich ein beglaubigtes Papier vorweisen können, daß unsere Bücher vollkommen in Ordnung sind. So eine Angelegenheit setzt alle möglichen Gerüchte in Gang, wie du dir vorstellen kannst.«

Meghan senkte den Kopf. Sie hatte Jeans und eine dazu passende Jacke angezogen. Ihr fiel auf, daß sie genauso gekleidet war wie die Tote, als sie ins Roosevelt Hospital eingeliefert wurde. Sie verdrängte den Gedanken. »War mein Vater ein Spieler? Würde das vielleicht erklären, warum er so dringend Bargeld brauchte?«

Carter schüttelte den Kopf. »Dein Vater war kein Spieler, und mit solchen Leuten kenn' ich mich aus, Meg.« Er zog eine Grimasse. »Meg, ich wollte, ich wüßte eine Antwort darauf, aber ich weiß keine. Nichts an Eds Geschäfts- oder Privatleben hat mich annehmen lassen, er könnte auf die Idee kommen, zu verschwinden. Andererseits ist der Mangel an Beweisstücken von dem Unfall zwangsläufig verdächtig, zumindest für Außenstehende.«

Meghan betrachtete den Schreibtisch mit dem Chefsessel dahinter. Sie konnte sich ihren Vater ausmalen, wie er dort saß, sich zurücklehnte, mit funkelnden Augen, die Hände verschränkt, während die Finger nach oben wiesen, in »Eds Heiligen- und Märtyrerpose«, wie ihre Mutter es nannte.

Sie konnte sich selbst sehen, wie sie als Kind ins Büro rannte. Ihr Vater hatte stets Süßigkeiten für sie parat, klebrige Schokoladenstäbchen, Marshmallows, knusprige Erdnußköstlichkeiten. Ihre Mutter hatte versucht, solche Dinge von ihr fernzuhalten. »Ed«, protestierte sie dann, »gib ihr nicht so einen Mist. Du machst ihre Zähne kaputt.«

»Süßes für die Süßen, Catherine.«

Vaters Liebling. Immer. Von ihren Eltern war er für den Spaß zuständig. Mutter war es, die Meghan dazu anhielt, Klavier zu üben und ihr Bett zu machen. Mutter war es, die protestierte, als sie die Stellung in der Kanzlei aufgab. »Um Himmels willen, Meg«, hatte sie flehentlich auf sie eingeredet, »gib der Sache doch mehr als sechs Monate; vergeude nicht deine Ausbildung!«

Daddy hatte es verstanden. »Laß sie in Ruhe, Liebes«, hatte er entschieden gesagt, »Meg weiß schon, was sie tut.«

Einmal, als sie klein war, hatte Meghan ihren Vater gefragt, warum er denn so viel verreise.

»Ach, Meg«, hatte er geseufzt. »Wie wünschte ich doch, es wär' nicht notwendig. Vielleicht bin ich dazu geboren, ein fahrender Musikant zu sein.«

Weil er so häufig weg war, versuchte er es immer gutzumachen, wenn er wieder heimkam. So schlug er etwa vor, anstatt zum Drumdoe Inn zu gehen, könnte er für sie beide zu Hause ein Essen zusammenzaubern. »Meghan Anne«, sagte er dann zu ihr, »du bist meine Verabredung.«

Dieses Büro hatte die Aura ihres Vaters, dachte Meghan. Der schöne Kirschbaumschreibtisch, den er in einem Laden der Heilsarmee aufgetrieben und selbst abgezogen und wieder hergerichtet hatte. Der Tisch dahinter mit Bildern von ihr und ihrer Mutter. Die Löwenkopf-Buchstützen mit den Lederbänden dazwischen.

Seit neun Monaten schon trauerte sie um ihn als Toten. Sie fragte sich, ob ihre Trauer um ihn in diesem Augenblick noch größer sei. Falls die Versicherungsleute recht hatten, war er zu einem Fremden geworden.

Meghan schaute Phillip Carter in die Augen. »Die haben unrecht«, sagte sie laut. »Ich glaube, daß mein Vater tot ist. Ich glaube, daß man noch Wrackteile von seinem Wagen findet.« Sie sah sich um. »Aber um dir gegenüber fair zu sein: Wir haben kein Recht, dieses Büro weiter zu belegen. Ich komme nächste Woche rüber und packe seine persönliche Habe zusammen.«

»Wir kümmern uns schon drum, Meg.«

»Nein. Bitte. Hier kann ich die Sachen besser aussortieren. Mutter ist schon schlecht genug dran, ohne mitansehen zu müssen, wie ich's zu Hause mach'.«

Phillip Carter nickte. »Du hast recht, Meg. Ich mach' mir auch Sorgen um Catherine.«

»Deshalb trau' ich mich ja nicht, ihr zu erzählen, was neulich abends passiert ist.«

Sie bemerkte die zunehmende Besorgnis auf seinem Gesicht, während sie ihm von dem Mordopfer berichtete, das ihr ähnlich sah, und von dem Fax, das mitten in der Nacht eintraf.

»Meg, das ist abstrus«, sagte er. »Hoffentlich bleibt dein Chef bei der Polizei am Ball. Wir können nicht zulassen, daß dir etwas zustößt.«

Als Victor Orsini seinen Schlüssel in der Eingangstür zum Büro Collins and Carter herumdrehte, stellte er überrascht fest, daß sie nicht abgeschlossen war. Samstag nachmittag konnte er normalerweise davon ausgehen, daß er das Büro für sich alleine hatte. Er war von einer Reihe von Terminen in Colorado zurückgekehrt und wollte die Post und Mitteilungen durchgehen.

Einunddreißig Jahre alt, mit dauerhafter Sonnenbräune, muskulösen Armen und Schultern und einem schlanken, durchtrainierten Körper, sah er aus wie ein Mann, der sich viel im Freien aufhält. Sein pechschwarzes Haar und seine ausgeprägten Gesichtszüge verwiesen auf seine italienische Herkunft. Seine leuchtend blauen Augen gingen auf seine englische Großmutter zurück. Orsini war jetzt seit knapp sieben Jahren für Collins und Carter tätig. Er hatte eigentlich nicht vorgehabt, so lange zu bleiben, ja im Grunde war es schon immer seine Absicht, diese Stelle als Sprungbrett zu einem größeren Unternehmen zu nutzen.

Seine Brauen hoben sich, als er die Tür aufstieß und die Buchprüfer sah. Auf betont sachliche Weise teilte ihm der leitende Mann mit, Phillip Carter und Meghan Collins hielten sich in Edwin Collins' Privatbüro auf. Dann weihte er Victor zögernd in die Theorie der Versicherungsleute ein, Collins sei absichtlich verschwunden.

»Das ist verrückt.«Victor schritt durch die Empfangshalle und klopfte an die geschlossene Tür.

Carter machte auf. »Ach, Victor, schön, Sie zu sehen. Wir haben Sie heute gar nicht erwartet.«

Meghan wandte sich ihm zur Begrüßung zu. Orsini merkte, daß sie mit den Tränen kämpfte. Er suchte nach geeigneten Trostworten, aber es fiel ihm nichts ein. Die mit der Untersuchung des Falls betrauten Beamten hatten ihn zu dem Telefongespräch befragt, das Ed Collins direkt vor dem Unglück mit ihm führte. »Ja«, hatte er bei der Gelegenheit festgestellt, »Edwin hat gesagt, daß er kurz vor der Brücke ist. Ja, ich weiß es genau – er hat nicht gesagt, daß er von ihr kommt. Denken Sie, ich höre nicht gut? Ja, er wollte mich am nächsten Morgen sprechen. Daran war nichts Außergewöhnliches. Ed hat ständig sein Autotelefon benützt.«

Plötzlich fragte sich Victor, wie lange es wohl dauern würde, bis jemand es für merkwürdig hielt, daß es allein seine Aussage war, die Ed Collins an dem damaligen Abend auf die Auffahrt zur Tappan Zee Bridge plazierte. Es fiel ihm nicht schwer, auf die Sorge in Meghans Miene mit gleicher Betroffenheit zu reagieren, während er die Hand schüttelte, die sie ihm entgegenhielt.

10

Am Sonntag nachmittag traf sich Meg um drei Uhr mit Steve, dem Kameramann von PCD, auf dem Parkplatz der Manning Clinic.

Die Klinik lag an einem Hügel drei Kilometer von der Route 7 im Landkreis Kent entfernt, eine Dreiviertelstunde Fahrt nach Norden vom Haus ihrer Familie aus. Das Gebäude war 1890 als Heim eines gewieften Geschäftsmannes erbaut worden, dessen Frau so klug war, ihren ehrgeizigen Gatten davon abzuhalten, eine protzige Zurschaustellung seines rasanten Aufstiegs zum Inhaber eines Handelsimperiums zu inszenieren. Sie überzeugte ihn davon, daß statt des von ihm geplanten Pseudopalastes ein Herrensitz im englischen Stil besser zu der Schönheit der Landschaft paßte.

»Fertig für die Kinderstunde?« fragte Meghan den Kameramann, als sie auf das Haus zutrotteten.

»Die Giants sind im Fernsehen, und wir müssen uns mit den Zwergen abgeben«, nörgelte Steve.

Innerhalb der Villa diente das weitläufige Foyer als Empfangsraum. Die mit Eichenholz verkleideten Wände trugen gerahmte Bilder der Kinder, die ihre Existenz dem Genius moderner Wissenschaft verdankten. Weiter hinten hatte die Halle die Atmosphäre eines behaglichen Zimmers, mit Möbelgruppen, die zu vertraulichen Gesprächen einluden oder für informelle Vorträge umgestellt werden konnten.

Broschüren mit den Berichten dankbarer Eltern waren über die Tische verstreut. »Wir haben uns so sehr ein Kind gewünscht. Unser Leben war unvollständig. Und dann machten wir einen Termin bei der Manning Clinic ...« – »Wenn ich zur Geburt eines Babys zu einer Freundin ging, hatte ich Mühe, nicht zu heulen. Jemand hat mir den Vorschlag gemacht, ich sollte mich über künstliche Befruchtung informieren, und fünfzehn Monate später wurde James geboren ...« – »Mein vierzigster Geburtstag stand bevor, und ich wußte, daß es bald zu spät sein würde ...«

Jedes Jahr erhielten die Kinder, die als Resultat der Invitro-Befruchtung in der Manning Clinic geboren worden waren, die Einladung, mit ihren Eltern zum alljährlichen Treffen am dritten Sonntag im Oktober dorthin zurückzukehren. Meghan erfuhr, daß man dieses Jahr dreihundert Einladungen verschickt hatte und es Zusagen von über zweihundert der kleinen Adressaten gab. Es war eine große, geräuschvolle und festliche Party.

In einem der kleineren Gesprächszimmer kam Meghan zu einem Interview mit Dr. George Manning zusammen, dem silberhaarigen siebzigjährigen Direktor der Klinik, und bat ihn, die Retortenbefruchtung zu erläutern.

»In allereinfachster Form gesagt«, erklärte er, »ist In-vitro-Befruchtung eine Methode, mit der eine Frau, die normalerweise nicht schwanger werden kann, manchmal in der Lage ist, das Baby – oder auch die Babys – zu bekommen, das sie sich so verzweifelt wünscht. Nach Überprüfung des Verlaufs ihrer Mensis beginnt ihre Behandlung. Sie erhält Fruchtbarkeitspräparate, damit ihre Eierstöcke zur Abgabe einer Fülle von Follikeln stimuliert werden, die dann aufgefangen werden.

Der Partner der Frau wird aufgefordert, eine Spermaprobe abzugeben, zur Insemination, also Befruchtung der Eier, die in den Follikeln im Labor enthalten sind. Am nächsten Tag prüft ein Embryologe, ob und welche Eier befruchtet worden sind. Ist ein Erfolg zu sehen, so setzt ein Arzt eins oder mehrere der befruchteten Eier, die man jetzt als Embryos bezeichnet, in die Gebärmutter der Frau ein. Falls erwünscht, werden die übrigen Embryos durch Kältebehandlung für eine spätere Einpflanzung konserviert, also tiefgekühlt.

Nach fünfzehn Tagen wird Blut für einen ersten Schwangerschaftstest abgenommen.« Der Arzt deutete zu der großen Halle hinüber. »Und wie Sie an der Menge der Leute sehen können, die wir heute hierhaben, erweisen sich viele dieser Tests als positiv.«

»Das seh' ich wirklich«, pflichtete ihm Meg bei. »Doktor Manning, wie ist das Verhältnis von Erfolg zu Fehlschlag?«

»Noch immer nicht so hoch, wie wir's gerne hätten, aber mit ständigem Aufwärtstrend«, stellte er feierlich fest.

»Vielen Dank, Herr Doktor.«

Mit Steve im Schlepptau bat Meghan mehrere Mütter in Interviews darum, etwas aus ihrer persönlichen Erfahrung mit künstlicher Befruchtung mitzuteilen.

Eine von ihnen, die sich mit ihren drei attraktiven Sprößlingen vorstellte, berichtete: »Sie haben vierzehn Eier befruchtet und drei verpflanzt. Eins davon führte zur Schwangerschaft, und da ist er also.« Sie lächelte auf ihren älteren Sohn herab. »Chris ist jetzt sieben. Die anderen Embryos wurden kältebehandelt, mit anderen Worten: eingefroren. Ich bin vor fünf Jahren wieder hergekommen, und Todd ist das Ergebnis. Dann hab' ich's letztes Jahr nochmals versucht, und Jill ist drei

Monate alt. Einige der Embryos haben das Auftauen nicht überlebt, aber ich habe noch zwei tiefgekühlte Embryos im Labor. Falls ich je für ein weiteres Kind die Zeit finden sollte«, fügte sie lachend hinzu, als der Vierjährige plötzlich davonschoß.

»Haben wir jetzt genug, Meghan?« fragte Steve. »Ich würde gern noch das letzte Viertel vom Spiel der Giants mitkriegen.«

»Laß mich noch mit einer Mitarbeiterin hier reden. Ich hab' die Frau beobachtet. Sie scheint jeden beim Namen zu kennen.«

Meg ging zu der Frau hinüber und warf einen Blick auf ihr Namensschildchen. »Dürfte ich Sie für einen Moment sprechen, Frau Dr. Petrovic?«

»Aber sicher.« Frau Petrovics Stimme hatte einen angenehmen Tonfall, mit einem leichten Akzent. Sie war von durchschnittlicher Größe, mit braunen Augen und vornehmen Gesichtszügen. Sie erschien eher höflich als freundlich. Und doch hatte sie, wie Meg bemerkte, eine Traube von Kindern um sich geschart.

»Wie lange sind Sie schon an der Klinik, Frau Dr. Petrovic?«

»Im März werden es sieben Jahre. Ich bin die Embryologin, die das Labor unter sich hat.«

»Könnten Sie uns etwas dazu sagen, was Sie diesen Kindern gegenüber fühlen?«

»Ich fühle, daß jedes von ihnen ein Wunder ist.«

»Danke, Frau Dr. Petrovic.«

»Wir haben genug im Kasten«, sagte Meg zu Steve nach der Befragung von Mrs. Petrovic. »Ich will aber noch eine Einstellung von dem Gruppenfoto. Sie versammeln sich gleich alle dafür.«

Das alljährliche Foto wurde draußen auf dem Rasen vor der Villa aufgenommen. Es gab das übliche Durcheinander, das damit einhergeht, Kinder vom Krabbelalter bis zu neun Jahren in Reih und Glied zu bekommen, in der letzten Reihe die Mütter mit Säuglingen auf dem Arm, flankiert vom Klinikpersonal.

Es war ein wunderbarer Altweibersommertag, und als Steve die Kamera auf die Gruppe einstellte, kam Meg der flüchtige Gedanke, daß jedes einzelne der Kinder gut gekleidet und zufrieden aussah. Warum auch nicht? dachte sie. Sie waren alle ausgesprochene Wunschkinder.

Ein Dreijähriger rannte von der vordersten Reihe zu seiner schwangeren Mutter, die nicht weit von Meghan stand. Goldblond, mit blauen Augen und einem süßen, scheuen Lächeln, warf er seine Arme um die Knie seiner Mutter.

»Mach mal 'ne Aufnahme davon«, forderte Meghan Steve auf.

»Er ist hinreißend.« Steve richtete die Kamera auf den Kleinen, während seine Mutter ihm gut zuredete, zu den anderen Kindern zurückzukehren.

»Ich bin direkt hier, Jonathan«, beruhigte sie ihn, als sie ihn wieder in die Reihe eingliederte. »Du kannst mich sehen. Ich versprech' dir, ich gehe nicht weg.« Sie kehrte dorthin zurück, wo sie vorher gestanden hatte.

Meghan ging zu ihr hinüber. »Würden Sie mir vielleicht ein paar Fragen beantworten?« sagte sie und hielt das Mikrofon hoch.

»Gerne.«

»Sagen Sie uns bitte, wie Sie heißen und wie alt Ihr kleiner Junge ist?«

»Ich heiße Dina Anderson, und Jonathan ist fast drei.«

»Ist das Baby, das Sie erwarten, auch ein Resultat künstlicher Befruchtung?«

»Ja, genaugenommen ist er Jonathans eineiiger Zwilling.«

»Eineiiger Zwilling?!« Meghan wußte, daß man ihr die Überraschung anhören konnte.

»Ich weiß, es klingt unmöglich«, sagte Dina Anderson gutgelaunt, »aber genauso ist es. Es kommt äußerst selten vor, aber ein Embryo kann sich im Labor genauso teilen, wie er das im Mutterleib tun würde. Als wir erfuhren, daß sich eins der befruchteten Eier geteilt hatte, beschlossen mein Mann und ich, daß ich versuchen würde, jeden Zwilling einzeln zur Welt zu bringen. Wir hatten das Gefühl, für sich alleine würde jeder der beiden eine bessere Überlebenschance in meinem Schoß haben, und außerdem ist es praktisch so. Ich hab' einen anspruchsvollen Job, und ich hätte wirklich nicht gern zwei Säuglinge bei einem Kindermädchen zurücklassen wollen.«

Der Fotograf der Klinik hatte mittlerweile seine Bilder geknipst. Einen Moment später schrie er: »Okay, Kinder, danke!« Die Kinder liefen auseinander, und Jonathan kam zu seiner Mutter gerannt. Dina Anderson fing ihren Sohn in ihren Armen auf. »Ich kann mir mein Leben nicht ohne ihn vorstellen«, sagte sie. »Und in ungefähr zehn Tagen bekommen wir Ryan.«

Was für ein gutes Thema von allgemein menschlichem Interesse das abgeben würde, dachte Meghan. »Mrs. Anderson«, sagte sie eindringlich, »wenn Sie einverstanden sind, möchte ich gern meinen Chef darauf ansprechen, einen Dokumentarbericht über Ihre Zwillinge zu machen.«

11

Auf der Rückfahrt nach Newtown benützte Meghan das Autotelefon, um ihre Mutter anzurufen. Ihre Bestürzung, als sich der Anrufbeantworter meldete, wich der Erleichterung, als sie den Gasthof anwählte und erfuhr, Mrs. Collins sei im Speisesaal. »Richten Sie ihr bitte aus, daß ich auf dem Weg bin«, sagte sie zu der Empfangsdame, »und sie dann dort treffe.«

Während der nächsten Viertelstunde fuhr Meghan wie mit automatischer Steuerung. Sie war ganz aufgeregt über die Möglichkeit des Sonderberichts, den sie Weicker vorschlagen wollte.

Und sie konnte sich dabei von Mac ein wenig beraten lassen. Er war ein Experte in Genetik. Er konnte ihr mit seinem Fachwissen zur Seite stehen und ihr Lesestoff geben, mit dem sie sich besser über das ganze Spektrum der Fortpflanzungsmedizin kundig machen konnte, einschließlich der statistischen Daten über Erfolgs- und Mißerfolgsraten. Als der Verkehr zum Stillstand kam, nahm sie ihr Autotelefon und wählte seine Nummer.

Kyle meldete sich. Meghan machte ein erstauntes Gesicht, weil sich sein Tonfall änderte, als er merkte, wer anrief. Was hat der bloß? wunderte sie sich, als er ihre Begrüßung bewußt ignorierte und den Hörer seinem Vater weiterreichte.

»Hallo, Meghan. Was kann ich für dich tun?« Wie immer versetzte ihr das Erklingen von Macs Stimme einen vertrauten stechenden Schmerz. Sie hatte ihn zu ihrem besten Freund erklärt, als sie zehn war, schwärmte für ihn, als sie zwölf war, und hatte sich in ihn verliebt, als sie sechzehn war. Drei Jahre später heiratete er Ginger. Sie war zu der Hochzeit gegangen, und es war einer der schwersten Tage in ihrem Leben. Mac war damals völlig verrückt nach Ginger, und Meg hatte den Verdacht, daß er selbst jetzt, nach sieben Jahren, käme Ginger zur Tür hereinspaziert und stellte ihren Koffer ab, sie immer noch nehmen würde. Meg erlaubte sich nie das Eingeständnis, daß sie es – egal, wie sehr sie sich auch bemühte – nie geschafft hatte, Mac nicht mehr zu lieben.

»Ich könnte die Hilfe eines Profis gebrauchen, Mac.« Während ihr Wagen an der blockierten Spur vorbeifuhr und schneller wurde, erläuterte sie den Besuch in der Klinik und den Bericht, an dem sie arbeitete. »Und ich brauch' die Information ziemlich eilig, damit ich die ganze Sache meinem Chef verklickern kann.«

»Ich kann's dir sofort geben. Kyle und ich wollen gerade zum Drumdoe rüber. Ich bring's mit. Willst du mit uns essen?«

»Das paßt mir gut. Bis dann.« Sie unterbrach die Verbindung.

Es war fast sieben, als sie die Außenbezirke des Orts erreichte. Es wurde merklich kühler, und der laue Nachmittagswind hatte sich in frische Böen verwandelt. Das Scheinwerferlicht erfaßte die Bäume, die noch voller Laub standen und sich jetzt ruhelos hin und her wiegten und Schatten auf die Straße warfen. In diesem Augenblick riefen sie ihr das dunkle, wirbelnde Wasser des Hudson ins Gedächtnis.

Konzentriere dich gefälligst darauf, wie du Weicker die Idee für eine Sondersendung über die Manning Clinic beibringst, fuhr sie sich wütend an.

Phillip Carter saß im Drumdoe Inn, an einem Fenstertisch mit drei Gedecken. Er winkte Meghan zu sich herüber. »Catherine ist in der Küche und macht dem Koch die Hölle heiß«, ließ er sie wissen. »Die Leute da drüben« – er nickte zu einem Tisch in der Nähe – »wollten ihr Steak blutig. Deine Mutter hat gesagt, was sie gekriegt haben, könnte genausogut als Eishockey-Puck durchgehen. In Wirklichkeit war's halb durch.«

Meghan ließ sich in einen Stuhl fallen und lächelte. »Das Beste, was ihr passieren könnte, wäre, wenn der Koch kündigen würde. Dann müßte sie in die Küche zurück. Es würde sie ablenken.« Sie langte über den Tisch und berührte Carters Hand. »Danke, daß du gekommen bist.«

»Ich hoffe, du hast noch nicht gegessen. Ich hab' Catherine zu dem Versprechen bewegen können, mir Gesellschaft zu leisten.«

»Das ist großartig, aber wie wär's, wenn ich zum Kaffee dazukomme? Mac und Kyle müssen jeden Moment kommen, und ich bin mit ihnen verabredet. Ich muß nämlich Macs Hirn anzapfen.«

Beim Essen hielt Kyle weiterhin Abstand zu Meghan. Schließlich hob sie mit einem fragenden Blick zu Mac die Augenbrauen, doch er murmelte nur achselzuckend: »Frag nicht mich!«

Mac riet ihr zur Vorsicht bei dem Bericht, den sie vorhatte. »Du hast recht. Es gibt eine Menge Fehlschläge, und es ist eine sehr kostspielige Prozedur.«

Meg betrachtete Mac und seinen Sohn über den Tisch hinweg. Sie waren sich so ähnlich. Sie mußte daran denken, wie ihr Vater ihr bei Macs Hochzeit die Hand gedrückt hatte. Er hatte verstanden. Er hatte sie immer verstanden.

Als sie zum Aufbruch bereit waren, sagte sie: »Ich setze mich noch ein paar Minuten zu Mutter und Phillip.« Sie legte einen Arm um Kyle. »Man sieht sich, Kumpel.«

Er wich zurück.

»Also, hör mal«, sagte Meghan. »Was soll das eigentlich?«

Zu ihrer Verblüffung sah sie Tränen in seinen Augen aufsteigen. »Ich hab' gedacht, wir wären Freunde.« Er wandte sich abrupt ab und rannte zur Tür.

»Das krieg' ich schon aus ihm raus«, versprach Mac, während er davoneilte, um seinen Sohn einzuholen.

Im nahegelegenen Bridgewater hielt Dina Anderson um sieben Uhr Jonathan auf dem Schoß und nippte dabei an ihrem Rest Kaffee, während sie ihrem Mann von der Party in der Manning Clinic erzählte. »Wir werden vielleicht noch berühmt«, erklärte sie. »Meghan Collins, diese Reporterin von Channel 3, will die Erlaubnis von ihrem Boß einholen, im Krankenhaus dabeizusein, wenn das Baby zur Welt kommt, und die ersten Bilder von Jonathan mit seinem funkelnagelneuen Bruder einzufangen. Wenn ihr Boß einverstanden ist, möchte sie von Zeit zu Zeit neue Aufnahmen machen, um zu sehen, wie die beiden miteinander umgehen.«

Donald Anderson sah skeptisch aus. »Schatz, ich weiß nicht, ob wir so eine Publicity brauchen.«

»Ach, komm schon. Es könnte doch Spaß machen. Und ich stimme mit Meghan überein, wenn nur mehr Leute, die ein Kind wollen, über die verschiedenen Möglichkeiten Bescheid wüßten, dann würden sie begreifen, daß Retortenbefruchtung eine echte Alternative ist. Dieser kleine Kerl war wirklich all die Kosten und Mühen wert.«

»Dieser kleine Kerl läßt seinen Kopf in deinen Kaffee hängen.« Anderson stand auf, ging um den Tisch herum und nahm seinen Sohn aus den Armen seiner Frau hoch. »Schlafenszeit fürs Schäfchen«, verkündete er und fügte dann hinzu: »Wenn du's machen willst, soll's mir recht sein. Es wär' wahrscheinlich lustig, Profi-Aufnahmen von den Kindern zu haben.«

Dina schaute liebevoll zu, wie ihr blonder Mann mit seinen blauen Augen ihr ebenso blondes Kind zur Treppe trug. Sie hatte alle Babybilder von Jonathan bereit. Es würde so ein Vergnügen sein, sie mit Ryans Bildern zu vergleichen. Sie hatte noch einen weiteren tiefgekühlten Embryo in der Klinik. In zwei Jahren versuchen wir's mit einem weiteren Kind, und das sieht dann vielleicht mir ähnlich, dachte sie mit einem Blick durchs Zimmer hinüber zu dem Spiegel über der Anrichte. Sie prüfte ihr Aussehen, ihre olivfarbene Haut, die braunen Augen, das kohlschwarze Haar. »Das wäre auch nicht gerade übel«, murmelte sie vor sich hin.

Im Drumdoe Inn saß Meghan noch bei einer zweiten Tasse Kaffee mit ihrer Mutter und Phillip zusammen und hörte zu, wie er das Verschwinden ihres Vaters sachlich erörterte.

»Daß Edwin sich so einen Batzen auf seine Versicherung ausgeliehen hat, ohne dir etwas davon zu sagen, spielt den Versicherungsleuten direkt in die Hände. Wie sie dir gesagt haben, nehmen sie es als Zeichen, daß er seine Gründe hatte, Bargeld anzuhäufen. Genauso wie sie seine private Versicherung nicht auszahlen, so hat man mir mitgeteilt, werden sie auch die Partnerschaftsversicherung nicht zahlen, die dir als Entschädigung für seinen Anteil als Seniorchef der Firma zustehen würde.«

»Was bedeutet«, sagte Catherine Collins ruhig, »daß ich, weil ich nicht beweisen kann, daß mein Mann tot ist, möglicherweise alles verliere. Phillip, stehen Edwin noch Honorare für frühere Leistungen zu?«

Seine Antwort war schlicht. »Nein.«

»Wie steht's dieses Jahr mit dem Headhunting-Geschäft?«

»Nicht gut.«

»Du hast uns fünfundvierzigtausend Dollar vorgestreckt, während wir darauf gewartet haben, daß Eds Leiche gefunden wird.«

Er machte plötzlich ein strenges Gesicht. »Catherine, das mach' ich gerne. Ich wünschte bloß, ich könnte mehr zahlen. Wenn wir Beweise für Eds Tod haben, kannst du's mir aus der Geschäftsversicherung zurückzahlen.«

Sie legte eine Hand auf seine. »Das kann ich nicht zulassen, Phillip. Der alte Pat würde sich im Grab umdrehen, wenn er wüßte, daß ich von geliehenem Geld lebe. Falls wir nicht irgendeinen Beweis finden, daß Edwin doch bei dem Unglück umgekommen ist, werde ich, so wie die Lage ist, das Lokal verlieren, das mein Vater in lebenslanger Arbeit aufgebaut hat, und mein Zuhause muß ich dann ebenfalls verkaufen.« Sie schaute Meghan an. »Gott sei Dank hab' ich dich, Meggie.« In diesem Augenblick beschloß Meg, nicht wie geplant nach New York zurückzufahren, sondern über Nacht dazubleiben.

Als sie und ihre Mutter wieder nach Hause kamen, sprachen sie in stillschweigendem Einvernehmen nicht mehr über den Mann, der ihr Ehemann und Vater gewesen war. Sie schauten sich statt dessen die Zehn-Uhr-Nachrichten an, machten sich anschließend fürs Bett fertig. Meghan klopfte an die Tür zum Schlafzimmer ihrer Mutter, um gute Nacht zu sagen. Ihr wurde klar, daß sie es nicht mehr als das Schlafzimmer ihrer Eltern ansah. Als sie die Tür öffnete, sah sie mit einem schmerzlichen Stich, daß ihre Mutter ihr Kopfkissen in die Mitte des Betts gerückt hatte. Meghan wußte, daß dies ein sicheres Zeichen dafür war, daß Edwin Collins, falls er noch lebte, in diesem Haus nicht mehr willkommen war.

12

Bernie Heffernan verbrachte den Sonntag abend mit seiner Mutter beim Fernsehen in dem armseligen Wohnzimmer ihres bungalowartigen Hauses in Jackson Heights, Queens. Er schaute wesentlich lieber in dem Kommunikationszentrum fern, das er sich in dem roh verputzten Kellerraum geschaffen hatte, blieb aber stets oben, bis seine Mutter um zehn schlafen ging. Seit ihrem Sturz zehn Jahre zuvor ging sie nie mehr in die Nähe der wackeligen Kellertreppe.

Meghans Bericht über die Manning Clinic wurde in den Sechs-Uhr-Nachrichten ausgestrahlt. Bernie starrte gebannt auf den Bildschirm, mit Schweißperlen auf der Stirn. Wäre er jetzt unten gewesen, hätte er Meghan auf seinem Videorecorder aufnehmen können.

»Bernard!« Mamas scharfe Stimme drang in seine Träumereien ein.

Er setzte ein Lächeln auf. »Tut mir leid, Mama.«

Ihre Augen waren hinter der randlosen Bifokalbrille vergrößert. »Ich hab' dich gefragt, ob sie je den Vater von der Frau gefunden haben.«

Er hatte ein einziges Mal Meghans Vater Mama gegenüber erwähnt und es seither immer bereut. Er tätschelte die Hand seiner Mutter. »Ich hab' ihr gesagt, daß wir für sie beten, Mama.«

Er mochte es nicht, wie ihn Mama anschaute. »Du denkst doch nicht etwa über diese Frau nach, oder, Bernard?«

»Nein, Mama. Natürlich nicht, Mama.«

Nachdem seine Mutter zu Bett gegangen war, lief Bernie in den Keller hinunter. Er fühlte sich müde und entmutigt. Es gab nur einen Weg, wie er sich Erleichterung verschaffen konnte.

Er machte sich sofort an seine Anrufe. Erst diesen religiösen Sender in Atlanta. Mit Hilfe seines Apparats zur Veränderung der Stimme warf er dem Prediger Beleidigungen an den Kopf, bis die Leitung unterbrochen wurde. Dann wählte er eine Talk-Show in Massachusetts an und berichtete dem Moderator, er habe mitgehört, wie ein Mordkomplott gegen ihn geschmiedet wurde.

Um elf begann er, Frauen anzurufen, deren Namen er im Telefonbuch markiert hatte. Eine nach der anderen warnte er, er sei drauf und dran, bei ihr einzubrechen. Vom Klang ihrer Stimmen konnte er sich ausmalen, wie sie aussahen. Jung und hübsch. Alt. Unansehnlich. Dünn. Dick. In seiner Vorstellung schuf er sich jedesmal ein Gesicht und fügte die Details mit jedem weiteren Wort, das sie sagten, nach und nach hinzu.

Außer heute abend. Heute abend hatten sie alle dasselbe Gesicht.

Heute abend sahen sie alle wie Meghan Collins aus.

13

Als Meghan Montag morgen um halb sieben nach unten ging, traf sie ihre Mutter schon in der Küche an. Der Duft von Kaffee erfüllte den Raum, Saft stand in Gläsern bereit, und Brot steckte im Toaster. Meghans Protest, daß ihre Mutter nicht so früh hätte aufstehen sollen, erstarb ihr auf den Lippen. Die tiefen Schatten um Catherine Collins' Augen herum ließen keinen Zweifel daran, daß sie kaum geschlafen hatte.

Genau wie ich, dachte Meghan, während sie nach der Kaffeekanne griff. »Mutter, ich hab' gründlich nachgedacht«, sagte sie. Bedachtsam wählte sie ihre Worte, als sie fortfuhr. »Ich kann mir keinen einzigen Grund vorstellen, warum Dad sich dazu entschließen würde, zu verschwinden. Nehmen wir an, da wäre eine andere Frau. Das könnte sicherlich vorkommen, aber wenn es so wäre, hätte Dad dich um eine Scheidung bitten können. Du wärst natürlich total unglücklich gewesen, und ich wär' ganz schön zornig geworden, aber letzten Endes sind wir beide Realisten, und Dad wußte das. Die Versicherungen nageln alles an der Tatsache fest, daß sie weder seine Leiche noch das Auto gefunden haben und daß er auf seine eigenen Policen Geld aufgenommen hat. Aber es waren *seine* Policen, und wie du ja gesagt hast, wollte er vielleicht irgendeine Art von Investition machen, von der er wußte, daß du nicht damit einverstanden gewesen wärst. Ist doch möglich.«

»Alles ist möglich«, sagte Catherine Collins ruhig, »einschließlich der Tatsache, daß ich nicht weiß, was ich tun soll.«

»Aber ich weiß es. Wir werden eine Klage einreichen und die Auszahlung dieser Policen verlangen, inklusive der doppelten Entschädigung bei Tod durch Unfall. Wir legen doch nicht die Hände in den Schoß und lassen uns von diesen Leuten weismachen, daß Dad dir das angetan hat.«

Um sieben Uhr saßen sich Mac und Kyle an ihrem Küchentisch gegenüber. Kyle hatte sich, als er zu Bett ging, noch immer geweigert, über seine kühle Art Meg gegenüber zu sprechen, doch jetzt am Morgen war seine Stimmung verändert. »Ich hab' nachgedacht«, begann er.

Mac lächelte. »Das ist schon ein guter Anfang.«

»Nein, wirklich. Weißt du noch, wie Meg gestern abend von dem Fall da erzählt hat, wegen dem sie am Mittwoch den ganzen Tag im Gericht war?«

»Ja.«

»Dann kann sie Mittwoch nachmittag gar nicht hier gewesen sein.«

»Nein, war sie auch nicht.«

»Dann hab' ich sie nicht am Haus vorbeifahren sehen.«

Mac blickte in die ernsten Augen seines Sohns. »Nein, Mittwoch nachmittag kannst du sie nicht gesehen haben. Da bin ich mir sicher.«

»Dann war's wahrscheinlich einfach 'ne Frau, die ganz ähnlich wie sie ausgesehen hat.« Kyles erleichtertes Lächeln legte zwei Zahnlücken frei. Er blickte zu Jake hinunter, der unter dem Tisch ausgestreckt lag. »Also, bis Meg Jake wieder zu sehen kriegt, wenn sie nächstes Wochenende heimkommt, kann er schon *perfekt* bitte-bitte sagen.«

Als sein Name erklang, sprang Jake auf und hob seine Vorderpfoten.

»Ich finde, der kann jetzt schon perfekt betteln«, kommentierte Mac trocken.

Meghan fuhr direkt zum Garageneingang des PCD-Gebäudes an der Sechsundfünfzigsten Straße West. Bernie hielt ihr genau in dem Moment, als sie die automatische Schaltung auf Parken stellte, die Fahrertür auf. »Hallo, Miss Collins.« Sein strahlendes Lächeln und die warme Stimme entlockten auch ihren Lippen ein Lächeln. »Meine Mutter und ich haben Sie in dieser Klinik gesehen, ich meine, wir haben gestern abend die Nachrichten gesehen, wo Sie drin waren. Hat Ihnen bestimmt Spaß gemacht, bei all den Kindern zu sein.« Seine Hand kam ihr entgegen, um ihr aus dem Wagen zu helfen.

»Sie waren ungeheuer niedlich, Bernie«, stimmte Meghan zu.

»Meine Mutter hat gesagt, daß es schon irgendwie komisch ist – Sie wissen, was ich meine –, wenn man so wie diese Leute Kinder kriegt. Ich bin nicht so für all diese verrückten wissenschaftlichen Spinnereien.«

Errungenschaften, nicht Spinnereien, dachte Meghan. »Ich weiß, was Sie meinen«, sagte sie. »Es kommt einem wirklich 'n bißchen wie aus der ›Schönen Neuen Welt‹ vor.«

Bernie starrte sie verständnislos an.

»Bis später.« Sie ging in Richtung Aufzug, ihre Ledermappe unter dem Arm.

Bernie sah ihr nach, stieg dann ins Auto und fuhr es in die tiefergelegene Ebene der Garage. Mit Absicht stellte er es in einer dunklen Ecke an der Wand ganz hinten ab. Während der Mittagspause suchten sich all die Typen hier einen Wagen zum Ausruhen aus, um zu essen, Zeitung zu lesen oder zu dösen. Als einzige Regel des Managements galt es zu beachten, daß man die Sitzpolster nicht mit Ketchup verschmierte. Seit einmal so ein Kiffer die Lederarmstütze in einem Mercedes verbrannt hatte, durfte niemand mehr rauchen, nicht einmal in Autos mit Aschenbechern voller Kippen. Die Hauptsache war, daß es keiner irgendwie komisch fand, wenn man es sich immer im selben Wagen oder in denselben paar Wagen bequem machte. Bernie fühlte sich richtig glücklich, wenn er in Meghans Mustang saß. Das Auto hatte einen Hauch des Parfüms an sich, das sie immer benutzte.

Meghans Schreibtisch lag in der »Arena«, dem Großraumbüro auf der 29. Etage. Rasch las sie die Jobzuteilungsliste. Um elf Uhr sollte sie bei der Vorverhandlung eines wegen Insider-Geschäften angeklagten Börsenmaklers sein.

Ihr Telefon klingelte. Es war Tom Weicker. »Meg, können Sie sofort rüberkommen?«

Zwei Männer waren in Weickers Privatbüro. Meghan erkannte einen von ihnen, Jamal Nader, einen schwarzen Kriminalbeamten mit einer angenehm leisen Stimme, dem sie schon wiederholt bei Gericht über den Weg gelaufen war. Sie begrüßten sich herzlich. Weicker stellte den anderen Mann als Lieutenant Story vor.

»Lieutenant Story ermittelt in dem Mordfall, über den Sie neulich abends berichtet haben. Ich habe ihm das Fax gegeben, das Sie erhalten hatten.«

Nader schüttelte den Kopf. »Das tote Mädchen sieht wirklich genau wie Sie aus, Meghan.«

»Weiß man schon, wer sie ist?« fragte Meghan.

»Nein.« Nader zögerte. »Aber sie scheint Sie gekannt zu haben.«

»Mich gekannt?« Meghan starrte ihn an. »Wie kommen Sie denn darauf?«

»Als die Leute sie am Donnerstag abend ins Leichenschauhaus gebracht haben, haben sie ihre Kleider durchsucht und nichts gefunden. Dann wurde alles zur Bezirksstaatsanwaltschaft geschickt, zur Aufbewahrung als Beweismittel. Einer von unseren Leuten hat sich die Sachen noch mal angesehen. Er fand einen Zettel, den man von einem Notizblock vom Drumdoe Inn abgerissen hatte. Ihr Name und Ihre Durchwahlnummer von WPCD waren draufgeschrieben.«

»Mein Name!«

Lieutenant Story griff in seine Jackentasche. Das Stück Papier steckte in einer Plastikfolie. Er hielt es hoch. »Ihr Vorname und die Nummer.«

Meghan und die beiden Kriminalbeamten standen an Tom Weickers Schreibtisch. Meghan griff nach der Schreibtischplatte, während sie auf die deutlichen Buchstaben starrte, auf die schräggestellten Ziffern. Sie spürte, wie ihre Lippen trocken wurden.

»Miss Collins, erkennen Sie diese Handschrift?« fragte Story in scharfem Ton.

Sie nickte. »Ja.«

»Wer ...?«

Sie wandte den Kopf ab, da sie den vertrauten Schriftzug nicht mehr sehen wollte. »Mein Vater hat das geschrieben«, flüsterte sie.

14

Am Montag morgen traf Phillip Carter um acht Uhr im Büro ein. Wie gewöhnlich war er als erster zur Stelle. Der Mitarbeiterstab war klein und bestand aus Jackie, seiner fünfzigjährigen Sekretärin, Mutter von Teenagern, dann Milly, der großmütterlichen Teilzeitbuchhalterin, und schließlich Victor Orsini.

Carter hatte seinen eigenen Computer gleich neben seinem Schreibtisch. Dort hatte er Dateien gespeichert, zu denen nur er Zugang hatte, Dateien mit seinen privaten Daten. Seine Freunde amüsierten sich über seinen Hang, zu Grundstücksversteigerungen zu gehen, aber sie hätten sich über die Menge an Grundbesitz auf dem Land gewundert, die er im Lauf der Jahre im stillen angesammelt hatte. Zu seinem Leidwesen war ein großer Teil des Landes, das er billig erworben hatte, bei seiner Scheidung verlorengegangen. Den Boden, den er zu fürstlichen Preisen kaufte, schaffte er sich nach der Scheidung an.

Als er den Schlüssel in den Computer steckte, ging ihm durch den Kopf, daß es Jackie und Milly nicht an Gesprächsstoff für die Mittagspause mangeln würde, wenn sie erfuhren, daß der bisher als sicher geltende Tod von Edwin Collins angefochten wurde.

Sein ihm eigenes Bedürfnis nach Privatsphäre rebellierte bei der Vorstellung, er könnte je zum Thema einer der eifrigen Tuscheleien von Jackie und Milly werden, während sie ihre Salate aßen, die seinem Eindruck nach zumeist aus Alfalfasprossen bestanden.

Die Sache mit Eds Büro machte ihm Sorgen. Bisher schien es eine Sache des Anstands, es bis zur offiziellen Erklärung seines Todes so zu belassen, wie es war, aber jetzt war auch nichts dagegen einzuwenden, daß Meghan erklärt hatte, sie wolle die persönliche Habe ihres Vaters zusammenpacken. So oder so würde Edwin Collins es nie mehr benützen.

Carter runzelte die Stirn. Victor Orsini. Er konnte sich einfach nicht mit dem Mann anfreunden. Orsini war schon immer Ed nähergestanden, aber er machte seine Arbeit verdammt gut, und sein Fachwissen auf dem Gebiet der medizinischen Technologie war heutzutage absolut unerläßlich, und jetzt, da Ed nicht mehr da war, von besonderem Wert. Er hatte den größten Teil dieses Geschäftssektors betreut.

Carter wußte, daß es nicht zu vermeiden war, Orsini Eds Büro zu geben, sobald Meghan mit dem Ausräumen fertig war. Victors gegenwärtiges Büro war viel zu eng und hatte ein einziges kleines Fenster.

Ja, vorläufig brauchte er den Mann, ob er ihn nun mochte oder nicht.

Nichtsdestoweniger warnte Phillips Intuition ihn, daß Victor Orsinis Naturell einen undurchschaubaren Aspekt hatte, den man nie außer acht lassen sollte.

Lieutenant Story gestattete, daß eine Kopie des in Plastik eingeschweißten Zettels für Meghan gemacht wurde. »Vor wie langer Zeit haben Sie diese Telefonnummer beim Rundfunk zugeteilt bekommen?« fragte er sie.

»Mitte Januar.«

»Wann haben Sie Ihren Vater zum letztenmal gesehen?«

»Am vierzehnten Januar. Er ging gerade auf eine Geschäftsreise nach Kalifornien.«

»Was für eine Art Geschäft?«

Meghans Zunge fühlte sich geschwollen an, ihre Finger waren klamm, als sie die Fotokopie in der Hand hielt, auf der sich ihr Name so merkwürdig deutlich von dem weißen Hintergrund abhob. Sie berichtete ihm von der Firma Collins and Carter Executive Search. Ohne jeden Zweifel hatte Detective Jamal Nader bereits Story informiert, daß ihr Vater vermißt war.

»Hatte Ihr Vater diese Nummer in seinem Besitz, als er abreiste?«

»Muß er wohl. Ich hab' nach dem Vierzehnten nie mehr mit ihm gesprochen und ihn auch nicht wiedergesehen. Er sollte am Achtundzwanzigsten zurück sein.«

»Und er ist bei dem Unfall auf der Tappan Zee Bridge an dem Abend damals ums Leben gekommen.«

»Er hat seinen Geschäftspartner Victor Orsini angerufen, als er gerade auf die Brücke zufuhr. Der Unfall ist weniger als eine Minute nach ihrem Telefongespräch passiert. Irgendwer hat ausgesagt, er hätte gesehen, wie ein dunkler Cadillac in den Tanklaster geschleudert wurde und über die Brücke ging.« Es war sinnlos zu verheimlichen, was dieser Mann mit einem Telefonanruf in Erfahrung bringen konnte. »Ich muß Ihnen mitteilen, daß die Versicherungsgesellschaften sich jetzt weigern, seine Policen auszuzahlen, mit dem Argument, daß von allen anderen Fahrzeugen wenigstens Bruchstücke gefunden worden sind, vom Wagen meines Vaters dagegen keine Spur. Die Taucher von den Behörden behaupten, wenn der Wagen wirklich an dieser Stelle in den Fluß gestürzt wäre, hätten sie ihn finden müssen.« Meghans Kinn richtete sich auf. »Meine Mutter strengt einen Prozeß an, damit die Versicherung ausbezahlt wird.«

Sie konnte den Zweifel in den Augen aller drei Männer sehen. Für ihre eigenen Ohren – und mit diesem Stück Papier in der Hand – klang sie wie eine jener unglücklichen Zeuginnen und Zeugen, die sie aus Gerichtsverfahren kannte, Leute, die selbst angesichts des unwiderlegbaren Beweises, daß sie sich täuschen oder aber lügen, verbissen bei ihrer Aussage bleiben.

Story räusperte sich. »Miss Collins, die junge Frau, die Donnerstag abend ermordet wurde, sieht Ihnen auffallend ähnlich und hatte einen Zettel bei sich, auf dem Ihr Name und Ihre Telefonnummer in der Handschrift Ihres Vaters geschrieben standen. Haben Sie irgendeine Erklärung?«

Meghan versteifte ihr Rückgrat. »Ich habe keine Ahnung, warum diese junge Frau dieses Stück Papier bei sich hatte. Ich habe keine Ahnung, wie sie dazu gekommen ist. Sie hat mir wirklich sehr ähnlich gesehen. Als einziges kann ich mir denken, daß mein Vater ihr womöglich begegnet ist und eine Bemerkung über die Ähnlichkeit gemacht und zu ihr gesagt hat: ›Wenn Sie mal nach New York kommen, sollten Sie unbedingt meine Tochter kennenlernen.‹ Menschen ähneln sich manchmal einfach. Das ist eine Binsenweisheit. Mein Vater war in einer Branche tätig, wo er viele Leute getroffen hat; so wie ich ihn kenne, würde er genau so einen Kommentar von sich geben. Über eines aber bin ich mir sicher: Wenn mein Vater noch lebte, hätte er sich nicht absichtlich davongemacht und meine Mutter in finanzieller Bedrängnis zurückgelassen.«

Sie wandte sich Tom zu. »Ich bin für die Baxter-Anhörung eingeteilt. Ich denke, ich muß jetzt los.«

»Sind Sie okay?« fragte Tom. Sein Verhalten ließ keinerlei Mitleid verspüren.

»Mir geht's bestens«, sagte Meghan ruhig. Sie blickte weder Story noch Nader an.

Nader war es, der sich äußerte. »Meghan, wir stehen in Kontakt mit dem FBI. Falls eine Frau als vermißt gemeldet wurde, auf die die Beschreibung des Opfers von Donnerstag abend paßt, dann wissen wir es bald. Vielleicht sind ja eine Menge Antworten miteinander verknüpft.«

15

Helene Petrovic liebte ihre Arbeit als Embryologin mit der Aufsicht über das Labor der Manning Clinic. Mit siebenundzwanzig Jahren verwitwet, war sie von Rumänien in die Vereinigten Staaten ausgewandert, hatte dankbar die Großmütigkeit einer Freundin der Familie angenommen, als Kosmetikerin für sie gearbeitet und begonnen, zur Abendschule zu gehen.

Mit achtundvierzig war sie eine schlanke, gutaussehende Frau mit Augen, die nie lächelten. Wochentags wohnte Helene in einem möblierten Apartment in New Milford, Connecticut, etwa acht Kilometer von der Klinik entfernt. Die Wochenenden verbrachte sie in Lawrenceville, New Jersey, in dem behaglichen Haus im Kolonialstil, das ihr gehörte. Das Arbeitszimmer dort neben ihrem Schlafzimmer hing voller Bilder der Kinder, denen sie zu ihrer Existenz verholfen hatte.

Helene sah sich als Chef-Kinderärztin einer Säuglingsstation in der Entbindungsabteilung eines guten Krankenhauses an. Der Unterschied war, daß die Embryos in ihrer Obhut verletzlicher waren als das zerbrechlichste Frühgeborene. Sie trug ihre Verantwortung mit leidenschaftlichem Ernst.

Wenn Helene die winzigen Glasgefäße im Labor betrachtete, malte sie sich gern mit Hinblick auf die Eltern wie manchmal auch Geschwister, die sie ja kannte, die Kinder aus, die eines Tages geboren werden mochten. Sie liebte sie alle, aber es gab ein Kind, das sie am allerliebsten hatte, den wunderschönen Blondschopf, dessen süßes Lächeln sie an ihren Mann erinnerte, den sie als junge Frau verloren hatte.

Die Anhörung des Börsenmaklers Baxter zu der Beschuldigung widerrechtlicher Insider-Geschäfte fand im Gericht an der Centre Street statt. Von zwei Anwälten flankiert, erklärte sich der erstklassig gekleidete Angeklagte für nicht schuldig, wobei seine Stimme die Autorität von Börsenverhandlungen reflektierte. Steve war wieder Megs Kameramann. »Was für ein gerissener Schwindler. Da wär' ich beinah lieber wieder bei den Zwergen in Connecticut.«

»Ich hab' eine Aktennotiz gemacht und für Tom hingelegt – ich will 'ne Sondersendung über die Klinik dort machen. Heute nachmittag werd' ich versuchen, ihn dafür zu erwärmen«, sagte Meghan.

Steve zwinkerte. »Sollte ich je Kinder haben, dann hoffentlich auf die altmodische Tour, wenn du weißt, was ich meine.«

Sie lächelte kurz. »Ich weiß, was du meinst.«

Um vier Uhr war Meghan wieder in Toms Büro. »Meghan, noch einmal von vorne. Sie meinen, diese Frau steht kurz vor der Geburt des eineiigen Zwillingsbruders ihres dreijährigen Sohns?«

»Genau das meine ich. Solch eine Art aufgeteilter Geburt hat man schon in England gemacht, aber hier ist es ein Novum. Außerdem ist die Mutter in diesem Fall ziemlich interessant. Dina Anderson ist eine stellvertretende Bankdirektorin, sehr attraktiv und eloquent und ganz offensichtlich eine großartige Mutter. Und der Dreijährige ist zum Verlieben.

Dazu kommt die Tatsache, daß so viele Untersuchungen gezeigt haben, daß eineiige Zwillinge, selbst wenn sie von Geburt an getrennt sind, mit den gleichen Vorlieben aufwachsen. Ganz schön gespenstisch manchmal. Sie heiraten etwa Leute mit demselben Namen, geben ihren Kindern dieselben Namen, gestalten ihre Häuser in denselben Farben, tragen die gleiche Frisur, wählen die gleiche Art Kleider. Es wäre interessant herauszufinden, wie sich das Verhältnis ändern würde, wenn der eine Zwilling wesentlich älter als der andere ist.«

»Überlegen Sie mal«, schloß sie. »Das Wunder des ersten Retortenbabys ist erst fünfzehn Jahre her, und jetzt gibt es schon Tausende von ihnen. Jeden Tag gibt es neue Errungenschaften bei den Methoden der künstlichen Fortpflanzung. Ich finde, laufende Berichte über die neuen Methoden – und spätere Aktualisierungen zu den Anderson-Zwillingen – könnten wirklich toll sein.«

Sie sprach mit Feuereifer, redete sich selbst warm. Tom Weicker ließ sich nicht leicht herumbekommen.

»Wie sicher ist sich Mrs. Anderson, daß sie den eineiigen Zwilling bekommt?«

»Absolut sicher. Die tiefgekühlten Embryos sind in individuellen Röhrchen, die mit dem Namen der Mutter, ihrer Sozialversicherungsnummer und ihrem Geburtsdatum versehen sind. Und jedes Röhrchen bekommt seine eigene Nummer. Nachdem Jonathans Embryo verpflanzt worden war, hatten die Andersons noch zwei Embryos, seinen eineiigen Zwilling und noch einen weiteren. Das Röhrchen mit seinem eineiigen Zwilling hatte ein besonderes Etikett.«

Tom stand von seinem Schreibtisch auf und streckte sich. Er hatte sein Jackett abgelegt, die Krawatte gelockert und den Kragenknopf aufgemacht. Das hatte zur Wirkung, daß seine ansonsten unnahbare Erscheinung etwas gemildert wurde.

Er ging zu dem Fenster hinüber, starrte auf das Gewühl des Verkehrs auf der Sechsundfünfzigsten Straße West hinunter, drehte sich dann abrupt um. »Es hat mir gefallen, was Sie gestern mit dem Manning-Treffen gemacht haben. Die Zuschauerreaktionen waren positiv. Gehen Sie's an!«

Er ließ es sie wirklich machen! Meghan nickte und hielt sich dabei vor Augen, daß Begeisterung nicht angebracht war.

Tom kehrte zu seinem Schreibtisch zurück. »Meghan, schauen Sie sich das an. Es ist eine Skizze von der Frau, die am Donnerstag abend erstochen worden ist.« Er reichte sie ihr.

Obwohl sie das Opfer gesehen hatte, wurde Meghans Mund trocken, als sie die Zeichnung musterte. Sie las die Angaben dazu: »Weiße Abstammung, dunkelbraune Haare, blaugrüne Augen, 1,65 m, schlank gebaut, 54 kg, 24-28 Jahre alt.« Zwei Zentimeter größer, und die Beschreibung würde auf sie selbst zutreffen.

»Wenn dieses ›Versehen‹-Fax dazu paßt und bedeutet, daß man es eigentlich auf Sie abgesehen hatte, ist es ziemlich klar, warum dieses Mädchen tot ist«, sagte Weicker. »Sie war genau hier in der Nachbarschaft, und die Ähnlichkeit mit Ihnen ist unheimlich.«

»Ich versteh' es einfach nicht. Genausowenig verstehe ich, wie sie an den Zettel mit der Schrift meines Vaters geraten ist.«

»Ich hab' noch mal mit Lieutenant Story gesprochen. Wir sind übereingekommen, daß es besser wäre, Sie von den Nachrichten abzuziehen, bis der Mörder gefunden ist, nur für den Fall, daß irgendein Verrückter hinter Ihnen her ist.«

»Aber, Tom –« protestierte sie. Er ließ sie nicht zu Wort kommen.

»Meghan, konzentrieren Sie sich auf diese Sondersendung. Daraus könnte eine verdammt gute Story von allgemeinem Interesse werden. Wenn es klappt, machen wir dann später Kurzberichte über diese Bengel. Vorläufig aber bleiben Sie von den täglichen Nachrichten weg. Halten Sie mich auf dem laufenden«, sagte er kurz angebunden, während er sich hinsetzte und eine Schreibtischschublade herauszog, womit sie eindeutig entlassen war.

16

Montag nachmittag war in der Manning Clinic nach der Aufregung des Wochenendtreffens wieder Ruhe eingekehrt. Alle Spuren der festlichen Veranstaltung waren verschwunden, und der Empfangsraum hatte seine gewohnte ruhige Eleganz wiedergewonnen.

Ein Paar gegen Ende Dreißig blätterte in Erwartung seines ersten Besuchstermins in Zeitschriften. Die Sprechstundenhilfe, Marge Walters, betrachtete die beiden voller Anteilnahme. Sie hatte keine Probleme damit gehabt, drei Kinder in den ersten drei Jahren ihrer Ehe zu bekommen. An der gegenüberliegenden Seite des Raums hielt eine offensichtlich nervöse Frau in den Zwanzigern die Hand ihres Mannes fest. Marge wußte, daß die junge Frau einen Termin zur Einpflanzung von Embryos in ihre Gebärmutter hatte. Zwölf ihrer Eier waren im Labor befruchtet worden. Drei würde man in der Hoffnung einsetzen, daß eines davon zu einer Schwangerschaft führen würde. Manchmal entwickelten sich mehrere Embryos weiter und ergaben Mehrfachgeburten.

»Das wäre ein Segen und nicht ein Problem«, hatte die junge Frau Marge gegenüber versichert, als sie sich anmeldete. Die übrigen neun Embryos waren dann tiefgekühlt worden. Falls es diesmal nicht zu einer Schwangerschaft kam, würde die junge Frau wiederkehren und einige jener Embryos eingesetzt bekommen.

Dr. Manning hatte seine Mitarbeiter unerwartet zur Mittagszeit zusammengerufen. In Gedanken strich sich Marge mit den Fingern durch ihr kurzes blondes Haar. Dr. Manning hatte sie alle darüber informiert, PCD Channel 3 werde eine Fernsehsondersendung über die Klinik bringen und dabei auch die bevorstehende Geburt von Jonathan Andersons eineiigem Zwillingsbruder einbeziehen. Er bat, man möge Meghan Collins in jeder Weise unterstützen, dabei aber natürlich die Privatsphäre der Klienten respektieren. Nur mit Patienten, die sich schriftlich einverstanden erklärten, würde es Interviews geben.

Marge hoffte auf die Chance, in der Sendung dabeizusein. Ihre Jungs würden das ganz super finden.

Rechts von ihrem Pult ging es zu den Sprechzimmern der leitenden Mitarbeiter. Die Tür, die dorthin führte, ging auf, und eine der neuen Sekretärinnen kam mit energischem Schritt heraus. Sie hielt gerade lange genug bei Marges Pult inne, um ihr zuzuflüstern: »Da ist was im Busch. Frau Dr. Petrovic ist grade aus Dr. Mannings Zimmer rausgekommen. Sie ist völlig aufgelöst, und als ich rein bin, sah er aus, als ob er gleich einen Herzanfall kriegt.«

»Was glauben Sie denn, was da los ist?« fragte Marge.

»Ich weiß nicht, aber sie räumt ihren Schreibtisch aus. Ob sie wohl gekündigt hat – oder gefeuert worden ist?«

»Das kann ich mir nicht vorstellen, daß sie freiwillig hier weggeht«, sagte Marge ungläubig. »Das Laboratorium ist ihr ganzes Leben.«

Als Meghan am Montag abend ihr Auto holte, hatte Bernie gesagt: »Bis morgen, Meghan.«

Sie hatte ihn dann informiert, daß sie für eine Weile nicht im Sender sein würde, da sie einen Sonderauftrag in Connecticut hätte. Bernie das mitzuteilen war einfach gewesen, aber auf der Heimfahrt quälte sie sich mit der Frage, wie sie ihrer Mutter beibringen sollte, daß sie vom Nachrichtenteam ausgeschlossen war, nachdem sie die Stelle gerade erst bekommen hatte.

Sie mußte es einfach so darlegen, daß der Fernsehsender den Sonderbericht wegen der in Kürze bevorstehenden Geburt des Anderson-Babys schnell fertig haben wollte. Mom geht es schon schlecht genug ohne die zusätzliche Sorge, daß ich möglicherweise als Mordopfer ausersehen war, dachte Meghan, und sie wäre am Boden zerstört, wenn sie etwas von dem Zettel mit Dads Handschrift wüßte.

Sie fuhr von der Interstate 84 auf die Landstraße Route 7 ab. Einige Bäume hatten noch Laub, doch die leuchtenden Farben von Mitte Oktober waren verblichen. Der Herbst war immer ihre liebste Jahreszeit gewesen, überlegte sie. Aber nicht dieses Jahr.

Ein Teil ihres Gehirns, der juristische Teil, der Bereich, der Gefühle und Beweislage voneinander trennte, pochte darauf, daß sie anfing, sämtliche Gründe zu erörtern, weshalb das Stück Papier mit ihrem Namen und ihrer Telefonnummer in die Tasche der Toten geraten sein mochte. Es ist nicht illoyal, alle Möglichkeiten zu untersuchen, ermahnte sie sich hartnäckig. Ein guter Anwalt für die Verteidigung muß den Fall immer auch mit den Augen des Anklägers betrachten.

Ihre Mutter war all die Unterlagen in dem Wandsafe zu Hause durchgegangen. Sie wußte jedoch, daß ihre Mutter nicht den Schreibtischinhalt im Arbeitszimmer ihres Vaters untersucht hatte. Es war an der Zeit, das zu tun.

Sie hoffte, daß sie in der Nachrichtenabteilung alles zufriedenstellend geregelt hatte. Bevor sie ging, hatte Meg eine Liste ihrer laufenden Projekte für Bill Evans zusammengestellt, der bei PCD in Chicago eine vergleichbare Aufgabe wahrnahm und jetzt im Nachrichtenteam für sie einspringen würde, solange in dem Mordfall ermittelt wurde.

Ihr Treffen mit Dr. Manning war für den nächsten Tag um elf Uhr vereinbart. Sie wollte ihn fragen, ob sie an einer Einführungssitzung zur Aufklärung und Beratung teilnehmen könnte, als wäre sie eine neue Patientin. Während einer schlaflosen Nacht war ihr noch etwas anderes eingefallen. Es würde der Sache einen besonderen Anstrich geben, ein paar Szenen aufzunehmen, wie Jonathan seiner Mutter half, sich auf das neue Baby vorzubereiten. Sie fragte sich, ob die Andersons wohl eigene Videoaufnahmen von Jonathan als Neugeborenem besaßen.

Als sie daheim ankam, war das Haus leer. Das konnte nur bedeuten, daß ihre Mutter im Gasthof war. Gut, dachte Meghan. Dort ist sie am besten aufgehoben. Meg schleppte den Faxapparat hinein, den sie ihr beim Sender geliehen hatten. Sie würde ihn an den zweiten Telefonanschluß im Arbeitszimmer ihres Vaters anschließen. Dann werde ich wenigstens nicht von verrückten Mitteilungen mitten in der Nacht aufgeweckt, dachte sie, als sie die Tür zumachte und abschloß und einige Lichter gegen die rasch hereinbrechende Dunkelheit anzuknipsen begann.

Meghan seufzte, ohne sich dessen bewußt zu sein, während sie durch das Haus wanderte. Es war ihr seit langem ans Herz gewachsen. Die Räume waren nicht groß. Ihre Mutter beschwerte sich besonders gern darüber, daß alte Bauernhäuser von außen stets größer aussahen, als sie es tatsächlich waren. »Dieses Haus ist eine optische Täuschung«, klagte sie dann. In Meghans Augen jedoch hatte die Intimität der Räume einen ganz eigenen Charme. Sie mochte das Gefühl des leicht unebenen Bodens mit den breiten Dielen, den Anblick der offenen Kamine und Flügeltüren und der eingebauten Eckschränke im Eßzimmer. In ihren Augen bildeten sie den idealen Hintergrund für die antiken Ahornmöbel mit ihrer wunderbar warmen Patina, die tiefen bequemen Polster, die farbenfrohen handgeknüpften Teppiche.

Dad war so häufig weg, dachte sie, während sie die Tür zu seinem Arbeitszimmer öffnete, einem Raum, den sie und ihre Mutter seit dem Abend des Brückenunglücks mieden. Aber man wußte immer, daß er wiederkam, und mit ihm gab es so viel Spaß.

Sie knipste die Schreibtischlampe an und setzte sich in den Drehstuhl. Sein Zimmer war das kleinste im Erdgeschoß. Der Kamin war von Bücherregalen umgeben. Der Lieblingssessel ihres Vaters, kastanienbraunes Leder mit einem dazu passenden Polsterschemel, hatte auf der einen Seite eine Stehlampe und auf der anderen einen runden Chippendale-Tisch.

Auf dem Tisch wie auf dem Kaminsims standen Familienbilder gruppiert: das Hochzeitsporträt ihrer Mutter und ihres Vaters; Meghan als Baby; sie alle zu dritt, als sie heranwuchs; der alte Pat mit stolzgeschwellter Brust vor dem Drumdoe Inn. Zeugnis einer glücklichen Familie, dachte Meghan mit einem Blick von der einen zu einer weiteren Gruppe eingerahmter Schnappschüsse.

Sie nahm das Bild von Aurelia, der Mutter ihres Vaters, in die Hand. In den frühen Dreißigern aufgenommen, als sie vierundzwanzig war, zeigte es deutlich, daß sie eine schöne Frau gewesen war. Volles gewelltes Haar, große, ausdrucksvolle Augen, ovales Gesicht, schlanker Hals, Zobelfelle über ihrem Kostüm. Ihr Ausdruck war von der verträumten, gestellten Art, wie sie die Fotografen jener Tage bevorzugten. »Ich hatte die hübscheste Mutter in Pennsylvania«, sagte ihr Vater gern, um hinzuzufügen, »und jetzt habe ich die hübscheste Tochter in Connecticut. Du siehst aus wie sie.« Seine Mutter war gestorben, als er noch ein Baby war.

Meghan konnte sich nicht daran erinnern, je ein Bild von Richard Collins zu Gesicht bekommen zu haben. »Wir haben uns nie vertragen«, hatte ihr Vater sie knapp beschieden. »Je weniger ich ihn gesehen hab', um so besser.«

Das Telefon klingelte. Es war Virginia Murphy, die rechte Hand ihrer Mutter im Gasthof. »Catherine hat mich gebeten, nachzufragen, ob du da bist und ob du zum Essen rüberkommen willst.«

»Wie geht's ihr, Virginia?« fragte Meghan.

»Ihr geht's immer gut, wenn sie hier ist, und heute abend haben wir eine Menge Reservierungen. Mr. Carter kommt um sieben. Er möchte mit deiner Mutter zusammen essen.«

Hmm, dachte Meghan. Sie hatte schon lange den Verdacht, daß Phillip Carter allmählich eine gewisse Schwäche für Catherine Collins entwickelte. »Sagst du Mom bitte, daß ich morgen in Kent ein Interview habe und noch eine Menge dafür recherchieren muß? Ich mach' mir hier was zurecht.«

Als sie auflegte, holte sie resolut ihre Geschäftsmappe hervor und zog all die Zeitungs- und Zeitschriftenartikel über In-vitro-Befruchtung heraus, die ihr jemand vom Archiv im Sender zusammengestellt hatte. Sie runzelte die Stirn, als sie auf mehrere Fälle stieß, wo eine Klinik verklagt wurde, weil Tests ergaben, daß der Ehemann der Frau nicht der biologische Vater des Kindes war. »Ein ziemlich schlimmer Fehler, wenn einem so was unterläuft«, bemerkte sie laut und beschloß, daß dies ein Gesichtspunkt war, der bei einem Abschnitt der Sendung erwähnt werden sollte.

Um acht Uhr machte sie sich ein Sandwich und eine Kanne Tee und nahm beides mit ins Arbeitszimmer hinüber. Sie aß, während sie versuchte, das Informationsmaterial in sich aufzunehmen, das Mac ihr gegeben hatte. Es war, so befand sie, ein Intensivkurs über die Prozeduren künstlicher Fortpflanzung.

Das Klicken im Schloß kurz nach zehn bedeutete, daß ihre Mutter daheim war. Sie rief: »Grüß dich, ich bin hier drüben.«

Catherine Collins kam ins Zimmer geeilt. »Meggie, bist du in Ordnung?«

»Ja, klar. Wieso?«

»Gerade eben, als ich die Auffahrt raufkam, hatte ich plötzlich ein ganz komisches Gefühl deinetwegen, daß irgendwas nicht stimmte – fast wie eine Vorahnung.«

Meghan zwang sich zu einem amüsierten Grinsen, stand schnell auf und umarmte ihre Mutter. »Da *hat* auch was nicht gestimmt«, erklärte sie. »Ich hab' versucht, mir die Geheimnisse der DNS anzueignen, und glaub mir, es ist verdammt schwer. Jetzt weiß ich, warum Schwester Elizabeth behauptet hat, ich hätte keine Begabung für Naturwissenschaften.«

Sie war erleichtert, die Anspannung aus dem Gesicht ihrer Mutter weichen zu sehen.

Helene Petrovic schluckte nervös, als sie um Mitternacht den letzten ihrer Koffer packte. Sie ließ nur ihre Toilettenartikel und das, was sie am nächsten Morgen anziehen würde, draußen. Sie konnte es nicht abwarten, all das hinter sich zu lassen. Sie war in letzter Zeit so schreckhaft. Die Belastung war einfach zu groß geworden, entschied sie. Es war an der Zeit, Schluß damit zu machen.

Sie hob den Koffer vom Bett hoch und stellte ihn zu dem übrigen Gepäck. Von der Eingangshalle her drang das schwache Klicken einer Drehung im Schloß zu ihr vor. Sie schlug sich mit der Hand auf den Mund, um einen Schrei abzudämpfen. Er sollte doch heute abend nicht kommen. Sie wandte sich um, um ihm ins Gesicht zu sehen.

»Helene?« Sein Tonfall war höflich. »Wolltest du dich denn gar nicht verabschieden?«

»Ich ... ich wollte dir schreiben.«

»Das wird jetzt nicht mehr nötig sein.«

Mit der rechten Hand langte er in seine Tasche. Sie sah Metall aufblitzen. Dann griff er nach einem der Kissen vom Bett und hielt es vor sich hin. Helene blieb keine Zeit für einen Fluchtversuch. Brennender Schmerz explodierte in ihrem Kopf. Die Zukunft, die sie so sorgfältig vorbereitet hatte, verschwand mit ihr in die Finsternis.

Um vier Uhr früh riß das Klingeln des Telefons Meghan aus dem Schlaf. Sie tastete nach dem Hörer.

Eine kaum vernehmbare, heisere Stimme flüsterte: »Meg.«

»Wer ist das?« Sie hörte es klicken und wußte, daß ihre Mutter den Nebenapparat abnahm.

»Es ist Daddy, Meg. Ich steck' in Schwierigkeiten. Ich hab' was Furchtbares getan.«

Ein unterdrücktes Aufstöhnen ließ Meg den Hörer aufknallen und zum Zimmer ihrer Mutter hinüberstürzen. Catherine Collins war auf das Kissen gesunken, aschfahl ihr Gesicht, die Augen geschlossen. Meg packte sie an den Armen. »Mom, das ist irgendein kranker, verrückter Idiot«, sagte sie eindringlich. »Mom!«

Ihre Mutter hatte das Bewußtsein verloren.

17

Um halb acht am Dienstag morgen sah Mac seinem Sohn zu, wie er auf den Schulbus sprang. Dann stieg er in seinen Wagen, um nach Westport zu fahren. Ein frostiger Wind lag in der Luft, und Macs Brille beschlug. Er nahm sie ab, säuberte sie rasch und wünschte sich unwillkürlich, einer der Glücklichen mit Kontaktlinsen zu sein, deren lächelnde Mienen ihm von Werbepostern herunter Vorhaltungen machten, wann immer er seine Brille in Ordnung bringen ließ oder eine neue kaufte.

Als er um die Straßenbiegung fuhr, stellte er zu seinem Erstaunen fest, daß Megs weißer Mustang gerade in ihre Auffahrt einscherte. Er hupte kurz, und sie bremste ab.

Er fuhr neben sie. Gleichzeitig ließen sie beide die Scheiben herunter. Sein fröhliches »Was treibst du denn da?« erstarb ihm auf den Lippen, als er sich Meghan genau anschaute. Ihr Gesicht war angespannt und blaß, ihr Haar zerzaust, und ein gestreiftes Pyjama-Oberteil war zwischen den Aufschlägen ihres Regenmantels sichtbar. »Meg, was ist passiert?« fragte er nachdrücklich.

»Meine Mutter ist im Krankenhaus«, entgegnete sie mit tonloser Stimme.

Ein Auto näherte sich von hinten. »Fahr zu«, sagte er. »Ich fahr' dir nach.«

In der Einfahrt beeilte er sich, Meg die Fahrertür aufzuhalten. Sie erschien ganz benommen. Wie schlimm steht es um Catherine? dachte er voller Sorge. Auf der Eingangsveranda nahm er Meg die Hausschlüssel aus der Hand. »Komm, laß mich mal machen.«

Drinnen in der Vorhalle legte er ihr die Hände auf die Schultern. »Erzähl's mir.«

»Sie haben zuerst gedacht, sie hätte einen Herzanfall gehabt. Zum Glück haben sie sich getäuscht, aber es besteht die Möglichkeit, daß sie auf einen zusteuert. Sie bekommt Medikamente, um dagegen vorzubeugen. Sie muß mindestens eine Woche im Krankenhaus bleiben. Die haben gefragt – hör gut zu –, ob sie irgendwelchen Streß gehabt habe?« Ein verunsichertes Auflachen schlug in unterdrücktes Schluchzen um. Sie schluckte und wich zurück. »Mir geht's gut, Mac. Die Tests haben so weit keinen Herzschaden festgestellt. Sie ist erschöpft, todunglücklich und hat Sorgen. Was sie braucht, sind Ruhe und ein paar Beruhigungsmittel.«

»Das finde ich auch. Würde dir auch nicht schaden. Komm. Du könntest eine Tasse Kaffee gebrauchen.«

Sie folgte ihm in die Küche. »Ich mach' ihn.«

»Setz dich hin. Willst du nicht den Mantel ausziehen?«

»Ich friere immer noch.« Sie versuchte zu lächeln. »Wie kannst du nur an so einem Tag ohne Mantel rausgehen?«

Mac blickte auf sein graues Tweed-Jackett herab. »Bei meinem Mantel ist ein Knopf lose. Ich kann mein Nähzeug nicht finden.«

Als der Kaffee fertig war, schenkte er für jeden von ihnen eine Tasse ein und setzte sich ihr gegenüber an den Tisch. »Wo Catherine im Krankenhaus liegt, wirst du vermutlich eine Weile über Nacht hierbleiben.«

»Das hatte ich sowieso vor.« Ruhig erzählte sie ihm all das, was vorgefallen war: von dem Opfer, das ihr ähnlich sah, der Notiz, die man bei der Frau in der Tasche gefunden hatte, dem nächtlichen Fax. »Und deshalb«, erklärte sie, »will der Sender, daß ich vorläufig aus der Schußlinie bleibe, und mein Chef hat mir das Projekt mit der Manning Clinic zugewiesen. Und dann hat heute ganz in der Frühe das Telefon geklingelt, und ...« Sie berichtete ihm von dem Anruf und dem Zusammenbruch ihrer Mutter.

Mac hoffte, daß seiner Miene nicht der Schock anzumerken war, den er empfand. Zugegeben, Sonntag abend beim Essen war Kyle dabeigewesen. Sie wollte vielleicht in seiner Anwesenheit nichts sagen. Aber trotzdem – Meg hatte nicht einmal eine Andeutung gemacht, daß sie weniger als drei Tage zuvor eine ermordete Frau gesehen hatte, die möglicherweise an ihrer Stelle gestorben war. Genausowenig hatte sie Mac über die Entscheidung der Versicherungsleute informiert.

Seit sie zehn Jahre alt und er in seinem zweiten College-Jahr war und begann, den Sommer über im Gasthof zu arbeiten, hatte sie ihm alle ihre Geheimnisse anvertraut, angefangen damit, wie sehr sie ihren Vater vermißte, wenn er weg war, bis dahin, wie sehr sie es haßte, Klavier zu üben.

Die anderthalb Jahre von Macs Ehe waren die einzige Zeit, in der er die Collins' nicht regelmäßig sah. Seit der Scheidung lebte er jetzt hier, inzwischen fast sieben Jahre, und war der Meinung, er und Meg seien wieder auf ihrer Basis von großem Bruder und kleiner Schwester. Wenn er sich da nicht täuschte, dachte er.

Meghan schwieg jetzt, in ihre eigenen Gedanken versunken; eindeutig erhoffte sic weder, noch erwartete sie Hilfe oder Rat von ihm. Kyles Bemerkung fiel ihm wieder ein: *Ich hab' gedacht, wir wären Freunde*. Die Frau, die Kyle mittwochs am Haus hatte vorbeifahren sehen, diejenige, die er für Meghan gehalten hatte: Konnte es sein, daß sie die Frau war, die einen Tag später starb?

Mac beschloß auf der Stelle, Meghan gegenüber nichts zu erwähnen, bevor er am Abend Kyle darüber befragen und sich die Sache durch den Kopf gehen lassen konnte. Aber etwas anderes mußte er sie jetzt fragen. »Meg, verzeih mir, aber besteht auch nur die geringste Chance, daß es dein Vater war, der heute früh angerufen hat?«

»Nein. Nein. Ich würde seine Stimme erkennen. Meine Mutter genauso. Was wir da gehört haben, klang unwirklich, nicht so schlimm wie eine Computerstimme, aber nicht normal.«

»Er hat gesagt, er steckt in Schwierigkeiten.«

»Ja.«

»Und der Notizzettel in der Tasche des Mordopfers hatte seine Handschrift?«

»Ja.«

»Hat dein Vater je irgendwen namens Annie erwähnt?«

Meghan starrte Mac an.

Annie! Sie konnte ihren Vater hören, wie er sie frotzelnd rief: *Meg … Meggie … Meghan Anne … Annie …*

Entsetzt dachte sie: *Annie* war immer sein Kosename für mich.

18

Am Dienstag morgen konnte Frances Grolier von den Vorderfenstern ihres Hauses in Scottsdale, Arizona, aus sehen, wie der erste Lichtschimmer die McDowell Mountains zu umreißen begann, ein Licht, von dem sie wußte, daß es stark und strahlend werden und ständig die auf jenen Felsmassen reflektierten Schattierungen, Töne und Farben ändern würde.

Sie wandte sich um und ging durch den langen Raum zu den Hinterfenstern. Das Haus lag an der Grenze zu dem weitläufigen Reservat der Pima-Indianer und bot einen Blick auf die Wüste in ihrem Urzustand, öde und offen, vom Camelback Mountain gesäumt; Wüste und Berg leuchteten jetzt geheimnisvoll in dem schattenhaften rosafarbenen Glühen, das den Sonnenaufgang ankündigte.

Mit sechsundfünfzig Jahren war es Frances irgendwie gelungen, etwas Ausgefallenes an ihrem Wesen zu bewahren, das gut zu ihrem schmalen Gesicht, der kräftigen Fülle braungrauer Haare und den großen faszinierenden Augen paßte. Sie machte sich nie die Mühe, die tiefen Falten um Augen und Mund mit Make-up abzumildern. Groß und rank, fühlte sie sich in langen Hosen und einem losen Kittel am wohlsten.

Sie vermied es, persönlich ins Rampenlicht zu geraten, aber ihr Werk als Bildhauerin war in Kunstkreisen bekannt, insbesondere wegen ihrer unnachahmlichen Fähigkeit, Gesichter zu formen. Die Feinfühligkeit, mit der sie verborgenen Eigenheiten Ausdruck verlieh, war das Kennzeichen ihrer Begabung.

Vor langer Zeit hatte sie einen Entschluß gefaßt und sich daran gehalten, ohne es je zu bereuen. Ihr Lebensstil war ihr gerade recht. Doch jetzt …

Sie hätte nicht voraussetzen sollen, daß Annie es verstehen würde. Sie hätte Wort halten und ihr nichts sagen sollen. Annie hatte mit weit aufgerissenen, schockierten Augen der gequälten Erklärung zugehört. Dann war sie durchs Zimmer gelaufen und hatte absichtlich das Gestell mit der Bronzebüste umgeworfen.

Auf Frances' entsetzten Schrei hin war Annie aus dem Haus gestürmt, in ihr Auto gesprungen und weggefahren. An jenem Abend hatte Frances versucht, ihre Tochter in ihrer Wohnung in San Diego anzurufen. Der Anrufbeantworter war angestellt. Jeden Tag der letzten Woche hatte sie angerufen und immer nur den Apparat erreicht. Es würde Annie nur zu ähnlich sehen, auf unbegrenzte Zeit zu verschwinden. Im Jahr zuvor war sie, nachdem sie ihre Verlobung mit Greg aufgelöst hatte, nach Australien geflogen und dort sechs Monate lang mit dem Rucksack unterwegs gewesen.

Mit Fingern, die unfähig schienen, den Signalen ihres Gehirns zu gehorchen, nahm Frances wieder die Ausbesserungsarbeit an der Büste auf, die sie von Annies Vater modelliert hatte.

Von dem Moment an, als sie Dr. Mannings Sprechzimmer um zwei Uhr am Dienstag nachmittag betrat, konnte Meghan den Unterschied in seiner Haltung spüren. Am Sonntag, bei ihrem Fernsehbericht über die Zusammenkunft, war er mitteilsam und voller Initiative gewesen, stolz, die Kinder und die Klinik vorzuführen. Gestern am Telefon, als sie den Termin ausmachte, war er verhalten begeistert gewesen. Heute sah man ihm seine siebzig Jahre wirklich an. Die gesunde rosa Gesichtsfarbe, die sie zuvor bemerkt hatte, war nun einer grauen Blässe gewichen. Die Hand, die er ihr hinstreckte, zitterte ein wenig.

Heute morgen hatte Mac, bevor er nach Westport aufbrach, darauf bestanden, daß sie im Krankenhaus anrief und sich nach ihrer Mutter erkundigte. Man teilte ihr mit, Mrs. Collins schlafe gerade, ihr Blutdruck habe sich zufriedenstellend gebessert und liege jetzt im oberen Normalbereich.

Mac. Was hatte sie in seinen Augen gesehen, als er sich verabschiedete? Er hatte ihre Wange mit dem üblichen leichten Kuß gestreift, aber seine Augen vermittelten eine andere Botschaft. Mitleid? Sie wollte keins.

Sie hatte sich ein paar Stunden hingelegt und wenn auch nicht geschlafen, so doch wenigstens gedöst, um das bleierne Gefühl auf ihren Augen und die Benommenheit etwas abzustreifen. Dann hatte sie sich geduscht, lang und heiß geduscht, wodurch der Schmerz in ihrem Schulterbereich ein wenig nachließ. Sie hatte ein dunkelgrünes Kostüm mit einer taillierten Jacke und einem dreiviertellangen Rock angezogen. Sie wollte so gut wie möglich aussehen. Ihr war aufgefallen, wie gut die Erwachsenen bei dem Treffen in der Manning Clinic gekleidet waren, doch dann hatte sie sich überlegt, daß Leute, die sich einen Betrag von irgendwo zwischen zehn- und zwanzigtausend Dollar für den Versuch, ein Kind zu bekommen, leisten konnten, über ansehnliche Einkommen verfügen mußten.

In der Kanzlei an der Park Avenue, wo sie ursprünglich eine juristische Laufbahn eingeschlagen hatte, galt die Regel, daß legere Kleidung nicht zulässig war. Als Funk- und jetzt Fernsehreporterin hatte Meghan die Beobachtung gemacht, daß Interviewpartner unwillkürlich mitteilsamer waren, wenn sie sich mit dem Fragesteller in gewisser Weise identifizieren konnten. Sie wollte, daß Dr. Manning mit ihr instinktiv wie mit einer angehenden Klientin umgehen und sprechen würde. Als sie jetzt vor ihm stand und ihn musterte, wurde ihr bewußt, daß er sie ansah wie ein überführter Verbrecher den Richter bei der Urteilsverkündung. Furcht war die Empfindung, die von ihm ausging. Doch weshalb sollte Dr. Manning sich vor ihr fürchten?

»Ich kann Ihnen gar nicht sagen, wie sehr ich mich darauf freue, diese Sondersendung zu machen«, erklärte sie, während sie ihm gegenüber am Schreibtisch Platz nahm. »Ich –«

Er unterbrach sie. »Miss Collins, ich fürchte, wir können an keinerlei Fernsehberichten mitwirken. Meine Mitarbeiter und ich hatten eine Besprechung, und der allgemeine Eindruck war, daß viele unserer Klienten sich äußerst unwohl fühlen würden, wenn sie hier auf Fernsehkameras stießen.«

»Aber am Sonntag wollten Sie uns doch gerne haben.«

»Die Leute, die am Sonntag hier waren, haben Kinder. Die Frauen, die zum erstenmal herkommen oder auch bisher erfolglos versucht haben, schwanger zu werden, sind häufig nervös und niedergedrückt. Künstliche Fortpflanzung ist eine höchst private Angelegenheit.« Sein Tonfall war bestimmt, aber seine Augen verrieten seine Beunruhigung. Weshalb nur? fragte sie sich.

»Als wir miteinander telefoniert haben«, sagte sie, »kamen wir überein, daß wir keine Leute zu einem Interview bitten oder irgendwie vor die Kamera kriegen würden, die nicht wirklich gern bereit sind, über ihre Erfahrungen mit der Klinik zu reden.«

»Miss Collins, die Antwort ist nein, und jetzt, fürchte ich, muß ich zu einem Termin.« Er erhob sich.

Meghan hatte keine andere Wahl, als ebenfalls aufzustehen. »Was ist passiert, Doktor Manning?« fragte sie ruhig. »Sie müssen doch wissen, daß ich merke, daß diese plötzliche Änderung mit sehr viel mehr zu tun hat als dieser reichlich späten Sorge um Ihre Patienten.«

Er antwortete nicht. Meghan verließ sein Sprechzimmer und ging den Gang hinunter zur Empfangshalle. Sie lächelte die Sprechstundenhilfe freundlich an und überflog das Namensschild auf dem Pult. »Mrs. Walters, ich hab' eine Freundin, die sich sehr für jedes Informationsmaterial interessiert, was ich ihr über die Klinik geben kann.«

Marge Walters sah verblüfft aus. »Dann hat Dr. Manning wohl vergessen, Ihnen all das Zeug zu geben, was er seine Sekretärin für Sie zusammenstellen ließ. Ich ruf' sie eben an. Dann bringt sie's her.«

»Das wäre nett«, sagte Meghan. »Dr. Manning war bereit, bei dem Bericht mitzumachen, den ich vorhabe.«

»Natürlich. Die Leute hier sind ganz begeistert. Es ist Reklame für die Klinik. Lassen Sie mich Jane anrufen.«

Meghan hoffte inständig, daß Dr. Manning seiner Sekretärin nichts von seiner Entscheidung gesagt hatte, jede Beteiligung an der geplanten Sondersendung zu verweigern. Dann schlug vor ihren Augen Marge Walters' Gesichtsausdruck von einem Lächeln in ein erstauntes Stirnrunzeln um. Als sie den Hörer auflegte, war ihr offenes und freundliches Verhalten verflogen. »Miss Collins, ich nehme an, Sie wissen, daß ich Dr. Mannings Sekretärin nicht um die Unterlagen hätte bitten sollen.«

»Ich bitte nur um all das Material, das auch eine neue Klientin anfordern würde.«

»Da wenden Sie sich lieber an Dr. Manning.« Sie zögerte. »Ich möchte nicht unhöflich sein, Miss Collins, aber ich arbeite hier. Ich mache, was man mir sagt.«

Es lag auf der Hand, daß von ihr keine Hilfe zu erwarten war. Meghan wollte schon gehen, hielt dann inne. »Können Sie mir mal eines sagen? Gab es seitens der Angestellten eine Menge Bedenken wegen des Projekts? Ich meine, waren es alle oder nur ein paar, die bei der Konferenz dagegen waren?«

Sie sah deutlich, wie die andere Frau mit sich kämpfte. Marge Walters konnte vor Neugier kaum an sich halten. Die Neugier behielt die Oberhand. »Miss Collins«, flüsterte sie, »gestern mittag wurde die Belegschaft zusammengerufen, und alle haben bei der Nachricht applaudiert, daß Sie eine Sondersendung machen. Wir haben Witze darüber gemacht, wer wohl mit aufs Bild kommt. Ich kann mir nicht vorstellen, was Dr. Manning dazu gebracht hat, seine Meinung zu ändern.«

19

Mac empfand seine Arbeit in dem Forschungsinstitut LifeCode, wo er auf genetische Therapie spezialisiert war, als erfüllend, befriedigend und rundherum fesselnd.

Nachdem er Meghan verlassen hatte, fuhr er zum Labor und machte sich sofort an die Arbeit. Doch im Verlauf des Tages gestand er sich ein, daß es ihm schwerfiel, sich zu konzentrieren. Ein dumpfes Gefühl, daß etwas nicht stimmte, schien sein Hirn lahmzulegen und seinen ganzen Körper zu durchdringen, so daß sich seine Finger, die ganz selbstverständlich mit den empfindlichsten Geräten umgehen konnten, schwerfällig und ungeschickt anfühlten. Er machte an seinem Schreibtisch Mittagspause, und während er aß, versuchte er die deutlich spürbare Furcht zu analysieren, die ihn im Griff hatte.

Er rief im Krankenhaus an und erhielt den Bescheid, Mrs. Collins sei von der Intensivstation auf die Kardiologie verlegt worden. Sie schlafe, und es würden keine Anrufe durchgestellt.

Was nichts anderes als gute Nachrichten bedeutet, dachte Mac. Die Kardiologie war vermutlich nur eine Vorsichtsmaßnahme. Er hatte das sichere Gefühl, Catherine würde ganz gesund werden und von der erzwungenen Ruhe profitieren.

Seine Sorge um Meghan war es, was dieses betäubende Unbehagen verursachte. Wer bedrohte sie? Selbst wenn das Unglaubliche stimmte und Ed Collins noch lebte, ging die Gefahr ganz sicher nicht von ihm aus.

Nein, seine Beunruhigung ging allein auf das Mordopfer zurück, das wie Meghan aussah. Als er dann die unberührte Hälfte seines Sandwichs weggeworfen und den Rest seines kalten Kaffees ausgetrunken hatte, wußte Mac, daß er keine Ruhe finden würde, bis er zum Leichenschauhaus in New York gegangen war, um sich die Leiche jener Frau anzuschauen.

Abends auf seinem Heimweg machte Mac im Krankenhaus eine Stippvisite bei Catherine, die zweifellos Beruhigungsmittel bekommen hatte. Ihre Sprechweise war deutlich langsamer als ihr sonst so lebendiger Tonfall. »Ist das nicht ein Quatsch, Mac?« fragte sie.

Er zog einen Stuhl heran. »Selbst wackere Töchter der Grünen Insel dürfen gelegentlich mal eine Pause einlegen, Catherine.«

Ihr Lächeln war eine Bestätigung. »Wahrscheinlich hab' ich eine Zeitlang ein bißchen viel von mir verlangt. Du weißt Bescheid, nehm' ich an.«

»Ja.«

»Meggie ist gerade weg. Sie geht zum Gasthof rüber. Mac, dieser neue Koch, den ich eingestellt hab'! Ich schwöre dir, der hat seine Ausbildung in 'ner Imbißbude gemacht. Ich muß ihn loswerden.« Ihre Miene wurde düster. »Das heißt, wenn ich einen Weg finde, wie ich am Drumdoe festhalten kann.«

»Ich glaube, es ist besser, wenn du diese Art Sorgen eine Weile beiseite schiebst.«

Sie seufzte. »Ich weiß. Es ist bloß, daß ich gegen einen schlechten Koch was *tun* kann. *Nichts tun* kann ich gegen Versicherungstypen, die nicht zahlen wollen, und Idioten, die mitten in der Nacht anrufen. Meg hat gesagt, so ein mieser Anruf sei einfach typisch für unsre Zeit, aber es ist so widerwärtig, so zum Wahnsinnigwerden. Sie schüttelt's einfach ab, aber du kannst dir vorstellen, warum ich Angst hab'.«

»Hab Vertrauen zu Meg.« Mac kam sich ganz verlogen vor bei seinem Versuch, beruhigend zu wirken. Einige Minuten später stand er auf, um zu gehen. Er küßte Catherine auf die Stirn. In ihrem Lächeln lag ein Anflug von Kampfgeist. »Ich hab' eine großartige Idee. Wenn ich den Koch rausschmeiße, schick' ich ihn hierher. Verglichen mit dem, was ich zum Abendessen gekriegt hab', ist er der reinste Escoffier.«

Marie Dileo, die Haushälterin, die täglich kam, war beim Tischdecken, als Mac heimkehrte, und Kyle machte auf dem Boden ausgestreckt seine Hausaufgaben. Mac zog Kyle zu sich auf das Sofa heran. »Sag mal, Freund, ich will das wissen. Wie genau hast du die Frau neulich zu sehen gekriegt, die du für Meg gehalten hast?«

»Ziemlich genau«, antwortete Kyle. »Meg war heute nachmittag hier.«

»Ach, wirklich?«

»Ja. Sie wollte wissen, warum ich sauer auf sie war.«

»Und hast du's ihr gesagt?«

»Ah-hmm.«

»Was hat sie gemeint?«

»Ach bloß, daß sie Mittwoch nachmittag im Gericht war und daß manchmal, wenn Leute im Fernsehen sind, andre Leute gern sehen wollen, wo sie wohnen. Solches Zeug. Genau wie du hat sie gefragt, wie gut ich die Dame da zu sehen gekriegt hab'. Und ich hab' ihr gesagt, daß die Dame sehr, sehr langsam gefahren ist. Deshalb bin ich ja auch zur Straße hingelaufen und hab' nach ihr gerufen, als ich sie gesehen hab'. Und sie hat das Auto angehalten und mich angeschaut und das Fenster runtergemacht, und dann ist sie einfach weggefahren.«

»Das hast du mir alles gar nicht erzählt.«

»Ich hab' gesagt, daß sie mich gesehen hat und dann schnell weggefahren ist.«

»Du hast nicht gesagt, daß sie angehalten und das Fenster runtergekurbelt hat, mein Lieber.«

»Ah-hmm. Ich hab' *gedacht*, daß sie Meg ist. Aber ihre Haare waren länger. Das hab' ich Meg auch gesagt. Weißt du, es ging ihr so um die Schultern. Wie das Bild von Mommy.«

Ginger hatte Kyle eines ihrer jüngsten Pressebilder geschickt, ein Porträtfoto: mit ihren blonden Haaren um die Schultern verweht, mit geöffneten Lippen, die perfekte Zähne preisgaben, und großen, sinnlichen Augen. In die Ecke hatte sie geschrieben: »Für meinen kleinen Liebling Kyle, in Liebe und mit Küssen, Mommy.« Ein Pressefoto, hatte Mac voller Abscheu gedacht. Wäre er zu Hause gewesen, als es ankam, hätte Kyle es nie zu sehen bekommen.

Nachdem sie bei Kyle hereingeschaut, ihre Mutter besucht und im Gasthof nach dem Rechten gesehen hatte, war Meghan um halb acht nach Hause gekommen. Virginia hatte darauf bestanden, ihr eine Portion Essen mitzugeben, Hühnerfrikassee, Salat und die warmen salzigen Brötchen, die Meghan so gern hatte. »Du bist genauso schlimm wie deine Mutter«, hatte Virginia sich ereifert. »Du vergißt noch zu essen.«

Hätte ich wahrscheinlich auch, dachte Meghan, während sie sich schnell auszog und den alten Pyjama und einen Morgenrock überstreifte. Die Sachen stammten noch aus ihrer College-Zeit und waren nach wie vor ihre Lieblingsklamotten für einen frühen, ruhigen Abend zum Lesen oder Fernsehen.

In der Küche nippte sie an einem Glas Wein und knabberte an dem Salzbrötchen, während der Mikrowellenherd das Geflügelgericht im Nu erhitzte.

Als es fertig war, trug sie es auf einem Tablett ins Arbeitszimmer und machte es sich im Drehsessel ihres Vaters bequem. Am nächsten Tag würde sie anfangen, sich mit der Geschichte der Manning Clinic auseinanderzusetzen. Die Rechercheure beim Fernsehsender konnten rasch alles Hintergrundmaterial liefern, das es darüber gab. Und über Dr. Manning, dachte sie. Ich wüßte gern, ob *der* nicht irgendwelche Leichen im Keller hat, sagte sie sich.

Heute abend jedoch hatte sie ein anderes Projekt im Sinn. Sie mußte unbedingt jede Spur von einem Hinweis herausfinden, der womöglich einen Zusammenhang zwischen ihrem Vater und der Toten herstellte, die ihr ähnlich sah, der Frau, die vielleicht Annie hieß.

Ein Verdacht hatte sich in ihr Bewußtsein eingeschlichen, ein so unglaublicher Verdacht, daß sie sich noch nicht dazu bringen konnte, ihn ernsthaft zu erwägen. Sie wußte lediglich, daß es absolut entscheidend war, sofort sämtliche persönlichen Unterlagen ihres Vaters durchzugehen.

Wie nicht anders zu erwarten, waren die Schubladen im Schreibtisch wohlgeordnet. Edwin Collins war von Natur aus akkurat gewesen. Schreibpapier, Umschläge und Briefmarken waren in der Seitenschublade mit den Zwischenfächern exakt sortiert. Sein Übersichtskalender hatte Eintragungen für Januar und Anfang Februar. Danach waren nur langfristige Termine festgehalten. Der Geburtstag ihrer Mutter. Ihr Geburtstag. Die Frühjahrspartie mit dem Golfklub. Eine Kreuzfahrt, die ihre Eltern unternehmen wollten zur Feier ihres dreißigsten Hochzeitstags im Juni.

Warum würde jemand, der sein Verschwinden vorbereitet, auf Monate im voraus wichtige Ereignisse in seinem Kalender markieren? überlegte sie. Es ergab keinen Sinn.

Die Tage, an denen er im Januar verreist war oder im Februar zu verreisen gedachte, waren einfach mit dem Namen einer Stadt versehen. Sie wußte, daß die Einzelheiten jener Reisen in dem Terminkalender gestanden haben mußten, den er bei sich trug.

Die Schublade ganz unten rechts war abgeschlossen. Meghan suchte vergeblich nach dem Schlüssel, zögerte dann. Am nächsten Tag konnte sie vielleicht den Schlüsseldienst bestellen, aber sie wollte nicht abwarten. Sie ging in die Küche, fand den Werkzeugkasten und kam mit einer Stahlfeile zurück. Wie erhofft, war das Schloß alt und leicht aufzubrechen.

In dieser Schublade waren mit Gummibändern gebündelte Briefumschläge gestapelt. Meghan nahm den obersten Stapel heraus und schaute ihn durch. Alle außer dem ersten Kuvert trugen dieselbe Handschrift.

Dieser Umschlag enthielt nur einen Zeitungsausschnitt aus dem *Philadelphia Bulletin*. Unter dem Bild einer gutaussehenden Frau lautete der kurze Nachruf:

> Aurelia Crowley Collins, 75, zeit ihres Lebens Einwohnerin von Philadelphia, starb am 9. Dezember im St. Paul's Hospital an Herzversagen.

Aurelia Crowley! Meghan rang nach Luft, als sie das Bild betrachtete. Die weit auseinanderstehenden Augen, das wellige Haar um das ovale Gesicht herum. Es war dieselbe Frau, nur älter geworden, deren Bildnis einen guten Meter entf[...] deutlich sichtbar auf dem Tisch plaziert war. *Ihre Gro[...]*

Das Datum auf dem Ausschnitt lag zwei Jahre zurüc[...] Großmutter hatte noch bis vor zwei Jahren gelebt! Meghan blätterte durch die übrigen Umschläge, die sie vor sich hatte. Sie kamen alle aus Philadelphia. Der letzte war zweieinhalb Jahre zuvor abgestempelt worden.

Sie las einen Brief, dann einen weiteren, und noch einen. Fassungslos ging sie auch die übrigen Briefbündel durch. In beliebiger Reihenfolge las sie immer weiter. Das früheste Schreiben datierte dreißig Jahre zurück. Alle Briefe liefen auf die gleiche Bitte hinaus.

> Lieber Edwin,
> ich hatte gehofft, ich würde vielleicht diesmal zu Weihnachten etwas von Dir hören. Ich bete darum, daß es Dir und Deiner Familie gutgeht. Wie liebend gern würde ich doch meine Enkelin sehen. Vielleicht wirst Du es eines Tages zulassen, daß dies geschieht.
> In Liebe,
> Mutter

> Lieber Edwin,
> es heißt, wir sollen immer nach vorne schauen. Doch wenn man älter wird, ist es viel leichter, zurückzu-

schauen und die Fehler der Vergangenheit bitter zu bereuen. Ist es denn nicht möglich, daß wir miteinander reden, wenigstens am Telefon? Es würde mich so glücklich machen.

In Liebe,
Mutter

Nach einer Weile konnte Meg es nicht ertragen, weiterzulesen, aber das abgenutzte Aussehen der Briefe zeigte deutlich, daß ihr Vater sich wieder und wieder in sie vertieft haben mußte.

Dad, du warst so gutherzig, dachte sie. Warum hast du allen erzählt, deine Mutter sei tot? Was hat sie dir angetan, was so unverzeihlich war? Warum hast du diese Briefe aufge[illegible] [illegible]enn du dich nie mit ihr versöhnen wolltest?

[illegible] nahm das Kuvert in die Hand, das die Todesnachricht [illegible]nthalten hatte. Es war kein Name angegeben, aber die hinten aufgedruckte Adresse war eine Straße in Chestnut Hill. Sie wußte, daß Chestnut Hill eines der exklusivsten Wohngebiete in Philadelphia war.

Wer war der Absender? Wichtiger noch: Was für ein Mann war ihr Vater in Wirklichkeit gewesen?

20

In Helene Petrovics bezauberndem, im Kolonialstil erbauten Haus in Lawrenceville, New Jersey, war ihre Nichte Stephanie schlecht gelaunt und voller Sorge. Das Baby war in wenigen Wochen fällig, und sie hatte Rückenschmerzen. Sie war ständig müde. Als Überraschung hatte sie sich die Mühe gemacht, ein warmes Mittagessen für Helene vorzubereiten, die gesagt hatte, sie habe vor, bis mittags daheim zu sein.

Um halb zwei hatte Stephanie versucht, ihre Tante anzurufen, aber im Apartment in Connecticut meldete sich niemand. Jetzt, um sechs Uhr, war Helene noch immer nicht eingetroffen. Ob irgend etwas nicht in Ordnung war? Vielleicht hatten sich noch in letzter Minute ein paar Sachen ergeben, die erledigt werden mußten, und Helene lebte schon so lange allein, daß sie es nicht gewohnt war, jemand anders von ihren Unternehmungen in Kenntnis zu setzen.

Stephanie war bestürzt gewesen, als Helene ihr am Tag zuvor telefonisch mitteilte, sie habe gekündigt, mit sofortiger Wirkung. »Ich brauche Erholung, und ich mache mir Sorgen, daß du so viel allein bist«, war Helenes Begründung gewesen.

Tatsächlich aber war Stephanie sehr gerne allein. Sie hatte nie den Luxus gekannt, so lange im Bett liegenbleiben zu können, bis sie beschloß, Kaffee zu machen und die Zeitung zu holen, die in aller Herrgottsfrühe ausgeliefert worden war. An wahrhaft faulen Tagen schaute sie sich dann, noch immer im Bett, die Vormittagsprogramme im Fernsehen an.

Sie war zwanzig, sah jedoch älter aus. Während sie heranwuchs, hatte sie davon geträumt, einmal wie die jüngere Schwester ihres Vaters zu sein, Helene, die zwanzig Jahre zuvor nach dem Tod ihres Mannes in die Vereinigten Staaten gegangen war.

Jetzt war dieselbe Helene ihr Rettungsanker, ihre Zukunft in einer Welt, die nicht mehr existierte, wie sie ihr vertraut gewesen war.

Die blutige, kurze Revolution in Rumänien hatte ihre Eltern das Leben gekostet und ihr Heim zerstört. Stephanie war zu Nachbarn gezogen, deren winziges Haus keinen Platz für einen weiteren Bewohner bot.

Im Laufe der Jahre hatte Helene von Zeit zu Zeit etwas Geld und ein Geschenkpaket zu Weihnachten geschickt. Völlig verzweifelt hatte Stephanie sie schriftlich um Hilfe angefleht.

Einige Wochen später war sie an Bord eines Flugzeugs in die Vereinigten Staaten.

Helene war so gut zu ihr. Bloß wollte Stephanie nun einmal brennend gern in Manhattan wohnen, sich eine Stelle in einem Schönheitssalon besorgen und in eine Abendschule für Kosmetik gehen. Ihr Englisch war schon jetzt ausgezeichnet, obwohl sie bei ihrer Ankunft ein Jahr zuvor erst ein paar Brocken gekonnt hatte.

Fast war es soweit. Sie hatte sich mit Helene Einzimmerapartments in New York angeschaut. Sie fanden eins in Greenwich Village, das im Januar frei sein würde, und Helene hatte versprochen, gemeinsam mit ihr für die Einrichtung Besorgungen zu machen.

Das Haus hier stand zum Verkauf. Helene hatte immer gesagt, sie werde weder ihre Stellung noch ihre Wohnung in Connecticut aufgeben, bevor es verkauft war. Was hatte dazu geführt, daß sie nun so plötzlich ihre Meinung geändert hatte? überlegte Stephanie.

Sie schob sich das hellbraune Haar aus der breiten Stirn. Sie war wieder hungrig und konnte ja schon mal essen. Sobald Helene kam, konnte sie das Abendessen jederzeit für sie aufwärmen.

Um acht Uhr, als sie über eine Wiederholungssendung aus der Serie *Golden Girls* lächelte, läutete es am Hauseingang.

Ihr Seufzer war ebenso erleichtert wie irritiert. Helene hatte wahrscheinlich die Arme voller Päckchen und wollte nicht nach ihrem Schlüssel kramen. Sie blickte noch einmal auf den Bildschirm. Die Sendung ging gerade zu Ende. Wenn sie schon so spät kam, hätte Helene dann nicht noch eine Minute warten können? dachte sie, während sie sich vom Sofa hochwuchtete.

Ihr Willkommenslächeln schwand dahin, als ihr ein großgewachsener Polizist mit einem jungenhaften Gesicht gegenüberstand. Ungläubig erfuhr sie, daß Helene Petrovic in Connecticut erschossen worden war.

Bevor Trauer und Schock überhandnahmen, war Stephanies einziger klarer Gedanke, sich verzweifelt zu fragen: *Was soll aus mir werden?* Vor einer Woche erst hatte Helene von ihrer Absicht gesprochen, ihr Testament zu ändern, das ihren gesamten Besitz der Forschungsstiftung der Manning Clinic vermachte. Jetzt war es zu spät.

21

Dienstag abend um acht Uhr hatte der Betrieb in der Garage fast völlig nachgelassen. Bernie, der häufig Überstunden machte, hatte einen Zwölf-Stunden-Tag eingelegt, und es war Zeit, heimzugehen.

Die Überstunden machten ihm nichts aus. Die Entlohnung war gut und das Trinkgeld ebenfalls. In all diesen Jahren hatte das Extrageld seine elektronische Ausrüstung ermöglicht.

Heute abend war er beunruhigt, als er zum Büro ging, um sich abzumelden. Er hatte nicht mitbekommen, daß der oberste Boß in der Nähe war, als er heute während der Mittagspause wieder in Tom Weickers Wagen saß und rasch das Handschuhfach nach Dingen von Interesse durchsuchte. Als er dann aufschaute, sah er den Boß durch die Windschutzscheibe starren. Der Boß war einfach ohne ein Wort weggegangen. Das war sogar noch schlimmer. Hätte er ihn angeschnauzt, wäre die Luft wenigstens wieder klar gewesen.

Bernie betätigte die Stechuhr. Der Abendmanager saß in seinem Büro und rief ihn zu sich. Sein Gesicht versprach nichts Gutes. »Bernie, räum deinen Spind aus.« Er hatte ein Kuvert in der Hand. »Das ist ausreichend für Gehalt, Urlaubsanspruch und Krankentage und zwei Wochen Abfindung.«

»Aber ...« Bernies Protest erstarb ihm auf den Lippen, als der Manager die Hand erhob.

»Hör zu, Bernie, du weißt genausogut wie ich, daß wir Beschwerden gekriegt haben, weil Geld und Privateigentum aus den Wagen verschwunden sind, die hier in der Garage geparkt werden.«

»Ich hab' nie was geklaut.«

»Du hattest, verdammt noch mal, kein Recht, Weickers Handschuhfach zu durchsuchen. Du hast es hinter dir.«

Als er nach Hause kam, noch immer wütend und aufgebracht, sah Bernie, daß seine Mutter ein gefrorenes Makkaroni-Käse-Gericht für den Mikrowellenherd hergerichtet hatte. »Es war ein schrecklicher Tag«, beklagte sie sich, während sie die Verpackung aufmachte. »Die Gören von da unten an der Straße haben vor dem Haus rumgelärmt. Ich hab' gesagt, sie sollen den Mund halten, und da haben sie mich 'ne alte Kuh genannt. Weißt du, was ich gemacht hab'?« Sie wartete nicht auf eine Antwort. »Ich hab' die Polizei gerufen und mich beschwert. Und dann ist einer von denen hergekommen und war unverschämt zu mir.«

Bernie packte sie am Arm. »Du hast die Cops hierhergeholt, Mama? Sind sie nach unten gegangen?«

»Wieso sollten sie nach unten gehen?«

»Mama, ich will keine Cops hier drin, grundsätzlich.«

»Bernie, ich bin seit Jahren nicht mehr unten gewesen. Du hältst doch alles sauber da unten, sag mal? Ich will nicht, daß Staub aufsteigt. Meine Nebenhöhlen sind furchtbar.«

»Es ist sauber, Mama.«

»Das hoffe ich auch. Du bist kein ordentlicher Mensch. Genau wie dein Vater.« Sie schlug die Tür des Mikrowellenherds zu. »Du hast mir am Arm weh getan. Du hast hart zugepackt. Mach das nicht noch mal.«

»Mach' ich nicht, Mama. Tut mir leid, Mama.«

Am folgenden Morgen verließ Bernie das Haus wie immer zur Arbeit. Er wollte nicht, daß seine Mutter etwas von dem Rausschmiß erfuhr. Heute jedoch machte er sich zu einer Autowaschanlage auf, die ein paar Straßen weiter weg lag. Er zahlte für das volle Programm: Staubsaugen, Kofferraum-Reinigung, Politur des Armaturenbretts, Waschen, Wachsen. Als der acht Jahre alte Chevy herauskam, war er noch immer schäbig, aber respektabel, und der dunkelgrüne Lack war wieder zum Vorschein gekommen.

Er wusch seinen Wagen nie außer bei den seltenen Anlässen im Jahr, wenn seine Mutter verkündete, sie habe vor, am folgenden Sonntag in die Kirche zu gehen. Selbstverständlich wäre es anders, wenn er Meghan zu einer Fahrt mitnähme. Für sie würde er ihn wirklich auf Hochglanz bringen.

Bernie wußte, was er tun würde. Er hatte die ganze Nacht darüber nachgedacht. Vielleicht gab es ja einen Grund, weshalb er seinen Job in der Garage verloren hatte. Vielleicht gehörte alles zu einem größeren Plan. Seit Wochen schon reichte es nicht aus, Meghan nur während der paar Minuten zu sehen, wenn sie ihren Mustang oder einen Wagen von Channel 3 abstellte oder abholte.

Er wollte in ihrer Nähe sein, um Videos von ihr zu machen, die er dann nachts auf seinem Recorder abspielen konnte.

Heute würde er in der Siebenundvierzigsten Straße eine Videokamera kaufen.

Aber er brauchte Geld. Niemand war ein besserer Chauffeur, also konnte er es damit verdienen, seinen Wagen als inoffizielles Taxi zu nutzen. Das würde ihm auch eine Menge Freiheit geben. Die Freiheit, nach Connecticut zu fahren, wo Meghan Collins wohnte, wenn sie nicht in New York war.

Er mußte sich in acht nehmen, daß er nicht auffiel.

»Man nennt es eine Zwangsvorstellung, Bernie«, hatte der Psychofritze auf Riker's Island erklärt, als Bernie dringend erfahren wollte, was denn mit ihm nicht stimmte. »Ich glaube, wir haben Ihnen geholfen, aber wenn Sie wieder dieses Gefühl überkommt, möchte ich, daß Sie mit mir reden. Es bedeutet, daß Sie dann vielleicht Medikamente brauchen.«

Bernie wußte, daß er keine Hilfe brauchte. Alles, was er brauchte, war, in der Nähe von Meghan Collins zu sein.

22

Helene Petrovics Leiche lag den ganzen Dienstag über in dem Schlafzimmer, wo sie gestorben war. Mit ihren Nachbarn nie besonders vertraut, hatte sie sich bereits von den wenigen verabschiedet, mit denen sie gelegentlich ein paar Worte wechselte, und ihr Wagen war in der Garage, die zu ihrem Apartment gehörte, außer Sicht.

Erst als die Wohnungsbesitzerin am Spätnachmittag vorbeischaute, fand sie die Tote am Fuß des Bettes liegen.

Der Tod einer unauffälligen Embryologin in New Milford, Connecticut, wurde in verschiedenen Nachrichtensendungen der New Yorker Fernsehstationen erwähnt. Es gab nicht viel zu berichten. Nichts deutete auf einen Einbruch hin, ebensowenig auf sexuelle Gewalt. Das Portemonnaie des Opfers mit zweihundert Dollar darin war in dem Zimmer, daher wurde ein Raubmord ausgeschlossen. Eine Nachbarin von der anderen Straßenseite steuerte die Information bei, daß sie einen Besucher bei Helene Petrovic beobachtet habe, einen Mann, der immer spät am Abend gekommen sei. Sie habe ihn nie genau zu sehen bekommen, wisse aber, daß er groß war. Ihrer Meinung nach war es wohl ein Freund, weil er seinen Wagen immer in der freien Hälfte von Mrs. Petrovics Garage geparkt habe. Sie sei sich sicher, daß er noch nachts weggefahren sein mußte, weil sie ihn nie am Morgen gesehen habe. Wie oft sie ihn gesehen habe? Vielleicht fünf- oder sechsmal. Das Auto? Eine ziemlich neue dunkle Limousine.

Nach der Entdeckung der Notiz über den Tod ihrer Großmutter hatte Meghan im Krankenhaus angerufen und die Auskunft erhalten, ihre Mutter schlafe und sei in befriedigender Verfassung. Todmüde hatte sie den Arzneischrank nach einer Schlaftablette durchstöbert, war dann zu Bett gegangen und hatte durchgeschlafen, bis ihr Wecker sie um halb sieben in der Frühe wachklingelte.

Ein sofortiger Anruf im Krankenhaus ergab die beruhigende Nachricht, ihre Mutter habe eine erholsame Nacht verbracht und ihre Werte seien normal.

Meghan las die *Times* zum Kaffee und war schockiert, in dem Connecticut-Teil über den Tod von Dr. Helene Petrovic zu lesen. Da war auch ein Bild der Frau. Der Ausdruck ihrer Augen darauf war ebenso traurig wie geheimnisvoll. Ich habe doch in der Klinik mit ihr gesprochen, dachte Meghan. Sie hatte das Labor mit den tiefgekühlten Embryos unter sich. Wer hat nur diese stille, intelligente Frau ermordet? fragte sich Meghan. Ein anderer Gedanke kam ihr in den Sinn. Laut der Zeitungsnotiz hatte Dr. Petrovic ihre Stelle gekündigt und geplant, am folgenden Morgen von Connecticut wegzuziehen. Hatte ihr Entschluß wohl etwas mit Dr. Mannings Weigerung zu tun, an der Sondersendung mitzumachen?

Es war zu früh, um Tom Weicker anzurufen, aber es war vermutlich nicht zu spät, um Mac zu erwischen, bevor er zur

Arbeit fuhr. Meghan wußte, daß es noch etwas gab, was sie in Angriff nehmen mußte, und sie konnte es genausogut gleich tun.

Macs Hallo klang gehetzt.

»Mac, entschuldige bitte. Ich weiß, es ist eine schlechte Zeit zum Anrufen, aber ich muß mit dir reden«, sagte Meghan.

»Grüß dich, Meg! Klar. Warte nur einen Moment.«

Er hatte offenbar die Hand auf die Gesprächsmuschel gelegt. Sie hörte ein gedämpftes, aber verärgertes Rufen: »Kyle, du hast deine Hausaufgaben auf dem Eßtisch liegenlassen.«

Als er wieder an der Leitung war, erklärte er: »Wir haben jeden Morgen dasselbe Theater. Ich sag' ihm, er soll seine Hausaufgaben abends in die Schultasche tun. Er macht es nicht. Am Morgen jammert er dann, daß er sie nicht findet.«

»Warum steckst *du* sie ihm denn nicht abends in die Schultasche?«

»Das wäre pädagogisch unklug.« Sein Tonfall änderte sich. »Meg, wie geht's deiner Mutter?«

»Gut. Ich glaube wirklich, sie ist okay. Sie ist eine starke Frau.«

»Wie du.«

»Ich bin nicht so stark.«

»Zu stark für meinen Geschmack, wenn man bedenkt, daß du mir das mit der erstochenen Frau nicht erzählt hast. Aber das ist ein Thema, von dem wir lieber ein andermal reden.«

»Mac, könntest du für drei Minuten auf deinem Weg hier vorbeischauen?«

»Natürlich. Sobald Ihro Majestät im Bus ist.«

Meghan wußte, daß ihr nur zwanzig Minuten zum Duschen und Anziehen blieben, bis Mac kam. Sie bürstete sich gerade die Haare, als es an der Tür klingelte. »Trink doch schnell 'ne Tasse Kaffee«, sagte sie. »Was ich dich gleich fragen will, ist nicht so einfach.«

War es erst vierundzwanzig Stunden her, seit sie sich an diesem Tisch gegenübergesessen hatten? überlegte sie. Es schien so viel länger her zu sein. Doch gestern war sie fast in einem Schockzustand gewesen. Heute, in dem Bewußtsein, daß ihrer Mutter mit fast völliger Gewißheit nichts fehlte, war sie fähig, sich mit jeder auch noch so harten Wahrheit, die ans Tageslicht kommen mochte, auseinanderzusetzen und abzufinden.

»Mac«, begann sie, »du bist ein DNS-Spezialist.«

»Ja.«

»Die Frau, die am Donnerstag abend erstochen worden ist, die, die mir so ähnlich sieht?«

»Ja.«

»Wenn man ihre DNS mit meiner vergleicht, könnte man eine Verwandtschaft abklären?«

Mac hob die Augenbrauen und betrachtete die Tasse in seiner Hand. »Meg, also das funktioniert so. Mit DNS-Untersuchungen können wir definitiv herausbekommen, ob zwei Menschen von derselben Mutter stammen. Es ist kompliziert, und ich kann dir im Labor zeigen, wie's gemacht wird. Mit etwa neunundneunzig Prozent Wahrscheinlichkeit können wir feststellen, ob zwei Leute denselben Vater hatten. Es ist nicht so absolut sicher wie die Mutter-Kind-Konstellation, aber wir können einen sehr deutlichen Hinweis darauf erhalten, ob wir es mit Halbgeschwistern zu tun haben oder nicht.«

»Kann man diese Analyse auch bei mir und der Toten machen?«

»Ja.«

»Es scheint dich gar nicht zu überraschen, daß ich mich danach erkundige, Mac.«

Er stellte die Kaffeetasse ab und schaute ihr direkt ins Gesicht. »Meg, ich hatte mir schon vorgenommen, heute nachmittag zum Leichenschauhaus zu gehen und mir diese junge Tote anzuschauen. Sie haben ein DNS-Labor in der gerichtsmedizinischen Abteilung. Ich hatte vor, sicherzustellen, daß sie eine Blutprobe von ihr aufheben, bevor man sie zum Armenfriedhof abholt.«

Meg biß sich auf die Lippen. »Dann denkst du ja ganz ähnlich wie ich.« Sie blinzelte, um die überdeutliche Erinnerung an das Gesicht der Toten auszulöschen. »Ich muß heute zu Phillip hinüber und im Krankenhaus vorbeischauen«, fuhr sie fort. »Ich treff' dich dann in der Gerichtsmedizin. Wann paßt es dir denn?«

Sie verabredeten sich für etwa zwei Uhr. Beim Wegfahren ging Mac der Gedanke durch den Kopf, daß es ihm zu keinem Zeitpunkt paßte, auf das tote Gesicht einer Frau herunterzuschauen, die Meghan Collins ähnlich sah.

23

Phillip Carter hörte die Nachricht mit den Einzelheiten von Dr. Helene Petrovics Tod auf seinem Weg zum Büro. Er nahm sich vor, Victor Orsini sofort auf die offene Stelle anzusetzen, die durch den Todesfall in der Manning Clinic entstanden war. Schließlich war die Frau durch Collins und Carter von der Klinik eingestellt worden. Diese Positionen wurden gut bezahlt, und es würde wieder ein gutes Honorar abwerfen, wenn Collins and Carter mit der Suche nach einer Ersatzkraft beauftragt wurde.

Er traf um Viertel vor neun im Büro ein und entdeckte Meghans Wagen in einer der Parkbuchten in der Nähe des Gebäudeeingangs. Sie hatte offensichtlich auf ihn gewartet, denn sie stieg aus dem Auto, als er einparkte.

»Meg, was für eine nette Überraschung!« Er legte einen Arm um sie. »Aber, um Himmels willen, du hast doch einen Schlüssel. Warum bist du nicht hineingegangen?«

Meg lächelte kurz. »Ich bin erst seit einer Minute da.« Außerdem, dachte sie, würde ich mir wie ein Eindringling vorkommen, wenn ich einfach hineinginge.

»Catherine geht's gut, hoffe ich?« fragte er.

»Sie macht sich wirklich.«

»Gott sei Dank«, sagte er herzhaft.

Die kleine Empfangshalle wirkte einladend mit ihrem in leuchtenden Farben bezogenen Sofa und Sessel, dem runden Couchtisch und den getäfelten Wänden. Meghan ergriff wieder einmal ein Gefühl abgrundtiefer Traurigkeit, als sie durch den Raum eilte. Diesmal gingen sie in Phillips Büro. Er schien zu spüren, daß sie nicht wieder das Büro ihres Vaters benutzen wollte.

Er half ihr aus dem Mantel. »Kaffee?«

»Nein, danke. Ich hab' schon drei Tassen getrunken.«

Er ließ sich hinter seinem Schreibtisch nieder. »Und ich versuche, weniger Kaffee zu trinken, also warte ich ab. Meg, du siehst ganz schön bekümmert aus.«

»Bin ich auch.« Meghan befeuchtete sich die Lippen. »Phillip, ich bekomme allmählich das Gefühl, daß ich meinen Vater überhaupt nicht gekannt hab'.«

»In welcher Hinsicht?«

Sie berichtete ihm von den Briefen und der Todesnachricht, die sie in dem verschlossenen Schubfach gefunden hatte, beobachtete dann, wie Phillips Miene sich von Besorgtheit zu Ungläubigkeit wandelte.

»Meg, ich weiß nicht, was ich dir sagen soll«, meinte er, als sie zu Ende erzählt hatte. »Ich kenne deinen Vater seit vielen Jahren. Soweit ich zurückdenken kann, ging ich davon aus, daß seine Mutter starb, als er klein war, sein Vater wieder geheiratet hat und er eine lausige Kindheit bei seinem Vater und seiner Stiefmutter hatte. Als mein Vater im Sterben lag, sagte dein Dad etwas, was ich nie vergessen werde. Er hat gesagt: ›Ich beneide dich darum, um deine Eltern trauern zu können.‹«

»Dann hast du's also auch nie gewußt?«

»Nein, natürlich nicht.«

»Aber was ich meine – warum mußte er denn lügen deswegen?« fragte Meg mit erhobener Stimme. Sie verschränkte die Hände ineinander und biß sich auf die Lippen. »Ich meine, warum konnte er meiner Mutter nicht die Wahrheit sagen? Was konnte es ihm denn bringen, sie zu täuschen?«

»Denk mal drüber nach, Meg. Er traf deine Mutter, erzählte ihr von seiner Familie, so wie er es allen erzählt hat. Als sie sich dann füreinander zu interessieren begannen, wäre es ziemlich schwierig gewesen, zuzugeben, daß er sie angelogen hatte. Und kannst du dir die Reaktion deines Großvaters vorstellen, wenn er erfahren hätte, daß dein Vater – aus welchem Grund auch immer – von seiner eigenen Mutter nichts wissen wollte?«

»Ja, das leuchtet mir ein. Aber Pop ist schon so lange tot. Warum konnte er denn nicht...?« Ihre Stimme verlor sich.

»Meg, wenn du einmal mit einer Lüge lebst, wird es mit jedem einzelnen Tag, der vergeht, schwerer, die Situation zu klären.«

Meghan hörte im Vorzimmer Stimmen erklingen. Sie erhob sich. »Bleibt das unter uns, bitte?«

»Selbstverständlich.«

Er stand ebenfalls auf. »Was wirst du jetzt machen?«

»Sobald ich sicher bin, daß Mutter in Ordnung ist, gehe ich zu der Adresse in Chestnut Hill, die auf dem Kuvert mit der Todesnachricht stand. Vielleicht bekomme ich ja dort ein paar Antworten.«

»Wie läuft's mit dem Sonderbericht über die Manning Clinic?«

»Gar nicht. Sie wimmeln mich ab. Ich muß eine andere Einrichtung zur künstlichen Befruchtung finden. Aber warte mal. Du oder Dad – ihr habt doch jemand bei der Manning Clinic plaziert, stimmt's?«

»Dein Dad war damit befaßt. Genaugenommen ist es die arme Frau, die gestern erschossen worden ist.«

»Frau Dr. Petrovic? Ich hab' sie letzte Woche getroffen.«

Die Sprechanlage schnarrte. Phillip Carter nahm den Telefonhörer ab. »Wer? In Ordnung, ich übernehme.«

»Ein Reporter von der *New York Post*«, erklärte er Meghan. »Keine Ahnung, was die von mir wollen.«

Meghan sah, wie sich Phillip Carters Gesicht verdüsterte. »Das ist absolut ausgeschlossen.« Seine Stimme war ganz rauh vor Empörung. »Ich ... ich gebe keinen Kommentar ab, solange ich nicht selbst mit Dr. Iovino im New York Hospital gesprochen habe.«

Er legte den Hörer auf und wandte sich Meghan zu. »Meg, dieser Reporter hat wegen Helene Petrovic Erkundigungen eingezogen. Sie haben noch nie was von ihr im New York Hospital gehört. Ihre Zeugnisse waren gefälscht, und wir sind dafür verantwortlich, daß sie den Job im Manning-Labor bekommen hat.«

»Aber habt ihr denn nicht ihre Referenzen überprüft, bevor ihr sie an die Klinik weitervermittelt habt?«

Schon während sie die Frage aussprach, wußte Meghan die Antwort, sie konnte sie in Phillips Miene sehen. Ihr Vater hatte sich um Helene Petrovics Unterlagen gekümmert. Es wäre seine Aufgabe gewesen, die Angaben in ihrem Lebenslauf zu verifizieren.

24

Trotz größter Anstrengungen seitens der gesamten Belegschaft der Manning Clinic ließ sich die Anspannung nicht verbergen, die in der Luft lag. Mehrere neue Klienten beobachteten mit Unbehagen, wie ein Lieferwagen mit einem Fernsehsignet von CBS auf den Seiten in den Parkplatz einbog und eine Reporterin und ein Kameramann zum Eingang eilten.

Marge Walters zeigte sich von ihrer besten Empfangsdamenseite und blieb der Reporterin gegenüber standhaft. »Dr. Manning lehnt jedes Interview ab, bis er den Anschuldigungen nachgegangen ist«, erklärte sie. Sie vermochte nicht den Kameramann zu bremsen, der den Raum und die Anwesenden aufzunehmen begann.

Mehrere Klientinnen erhoben sich. Marge eilte zu ihnen hinüber. »Dies ist alles ein Mißverständnis«, beschwor sie die Leute und merkte plötzlich, daß sie aufgenommen wurde.

Eine Frau, die Hände abwehrend vor dem Gesicht, geriet außer sich vor Zorn. »Das ist eine Unverschämtheit! Es ist schon unangenehm genug, zu solch einer Prozedur greifen zu müssen, damit man ein Kind bekommt, ohne auch noch in den Elf-Uhr-Nachrichten zu erscheinen.« Sie rannte aus dem Raum.

Eine andere sagte: »Mrs. Walters, ich gehe auch. Sie streichen besser meinen Termin.«

»Ich verstehe.« Marge zwang sich zu einem entgegenkommenden Lächeln. »Wann soll ich Sie wieder eintragen?«

»Ich muß erst in meinem Terminkalender nachschauen. Ich rufe an.«

Marge blickte hinter der Frau her. Die ruft nicht an, dachte sie. Mit Schrecken bemerkte sie, daß Mrs. Kaplan, eine Klientin, die zum zweitenmal in der Klinik war, auf die Reporterin zuging.

»Worum geht es hier eigentlich?« verlangte sie zu wissen.

»Worum es hier geht ist, daß die Person, die seit sechs Jahren das Labor der Manning Clinic unter sich hatte, offenbar keine Ärztin war. In der Tat scheint ihre einzige Ausbildung die als Kosmetikerin gewesen zu sein.«

»O Gott. Meine Schwester hat hier vor zwei Jahren eine künstliche Befruchtung gehabt. Besteht denn die Möglichkeit, daß sie gar nicht ihren eigenen Embryo bekommen hat?« Mrs. Kaplan preßte ihre Hände zusammen.

Gott sei mit uns, dachte Marge. Das ist das Ende dieser Klinik. Sie war bestürzt und tief traurig gewesen, als sie in den Morgennachrichten von Dr. Helene Petrovics Tod erfuhr. Aber erst, als sie vor einer Stunde zur Arbeit kam, hatte sie das Gerücht mitbekommen, mit den Papieren der Petrovic stimme irgend etwas nicht. Als sie jetzt aber die drastische Aussage der Reporterin hörte und die Reaktion von Mrs. Kaplan wahrnahm, kam ihr das Ausmaß der möglichen Konsequenzen zu Bewußtsein.

Helene Petrovic war für die tiefgekühlten Embryos verantwortlich gewesen. Dutzende und Aberdutzende von Reagenzgläsern, nicht größer als ein halber Zeigefinger, und in jedem einzelnen ein potentiell lebensfähiger Mensch. Man brauchte nur ein einziges unkorrekt zu etikettieren, und womöglich wurde der falsche Embryo in den Leib einer Frau eingesetzt, die damit zu einer Leihmutter und nicht zu der biologischen Mutter eines Kindes wurde.

Marge beobachtete, wie Mrs. Kaplan aus dem Raum eilte, mit der Reporterin auf den Fersen. Sie schaute aus dem Fenster. Weitere Kamerawagen kamen angefahren. Weitere

Reporter versuchten die Frau zu befragen, die soeben die Empfangshalle verlassen hatte.

Sie sah die Reporterin von PCD Channel 3 aus ihrem Wagen steigen. Meghan Collins. So hieß sie doch. Sie war es, die den Fernsehbericht hatte machen wollen, den Dr. Manning so abrupt abgesagt hatte …

Meghan war sich nicht sicher, ob sie eigentlich hier sein sollte, insbesondere da garantiert der Name ihres Vaters im Verlauf der Nachforschungen zu Helene Petrovics professionellem Status auftauchen würde. Als sie Phillip Carters Büro verließ, hatte sich die Nachrichtenzentrale per Funk gemeldet und ihr mitgeteilt, Steve, ihr Kameramann, werde sie bei der Manning Clinic treffen. »Weicker ist einverstanden«, versicherte man ihr.

Sie hatte Weicker vorher schon zu erreichen versucht, doch er war noch nicht im Haus. Sie hatte das Gefühl, mit ihm über den möglichen Interessenkonflikt sprechen zu müssen. Vorläufig jedoch schien es leichter, den Auftrag einfach anzunehmen. Aller Wahrscheinlichkeit nach würden die Anwälte der Klinik sowieso keinerlei Interviews mit Dr. Manning zulassen.

Sie machte nicht den Versuch, es den übrigen Medienleuten gleichzutun und die davoneilenden Klientinnen mit Fragen zu bombardieren. Statt dessen hielt sie nach Steve Ausschau und signalisierte ihm, er solle ihr ins Gebäude folgen. Sie öffnete leise die Tür. Wie erhofft, war Marge Walters an ihrem Pult; sie sprach mit Nachdruck am Telefon. »Wir müssen unbedingt alle heutigen Termine absagen«, forderte sie hartnäckig. »Du mußt denen da drinnen beibringen, daß sie unbedingt irgendeine Erklärung abgeben müssen. Sonst wird die Öffentlichkeit nichts anderes zu sehen kriegen als lauter Frauen, die von hier fortstürzen.«

Als die Tür hinter Steve zufiel, blickte Mrs. Walters auf. »Ich kann nicht weiterreden«, sagte sie hastig und ließ den Hörer einrasten.

Meghan sprach erst, nachdem sie auf dem Stuhl gegenüber von Marge Walters' Tisch Platz genommen hatte. Die

Situation erforderte Taktgefühl und ein vorsichtiges Vorgehen. Sie hatte gelernt, einen Gesprächspartner in Abwehrhaltung nicht mit Fragen zu überfallen. »Das ist ein ziemlich harter Vormittag für Sie, Mrs. Walters«, sagte sie besänftigend.

Sie sah, wie sich die Empfangsdame mit der Hand über die Stirn strich. »Das kann man wohl sagen.«

Die Frau sprach mit einem gewissen Vorbehalt, aber Meghan spürte den gleichen Konflikt bei ihr heraus, den sie bereits am Vortag bemerkt hatte. Marge Walters war sich der gebotenen Diskretion bewußt, wünschte sich aber sehnlichst, mit jemandem über all das, was geschehen war, zu reden. Sie tratschte von Natur aus gern.

»Ich habe Frau Dr. Petrovic bei der Zusammenkunft kürzlich kennengelernt«, sagte Meghan. »Sie schien mir ein liebenswürdiger Mensch zu sein.«

»Das war sie auch«, pflichtete Walters bei. »Es ist kaum zu glauben, daß sie nicht für den Job qualifiziert gewesen sein soll, den sie gemacht hat. Aber ihre medizinische Anfangsausbildung war vermutlich in Rumänien. Bei all den Veränderungen in der Regierung da drüben wette ich: Die finden noch heraus, was das soll, diese Behauptung vom New York Hospital, sie hätte dort kein Praktikum gemacht. Ich wette, daß auch das ein Irrtum ist. Aber bis sie das herausfinden, ist es vielleicht zu spät. Diese schlechte Presse wird die Klinik hier ruinieren.«

»Das könnte sein«, stimmte Meghan zu. »Glauben Sie, daß ihre Kündigung etwas mit Dr. Mannings Entscheidung gestern zu tun hatte, unser Projekt abzublasen?«

Walters warf einen Blick auf die Kamera, die Steve hochhielt.

Rasch fügte Meghan hinzu: »Wenn Sie mir irgend etwas berichten können, was all diesen negativen Neuigkeiten entgegenwirkt, so würde ich es gern mit einbeziehen.«

Marge Walters kam zu einer Entscheidung. Sie vertraute Meghan Collins. »Dann lassen Sie mich Ihnen sagen, daß Helene Petrovic eine der wunderbarsten, engagiertesten Personen war, die ich je kennengelernt habe. Niemand war glücklicher als sie, wenn ein Embryo im Leib seiner Mutter erfolgreich ausgetragen wurde. Sie liebte jeden einzelnen Embryo in dem Labor hier und hat immer darauf bestanden, daß das Notaggregat regelmäßig überholt wurde, um sicherzugehen, daß die Temperatur auch bei einem Stromausfall konstant bleibt.«

Marge Walters' Augen wurden feucht. »Ich weiß noch, wie uns Dr. Manning letztes Jahr bei einer Personalversammlung erzählt hat, wie er bei dem schrecklichen Schneesturm im Dezember damals, als der ganze Strom ausfiel, zur Klinik geeilt war, um sich zu vergewissern, daß der Generator angesprungen war. Und was glauben Sie, wer eine Minute nach ihm ankam? Helene Petrovic. Und sie konnte es nicht ausstehen, bei Schnee und Eis Auto zu fahren. Sie bekam Angstzustände dabei, und trotzdem ist sie bei dem Unwetter hierhergefahren. So sehr lag ihr die Sache am Herzen.«

»Sie erzählen mir genau dasselbe, was ich bei dem Interview mit ihr gefühlt habe«, bemerkte Meghan. »Sie schien ein sehr anteilnehmender Mensch zu sein. Ich konnte das an der Art sehen, wie sie mit den Kindern bei den Fernsehaufnahmen am Sonntag umging.«

»Da war ich nicht da. Ich mußte an dem Tag zu einer Hochzeit in unserer Verwandtschaft. Können Sie jetzt die Kamera abstellen?«

»Aber ja.« Meghan nickte Steve zu.

Mrs. Walters schüttelte den Kopf. »Ich wollte eigentlich hier sein. Aber meine Kusine Dodie hat endlich ihren Freund geheiratet. Sie leben ja bloß seit acht Jahren zusammen. Sie hätten meine Tante hören sollen. Es war grade so, als wäre eine Neunzehnjährige frisch aus der Klosterschule die Braut gewesen. Ich schwöre bei Gott, daß sie Dodie noch am Abend vor der Hochzeit – was wollen wir wetten! – erzählt hat, wie eigentlich Babys entstehen.«

Marge Walters schnitt eine Grimasse, als ihr auffiel, wie ungereimt ihre Bemerkung innerhalb der Klinik hier wirkte. »Wie die meisten von ihnen entstehen, meine ich.«

»Gibt es irgendeine Chance, daß ich Dr. Manning sehen kann?« Meghan war sich klar darüber, daß, falls überhaupt, die Chance nur über diese Frau bestand.

Mrs. Walters schüttelte den Kopf. »Mal ganz unter uns: Jemand von der Staatsanwaltschaft und ein paar Ermittlungsbeamte sind jetzt bei ihm.«

Das war nicht überraschend. Zweifellos erkundigten sie sich wegen Helene Petrovics überstürztem Weggang von der Klinik und stellten Fragen nach ihrem Privatleben. »Hatte Helene irgendwelche besonders vertrauten Freunde hier?«

»Nein. Eigentlich nicht. Sie war sehr nett, aber ein bißchen förmlich – Sie wissen schon, was ich meine. Ich hab' gedacht, es kam vielleicht daher, weil sie aus Rumänien stammte. Obwohl, wenn man's bedenkt, die Gabor-Frauen sind auch von da gekommen, und die haben mehr als genug enge Freunde gefunden, besonders Zsa Zsa.«

»Ich bin mir ziemlich sicher, daß die Gabors Ungarn sind, keine Rumänen. Dann hatte Helene Petrovic also keine besonderen Freunde oder eine enge Beziehung, wovon Sie wüßten?«

»Dr. Williams kam dem vielleicht am nächsten. Er war früher der Assistent von Dr. Manning, und ich hab' mir damals gedacht, ob da nicht irgendwas lief zwischen ihm und Helene. Ich hab' sie einmal beim Abendessen zusammen gesehen, als ich mit meinem Mann ausgegangen bin, zu einem kleinen Restaurant ganz weit draußen. Sie sahen nicht gerade glücklich aus, als ich zu ihrem Tisch bin, um hallo zu sagen. Aber das war bloß ein einziges Mal vor sechs Jahren, gleich, nachdem sie hier zu arbeiten anfing. Ich muß zugeben, daß ich die beiden danach im Auge behalten hab', und sie sind nie irgendwie besonders miteinander umgegangen.«

»Ist Dr. Williams noch hier?«

»Nein. Er bekam das Angebot, eine neue Einrichtung zu eröffnen und zu leiten, und das hat er angenommen. Es ist das Franklin Center in Philadelphia. Es hat einen wunderbaren Ruf. Unter uns gesagt, Dr. Williams war Spitze als Manager. Er hat das ganze Ärzteteam hier zusammengestellt, und, glauben Sie mir, er hat phantastische Arbeit geleistet.«

»Dann war er es also, der Mrs. Petrovic eingestellt hat?«

»Eigentlich ja, aber sie heuern immer ihre Spitzenkräfte über eine von diesen Headhunter-Firmen an, die für uns die

Leute sucht und aussiebt. Aber trotzdem – Dr. Williams hat hier noch ungefähr ein halbes Jahr gearbeitet, nachdem Helene dazukam, und, glauben Sie mir, er hätte es gemerkt, wenn sie nicht kompetent erschienen wär'.«

»Ich würde gern mit ihm sprechen, Mrs. Walters.«

»Bitte sagen Sie doch Marge zu mir. Ich wünschte, Sie *würden* mit ihm reden. Er würde Ihnen bestimmt sagen, wie wundervoll Helene hier im Labor war.«

Meghan hörte die Eingangstür aufgehen. Walters blickte auf. »Noch mehr Kameras! Meghan, ich sag' jetzt lieber nichts mehr.«

Meghan erhob sich. »Sie waren mir eine große Hilfe.«

Auf der Heimfahrt legte sich Meghan zurecht, daß sie Dr. Williams gar nicht erst die Chance geben würde, sie am Telefon abzuwimmeln. Sie würde zum Franklin Center in Philadelphia fahren und dort versuchen, ihn zu treffen. Mit ein bißchen Glück würde sie ihn zu einem Interview für die Sendung über künstliche Befruchtung überreden können.

Was er wohl zu Helene Petrovic zu sagen hatte? Ob er sie auch in Schutz nehmen würde, wie Marge Walters? Oder würde er außer sich sein, daß Mrs. Petrovic es fertiggebracht hatte, ihn zu täuschen, so wie sie all ihre übrigen Kollegen getäuscht hatte?

Und was, so fragte sich Meghan, würde sie wohl an ihrem anderen Zielort in der Gegend von Philadelphia herausfinden? Dem Haus in Chestnut Hill, von wo aus jemand ihren Vater vom Tod seiner Mutter benachrichtigt hatte.

25

Victor Orsini und Phillip Carter leisteten sich nie beim Mittagessen Gesellschaft. Orsini wußte, daß Carter ihn als Edwin Collins' Schützling betrachtete. Als vor mittlerweile fast sieben Jahren die Stellung bei Collins and Carter zu besetzen war, ging es um ihn und einen weiteren Kandidaten. Ed Collins hatte sich für Orsini entschieden. Von

Anfang an war sein Verhältnis zu Carter freundlich, aber nie herzlich.

Heute dagegen, nachdem sie sich beide die überbackene Seezunge mit dem Spezialsalat bestellt hatten, nahm Orsini uneingeschränkt Anteil an Carters offensichtlicher Notlage. Reporter waren im Büro erschienen, dazu hatten ständig Medienleute angerufen, und alle wollten wissen, wie es möglich gewesen sei, daß die Firma Collins and Carter die falschen Angaben im Lebenslauf von Helene Petrovic nicht entdeckt hätte.

»Ich hab' ihnen einfach die Wahrheit gesagt«, stellte Phillip Carter fest, während er nervös auf der Tischdecke herumtrommelte. »Ed hat potentielle Kandidaten immer genauestens unter die Lupe genommen, und es war sein Fall. Es macht die Sache nur noch brenzliger, daß Ed vermißt ist und die Leute von der Polizei ganz offen erklären, sie glauben nicht, daß er bei dem Brückenunglück ums Leben gekommen ist.«

»Kann Jackie sich noch an irgendwas von dem Fall Petrovic erinnern?« fragte Orsini.

»Sie hat damals grade erst angefangen, bei uns zu arbeiten. Ihre Initialen sind auf dem Brief, aber sie weiß nichts mehr davon. Wie sollte sie auch? Es war wie üblich eine glänzende Empfehlung, die an den Lebenslauf angeheftet war. Nachdem er die Papiere in der Hand hatte, hat Dr. Manning sich mit der Petrovic getroffen und sie eingestellt.«

Orsini sagte: »Von allen Branchen, in denen man dabei ertappt werden könnte, daß man gefälschte Unterlagen abgesegnet hat, ist die medizinische Forschung so ziemlich die schlimmste.«

»Ja, das stimmt«, gab Phillip ihm recht. »Falls Helene Petrovic irgendwelche Fehler begangen hat und die Manning Clinic verklagt wird, ist es verdammt wahrscheinlich, daß die Klinik dann uns verklagt.«

»Und gewinnt?«

Carter nickte grimmig. »Und gewinnt.« Er schwieg eine Weile. »Victor, Sie haben enger mit Ed als mit mir zusammengearbeitet. Als er Sie damals abends per Autotelefon angerufen hat, sprach er doch davon, daß er Sie am nächsten Morgen sehen wollte. War das alles, was er gesagt hat?«

»Ja, das war alles. Wieso?«

»Verdammt, Victor«, sagte Phillip Carter erregt, »machen wir uns doch nichts vor! Falls Ed es geschafft hat, heil über die Brücke zu kommen, fällt Ihnen denn irgendein Hinweis aus dem Gespräch damals ein, ob er den Unfall möglicherweise ausnützen wollte, um von der Bildfläche zu verschwinden?«

»Hören Sie, Phillip, er hat gesagt, er wollte sicherstellen, daß ich am nächsten Morgen im Büro bin«, entgegnete Orsini mit einiger Schärfe. »Es war eine miserable Verbindung. Das ist alles, was ich Ihnen sagen kann.«

»Tut mir leid. Ich suche ständig nach irgendwas, was vielleicht einen Sinn ergeben würde.« Carter seufzte. »Victor, ich wollte sowieso mit Ihnen reden. Meghan räumt am Samstag Eds private Sachen aus seinem Büro aus. Ich möchte, daß Sie ab Montag das Büro übernehmen. Wir hatten nicht gerade ein großartiges Jahr, aber wir können es sicherlich in vernünftigem Rahmen neu ausstaffieren.«

»Machen Sie sich darüber jetzt keine Sorgen.«

Sie hatten sich weiter nicht viel zu sagen.

Orsini fiel auf, daß Phillip Carter keinerlei Andeutungen machte, er werde, sobald die Angelegenheit von Ed Collins' rechtlicher Lage geklärt war, Orsini eine Partnerschaft anbieten. Er wußte, daß es nie zu diesem Angebot kommen würde. Was ihn betraf, so konnte es sich nur um ein paar Wochen handeln, bis die Position an der Westküste, die er im Vorjahr fast bekommen hatte, wieder verfügbar sein würde. Der Mann, den sie dafür angestellt hatten, hatte sich nicht bewährt. Diesmal bot man Orsini mehr Gehalt, den Posten eines stellvertretenden Direktors und Aktienoptionen.

Am liebsten würde er noch heute weggehen. Alles zusammenpacken und jetzt sofort dorthin fliegen. Doch unter den gegebenen Umständen war das unmöglich. Da gab es etwas, was er finden wollte, etwas, was er im Büro überprüfen wollte, und jetzt, da er in Eds altes Büro ziehen konnte, erwies sich die Suche vielleicht als einfacher.

26

Bernie hielt bei einem Schnellrestaurant an der Route 7 außerhalb von Danbury an. Er setzte sich auf einen Barhocker an der Theke und bestellte einen Deluxe-Hamburger, Pommes frites und Kaffee. Während er mit zunehmendem Wohlbehagen kaute und schluckte, ließ er zufrieden all die Dinge Revue passieren, die er in den Stunden seit seinem Aufbruch von zu Hause erledigt hatte.

Nachdem das Auto gereinigt war, hatte er in einem Gebrauchtwarenladen im südlichen Manhattan eine Chauffeursmütze und ein dunkles Jackett gekauft. Er ging davon aus, daß ihm diese Aufmachung gegenüber all den anderen »Zigeuner«-Taxis von New York einen Vorteil verschaffen würde. Dann war er zum La-Guardia-Flughafen gefahren und hatte in der Nähe der Gepäckauslieferung gestanden, wo all die anderen Fahrer darauf warteten, Passagiere abzuholen.

Er hatte sofort Glück. So ein Typ etwa um die Dreißig kam die Rolltreppe herunter und überflog die Namensschilder, die von den Fahrern hochgehalten wurden. Da war niemand, der auf ihn wartete. Bernie konnte seine Gedanken lesen. Er hatte wahrscheinlich bei einem dieser spottbilligen Dienstleistungsbetriebe einen Fahrer bestellt und ärgerte sich jetzt schwarz. Die meisten Fahrer dieser Billigbetriebe waren Typen, die gerade erst nach New York gekommen waren und das erste halbe Jahr in ihrem Job damit verbrachten, sich zu verfahren.

Bernie war auf den Mann zugegangen, hatte sich erboten, ihn in die Innenstadt mitzunehmen, ihn vorgewarnt, daß er zwar keinen protzigen Schlitten, aber einen netten, sauberen Wagen habe, und geprahlt, er sei der beste Fahrer, der zu kriegen sei. Er nannte zwanzig Dollar als Preis für eine Fahrt zur Achtundvierzigsten Straße West. Er brachte den Mann in fünfunddreißig Minuten dorthin und erhielt zehn Dollar Trinkgeld. »Sie sind ein verteufelt guter Fahrer«, sagte der Mann, als er zahlte.

Bernie dachte voller Vergnügen an das Kompliment, während er nach einer Fritte fischte, und lächelte vor sich hin.

Wenn er weiterhin so gut verdiente, zusätzlich zu seiner Abfindung und der Urlaubsvergütung, konnte er lange durchhalten, bevor Mama herausfand, daß er seinen alten Job nicht mehr hatte. Sie rief ihn dort nie an. Sie mochte nicht telefonieren. Sie sagte, daß sie davon Kopfschmerzen bekäme.

Und da war er also, frei wie ein Vogel, niemandem Rechenschaft schuldig und auf dem Weg, sich anzuschauen, wo Meghan Collins wohnte. Er hatte sich eine Straßenkarte der Umgebung von Newtown besorgt und sie studiert. Das Haus der Familie Collins war an der Bayberry Road, und er wußte, wie er dorthin kam.

Um genau zwei Uhr fuhr er langsam an dem Haus mit den weißen Schindeln und den schwarzen Rolläden vorbei. Seine Augen wurden schmal, als er jedes Detail in sich aufnahm. Die große überdachte Veranda. Hübsch. Irgendwie elegant. Er dachte an die Leute nebenan bei ihm zu Hause in Jackson Heights, die über den größten Teil ihres winzigen Hinterhofs Beton gegossen hatten und jetzt die bucklige Fläche großspurig ihren Patio nannten.

Bernie schaute sich das Grundstück an. Da war ein riesiger Rhododendron in der linken Ecke der mit Schotter gedeckten Einfahrt, eine Trauerweide fast genau mitten auf dem Rasen. Immergrüne Pflanzen bildeten eine kräftige Hecke zur Abgrenzung des Collinsschen Besitzes vom Nachbargrundstück.

Vollauf zufrieden, drückte Bernie seinen Fuß auf das Gaspedal. Falls jemand ihn beobachtete, war er bestimmt nicht so bekloppt, hier direkt zu wenden. Er fuhr um die Kurve und trat dann voll auf die Bremse. Beinahe hätte er einen blöden Hund angefahren.

Ein Junge kam über den Rasen gestürzt. Durch die Fensterscheiben konnte Bernie ihn verzweifelt nach dem Hund rufen hören. »Jake! Jake!«

Der Hund rannte zu dem Jungen, und Bernie konnte den Wagen wieder in Gang setzen. Die Straße war so ruhig, daß er trotz der geschlossenen Wagenfenster hören konnte, wie der Junge brüllte: »Danke, Mister. Vielen Dank.«

Mac traf um halb zwei im gerichtsmedizinischen Institut an der Einunddreißigsten Straße Ost ein. Meghan war erst um zwei Uhr zu erwarten, aber er hatte angerufen und mit Dr. Kenneth Lyons, dem Chef des Labors, einen Termin ausgemacht. Er wurde in den vierten Stock geleitet, wo er in Dr. Lyons' kleinem Büro seine Verdachtsgründe darlegte.

Lyons war ein hagerer Mann von Ende Vierzig mit einem bereitwilligen Lächeln und wachen, intelligenten Augen. »Diese Frau gibt uns Rätsel auf. Sie sah bei Gott nicht wie jemand aus, der einfach verschwindet, ohne vermißt zu werden. Wir hatten sowieso vor, eine DNS-Probe von ihr zu nehmen, bevor die Leiche zum Armenfriedhof geschafft wird. Es macht keinerlei Probleme, von Miss Collins ebenfalls eine Blutprobe abzunehmen und herauszufinden, ob möglicherweise eine Verwandtschaft besteht.«

»Genau das möchte Meghan tun.«

Die Sekretärin des Arztes saß an einem Schreibtisch in der Nähe des Fensters. Das Telefon klingelte, und sie nahm ab. »Miss Collins ist unten.«

Es war mehr als das übliche ungute Gefühl, wenn einem der Anblick eines toten Körpers in der Leichenhalle bevorsteht, was Mac in Meghans Miene sah, als sie aus dem Lift heraustrat. Noch etwas anderes hatte zu dem Schmerz in ihren Augen, zu den tiefen Linien um ihre Mundwinkel beigetragen. Es schien ihm, daß sie ein Kummer erfüllte, der sich von der Trauer unterschied, mit der sie seit dem Verschwinden ihres Vaters lebte. Doch sie lächelte, als sie ihn sah, ein schnelles, erleichtertes Lächeln. Sie ist so hübsch, dachte er. Ihr kastanienbraunes Haar bildete einen Wuschelkopf, ein Werk des scharfen Nachmittagswindes. Sie trug ein schwarzweißes Tweed-Kostüm und schwarze Stiefel. Die Jacke mit einem Reißverschluß reichte bis auf die Hüfte, der enge Rock bis zu den Waden. Ein schwarzer Rollkragenpulli unterstrich noch die Blässe ihres Gesichts.

Mac stellte sie Dr. Lyons vor. »Sie können sich das Opfer unten in der Halle genauer anschauen«, sagte Lyons.

Die Leichenhalle war antiseptisch sauber. Reihenweise bedeckten Schließfächer die Wände. Stimmengemurmel war von der geschlossenen Tür eines Raumes her zu hören, der ein fast drei Meter hohes Fenster zum Durchgang hin hatte. Die Vorhänge waren vor das Fenster gezogen. Mac war sich sicher, daß eine Obduktion durchgeführt wurde.

Ein Wärter führte sie den Zwischengang entlang bis fast zum Ende. Dr. Lyons nickte dem Mann zu, und er packte den Griff eines Schubfachs.

Geräuschlos glitt die Schublade heraus. Mac starrte auf den nackten, gekühlten Körper einer jungen Frau hinunter. Eine einzelne tiefe Stichwunde war in ihrer Brust zu sehen. Schlanke Arme lagen zu ihren Seiten; die Hände waren geöffnet.

Er blickte von der schlanken Taille zu den schmalen Hüften, langen Beinen, den Füßen mit dem hohen Spann. Endlich betrachtete er das Gesicht.

Das kastanienbraune Haar war an den Schultern verfilzt, aber er konnte es sich mit der gleichen windzerzausten Spannkraft wie Meghans Haar vorstellen. Der Mund, großzügig und mit der Verheißung von Wärme; die dichten Wimpern, die sich über die geschlossenen Augen wölbten; die dunklen Brauen, die eine hohe Stirn betonten.

Mac kam es vor, als hätte ihn ein harter Schlag in den Magen getroffen. Er fühlte sich benommen, ihm war übel und schwindelig. Das hier könnte Meg sein, dachte er, *das hier war auf Meg abgezielt.*

27

Catherine berührte den Knopf neben ihrer Hand, und das Krankenhausbett richtete sich geräuschlos auf, bis sie es in einer 45-Grad-Position anhielt. Schon seit einer Stunde, nachdem das Lunchtablett entfernt worden war, versuchte sie zu schlafen, aber es war hoffnungslos. Sie ärgerte sich über sich selbst wegen ihres Verlangens, in den Schlaf zu flüchten. Es ist an der Zeit, dich dem Leben zu stellen, mein Mädchen, sagte sie sich streng.

Sie wünschte, sie hätte einen Rechner und die Kontobücher des Gasthofs dagehabt. Sie mußte selbst herausfinden, wie lange sie durchhalten konnte, bevor sie dazu gezwungen war, das Drumdoe zu verkaufen. Die Hypothek, dachte sie – diese verfluchte Hypothek! Pop hätte nie und nimmer so viel Geld in das Gasthaus gesteckt. Not macht erfinderisch, das war seine Parole gewesen, als er noch ein Grünschnabel war. Wie oft hatte sie das nicht zu hören bekommen?

Doch als er dann seinen Gasthof hatte und sein Haus, war er ein höchst großzügiger Ehemann und Vater. Vorausgesetzt, daß man sich nicht geradezu lächerlich vergaloppierte, natürlich.

Und ich habe dieser Innenarchitektin lächerlich viel Spielraum eingeräumt, dachte Catherine. Aber das ist passé, und sich weiter aufzuregen hieße Wasser in den Hudson zu tragen.

Die Analogie ließ sie erschauern. Das Bild rief die grauenhaften Fotos ins Gedächtnis, auf denen Autowracks aus dem Wasser unter der Tappan Zee Bridge gehievt wurden. Sie und Meghan hatten die Fotos mit Vergrößerungsgläsern untersucht, mit der Befürchtung, auf eben das zu stoßen, was sie erwarteten: irgendein Bruchstück eines dunkelblauen Cadillac.

Catherine schlug die Decken zurück, stieg aus dem Bett und griff nach ihrem Morgenrock. Sie ging durch das Zimmer zu dem winzigen Bad und spritzte sich Wasser ins Gesicht, blickte dann in den Spiegel und zog eine Grimasse. Leg mal ein bißchen Kriegsbemalung auf, meine Liebe, ordnete sie an.

Zehn Minuten später war sie wieder im Bett und fühlte sich schon etwas besser. Ihre kurzen blonden Haare waren gebürstet; Rouge auf den Wangen und Lippenstift hatten die fahle Blässe übertüncht, die sie im Spiegel gesehen hatte; eine blaue seidene Bettjacke gab ihr das Gefühl, vor möglichen Besuchern bestehen zu können. Sie wußte, daß Meghan nachmittags in New York war, aber es bestand immer die Möglichkeit, daß jemand anders vorbeischauen würde.

Und es kam auch jemand. Phillip Carter klopfte leicht an die angelehnte Tür. »Catherine, kann ich reinkommen?«

»Aber sicher.«

Er beugte sich nieder und küßte sie auf die Wange. »Du siehst schon viel besser aus.«

»Ich fühle mich auch besser. Ich möchte jetzt sogar möglichst bald hier rauskommen, aber die wollen, daß ich noch ein paar Tage dableibe.«

»Gute Idee.« Er zog den einzigen bequemen Stuhl an das Bett heran und setzte sich hin.

Er trug eine legere ockerfarbene Jacke, dunkelbraune Hosen und eine braun-beige gemusterte Krawatte, bemerkte Catherine. Seine ausgesprochen männliche Erscheinung rief in ihr unwillkürlich ein schmerzliches Verlangen nach ihrem Mann wach.

Edwin hatte auffallend gut ausgesehen. Einunddreißig Jahre war es her, daß sie ihn bei einer Party nach einem Footballspiel von Harvard gegen Yale kennengelernt hatte. Sie ging damals mit einem der Spieler des Yale-Teams aus. Sie hatte Ed auf der Tanzfläche entdeckt. Das dunkle Haar, die leuchtendblauen Augen, die große, schlanke Figur.

Beim nächsten Tanz hatte Edwin sie abgeklatscht, und am Tag darauf läutete er am Eingang zum Farmhaus, ein Dutzend Rosen in der Hand. »Ich mache dir den Hof, Catherine«, hatte er verkündet.

Jetzt blinzelte Catherine, um plötzliche Tränen zu unterdrücken.

»Catherine?« Phillip hielt ihre Hand.

»Mir geht's gut«, sagte sie und zog ihre Hand zurück.

»Ich glaube, in ein paar Minuten geht es dir nicht mehr so gut. Ich wünschte nur, ich hätte mit Meg reden können, bevor ich hierhergekommen bin.«

»Sie mußte in die Stadt. Was ist denn los, Phillip?«

»Catherine, du hast vielleicht von der Frau gelesen, die in New Milford ermordet wurde.«

»Diese Ärztin. Ja. Eine schreckliche Geschichte.«

»Dann weißt du noch nicht, daß sie gar keine Ärztin war, daß ihre Zeugnisse gefälscht waren und daß unser Unternehmen sie in der Manning Clinic plaziert hat?«

Catherine setzte sich abrupt auf. »Was?«

Eine Krankenschwester kam hereingeeilt. »Mrs. Collins, da sind zwei Beamte von der New Milforder Polizei in der Vorhalle, die mit Ihnen reden müssen. Der Arzt ist schon unterwegs. Er will gleich hier sein, meinte aber, ich sollte Sie vorwarnen, daß die in ein paar Minuten hier oben sind.«

Catherine wartete, bis sie hörte, wie sich Schritte im Flur entfernten, bevor sie fragte: »Phillip, du weißt, weshalb diese Leute hier sind.«

»Ja, stimmt. Sie waren vor einer Stunde im Büro.«

»Warum? Du brauchst nicht erst auf den Arzt zu warten. Ich hab' nicht die Absicht, wieder zusammenzubrechen. Bitte, ich muß wissen, was mir bevorsteht.«

»Catherine, die Frau, die gestern abend in New Milford ermordet worden ist, war Eds Kandidatin. Ed hätte wissen müssen, daß ihre Unterlagen gefälscht waren.« Phillip Carter wandte sich ab, als wolle er dem Anblick des Schmerzes entgehen, den er ihr jetzt zufügen mußte. »Du weißt, daß die Polizeileute nicht glauben, daß Ed bei dem Brückenunglück ertrunken ist. Eine Nachbarin, die gegenüber an der Straße von Helene Petrovics Apartment wohnt, hat gesagt, daß Mrs. Petrovic regelmäßig spätabends von einem großen Mann Besuch bekam, der eine dunkle Limousine fuhr.« Er schwieg eine Weile mit finsterer Miene. »Sie hat ihn vor zwei Wochen dort gesehen. Catherine, als Meg neulich in der Nacht den Krankenwagen bestellt hat, kam doch auch ein Streifenwagen. Als du wieder zu dir gekommen bist, hast du zu dem Polizisten gesagt, daß du einen Anruf von deinem Mann erhalten hast.«

Catherine versuchte zu schlucken, vermochte es aber nicht. Ihr Mund und ihre Lippen waren ausgedörrt. Sie hatte den abwegigen Gedanken: So also fühlt es sich an, wenn man von ernsthaftem Durst gequält wird. »Ich war völlig daneben. Was ich sagen wollte, war, daß Meg einen Anruf von jemand bekommen hat, der behauptet hat, ihr Vater zu sein.«

Es klopfte an die Tür. Der Arzt sprach schon beim Eintreten. »Catherine, das hier tut mir wirklich furchtbar leid. Der Staatsanwalt besteht darauf, daß die für einen Mord in New

Milford zuständigen Ermittlungsbeamten Ihnen ein paar Fragen stellen, und ich konnte nicht mit Fug und Recht behaupten, Ihnen ginge es zu schlecht, um sie zu empfangen.«

»Mir geht es gut genug, sie zu empfangen«, sagte Catherine ruhig. Sie schaute Phillip an. »Bleibst du da?«

»Natürlich bleibe ich.« Er stand auf, als die Beamten hinter einer Schwester das Zimmer betraten.

Catherine war zunächst überrascht, denn es war eine Frau darunter, eine junge Frau etwa in Meghans Alter. Der andere war ein Mann gegen Ende Dreißig, schätzte sie. Er ergriff das Wort, entschuldigte sich für die Störung, versprach, nur wenige Minuten ihrer Zeit zu beanspruchen, und stellte sich und seine Kollegin vor. »Das ist Kriminalbeamtin Arlene Weiss. Ich bin Bob Marron.« Er kam sofort zur Sache. »Mrs. Collins, Sie sind hier im Schockzustand eingeliefert worden, weil Ihre Tochter mitten in der Nacht einen Anruf von jemandem erhielt, der behauptete, Ihr Ehemann zu sein?«

»Das war nicht mein Mann. Ich würde seine Stimme jederzeit und unter allen Umständen erkennen.«

»Mrs. Collins, es tut mir leid, Sie das fragen zu müssen, aber glauben Sie noch immer, daß Ihr Mann im Januar ums Leben gekommen ist?«

»Ich bin absolut überzeugt, daß er tot ist«, sagte sie mit Bestimmtheit.

»Wundervolle Rosen für Sie, Mrs. Collins«, zwitscherte eine Stimme, während die Tür aufgestoßen wurde. Es war eine der freiwilligen Hilfskräfte in rosafarbenen Kitteln, die bei den Zimmern Blumen abgaben, den Bücherwagen herumfuhren und älteren Patienten bei den Mahlzeiten halfen.

»Nicht jetzt«, fuhr sie Catherines Arzt an.

»Nein, ist schon in Ordnung. Tun Sie sie einfach auf den Nachttisch.« Catherine war sich bewußt, daß ihr die Unterbrechung willkommen war. Sie brauchte einen Moment, um ihre Fassung wiederzugewinnen. Um die Pause auszudehnen, griff sie nach der Karte, die das junge Mädchen von dem Schmuckband an der Vase abnahm.

Sie warf einen Blick darauf, erstarrte dann, die Augen voller Entsetzen. Während die Augen aller Anwesenden auf sie gerichtet waren, hielt sie die Karte mit zitternden Fingern hoch, krampfhaft um Fassung bemüht. »Ich wußte nicht, daß Tote Blumen schicken können«, flüsterte sie.

Sie las den Text vor. »›Meine Liebste. Glaube an mich. Ich verspreche Dir, es wird alles wieder gut werden.‹« Catherine biß sich auf die Lippen. »Drunter steht: ›Dein Dich liebender Mann Edwin.‹«

TEIL II

28

Am Mittwoch nachmittag fuhren Ermittlungsbeamte aus Connecticut nach Lawrenceville, New Jersey, um Stephanie Petrovic über ihre ermordete Tante zu befragen.

Stephanie versuchte die Bewegungen in ihrem Schoß nicht zu beachten und verschränkte die Hände ineinander, damit sie zu zittern aufhörten. Da sie in Rumänien unter dem Regime von Ceauşescu aufgewachsen war, war sie dazu erzogen, die Polizei zu fürchten, und obwohl die Männer, die im Wohnzimmer ihrer Tante saßen, sehr wohlwollend wirkten und keine Uniform trugen, hatte sie ihre Gründe, ihnen nicht zu trauen. Leute, die der Polizei vertrauten, landeten oft im Gefängnis, oder noch schlimmer.

Der Anwalt ihrer Tante, Charles Potters, war ebenfalls anwesend, ein Mann, der sie an einen Funktionär in dem Dorf erinnerte, wo sie geboren war. Auch er gab sich wohlwollend, doch sie spürte, daß sein Entgegenkommen von der unpersönlichen Art war.

Er würde seine Pflicht tun, und er hatte ihr bereits mitgeteilt, daß seine Pflicht darin bestand, Helenes Testament zu vollstrecken, wonach ihr gesamtes Vermögen an die Manning Clinic fiel.

»Sie hatte die Absicht, es zu ändern«, hatte Stephanie zu ihm gesagt. »Sie wollte sich um mich kümmern, mir helfen, damit ich zur Kosmetikschule gehen kann, und mir ein Apartment besorgen. Sie hat versprochen, daß sie mir Geld vermacht. Sie hat gesagt, daß ich wie eine Tochter für sie bin.«

»Ich verstehe. Aber da sie ihr Testament nicht geändert hat, ist alles, was ich sagen kann, daß Sie hier wohnen dürfen, bis das Haus verkauft ist. Als Treuhänder kann ich es vermutlich arrangieren, Sie als Verwalterin einzusetzen, bis der Verkauf abgeschlossen ist. Danach, fürchte ich, sind Sie juristisch gesehen auf sich selbst gestellt.«

Auf sich selbst gestellt! Stephanie wußte, falls sie nicht ein Einwanderungsvisum und einen Job auftreiben konnte, würde es unmöglich für sie sein, im Land zu bleiben.

Einer der Polizisten fragte, ob es irgendeinen Mann gebe, der mit ihrer Tante besonders befreundet gewesen sei.

»Nein. Eigentlich nicht«, antwortete sie. »Manchmal gingen wir abends auf Partys bei anderen Rumänen. Manchmal ist Helene ins Konzert gegangen. Am Samstag oder Sonntag ging sie häufig für drei oder vier Stunden weg. Sie hat mir nie gesagt, wohin.« Aber Stephanie wisse überhaupt nichts von einem Mann im Leben ihrer Tante. Sie berichtete aufs neue, wie überrascht sie gewesen sei, als Helene so plötzlich ihre Stellung aufgab. »Sie hatte eigentlich vor, mit der Arbeit aufzuhören, sobald sie ihr Haus verkauft hat. Sie wollte für eine Weile nach Frankreich ziehen.« Stephanie war sich bewußt, daß sie über die Wörter stolperte. Sie hatte solche Angst.

»Dr. Manning hatte nicht die leiseste Ahnung, daß sie erwog, die Klinik zu verlassen«, sagte der Beamte namens Hugo auf rumänisch.

Stephanie warf ihm einen kurzen Blick der Dankbarkeit zu und wechselte ebenfalls in ihre Muttersprache über. »Sie hat zu mir gesagt, daß Dr. Manning sich bestimmt schrecklich aufregen würde, und sie fürchtete sich davor, ihm die Sache beizubringen.«

»Schwebte ihr eine andere Stellung vor? Das hätte bedeutet, daß man wieder ihre Unterlagen überprüfen würde.«

»Sie hat gesagt, daß sie eine Ruhepause einlegen will.«

Hugo wandte sich an den Rechtsanwalt. »Wie war Helene Petrovics finanzielle Lage?«

Charles Potters antwortete: »Ziemlich gut, das kann ich Ihnen versichern. Frau Doktor, oder vielmehr Mrs. Petrovic, lebte sehr umsichtig und hat klug investiert. Dieses Haus war abbezahlt, und sie hatte achthunderttausend Dollar an Aktien, Wertpapieren und Bargeld.«

So viel Geld, dachte Stephanie, und jetzt würde sie keinen Heller davon bekommen. Sie rieb sich mit der Hand über die Stirn. Sie hatte Rückenschmerzen. Ihre Füße waren geschwollen. Sie war so müde. Mr. Potters unterstützte sie immerhin bei der Vorbereitung des Trauergottesdienstes. Er würde am Freitag in St. Dominic stattfinden.

Sie sah sich um. Dieser Raum war so hübsch mit seinen blauen Brokatpolstermöbeln, den polierten Tischen, seinen mit Fransen besetzten Lampen und dem hellblauen Teppich. Das ganze Haus hier war so hübsch. Sie war wirklich gern in solch einer Umgebung gewesen. Helene hatte ihr versprochen, sie könnte sich ein paar Sachen von hier für ihr Apartment in New York nehmen. Was sollte sie jetzt nur machen? Was fragte der Polizist da gerade?

»Wann erwarten Sie Ihr Baby, Stephanie?«

Tränen stürzten ihr die Wangen hinunter, als sie antwortete. »In zwei Wochen.« Dann platzte es aus ihr heraus: »Er hat gesagt, das ist mein Problem, und er ist nach Kalifornien gezogen. Der hilft mir nicht. Ich weiß nicht, wo ich ihn finden kann. Ich weiß nicht, was ich machen soll.«

29

Der neuerliche Schock, den Meghan bei dem Anblick der Toten mit ihrem Gesicht empfunden hatte, war wieder abgeflaut, als man ihr ein Reagenzglas voll Blut aus dem Arm abzapfte.

Sie wußte nicht recht, welche Reaktion sie bei Mac erwartete, als er die Leiche zu Gesicht bekam. Die einzige, die sie entdeckte, war, daß seine Lippen schmäler wurden. Sein einziger Kommentar war die Feststellung, er finde die Ähnlichkeit so verblüffend, daß er den DNS-Vergleich für absolut notwendig halte. Dr. Lyons war der gleichen Meinung.

Weder sie noch Mac hatten zu Mittag gegessen. Sie verließen die Gerichtsmedizin in getrennten Wagen und fuhren zu einem Lieblingslokal von Meg, Neary's an der Siebenundfünfzigsten Straße. Während sie nebeneinander auf einer Sitzbank in dem gemütlichen Restaurant bei einem Club-Sandwich und einer Tasse Kaffee saßen, erzählte Meghan Mac von Helene Petrovics gefälschten Papieren und der möglichen Verstrickung ihres Vaters in die Sache.

Jimmy Neary kam an ihren Tisch, um sich nach Meghans Mutter zu erkundigen. Als er erfuhr, daß Catherine im Krankenhaus war, holte er sein drahtloses Telefon, damit Meghan sie anrufen konnte.

Phillip meldete sich.

»Hallo, Phillip«, sagte Meghan. »Ich wollte nur mal hören, wie's Mom geht. Gibst du sie mir bitte?«

»Meg, sie hat einen üblen Schock bekommen.«

»Was für einen Schock?« fragte Meghan mit Nachdruck.

»Jemand hat ihr ein Dutzend Rosen geschickt. Du verstehst es gleich, wenn ich dir die Karte vorlese.«

Mac betrachtete in der Zwischenzeit die eingerahmten Abbildungen irischer Landschaften an der Wand gegenüber. Als er Meghan stöhnen hörte, drehte er sich zu ihr und sah in ihre schreckgeweiteten Augen. Catherine ist irgend etwas zugestoßen, dachte er. »Meg, was ist los?« Er nahm ihr das Telefon aus den zitternden Fingern. »Hallo ...«

»Mac, ich bin froh, daß Sie da sind.«

Es war Phillip Carters Stimme, die auch jetzt noch selbstbewußt und souverän klang.

Mac legte seinen Arm um Meghan, während Carter kurz und bündig die Ereignisse der vergangenen Stunde wiedergab. »Ich bleibe noch eine Weile bei Catherine«, schloß er. »Sie war zuerst ganz schön mit den Nerven fertig, aber jetzt ist sie wieder ruhiger. Sie sagt, sie will mit Meg sprechen.«

»Meg, deine Mutter ist dran«, erklärte Mac und hielt ihr den Hörer hin. Für einen Augenblick war er sich nicht sicher, ob Meghan ihn gehört hatte, doch dann griff sie nach dem Telefon. Er sah, wie sehr sie sich darum bemühte, gefaßt zu klingen.

»Mom, geht's dir wirklich einigermaßen? ... Was ich glaube? Ich glaube, das ist auch irgend so ein grausamer Scherz. Du hast ganz recht – Dad würde so etwas nie machen ... Ich weiß ... Ich weiß, wie hart das ist ... Komm schon, natürlich hast du genug Kraft und schaffst das. Du bist doch die Tochter vom alten Pat, oder nicht?

Ich hab' in einer Stunde ein Treffen mit Mr. Weicker beim Sender. Danach komme ich direkt zum Krankenhaus ... Ich liebe dich auch. Laß mich eben noch kurz mit Phillip sprechen!

Phillip, bleib bei ihr bitte, ja? Sie sollte jetzt nicht alleine sein ... Dank' dir.«

Als Meghan den Hörer auflegte, rief sie aus: »Es ist das reinste Wunder, daß meine Mutter jetzt nicht wirklich einen Herzinfarkt bekommen hat, mit diesen Kriminalbeamten und ihren Fragen zu Dad und dann diesen Rosen ...« Sie biß sich auf ihre zitternden Lippen.

O Meg, dachte Mac. Er hätte sie so schrecklich gern in die Arme genommen, fest an sich gezogen, ihr den Kummer von den Augen und Lippen geküßt. Statt dessen versuchte er ihr etwas von der lähmenden Furcht zu nehmen, die ihr, wie er wußte, am meisten zusetzte.

»Catherine wird keinen Herzanfall bekommen«, sagte er mit Bestimmtheit. »Diese Sorge wenigstens schlag dir aus dem Kopf. Ich meine es ernst, Meg. So, und nun – hab' ich das richtig verstanden, was Phillip sagte, daß die Polizei versucht, deinen Dad mit dem Tod dieser Petrovic in Zusammenhang zu bringen?«

»Es sieht so aus. Die kommen immer wieder auf die Nachbarin zurück, die behauptet hat, daß ein großer Mann mit einer dunklen, ziemlich neuen Limousine die Petrovic regelmäßig besucht hat. Dad war groß. Er hatte eine dunkle Limousine.«

»Das trifft auf Tausende von anderen großen Männern zu, Meg. Das ist lächerlich.«

»Das weiß ich. Mom weiß es auch. Aber die von der Polizei glauben nun mal kategorisch nicht daran, daß Dad in das Brückenunglück verwickelt war, was in ihren Augen heißt, daß er vermutlich noch lebt.

Sie wollen wissen, warum er für die gefälschten Petrovic-Papiere geradegestanden hat. Sie haben Mom gefragt, ob sie glaubt, daß er vielleicht irgendeine enge Beziehung mit der Petrovic gehabt hat.«

»Glaubst du denn, daß er noch lebt, Meg?«

»Nein, das glaube ich nicht. Aber falls er Helene Petrovic diesen Job verschafft hat und wußte, daß sie eine Betrügerin war, dann hat etwas nicht gestimmt. Außer, sie hat auch ihn irgendwie reingelegt.«

»Meg, ich kenne deinen Vater, seit ich mit dem College angefangen hab'. Wenn es einen Punkt gibt, in dem ich dich beruhigen kann, dann der, daß Edwin Collins ein wirklich herzensguter Mann ist – oder war. Was du zu Catherine gesagt hast, entspricht absolut der Wahrheit. Dieser Anruf mitten in der Nacht und ihr diese Blumen da zu schicken – das ist einfach nicht die Art deines Vaters. Das ist die Art von Leuten, die gern grausame Spielchen treiben.«

»Oder von Leuten, die nicht zurechnungsfähig sind.« Meghan richtete sich auf, als bemerke sie gerade erst Macs Arm um ihre Schultern. Ruhig zog er ihn zurück.

Er sagte: »Meg, für Blumen muß man bezahlen, bar, mit einer Kreditkarte oder per Scheck. Wie sind die Rosen bezahlt worden?«

»Ich kann mir gut vorstellen, daß die Polizei da schon am Ball ist.«

Jimmy Neary bot einen Irish Coffee an. Meghan schüttelte den Kopf. »Ich könnte gut einen gebrauchen, aber wir lassen das wohl besser für heute. Ich muß ins Büro.«

Mac machte sich auf den Rückweg zur Arbeit. Bevor sie beide in ihre Wagen stiegen, legte er ihr die Hände auf die Schultern. »Meg, eines noch. Versprich mir, daß ich dir helfen darf.«

»Ach, Mac«, seufzte sie, »ich finde, du hast für eine Weile genug von den Problemen der Collins-Familie abgekriegt. Wie lange, hat Dr. Lyons gesagt, dauert es, bis die Ergebnisse des genetischen Vergleichs da sind?«

»Vier bis sechs Wochen«, sagte Mac. »Ich ruf' dich heute abend an, Meg.«

Eine halbe Stunde später saß Meghan in Tom Weickers Büro. »Das war ein verflucht gutes Interview mit der Frau am Empfang der Manning Clinic«, sagte er zu ihr. »Niemand sonst hat auch nur etwas annähernd Vergleichbares. Aber wegen der Verbindung Ihres Vaters mit der Petrovic möchte ich nicht, daß Sie noch mal auch nur in deren Nähe kommen.«

Es war genau das, was sie schon erwartet hatte. Sie schaute ihm direkt ins Gesicht. »Das Franklin Center in Philadelphia hat einen phantastischen Ruf. Ich möchte gern dieses Institut für künstliche Befruchtung statt Manning in dem Sonderprojekt verwenden.« Sie fürchtete schon, daß er auch dies abblocken würde.

Mit Erleichterung hörte sie ihn sagen: »Ich möchte, daß das Projekt so bald wie möglich fertiggestellt wird. Alle zerreißen sich wegen dieser Petrovic den Mund über Retortenbabys. Das Timing ist bestens. Wann können Sie nach Philadelphia fahren?«

»Morgen.«

Sie kam sich nicht ganz ehrlich vor, weil sie Tom nicht wissen ließ, daß Dr. Henry Williams, der dem Franklin Center vorstand, mit Helene Petrovic in der Manning Clinic gearbeitet hatte. Doch wenn sie überhaupt eine Chance hatte, an Williams heranzukommen, dann nur als PCD-Reporterin und nicht als die Tochter des Mannes, der die fingierten Unterlagen der Petrovic eingereicht und sie wärmstens empfohlen hatte.

Bernie fuhr von Connecticut aus nach Manhattan. Der Anblick von Meghans Haus rief ihm nun all die anderen Gelegenheiten ins Gedächtnis zurück, als er einem Mädchen nach Hause gefolgt war, sich dann in ihrem Auto oder in ihrer Garage versteckt hatte oder sogar in dem Gebüsch rings um ihr Haus, nur um sie beobachten zu können. Es war, als wäre man in einer anderen Welt, wo es nur sie beide gab, auch wenn das Mädchen gar nicht wußte, daß er da war.

Ihm war klar, daß in Meghans Nähe zu sein bedeutete, höllisch aufpassen zu müssen. Newtown war eine stinkvornehme kleine Siedlung, und da hielten die Cops ständig nach fremden Wagen Ausschau, die in der Nachbarschaft herumfuhren.

Stell dir vor, du hättest diesen Hund überfahren, dachte Bernie, während er durch die Bronx auf die Willis-Avenue-Brücke zufuhr. Der Junge, dem er gehörte, hätte wahrscheinlich wie ein Irrer zu schreien angefangen. Dann wären lauter Leute angerannt gekommen, um nachzuschauen, was los ist. Irgendwer hätte dann womöglich zu fragen begonnen, was eigentlich so ein Kerl in einem illegalen Taxi hier in der Gegend zu suchen hat, in einer Sackgasse? Wenn dann jemand die Cops gerufen hätte, dann hätten sie vielleicht seinen Namen durch den Computer gejagt. Er wußte schon, wozu das führen würde.

Es gab nur eines, was er tun konnte.

Als er im Zentrum von Manhattan angelangt war, fuhr er zu dem Billigladen an der Siebenundvierzigsten Straße, wo er die meisten seiner elektronischen Geräte erwarb. Er hatte es schon lange auf eine wirklich supermoderne Videokamera dort abgesehen. Heute kaufte er sie, dazu einen Polizeifunkempfänger für seinen Wagen.

Anschließend ging er zu einem Geschäft für Künstlerbedarf und kaufte mehrere Blatt rosa Papier. Dieses Jahr war Rosa die Farbe der Presseausweise, die von der Polizei an die Medien vergeben wurden. Er hatte einen zu Hause. Ein Reporter hatte ihn in der Tiefgarage fallen lassen. An seinem Computer konnte er ihn kopieren und dann einen Ausweis herstellen, der echt aussah, außerdem würde er sich auch eine Presse-Parklizenz machen, um sie an die Windschutzscheibe zu kleben.

Es gab hier jede Menge lokale Kabelfernsehsender, um die sich kein Mensch kümmerte. Er würde einfach behaupten, er sei von einem davon. Bernie Heffernan, Nachrichtenreporter, das würde er sein.

Genau wie Meghan.

Das einzige Problem war: Er verbrauchte sein Urlaubsgeld und die Abfindung zu schnell. Er mußte dafür sorgen, daß regelmäßig Geld hereinkam. Zum Glück konnte er sich einen Fahrgast zum Kennedy Airport verschaffen und dann einen zurück in die Stadt, bevor es an der Zeit war, nach Hause zu gehen.

Beim Abendessen nieste seine Mutter wiederholt. »Bekommst du eine Erkältung, Mama«, fragte er besorgt.

»Ich bekomme keine Erkältungen. Ich habe bloß Allergien«, fuhr sie ihn an. »Hier ist bestimmt Staub im Haus.«

»Mama, du weißt, daß es hier keinen Staub gibt. Du bist eine gute Hausfrau.«

»Bernard, hältst du den Keller sauber? Ich verlass' mich auf dich. Ich traue mich nicht mehr auf diese Treppe, nach dem, was passiert ist.«

»Mama, er ist in Ordnung.«

Sie schauten zusammen die Sechs-Uhr-Nachrichten an und sahen Meghan Collins bei ihrem Interview mit der Empfangsdame in der Manning Clinic.

Völlig fasziniert von Meghans Profil beugte sich Bernie nach vorne. Seine Hände und seine Stirn wurden feucht.

Plötzlich wurde ihm die Fernbedienung aus der Hand gerissen. Seine Mutter schaltete den Fernseher aus und gab ihm gleichzeitig eine schallende Ohrfeige. »Du fängst schon wieder damit an, Bernard«, kreischte sie. »Du hast ein Auge auf dieses Mädchen geworfen. Das weiß ich. Das weiß ich einfach! Lernst du's denn überhaupt nie?«

Als Meghan im Krankenhaus eintraf, fand sie ihre Mutter in normaler Kleidung vor. »Virginia hat mir etwas zum Anziehen gebracht. Ich muß hier raus«, sagte Catherine Collins energisch. »Ich kann einfach nicht hier im Bett rumliegen und grübeln. Es regt mich zu sehr auf. Im Gasthof hab' ich wenigstens etwas zu tun.«

»Was hat der Arzt gesagt?«

»Zuerst war er natürlich dagegen, aber jetzt ist er einverstanden, oder zumindest ist er bereit, mich zu entlassen.« Ihre Stimme kam ins Stocken. »Meggie, versuch nicht, mich umzustimmen. Es ist wirklich besser, wenn ich zu Hause bin.«

Meghan umarmte sie heftig. »Hast du schon gepackt?«

»Alles bis zur Zahnbürste. Meg, noch etwas. Diese Leute von der Kripo wollen mit dir reden. Wenn wir zu Hause sind, mußt du anrufen und einen Termin mit ihnen vereinbaren.«

Das Telefon klingelte, als Meghan die Haustüre aufschloß. Sie rannte zum Apparat hinüber. Es war Dina Anderson. »Meghan. Wenn Sie noch Interesse daran haben, bei der Geburt dabeizusein, dann bereiten Sie sich schon darauf vor. Der Arzt hat mich für Montag morgen ins Danbury Medical Center bestellt, um die Wehen einzuleiten.«

»Ich werde dort sein. Ist es Ihnen recht, wenn ich Sonntag nachmittag mit einem Kameramann vorbeikomme und von Ihnen und Jonathan ein paar Aufnahmen mache, wie Sie sich auf das neue Baby vorbereiten?«

»Ist mir recht.«

Catherine Collins ging von einem Zimmer zum nächsten und machte die Lichter an. »Es tut so wohl, wieder zu Hause zu sein«, murmelte sie.

»Willst du dich hinlegen?«

»Darauf hab' ich wirklich am allerwenigsten Lust. Ich werd' mich in die Badewanne legen und schönmachen, und dann gehen wir zusammen im Gasthof essen.«

»Bist du sicher?« Meghan sah, wie sich das Kinn ihrer Mutter reckte und der Mund einen entschlossenen Zug bekam.

»Todsicher. Es wird alles noch viel schlimmer werden, bevor es wieder besser wird, Meg. Du wirst es schon sehen, wenn du mit denen von der Kripo redest. Aber ich lass' mir von keinem erzählen, daß wir uns etwa verstecken.«

»Pop hat doch immer gesagt: ›Laß dich nicht von den Scheißkerlen fertigmachen.‹ Ich ruf' jetzt mal lieber diese Leute von der Staatsanwaltschaft an.«

John Dwyer war als Vertreter der Staatsanwaltschaft dem Gericht von Danbury zugeteilt. Zu seinem Zuständigkeitsbereich gehörte auch der Ort New Milford.

Dwyer war vierzig Jahre alt und seit fünfzehn Jahren in dem Amt tätig. Während dieser Zeit hatte er manche braven Bürger, Stützen der Gemeinde, wegen Verbrechen von Betrug bis Mord ins Gefängnis geschickt. Er hatte auch drei Leute strafrechtlich verfolgt, die in der Absicht, Versicherungsgelder zu kassieren, ihren Tod vorgetäuscht hatten.

Edwin Collins' mutmaßlicher Tod in der Tragödie auf der Tappan Zee Bridge hatte in der Lokalpresse viel Anteilnahme und Beachtung gefunden. Die Familie war in der Gegend wohlbekannt, und das Drumdoe Inn war eine Institution.

Die Tatsache, daß Collins' Wagen mit an Sicherheit grenzender Wahrscheinlichkeit nicht in den Hudson gestürzt war, und seine Rolle bei der Überprüfung der gefälschten Unterlagen von Helene Petrovic hatten aus einem erschreckenden Vorstadtmord einen überregionalen Skandal gemacht. Wie Dwyer wußte, hatte das State Department of Health, die staatliche Gesundheitsbehörde, medizinische Ermittler auf die Manning Clinic angesetzt, um herauszufinden, wieviel Schaden die Petrovic in dem Labor dort angerichtet haben mochte.

Mittwoch spätnachmittags hatte Dwyer in seinem Büro eine Besprechung mit den Kriminalbeamten von New Milford, Arlene Weiss und Bob Marron. Sie hatten sich Helene Petrovics Unterlagen vom State Department in Washington verschaffen können.

Weiss faßte für ihn die Details zusammen. »Die Petrovic kam vor zwanzig Jahren in die Vereinigten Staaten, als sie siebenundzwanzig war. Ihre Bürgin hatte einen Schönheitssalon am Broadway. In ihrem Visumantrag steht unter ›Ausbildung‹, daß sie die Oberschule abgeschlossen und für eine Weile eine Kosmetikschule in Bukarest besucht hat.«

»Keine medizinische Ausbildung?« fragte Dwyer.

»Keine, die sie aufgeführt hätte«, bestätigte Weiss.

Bob Marron schaute in seinen Notizen nach. »Sie fing im Salon ihrer Freundin zu arbeiten an, blieb elf Jahre dort und belegte in den letzten beiden Jahren Abendkurse für Sekretariatsarbeit.«

Dwyer nickte.

»Dann wurde ihr eine Stelle als Sekretärin beim Dowling Center für künstliche Fortpflanzung in Trenton, New Jersey, angeboten. Damals hat sie das Haus in Lawrenceville gekauft. Drei Jahre später plazierte Collins sie als Embryologin in der Manning Clinic.«

»Wie steht's mit Edwin Collins? Ist sein Lebenslauf in Ordnung?« fragte Dwyer.

»Ja. Er ist ein Harvard-Absolvent in Betriebswirtschaft. Nie in irgendwelchen Schwierigkeiten gesteckt. Seniorchef seiner Firma. Hat sich vor ungefähr zehn Jahren einen Waffenschein besorgt, nachdem man ihn an einer roten Ampel in Bridgeport überfallen hatte.«

Das Telefon klingelte. »Miss Collins ist am Apparat, um Mr. Marron zurückzurufen.«

»Ist das Collins' Tochter?« fragte Dwyer.

»Ja.«

»Lassen Sie sie morgen hierher kommen.«

Marron nahm den Hörer und sprach mit Meghan, warf dann einen Blick auf den Staatsanwalt. »Acht Uhr morgen früh, okay? Sie muß morgen nach Philadelphia und braucht einen frühen Termin.«

Dwyer nickte.

Nachdem Marron den Termin für Meghan bestätigt und den Hörer aufgelegt hatte, lehnte sich Dwyer in seinem Drehstuhl zurück. »Mal sehen, was wir jetzt haben. Edwin Collins ist verschwunden und wird für tot gehalten. Doch jetzt bekommt seine Frau Blumen von ihm, die, wie Sie sagen, über seine Kreditkarte abgerechnet worden sind.«

»Die Bestellung ging per Telefon im Blumengeschäft ein. Die Kreditkarte ist nie storniert worden. Andererseits ist sie bis heute nachmittag seit Januar nicht benützt worden«, berichtete Weiss.

»Hat man seit seinem Verschwinden nicht die Kontobewegungen überwacht?«

»Bis vor kurzem ging man davon aus, daß Collins ertrunken ist. Es gab keinen Grund, wegen seiner Karte Alarm auszulösen.«

Arlene Weiss überflog ihre Notizen. »Ich möchte Meghan Collins zu etwas befragen, was ihre Mutter gesagt hat. Dieser Anruf, der für Mrs. Collins' Zusammenbruch verantwortlich ist und der, wie sie schwört, ganz bestimmt nicht wie ihr Mann geklungen hat ...«

»Was ist damit?«

»Sie dachte, sie hätte den Anrufer so was sagen hören wie: ›Ich stecke in furchtbaren Schwierigkeiten.‹ Was das wohl zu bedeuten hatte?«

»Wir fragen die Tochter, was sie davon hält, wenn wir morgen mit ihr reden«, erklärte Dwyer. »Ich weiß, was ich davon halte. Ist Edwin Collins noch als vermißt und vermutlich tot gemeldet?«

Marron und Weiss nickten gemeinsam. Staatsanwalt Dwyer erhob sich. »Wir sollten das wohl ändern. Ich sehe die Sache so. Zum einen haben wir Collins' Verbindung zu Petrovic hergestellt. Zum zweiten ist er höchstwahrscheinlich nicht bei dem Brückenunglück umgekommen. Drittens: Er hat ein paar Wochen, bevor er verschwunden ist, all das Bargeld auf seine Versicherungspolicen abgehoben. Viertens: Von seinem Wagen gibt es keine Spur, aber ein großer Mann in einer dunklen Limousine hat regelmäßig die Petrovic besucht. Fünftens: Der Anruf, die Benützung der Kreditkarte, die Blumen. Ich finde, das reicht. Schreibt eine Großfahndung nach Edwin Collins aus. Wortlaut: ›Gesucht zur Vernehmung im Mordfall Helen Petrovic.‹«

30

Kurz vor fünf Uhr erhielt Victor Orsini den Anruf, den er schon befürchtet hatte. Larry Downes, der Chef von Downes and Rosen, gab ihm zu verstehen, es sei wohl in jeder Hinsicht besser, wenn er vorerst bei Collins and Carter noch nicht kündige.

»Für wie lange, Larry?« fragte Victor ruhig.

»Ich weiß nicht«, sagte Downes ausweichend. »Dieses Theater wegen der Petrovic wird sich irgendwann wieder legen, aber an Ihnen bleibt zu viel von der schlechten Presse hängen, als daß Sie jetzt zu uns kommen sollten. Und falls sich herausstellt, daß die Petrovic irgendwelche von diesen Embryos in der Klinik durcheinandergebracht hat, so wird das einen Rattenschwanz von Schadensersatzforderungen nach sich ziehen, und Sie wissen das. Ihr Burschen habt sie dort untergebracht, und man wird euch knallhart zur Verantwortung ziehen.«

Victor protestierte. »Ich hatte gerade erst angefangen, als Helene Petrovics Bewerbung bei der Manning Clinic eingereicht wurde. Larry, Sie haben mich schon letzten Winter versetzt.«

»Tut mir leid, Victor. Aber wie die Dinge liegen, waren Sie sechs Wochen dort, bevor die Petrovic ihre Arbeit in der Klinik aufnahm. Was heißt, daß Sie da waren, als die Überprüfung ihrer Papiere hätte stattfinden sollen. Collins and Carter ist ein kleines Unternehmen. Wer wird schon glauben, daß Sie nichts von dem mitbekommen haben, was da lief?«

Orsini schluckte. Als er mit den Reportern sprach, hatte er geäußert, er habe nie etwas von Petrovic gehört, sondern gerade erst die Stellung dort bekommen, als sie für die Manning Clinic abgesegnet wurde. Sie hatten keine Lunte gerochen, daß er offensichtlich schon dort war, als ihr Fall bearbeitet wurde. Er versuchte es mit einem weiteren Argument. »Larry, ich hab' eurer Firma dieses Jahr eine Menge geholfen.«

»Ach wirklich, Victor?«

»Ihr habt bei drei unserer besten Kunden Kandidaten untergebracht.«

»Vielleicht waren unsere Kandidaten für die Positionen besser geeignet.«

»Wer hat Ihnen gesagt, daß diese Konzerne Führungspersonal suchten?«

»Tut mir leid, Victor.«

Orsini starrte auf den Hörer, als die Leitung unterbrochen wurde. Rufen Sie uns nicht an – wir rufen Sie an, dachte er. Ihm war klar, daß man ihm die Stellung bei Downes and Rosen vermutlich nie geben würde.

Milly steckte ihren Kopf in sein Büro. »Ich bin weg. War das nicht ein schrecklicher Tag heute, Mr. Orsini? Ständig diese Reporter hier und dann all diese Anrufe.« Ihre Augen funkelten vor Aufregung.

Victor sah schon vor sich, wie sie zu Hause beim Abendessen voller Wonne jede Einzelheit des Tages wiederkäuen würde. »Ist Mr. Carter wieder da?«

»Nein. Er hat angerufen, daß er noch bei Mrs. Collins im Krankenhaus bleibt und dann direkt nach Hause geht. Wissen Sie was? Ich glaube, er hat ein Auge auf sie geworfen.«

Orsini antwortete nicht.

»Also dann, Wiedersehen, Mr. Orsini.«

»Auf Wiedersehen, Milly.«

Während sich ihre Mutter ankleidete, huschte Meghan in den Arbeitsraum und nahm die Briefe und die Todesnachricht aus der Schublade im Schreibtisch ihres Vaters. Sie verbarg sie in ihrer Geschäftsmappe und hoffte inständig, daß ihre Mutter nicht die leichten Kratzer an dem Schreibtisch bemerken würde, wo sie mit der Feile beim Aufbrechen der Schublade abgerutscht war. Irgendwann würde Meghan ihr von den Briefen und dem kurzen Nachruf erzählen müssen, aber jetzt noch nicht. Vielleicht wußte sie ja nach ihrem Besuch in Philadelphia Genaueres.

Sie ging nach oben in ihr eigenes Bad, um sich Gesicht und Hände zu waschen und ihr Make-up aufzufrischen. Nach kurzem Zögern beschloß sie, Mac anzurufen. Er hatte gesagt, er werde sich melden, und sie wollte nicht, daß er auf den Gedanken kam, es gebe Probleme. Noch mehr Probleme als sowieso schon, verbesserte sie sich.

Kyle war am Apparat. »Meg!« Das war der altvertraute Kyle, voller Freude, ihre Stimme zu hören.

»Hallo, Kumpel. Wie geht's denn?«

»Sehr gut. Aber heute war's wirklich schlimm.«

»Wieso?«

»Jake wär' beinahe umgekommen. Ich hab' ihm einen Ball zugeworfen. Er kann ihn schon richtig gut fangen, aber ich hab' zu hart geworfen, und er ist auf die Straße gerollt, und Jake ist hinterher, und so ein Kerl hat ihn fast überfahren. Also ehrlich, du hättest sehen sollen, wie der sein Auto zum Stehen gebracht hat. Ich meine, zum *Stehen*. Das Auto hat *gewackelt*.«

»Ich bin froh, daß Jake okay ist, Kyle. Wirf ihm das nächstemal den Ball hinten im Garten zu. Da hast du mehr Platz.«

»Das hat Dad auch gesagt. Er grapscht nach dem Telefon, Meg. Tschüs.«

Mac war dran.

»Ich hab' nicht danach gegrapscht. Ich hab' danach gegriffen. Grüß dich, Meg. Von unserer Seite hast du schon alle Neuigkeiten gehört. Wie geht's bei dir?«

Sie berichtete ihm, ihre Mutter sei wieder zu Hause. »Morgen fahre ich nach Philadelphia wegen der Sendung, die ich zusammenstellen will.«

»Willst du dir auch diese Adresse in Chestnut Hill anschauen?«

»Ja. Mutter weiß nichts davon oder von den Briefen.«

»Von mir erfährt sie es bestimmt nicht. Wann kommst du zurück?«

»Wahrscheinlich nicht vor acht Uhr. Es sind fast vier Stunden Fahrt bis Philadelphia.«

»Meg.« Macs Ton wurde zögernd. »Ich weiß, daß du nicht willst, daß ich mich einmische, aber ich wünschte, du würdest mich helfen lassen. Ich habe manchmal das Gefühl, daß du mir ausweichst.«

»Sei doch nicht albern. Wir waren doch sonst auch immer gute Kumpel.«

»Ich weiß nicht, ob wir das noch sind. Vielleicht hab' ich irgendwas nicht mitgekriegt. Was ist eigentlich passiert?«

Was passiert ist, dachte Meghan, ist, daß ich nicht an diesen Brief, in dem ich dich vor neun Jahren angebettelt habe, Ginger nicht zu heiraten, denken kann, ohne mich vor Scham zu winden. Was passiert ist, ist, daß ich immer nur dein kleiner Kumpel sein werde und es geschafft habe, Abstand von dir zu gewinnen. Ich kann es nicht riskieren, noch einmal durch einen Jeremy-MacIntyre-Entzug zu gehen.

»Nichts ist passiert, Mac«, sagte sie leichthin. »Du bist immer noch mein Kumpel. Ich kann's nicht ändern, daß ich nicht mehr über Klavierstunden rede. Die hab' ich vor Jahren aufgegeben.«

Als sie dann später am Abend ins Zimmer ihrer Mutter ging, um das Bett aufzudecken, stellte sie die Klingel des Telefons ab. Sollte es noch weitere nächtliche Anrufe geben, würde nur sie sie hören.

31

Dr. Henry Williams, der fünfundsechzigjährige Chef des Franklin Assisted Reproduction Center in der restaurierten Altstadt von Philadelphia, war ein Mann, der wie der ideale

Lieblingsonkel aussah. Er hatte volles, halb ergrautes Haar, ein sanftes Gesicht, das selbst der nervösesten Patientin Mut einflößte. Sehr großgewachsen, hatte er eine leicht gebückte Haltung, die vermuten ließ, daß er sich aus Gewohnheit niederbeugte, um zuzuhören.

Meghan hatte ihn nach ihrem Treffen mit Tom Weicker angerufen, und er hatte bereitwillig einem Gesprächstermin zugestimmt. Jetzt saß Meghan ihm am Schreibtisch in der freundlichen Praxis gegenüber, die lauter gerahmte Bilder von Säuglingen und kleinen Kindern an den Wänden hatte.

»Sind das alles Kinder, die durch In-vitro-Befruchtung zustande gekommen sind?« fragte Meghan.

»Durch künstliche Fortpflanzung«, korrigierte Williams. »Nicht alle sind In-vitro-Geburten.«

»Ich verstehe, oder jedenfalls glaube ich, daß ich's verstehe. In vitro bedeutet, daß die Eier aus den Eierstöcken entfernt und dann im Labor mit Sperma befruchtet werden.«

»Richtig. Sie wissen, daß die Frau Hormone zur Steigerung der Empfängnisfähigkeit bekommen hat, damit ihre Eierstöcke mehrere Eier auf einmal freisetzen?«

»Ja. Das verstehe ich.«

»Es gibt noch weitere Methoden, die wir durchführen, allesamt Variationen der In-vitro-Befruchtung. Ich schlage vor, daß ich Ihnen Material mitgebe, worin sie erklärt werden. Im wesentlichen läuft es auf eine Menge gewichtiger Fachausdrücke hinaus, die im Endeffekt alle bedeuten, daß einer Frau zu der ersehnten erfolgreichen Schwangerschaft verholfen wird.«

»Wären Sie mit einem Interview vor der Kamera einverstanden und damit, daß wir einiges über die Einrichtung hier aufnehmen und mit verschiedenen Ihrer Klienten sprechen?«

»Ja. Offen gestanden sind wir stolz auf unser Unternehmen, und positive Resonanz in den Medien ist uns willkommen. Ich hätte allerdings eine Bedingung. Ich werde mit mehreren unserer Klienten Kontakt aufnehmen und sie fragen, ob sie bereit sind, mit Ihnen zu sprechen. Ich möchte nicht, daß Sie auf sie zugehen. Manche Leute ziehen es vor, ihre Verwandten nicht wissen zu lassen, daß sie mit diesen Methoden nachgeholfen haben.«

»Warum sollte jemand Einwände haben? Ich könnte mir vorstellen, daß die Leute einfach froh über ein neues Baby sind.«

»Das sind sie auch. Aber eine Frau hat erzählt, daß ihre Schwiegermutter, nachdem sie von den besonderen Umständen der Geburt erfahren hatte, Zweifel angemeldet hat, ob das Kind wirklich von ihrem Sohn stammt. Unsere Klientin hat dann übrigens bei sich, ihrem Mann und dem Baby eine DNS-Untersuchung machen lassen, um zu beweisen, daß es der biologische Nachkomme beider Eltern ist.«

»Manche Leute benützen natürlich auch Spenderembryos.«

»Ja, wenn sie selbst einfach nicht zu einer Empfängnis gelangen können. Es ist genaugenommen eine Art von Adoption.«

»Ja, vermutlich. Doktor Williams, ich weiß, das kommt ein bißchen plötzlich, aber könnte ich am Spätnachmittag mit einem Kameramann wiederkommen? Eine Frau in Connecticut wird in Kürze den eineiigen Zwilling ihres Sohnes zur Welt bringen, der vor drei Jahren mittels künstlicher Befruchtung geboren worden ist. Wir machen eine Sendung mit mehreren Folgen über die Weiterentwicklung der Kinder.«

Williams Miene nahm einen Ausdruck von Besorgnis an. »Manchmal frage ich mich, ob wir nicht zu weit gehen. Die psychologischen Faktoren bei eineiigen Zwillingen, die zu verschiedenen Zeitpunkten geboren werden, machen mir wirklich zu schaffen. Übrigens – wenn der Embryo sich in zwei Teile spaltet und einer davon kältekonserviert wird, nennen wir ihn einen Klon, nicht eineiigen Zwilling. Aber zu Ihrer Frage, ja, ich hätte heute später am Tag Zeit.«

»Ich kann Ihnen gar nicht sagen, wie dankbar ich bin. Wir werden zur Einführung draußen und in der Empfangshalle ein paar Aufnahmen machen. Ich berichte dann als erstes davon, wie das Institut entstanden ist. Das war vor ungefähr sechs Jahren, soweit ich weiß.«

»Im September waren es sechs Jahre.«

»Anschließend konzentriere ich mich auf spezifische Fragen zur künstlichen Befruchtung und zum Einfrieren, ich meine zur Kältekonservierung der Klons, wie im Fall von Mrs. Anderson.«

Meghan stand auf, um zu gehen. »Ich muß schnell einige Dinge arrangieren. Wäre Ihnen vier Uhr recht?«

»Das dürfte in Ordnung gehen.«

Meghan zögerte. Sie hatte davor zurückgeschreckt, Dr. Williams auf Helene Petrovic anzusprechen, bevor sie mit ihm Fühlung genommen hatte, aber jetzt konnte sie nicht länger warten.

»Dr. Williams, ich weiß nicht, ob die hiesigen Zeitungen darüber berichtet haben, aber Helene Petrovic, eine Frau, die in der Manning Clinic gearbeitet hat, ist ermordet worden, und es hat sich herausgestellt, daß ihre Zeugnisse gefälscht waren. Sie kennen sie doch und haben auch mit ihr gearbeitet, nicht wahr?«

»Ja, das stimmt.« Henry Williams schüttelte den Kopf. »Ich war Dr. Mannings Assistent und bekam daher alles mit, was in der Klinik vor sich ging und wer seine Arbeit gut machte. Helene Petrovic hat mich tatsächlich zum Narren gehalten. Sie hat das Labor dort so geführt, wie man ein Labor führen sollte. Es ist schrecklich, daß sie die Stelle mit gefälschten Unterlagen bekommen hat, aber sie schien ohne jeden Zweifel zu wissen, was sie tat.«

Meghan beschloß, es darauf ankommen zu lassen, daß dieser freundliche Mann Verständnis dafür hätte, weshalb sie sich mit diesen Antworten nicht zufriedengeben konnte. »Doktor Williams, der Firma meines Vaters und insbesondere meinem Vater selbst wirft man die Beglaubigung von Helene Petrovics Lügen vor. Verzeihen Sie, aber ich muß versuchen, mehr über sie herauszufinden. Die Dame am Empfang der Manning Clinic hat Sie und Helene Petrovic zusammen im Restaurant gesehen. Wie gut haben Sie sie gekannt?«

Henry Williams sah belustigt aus. »Sie meinen Marge Walters. Hat sie Ihnen auch erzählt, daß ich neue Angestellte der Klinik immer einmal zum Essen eingeladen habe? Zur formlosen Begrüßung ...«

»Nein, das hat sie nicht. Kannten Sie Helene Petrovic schon, bevor sie zur Manning Clinic kam?«

»Nein.«

»Hatten Sie irgendwelchen Kontakt mit ihr, seit Sie dort weg sind?«

»Nein, gar keinen.«

Die Telefonanlage schnarrte. Er nahm den Hörer und lauschte. »Einen Moment bitte«, sagte er dann und wandte sich Meghan zu.

Sie wußte den Wink zu deuten. »Doktor Williams, ich werde Sie nicht länger aufhalten. Besten Dank nochmals.« Meghan langte nach ihrer Umhängetasche und ging.

Nachdem die Tür sich hinter ihr geschlossen hatte, nahm Dr. Henry Williams den Hörer wieder ans Ohr. »Stellen Sie jetzt bitte durch.«

Er murmelte etwas zur Begrüßung, hörte zu und sagte dann nervös: »Ja, natürlich bin ich allein. Sie ist gerade weg. Sie kommt um vier mit einem Kameramann wieder. Erzähl mir nicht, daß ich vorsichtig sein soll. Für wie blöd hältst du mich eigentlich?«

Er legte den Hörer auf, mit einemmal unendlich abgespannt. Nach einer Weile griff er wieder danach und wählte. »Da drüben alles unter Kontrolle?« fragte er.

Ihre schottischen Vorfahren nannten es das zweite Gesicht. Im Lauf von Generationen war diese Gabe immer wieder bei einer Frau aus dem Campbell-Clan aufgetaucht. Diesmal war es Fiona Campbell Black, die damit begnadet war. Als Hellseherin, die regelmäßig von Polizeirevieren im ganzen Land bei der Aufklärung von Verbrechen zu Hilfe gerufen wurde, und ebenso von Familien auf der verzweifelten Suche nach vermißten Angehörigen, betrachtete Fiona ihre außerordentlichen Fähigkeiten mit großem Respekt.

Sie war seit zwanzig Jahren verheiratet und lebte in Litchfield, Connecticut, einer hübschen alten Siedlung aus dem frühen siebzehnten Jahrhundert.

Am Donnerstag nachmittag kam Fionas Mann, Andrew Black, ein Anwalt mit einer Kanzlei am Ort, zum Essen nach Hause. Er traf sie im Frühstücksraum an, wo sie mit nachdenklichen Augen dasaß, die Morgenzeitung vor sich ausgebreitet, und den Kopf schräg hielt, als erwarte sie gleich eine Stimme oder irgendwelche Töne zu hören, die sie keinesfalls verpassen wollte.

Andrew Black wußte, was das zu bedeuten hatte. Er zog seinen Mantel aus, warf ihn auf einen Stuhl und erklärte: »Ich richte uns was her.«

Als er zehn Minuten später mit einem Teller Sandwiches und einer Kanne Tee wiederkam, blickte Fiona geistesabwesend auf. »Es ist passiert, als ich das hier gesehen habe.« Sie hielt die Lokalzeitung mit Edwin Collins' Foto auf der Titelseite hoch. »Sie fahnden nach diesem Mann im Zusammenhang mit dem Tod von Helene Petrovic.«

Black schenkte Tee ein. »Das hab' ich gelesen.«

»Andrew, ich möchte mich lieber raushalten, aber ich glaube, ich muß der Sache nachgehen. Ich bekomme eine Botschaft über ihn.«

»Wie deutlich ist sie?«

»Gar nicht deutlich. Ich brauche etwas zum Anfassen, was ihm gehört. Soll ich die Polizei von New Milford anrufen oder direkt zu seiner Familie gehen?«

»Ich finde es besser, wenn du dich an die Polizei wendest.«

»Ja, wahrscheinlich.« Langsam ließ Fiona ihre Fingerspitzen über die grobkörnige Abbildung von Edwin Collins' Gesicht gleiten. »So viel Böses«, murmelte sie, »so viel Tod und Bosheit umgeben ihn.«

32

Bernies erste Tour am Donnerstag morgen ging vom Kennedy Airport aus. Er parkte den Chevy und schlenderte zu der Stelle hinüber, wo die Vorortbusse Passagiere aufnahmen und abluden. Bernie studierte den Fahrplan. Ein Bus nach Westport war fällig, und eine Gruppe von Menschen wartete darauf, darunter ein Paar in den Dreißigern mit zwei kleinen Kindern und einem Haufen Gepäck. Bernie nahm an, daß er bei ihnen gute Aussichten hatte.

»Connecticut?« fragte er sie mit einem leutseligen Lächeln.

»Wir nehmen kein Taxi«, schnauzte die Frau voller Ungeduld, während sie den Zweijährigen an der Hand packte. »Billy, bleib da«, schimpfte sie. »Du kannst hier nicht rumlaufen.«

»Vierzig Dollar plus Straßengebühren«, sagte Bernie. »Ich hab' einen Fahrgast in der Gegend von Westport, also ist alles, was ich bekomme, ein Zusatzgeschäft.«

Der Mann versuchte ein ungebärdiges dreijähriges Kind im Zaum zu halten. »Einverstanden.« Er vergewisserte sich gar nicht erst mit einem Blick zu seiner Frau, ob sie auch einverstanden war.

Bernie hatte seinen Wagen wieder durch die Waschanlage laufen lassen und innen gesaugt. Er sah, wie die Geringschätzung, die der Frau anfangs vom Gesicht abzulesen war, angesichts des sauberen Wageninneren in Wohlgefallen umschlug. Er fuhr umsichtig, nie über der Geschwindigkeitsbeschränkung und ohne raschen Spurwechsel. Der Mann saß vorne neben ihm. Die Frau war mit den neben ihr angeschnallten Kindern auf dem Rücksitz. Bernie machte sich in Gedanken eine Notiz, demnächst Kindersitze zu kaufen und im Kofferraum bereitzuhalten.

Der Mann dirigierte Bernie an der Ausfahrt 17 vom Connecticut Turnpike hinunter. »Jetzt sind es nur noch knapp zweieinhalb Kilometer.« Als sie das hübsche Backsteinhaus an der Tuxedo Road erreichten, wurde Bernie mit zehn Dollar Trinkgeld belohnt.

Er fuhr zum Connecticut Turnpike zurück, nach Süden zur Ausfahrt 15 und gelangte wieder einmal auf die Route 7. Es war, als könne er nicht verhindern, daß das Auto dahin fuhr, wo Meghan wohnte.

Nimm dich in acht, sagte er sich. Selbst mit Kamera und Presseausweis konnte es Verdacht erregen, wenn er sich in ihrer Straße aufhielt.

Er beschloß, eine Tasse Kaffee zu trinken und die Sache zu überdenken. Also bog er zu dem nächsten Schnellrestaurant ein. In dem Vorraum dort zwischen dem äußeren und inneren Eingang gab es einen Zeitungsautomaten. Durch das Glas sah

Bernie die Schlagzeile: Alles über die Manning Clinic. Dort hatte Meghan doch gestern das Interview gemacht, das, was er und Mama gesehen hatten. Er suchte in seiner Hosentasche nach Kleingeld und kaufte eine Zeitung.

Beim Kaffee las er den Artikel. Die Manning Clinic lag etwa vierzig Minuten von Meghans Zuhause entfernt. Wahrscheinlich trieb sich dort eine Menge Journalisten herum, weil man das Labor überprüfte, in dem diese Frau gearbeitet hatte.

Vielleicht war Meghan ja auch dort. Sie war gestern dagewesen.

Vierzig Minuten später war Bernie auf der engen, kurvenreichen Straße, die von dem malerischen Zentrum von Kent zur Manning Clinic führte. Nachdem er von der Gaststätte aufgebrochen war, hatte er zuerst noch eine Weile im Wagen gesessen und die Straßenkarte dieser Gegend so gründlich studiert, daß er keine Schwierigkeiten hatte, den günstigsten Weg zu finden.

Genau wie er gehofft hatte, fand er eine Reihe von Medienwagen auf dem Parkplatz der Klinik vor. Er parkte ein Stück weit davon entfernt und steckte seine Parklizenz an die Windschutzscheibe. Dann musterte er den Presseausweis, den er fabriziert hatte. Höchstens ein Experte hätte entdecken können, daß der Ausweis nicht echt war. *Bernard Heffernan* stand darauf, *Channel 86, Elmira, New York.* Es war ein Lokalsender, rief er sich in Erinnerung. Falls jemand fragte, warum diese Gemeinde an der Story hier interessiert war, dann würde er erklären, sie dächten daran, eine Einrichtung wie die Manning Clinic anzulegen.

Als er seine Geschichte parat hatte, stieg Bernie zufrieden aus dem Wagen und zog seinen Anorak an. Die meisten Reporter und Kameraleute waren leger gekleidet. Er beschloß, eine dunkle Brille zu tragen, holte dann seine neue Videokamera aus dem Kofferraum. Allererste Sahne, sagte er sich stolz. Sie hatte eine Menge gekostet. Er hatte sie mit Kreditkarte gekauft. Damit die Kamera nicht so brandneu aussah, hatte er etwas Staub aus dem Keller darauf verrieben, und auf die Seite hatte er das bekannte Signet des Channel 86 aufgemalt.

Etwa ein Dutzend Reporter und Kameraleute waren in der Empfangshalle der Klinik. Sie befragten einen Mann, der sie, wie Bernie mitbekam, hinhielt. Er sagte soeben: »Ich wiederhole, die Manning Clinic ist stolz darauf, Frauen erfolgreich zu den Kindern zu verhelfen, die sie sich so leidenschaftlich wünschen. Wir sind der Meinung, daß Helene Petrovic, trotz der Angaben auf ihrem Visumantrag, möglicherweise in Rumänien eine Ausbildung als Embryologin erhielt. Keinem der Experten, die mit ihr gearbeitet haben, sind auch nur im geringsten Worte oder Handlungen ihrerseits aufgefallen, die vermuten ließen, sie habe ihren Job nicht gründlich beherrscht.«

»Und wenn ihr Fehler unterlaufen sind?« fragte eine Reporterin. »Nehmen wir mal an, sie hat diese eingefrorenen Embryos verwechselt und Frauen haben die Kinder anderer Leute zur Welt gebracht?«

»Wir werden für alle Eltern DNS-Analysen durchführen, die diese klinische Untersuchung für sich und ihr Kind wünschen. Die Ergebnisse liegen erst nach vier bis sechs Wochen vor, sind dann aber unwiderlegbar. Sollten Eltern es vorziehen, die Untersuchung in einer anderen Einrichtung machen zu lassen, so übernehmen wir die Kosten. Weder Dr. Manning noch irgendeiner der übrigen leitenden Mitarbeiter rechnet mit einem Problem auf diesem Gebiet.«

Bernie sah sich um. Meghan war nicht da. Sollte er wohl herumfragen, ob sie jemand gesehen hatte? Nein, das wäre ein Fehler. Misch dich einfach unter die anderen, ermahnte er sich. Doch wie erhofft kümmerte sich niemand um ihn. Er richtete seine Kamera auf den Burschen, der die Fragen beantwortete, und schaltete sie ein.

Als das Interview beendet war, verließ Bernie mit den übrigen Leuten das Gebäude, wobei er darauf achtete, niemandem zu nahe zu kommen. Er hatte einen PCD-Kameramann gesichtet; der stämmige Mann dagegen, der das Mikrofon hielt, war ihm unbekannt. Am Fuß der Verandastufen hielt eine Frau ihren Wagen an und stieg aus. Sie war schwanger und offensichtlich aufgeregt. Ein Reporter fragte: »Ma'am, sind Sie eine Klientin hier?«

Stephanie Petrovic versuchte ihr Gesicht vor den Kameras zu verbergen, während sie ausrief: »Nein. Nein. Ich bin bloß hergekommen, um sie zu bitten, daß sie das Geld meiner Tante mit mir teilen. Sie hatte alles der Klinik vermacht. Ich denke, daß vielleicht irgend jemand von hier sie getötet hat, weil sie Angst hatten, daß sie ihr Testament ändert, nachdem sie gekündigt hat. Wenn ich das beweisen könnte, würde ihr Geld dann nicht mir gehören?«

Einige Minuten saß Meghan in ihrem Wagen vor dem ansehnlichen Kalksteinhaus in Chestnut Hill, zwanzig Minuten außerhalb von Philadelphia. Die anmutigen Linien des dreistöckigen Wohnhauses wurden noch hervorgehoben durch die unterteilten Fenster, die antike Eichentür und das Schieferdach, das in dunkelgrünen Schattierungen in der Frühnachmittagssonne schimmerte.

Der Fußweg, der sich durch den weitläufigen Rasen wand, war von Azaleenreihen gesäumt, die im Frühjahr sicher, so dachte Meghan, in leuchtender Pracht blühen würden. Ein Dutzend schlanker weißer Birken waren wie Wachposten über das ganze Grundstück verstreut.

Der Name am Briefkasten lautete C. J. Graham. Hatte sie je diesen Namen aus dem Munde ihres Vaters gehört? Meghan bezweifelte es.

Sie stieg aus dem Auto und ging langsam den Weg hinauf. Sie zögerte eine Weile, läutete dann und hörte schwach im Hausinneren ein Glockenspiel erklingen. Wenig später öffnete ein Hausmädchen in Dienstkleidung die Tür.

»Ja, bitte?« Die Frage klang höflich, aber reserviert.

Meghan wurde klar, daß sie nicht wußte, nach wem sie fragen sollte. »Ich würde gern mit irgend jemand sprechen, der hier wohnt und vielleicht mit Aurelia Collins befreundet war.«

»Wer ist da, Jessie?« rief eine Männerstimme.

Hinter der Hausangestellten sah Meghan einen großen Mann mit schneeweißen Haaren auf die Tür zukommen.

»Bitten Sie die junge Dame herein, Jessie«, wies er sie an. »Es ist kalt draußen.«

Meghan trat ein. Als die Tür sich schloß, kniff der Mann die Augen zusammen. Er winkte sie näher zu sich heran. »Kommen Sie bitte. Hier unter das Licht.« Ein Lächeln erhellte sein Gesicht. »Das ist doch Annie, ja? Meine Liebe, ich bin froh, Sie wiederzusehen.«

33

Catherine Collins frühstückte mit Meghan zeitig am Morgen, bevor Meg sich zu der Unterredung mit den Ermittlungsbeamten im Gericht von Danbury und anschließend zur Fahrt nach Philadelphia auf den Weg machte. Catherine nahm sich eine zweite Tasse Kaffee mit nach oben und stellte den Fernseher in ihrem Zimmer an.

In den Lokalnachrichten erfuhr sie, daß ihr Mann offiziell nicht mehr als vermißt und vermutlich tot galt, sondern im Zusammenhang mit dem Petrovic-Mord auf der Fahndungsliste stand.

Als Meg anrief und Bescheid gab, sie habe das Gespräch mit der Kripo hinter sich gebracht und mache sich jetzt auf den Weg nach Philadelphia, fragte Catherine: »Meg, was haben sie dich denn gefragt?«

»Dieselbe Art von Fragen, die sie dir auch gestellt haben. Du weißt ja, die glauben felsenfest, daß Dad noch lebt. Bis jetzt bezichtigen sie ihn des Betrugs und Mords. Weiß Gott, was die sich noch einfallen lassen. Du hast mich doch gestern gewarnt, daß es erst noch schlimmer wird, bevor es wieder besser wird. Da hast du wahrhaftig recht gehabt.«

Irgend etwas in Megs Stimme jagte Catherine einen kühlen Schauer über den Rücken. »Meg, du verheimlichst mir doch etwas.«

»Mom, ich muß jetzt los. Wir reden heute abend miteinander, ich versprech's dir.«

»Ich will nicht, daß du irgendwas verschweigst.«

»Ich schwöre dir, ich werde nichts verschweigen.«

Der Arzt hatte Catherine dringend ans Herz gelegt, wenigstens ein paar Tage lang zu Hause zu bleiben und sich auszuruhen. Ich brauche mich nur auszuruhen und bekomme vor lauter Sorgen wirklich einen Herzanfall, dachte sie, während sie sich anzog. Lieber ging sie zum Gasthof.

Sie war nur wenige Tage weggewesen, doch sie konnte einen Unterschied feststellen. Virginia war gut, übersah aber kleine Details. Das Blumenarrangement auf dem Anmeldetresen ließ die Köpfe hängen.

»Wann sind die gebracht worden?« fragte Catherine.

»Heute morgen erst.«

»Ruf beim Blumengeschäft an und laß neue kommen!« Die Rosen, die sie im Krankenhaus erhalten hatte, waren taufrisch gewesen, erinnerte sich Catherine.

Die Tische im Speisezimmer waren für die Mittagszeit gedeckt. Catherine ging von einem zum andern und überprüfte sie, einen Hilfskellner im Schlepptau. »Hier haben wir eine Serviette zuwenig, genauso auf dem Tisch am Fenster. Dort fehlt ein Messer, und das Salzfaß da sieht schmierig aus.«

»Ja, Ma'am.«

Sie ging in die Küche. Der frühere Küchenchef hatte sich im Juli nach zwanzig Jahren zur Ruhe gesetzt. Sein Nachfolger, Clive D'Arcette, war mit beeindruckender Branchenerfahrung angetreten, obwohl er erst sechsundzwanzig Jahre alt war. Nach vier Monaten kam Catherine zu dem Schluß, daß er eine gute zweite Geige abgab, mit der Leitung einer Küche aber überfordert war. Er bereitete gerade die Lunch-Specials vor, als Catherine die Küche betrat. Sie machte ein ärgerliches Gesicht, als sie die Fettspritzer auf dem Herd bemerkte. Sie stammten eindeutig vom Abend zuvor. Der Mülleimer war nicht ausgeleert worden. Sie probierte die Sauce hollandaise. »Warum ist die salzig?« fragte sie.

»Ich würde sie nicht salzig nennen, Mrs. Collins«, sagte D'Arcette in einem Tonfall, der nicht unbedingt höflich war.

»Ich aber schon, und wohl jeder, der sie bestellt.«

»Mrs. Collins, Sie haben mich hier als Küchenchef angestellt. Wenn ich nicht der Chef sein und das Essen auf meine Art zubereiten kann, dann läuft der Laden hier nicht.«

»Sie haben es mir sehr leicht gemacht«, entgegnete Catherine. »Sie sind gefeuert.«

Sie war dabei, sich eine Schürze umzubinden, als Virginia hereingeeilt kam. »Catherine, wo will Clive denn hin? Er ist gerade an mir vorbeigestürmt.«

»Zurück zur Kochschule, hoffe ich.«

»Du sollst dich doch ausruhen.«

Catherine wandte sich ihr zu. »Virginia, es ist eine Erlösung für mich, hier am Herd zu stehen, solange ich den Gasthof noch halten kann. Also, welche Tagesgerichte hat Escoffier für heute eingeplant?«

Sie servierten dreiundvierzig Lunchportionen sowie Sandwiches in der Bar. Es herrschte guter Betrieb. Als die Bestellungen weniger wurden, konnte Catherine in das Speisezimmer gehen. Mit ihrer langen weißen Schürze schritt sie von Tisch zu Tisch und hielt sich jedesmal eine Weile auf. Sie konnte die Fragen in den Augen der Gesichter sehen, die sie mit einem warmen Lächeln begrüßten.

Ich werfe den Leuten nicht vor, daß sie neugierig sind, bei all dem, was sie hören, dachte sie. Ich wäre es auch. Aber das sind meine Freunde. Das ist mein Gasthof, und egal, welche Wahrheit zum Vorschein kommt, Meg und ich haben hier unseren Platz.

Catherine verbrachte den Spätnachmittag im Büro damit, die Bücher durchzugehen. Wenn die Bank bei einer Neufinanzierung mitmacht und ich meinen Schmuck verpfände oder verkaufe, stellte sie fest, dann könnte ich mindestens ein halbes Jahr länger durchhalten. Bis dahin wissen wir dann vielleicht etwas wegen der Versicherung. Sie schloß die Augen. Wenn sie bloß nicht so töricht gewesen wäre, nach Pops Tod das Haus auf ihren und Edwins Namen eintragen zu lassen …

Warum habe ich das eigentlich gemacht? fragte sie sich. Ich wollte nicht, daß Edwin das Gefühl hatte, in meinem Haus zu wohnen. Selbst als Pop noch lebte, hatte Edwin stets darauf bestanden, für die Nebenkosten und Reparaturen aufzukommen. »Ich muß das Gefühl haben, daß ich hierhergehöre«, hatte er gesagt. O Edwin! Wie hatte er sich noch genannt? Ach ja, einen »fahrenden Musikanten«. Sie hatte das immer als einen Witz angesehen. Ob er es auch als Witz gemeint hatte? Da war sie sich jetzt nicht mehr so sicher.

Sie versuchte sich an Verse aus dem alten Song von Gilbert und Sullivan zu erinnern, den er immer sang. Nur die erste Zeile und eine weitere fielen ihr wieder ein. Der Anfang hieß: »Ein fahrender Musikant bin ich, ein Ding aus lauter Lumpen.« Und die andere Zeile: »Und im Wechsel deiner Launen stimme ich fein mein Lied.«

Wehmütige Worte, wenn man sie genauer betrachtete. Weshalb hatte Edwin gemeint, daß sie auf ihn zuträfen?

Energisch wandte sich Catherine wieder dem Studium der Bilanzen zu. Das Telefon klingelte, als sie das letzte Buch schloß. Bob Marron war am Apparat, einer der Ermittlungsbeamten, die sie im Krankenhaus aufgesucht hatten. »Mrs. Collins, da Sie nicht zu Hause waren, dachte ich, ich versuch's mal im Gasthof. Es hat sich etwas ergeben. Wir fanden, wir sollten Ihnen die Information weitergeben, obwohl wir Ihnen natürlich nicht unbedingt empfehlen, daß Sie darauf eingehen.«

»Ich weiß nicht, wovon Sie reden«, sagte Catherine ohne Umschweife.

Sie hörte zu, wie Marron ihr berichtete, Fiona Black habe angerufen, eine Hellseherin, die schon des öfteren mit ihnen an Fällen vermißter Personen zusammengearbeitet habe. »Sie sagt, daß sie starke Schwingungen über Ihren Mann empfängt und gerne etwas von ihm hätte, das sie anfassen kann«, schloß Marron.

»Wollen Sie mir etwa irgendeine Quacksalberin schicken?«

»Ich weiß, was Sie jetzt denken, aber können Sie sich noch an das Talmadge-Kind erinnern, das vor drei Jahren vermißt war?«

»Ja.«

»Mrs. Black war es, die uns gesagt hat, wir sollten uns bei unserer Suche auf das Baugelände in der unmittelbaren Nähe des Rathauses konzentrieren. Sie hat dem Kind das Leben gerettet.«

»Ich verstehe.« Catherine befeuchtete die Lippen mit der Zunge. Alles ist besser, als nicht Bescheid zu wissen, sagte sie sich. Sie umklammerte den Hörer fester. »Was möchte Mrs. Black denn von Edwins Sachen haben? Kleider? Einen Ring?«

»Sie ist gerade hier. Sie würde gerne zu Ihnen hinüberkommen und etwas aussuchen, falls das möglich ist. Ich könnte in einer halben Stunde mit ihr bei Ihnen sein.«

Catherine überlegte, ob sie lieber auf Meg warten sollte, bevor sie sich mit dieser Frau traf. Dann hörte sie sich sagen: »Halbe Stunde ist mir recht. Ich mache mich jetzt auf den Heimweg.«

Meghan hatte das Gefühl, die Zeit sei stehengeblieben, als sie sich in der Eingangshalle dem gepflegten Mann gegenübersah, der offenbar glaubte, sie seien sich schon einmal begegnet. Mit Lippen, die wie betäubt waren, formte sie mühsam die Worte: »Ich heiße nicht Annie. Ich heiße Meghan. Meghan Collins.«

Graham betrachtete sie aus der Nähe. »Sie sind doch Edwins Tochter, oder?«

»Ja, das stimmt.«

»Bitte, kommen Sie mit.« Er nahm sie am Arm und führte sie durch die Tür zum Arbeitsraum, der rechts vom Foyer lag. »Hier verbringe ich die meiste Zeit«, sagte er, während er sie zum Sofa geleitete und sich selbst in einem hohen Ohrensessel niederließ. »Seit meine Frau tot ist, kommt mir das Haus hier schrecklich groß vor.«

Meghan merkte, daß Graham sah, in welchem Zustand sie sich befand, und versuchte, die Situation zu entschärfen. Sie sah sich jedoch außerstande, ihre Fragen diplomatisch zu formulieren.

Sie öffnete ihre Brieftasche und holte den Umschlag mit der Todesnachricht heraus. »Haben Sie das meinem Vater geschickt?« fragte sie.

»Ja, das stammt von mir. Er hat es nicht bestätigt, aber das hatte ich auch gar nicht erwartet. Es tat mir so leid, als ich im Januar das von dem Unfall gelesen habe.«

»Woher kennen Sie meinen Vater?« fragte Meghan.

»Verzeihung«, entschuldigte er sich. »Ich glaube, ich habe mich gar nicht vorgestellt. Ich bin Cyrus Graham. Der Stiefbruder Ihres Vaters.«

Sein Stiefbruder! Ich hatte nie eine Ahnung, daß es diesen Mann gibt, dachte Meghan.

»Sie haben mich vorhin ›Annie‹ genannt«, sagte sie. »Wieso?«

Er antwortete ihr mit einer Frage. »Haben Sie eine Schwester, Meghan?«

»Nein.«

»Und Sie können sich nicht daran erinnern, daß Sie mich mit Ihrem Vater und Ihrer Mutter vor etwa zehn Jahren in Arizona getroffen haben?«

»Ich war nie dort.«

»Dann bin ich völlig durcheinander«, entgegnete Graham.

»Wann und wo genau in Arizona sollen wir uns denn getroffen haben?« fragte Meghan mit Nachdruck.

»Lassen Sie mich mal nachdenken. Es war im April, vor ungefähr elf Jahren. Ich war in Scottsdale. Meine Frau hatte eine Woche bei der Elizabeth-Arden-Kur verbracht, und ich wollte sie am nächsten Morgen abholen. Am Abend zuvor habe ich mich im Hotel Safari in Scottsdale einquartiert. Ich kam gerade aus dem Speisesaal, als ich Edwin entdeckte. Er saß mit einer Frau zusammen, die wohl Anfang Vierzig war, und mit einem Mädchen, das genauso aussah wie Sie.« Graham musterte Meghan. »Wenn ich's mir überlege – ihr seht beide Edwins Mutter ähnlich.«

»Meiner Großmutter.«

»Ja.« Jetzt sah er besorgt aus. »Meghan, ich fürchte, das setzt Ihnen zu.«

»Es ist äußerst wichtig, daß ich so viel wie möglich über die Leute erfahre, die damals am Abend mit meinem Vater zusammen waren.«

»Nun gut. Es war nur eine kurze Begegnung, aber da es nach Jahren das erste Wiedersehen überhaupt mit Edwin war, hat es sich mir eingeprägt.«

»Wann haben Sie ihn denn zum letzten Mal davor gesehen?«

»Nicht mehr, seitdem er aufs College ging. Aber obwohl dreißig Jahre vergangen waren, habe ich ihn auf der Stelle erkannt. Ich ging zu dem Tisch hinüber und wurde sehr frostig empfangen. Er stellte mich seiner Frau und Tochter als jemanden vor, den er aus seiner Jugend in Philadelphia kannte. Ich habe den Wink verstanden und bin sofort gegangen. Ich wußte von Aurelia, daß er mit seiner Familie in Connecticut lebte, und nahm einfach an, daß sie in Arizona Urlaub gemacht haben.«

»Hat er die Frau, mit der er zusammen war, als seine Frau vorgestellt?«

»Ich glaube schon. Da bin ich mir nicht sicher. Er hat vielleicht so was gesagt wie: ›Frances und Annie, das ist Cyrus Graham.‹«

»Sie wissen genau, daß das Mädchen *Annie* hieß?«

»Ja, bestimmt. Und ich weiß, daß die Frau Frances hieß.«

»Wie alt war Annie damals?«

»Ungefähr sechzehn, würde ich meinen.«

Meghan überlegte, daß sie dann inzwischen etwa sechsundzwanzig sein müßte.

Sie fröstelte. Und sie liegt an meiner Stelle im Leichenschauhaus, dachte sie.

Ihr wurde bewußt, daß Graham sie betrachtete.

»Ich glaube, wir könnten eine Tasse Tee gebrauchen«, sagte er. »Haben Sie zu Mittag gegessen?«

»Bitte keine Umstände.«

»Ich würde mich freuen, wenn Sie mir Gesellschaft leisten. Ich sag' Jessie, sie soll uns etwas herrichten.«

Als er den Raum verließ, faltete Meghan ihre Hände auf den Knien. Ihre Beine fühlten sich schwach und wackelig an, so als würden sie ihr den Dienst versagen, falls sie aufstünde. *Annie,* dachte sie. Ganz deutlich fiel ihr plötzlich ein, wie sie einst mit ihrem Vater über Namen diskutiert hatte. »Wieso bist du eigentlich auf Meghan Anne für mich gekommen?«

»Meine zwei liebsten Namen auf der ganzen Welt sind Meghan und Annie. Und so bist du zu Meghan Anne geworden.«

Du bist also doch dazu gekommen, deine zwei Lieblingsnamen zu verwenden, Dad, dachte Meghan bitter. Als Cyrus Graham, gefolgt von dem Hausmädchen mit einem Lunchtablett, zurückkehrte, nahm Meghan eine Tasse Tee und ein Häppchen an.

»Ich kann gar nicht sagen, wie schockiert ich bin«, erklärte sie und war froh, daß sie sich wenigstens gelassen anhörte. »Jetzt erzählen Sie mir etwas über *ihn*. Mein Vater kommt mir plötzlich wie ein Fremder vor.«

Es war keine schöne Geschichte. Richard Collins, ihr Großvater, hatte die siebzehnjährige Aurelia Crowley geheiratet, als sie schwanger wurde. »Er hielt es für eine Sache des Anstands«, sagte Graham. »Er war viel älter und ließ sich fast im Handumdrehen wieder von ihr scheiden, aber er hat sie und das Kleine ziemlich großzügig unterstützt. Ein Jahr später, als ich vierzehn war, haben Richard und meine Mutter geheiratet. Mein eigener Vater war tot. Das hier war das Heim der Familie Graham. Richard Collins ist mit eingezogen, und es war eine gute Ehe. Er und meine Mutter waren ziemlich steife, freudlose Menschen, und wie es so schön heißt, waren sie füreinander wie geschaffen.«

»Und mein Vater wurde von seiner Mutter großgezogen?«

»Bis er drei Jahre alt war, denn zu dieser Zeit verliebte sich Aurelia Hals über Kopf in jemanden aus Kalifornien, der sich kein Kind aufbürden lassen wollte. Eines Morgens kam sie hier an und setzte Edwin mit seinen Koffern und Spielsachen ab. Meine Mutter war außer sich. Richard war sogar noch wütender, und der kleine Edwin war völlig verstört. Er hat seine Mutter angebetet.«

»Sie hat ihn an eine Familie weggegeben, die ihn gar nicht wollte?« fragte Meghan fassungslos.

»Ja. Mutter und Richard haben ihn aus Pflichtgefühl aufgenommen, aber bestimmt nicht, weil sie Lust dazu hatten. Ich muß schon sagen, er war ein schwieriger kleiner Junge. Ich weiß noch, wie er jeden Tag am Fenster stand und sich die Nase plattgedrückt hat, weil er überzeugt war, daß seine Mutter wiederkommen würde.«

»Und ist sie wiedergekommen?«

»Ja. Ein Jahr später. Die große Liebe war vorüber, und sie kehrte zurück und nahm Edwin wieder bei sich auf. Er war überglücklich, und meine Eltern waren es ebenso.«

»Und dann ...«

»Als er acht war, traf Aurelia jemand anders, und das Szenarium hat sich wiederholt.«

»O Gott!« sagte Meghan.

»Diesmal war Edwin wirklich unerträglich. Er dachte offenbar, wenn er sich möglichst schlecht benahm, würden sie einen Weg finden, ihn zu seiner Mutter zurückzuschicken. Es war ein interessanter Morgen hier bei uns, als er den Gartenschlauch in den Tank des neuen Wagens meiner Mutter gesteckt hatte.«

»Haben sie ihn heimgeschickt?«

»Aurelia war wieder von Philadelphia weggezogen. Er wurde ins Internat gesteckt und dann im Sommer ins Ferienlager. Ich war weg im College und dann zum Jurastudium und hab' ihn nur gelegentlich gesehen. Einmal allerdings hab' ich ihn im Internat besucht und mit Erstaunen festgestellt, daß er bei seinen Schulkameraden sehr beliebt war. Sogar damals schon erzählte er den Leuten, seine Mutter sei tot.«

»Hat er sie je wiedergesehen?«

»Sie kam nach Philadelphia zurück, als er sechzehn war. Diesmal ist sie dageblieben. Sie war endlich reifer geworden und hat sich eine Stelle in einer Anwaltskanzlei besorgt. Soweit ich weiß, hat sie versucht, Edwin zu sehen, aber es war zu spät. Er wollte nichts mehr mit ihr zu tun haben. Der Schmerz saß zu tief. Im Lauf der Jahre hat sie von Zeit zu Zeit Kontakt mit mir aufgenommen, um zu fragen, ob ich je etwas von Edwin gehört hätte. Ein Freund hatte mir einen Zeitungsausschnitt über seine Hochzeit mit deiner Mutter geschickt. Da standen der Name und die Adresse seiner Firma drauf. Ich hab' Aurelia den Ausschnitt gegeben. Soviel ich von ihr weiß, hat sie ihm jedes Jahr um seinen Geburtstag herum und zu Weihnachten geschrieben, erhielt aber nie eine Antwort. In einem unserer Gespräche hab' ich ihr von der Begegnung in Scottsdale erzählt. Vielleicht hatte ich kein Recht, ihm die Todesnachricht zu schicken.«

»Er war ein wunderbarer Vater für mich und ein wunderbarer Ehemann für meine Mutter«, sagte Meghan. Sie versuchte die Tränen wegzublinzeln, die ihr in die Augen stiegen. »Er war beruflich sehr viel unterwegs. Ich kann einfach nicht glauben, daß er ein zweites Leben geführt haben soll, eine andere Frau, die er womöglich als seine Frau bezeichnete, vielleicht eine andere Tochter, die er bestimmt auch geliebt hat. Aber allmählich glaube ich, daß es stimmen muß. Wie sonst kann man sich Annie und Frances erklären? Wie kann irgend jemand von meiner Mutter und mir erwarten, daß wir diese Täuschung verzeihen?«

Es war eine Frage, die sie sich selbst stellte, nicht Cyrus Graham, doch er antwortete darauf. »Meghan, drehen Sie sich um.« Er deutete auf die Fenster hinter dem Sofa. »Das mittlere Fenster dort ist das, an dem ein kleiner Junge jeden Nachmittag Wache stand und nach seiner Mutter Ausschau hielt. So im Stich gelassen zu werden bleibt nicht ohne Auswirkung auf die Seele eincs Kindes.«

34

Um vier Uhr rief Mac Catherine zu Hause an, um sich zu erkundigen, wie es ihr ging. Als sich niemand meldete, versuchte er es im Gasthof. Gerade als man ihn in der Zentrale zu ihrem Büro durchstellen wollte, ertönte die Sprechanlage auf seinem Schreibtisch. »Nein, ist schon gut«, sagte er schnell. »Ich versuch's später noch mal.«

In der folgenden Stunde gab es viel zu tun, und er kam nicht mehr dazu, sie anzurufen. Er war gerade im Randbezirk von Newtown, als er sie vom Auto aus zu Hause anrief. »Ich hab' gedacht, wenn du da bist, komme ich für ein paar Minuten vorbei, Catherine«, sagte er.

»Ich könnte gut etwas moralische Unterstützung gebrauchen, Mac.« Catherine setzte ihn rasch über die Hellseherin ins Bild und daß sie und der Polizeibeamte schon unterwegs seien.

»Ich bin in fünf Minuten da.« Mac legte den Hörer auf und runzelte die Stirn. Er glaubte nicht an Spiritismus. Wer weiß, was Meg heute über Edwin in Chestnut Hill zu hören bekommt, dachte er. Catherine ist so ziemlich am Ende ihrer Kräfte, und sie können keinen Scharlatan – egal welchen Geschlechts – gebrauchen, der ihnen noch mehr Ärger macht.

Er bog in die Einfahrt der Familie Collins ein, als gerade ein Mann und eine Frau vor dem Haus aus einem Wagen stiegen. Der Ermittler und das Medium, dachte Mac.

Er holte die beiden auf der Veranda ein. Bob Marron stellte erst sich selbst und dann Mrs. Fiona Black vor, wobei er lediglich sagte, sie hoffe, zum Auffinden von Edwin Collins beitragen zu können.

Mac war auf eine Darbietung von Hokuspokus und einstudierter Schwindelei gefaßt. Statt dessen ertappte er sich dabei, wie er widerstrebend die beherrschte und ausgeglichene Frau bewunderte, die Catherine mit warmer Anteilnahme begrüßte. »Sie haben eine schlimme Zeit durchgemacht«, sagte sie. »Ich weiß nicht, ob ich Ihnen helfen kann, aber ich weiß, daß ich es versuchen muß.«

Catherines Gesicht wirkte angegriffen, aber Mac sah, wie ein Schimmer Hoffnung darin aufkam. »Ich bin überzeugt, daß mein Mann tot ist«, sagte sie zu Fiona Black. »Ich weiß, daß die Polizei anderer Meinung ist. Es wäre um so vieles leichter, wenn es irgendeinen Weg gäbe, Klarheit zu erlangen, irgendeinen Weg, es zu beweisen, es ein für allemal herauszufinden.«

»Vielleicht gibt es ihn ja.« Fiona Black umschloß Catherines Hände mit ihren eigenen. Sie ging langsam und mit aufmerksamem Blick in das Wohnzimmer. Catherine stand neben Mac und Kommissar Marron und beobachtete sie.

Sie wandte sich an Catherine. »Mrs. Collins, haben Sie noch die Kleider und persönlichen Dinge ihres Mannes hier?«

»Ja. Kommen Sie mit nach oben«, entgegnete sie und ging voran.

Mac spürte, wie sein Herz schneller schlug, als sie ihr folgten. Da war etwas an Fiona Black. Sie war keine Hochstaplerin.

Catherine führte sie zum Schlafzimmer. Auf der Frisierkommode stand ein Doppelrahmen. Ein Bild zeigte Meghan. Das andere Catherine und Edwin in Festkleidung. Letztes Silvester im Gasthof, dachte Mac. Es war eine rauschende Nacht gewesen.

Fiona Black betrachtete das Bild und sagte anschließend: »Wo ist sein Kleiderschrank?«

Catherine öffnete die Tür zu einem begehbaren Schrank. Mac erinnerte sich, daß sie und Edwin vor Jahren die Wand zu dem kleinen Nachbarschlafzimmer aufgerissen und sich zwei Garderobenräume geschaffen hatten. Dieser hier war der von Edwin. Reihenweise Jacketts, lange Hosen und Anzüge. Vom Boden bis zur Decke Fächer mit Sporthemden und Pullovern. Ein Schuhgestell. Catherine sah sich in der Garderobe um. »Edwin hatte einen wunderbaren Geschmack, was Kleidung betrifft. Für meinen Vater mußte ich immer die Krawatten aussuchen«, sagte sie. Es war, als riefe sie sich selbst die Dinge ins Gedächtnis zurück.

Fiona Black betrat den Schrank, berührte dann hier ein Revers, dort ein Schulterstück. »Haben Sie Lieblingsmanschettenknöpfe oder einen Ring von ihm?«

Catherine öffnete eine Kommodenschublade. »Das war der Ehering, den ich ihm gegeben habe. Er hat ihn eines Tages verlegt. Wir dachten, er wäre verloren. Edwin war so unglücklich darüber, daß ich ihm einen neuen gab, und dann hab' ich den hier wiedergefunden, dort, wo er hinter die Kommode gefallen war. Der war ein bißchen eng inzwischen, also hat er den neuen anbehalten.«

Fiona Black nahm den schmalen Goldring entgegen. »Darf ich ihn für ein paar Tage behalten? Ich verspreche, daß ich ihn nicht verliere.«

Catherine zögerte und sagte dann: »Wenn Sie glauben, daß es was nützt.«

Der Kameramann von dem PCD-Sender in Philadelphia traf sich mit Meghan um Viertel vor vier vor dem Franklin Center. »Tut mir leid, daß das so ein Schnellschuß ist«, entschuldigte sie sich.

Der schlaksige Kameramann, der sich als Len vorstellte, zuckte mit den Achseln. »Wir sind dran gewöhnt.«

Meghan war froh, daß es nötig war, sich auf das Interview zu konzentrieren. Die Stunde, die sie mit Cyrus Graham, dem Stiefbruder ihres Vaters, verbracht hatte, war so schmerzlich gewesen, daß sie alle Gedanken daran beiseite schieben mußte, bis sie es Stück für Stück akzeptieren konnte. Sie hatte ihrer Mutter versprochen, nichts vor ihr zu verbergen. Es würde schwierig werden, aber sie war entschlossen, das Versprechen zu halten. Heute abend würden sie sich damit auseinandersetzen.

Sie sagte: »Len, zum Auftakt hätte ich gern eine Totale der Straße hier. Dieses Kopfsteinpflaster ist ganz anders, als sich die Leute Philadelphia vorstellen.«

»Sie hätten das erst mal vor der Renovierung sehen sollen«, sagte Len, während er die Kamera laufen ließ.

Innen im Center begrüßte sie die Dame am Empfang. Drei Frauen saßen im Wartezimmer. Sie sahen alle sehr gepflegt und gut hergerichtet aus. Meghan war sich sicher, daß sie die Klientinnen waren, die Dr. Williams auf die Interviews angesprochen hatte.

Sie hatte recht. Die Empfangsdame stellte sie den Damen vor. Eine war schwanger. Vor der Kamera erklärte sie, daß dies ihr drittes Kind sein werde, das durch künstliche Befruchtung entstanden sei. Die anderen beiden hatten jeweils ein Kind und planten, eine weitere Schwangerschaft mit ihren kältekonservierten Embryos in die Wege zu leiten.

»Ich habe acht eingefrorene Embryos«, sagte eine der beiden mit einem glücklichen Lächeln ins Kameraobjektiv. »Sie werden drei davon einsetzen, in der Hoffnung, daß einer sich entwickelt. Falls nicht, warte ich ein paar Monate, dann lasse ich die übrigen auftauen und versuche es noch mal.«

»Wenn Sie sofort Erfolg damit haben, eine Schwangerschaft herbeizuführen, kommen Sie dann nächstes Jahr wieder?« fragte Meghan.

»O nein. Mein Mann und ich möchten nur zwei Kinder.«

»Aber Sie haben dann noch immer tiefgekühlte Embryos im Labor hier in Aufbewahrung, oder?«

Die Frau pflichtete ihr bei. »Ja, das schon«, sagte sie. »Wir zahlen dann dafür, daß sie weiter aufbewahrt werden. Wer weiß? Ich bin erst achtundzwanzig. Vielleicht überlege ich's mir doch noch anders. In ein paar Jahren könnte ich dann wieder herkommen, und es ist schön zu wissen, daß ich noch Embryos für mich bereitstehen habe.«

»Vorausgesetzt, daß sie überhaupt die Auftauprozedur überstehen?« fragte Meghan.

»Ja, natürlich.«

Als nächstes gingen sie in das Sprechzimmer von Dr. Williams. Meg setzte sich für das Interview ihm gegenüber. »Doktor Williams, nochmals vielen Dank, daß wir kommen durften«, sagte sie. »Zum Einstieg möchte ich Sie gern bitten, die In-vitro-Befruchtung so einfach zu erläutern, wie Sie es vorhin für mich getan haben. Wenn Sie uns dann noch erlauben, uns im Labor umzusehen, und uns zeigen, wie kältekonservierte Embryos aufbewahrt werden, dann werden wir Ihre Zeit nicht länger in Anspruch nehmen.«

Dr. Williams war ein ausgezeichneter Interviewpartner. Bewundernswert bündig erklärte er die Gründe, weshalb Frauen möglicherweise nicht zu einer natürlichen Empfängnis gelangten, und die Prozedur der künstlichen Befruchtung. »Die Patientin erhält ›Fruchtbarkeitspillen‹, also Hormone zur Stimulierung der Eiproduktion; die Eier werden aus ihren Eierstöcken entnommen; im Labor werden sie befruchtet, und das erwünschte Resultat dabei ist, daß wir lebensfähige Embryos bekommen. Embryos im Frühstadium werden in den Mutterleib verpflanzt, normalerweise zwei oder drei auf einmal, in der Hoffnung, daß wenigstens einer davon zu einer erfolgreichen Schwangerschaft führt. Die übrigen werden für den potentiellen späteren Gebrauch kältekonserviert, oder wie der Laie sagt: tiefgefroren.«

»Doktor Williams, in wenigen Tagen werden wir, sobald es geboren ist, ein Baby sehen, dessen eineiiger Zwilling vor drei Jahren zur Welt kam«, sagte Meghan. »Würden Sie unseren Zuschauern bitte erklären, wie es möglich ist, daß eineiige Zwillinge mit einem Unterschied von drei Jahren geboren werden?«

»Es ist möglich, wenn auch sehr selten, daß der Embryo sich in der Petrischale in zwei Teile teilt, genauso wie er das im Mutterleib tun könnte. In diesem Fall beschloß die Mutter offensichtlich, sich den einen Embryo sofort einsetzen zu lassen, den anderen aber für späteren Gebrauch per Kältekonservierung aufzuheben. Zum Glück waren trotz der geringen Wahrscheinlichkeit beide Prozeduren erfolgreich.«

Bevor sie die Praxis von Dr. Williams verließen, machte Len einen Kameraschwenk über die Wand mit den Bildern der Kinder, die dank der Methoden des Instituts zur Welt gekommen waren. Anschließend nahmen sie das Labor auf, unter besonderer Beachtung der Behälter zur langfristigen Lagerung, worin die tiefgekühlten Embryos, in flüssigem Stickstoff eingetaucht, ruhten.

Es war fast halb sechs, als Meghan feststellte: »Okay, das war's. Vielen Dank an alle. Doktor Williams, ich bin wirklich dankbar.«

»Ich auch«, versicherte er ihr. »Ich kann Ihnen garantieren, daß diese Art von Publicity viele Anfragen von kinderlosen Paaren nach sich ziehen wird.«

Draußen verstaute Len seine Kamera im Lieferwagen und begleitete Meghan zu ihrem Auto. »Geht einem irgendwie unter die Haut, finden Sie nicht?« fragte er. »Ich meine, ich habe drei Kinder und finde die Vorstellung fürchterlich, sie hätten ihr Leben wie diese Embryos in einem Kühlschrank begonnen.«

»Auf der anderen Seite bedeuten diese Embryos Existenzen, die ohne diesen Vorgang überhaupt keine Lebenschance gehabt hätten«, meinte Meghan.

Als sie sich auf die lange Fahrt nach Connecticut zurück begab, wurde ihr klar, daß das problemlose, angenehme Interview mit Dr. Williams eine Erholung gewesen war.

Jetzt waren ihre Gedanken wieder bei dem Augenblick angelangt, als Cyrus Graham sie als Annie begrüßt hatte. Jedes Wort, das er gesagt hatte, als sie beieinander saßen, hörte sie von neuem - als liefe in ihrem Kopf eine Bandaufnahme des Gesprächs.

Am Abend desselben Tages, kurz nach acht Uhr, rief Fiona Black Bob Marron an. »Edwin Collins ist tot«, sagte sie ruhig. »Er ist seit vielen Monaten tot. Sein Körper liegt unter Wasser.«

35

Es war halb zehn, als Meghan am Donnerstag abend zu Hause ankam und erleichtert feststellte, daß Mac zusammen mit ihrer Mutter wartete. Auf seinen fragenden Blick hin nickte sie. Es war eine Geste, die ihrer Mutter nicht verborgen blieb.

»Meg, worum geht's?«

Meg bemerkte, daß ein Duft von Zwiebelsuppe im Raum hing. »Ist noch etwas davon übrig?« Sie wedelte mit der Hand in Richtung Küche.

»Du hast noch nichts zu Abend gegessen? Mac, schenke ihr doch ein Glas Wein ein, während ich etwas aufwärme.«

»Nur Suppe, bitte, Mom.«

Als Catherine aus dem Zimmer war, kam Mac auf sie zu. »Wie schlimm war's?« fragte er leise.

Sie wandte sich ab, da sie nicht wollte, daß er die Tränen der Niedergeschlagenheit mitbekam, die sich bemerkbar zu machen drohten. »Ziemlich schlimm.«

»Meg, wenn du lieber allein mit deiner Mutter redest, dann verschwinde ich. Ich dachte nur, sie könnte Gesellschaft gebrauchen, und Mrs. Dileo war bereit, bei Kyle zu bleiben.«

»Das war lieb von dir, Mac, aber du hättest bei Kyle bleiben sollen. Er freut sich immer so darauf, wenn du heimkommst. Kleine Kinder sollte man nicht enttäuschen. Laß ihn ja nie im Stich.«

Sie hatte das Gefühl, Unsinn zu faseln.

Mac umfing ihr Gesicht mit den Händen und drehte es zu sich.

»Meggie, was ist los?«

Meg drückte sich die Handknöchel gegen die Lippen. Sie durfte nicht zusammenklappen. »Es ist bloß ...«

Sie vermochte nicht weiterzureden. Sie spürte, wie Mac sie umarmte. O Gott, sich einfach gehenzulassen, von ihm gehalten zu werden. Der Brief. Neun Jahre war es her, daß er mit dem Brief, den sie geschrieben hatte, zu ihr gekommen war, dem Brief mit der flehentlichen Bitte, er möge doch Ginger nicht heiraten …

»Ich glaube, es wär' dir lieber, wenn ich das nicht aufhebe«, hatte er damals gesagt. Auch damals hatte er sie in die Arme genommen, erinnerte sie sich. »Meg, eines Tages verliebst du dich. Was du für mich empfindest, ist etwas anderes. Jeder fühlt sich so, wenn der beste Freund oder die beste Freundin heiratet. Da ist immer die Angst, daß jetzt alles anders wird. Das wird bei uns beiden nicht passieren. Wir bleiben immer Kumpel.«

Die Erinnerung war so frisch wie ein Guß kalten Wassers. Meg richtete sich auf und wich einen Schritt zurück. »Ich bin schon okay, ich bin bloß müde und hungrig.« Sie hörte die Schritte ihrer Mutter und wartete ab, bis sie wieder im Zimmer war. »Ich habe ein paar ziemlich unangenehme Neuigkeiten für dich, Mom.«

»Ich glaube, ich lass' euch beide jetzt lieber allein, damit ihr euch aussprechen könnt«, sagte Mac.

Catherine aber hielt ihn auf. »Mac, du gehörst zur Familie. Ich möchte, daß du dableibst.«

Sie setzten sich an den Küchentisch. Es kam Meghan so vor, als könne sie die Anwesenheit ihres Vaters spüren. Er war es gewesen, der stets noch spät das Abendessen zubereitete, wenn früher im Gasthof reger Betrieb herrschte und ihre Mutter nicht dazu gekommen war, etwas zu essen. Er war ein perfekter Schauspieler, wenn er sich das Gehabe eines Oberkellners im Umgang mit einem nörgelnden Gast zu eigen machte. »Dieser Tisch ist nicht ganz zu Ihrer Zufriedenheit? Die Sitzbank vielleicht? Selbstverständlich. Es zieht? Aber es ist kein Fenster offen. Der Gasthof ist luftdicht versiegelt. Möglicherweise ist es die Luft, die zwischen ihren Ohren weht, Madame.«

Während sie an ihrem Wein nippte und die dampfende Suppe, so appetitlich sie war, stehenließ, bis sie den beiden über die Begegnung in Chestnut Hill berichten konnte, sprach Meghan über ihren Vater. Absichtlich erzählte sie zuerst von seiner Kindheit, von Cyrus Grahams Überzeugung, der Grund für Edwins Abwendung von seiner Mutter liege darin, daß er das Risiko, sie könne ihn wiederum im Stich lassen, nicht ertragen konnte.

Meghan beobachtete die Miene ihrer Mutter und sah die Reaktion, auf die sie gehofft hatte, Mitleid für den kleinen Jungen, den niemand wollte, für den Mann, der nicht das Wagnis eingehen konnte, womöglich zum drittenmal verletzt zu werden.

Doch dann war es notwendig, sie über die Begegnung von Cyrus Graham und Edwin Collins in Scottsdale aufzuklären.

»Er hat eine andere Frau als seine Ehefrau vorgestellt?« Die Stimme ihrer Mutter verriet keinen Ausdruck.

»Mom, ich weiß es nicht. Graham wußte, daß Dad verheiratet war und eine Tochter hatte. Er nahm an, daß Dad mit seiner Frau und Tochter dort war. Dad hat so was Ähnliches gesagt wie: ›Frances und Annie, das ist Cyrus Graham.‹ Mom, hatte Dad irgendwelche anderen Verwandten, von denen du was weißt? Könnte es sein, daß wir in Arizona Kusinen oder Vettern haben?«

»Herrgott noch mal, Meg, wenn ich schon in all den Jahren nicht gewußt habe, daß deine Großmutter noch lebte, wie sollte ich da etwas von Kusinen wissen?« Catherine Collins biß sich auf die Lippen. »Entschuldige.« Ihr Gesichtsausdruck änderte sich. »Wie du sagst, hat der Stiefbruder deines Vaters gedacht, daß du Annie bist. Hast du ihr so ähnlich gesehen?«

»Ja.« Meg blickte flehentlich auf Mac.

Er begriff, worum sie bat. »Meg«, sagte er, »ich glaube, es gibt keinen Grund, weshalb du deiner Mutter nicht sagen solltest, warum wir gestern nach New York gefahren sind.«

»Nein, das stimmt. Mom, da gibt es noch etwas, was du wissen mußt ...« Sie schaute ihre Mutter unverwandt an, während sie ihr berichtete, was sie verheimlichen zu können gehofft hatte.

Als sie fertig war, saß ihre Mutter da und starrte an ihr vorbei, als versuche sie zu begreifen, was sie soeben gehört hatte.

Endlich sagte sie mit fester, aber nahezu monotoner Stimme: »Ein Mädchen ist erstochen worden, das wie du ausgesehen hat, Meg? Sie hatte einen Zettel vom Drumdoe Inn dabei, mit deinem Namen und deiner Büronummer in Dads Handschrift? Und Stunden, nachdem sie tot war, hast du ein Fax gekriegt mit den Worten: ›Versehen. Annie war ein Versehen.‹?«

Catherines Augen wurden starr und angstvoll.

»Du hast eine DNS-Analyse machen lassen, damit sie mit ihrer verglichen wird, weil du dachtest, du könntest mit dem Mädchen verwandt sein.«

»Ich hab's gemacht, weil ich versuche, Antworten zu bekommen.«

»Ich bin froh, daß ich diese Fiona heute abend getroffen hab'«, brach es aus Catherine hervor. »Meg, wahrscheinlich findest du das nicht gut, aber heute nachmittag hat Bob Marron von der New Milforder Polizei angerufen ...«

Meg lauschte dem Bericht ihrer Mutter über den Besuch von Fiona Black. Es ist bizarr, dachte sie, aber auch nicht bizarrer als alles andere, was in den letzten Monaten passiert ist.

Um halb elf erhob sich Mac, um zu gehen. »Wenn ich euch einen Rat geben darf, dann schlag' ich vor, daß ihr beide schlafen geht«, sagte er.

Mrs. Dileo, Macs Haushälterin, saß vor dem Fernseher, als Mac nach Hause kam. »Kyle war so enttäuscht, daß Sie nicht heimgekommen sind, bevor er eingeschlafen ist«, sagte sie. »Nun gut, ich geh' dann.«

Mac wartete, bis ihr Wagen losfuhr, dann schaltete er die Außenbeleuchtung aus und verschloß die Haustür. Er ging hinein, um nach Kyle zu sehen. Sein kleiner Sohn lag wie ein Fötus zusammengekauert da, das Kissen unter dem Kopf zusammengeknautscht.

Mac verstaute die Decken besser um ihn herum, beugte sich nieder und küßte ihn von oben auf den Kopf. Kyle schien völlig in Ordnung zu sein, ein ziemlich normaler Junge, doch jetzt fragte sich Mac, ob er irgendwelche Signale übersah, die

Kyle aussenden mochte. Die meisten anderen Kinder von sieben Jahren wuchsen mit einer Mutter auf. Mac wußte nicht genau, ob die jetzt so überwältigend in ihm aufsteigende Zärtlichkeit seinem Sohn galt oder dem kleinen Jungen, der Edwin Collins fünfzig Jahre früher in Philadelphia gewesen war. Oder aber Catherine und Meghan, die mit Sicherheit die Opfer der unglücklichen Kindheit ihres Mannes und Vaters waren.

Meghan und Catherine sahen Stephanie Petrovics erregte Stellungnahme vor der Manning Clinic in den Elf-Uhr-Nachrichten. Meg hörte, wie der Moderator berichtete, Stephanie Petrovic habe im Haus ihrer Tante in New Jersey gewohnt. »Die Leiche wird nach Rumänien überführt; die Gedenkmesse wird mittags in der rumänischen Kirche St. Dominic's in Trenton stattfinden«, schloß er.

»Ich gehe zu der Messe hin«, teilte Meghan ihrer Mutter mit. »Ich möchte mit dem Mädchen reden.«

Am Freitag morgen um acht Uhr erhielt Bob Marron zu Hause einen Anruf. Ein illegal geparktes Auto, ein dunkelblauer Cadillac, hatte in Battery Park City am Südende von Manhattan, und zwar vor dem Gebäude, wo Meghan Collins' Apartment lag, einen Strafzettel bekommen. Der Wagen war auf Edwin Collins angemeldet und schien derselbe Wagen zu sein, den er an dem Abend fuhr, als er verschwand.

Während Marron die Nummer von Staatsanwalt John Dwyer wählte, sagte er zu seiner Frau: »Die Hellseherin hat diesmal wirklich danebengehauen.«

Fünfzehn Minuten später informierte Marron Meghan, daß der Wagen ihres Vaters aufgetaucht sei. Er fragte, ob sie und Mrs. Collins zum Amtszimmer von John Dwyer kommen könnten. Er wolle sie beide gemeinsam so bald wie möglich sprechen.

36

Früh am Freitag morgen schaute sich Bernie abermals das Interview an, das er in der Manning Clinic aufgenommen hatte. Er hielt die Kamera nicht ruhig genug, stellte er fest. Das Bild war verwackelt. Das nächstemal würde er besser achtgeben.

»Bernard!« Seine Mutter schrie vom oberen Treppenabsatz aus nach ihm. Widerwillig stellte er das Gerät ab.

»Ich bin sofort da, Mama.«

»Dein Frühstück wird kalt.« Seine Mutter war in ihren Flanellmorgenrock eingehüllt. Er war so oft gewaschen worden, daß der Kragen, die Ärmel und das Hinterteil ganz verschlissen waren. Bernie hatte ihr gesagt, daß sie ihn zu oft wusch, aber Mama antwortete, sie sei schließlich ein sauberer Mensch, in ihrem Haus könne man vom Boden essen.

Heute morgen war Mama schlecht gelaunt. »Ich hab' letzte Nacht ständig niesen müssen«, bedeutete sie ihm, während sie Haferflockenbrei vom Topf aus dem Herd austeilte. »Ich glaube, ich habe eben gerochen, daß Staub vom Keller raufkommt. Du wischst doch den Boden da unten, sag mal?«

»Ja, mach' ich, Mama.«

»Ich wünschte, du würdest die Kellertreppe richten, damit ich hinunter und selber nachschauen kann.«

Bernie wußte, seine Mutter würde nie das Risiko mit der Treppe eingehen. Eine der Stufen war kaputt, und das Geländer war wackelig.

»Mama, die Treppe da ist gefährlich. Denk dran, was mit deiner Hüfte passiert ist – und jetzt, mit deiner Arthritis in den Knien, mußt du wirklich vorsichtig sein.«

»Glaub' bloß nicht, daß ich so was noch mal riskiere«, fuhr sie ihn an. »Aber sorg dafür, daß immer gewischt ist. Ich weiß sowieso nicht, warum du da unten soviel Zeit verbringst.«

»Doch, weißt du schon, Mama. Ich brauche nicht viel Schlaf, und wenn ich den Fernseher im Wohnzimmer anhab', dann hält es dich vom Schlafen ab.« Mama hatte ja keine Ahnung von all den elektronischen Geräten, die er hatte, und sie würde es auch nie erfahren.

»Ich hab' letzte Nacht nicht viel geschlafen. Meine Allergien mal wieder.«

»Tut mir leid, Mama.« Bernie aß den lauwarmen Brei auf. »Ich bin spät dran.« Er griff nach seiner Jacke.

Sie folgte ihm zur Tür. Als er aus dem Haus ging, rief sie ihm nach: »Ich bin froh, daß dein Wagen ausnahmsweise anständig aussieht.«

Nach Bob Marrons Anruf duschte sich Meghan hastig, zog sich an und ging in die Küche. Ihre Mutter war schon dabei, das Frühstück vorzubereiten.

Catherines bemüht fröhliches »Guten Morgen, Meg« erstarrte ihr auf den Lippen, als sie Meghans Gesicht sah. »Ist was?« fragte sie. »Dann hab' ich also doch das Telefon vorhin gehört, als ich in der Dusche war, oder?«

Meg nahm beide Hände ihrer Mutter in ihre eigenen. »Mom, schau mich an. Ich bin jetzt absolut ehrlich zu dir. Ich hab' monatelang geglaubt, daß Dad damals auf der Brücke umgekommen ist. All das, was in dieser vergangenen Woche passiert ist, zwingt mich dazu, als Anwältin und Reporterin zu denken. Alle Möglichkeiten in Betracht zu ziehen, jede einzelne sorgfältig abzuwägen. Ich hab' versucht, mir wirklich zu überlegen, ob er noch leben und in ernsthaften Schwierigkeiten sein könnte. Aber ich weiß ... ich bin mir sicher ... daß das, was in diesen letzten paar Tagen vorgefallen ist, etwas war, was Dad uns niemals antun würde. Dieser Anruf, die Blumen ... und jetzt ...« Sie verstummte.

»Und jetzt was, Meg?«

»Dads Auto ist in der Stadt gefunden worden, im Parkverbot vor meinem Apartmenthaus.«

»Heilige Mutter Gottes!« Catherines Gesicht wurde aschfahl.

»Mom, jemand anders hat es dahin gestellt. Ich weiß nicht, weshalb, aber es steckt irgendein Grund hinter all dem. Der Staatsanwalt will uns sehen. Er und seine Polizeibeamten werden uns einzureden versuchen, daß Dad lebt. Sie haben ihn nicht gekannt. Wir schon. Was immer sonst in seinem Leben schiefgelaufen sein mag, er würde nicht solche Blumen schicken oder sein Auto dort stehenlassen, wo man es ganz bestimmt findet. Er wüßte, wie uns das zusetzen würde. Bei dieser Besprechung lassen wir uns nicht beirren, sondern verteidigen ihn.«

Sie hatten beide keine Lust zu essen. Sie nahmen sich dampfende Tassen Kaffee mit zum Wagen hinaus. Während Meghan rückwärts aus der Garage fuhr, sagte sie so sachlich wie möglich: »Es mag ja verboten sein, mit einer Hand zu fahren, aber Kaffee hilft wirklich.«

»Das kommt, weil uns beiden so kalt ist, innen wie außen. Schau mal, Meg. Der erste Pulverschnee liegt auf dem Rasen. Das wird noch ein langer Winter. Ich hab' den Winter immer geliebt. Dein Vater hat ihn gehaßt. Das war einer der Gründe, weshalb ihm die vielen Reisen nichts ausgemacht haben. In Arizona ist es doch das ganze Jahr über warm, oder?«

Als sie am Drumdoe Inn vorbeikamen, sagte Meghan: »Mom, schau da hinüber. Wenn wir zurück sind, setz' ich dich am Gasthof ab. Du kümmerst dich um die Arbeit, und ich fange an, nach Antworten zu suchen. Versprich mir, daß du nichts über das sagst, was Cyrus Graham mir gestern erzählt hat. Vergiß nicht, er hat nur angenommen, daß die Frau und das Mädchen, mit denen Dad vor zehn Jahren zusammen war, du und ich waren. Dad hat sie nur mit ihren Vornamen vorgestellt, Frances und Annie. Aber bis wir selbst mehr herausfinden, laß uns dem Staatsanwalt nicht noch einen weiteren Anlaß liefern, Dads Ruf zu zerstören.«

Meghan und Catherine wurden sofort in John Dwyers Büro geführt. Er wartete dort mit den Ermittlungsbeamten Bob Marron und Arlene Weiss. Meghan setzte sich auf den Stuhl neben ihrer Mutter und bedeckte deren Hand schützend mit ihrer eigenen.

Es wurde rasch offenkundig, was man erwartete. Alle drei, der Staatsanwalt wie die Beamten, waren überzeugt, daß Edwin Collins noch lebte und mit seiner Frau und Tochter Kontakt aufnehmen wollte. »Der Anruf, die Blumen, jetzt sein Auto«, erklärte Dwyer. »Mrs. Collins, Ihnen war bekannt, daß Ihr Mann einen Waffenschein besaß?«

»Ja, sicher. Er hat ihn sich vor etwa zehn Jahren besorgt.«

»Wo bewahrte er die Pistole auf?«

»Weggesperrt im Büro oder zu Hause.«

»Wann haben Sie sie zum letztenmal gesehen?«

»Soweit ich mich erinnern kann, seit Jahren nicht mehr.«

Meghan warf dazwischen: »Warum fragen Sie nach der Pistole meines Vaters? Ist sie im Auto gefunden worden?«

»Ja, so ist es«, sagte John Dwyer ruhig.

»Das wäre nicht außergewöhnlich«, sagte Catherine schnell. »Er wollte sie für den Wagen haben. Er hatte ein schreckliches Erlebnis in Bridgeport vor zehn Jahren, als man ihn an einer roten Ampel überfallen hat.«

Dwyer wandte sich an Meghan. »Sie waren den ganzen Tag über in Philadelphia, Miss Collins. Es ist möglich, daß Ihr Vater über Ihre Unternehmungen unterrichtet ist und wußte, daß Sie aus Connecticut weggefahren sind. Er könnte angenommen haben, daß Sie in Ihrer Wohnung anzutreffen seien. Ich muß Sie beide nachdrücklich dazu auffordern, daß Sie, falls Mr. Collins mit Ihnen Verbindung aufnimmt, darauf bestehen, daß er hierherkommt und mit uns spricht. Auf lange Sicht wäre das sehr viel besser für ihn.«

»Mein Mann wird nicht Verbindung mit uns aufnehmen«, sagte Catherine resolut. »Mr. Dwyer, haben nicht ein paar Leute damals auf der Brücke versucht, aus ihrem Auto rauszukommen?«

»Ja, ich glaube schon.«

»Wurde nicht eine Frau, die ihr Auto verließ, von einem der anderen Fahrzeuge angefahren, und ist sie nicht mit knapper Not davor bewahrt geblieben, über den Brückenrand geschleift zu werden?«

»Ja.«

»Dann überlegen Sie mal! Mein Mann kann doch sein Auto verlassen haben und dann dem Blutbad zum Opfer gefallen sein. Jemand anders kann den Wagen weggefahren haben.«

Meghan sah Gereiztheit vermischt mit Mitleid in der Miene des Staatsanwalts.

Catherine Collins bemerkte es ebenfalls. Sie erhob sich. »Wie lange braucht Mrs. Black normalerweise, bis sie zu einem Schluß über eine vermißte Person kommt?« fragte sie.

Dwyer wechselte Blicke mit seinen Ermittlungskollegen. »Sie hat schon Bescheid gegeben«, antwortete er widerstrebend. »Sie glaubt, daß Ihr Mann seit langem tot ist, daß er unter Wasser liegt.«

Catherine schloß die Augen und schwankte. Unwillkürlich griff Meghan nach dem Arm ihrer Mutter, aus Sorge, sie würde ohnmächtig werden.

Catherine zitterte am ganzen Körper. Doch als sie die Augen wieder aufschlug, sagte sie mit kräftiger Stimme: »Ich habe nie für möglich gehalten, daß mich solch eine Botschaft trösten könnte, aber hier an diesem Ort und wenn man Ihnen so zuhört, *finde* ich Trost darin.«

Die Medien waren sich bei der Beurteilung von Stephanie Petrovics erregten Aussagen vor der Kamera einig; es handelte sich offenbar um eine enttäuschte potentielle Erbin. Ihre Beschuldigung, die Manning Clinic habe möglicherweise ein Komplott gegen das Leben ihrer Tante geschmiedet, wurde als frivol abgetan. Die Klinik war im Besitz einer privaten Gruppe von Investoren und wurde von Dr. Manning geleitet, dessen Glaubwürdigkeit über jeden Zweifel erhaben war. Er weigerte sich noch immer, mit der Presse zu sprechen, aber ganz eindeutig hatte er keinerlei persönliche Vorteile von Helene Petrovics Vermächtnis an die Embryonalforschung der Klinik zu erwarten. Nach ihrem Gefühlsausbruch hatte man Stephanie ins Sprechzimmer eines der leitenden Klinikärzte gebracht, der später zu keinem Kommentar über das Gespräch bereit war.

Helenes Anwalt, Charles Potters, war entsetzt, als er von der Episode erfuhr. Am Freitag morgen vor der Gedenkmesse kam er zum Haus und ließ Stephanie mit schlecht verhohlener Empörung wissen, was er davon hielt. »Ganz gleich, was man noch über ihre Vergangenheit herausfindet, Ihre Tante hat sich ganz der Arbeit an der Klinik hingegeben. Daß Sie so eine schreckliche Szene gemacht haben, wäre furchtbar für sie gewesen.«

Als er sah, wie unglücklich die junge Frau aussah, lenkte er ein. »Ich weiß, Sie haben Schlimmes durchgemacht«, sagte er zu ihr. »Nach der Messe haben Sie Gelegenheit, sich auszuruhen. Ich dachte, daß ein paar von Helenes Bekannten von St. Dominic's Ihnen Gesellschaft leisten wollten.«

»Ich hab' sie weggeschickt«, entgegnete Stephanie. »Ich kenne sie kaum, und es geht mir besser, wenn ich alleine bin.«

Nachdem der Anwalt gegangen war, arrangierte sie Kissen auf dem Sofa und legte sich hin. Ihr schwerfälliger Körper machte es schwierig, bequem zu liegen. Ihr Rücken tat jetzt die ganze Zeit weh. Sie fühlte sich so allein. Aber sie wollte nicht diese alten Frauen um sich haben, die sie bloß anstarren und über sie klatschen würden.

Sie war dankbar, daß Helene ausdrückliche Anweisungen hinterlassen hatte, im Falle ihres Todes keine Totenwache zu veranstalten, vielmehr ihre Leiche nach Rumänien zu überführen und im Grab ihres Mannes beizusetzen.

Sie döste ein und wurde vom Läuten des Telefons geweckt. Wer ist das schon wieder? dachte sie mißmutig. Eine angenehme Frauenstimme ertönte. »Miss Petrovic?«

»Ja.«

»Ich bin Meghan Collins von PCD Channel 3. Ich war nicht in der Manning Clinic, als Sie gestern dort waren, aber ich habe Ihr Statement in den Elf-Uhr-Nachrichten mitbekommen.«

»Darüber will ich nicht reden. Der Anwalt meiner Tante ist sehr böse auf mich.«

»Ich wünschte, Sie würden mit mir reden. Ich kann Ihnen vielleicht helfen.«

»Wie wollen Sie mir helfen? Wie kann mir überhaupt jemand helfen?«

»Da gibt es schon Wege. Ich rufe vom Auto aus an. Ich fahre jetzt zu dem Gottesdienst. Darf ich Sie danach zum Lunch einladen?«

Sie klingt so freundlich, dachte Stephanie, und ich brauche einen Freund. »Ich will nicht wieder ins Fernsehen kommen.«

»Ich bitte Sie nicht um Fernsehaufnahmen. Ich bitte Sie, mit mir zu reden.«

Stephanie zögerte. Wenn der Gottesdienst vorbei ist, dachte sie, will ich nicht mit Mr. Potters zusammen sein und genausowenig mit diesen alten Frauen von der Rumänischen Gesellschaft. Die tratschen doch alle nur über mich. »Ich komme mit zum Lunch«, sagte sie.

Meghan setzte ihre Mutter am Gasthof ab und fuhr dann, so schnell sie es wagte, nach Trenton.

Unterwegs machte sie einen weiteren Anruf, um Tom Weicker mitzuteilen, daß man den Wagen ihres Vaters gefunden hatte.

»Weiß sonst irgend jemand davon?« fragte er rasch.

»Bisher nicht. Sie versuchen es unter Verschluß zu halten. Aber wir wissen beide, daß es doch irgendwie an die Öffentlichkeit dringen wird.« Sie bemühte sich um einen beiläufigen Tonfall. »Channel 3 kann ja wenigstens den direkten Draht haben.«

»Die Sache wird zu einer Sensationsgeschichte, Meg.«

»Das weiß ich.«

»Wir bringen es sofort.«

»Deswegen geb' ich's Ihnen ja auch.«

»Meg, es tut mir leid.«

»Lassen Sie nur. Es gibt bestimmt eine vernünftige Erklärung für das alles.«

»Wann ist Mrs. Andersons Baby fällig?«

»Sie haben sie für Montag im Krankenhaus eingewiesen. Sie ist einverstanden, daß ich am Sonntag nachmittag zu ihr nach Hause komme und sie und Jonathan dabei aufnehme, wie die beiden das Zimmer fürs Baby herrichten. Sie hat Säuglingsbilder von Jonathan, die wir benutzen können. Nach der Geburt vergleichen wir dann Schnappschüsse der beiden Neugeborenen.«

»Bleiben Sie am Ball, jedenfalls vorläufig.«

»Danke, Tom«, sagte sie, »und danke für die Unterstützung.«

Phillip Carter verbrachte einen Großteil des Freitagnachmittags damit, Fragen zu Edwin Collins über sich ergehen zu lassen. Mit immer weniger Geduld beantwortete er Fragen, die immer bohrender wurden. »Nein, wir hatten noch nie einen Fall, bei dem gefälschte Zeugnisse zur Sprache gekommen wären. Unser Ruf war tadellos.«

Arlene Weiss erkundigte sich nach dem Wagen. »Als man ihn in New York aufgefunden hat, stand der Kilometerzähler auf dreiundvierzigtausend, Mr. Carter. Dem Servicebuch nach war der Wagen im letzten Oktober überholt worden, also vor etwas über einem Jahr. Damals hatte er gut dreiunddreißigtausend Kilometer drauf. Wieviel ist Mr. Collins durchschnittlich im Monat gefahren?«

»Ich würde sagen, das hing völlig von seiner Terminplanung ab. Wir haben Geschäftswagen und wechseln sie alle drei Jahre aus. Um die Inspektion kümmern wir uns selber. Ich nehm's ziemlich genau dabei. Edwin war eher ein bißchen nachlässig.«

»Lassen Sie es mich so formulieren«, sagte Bob Marron, »Mr. Collins ist seit Januar verschwunden. Vom Oktober letzten Jahres bis zum Januar, kann er da an die zehntausend Kilometer zurückgelegt haben?«

»Weiß ich nicht. Ich kann Ihnen seine Termine für diese Monate geben und versuchen, anhand der Spesenabrechnungen rauszukriegen, zu welchen er vermutlich mit dem Auto gefahren ist.«

»Wir müssen versuchen abzuschätzen, wieviel das Auto seit Januar gefahren ist«, erklärte Marron. »Wir möchten auch die Autotelefonrechnung für Januar sehen.«

»Ich gehe davon aus, daß Sie den Zeitpunkt seines Telefonats mit Victor Orsini überprüfen wollen. Die Versicherungsgesellschaft hat sich das schon angeschaut. Der Anruf fand weniger als eine Minute vor dem Unglück auf der Tappan Zee Bridge statt.«

Sie fragten nach der Finanzlage von Collins and Carter. »Unsere Bücher sind in Ordnung. Sie sind gründlich überprüft worden. In den letzten paar Jahren haben wir Geschäftseinbußen durch die Rezession gehabt, wie viele andere Unternehmen auch. Die Art von Firmen, mit denen wir arbeiten, haben Stellen abgebaut, nicht neu besetzt. Ich sehe jedoch keinen Grund dafür, weshalb Edwin einen Kredit von mehreren hunderttausend Dollar auf seine Lebensversicherung hätte aufnehmen sollen.«

»Ihre Firma müßte doch eine Provision von der Manning Clinic für die Vermittlung von Petrovic erhalten haben?«

»Selbstverständlich.«

»Hat Collins diese Provision eingesteckt?«

»Nein, die Buchprüfer haben sie gefunden.«

»Und niemand hat Helene Petrovics Namen auf der Zahlungsanweisung von sechstausend Dollar in Frage gestellt, als sie reinkam?«

»Die Kopie der Manning-Kundenkarte in unseren Akten war manipuliert worden. Da steht: ›Zweite Rate für die Vermittlung von Dr. Henry Williams‹. Es war keine zweite Rate fällig.«

»Dann hat Collins sie also eindeutig nicht deshalb plaziert, damit er die Firma um sechstausend Dollar betrügen konnte.«

»Ich würde sagen, das ist doch klar.«

Als sie endlich gingen, versuchte Phillip Carter erfolglos, sich auf die Arbeit auf seinem Schreibtisch zu konzentrieren. Er hörte, wie das Telefon im Vorzimmer läutete. Jackie meldete sich über die Sprechanlage. Ein Reporter von einem Supermarkt-Klatschblatt sei am Apparat. Phillip lehnte barsch den Anruf ab, wobei ihm bewußt wurde, daß während des ganzen Tages nur Medienleute am Telefon gewesen waren. Collins and Carter hatte von keinem einzigen Kunden etwas gehört.

37

Meghan betrat um halb eins leise die Kirche St. Dominic's, mitten in der spärlich besuchten Messe für Helene Petrovic. Den Wünschen der Verstorbenen gemäß war es eine schlichte Zeremonie ohne Blumen oder Musik.

Ein Häufchen Nachbarn aus Lawrenceville war über den Raum verstreut, ebenso wie einige ältere Frauen von der

Rumänischen Gesellschaft. Stephanie saß neben dem Anwalt, und als sie die Kirche verließen, stellte sich Meghan vor. Die junge Frau schien erfreut, sie zu sehen.

»Lassen Sie mich eben den Leuten hier auf Wiedersehen sagen«, sagte sie, »und dann komme ich.«

Meghan sah, wie höflich Beileidswünsche zum Ausdruck gebracht wurden. Bei keinem der Anwesenden konnte sie echte Anzeichen von Trauer feststellen. Sie ging zu zwei Frauen hinüber, die gerade aus der Kirche gekommen waren. »Kannten Sie Helene Petrovic gut?« fragte sie.

»So gut wie alle hier«, erwiderte die eine der beiden zuvorkommend. »Ein paar von uns gehen öfter zusammen ins Konzert. Helene ist manchmal mitgekommen. Sie war ein Mitglied der Rumänischen Gesellschaft und wurde über all unsere Unternehmungen auf dem laufenden gehalten. Manchmal ist sie vorbeigekommen.«

»Aber nicht gerade häufig.«

»Nein.«

»Hatte sie irgendwelche wirklich engen Freunde?«

Die andere Frau schüttelte den Kopf. »Helene blieb für sich.«

»Wie stand's mit Männern? Ich bin Helene Petrovic begegnet. Sie war eine sehr attraktive Frau.«

Sie schüttelten beide den Kopf. »Falls sie irgendwelche Verehrer hatte, so hat sie nie einen Ton davon gesagt.«

Meghan bemerkte, daß Stephanie sich von dem letzten Trauergast verabschiedete. Als sie zu ihr hinüberging, hörte sie den Anwalt sagen: »Ich wünschte wirklich, Sie würden nicht mit dieser Reporterin sprechen. Ich würde Sie gerne nach Hause bringen oder zum Essen einladen.«

»Ich komm' schon zurecht.«

Meghan nahm die junge Frau am Arm, als sie gemeinsam die letzten Stufen hinunterschritten. »Ganz schön steil hier.«

»Und ich bin jetzt so unbeholfen. Ich stehe mir ständig selber im Weg.«

»Sie kennen sich hier besser aus«, sagte Meghan, als sie ins Auto stiegen. »Wohin würden Sie gerne mit mir zum Essen gehen?«

»Würde es Ihnen etwas ausmachen, wenn wir zum Haus zurückgehen? Die Leute haben so viel Essen dagelassen, und ich bin schrecklich müde.«

»Aber natürlich.«

Als sie im Haus ankamen, bestand Meghan darauf, daß sich Stephanie ausruhte, während sie selbst etwas zu essen machte. »Ziehen Sie die Schuhe aus und legen Sie die Füße auf der Couch hoch«, sagte sie energisch. »Wir haben zu Hause einen Gasthof, und ich bin dort in der Küche großgeworden. Ich bin es gewohnt, Essen herzurichten.«

Während sie Suppe aufwärmte und kaltes Hühnchen und Salat auf einem Teller arrangierte, betrachtete Meghan die Einrichtung. Die Küche hatte einen für französische Landhäuser typischen Dekor. Die gekachelten Wände und der Terrakottaboden waren zweifellos extra angefertigt worden. Die Küchengeräte waren erster Güte. Der runde Eichentisch und die Stühle waren Antiquitäten. Hier hatte man ganz offensichtlich viel Liebe – und Geld – hineingesteckt.

Sie aßen im Eßzimmer. Auch hier waren die gepolsterten Stühle um den schweren Tisch herum eindeutig kostspielig. Der Tisch glänzte von der Patina teurer alter Möbel. Wo das Geld dafür nur herstammte? fragte sich Meghan. Helene hatte als Kosmetikerin gearbeitet, bis sie die Sekretärinnenstelle in der Klinik in Trenton bekam, und von dort war sie dann zur Manning Clinic gegangen.

Meghan brauchte keine Fragen zu stellen. Stephanie war mehr als bereit, ihre Probleme zu erörtern. »Die verkaufen das Haus hier. All das Geld vom Verkauf und achthunderttausend Dollar kriegt die Klinik. Aber das ist so unfair. Meine Tante hat versprochen, daß sie ihr Testament ändert. Ich bin ihre einzige Verwandte. Deshalb hat sie mich ja auch herüberkommen lassen.«

»Was ist mit dem Vater des Babys?« fragte Meghan. »Man kann ihn dazu bringen, Ihnen zu helfen.«

»Er ist weggezogen.«

»Man kann ihn aufspüren. Hier bei uns in den Staaten gibt es Gesetze zum Schutz von Kindern. Wie heißt er denn?«

Stephanie zögerte. »Ich will nichts mit ihm zu tun haben.«

»Sie haben ein Recht darauf, unterstützt zu werden.«

»Ich geb' das Baby zur Adoption frei. Es ist die einzige Möglichkeit.«

»Es ist vielleicht nicht die einzige Möglichkeit. Wie heißt er, und wo haben Sie ihn kennengelernt?«

»Ich ... ich hab' ihn bei einer dieser rumänischen Gesellschaften in New York getroffen. Er heißt Jan. Helene hatte damals Kopfweh und ist früher gegangen. Er hat mir angeboten, mich heimzufahren.« Sie senkte den Kopf. »Ich rede nicht gern davon, wie blöde ich war.«

»Sind Sie öfter mit ihm ausgegangen?«

»Ein paarmal.«

»Und das mit dem Baby haben Sie ihm gesagt?«

»Er hat mich angerufen, daß er nach Kalifornien geht. Da hab' ich's ihm dann gesagt. Er hat behauptet, das sei mein Problem.«

»Wann war das?«

»Im März.«

»Was hat er für einen Beruf?«

»Er ist ... Mechaniker. Bitte, Miss Collins, ich will wirklich nichts mit ihm zu tun haben. Wollen denn nicht viele Leute Babys haben?«

»Ja, das schon. Aber das habe ich doch gemeint, als ich sagte, ich könnte Ihnen vielleicht helfen. Wenn wir Jan finden, muß er das Baby unterhalten und Ihnen wenigstens so lange helfen, bis Sie einen Job kriegen.«

»Bitte lassen Sie ihn in Ruhe. Ich habe Angst vor ihm. Er war so wütend.«

»Wütend, weil Sie ihm gesagt haben, daß er der Vater Ihres Kindes ist?«

»Hören Sie doch auf, mich nach ihm zu fragen!« Stephanie schob ihren Stuhl vom Tisch weg. »Sie haben gesagt, Sie wollten mir helfen. Gut, dann finden Sie Leute, die das Baby nehmen und mir etwas Geld geben.«

Meghan sagte reumütig: »Entschuldigung, Stephanie. Ich bin bestimmt nicht hierhergekommen, um Sie aufzuregen. Wie wär's mit einer Tasse Tee. Ich räum' später ab.«

Im Wohnzimmer stopfte sie ein zusätzliches Kissen hinter Stephanies Rücken und zog einen Fußschemel für ihre Füße heran.

Stephanie lächelte zur Entschuldigung. »Sie sind sehr nett. Ich war grob vorhin. Das liegt einfach daran, daß so viel so schnell passiert ist.«

»Stephanie, was Sie jetzt brauchen, ist jemand, der für Sie bei der Einwanderungsbehörde bürgt, bis Sie einen Job haben. Ihre Tante muß doch *einen* Freund oder *eine* Freundin gehabt haben, der Ihnen helfen könnte.«

»Sie meinen, wenn einer ihrer Freunde für mich bürgt, könnte ich vielleicht hierbleiben.«

»Ja. Gibt es denn niemanden, der Ihrer Tante eine Gefälligkeit schuldig ist?«

Stephanies Miene hellte sich auf. »Oh, doch, da gibt es vielleicht wirklich jemand. Danke, Meghan.«

»Wer ist es denn?« fragte Meghan schnell.

»Ich täusche mich vielleicht«, erwiderte Stephanie, plötzlich nervös. »Ich muß mir's überlegen.«

Sie war nicht bereit, mehr von sich zu geben.

Es war zwei Uhr. Bernie hatte vormittags ein paar Fahrten vom Flughafen La Guardia aus ergattert und dann einen Fahrgast vom Kennedy Airport nach Bronxville chauffiert.

Er hatte nicht die Absicht, heute nachmittag nach Connecticut zu fahren. Doch als er von der Cross County hinunterfuhr, ertappte er sich dabei, daß er nach Norden abbog. Er mußte einfach wieder nach Newtown zurück.

In der Einfahrt zu Meghans Haus stand kein Auto. Er ließ den Wagen um die Straßenbiegung in die Sackgasse rollen, wendete dann. Der Junge mit dem Hund war nirgends zu sehen. Das war gut so. Er wollte unbemerkt bleiben.

Er fuhr wieder an Meghans Haus vorbei. Er durfte sich dort nicht aufhalten.

Er fuhr am Drumdoe Inn vorbei. Warte mal, überlegte er. Das ist doch der Schuppen, der ihrer Mutter gehört. Das hatte er am Tag zuvor in der Zeitung gelesen. Im Handumdrehen hatte er gewendet und war auf den Parkplatz gefahren. Da muß es doch eine Bar geben, dachte er. Vielleicht kann ich ein Bier trinken und sogar ein Sandwich bestellen.

Und wenn Meghan da war? Er würde ihr dieselbe Geschichte erzählen, die er auch sonst verwendete, nämlich, daß er für einen Lokalsender in Elmira arbeitete. Es gab keinen Grund, weshalb sie ihm nicht glauben sollte.

Die Eingangshalle im Gasthaus war von mittlerer Größe und hatte getäfelte Wände und einen blau-rot karierten Teppichboden. Es war niemand am Empfang. Rechts konnte er ein paar Leute im Speisezimmer sehen und junge Kellner beim Tischabräumen. Na ja, die Lunchzeit war so gut wie vorbei, dachte er. Die Bar lag links von ihm. Er konnte sehen, daß niemand drin war, außer dem Barkeeper. Er ging hinein, setzte sich auf einen Barhocker, bestellte ein Bier und fragte nach der Karte.

Nachdem er sich für einen Hamburger entschieden hatte, begann er sich mit dem Barkeeper zu unterhalten. »Ist gemütlich hier.«

»Ja, wirklich«, bestätigte der Barkeeper.

Der Typ hatte ein Namensschildchen, auf dem »Joe« stand; seinem Aussehen nach mußte er um die Fünfzig sein. Die Lokalzeitung lag im Hintergrund. Bernie wies darauf.

»Ich hab' die Zeitung von gestern gelesen. Sieht so aus, als ob die Familie, der das hier gehört, ganz schöne Probleme hat.«

»Weiß Gott«, stimmte Joe zu. »Wirklich eine Schande. Mrs. Collins ist die netteste Frau, die man sich vorstellen kann, und ihre Tochter Meg ist echt ein Schatz.«

Zwei Männer kamen herein und setzten sich ans Ende der Bar. Joe bediente sie und blieb bei ihnen stehen, um mit ihnen zu plaudern. Bernie sah sich um, während er seinen Hamburger und das Bier verputzte. Die Hinterfenster gingen auf den Parkplatz hinaus. Dahinter lag ein Waldgebiet, das sich bis hinter das Haus der Collins erstreckte.

Bernie hatte eine gute Idee. Wenn er abends hierherfuhr, dann konnte er sein Auto bei den übrigen Wagen der Abendgäste auf dem Parkplatz abstellen und sich in den Wald schleichen. Vielleicht konnte er von dort aus Meghan in ihrem Haus aufnehmen. Er hatte ein Zoomobjektiv. Das müßte ganz leicht sein.

Bevor er ging, fragte er Joe, ob sie eine Parkaufsicht hätten.

»Bloß Freitag und Samstag abends«, antwortete Joe.

Bernie nickte. Er beschloß, am Sonntag abend wiederzukommen.

Meghan verließ Stephanie Petrovic um zwei Uhr. An der Tür sagte sie: »Ich bleibe mit Ihnen in Verbindung, und ich möchte Bescheid wissen, wenn Sie ins Krankenhaus gehen. Es ist hart, das erste Kind zu kriegen, ohne jemanden, der einem nahesteht.«

»Ich hab' auch allmählich Angst davor«, gab Stephanie zu. »Meine Mutter hatte es schwer, als ich geboren wurde. Ich will einfach, daß es vorbei ist.«

Der Anblick des bekümmerten jungen Gesichts ließ Meghan nicht los. Warum war Stephanie so hartnäckig gegen jeden Versuch, vom Vater Unterstützung für das Kind zu bekommen? Wenn sie natürlich fest dazu entschlossen war, das Baby zur Adoption freizugeben, dann erübrigte sich die Frage wohl.

Es gab noch etwas anderes, was Meghan erledigen wollte, bevor sie heimfuhr. Trenton lag nicht weit von Lawrenceville entfernt, und Helene Petrovic hatte dort als Sekretärin im Dowling Center gearbeitet, einem Institut für künstliche Fortpflanzung. Vielleicht erinnerte sich dort noch jemand an die Frau, obwohl sie vor sechs Jahren von dort weg und zur Manning Clinic gegangen war. Meghan wollte unbedingt mehr über sie herausfinden.

Das Dowling Assisted Reproduction Center war in einem kleinen Nebengebäude des Valley Memorial Hospital untergebracht. Im Empfangsraum standen nur ein Schreibtisch und ein Stuhl. Ganz offensichtlich ließ sich diese Einrichtung nicht mit der Manning Clinic vergleichen.

Meghan zeigte ihren PCD-Ausweis nicht vor. Sie war nicht als Reporterin hier. Als sie der Sprechstundenhilfe erklärte, sie wolle gern mit jemandem über Helene Petrovic sprechen, änderte sich die Miene der Frau. »Wir haben nichts mehr zu dieser Angelegenheit zu sagen. Mrs. Petrovic hat hier drei Jahre lang als Sekretärin gearbeitet. Sie hatte nichts mit irgendwelchen medizinischen Abläufen zu tun.«

»Das glaube ich Ihnen«, sagte Meghan. »Aber man macht meinen Vater dafür verantwortlich, daß sie die Position in der Manning Clinic bekam. Ich muß mit jemandem reden, der sie gut gekannt hat. Ich muß herausfinden, ob die Firma meines Vaters je ein Empfehlungsschreiben angefordert hat.«

Die Frau schien zu zögern.

»Bitte«, sagte Meghan leise.

»Ich schau mal nach, ob die Direktorin Zeit hat.«

Die Direktorin war eine attraktive grauhaarige Frau von etwa fünfzig. Als Meghan in ihr Büro geleitet wurde, stellte sie sich als Dr. Keating vor. »Ich bin ein Dr. phil., keine Ärztin«, sagte sie flott. »Ich habe mit der geschäftlichen Seite des Instituts zu tun.«

Sie hatte Helene Petrovics Akte in ihrem Schubfach. »Die Staatsanwaltschaft von Connecticut hat vor zwei Tagen eine Kopie davon angefordert«, erklärte sie.

»Macht es Ihnen etwas aus, wenn ich mir Notizen mache?« fragte Meghan.

»Nicht im geringsten.«

Die Akte enthielt Informationen, wie sie in den Zeitungen gestanden hatten. In ihrem Bewerbungsschreiben für das Dowling Center war Helene Petrovic bei der Wahrheit geblieben. Sie hatte sich um eine Sekretariatsstelle bemüht und dazu ihre Arbeitserfahrung als Kosmetikerin und ihren kürzlich erworbenen Abschluß an der Woods Secretarial School in New York angeführt.

»Ihre Angaben erwiesen sich als richtig«, sagte Dr. Keating. »Sie machte einen guten Eindruck und hatte eine angenehme Art. Ich habe sie eingestellt und war während der drei Jahre, die sie hier war, sehr zufrieden mit ihr.«

»Hat sie Ihnen gesagt, als sie wegging, daß sie zur Manning Clinic geht?«

»Nein. Sie gab an, sie wolle wieder eine Stelle als Kosmetikerin in New York annehmen. Sie hat gesagt, eine Freundin sei dabei, einen neuen Salon zu eröffnen. Deshalb fanden wir es auch nicht merkwürdig, daß wir nie um ein Empfehlungsschreiben gebeten wurden.«

»Dann hatten Sie nichts mit Collins and Carter Executive Search zu tun?«

»Nein, in keiner Weise.«

»Frau Dr. Keating, Mrs. Petrovic hat es fertiggebracht, die medizinische Belegschaft in der Manning Clinic an der Nase herumzuführen. Woher, glauben Sie, hatte sie die Kenntnisse über den richtigen Umgang mit kältekonservierten Embryos?«

Dr. Keating machte ein nachdenkliches Gesicht. »Wie ich den Ermittlern aus Connecticut gesagt habe, war Helene von Medizin fasziniert und insbesondere von der Art, wie sie hier praktiziert wird, den Methoden der künstlichen Fortpflanzung. Sie las gern die medizinischen Bücher, wenn es nicht so viel Arbeit gab, und ist häufig ins Labor gegangen und hat sich angeschaut, was dort vor sich ging. Ich sollte wohl hinzufügen, daß sie das Labor nie hätte allein betreten dürfen. Um es genau zu sagen, lassen wir nie weniger als mindestens zwei qualifizierte Mitarbeiter gleichzeitig dort hinein. Es ist eine Art Sicherheitssystem. Ich finde, es sollte in jeder Einrichtung dieser Art vorgeschrieben sein.«

»Dann glauben Sie also, daß sie sich ihre medizinischen Kenntnisse durch Beobachtung und Lektüre erworben hat?«

»Es ist kaum vorstellbar, daß jemand, der keine Gelegenheit zu praktischer Arbeit unter Anleitung hatte, selbst Experten zu täuschen fähig wäre, aber es ist die einzige Erklärung, die ich habe.«

»Frau Dr. Keating, ich bekomme ständig zu hören, daß Helene Petrovic sehr nett war, einen guten Ruf hatte, aber eine Einzelgängerin war. Traf das auch hier zu?«

»Würde ich wohl sagen. Soweit ich weiß, hatte sie nie privaten Umgang mit den anderen Sekretärinnen oder jemandem aus der Belegschaft hier.«

»Keine Männer in ihrem Leben?«

»Ich weiß es nicht ganz sicher, aber ich hab' immer vermutet, daß sie mit jemandem aus dem Krankenhaus etwas hatte. Es kam mehrmals vor, daß eines der Mädchen das Telefon für sie annahm, als sie vom Schreibtisch weg war. Sie fingen an sie aufzuziehen, wer denn ihr Dr. Kildare sei. Offenbar hieß es, sie solle eine Durchwahl im Krankenhaus anrufen.«

»Sie wüßten nicht zufällig, welche Nummer?«

»Das ist jetzt über sechs Jahre her.«

»Ja, natürlich.« Meghan stand auf. »Frau Dr. Keating, Sie waren so entgegenkommend. Darf ich Ihnen meine Telefonnummer geben, nur falls Ihnen irgend etwas einfällt, was mir vielleicht weiterhelfen könnte?«

Dr. Keating streckte ihre Hand aus. »Mir sind die Umstände bekannt, Miss Collins. Ich würde Ihnen wirklich gerne helfen.«

Als sie in ihren Wagen stieg, warf Meghan einen Blick auf den beeindruckenden Bau des Valley Memorial Hospital. Zehn Etagen hoch, halb so lang wie ein Cityblock, Hunderte von Fenstern, aus denen jetzt am Spätnachmittag Lichter zu schimmern begannen.

War es möglich, daß hinter einem dieser Fenster ein Arzt steckte, der Helene Petrovic geholfen hatte, ihr gefährliches Täuschungsmanöver zu perfektionieren?

Meghan schwenkte gerade auf die Route 7 ein, als die Fünf-Uhr-Nachrichten kamen. Sie lauschte dem Bericht des WPCD-Radiosenders: »Von Staatsanwalt John Dwyer haben wir die Bestätigung, daß das Fahrzeug, das Edwin Collins am Abend der Katastrophe auf der Tappan Zee Bridge im vergangenen Januar fuhr, vor der Wohnung seiner Tochter in Manhattan aufgefunden wurde. Ballistischen Untersuchungen zufolge war Collins' Pistole, die im Auto gefunden wurde, die Mordwaffe, durch die Helene Petrovic starb; sie war die Laborangestellte, deren gefälschte Zeugnisse er in der Manning Clinic eingereicht haben soll. Soeben wurde Haftbefehl gegen Edwin Collins wegen Mordverdacht erlassen.«

38

Dr. Manning verließ Freitag nachmittag um fünf Uhr die Klinik. Drei neue Patientinnen hatten ihre Termine abgesagt, und etwa fünf oder sechs besorgte Mütter und Väter hatten angerufen und sich nach DNS-Untersuchungen erkundigt, um sich zu vergewissern, daß ihre Kinder auch wirklich von ihnen abstammten. Dr. Manning wußte, daß ein einziger nachgewiesener Fall von Verwechslung genügen würde, jede Frau zu alarmieren, die dank der Behandlung in der Klinik ein Kind bekommen hatte. Er hatte genug gute Gründe, den nächsten paar Tagen mit Bangen entgegenzusehen.

Niedergeschlagen fuhr er die dreizehn Kilometer zu sich nach Hause in South Kent. Es war solch ein Jammer, so ein verdammter Jammer, dachte er. Zehn Jahre harter Arbeit und landesweites Ansehen praktisch über Nacht zuschanden. Vor weniger als einer Woche noch hatte er das jährliche Wiedersehenstreffen gefeiert und sich auf seinen Ruhestand gefreut. An seinem siebzigsten Geburtstag im vergangenen Januar hatte er angekündigt, daß er nur noch ein Jahr auf seinem Posten bleiben werde.

Am meisten ärgerte ihn die Erinnerung daran, daß Edwin Collins damals, nachdem er einen Bericht über die Geburtstagsfeier und seine Ruhestandsabsichten gelesen hatte, angerufen und sich erkundigt hatte, ob Collins and Carter der Manning Clinic erneut zu Diensten sein dürfe!

Freitag abend, als Dina Anderson ihren dreijährigen Sohn zu Bett brachte, umarmte sie ihn heftig. »Jonathan, ich glaube dein Zwillingsbruder wartet nicht bis Montag, um zur Welt zu kommen«, sagte sie zu ihm.

»Wie steht's jetzt, Schatz?« fragte ihr Mann, als sie die Treppe herunterkam.

»Alle fünf Minuten.«

»Ich ruf' lieber den Arzt an.«

»Jonathan und ich vor der Kamera, wie wir Ryans Zimmer herrichten, das können wir damit wohl vergessen.« Sie zuckte zusammen. »Sag lieber meiner Mutter, sie soll gleich herüberkommen, und sag dem Arzt, daß ich auf dem Weg ins Krankenhaus bin.«

Eine halbe Stunde später wurde Dina Anderson im Danbury Medical Center untersucht. »Halten Sie das für möglich, aber jetzt haben die Wehen aufgehört?« sagte sie widerwillig.

»Wir behalten Sie hier«, teilte ihr der Gynäkologe mit. »Wenn in der Nacht nichts in Gang kommt, machen wir morgen früh einen Tropf zur Einleitung der Wehen. Sie können jetzt eigentlich nach Hause gehen, Don.«

Dina zog das Gesicht ihres Mannes für einen Kuß zu sich herab. «Schau nicht so besorgt, Daddy. Ach, und du rufst doch Meghan Collins an und sagst ihr, daß Ryan wahrscheinlich schon morgen ankommt. Sie möchte dabeisein und ihn aufnehmen, sobald er in der Säuglingsstation ist. Vergiß nicht die Bilder von Jonathan mitzubringen, von kurz nach seiner Geburt. Sie will sie mit dem Baby zeigen, damit jeder sehen kann, daß sie genau gleich aussehen. Und gib Dr. Manning Bescheid. Er ist so lieb. Er hat sich heute erkundigt, wie's mir geht.«

Am nächsten Morgen waren Meghan und ihr Kameramann Steve in der Eingangshalle des Krankenhauses und warteten auf die Nachricht von Ryans Geburt. Donald Anderson hatte ihnen Fotos von Jonathan als Neugeborenem gegeben. Sobald das Baby in der Säuglingsstation war, durften sie den Kleinen aufnehmen. Jonathan würde mit Dinas Mutter in die Klinik kommen, und so hatten sie dann Gelegenheit, die gesamte Familie kurz vor die Linse zu bekommen.

Mit Reporteraugen verfolgte Meghan den Betrieb in der Halle. Eine junge Mutter wurde mit ihrem Säugling im Arm von einer Schwester zum Ausgang gefahren. Ihr Mann folgte, im Kampf mit Koffern und Blumengebinden. An einem der Sträuße baumelte ein Ballon mit der Aufschrift: »Es ist ein Mädchen!«

Ein erschöpft wirkendes Paar trat aus dem Aufzug, an den Händen ein vierjähriges Kind mit einem Arm in Gips und einem Verband um den Kopf. Eine Schwangere durchschritt die Halle und ging durch eine Tür, auf der *Aufnahme* stand.

Beim Anblick dieser Familien fühlte sich Meghan an Kyle erinnert. Was für eine Mutter brachte es nur fertig, ein sechs Monate altes Baby im Stich zu lassen?

Der Kameramann musterte die Bilder von Jonathan. »Ich nehm' dann denselben Winkel«, sagte er. »Schon irgendwie komisch, wenn man genau zu wissen glaubt, wie das Baby aussehen wird.«

»Sieh mal«, sagte Meghan. »Da kommt Dr. Manning eben herein. Ich frage mich, ob er wegen der Andersons da ist.«

Weiter oben im Entbindungsraum zauberte lautes Geschrei ein Lächeln auf die Gesichter der Ärzte, Schwestern und der Andersons. Blaß und erschöpft, blickte Dina Anderson zu ihrem Mann auf und sah den Schock in seiner Miene. Aufgeregt schob sie sich auf einen Ellbogen hoch. »Ist er okay?« rief sie. »Ich will ihn sehen.«

»Er ist völlig in Ordnung«, erwiderte der Arzt und hielt den kreischenden Säugling mit dem Büschel leuchtendroten Haares hoch.

»Das ist nicht Jonathans Zwillingsbruder!« schrie Dina. »Wessen Baby hab' ich da ausgetragen?«

39

»Immer regnet's am Samstag«, meckerte Kyle, während er ein Programm nach dem anderen am Fernsehapparat ausprobierte. Er saß im Schneidersitz auf dem Teppich, Jake neben sich.

Mac war in die Morgenzeitung versunken. »Nicht immer«, sagte er geistesabwesend. Er warf einen Blick auf seine Uhr. Es war beinahe zwölf. »Mach mal Channel 3 an. Ich will die Nachrichten sehen.«

»Okay.« Kyle drückte auf die Fernbedienung. »Guck mal, da ist Meg!«

Mac ließ die Zeitung fallen. »Mach lauter.«

»Du sagst immer, ich soll's leiser machen.«

»Kyle!«

»Okay. Okay.«

Meg stand in der Eingangshalle eines Krankenhauses. »Der Fall der Manning Clinic hat eine erschreckende neue Wendung genommen. Nach dem Mord an Helene Petrovic und der Enthüllung ihrer gefälschten Zeugnisse ist die Sorge wach geworden, daß die verstorbene Mrs. Petrovic ernsthafte Fehler im Umgang mit den kältekonservierten Embryos begangen haben könnte. Vor einer Stunde wurde hier im Danbury Medical Center ein Kind geboren, das nach allgemeiner Erwartung der Klon seines dreijährigen Bruders sein sollte.«

Mac und Kyle sahen zu, wie der Bildausschnitt größer wurde.

»Hier neben mir ist Dr. Allan Neitzer, der Gynäkologe, der soeben Dina Anderson von einem Sohn entbunden hat. Dr. Neitzer, können Sie uns etwas zu dem Baby sagen?«

»Der Säugling ist ein gesunder, prächtiger Junge von siebeneinviertel Pfund.«

»Aber er ist nicht der eineiige Zwillingsbruder des dreijährigen Anderson-Sohns?«

»Nein, das ist er nicht.«

»Ist er das biologische Kind von Dina Anderson?«

»Das können nur DNS-Analysen bestimmen.«

»Wie lange wird das dauern?«

»Vier bis sechs Wochen.«

»Wie reagieren die Andersons darauf?«

»Sehr bestürzt. Sehr besorgt.«

»Dr. Manning war hier. Er ging nach oben, bevor wir mit ihm sprechen konnten. Hat er die Andersons getroffen?«

»Dazu kann ich nichts sagen.«

»Vielen Dank, Dr. Neitzer.« Meghan wandte sich der Kamera direkt zu. »Wir sind hier, um die weitere Entwicklung dieser Geschichte zu verfolgen. Zurück zu Ihnen ins Studio, Mike.«

»Mach's aus, Kyle.«

Kyle drückte auf die Fernbedienung, und der Bildschirm wurde leer.

»Was bedeutet das?«

Das bedeutet große Probleme, dachte Mac. Wie viele weitere Irrtümer hatte Helene Petrovic in der Manning Clinic begangen? Welcher Art sie auch waren, man würde zweifellos Edwin Collins ganz genauso dafür verantwortlich machen. »Das ist ziemlich kompliziert, Kyle.«

»Stimmt mit Meg irgendwas nicht?«

Mac betrachtete das Gesicht seines Sohnes. Das sandfarbene Haar, das seinem eigenen so ähnelte und nie an Ort und Stelle blieb, fiel ihm in die Stirn. Die braunen Augen, die er von Ginger geerbt hatte, hatten ihr übliches fröhliches Funkeln verloren. Von der Augenfarbe abgesehen, war Kyle ein waschechter MacIntyre. Wie mußte es wohl sein, wenn man seinem Sohn ins Gesicht sah und sich klarmachte, daß er einem vielleicht gar nicht gehörte?

Er legte einen Arm um Kyle. »In letzter Zeit hat Meg es schwer gehabt. Deswegen sieht sie bekümmert aus.«

»Außer dir und Jake ist sie mein bester Kumpel«, sagte Kyle ernst.

Bei der Erwähnung seines Namens schlug Jake mit dem Schwanz.

Mac lächelte resigniert. »Meg wird bestimmt geschmeichelt sein, wenn sie das hört.« Nicht zum erstenmal in den letzten paar Tagen stellte er sich die Frage, ob er durch seine idiotische Blindheit für seine eigenen Gefühle Meg gegenüber in ihren Augen für immer in den Rang eines guten Freundes und Kameraden verbannt war.

Meghan und der Kameramann saßen in der Lobby des Danbury Medical Center. Steve schien zu wissen, daß Meg nicht nach Reden zumute war. Weder Donald Anderson noch Dr. Manning war heruntergekommen.

»Schau mal da, Meg«, sagte Steve plötzlich, »ist das nicht der andere Anderson-Sohn?«

»Ja, stimmt. Das da neben ihm muß seine Großmutter sein.«

Sie sprangen beide auf, folgten ihnen durch die Halle und holten sie am Aufzug ein. Meg stellte das Mikrophon an. Steve fuhr die Kamera ab.

»Könnten Sie vielleicht einen Moment mit uns sprechen?«, fragte Meghan die Frau. »Sind Sie nicht Dina Andersons Mutter und Jonathans Großmutter?«

»Ja, das ist richtig.« Ihre wohlmodulierte Stimme klang gepeinigt. Silberfarbenes Haar umgab ein beunruhigtes Gesicht.

Ihr Gesichtsausdruck verriet Meghan, daß die Frau über die Lage informiert war.

»Haben Sie seit der Geburt des Babys schon mit Ihrer Tochter oder Ihrem Schwiegersohn geredet?«

»Mein Schwiegersohn hat mich angerufen. Bitte! Wir wollen jetzt nach oben. Meine Tochter braucht mich.« Sie trat in den Lift, wobei sie die Hand des kleinen Jungen fest umklammert hielt.

Meghan versuchte nicht, sie aufzuhalten.

Jonathan trug eine blaue Jacke, die dem Blau seiner Augen entsprach. Seine Wangen setzten einen rosigen Akzent auf seiner hellen Gesichtshaut. Seine Kapuze war unten, und Regentropfen saßen wie Perlen auf seinem weißblonden Haar, das im Stil von Buster Brown gekämmt war. Er lächelte und winkte. »Bye-bye«, rief er, während sich die Tür des Aufzugs zu schließen begann.

»Das ist vielleicht ein hübscher Junge«, bemerkte Steve.

»Er ist wunderschön«, pflichtete Meghan bei.

Sie kehrten zu ihren Sitzplätzen zurück. »Glaubst du, daß Manning ein Statement abgibt?« fragte Steve.

»Wenn ich Dr. Manning wäre, würde ich mit meinen Anwälten reden.« Und die Firma Collins and Carter wird auch ihre Anwälte nötig haben, dachte sie.

Meghans Piepser meldete sich. Sie zog ihr Mobiltelefon hervor, rief in der Nachrichtenredaktion an und erfuhr, Tom Weicker wolle mit ihr sprechen. »Wenn Tom am Samstag im Büro ist, dann ist etwas los«, murmelte sie.

Es war etwas los. Weicker kam sofort zur Sache. »Meg, Dennis Cimini ist auf dem Weg, Sie abzulösen. Er hat einen Hubschrauber genommen, sollte also bald da sein.«

Sie war nicht überrascht. Aus der Sondersendung über eineiige, im Abstand von drei Jahren geborene Zwillinge war eine viel größere Geschichte geworden. Sie war jetzt mit dem Skandal um die Manning Clinic und mit der Ermordung Helene Petrovics verquickt.

»Ist gut, Tom.« Sie spürte, daß das nicht alles war.

»Meg, Sie haben die Behörden von Connecticut über die Tote, die Ihnen ähnlich sieht, informiert, und über die Tatsache, daß sie eine Notiz mit der Handschrift Ihres Vaters in der Tasche hatte.«

»Ich fand, daß ich's ihnen sagen mußte. Ich war überzeugt, daß sich die New Yorker Polizei deshalb eh früher oder später mit Ihnen in Verbindung setzen würde.«

»Da war irgendwo eine undichte Stelle. Sie haben auch herausgefunden, daß Sie wegen einer DNS-Untersuchung zum Leichenschauhaus gegangen sind. Wir müssen die Sache sofort bringen. Die anderen Sender haben's auch.«

»Ich verstehe, Tom.«

»Meg, bis auf weiteres sind Sie beurlaubt. Mit Gehaltsfortzahlung natürlich.«

»Ist gut.«

»Tut mir leid, Meg.«

»Ich weiß schon. Danke.« Sie unterbrach die Verbindung. Dennis Cimini kam gerade durch die Drehtür in die Halle herein. »Das ist es dann wohl. Man sieht sich, Steve.« Sie hoffte, daß er ihr die bittere Enttäuschung nicht ansehen konnte.

40

Demnächst sollte eine Auktion von Landbesitz, der nahe der Grenze zu Rhode Island lag, stattfinden. Phillip Carter hatte die Absicht, sich die Sache anzuschauen.

Er brauchte einen Tag ohne Büro und die unzähligen Probleme der vergangenen Woche. Permanent waren die Medien im Haus. Die Ermittlungsbeamten gingen ein und aus. Der Moderator einer Talkshow hatte ihn doch tatsächlich aufgefordert, an einer Sendung über Leute, die vermißt waren, teilzunehmen.

Victor Orsini hatte nicht danebengegriffen mit seiner Bemerkung, daß jedes Wort, das über Helene Petrovics betrügerische Unterlagen gesprochen oder gedruckt wurde, einen weiteren Nagel im Sarg von Collins and Carter bedeutete.

Samstags kurz vor zwölf war Carter an seiner Haustür, als das Telefon klingelte. Er war sich unschlüssig, ob er rangehen wollte, nahm dann aber den Hörer ab. Es war Orsini.

»Phillip, ich hatte gerade den Fernseher an. Jetzt ist der Teufel los. Der erste erwiesene Fehler von Helene Petrovic in der Manning Clinic ist gerade geboren worden.«

»Was soll denn das heißen?«

Orsini erläuterte die Sache. Phillip lief es beim Zuhören kalt den Rücken hinunter.

»Das ist erst der Anfang«, sagte Orsini. »Wie hoch ist die Firma versichert, um das abzudecken?«

»So eine hohe Versicherung gibt's in der ganzen Welt nicht, um das zu decken«, erklärte Carter ruhig, während er auflegte.

Da glaubt man, man hätte alles unter Kontrolle, dachte er, aber es haut nie hin. Panik war kein Gefühl, das ihm vertraut war, doch mit einemmal brachen die Ereignisse immer bedrohlicher über ihn herein.

Im nächsten Augenblick mußte er an Catherine und Meghan denken. Eine geruhsame Fahrt aufs Land kam jetzt nicht mehr in Frage. Er würde Meg und Catherine später anrufen. Vielleicht konnte er mit ihnen zusammen zu Abend essen. Er wollte wissen, was sie machten, was ihnen durch den Kopf ging.

Als Meg um halb zwei nach Hause kam, hatte Catherine das Mittagessen bereitstehen. Sie hatte die Nachrichtensendung über den Stand der Dinge im Krankenhaus gesehen.

»Das war vermutlich mein letzter Bericht für Channel 3«, stellte Meg ruhig fest.

Zu sehr mit ihren Gedanken beschäftigt, um zu sprechen, aßen die beiden Frauen für eine Weile wortlos. Dann sagte

Meg: »Mom, so schlecht du selber dran bist, kannst du dir vorstellen, wie sich die Frauen fühlen, die in der Manning Clinic eine künstliche Befruchtung hatten? Nach dieser Verwechslung im Fall der Andersons wird es jetzt keine einzige unter ihnen geben, die nicht daran zweifelt, ob sie ihren eigenen Embryo eingesetzt bekam. Und was passiert dann, wenn ein Fehler zurückverfolgt werden kann und eine biologische und eine Leihmutter beide auf dasselbe Kind Anspruch erheben?«

»Ich kann mir lebhaft vorstellen, wie das wäre.«

Catherine Collins griff quer über den Tisch nach Megs Hand. »Meggie, ich lebe jetzt schon seit neun Monaten in einem solchen Wechselbad der Gefühle, daß ich nicht mehr weiß, wo vorne und hinten ist.«

»Mom, ich weiß, was das alles für dich heißt.«

»Hör mal her. Ich hab' keine Ahnung, wie das alles noch enden soll, aber eines weiß ich bestimmt. *Ich darf dich nicht verlieren!* Wenn jemand dieses arme Mädchen verwechselt und an deiner Stelle getötet hat, kann sie mir nur von ganzem Herzen leid tun, während ich Gott auf den Knien dafür danke, daß du es bist, die lebt.«

Sie sprangen beide auf, als es an der Haustür läutete.

»Ich geh' schon«, sagte Meg.

Es war ein eingeschriebenes Päckchen für Catherine. Sie riß es auf. Eine Karte und ein kleines Kästchen waren darin. Sie las die Mitteilung laut vor: »Liebe Mrs. Collins, ich schicke Ihnen den Ehering Ihres Mannes zurück. Ich habe selten eine solche Gewißheit verspürt wie in dem Moment, als ich Kommissar Bob Marron mitteilte, daß Edwin Collins vor vielen Monaten gestorben ist.

Meine Gedanken und Gebete begleiten Sie.

Fiona Campbell Black.«

Meghan bemerkte, daß sie froh war, anzusehen, wie Tränen etwas von dem Schmerz wegspülten, der sich in das Gesicht ihrer Mutter eingegraben hatte.

Catherine nahm den schmalen Goldring aus dem Kästchen und umschloß ihn mit ihrer Hand.

41

Spät am Nachmittag im Danbury Medical Center döste eine mit Medikamenten beruhigte Dina Anderson im Bett, den schlafenden Jonathan neben sich. Ihr Mann und ihre Mutter saßen still an ihrer Seite. Der Gynäkologe, Dr. Neitzer, kam zur Tür und winkte Don zu sich.

Er trat in den Gang hinaus. »Ein Ergebnis?«

Der Arzt nickte. »Ein gutes, hoffe ich doch. Nachdem wir die Blutgruppe von Ihnen, Ihrer Frau, Jonathan und dem Baby überprüft haben, stellen wir fest, daß der Kleine durchaus Ihr biologisches Kind sein könnte. Sie sind A-positiv, Ihre Frau ist 0-negativ, das Baby ist 0-positiv.«

»Jonathan ist A-positiv.«

»Genau, denn das ist die andere Blutgruppe, die bei einem Kind von Eltern, die A-positiv und 0-negativ sind, möglich ist.«

»Ich weiß nicht recht, was ich denken soll«, sagte Don. »Dinas Mutter schwört darauf, daß der Kleine wie ihr eigener Bruder aussieht, als er geboren wurde. In dem Zweig der Familie gibt es rote Haare.«

»Die DNS-Untersuchung wird absolut sicher klären, ob das Baby nun Ihr biologisches Kind ist oder nicht, aber das dauert mindestens vier Wochen.«

»Und was machen wir in der Zwischenzeit?« fragte Don erregt. »Uns daran gewöhnen, es liebgewinnen und dann vielleicht herausfinden, daß wir es jemand anders von der Manning Clinic geben müssen? Oder sollen wir es etwa in der Säuglingsstation liegenlassen, bis wir wissen, ob es nun unseres ist oder nicht?«

»Es ist für kein Baby in den ersten Lebenswochen gut, auf der Station zu bleiben«, antwortete Dr. Neitzer. »Selbst unsere schwerkranken Säuglinge werden so weit wie möglich von ihren Müttern und Vätern versorgt. Und Dr. Manning sagt –«

»Was Dr. Manning sagt, ist mir piepegal!« unterbrach ihn Don. »Alles, was ich je zu hören bekam, seit der Embryo sich vor fast vier Jahren geteilt hat, war, daß sich der Embryo von

Jonathans Zwillingsbruder in einem eigens markierten Reagenzglas befand.«

»Don, wo bist du?« rief eine schwache Stimme.

Anderson und Dr. Neitzer gingen in das Krankenzimmer zurück. Dina und Jonathan waren beide wach. Sie sagte: »Jonathan will seinen Bruder sehen.«

»Schatz, ich weiß nicht recht ...«

Dinas Mutter stand auf und blickte voller Hoffnung auf ihre Tochter.

»Ich schon. Ich gebe Jonathan recht. Ich hab' dieses Baby neun Monate lang getragen. In den ersten drei hatte ich Blutungen und eine Todesangst, ich könnte es verlieren. Als ich es zum erstenmal spüren konnte, war ich so glücklich, daß ich geheult hab'. Ich liebe Kaffee und konnte keinen einzigen Schluck trinken, weil dieser Kleine keinen Kaffee mag. Er hat mich dermaßen geboxt, daß ich seit drei Monaten nicht mehr anständig schlafen konnte. Ob er nun mein biologisches Kind ist oder nicht, ich hab' ihn mir weiß Gott verdient und ich will ihn.«

»Schatz, Dr. Neitzer hat gesagt, daß die Blutproben dafür sprechen, daß es wahrscheinlich unser Kind ist.«

»Das ist gut. Also sorg jetzt bitte dafür, daß mir jemand mein Baby bringt.«

Um halb drei betrat Dr. Manning, von seinem Anwalt und einem Vertreter des Krankenhauses begleitet, den Versammlungsraum der Klinik.

Der Bevollmächtigte des Krankenhauses sprach in einem Ton, der keinen Widerspruch duldete: »Dr. Manning wird eine vorbereitete Erklärung abgeben. Er wird keine Fragen beantworten. Danach bitte ich Sie alle, das Haus zu verlassen. Die Andersons werden sich in keiner Weise äußern, genausowenig werden sie Aufnahmen zulassen.«

Dr. Mannings silberweißes Haar war zerzaust, und sein gütiges Gesicht wirkte angegriffen, als er sich die Brille aufsetzte und mit heiserer Stimme zu lesen begann.

»Ich kann nur um Entschuldigung bitten wegen des Kummers, den die Familie Anderson erleiden muß. Ich bin fest überzeugt, daß Mrs. Anderson heute ihr eigenes biologisches Kind zur Welt gebracht hat. Sie hatte zwei kältekonservierte Embryos im Labor unserer Klinik. Der eine war der eineiige Zwilling ihres Sohnes Jonathan; der andere ein genetisch unterschiedlicher Nachkomme.

Letzten Montag gestand mir Helene Petrovic, daß sie einen Sturz im Labor gehabt hatte, als sie gerade mit den Petrischalen beschäftigt war, in denen die beiden Embryos waren. Sie rutschte aus und fiel hin. Sie schlug mit der Hand an eines der Laborgefäße und kippte es um, bevor die Embryos in die Reagenzgläser übertragen wurden. Sie war der Überzeugung, daß die erhalten gebliebene Petrischale den eineiigen Zwilling enthielt, und gab ihn in das speziell etikettierte Reagenzglas. Der andere Embryo war nicht zu retten.«

Dr. Manning nahm seine Brille ab und schaute auf.

»Wenn Helene Petrovic die Wahrheit gesagt hat, und ich habe keinen Anlaß, daran zu zweifeln, dann, ich wiederhole es, hat Dina Anderson heute ihren biologischen Sohn geboren.«

Er wurde mit Fragen überschüttet.

»Warum hat die Petrovic Ihnen damals nicht gleich Bescheid gesagt?«

»Warum haben Sie die Andersons nicht sofort gewarnt?«

»Wie viele weitere Fehler, glauben Sie, hat sie begangen?«

Dr. Manning ignorierte alle und ging unsicheren Schritts aus dem Raum.

Victor Orsini rief Phillip Carter nach der Nachrichtensendung am Samstag abend an. »Sie denken wohl besser daran, Anwälte mit der Vertretung der Firma zu beauftragen«, sagte er zu Carter.

Carter wollte gerade zum Abendessen im Drumdoe Inn aufbrechen. »Finde ich auch. Die Sache ist zu groß, als daß Leiber sie übernehmen könnte, aber er kann wahrscheinlich jemanden empfehlen.«

Leiber war der Anwalt, mit dem die Firma einen Beratervertrag hatte.

»Phillip, wenn Sie noch nichts für den Abend vorhaben, wie wär's, wenn wir zusammen essen gingen? Um das Sprichwort abzuwandeln: Not und Not gesellt sich gern.«

»Dann hab' ich ja das Richtige vor. Ich treffe mich mit Catherine und Meg Collins.«

»Herzliche Grüße von mir. Bis Montag dann.«

Orsini legte auf und ging zum Fenster hinüber. Um Candlewood Lake herum war es friedlich heute abend. Die Lichter der Häuser am Seeufer waren heller als sonst. Einladungen zum Abendessen, dachte Orsini. Zweifellos würde sein Name dort überall fallen. Alle in der Gegend hier wußten, daß er bei Collins and Carter arbeitete. Sein Telefongespräch mit Phillip Carter hatte die Information erbracht, die er brauchte: Carter war für den Abend mit Sicherheit anderweitig beschäftigt. Jetzt konnte Victor ins Büro gehen. Er würde völlig allein sein und konnte sich ein paar Stunden lang die persönlichen Akten in Edwin Collins Büro ansehen. Ein Gedanke ließ ihm seit einiger Zeit keine Ruhe, und es war von entscheidender Bedeutung, daß er diese Akten ein letztes Mal überprüfte, bevor Meghan sie ausräumte.

Meghan, Mac und Phillip trafen sich um halb acht im Drumdoe Inn zum Abendessen. Catherine war in der Küche, wo sie seit vier Uhr beschäftigt war.

»Deine Mutter hat Mumm«, sagte Mac.

»Aber klar doch«, stimmte Meg zu. »Hast du die Abendnachrichten mitgekriegt? Ich hab' mir PCD angeschaut, und der wichtigste Beitrag hat die Verwechslung des Anderson-Babys, den Petrovic-Mordfall und meine Ähnlichkeit mit der Frau im Leichenschauhaus mit dem Haftbefehl gegen Dad kombiniert. Bestimmt haben alle Sender die Geschichte als erstes gebracht.«

»Ich weiß«, sagte Mac ruhig.

Phillip hob seine Hand in einer Geste der Hilflosigkeit. »Meg, ich würde alles tun, um dir und deiner Mutter zu helfen, wirklich alles, um irgendwie eine Erklärung dafür zu finden, warum Edwin die Petrovic zu Manning geschickt hat.«

»Es gibt eine Erklärung«, sagte Meg. »Ich glaube daran, und Mutter tut's auch, weshalb sie auch den Mut aufgebracht hat, hierherzukommen und sich die Schürze umzubinden.«

»Sie hat doch nicht etwa vor, auf Dauer die Küche zu machen?« protestierte Phillip.

»Nein. Tony, der Küchenchef, der letzten Sommer aufgehört hatte, hat heute angerufen und angeboten, zurückzukommen und für eine Weile auszuhelfen. Ich hab' ihm gesagt, daß ich das großartig finde, aber er solle sich davor hüten, das Heft in die Hand zu nehmen. Je mehr Mutter zu tun hat, um so besser für sie. Aber er ist jetzt da. Sie kann sich bestimmt bald zu uns setzen.«

Meghan fühlte, wie Macs Blick auf ihr ruhte, und schlug die Augen nieder, um dem Mitgefühl, das sie darin sah, zu entgehen. Sie hatte schon erwartet, daß heute abend jeder im Speisezimmer hier sie und ihre Mutter prüfend anschauen würde, um zu sehen, wie gut sie standhielten. Sie hatte sich absichtlich dafür entschieden, Rot zu tragen: einen dreiviertellangen Rock und einen Kaschmirpullover mit Kapuzenkragen, dazu Goldschmuck.

Sie hatte sich sorgfältig mit Rouge, Lippenstift und Augen-Make-up hergerichtet. Also, wie eine arbeitslose Reporterin sehe ich wohl nicht aus, hatte sie mit einem Blick in den Spiegel befunden, bevor sie das Haus verlassen hatte.

Das Schlimme war nur, daß Mac ganz bestimmt die Fassade durchschaute. Er würde vermuten, daß sie zusätzlich zu all dem anderen auch wahnsinnige Sorgen um ihren Job hatte.

Mac hatte Wein bestellt. Als eingeschenkt war, hob Mac ihr das Glas entgegen. »Ich soll etwas von Kyle ausrichten. Als er erfuhr, daß wir heute abend zusammen essen, hat er gesagt, ich soll dir Bescheid geben, daß er morgen abend kommt, um dich zu erschrecken.«

Meg lächelte. »Ja, klar. Morgen ist ja Halloween. Wie wird sich Kyle denn verkleiden?«

»Sehr originell. Er ist ein Geist, ein echt gespenstischer Geist, das behauptet er wenigstens. Ich nehm' ihn und ein paar andere Kinder morgen nachmittag auf die übliche Tour von Haustür zu Haustür, aber dich will er sich für morgen abend aufheben. Wenn's also bei Dunkelheit ans Fenster klopft, dann wundere dich nicht.«

»Ich schau', daß ich dann zu Hause bin. Sieh mal, da ist ja Mutter.«

Catherine behielt auf ihrem Weg durch das Speisezimmer ein Lächeln bei. Ständig hielten sie Leute auf, die von den Tischen aufsprangen, um sie zu umarmen. Als sie bei den dreien angelangt war, sagte sie: »Ich bin so froh, daß wir hergekommen sind. Es ist hundertmal besser, als zu Hause zu hocken und zu grübeln.«

»Du siehst *großartig* aus«, sagte Phillip. »Du bist wirklich ein tapferer Soldat.«

Die Bewunderung in seinen Augen blieb Meg keineswegs verborgen. Sie blickte flüchtig auf Mac. Er hatte es ebenfalls bemerkt.

Sei vorsichtig, Phillip. Rücke Mutter nicht auf die Pelle, dachte Meghan.

Sie musterte die Ringe ihrer Mutter. Die Diamanten und Smaragde, die sie trug, funkelten hell im Schein der kleinen Tischlampe. Eine Weile vorher hatte ihre Mutter ihr erzählt, daß sie beabsichtige, am Montag ihren Schmuck zu verpfänden oder zu verkaufen. Eine hohe Steuerzahlung für den Gasthof war in der folgenden Woche fällig. Catherine hatte gesagt: »Mir tut es nur deshalb leid, den Schmuck aufzugeben, weil ich wollte, daß du ihn bekommst.«

Was mich angeht, ist mir das gleich, dachte Meg jetzt, aber …

»Meg? Weißt du schon, was du bestellst?«

»Oh, entschuldige.« Meghan lächelte reumütig und warf einen Blick auf die Speisekarte in ihrer Hand.

»Versuch doch das Filet à la Wellington«, meinte Catherine. »Es schmeckt super. Ich muß es wissen. Ich hab's vorbereitet.«

Während des Essens war Meg dankbar dafür, daß Mac und Phillip die Unterhaltung auf harmlose Themen lenkten, alles von der vorgeschlagenen Pflasterung umliegender Straßen bis zu der Fußballmeisterschaft, an der Kyle teilnahm.

Beim Cappuccino fragte Phillip Meg, was sie vorhabe. »Das mit dem Job tut mir wirklich leid«, erklärte er.

Meg zuckte mit den Achseln. »Ich bin ganz bestimmt nicht glücklich darüber, aber vielleicht wendet sich alles zum Guten. Verstehst du, ich denk' mir immer, daß eigentlich keiner wirklich etwas über Helene Petrovic weiß. Sie ist der Schlüssel zu allem. Ich bin fest entschlossen, irgendwas über sie rauszukriegen, was uns möglicherweise ein paar Antworten gibt.«

»Das wäre wirklich gut«, entgegnete Phillip. »*Ich* hätte weiß Gott auch gern ein paar Antworten.«

»Etwas anderes«, fügte Meg hinzu, »ich bin noch gar nicht dazu gekommen, Dads Büro auszuräumen. Würde es dir etwas ausmachen, wenn ich morgen reinkomme?«

»Komm, wann immer du willst, Meg. Kann ich dir helfen?«

»Nein, danke. Das geht schon.«

»Meg, ruf mich an, wenn du fertig bist«, sagte Mac. »Ich komme dann vorbei und trag' die Sachen zum Auto.«

»Morgen machst du doch mit Kyle die Halloween-Tour«, erinnerte ihn Meg. »Ich komm' schon zurecht.« Sie lächelte die beiden Männer an. »Vielen Dank, ihr beiden, daß ihr heute abend gekommen seid. Es ist gut, in solch einer Zeit Freunde zu haben.«

In Scottsdale, Arizona, seufzte am Samstag abend um neun Uhr Frances Grolier, als sie ihr Messer mit dem Birnbaumholzgriff niederlegte. Sie hatte den Auftrag, eine knapp vierzig Zentimeter hohe Bronzefigur von einem Jungen und einem Mädchen des Navajostamms als Geschenk für den Ehrengast eines Wohltätigkeitsdiners zu machen. Der Termin rückte immer näher, und Frances war höchst unzufrieden mit dem Tonmodell, an dem sie arbeitete.

Es war ihr nicht gelungen, den fragenden Ausdruck einzufangen, den sie in den sensiblen Gesichtern der Kinder wahrgenommen hatte. Die Fotos, die sie von ihnen gemacht hatte, spiegelten ihn wider, aber ihre Hände waren schlicht nicht in der Lage, ihre klare Vorstellung, wie die Skulptur werden sollte, auszuführen.

Das Problem war, daß sie sich einfach nicht auf ihre Arbeit konzentrieren konnte.

Annie. Seit fast zwei Wochen schon hatte sie nichts von ihrer Tochter gehört. All die Mitteilungen, die sie auf dem Anrufbeantworter hinterlassen hatte, waren ignoriert worden. In den letzten paar Tagen hatte sie bei Annies besten Freunden angerufen. Niemand hatte sie gesehen.

Sie konnte sonstwo sein, dachte Frances. Vielleicht hatte sie einen Auftrag für einen Reisebericht an irgendeinem abgelegenen, gottverlassenen Ort angenommen. Als freiberufliche Reisejournalistin hatte Annie keine festen Arbeitszeiten.

Ich habe sie dazu erzogen, unabhängig zu sein, sagte sich Frances. Ich habe sie dazu erzogen, frei zu sein, Wagnisse einzugehen, sich vom Leben das zu holen, was sie sich wünschte.

Habe ich ihr das beigebracht, um mein eigenes Leben zu rechtfertigen? überlegte sie. Es war ein Gedanke, der ihr in den letzten Tagen wiederholt in den Sinn gekommen war.

Es war zwecklos, sich heute abend noch länger mit der Arbeit abzumühen. Sie ging zum offenen Kamin und fügte ein paar Holzscheite aus dem Korb hinzu. Der Tag war warm und freundlich gewesen, doch jetzt war die Wüstennacht schneidend kalt.

Das Haus war so still. Vielleicht würde es nie wieder das Herzklopfen der Vorfreude auf sein baldiges Kommen geben. Als kleines Mädchen hatte Annie häufig gefragt, weshalb Daddy so viel unterwegs war.

»Er hat einen ganz wichtigen Job bei der Regierung«, erklärte ihr Frances dann.

Als Annie heranwuchs, wurde sie noch neugieriger. »Was für ein Job ist das eigentlich, Dad?«

»Ach, so eine Art Wachhund, Spatz.«

»Bist du bei der CIA?«

»Wenn das so wäre, würde ich's dir nie sagen.«

»Dann stimmt's also, ja?«

»Annie, ich arbeite für die Regierung und krieg' eine Menge freier Flugmeilen auf diese Weise.«

Mit ihren Erinnerungen beschäftigt, ging Frances in die Küche, tat Eis in ein Glas und goß einen großzügigen Schuß Scotch darauf. Nicht gerade die beste Art, Probleme zu lösen, sagte sie sich.

Sie stellte den Drink ab, ging in das Bad beim Schlafzimmer und nahm eine Dusche, wobei sie die Bröckchen getrockneten Tons abschrubbte, die immer noch an ihren Händen klebten. Sie zog sich einen grauen Seidenpyjama über und einen Morgenrock, holte den Scotch und machte es sich auf der Couch vor dem Kamin bequem. Dann griff sie nach der *Associated Press*-Mitteilung, die sie aus der Seite zehn der Morgenzeitung gerissen hatte, eine Zusammenfassung des Berichts, den die New Yorker Verkehrsbehörden über die Katastrophe auf der Tappan Zee Bridge veröffentlicht hatten.

Ein Teil davon lautete: »Die Zahl der Opfer, die in dem Unglück ihr Leben ließen, ist von acht auf sieben reduziert worden. Eine gründliche Suchaktion hat weder eine Spur der Leiche von Edwin R. Collins zum Vorschein gebracht, noch Bruchstücke seines Wagens.«

Jetzt marterte Frances die Frage: Kann es denn sein, daß Edwin noch lebt?

Er hatte sich am Morgen seiner Abreise über etwas Geschäftliches schrecklich aufgeregt.

Ihn hatte zunehmend die Furcht geplagt, sein Doppelleben könne entlarvt werden und seine beiden Töchter würden ihn dann verabscheuen.

Er hatte neuerdings Schmerzen im Brustkorb gehabt, die laut Diagnose auf Angstzustände zurückzuführen waren.

Er hatte ihr im Dezember eine Inhaberobligation über zweihunderttausend Dollar gegeben. »Falls mir irgendwas zustoßen sollte«, hatte er gesagt. War er, als er das sagte, schon auf der Suche nach einem Weg gewesen, wie er aus seinen beiden Existenzen aussteigen konnte?

Und wo war Annie? fragte sich Frances voller Qual und mit einem wachsenden Gefühl drohender Vorahnung.

Edwin hatte einen Anrufbeantworter in seinem Büro. Im Lauf der Jahre galt die Übereinkunft, daß Frances, wenn sie ihn erreichen mußte, zwischen Mitternacht und fünf Uhr früh lokaler Zeit an der Ostküste anrufen würde. Er hörte eventuelle Mitteilungen immer per Fernabruf bis sechs Uhr ab und löschte sie anschließend.

Natürlich war der Anschluß inzwischen unterbrochen. Oder vielleicht doch nicht?

Es war wenige Minuten nach zehn in Arizona, nach Mitternacht an der Ostküste.

Sie nahm den Hörer und wählte. Nach zwei Klingelzeichen begann Eds Ansage zu laufen. »Sie haben die Nummer 203-555-2867 erreicht. Bitte hinterlassen Sie eine kurze Mitteilung nach dem Pfeifton.«

Frances geriet durch den Klang seiner Stimme so aus der Fassung, daß sie beinahe vergaß, warum sie eigentlich anrief. Konnte das vielleicht heißen, daß er noch lebte? fragte sie sich. Und falls Ed irgendwo am Leben ist, hört er dann je seinen Anrufbeantworter ab?

Sie hatte nichts zu verlieren. Hastig hinterließ Frances die Botschaft, die sie vereinbart hatten. »Mr. Collins, rufen Sie bitte Palomino Lederwaren zurück. Wenn Sie noch an der Aktentasche interessiert sind, wir haben sie vorrätig.«

Victor Orsini war in Edwin Collins' Büro, als das private Telefon klingelte. Er schrak zusammen. Wer zum Teufel rief zu dieser Nachtzeit in einem Büro an?

Der Anrufbeantworter schaltete sich ein. Orsini lauschte von Collins' Stuhl aus der klangvollen Stimme, wie sie die kurze Nachricht hinterließ.

Als der Anruf beendet war, saß Orsini lange da und starrte auf das Gerät. Man macht keine Geschäftsanrufe wegen einer Aktentasche zu so einer Zeit, dachte er. Das ist irgendein Code. Jemand nimmt an, daß Ed Collins diese Nachricht erhält. Es war eine weitere Bestätigung, daß irgendeine mysteriöse Person daran glaubte, daß Ed am Leben war und sich irgendwo aufhielt.

Einige Minuten später ging Victor. Er hatte nicht gefunden, wonach er gesucht hatte.

42

Am Sonntag morgen war Catherine Collins zur Zehn-Uhr-Messe in St. Paul's, doch sie stellte fest, daß es schwierig war, mit den Gedanken bei der Predigt zu bleiben. In dieser Kirche war sie getauft worden, hatte sie geheiratet, und von hier aus hatte sie ihre Eltern beerdigt. Hier hatte sie immer Trost gefunden. Wieder und wieder hatte sie während der Messe gebetet, Edwins Leiche möge gefunden werden, hatte gebetet, sie möge fähig sein, seinen Verlust hinzunehmen, und die Kraft finden, ohne ihn weiterzumachen.

Worum bat sie Gott jetzt? Nur, daß er Meg schützen möge. Sie warf einen Blick auf Meg, die neben ihr saß, absolut still und, wie es schien, auf die Kanzelrede konzentriert, doch Catherine vermutete, daß die Gedanken ihrer Tochter ebenfalls weit weg waren.

Ein Fragment aus dem *Dies irae* kam Catherine unwillkürlich in den Sinn. »Tag des Zornes, Tag der Zähren, wirst die Welt durch Brand zerstören.«

Ich bin zornig, und ich bin verletzt, und meine Welt liegt in Asche, dachte Catherine. Sie blinzelte, um plötzliche Tränen zurückzuhalten, und spürte, wie Megs Hand sich über ihrer schloß.

Als sie aus der Kirche kamen, gingen sie noch in die Bäckerei am Ort, wo sie an einem der Tische im hinteren Teil des Ladens Kaffee und süße Brötchen zu sich nahmen. »Geht's dir wieder besser?« fragte Meg.

»Ja«, sagte Catherine energisch. »Diese klebrigen Dinger helfen einfach immer. Ich geh' mit dir in Dads Büro.«

»Wir hatten uns doch geeinigt, daß ich dort ausräume. Deswegen sind wir in zwei Autos gekommen.«

»Für dich ist es nicht leichter als für mich. Es geht schneller, wenn wir zusammen sind, und das Zeug ist zum Teil schwer zu tragen.«

Der Tonfall ihrer Mutter hatte etwas typisch Endgültiges an sich, das, wie Meghan wußte, jede weitere Debatte kategorisch ausschloß.

Meghans Wagen war mit Kisten zum Einpacken beladen. Sie und ihre Mutter trugen sie ins Gebäude. Als sie die Tür zu den Räumen von Collins and Carter öffneten, stellten sie überrascht fest, daß es dort warm und beleuchtet war.

»Zehn zu eins, daß Phillip vorhin hier war, um die Heizung anzustellen«, bemerkte Catherine. Sie sah sich im Empfangsraum um. »Es ist erstaunlich, wie selten ich hier war«, sagte sie. »Dein Dad war so viel unterwegs, und selbst wenn er nicht auf Reisen war, dann hatte er doch meistens Außentermine. Und dann war ich ja ständig an den Gasthof gebunden.«

»Ich war wahrscheinlich öfter hier als du«, bestätigte Meg. »Ich bin immer mal wieder nach der Schule hier vorbeigekommen und dann mit ihm heimgefahren.«

Sie stieß die Tür zum Büro ihres Vaters auf. »Es ist noch genauso, wie er's zurückgelassen hat«, sagte sie zu ihrer Mutter. »Es war schrecklich großzügig von Phillip, daß er es so lange unberührt gelassen hat. Ich weiß, eigentlich hätte es Victor benützen sollen.«

Für einen langen Moment betrachteten sie beide den Raum: Edwins Schreibtisch, den langen Tisch dahinter mit den Bildern von ihnen, das Wandelement mit Bücherregalen und Aktenschränken in der gleichen Kirschbaumholzausführung wie der Schreibtisch. Der Raum machte einen klaren und geschmackvollen Eindruck.

»Edwin hat diesen Schreibtisch gekauft und selbst wieder hergerichtet«, sagte Catherine. »Phillip würde es bestimmt nichts ausmachen, wenn wir ihn abholen lassen.«

»Bestimmt nicht.«

Sie begannen damit, die Bilder einzusammeln und in einer Kiste zu stapeln. Meghan war bewußt, daß sie beide spürten, je schneller der Raum ein unpersönliches Aussehen annahm, um so leichter würde es sein. Dann schlug sie vor: »Mom, warum fängst du nicht mit den Büchern an. Ich geh' den Schreibtisch und die Akten durch.«

Erst als sie am Schreibtisch saß, entdeckte sie das Blinklicht des Anrufbeantworters, der auf einem niedrigen Tisch neben dem Drehstuhl stand.

»Du, schau mal her!«

Ihre Mutter kam zum Schreibtisch herüber. »Hinterläßt da noch jemand Nachrichten auf Dads Apparat?« fragte sie ungläubig, beugte sich dann tiefer, um auf den Anrufzähler zu schauen. »Ist nur eine drauf. Hören wir's uns an.«

Verblüfft lauschten sie der Mitteilung und dann der automatischen Stimme des Apparats, wie sie verkündete: »Sonntag, einunddreißigster Oktober, null Uhr und neun Minuten. Ende der letzten Nachricht.«

»Diese Nachricht ist ja erst vor ein paar Stunden reingekommen!« rief Catherine aus. »Wer ruft denn mitten in der Nacht geschäftlich an? Und wann soll Dad denn eine Aktentasche bestellt haben?«

»Es könnte ein Versehen sein«, sagte Meghan. »Wer immer das war, er hat keine Telefonnummer und keinen Namen hinterlassen.«

»Aber würden nicht die meisten Verkäufer eine Nummer angeben, wenn es darum geht, eine Bestellung zu bestätigen, besonders, wenn sie schon Monate zurückliegt? Meg, die Nachricht ergibt keinen Sinn. Und diese Frau kommt mir nicht gerade wie eine kaufmännische Angestellte vor.«

Meg nahm die Kassette aus dem Apparat und steckte sie in ihre Umhängetasche. »Es gibt keinen Sinn«, pflichtete sie bei. »Wir vertun bloß Zeit damit, wenn wir hier versuchen, das rauszukriegen. Laß uns mit dem Einpacken weitermachen und das Band zu Hause noch mal abhören.«

Sie schaute schnell die Schreibtischschubladen durch und fand den üblichen Vorrat an Briefpapier, Notizblöcken, Büroklammern, Stiften und Markern. Ihr fiel wieder ein, daß ihr Vater bei der Durchsicht des Lebenslaufs eines Kandidaten die günstigsten Gesichtspunkte mit Gelb und die ungünstigsten mit Rosa markierte. Rasch verstaute sie den gesamten Inhalt des Schreibtischs in Kisten.

Als nächstes machte sie sich an die Akten. Der erste Ordner schien Kopien der Kostenabrechnungen ihres Vaters zu enthalten. Offenbar behielt die Buchhalterin das Original und gab eine Kopie mit dem Stempel *Bezahlt* zurück. »Ich nehme diese Akten mit nach Hause«, sagte sie. »Das sind Dads persönliche Kopien von Originalunterlagen der Firma.«

»Hat es denn überhaupt einen Sinn, das mitzunehmen?«

»Ja, es könnte sich doch ein Hinweis auf diese Palomino Lederwaren finden.«

Sie füllten gerade die letzte Kiste, als sie hörten, wie die Außentür aufging. »Ich bin's«, rief Phillip.

Er kam herein, das Hemd am Kragen offen, dazu eine Weste, Cordjacke und lange Hosen. »Hoffentlich war's angenehm hier, als ihr gekommen seid«, sagte er. »Ich hab' heute früh kurz reingeschaut. Hier wird's arg kühl übers Wochenende, wenn der Thermostat runtergestellt ist.«

Er musterte die Kisten. »Ich wußte, daß ihr Hilfe braucht. Catherine, stell bitte diese Bücherkiste ab.«

»Dad hat sie doch ›mächtige Maus‹ genannt«, sagte Meg. »Das ist nett von dir, Phillip.«

Er sah das Deckblatt einer Abrechnungsakte aus einer der Kisten herausragen. »Seid ihr sicher, daß ihr all den Kram mitnehmen wollt? Das ist hieb- und stichfest, und du und ich, Meg, haben doch alles durchgesehen, als wir nach Versicherungspolicen gesucht haben, die vielleicht nicht im Safe waren.«

»Wir können's genausogut mitnehmen«, entgegnete Meg. »Du müßtest es sowieso irgendwie loswerden.«

»Phillip, der Anrufbeantworter hat geblinkt, als wir reingekommen sind.« Meghan holte das Band aus der Tasche, schob es in das Gerät ein und spielte es ab.

Sie sah seinen überraschten Gesichtsausdruck. »Offenbar kannst du auch nichts damit anfangen.«

»Nein, wirklich nicht.«

Es war ein Glück, daß sie und ihre Mutter beide ihren Wagen mitgebracht hatten. Kofferraum und Rücksitz waren jeweils gestopft voll, als die letzte Kiste hinuntergeschafft war.

Sie weigerten sich, Phillips Angebot, ihnen zu folgen und beim Ausladen zu helfen, anzunehmen. »Ich lass' das die Lehrlinge im Gasthof machen«, erklärte Catherine.

Auf der Heimfahrt war sich Meghan klar darüber, daß sie jede Stunde, in der sie nicht hinter Informationen über Helene Petrovic her war, dazu nutzen würde, die Unterlagen ihres Vaters Zeile für Zeile und Seite für Seite durchzugehen.

Wenn es da jemanden in Dads Leben gab, dachte sie, und wenn diese Frau im Leichenschauhaus die Annie ist, die Cyrus Graham vor zehn Jahren getroffen hat, dann gibt es vielleicht irgendeinen Anhaltspunkt in den Akten, der mich zu ihnen führt. Instinktiv fühlte sie, daß sich Palomino Lederwaren als dieser Anhaltspunkt erweisen könnte.

In Kyles Augen war Halloween ein voller Erfolg gewesen. Am Sonntag abend breitete er nach dem Abklappern der Nachbarschaft seine Beute auf dem Boden aus – Bonbons, Kekse, Äpfel und Pennies –, während Mac das Abendessen zubereitete.

»Iß jetzt nichts von dem Zeugs«, warnte ihn Mac.

»Ich weiß, Dad. Du hast es schon zweimal gesagt.«

»Dann kapierst du's ja wohl allmählich.« Mac probierte die Hamburger auf dem Grill.

»Warum gibt's eigentlich immer Hamburger am Sonntag, wenn wir zu Hause sind?« fragte Kyle. »Die bei McDonald's sind besser.«

»Besten Dank.« Mac kippte sie auf geröstete Brötchen. »Wir essen Hamburger am Sonntag, weil ich die besser machen kann als sonst irgendwas. Freitags gehen wir meistens aus zum Essen. Am Samstag mach' ich Nudeln, wenn wir zu Hause sind, und Mrs. Dileo kocht die übrige Woche über gute Mahlzeiten. Also iß jetzt auf, wenn du dich noch mal verkleiden und Meg erschrecken willst.«

Kyle aß ein paar Happen von seinem Hamburger. »Magst du Meg eigentlich, Dad?«

»Ja, sicher. Sehr sogar. Warum?«

»Ich wünschte, sie käme öfter hierher. Sie ist dufte.«

Ich wünschte auch, daß sie öfter herkäme, dachte Mac, aber es sieht nicht so aus, als ob etwas daraus wird. Als er ihr gestern abend angeboten hatte, beim Ausräumen des Büros ihres Vaters zu helfen, hatte sie ihn so schnell abgewürgt, daß ihm ganz anders geworden war.

Bleib weg. Komm mir nicht zu nahe. Wir sind bloß Freunde. Sie könnte genausogut ein Schild vor sich hertragen.

Sie war wirklich erwachsen geworden, seit sie als Neunzehnjährige in ihn verknallt gewesen war und ihm in einem

Brief mitgeteilt hatte, sie liebe ihn und er solle doch Ginger nicht heiraten.

Wie gern hätte er den Brief jetzt. Und wie wünschte er sich, daß sie wieder so empfinden würde. Und zweifellos bereute er, daß er ihren Rat wegen Ginger nicht beherzigt hatte.

Dann schaute Mac seinen Sohn an. Nein, ich bereue es nicht, dachte er. Ich könnte und würde es nicht rückgängig machen wollen, daß ich dieses Kind habe.

»Dad, was ist los?« fragte Kyle. »Du siehst aus, als ob etwas nicht stimmt.«

»Das hast du auch über Meg gesagt, als du sie gestern im Fernsehen gesehen hast.«

»Sie hat ja auch so ausgesehen, und du tust es auch.«

»Ich mach' mir nur Sorgen, daß ich vielleicht lernen muß, was anderes zu kochen. Iß auf, und zieh dein Kostüm an!«

Es war halb acht, als sie das Haus verließen. Kyle kam es draußen dunkel genug für Gespenster vor. »Wetten, daß da wirklich Geister unterwegs sind?« sagte er. »An Halloween kommen all die toten Leute aus ihren Gräbern heraus und laufen herum.«

»Wer hat dir das erzählt?«

»Danny.«

»Sag Danny, daß das ein Märchen ist, das die Leute immer an Halloween auftischen.«

Sie gingen um die Straßenbiegung und kamen zum Grundstück der Collins.

»So, Dad, du wartest jetzt hier bei der Hecke, wo Meg dich nicht sehen kann. Ich geh' hinten herum und schlage ans Fenster und heule ganz schlimm. Okay?«

»Okay. Erschrecke sie nicht zu sehr!«

Kyle schwang seine Totenkopflaterne und raste hinten ums Haus der Collins herum. Die Rollos im Eßzimmer waren oben, und er konnte Meg mit einem Haufen Papiere am Tisch sitzen sehen. Er hatte eine gute Idee. Er würde bis zum Waldrand gehen und von dort aus mit »Huh-Huh«-Geschrei auf das Haus zu laufen und dann ans Fenster klopfen. Dann würde Meg wirklich erschrecken.

Er trat zwischen zwei Bäume, breitete die Arme aus und begann mit ihnen zu wedeln. Als seine rechte Hand nach hinten ging, spürte er menschliches Fleisch, weiches Fleisch, dann ein Ohr. Er hörte es atmen. Mit einem Kopfruck nach hinten sah er den Umriß eines Mannes, der sich hinter ihm duckte, und den Lichtreflex von einem Kameraobjektiv. Eine Hand packte nach seinem Hals. Kyle kämpfte sich frei und begann zu schreien. Dann wurde er mit einem heftigen Stoß nach vorne geworfen. Im Fallen verlor er die Laterne und versuchte sich krampfhaft am Boden abzustützen, wobei er etwas zu fassen bekam. Noch immer brüllend, rappelte er sich auf und rannte zum Haus.

Das ist aber ein realistisches Kreischen, dachte Mac, als er Kyles gellendes Geschrei wahrnahm. Doch als das entsetzte Kreischen anhielt, begann er zum Wald zu laufen. Kyle war etwas zugestoßen. Blitzschnell jagte er über den Rasen und hinter das Haus.

Vom Eßzimmer aus hörte Meg das Schreien und lief zur Hintertür. Sie riß sie auf und griff nach Kyle, der ihr durch die Tür entgegen und in die Arme fiel, schluchzend vor Entsetzen.

So fand Mac die beiden: Meg hatte die Arme um seinen Sohn geschlungen und wiegte ihn beschwichtigend hin und her. »Kyle, ist ja gut. Ist ja gut«, sagte sie wieder und wieder.

Es dauerte einige Minuten, bis er ihnen berichten konnte, was geschehen war. »Kyle, das liegt an all den Geschichten von den wandelnden Toten, daß du dir einbildest, Sachen zu sehen«, erklärte Mac. »Da war nichts.«

Als Kyle den heißen Kakao trank, den Meg ihm gemacht hatte, hatte er sich wieder etwas beruhigt, ließ sich aber nicht beirren. »Da war so ein Mann da, und er hat eine Kamera gehabt. Ich weiß es. Ich bin hingefallen, als er mich geschubst hat, aber ich hab' etwas aufgehoben. Dann ist es mir runtergefallen, als ich Meg gesehen hab'. Schau mal nach, was es ist, Dad.«

»Ich hol' eine Taschenlampe, Mac«, sagte Meg.

Mac ging hinaus und begann, den Lichtstrahl über den Boden gleiten zu lassen. Er brauchte nicht weit zu gehen. Nur ein, zwei Meter von der Veranda entfernt, stieß er auf einen grauen Plastikbehälter, wie man ihn für Videokassetten benützt.

Er hob ihn auf und ging auf das Gehölz zu, noch immer mit der Taschenlampe vor sich her leuchtend. Er wußte, daß es zwecklos war. Kein Eindringling steht in der Gegend herum und wartet darauf, erwischt zu werden. Der Boden war zu hart, als daß man hätte Fußspuren sehen können, aber er fand Kyles Laterne genau gegenüber vom Eßzimmerfenster. Von seinem Standort aus konnte er Meg und Kyle deutlich sehen.

Jemand mit einer Kamera hatte Meg beobachtet, möglicherweise auch aufgenommen. Warum?

Mac dachte an das tote Mädchen in der Leichenhalle und beeilte sich dann, über den Rasen zurück zum Haus zu kommen.

Dieser blöde Junge! dachte Bernie, während er durch den Wald zu seinem Wagen zurückrannte. Er hatte ihn weiter außen auf dem Parkplatz des Drumdoe Inn geparkt, aber nicht so abseits, daß er auffiel. Jetzt waren etwa vierzig Autos über den Platz verstreut, so daß sein Chevy bestimmt nicht sonderlich ins Auge stach. Hastig warf er die Kamera in den Kofferraum und fuhr durch den Ort auf die Route 7 zu. Er achtete darauf, nicht mehr als ein paar Kilometer schneller als erlaubt zu fahren. Aber er wußte auch, daß es die Cops genauso alarmierte, wenn man zu langsam fuhr.

Hatte dieser Junge ihn genau zu sehen bekommen? Er nahm es nicht an. Es war dunkel gewesen, und der Junge hatte Angst gehabt. Ein paar Sekunden später, und er hätte sich zurückziehen können, ohne daß der Junge ihn überhaupt bemerkt hätte.

Bernie war außer sich. Er hatte so einen Spaß daran gehabt, Meghan durch die Kamera zu beobachten, und er hatte sie so deutlich vor Augen gehabt. Ganz bestimmt hatte er jetzt tolle Aufnahmen.

Andererseits hatte er noch nie jemanden so erschrocken gesehen, wie es dieser Junge gewesen war. Er fühlte sich kribbelig und lebendig und beinahe angespornt, wenn er nur daran dachte. So eine Macht zu haben. In der Lage zu sein, Ausdruck und Bewegungen und unbewußte kleine Gesten von jemandem festzuhalten, etwa die Art, wie Meghan sich das Haar hinters Ohr klemmte, wenn sie sich auf etwas konzentrierte. Jemanden so zu erschrecken, daß er schrie und heulte und wegrannte, wie es dieser Junge gerade eben gemacht hatte.

Meghan zu beobachten, ihre Hände, ihr Haar …

43

Stephanie Petrovic hatte eine unruhige Nacht, bis sie endlich in tiefen Schlaf fiel. Als sie am Sonntag morgen um halb elf aufwachte, schlug sie gemächlich die Augen auf und lächelte. Nun würde doch noch alles gut werden.

Ihr war eingeschärft worden, nie seinen Namen laut werden zu lassen, zu vergessen, daß sie ihn je getroffen hatte, doch das war noch, bevor Helene ermordet und damit um die Chance gebracht worden war, ihr Testament zu ändern.

Er war am Telefon so freundlich zu ihr gewesen. Hatte versprochen, sich um sie zu kümmern. Er würde Vorsorge für die Adoption des Babys durch Leute treffen, die bereit waren, einhunderttausend Dollar dafür zu zahlen.

»So viel?« hatte sie voller Freude gefragt.

Er versicherte ihr, es werde keine Probleme geben.

Er beabsichtigte auch, ihr ein Einwanderungsvisum zu besorgen. »Es wird zwar eine Fälschung sein, aber keiner wird je einen Unterschied bemerken«, hatte er gesagt. »Ich schlage allerdings vor, daß Sie irgendwohin ziehen, wo Sie niemand kennt. Ich möchte nicht, daß Sie jemand wiedererkennt. Selbst in so einer großen Stadt wie New York laufen sich die Leute über den Weg, und in Ihrem Fall würden sie dann anfangen, Fragen zu stellen. Sie können's doch mit Kalifornien probieren.«

Stephanie wußte, daß ihr Kalifornien gefallen würde. Vielleicht konnte sie eine Stelle in einer Schönheitsfarm bekommen. Mit einhunderttausend Dollar konnte sie sich die Ausbildung verschaffen, die sie brauchte. Oder vielleicht bekam sie ja auch gleich einen Job. Sie war wie Helene. Eine Kosmetikerin zu sein, lag ihr im Blut. Sie liebte diese Art Arbeit.

Er würde ihr heute abend um sieben Uhr einen Wagen schicken. »Ich möchte nicht, daß die Nachbarn mitbekommen, wie Sie ausziehen«, hatte er zu ihr gesagt.

Stephanie wäre am liebsten noch im Bett liegen geblieben, aber sie war hungrig. Nur noch zehn Tage, und dann ist das Baby da und ich kann auf Diät gehen, malte sie sich aus.

Sie duschte sich, zog dann die Umstandskleidung an, die sie inzwischen nicht mehr ausstehen konnte. Dann machte sie sich ans Packen. Helene hatte Gepäckstücke mit dekorativem Webmuster gehabt. Warum sollte sie die nicht haben? überlegte Stephanie. Wer verdiente sie mehr?

Wegen der Schwangerschaft hatte sie so wenig anzuziehen, aber sobald sie wieder ihre normale Figur hatte, konnte sie wieder Helenes Sachen tragen. Helene hatte sich zurückhaltend gekleidet, aber all ihre Kleider waren teuer und geschmackvoll. Stephanie ging den Schrank und die Schubladen durch und verwarf nur, was ihr absolut nicht gefiel.

Helene hatte einen kleinen Tresor unten in ihrem Schrank. Stephanie wußte, wo die Zahlenfolge verwahrt war, und so öffnete sie ihn. Es war nicht viel Schmuck darin, aber einige Stücke waren wirklich erstklassig, und sie steckte sie in einen Kosmetikkoffer.

Es war zu schade, daß sie nicht die Möbel mitnehmen konnte. Andererseits wußte sie von Fotos, die sie gesehen hatte, daß die Leute in Kalifornien keine altmodischen Polstermöbel und dunkles Holz wie Mahagoni benützten.

Sie ging allerdings durchs Haus und suchte sich ein paar Dresdener Porzellanfiguren zum Mitnehmen aus. Dann fiel ihr das Tafelsilber ein. Der große Kasten war zu schwer zum Tragen, deshalb steckte sie das Besteck in Plastiktüten und rollte Gummibänder herum, damit es im Koffer nicht klapperte.

Der Anwalt, Mr. Potters, rief um fünf Uhr an und erkundigte sich nach ihrem Befinden. »Wie wär's, wenn Sie mit meiner Frau und mir zu Abend essen, Stephanie?«

»Ach, vielen Dank«, sagte sie, »aber ich krieg' Besuch von jemandem aus der Rumänischen Gesellschaft.«

»Nun, gut. Wir wollten nur nicht, daß Sie sich einsam fühlen. Vergessen Sie nicht, mich anzurufen, wenn Sie irgend etwas brauchen!«

»Sie sind so freundlich, Mr. Potters.«

»Nun, ich wünschte nur, ich könnte mehr für Sie tun. Bedauerlicherweise sind mir die Hände gebunden, was das Testament angeht.«

Ich brauche Ihre Hilfe nicht, dachte Stephanie, während sie einhängte.

Jetzt war es an der Zeit, den Brief zu schreiben. Sie verfaßte drei Versionen, bis sie zufrieden war. Sie wußte, daß ihre Rechtschreibung fehlerhaft war, und sie mußte einige Begriffe nachschlagen, aber schließlich schien das Schreiben in Ordnung zu sein. Es war an Mr. Potters gerichtet:

Lieber Mr. Potters,
ich freue mich, Ihnen sagen zu können, daß Jan, der Vater von meinem Baby, der ist, der mich besuchen gekommen ist. Wir werden heiraten, und er will sich um uns kümmern. Er muß gleich zu seiner Arbeit zurück, also fahre ich mit ihm weg. Er arbeitet jetzt in Dallas.
Ich liebe Jan sehr, und ich weiß, daß Sie sich bestimmt für mich freuen.
Danke.
Stephanie Petrovic

Der Wagen für sie kam pünktlich um sieben. Der Fahrer trug ihr Gepäck hinaus. Stephanie hinterließ die Nachricht und den Hausschlüssel auf dem Eßzimmertisch, machte die Lichter aus, schloß die Tür hinter sich und eilte durch die Dunkelheit den gefliesten Gehweg hinunter zum wartenden Auto.

Meghan versuchte am Montag morgen Stephanie Petrovic anzurufen. Es meldete sich niemand. Sie setzte sich an den Eßzimmertisch, wo sie begonnen hatte, die Geschäftsakten ihres Vaters durchzusehen.

Sofort fiel ihr etwas auf. Es lag eine Buchung und Abrechnung für fünf Tage im Four Seasons Hotel in Beverly Hills für ihn vor, vom 23. bis zum 28. Januar, dem Tag, als er nach Newark flog und verschwand. Nach den ersten beiden Tagen waren keine Extras auf der Rechnung aufgeführt. Selbst wenn er zumeist auswärts aß, dachte Meghan, dann bestellt man doch mal Frühstück oder macht einen Anruf oder holt sich etwas zu trinken aus der Minibar – irgend etwas.

Andererseits, falls sein Zimmer im Erdgeschoß lag, hätte es ihrem Vater ähnlich gesehen, einfach zum Frühstücksbuffet zu gehen und sich Saft, Kaffee und ein Brötchen zu holen. Er aß morgens nie viel.

Für die ersten beiden Tage jedoch waren durchaus Kosten aufgelistet, Zimmerservice zum Beispiel, eine Flasche Wein, etwas zum Knabbern am Abend, Telefongespräche. Sie notierte sich die Daten der drei Tage, an denen keine Extrabeträge angefallen waren.

Vielleicht lag da ein Muster vor, dachte sie.

Gegen zwölf versuchte sie erneut Stephanie zu erreichen, und wiederum nahm niemand den Hörer ab. Um zwei Uhr begann sie sich Sorgen zu machen und rief Charles Potters, den Anwalt, an. Er versicherte ihr, Stephanie gehe es gut. Er habe am Vorabend mit ihr gesprochen und erfahren, daß jemand von der Rumänischen Gesellschaft sie besuchen wolle.

»Da bin ich froh«, sagte Meghan. »Sie ist ein sehr verängstigtes Mädchen.«

»Ja, das stimmt«, bestätigte Potters. »Da gibt es etwas, was nicht allgemein bekannt ist: Wenn jemand sein gesamtes Vermögen einer wohltätigen oder medizinischen Einrichtung wie der Manning Clinic vermacht, dann kann die Institution, falls ein naher Verwandter bedürftig ist und vorhat, das Testament anzufechten, einen außergerichtlichen Vergleich anbieten. Nachdem Stephanie jedoch vor laufender Fernsehkamera der Klinik buchstäblich vorgeworfen hat, sie sei für den Mord an ihrer Tante verantwortlich, kam solch eine Regelung nicht mehr in Frage. Es hätte wie Schweigegeld ausgesehen.«

»Ich verstehe«, sagte Meghan. »Ich werd's weiter bei Stephanie versuchen, aber könnten Sie ihr bitte ausrichten, sie möchte mich anrufen, falls Sie von ihr hören? Ich finde nach wie vor, daß jemand den Mann ausfindig machen sollte, der sie geschwängert hat. Wenn sie ihr Kind weggibt, bereut sie es vielleicht eines Tages.«

Meghans Mutter war für den Frühstücks- und Lunchbetrieb zum Gasthof gegangen, und sie kehrte gerade zum Haus zurück, als Meg ihr Gespräch mit Potters beendete. »Komm, ich helf' dir«, sagte sie und setzte sich neben Meg an den Eßzimmertisch.

»Du kannst eigentlich für mich weitermachen«, entgegnete Meg. »Ich muß unbedingt zu meiner Wohnung fahren und etwas zum Anziehen holen und nach der Post schauen. Es ist der erste November, und all die netten Fensterkuverts werden eingetrudelt sein.«

Am Abend zuvor, nachdem ihre Mutter vom Gasthof heimgekehrt war, hatte sie ihr von dem Mann mit der Kamera erzählt, der Kyle erschreckt hatte. »Ich hab' schon jemanden vom Sender gebeten, die Sache für mich zu überprüfen; ich hab' noch nichts gehört, bin mir aber sicher, daß irgendeins von diesen billigen Programmen einen Bericht über uns und Dad und die Andersons zusammenstellt«, sagte sie. »Uns von jemand bespitzeln zu lassen ist typisch für ihre Arbeitsweise.« Sie hatte Mac nicht erlaubt, die Polizei zu benachrichtigen.

Sie zeigte ihrer Mutter, was sie mit den Unterlagen machte. »Mom, gib auf Hotelquittungen acht, auf denen drei oder vier Tage lang keine Sonderposten aufgeführt sind. Ich möchte gern sehen, ob das nur passiert ist, wenn Dad in Kalifornien war.« Sie erwähnte nicht, daß Los Angeles eine halbe Flugstunde von Scottsdale entfernt war.

»Und was diese Palomino Lederwaren angeht«, sagte Catherine, »so weiß ich zwar nicht, wieso, aber dieser Name geht mir nicht aus dem Kopf. Es kommt mir so vor, als hätte ich ihn schon mal gehört, aber vor langer Zeit.«

Meghan hatte noch nicht entschieden, ob sie auf dem Weg zu ihrer Wohnung bei PCD vorbeischauen würde. Sie hatte bequeme, alte lange Hosen und einen Lieblingspullover an. Das ist gut genug, dachte sie. Es war einer der Aspekte, die sie so an dem Job gemocht hatte, die lässige Kleidung hinter den Kulissen.

Sie bürstete sich rasch die Haare und stellte fest, daß sie zu lang wurden. Sie mochte sie etwa bis zum Kinn. Jetzt berührten sie schon die Schultern. Die Tote hatte Haare bis auf die Schultern gehabt. Mit plötzlich kühlen Händen langte Meghan nach hinten, wand ihr Haar in einen losen Knoten und steckte es fest.

Als sie aufbrach, sagte ihre Mutter: »Meg, warum gehst du nicht mit Freunden zum Essen aus? Es tut dir bestimmt gut, von allem ein bißchen wegzukommen.«

»Mir ist nicht sehr nach Gesellschaft zumute«, erwiderte Meg, »aber ich ruf' dich an und sag' dir Bescheid. Bist du dann im Gasthof?«

»Ja.«

»Also, wenn du später am Abend hier bist, vergiß nicht, die Vorhänge zuzumachen.« Sie hob die Hand mit der Fläche nach oben und außen, die Finger ausgestreckt. »Hand drauf, oder wie Kyle sagen würde, ›gib mir eine *high five*‹!«

Ihre Mutter hob ebenfalls die Hand und berührte die ihrer Tochter zur Antwort. »Da hast du sie.«

Sie schauten sich eine ganze Weile an, dann erklärte Catherine energisch: »Fahr vorsichtig!«

Es war die übliche Ermahnung, schon seit Meg mit sechzehn ihren Führerschein gemacht hatte.

Ihre Antwort war immer vom gleichen Kaliber. Heute erklärte sie: »Also eigentlich hatte ich ja vor, einen Sattelschlepper zu rammen.« Doch dann hätte sie sich am liebsten auf die Zunge gebissen. Der Unfall auf der Tappan Zee Bridge war von einem Tanklaster verursacht worden, der einen Sattelschlepper gerammt hatte.

Sie wußte, daß ihre Mutter genau das gleiche dachte, als sie sagte: »Mein Gott, Meg, es ist wirklich, als ob man durch ein Minenfeld geht, findest du nicht? Sogar diese Art Witze, die immer zu unserem Leben gehört hat, ist jetzt zweideutig und verdreht. Ob das je wieder aufhört?«

Am gleichen Montag morgen wurde Dr. George Manning abermals im Büro von Staatsanwalt John Dwyer verhört. Die Fragen wurden immer schärfer und hatten jetzt einen sarkastischen Unterton. Die zwei dem Fall zugeordneten Polizeibeamten saßen ruhig dabei, während ihr Chef die Befragung durchführte.

»Dr. Manning«, fragte Dwyer, »können Sie mir erklären, weshalb Sie uns nicht umgehend mitgeteilt haben, daß Helene Petrovic befürchtete, die Anderson-Embryos verwechselt zu haben?«

»Weil sie sich nicht sicher war.« George Mannings Schultern waren vornübergebeugt. Seine Gesichtsfarbe, normalerweise von gesundem Rosa, war aschfahl. Sogar der bewundernswerte silberweiße Haarschopf erschien jetzt mattgrau und verblichen. Seit der Geburt des jüngsten Anderson-Kindes war Manning sichtbar gealtert.

»Dr. Manning, Sie haben wiederholt gesagt, daß die Gründung und Leitung des Instituts für künstliche Fortpflanzung die Hauptleistung ihres Lebens darstellt. War Ihnen bewußt, daß Helene Petrovic die Absicht hatte, ihr recht beträchtliches Vermögen der Forschung an der Klinik zu vermachen?«

»Wir hatten darüber geredet. Sehen Sie, der bisherige Erfolg auf unserem Gebiet ist noch nicht annähernd so, wie wir es uns wünschen würden. Es ist sehr teuer für eine Frau, eine künstliche Befruchtung zu bekommen, der Preis liegt zwischen zehn- und zwanzigtausend Dollar. Wenn dann keine Schwangerschaft erfolgt, fängt die ganze Prozedur von vorne an. Obwohl manche Kliniken eine Erfolgsquote von eins zu fünf angeben, liegen die tatsächlichen Zahlen eher bei eins zu zehn.«

»Herr Doktor, Sie sind sehr darauf bedacht, daß die Rate erfolgreicher Schwangerschaften an Ihrer Klinik steigt?«

»Ja, natürlich.«

»War es nicht ein ziemlich harter Schlag für Sie letzten Montag, als Helene Petrovic nicht nur kündigte, sondern gestand, daß ihr womöglich ein wirklich schlimmer Fehler unterlaufen war?«

»Es war niederschmetternd.«

»Doch selbst nachdem man sie ermordet aufgefunden hatte, enthielten Sie uns den entscheidenden Kündigungsgrund vor, den sie Ihnen genannt hatte.« Dwyer beugte sich über seinen Schreibtisch. »Was hat Ihnen Mrs. Petrovic sonst noch bei dieser Besprechung letzten Montag erzählt, Dr. Manning?«

Manning faltete seine Hände. »Sie hat gesagt, sie hätte vor, ihr Haus in Lawrenceville zu verkaufen und wegzuziehen, und daß sie vielleicht auf Dauer nach Frankreich gehen wollte.«

»Und was haben Sie von diesem Plan gehalten?«

»Ich war bestürzt«, flüsterte er. »Ich war überzeugt, daß sie wegläuft.«

»Wovor wegläuft, Herr Doktor?«

George Manning wußte, daß alles vorbei war. Er konnte die Klinik nicht länger in Schutz nehmen. »Ich hatte das Gefühl, daß sie Angst hatte, falls das Anderson-Baby nicht Jonathans Zwillingsbruder war, könnte es zu einem Ermittlungsverfahren kommen, das vielleicht viele Fehler im Labor ans Tageslicht bringen würde.«

»Das Testament, Dr. Manning. Haben Sie auch gedacht, Helene Petrovic könnte ihr Testament ändern?«

»Sie hat mir gesagt, es täte ihr leid, aber es sei nötig. Sie wolle für lange Zeit ihren Beruf an den Nagel hängen und hätte jetzt Verwandte zu berücksichtigen.«

John Dwyer war auf die Antwort gestoßen, deren Existenz er schon vermutet hatte. »Dr. Manning, wann haben Sie zum letztenmal mit Edwin Collins gesprochen?«

»Er hat mich an dem Tag, bevor er verschwunden ist, angerufen.« Dr. George Manning mochte nicht, was er in Dwyers Augen wahrnahm. »Es war der erste Kontakt, den ich überhaupt mit ihm hatte, ob telefonisch oder schriftlich, seit er mir Helene Petrovic für die Stelle vermittelt hatte«, sagte er mit abgewandtem Blick, unfähig, sich dem Ausdruck von Unglauben und Mißtrauen auszusetzen, den er aus der Miene des Staatsanwalts herauslas.

44

Meg beschloß, sich den Besuch im Büro zu sparen, und kam um vier Uhr bei ihrem Apartmentgebäude an. Ihr Briefkasten quoll über. Sie zog all die Kuverts und Anzeigen und Wurfsendungen heraus und nahm dann den Aufzug zu ihrer Wohnung im dreizehnten Stock.

Sie öffnete sofort die Fenster, um den warmen abgestandenen Mief zu vertreiben, stand dann eine Weile da und blickte über das Wasser zur Freiheitsstatue hinüber. Heute kam ihr die Dame fremd und furchterregend vor, mit ihren von der späten Nachmittagssonne herrührenden Schatten.

Beim Anblick der Statue mußte sie oft an ihren Großvater Pat Kelly denken, der als Teenager mit leeren Händen in dieses Land gekommen war und so geschuftet hatte, um sein Glück zu machen.

Was würde ihr Großvater wohl denken, wenn er wüßte, daß seine Tochter Catherine womöglich alles, wofür sie gearbeitet hatte, verlieren würde, weil ihr Mann sie jahrelang hintergangen hatte?

Scottsdale, Arizona. Meg blickte auf die Gewässer des New Yorker Hafens und begriff plötzlich, was ihr ständig im Kopf herumgegangen war. Arizona war im Südwesten. Palomino klang nach Südwesten.

Sie ging zum Telefon, verlangte nach der Vermittlung und erkundigte sich nach der Vorwahl für Scottsdale, Arizona.

Anschließend rief sie die Auskunftsstelle von Arizona an.

Als sich jemand meldete, fragte sie: »Haben Sie eine Nummer für einen Edwin Collins oder einen E. R. Collins?«

Es lag kein Eintrag vor.

Meg stellte eine weitere Frage. »Haben Sie eine Nummer für Palomino Lederwaren?«

Es blieb eine Weile still, dann sagte die Stimme: »Einen Moment, hier ist die Nummer.«

TEIL III

45

Am Montag abend, als Mac von der Arbeit nach Hause kam, war Kyle so fröhlich wie sonst auch. Er berichtete seinem Vater, er habe all den Kindern in der Schule von dem Kerl im Wald erzählt.

»Die haben alle gesagt, was für eine Angst sie dann haben würden«, erklärte er mit Befriedigung. »Ich hab' ihnen gesagt, wie unheimlich schnell ich gerannt bin und ihm entkommen bin. Hast du deinen Freunden davon erzählt?«

»Nein, hab' ich nicht.«

»Kannst du aber, wenn du möchtest«, sagte Kyle großmütig.

Als Kyle sich umdrehte, hielt Mac ihn am Arm fest. »Kyle, warte einen Moment.«

»Was ist denn?«

»Laß mich mal sehen!«

Kyle trug ein Flanellhemd, das lose am Hals saß. Mac schob es zurück und legte gelbliche und lilafarbene Druckstellen am Halsansatz seines Sohnes bloß. »Hast du die gestern abend abgekriegt?«

»Ich hab' dir doch gesagt, daß der Kerl mich gepackt hat.«

»Du hast gesagt, daß er dich geschubst hat.«

»Zuerst hat er mich gepackt, aber ich bin entwischt.«

Mac fluchte leise vor sich hin. Er hatte am Abend nicht daran gedacht, Kyle zu untersuchen. Er hatte das Gespensterkostüm angehabt und darunter ein weißes Hemd mit Rollkragen. Mac war davon ausgegangen, daß der Mann mit der Kamera Kyle nur geschubst hatte. Statt dessen hatte er ihn am Hals gepackt. Starke Finger hatten diese Quetschungen verursacht.

Mac hielt einen Arm um seinen Sohn, während er die Polizei anrief. Gestern abend hatte er sich widerwillig von Meg umstimmen lassen, als sie ihn beschwor, nicht die Polizei zu benachrichtigen.

»Mac, es ist so schon schlimm genug, ohne daß die Medien wieder einen frischen Aufhänger zu der ganzen Sache bekommen«, hatte sie erklärt. »Paß nur auf, irgend jemand schreibt dann, daß Dad sich hier herumtreibt! Der Staatsanwalt ist überzeugt, daß er Kontakt mit uns aufnehmen wird.«

Ich habe lange genug zugelassen, daß Meg mich aus all dem heraushält, dachte Mac voller Ingrimm. Das wird von jetzt ab anders. Das war nicht bloß ein Kameramann, der da draußen auf der Lauer lag.

Schon nach dem ersten Klingelzeichen nahm jemand den Hörer ab. »Polizeirevier, Thorne am Apparat.«

Eine Viertelstunde später war ein Streifenwagen beim Haus. Es war unübersehbar, daß die beiden Polizisten nicht erfreut über die Tatsache waren, daß man sie nicht schon früher gerufen hatte. »Dr. MacIntyre, gestern abend war Halloween. Wir befürchten immer, daß sich irgendein Verrückter hier rumtreibt, der es auf ein Kind abgesehen hat. Der Kerl ist vielleicht noch woanders hingegangen.«

»Ich gebe zu, ich hätte anrufen sollen«, entgegnete Mac, »aber ich glaube nicht, daß dieser Mann hinter Kindern her war. Er war genau gegenüber vom Eßzimmerfenster der Collins', und Meghan Collins war deutlich zu sehen.«

Er sah, wie die beiden Beamten Blicke wechselten. »Ich denke, darüber sollte die Staatsanwaltschaft informiert werden«, sagte einer der beiden.

Auf der ganzen Rückfahrt von ihrem Apartment war ihr die bittere Wahrheit immer deutlicher zu Bewußtsein gekommen. Meghan wußte, sie hatte jetzt praktisch die Bestätigung dafür, daß ihr Vater eine zweite Familie in Arizona hatte.

Als sie das Lederwarengeschäft Palomino angerufen hatte, war die Besitzerin am Apparat. Die Frau war erstaunt, als Meg sie wegen der Nachricht auf dem Anrufbeantworter befragte. »Der Anruf stammt nicht von hier«, erklärte sie kurzum.

Sie bestätigte allerdings, daß sie eine Kundin namens Mrs. E. R. Collins habe, mit einer Tochter in den Zwanzigern.

Danach weigerte sie sich, telefonisch weitere Auskünfte zu erteilen.

Es war halb acht, als Meg in Newtown ankam. Sie bog in die Einfahrt ein und war verblüfft, Macs roten Chrysler und einen weiteren, ihr unbekannten Wagen vor dem Haus vorzufinden. Was ist denn jetzt los? dachte sie bestürzt. Sie parkte ihren Wagen hinter den anderen Fahrzeugen und eilte die Verandastufen hinauf. Es genügte offenbar schon, wenn irgend etwas Unerwartetes geschah, um ihr Herz vor Entsetzen schneller schlagen zu lassen.

Die Kriminalbeamtin Arlene Weiss war mit Catherine, Mac und Kyle im Wohnzimmer. In Macs Stimme schwang keine Rechtfertigung mit, als er Meg informierte, weshalb er die Polizei am Ort und dann die Staatsanwaltschaft über den Störenfried benachrichtigt hatte. Meg schloß vielmehr aus Macs kurz angebundener Art, daß er wütend war. Kyle war mißhandelt und in Angst und Schrecken versetzt worden; irgend so ein Psychopath hätte ihn erwürgen können, und ich habe Mac daran gehindert, die Polizei zu rufen, dachte sie. Sie warf ihm nicht vor, daß er stocksauer war.

Kyle saß zwischen Catherine und Mac auf dem Sofa. Er rutschte hinunter und kam durch den Raum auf sie zu. »Meg, schau doch nicht so traurig. Es geht mir gut.« Er legte ihr die Hände auf die Wangen. »Ehrlich, es geht mir gut.«

Sie blickte in seine ernsten Augen, umarmte ihn dann heftig. »Aber ja, Kumpel.«

Beamtin Weiss blieb nicht lange. »Miss Collins, ob Sie's glauben oder nicht, wir wollen Ihnen helfen«, sagte sie, während Meghan sie zur Tür geleitete. »Wenn Sie solche Vorfälle wie den von gestern abend nicht melden oder andere Leute melden lassen, dann behindern Sie dieses Ermittlungsverfahren. Wir hätten innerhalb von Minuten ein Polizeifahrzeug hier haben können, wenn Sie uns angerufen hätten. Laut Kyle hatte dieser Mann eine große Kamera, die ihn bei der Flucht behindert hätte. Bitte, gibt es sonst noch etwas, was wir wissen sollten?«

»Nichts«, erwiderte Meg.

»Mrs. Collins hat mir gesagt, daß Sie in Ihrer Wohnung waren. Haben Sie noch weitere Fax-Nachrichten erhalten?«

»Nein.« Sie biß sich auf die Lippen, als sie an ihren Anruf bei Palomino Lederwaren dachte.

Arlene Weiss starrte sie an. »Ah so. Also, wenn Ihnen irgend etwas einfällt, was für uns von Interesse sein könnte, dann wissen Sie ja, wo Sie uns finden.«

Als Miss Weiss ging, sagte Mac zu Kyle: »Geh in den Hobbyraum. Du kannst eine Viertelstunde fernsehen. Dann müssen wir gehen.«

»Laß nur, Dad. Es läuft nichts Gutes. Ich bleibe hier.«

»Das war kein Vorschlag.«

Kyle sprang auf. »Prima. Du brauchst dich nicht gleich aufzuregen.«

»Richtig, Dad«, stimmte Meghan zu. »Du brauchst dich nicht gleich aufzuregen.«

Kyle gab ihr eine *high five*, als er an ihrem Sessel vorbeikam.

Mac wartete, bis er die Tür zum Hobbyraum zuschnappen hörte. »Was hast du herausgefunden, als du bei dir in der Wohnung warst, Meghan?«

Meg warf einen Blick auf ihre Mutter. »Den Ort, wo das Palomino-Ledergeschäft ist, und daß sie eine Kundin haben, die Mrs. E. R. Collins heißt.«

Ihre Mutter sog scharf die Luft ein. Meghan schenkte dem keine Beachtung und erzählte den beiden von ihrem Anruf in Scottsdale.

»Ich fliege morgen dorthin«, erklärte sie. »Wir müssen wissen, ob die Mrs. Collins dort die Frau ist, die Cyrus Graham damals mit Dad sah. Wir können uns erst sicher sein, wenn ich sie treffe.«

Catherine Collins hoffte, daß der Schmerz, den sie im Gesicht ihrer Tochter sah, sich nicht in ihrer Miene widerspiegelte, während sie jetzt ruhig sagte: »Meggie, wenn du dieser toten jungen Frau so ähnlich siehst und die Frau in Scottsdale die Mutter dieses Mädchens ist, dann könnte es schrecklich für sie sein, dich zu sehen.«

»Nichts kann es für die Mutter dieses Mädchens leichter machen, wer auch immer sie sein mag.«

Sie war dankbar, daß sie nicht versuchten, sie von ihrem Plan abzubringen. Mac sagte vielmehr: »Meg, erzähl niemandem, und ich meine *niemandem,* wo du hinfährst. Wie lange wirst du dich dort aufhalten?«

»Höchstens bis übermorgen.«

»Dann bist du also, sofern irgend jemand fragt, in deiner Wohnung. Laß es dabei bewenden.«

Als er Kyle einsammelte, sagte er: »Catherine, wenn Kyle und ich morgen abend zum Gasthof kommen, kannst du dann vielleicht mit uns zusammen essen?«

Catherine brachte ein Lächeln zuwege. »Liebend gern. Was soll denn auf der Tageskarte stehen, Kyle?«

»Chicken McNuggets?« fragte er hoffnungsvoll.

»Willst du mich in den Ruin treiben? Komm mal eben mit. Ich hab' ein paar Kekse mitgebracht. Nimm dir welche mit.« Sie nahm ihn mit in die Küche.

»Catherine ist sehr taktvoll«, sagte Mac. »Ich glaube, sie hat gemerkt, daß ich eine Minute mit dir allein sein wollte. Meg, ich hab' es nicht gern, daß du alleine dorthin fährst, aber ich glaube, ich verstehe dich. Ich will jetzt die Wahrheit wissen. Gibt es irgend etwas, was du mir vorenthältst?«

»Nein.«

»Meg, ich lass' es nicht mehr zu, daß du mich ausschließt. Gewöhne dich dran! Wie kann ich helfen?«

»Ruf morgen früh Stephanie Petrovic an, und wenn sie nicht da ist, ruf ihren Anwalt an. Ich hab' ein komisches Gefühl wegen Stephanie. Ich hab' drei- oder viermal versucht sie zu erreichen, und sie war den ganzen Tag nicht da. Ich hab' sie sogar noch vor einer halben Stunde vom Auto aus angerufen. Ihr Kind soll in zehn Tagen kommen, und es geht ihr miserabel. Neulich, nach der Beerdigung ihrer Tante, war sie völlig fertig und wollte sich nur so schnell wie möglich hinlegen. Ich kann mir nicht vorstellen, wo sie so lange bleibt. Ich geb' dir eben die beiden Nummern.«

Als Mac und Kyle wenige Minuten später gingen, blieb es nicht bei Macs üblichem raschen, freundlichen Kuß auf die Wange. Statt dessen nahm er jetzt wie zuvor sein Sohn Megs Gesicht in die Hände.

»Paß auf dich auf«, ermahnte er sie, ehe sich seine Lippen fest über ihren schlossen.

46

Montag war ein schlechter Tag für Bernie gewesen. Er stand bei Morgengrauen auf, setzte sich in den angeschlagenen, mit Lederimitat bezogenen Lehnstuhl und begann wieder und wieder das Video anzuschauen, das er von seinem Versteck im Wald aus von Meghan aufgenommen hatte. Er hätte es sich lieber schon gestern abend nach seiner Heimkehr angesehen, doch seine Mutter hatte darauf bestanden, daß er ihr Gesellschaft leistete.

»Ich bin so viel allein, Bernard«, hatte sie sich beklagt. »Du bist früher am Wochenende nie so oft weggewesen. Du hast doch nicht etwa ein Mädchen, oder?«

»Natürlich nicht, Mama«, hatte er erklärt.

»Du weißt doch, was für Ärger du dir schon wegen Mädchen eingehandelt hast.«

»Das war alles nicht meine Schuld, Mama.«

»Ich hab' nicht gesagt, daß es deine Schuld war. Ich hab' gesagt, daß Mädchen Gift für dich sind. Bleib ihnen vom Leib.«

»Ja, Mama.«

Wenn Mama in eine dieser Stimmungen geriet, war es am besten für Bernie, ihr zuzuhören. Er hatte noch immer Angst vor ihr. Er zitterte noch immer, wenn er an die Zeiten zurückdachte, als er ein Junge war und sie plötzlich mit dem Riemen in der Hand erschien. »Ich hab' gesehen, daß du dir diesen Schund im Fernsehen anschaust, Bernard. Ich kann diese dreckigen Gedanken in deinem Kopf lesen.«

Mama würde nie verstehen, daß seine Empfindungen für Meghan rein und wundervoll waren. Er wollte einfach nur in Meghans Nähe sein, sie sehen, das Gefühl haben, daß er sie immer dazu bringen konnte, zu ihm aufzuschauen und ihn anzulächeln. Wie gestern abend zum Beispiel. Wenn er an das

Fenster geklopft und sie ihn erkannt hätte, hätte sie sich bestimmt nicht erschrocken. Sie wäre zur Tür gelaufen, um ihn reinzulassen. Sie hätte gesagt: »Bernie, was tun Sie denn hier?« Vielleicht hätte sie ihm eine Tasse Tee gemacht.

Bernie beugte sich vor. Er kam jetzt wieder zu der schönen Stelle, wo Meghan so auf ihre Beschäftigung konzentriert aussah, während sie am Kopfende des Eßzimmertisches mit all den Unterlagen vor sich dasaß. Mit seinem Zoom war es ihm gelungen, ihr Gesicht in Großaufnahme heranzuholen. Die Art, wie sie anfing, die Lippen zu befeuchten, hatte etwas an sich, was ihn erregte. Ihre Bluse war am Hals offen. Er war sich nicht sicher, ob er dort ihren Puls schlagen sehen konnte, oder ob er sich das nur einbildete.

»Bernard! Bernard!«

Seine Mutter war am oberen Treppenabsatz und brüllte nach ihm. Wie lange sie wohl schon rief?

»Ja, Mama. Ich komme.«

»Hast lange genug gebraucht«, fuhr sie ihn an, als er die Küche betrat. »Du kommst noch zu spät zur Arbeit. Was hast du denn gemacht?«

»Bißchen aufgeräumt. Ich weiß doch, du willst, daß ich alles ordentlich zurücklasse.«

Fünfzehn Minuten später war er im Auto. Er fuhr die Straße hinunter, unschlüssig, wohin er wollte. Ihm war klar, daß er sich ein paar Fahrgäste am Flugplatz verschaffen mußte. Bei all den Geräten, die er kaufte, war es nötig, daß er etwas Geld verdiente. Er mußte sich zwingen, das Steuer herumzudrehen und den Wagen in Richtung La Guardia zu dirigieren.

Er verbrachte den Tag damit, die Strecke zum Flughafen hin und her zu fahren. Bis zum Spätnachmittag lief es ganz zufriedenstellend, als sich irgendein Kerl über den Verkehr beschwerte. »Himmelherrgott, gehen Sie doch auf die linke Spur. Sehen Sie denn nicht, daß die hier verstopft ist?«

Bernie hatte wieder angefangen, an Meghan zu denken, ob es wohl ungefährlich war, an ihrem Haus vorbeizufahren, sobald es dunkel wurde.

Eine Minute später meckerte der Passagier: »Hören Sie, ich hab' gewußt, ich hätte lieber ein Taxi nehmen sollen. Wo haben Sie eigentlich fahren gelernt? Machen Sie doch voran, verdammt noch mal!«

Bernie war an der letzten Ausfahrt des Grand Central Parkway vor der Triborough Bridge. Er machte eine scharfe Rechtskurve auf die Parallelstraße zum Parkway und brachte den Wagen am Bordstein zum Stehen.

»Was zum Teufel machen Sie da?« protestierte der Fahrgast.

Der große Koffer des Mannes stand neben Bernie auf dem Vordersitz. Er lehnte sich zur Seite, öffnete die Tür und schob den Koffer hinaus. »Hauen Sie ab«, befahl er. »Besorgen Sie sich ein Taxi.«

Er fuhr mit dem Kopf herum und schaute dem Kerl ins Gesicht. Sie starrten sich gegenseitig in die Augen.

Die Miene des Passagiers schlug in einen Ausdruck der Panik um. »Schon gut, beruhigen Sie sich! Tut mir leid, wenn ich Sie aufgeregt hab'.«

Er sprang aus dem Wagen und zog seinen Koffer mit einem Ruck gerade noch weg, als Bernie mit Wucht auf das Gaspedal trat. Bernie suchte sich seinen Weg durch Seitenstraßen. Er fuhr besser nach Hause. Sonst würde er noch umkehren und dem Kerl eins in die Fresse schlagen.

Er begann bewußt tief einzuatmen. Das hatte ihm nämlich der Gefängnispsychiater für den Fall geraten, daß er die Wut in sich hochsteigen fühlte. »Sie müssen diese Wut in den Griff bekommen, Bernie«, hatte er ihn gewarnt. »Falls Sie nicht den Rest Ihres Lebens hier verbringen wollen.«

Bernie wußte, daß er nie wieder ins Gefängnis gehen würde. Er war zu allem bereit, um das zu verhindern.

Am Dienstag morgen fing Meghans Wecker um vier Uhr zu klingeln an. Sie hatte den Flug 9 von America West gebucht, Abflug 7 Uhr 25 vom Kennedy Airport aus. Es fiel ihr nicht schwer, aufzustehen. Sie hatte schlecht geschlafen. Sie duschte sich so heiß, wie sie es aushalten konnte, und war froh zu spüren, wie sich die angespannten Muskeln am Nacken und Rücken teilweise lockerten.

Während sie Unterwäsche und Strümpfe anzog, hörte sie den Wetterbericht im Radio. In New York war es unter null

Grad kalt. In Arizona sahen die Dinge natürlich anders aus. Während es am Abend zu dieser Jahreszeit kühl war, konnte es doch tagsüber, wie sie hörte, recht warm werden.

Eine leichte beige Wolljacke und lange Hosen mit einer gemusterten Bluse schienen eine gute Wahl zu sein. Darüber würde sie ihren Burberry ohne Futter tragen. Sie packte rasch die paar Dinge zusammen, die sie zum Übernachten benötigte.

Kaffeeduft begrüßte sie, als sie die Treppe herunterkam. Ihre Mutter war in der Küche. »Du hättest doch nicht aufstehen sollen«, protestierte Meg.

»Ich hab' nicht geschlafen.« Catherine Collins spielte mit dem Gürtel ihres Frotteemorgenrocks. »Ich hab' dir zwar nicht angeboten, mitzukommen, Meg, aber jetzt bekomme ich doch Zweifel. Vielleicht sollte ich dich das nicht alleine machen lassen. Bloß, wenn es dort in Scottsdale eine andere Mrs. Collins gibt, weiß ich nicht, was ich zu ihr sagen sollte. War sie so ahnungslos wie ich hinsichtlich dessen, was da vor sich ging? Oder hat sie gewußt, daß ihr Leben eine Lüge war?«

»Ich hoffe, daß ich noch heute ein paar Antworten bekomme«, sagte Meg, »und ich weiß mit Sicherheit, daß es besser ist, wenn ich das allein durchziehe.« Sie nippte etwas an dem Grapefruitsaft und nahm ein paar Schluck Kaffee. »Ich muß los. Es ist ein ganz schönes Stück bis zum Kennedy Airport. Ich will nicht in den Berufsverkehr geraten.«

Ihre Mutter begleitete sie zur Haustür. Meg umarmte sie kurz. »Ich komme in Phoenix um elf Uhr Ortszeit an. Ich ruf' dich heute am Spätnachmittag an.«

Sie spürte, wie ihre Mutter ihr nachschaute, als sie zum Wagen ging.

Der Flug verlief ereignislos. Sie hatte einen Fenstersitz und blickte lange Zeit unverwandt auf die wattigen Wolkenkissen hinaus. Sie dachte an ihren fünften Geburtstag, als ihre Mutter und ihr Vater sie zu Disney World mitnahmen. Es war ihr erster Flug damals. Sie hatte am Fenster gesessen, daneben ihr Vater, ihre Mutter auf der anderen Seite des Gangs.

Im Lauf der Jahre hatte ihr Vater sie wegen der Frage aufgezogen, die sie damals gestellt hatte. »Daddy, wenn wir aus dem Flugzeug rausgehen würden, könnten wir dann auf den Wolken laufen?«

Er hatte ihr geantwortet, so leid es ihm täte, die Wolken würden sie nicht tragen. »Aber ich werd' dich immer tragen, Meggie Anne«, hatte er versprochen. »Ich werde immer für dich da sein.«

Und das hatte er auch getan. Sie erinnerte sich an den schrecklichen Tag, als sie bei einem Wettlauf direkt vor der Ziellinie gestrauchelt war und dadurch dem Leichtathletikteam ihrer High School die Meisterschaft von Connecticut vermasselt hatte. Ihr Vater wartete damals schon auf sie, als sie aus der Sporthalle geschlichen kam, um den tröstenden Worten ihrer Mitkämpfer und der Enttäuschung auf ihren Gesichtern zu entgehen.

Er hatte ihr Verständnis, nicht Trost angeboten. »Es gibt Ereignisse in unserem Leben, Meghan«, hatte er ihr erklärt, »die uns in der Erinnerung, egal, wie alt wir werden, immer wieder weh tun. Ich fürchte, du hast dir gerade eines dieser Ereignisse eingehandelt.«

Eine Welle der Zärtlichkeit durchfuhr Meghan und war dann wieder verebbt, als ihr die Zeiten einfielen, als ihr Vater wegen angeblich dringender Geschäfte verreist war. Manchmal sogar an Feiertagen wie Thanksgiving und Weihnachten. Hatte er sie in Scottsdale gefeiert? Mit seiner anderen Familie? An Feiertagen war immer so viel Betrieb im Gasthof. Wenn er nicht daheim war, dann aßen sie und ihre Mutter dort gemeinsam zu Abend, aber ihre Mutter stand immer wieder auf, um Gäste zu begrüßen und in der Küche nach dem Rechten zu sehen.

Ihr fiel die Zeit wieder ein, als sie vierzehn war und Jazztanz-Unterricht nahm. Ihr Vater war von einer seiner Reisen zurückgekommen, und sie führte ihm die neuesten Schritte vor, die sie nun beherrschte.

»Meggie«, hatte er geseufzt, »Jazz ist gute Musik und eine schöne Tanzform, aber der Walzer ist der Tanz der Engel.« Er hatte ihr den Wiener Walzer beigebracht.

Sie war erleichtert, als der Pilot ankündigte, daß sie zur Landung auf dem Flughafen Sky Harbor International ansetzten, wo die Temperatur am Boden 20 Grad betrug.

Meghan holte ihre Sachen aus den Ablagefächern und wartete ungeduldig, daß die Kabinentür aufging. Sie wollte diesen Tag so schnell wie möglich hinter sich bringen.

Die Mietwagenagentur lag im Barry Goldwater Terminal. Meghan schaute noch die Adresse des Palomino-Lederwaren-Geschäfts nach und fragte, als sie sich für einen Wagen einschrieb, nach dem Weg dorthin.

»Das ist im Bogota-Viertel von Scottsdale«, erklärte die Agenturangestellte. »Es ist eine wunderbare Einkaufsgegend, wo Sie sich wie in einer mittelalterlichen Stadt vorkommen werden.«

Auf einer Straßenkarte zeigte sie Meghan die Strecke. »Sie kommen in fünfundzwanzig Minuten hin«, erklärte sie.

Während der Fahrt nahm Meghan die Schönheit der Berge in der Ferne und des wolkenlosen, intensiv blauen Himmels in sich auf. Als sie die Gewerbeviertel hinter sich hatte, begannen Palmen und Orangenbäume und Kandelaber-Kakteen die Landschaft zu durchziehen.

Sie kam an dem im Adobe-Stil erbauten Hotel Safari vorbei. Mit seinen leuchtenden Oleanderbüschen und hohen Palmen sah es heiter und einladend aus. Dort hatte Cyrus Graham seinen Stiefbruder, ihren Vater, vor nunmehr fast elf Jahren gesehen.

Das Lederwarengeschäft Palomino lag anderthalb Kilometer weiter an der Scottsdale Road. Die Gebäude hier hatten burgähnliche Türme und Wände mit Brüstungen und Zinnen. Das Kopfsteinpflaster auf den Straßen ließ an eine europäische Kleinstadt denken. Die Boutiquen, die sich aneinanderreihten, waren klein und sahen allesamt teuer aus. Meghan bog nach links in den Parkplatz ein, der gleich hinter dem Lederwarengeschäft lag, und stieg aus. Sie stellte bestürzt fest, daß ihre Knie zitterten.

Der ausgeprägte Geruch von feinem Leder schlug ihr entgegen, als sie das Geschäft betrat. Handtaschen in allen Größen vom Abendtäschchen bis zum Umhängebeutel waren geschmackvoll in Regalen und auf Tischen angeordnet. Ein Schaukasten bot Brieftaschen, Schlüsselanhänger und Schmuck dar. Aktenmappen und Koffer waren in dem weiträumigen Bereich sichtbar, der vom Eingang aus gesehen einige Stufen tiefer und weiter hinten lag.

Nur eine weitere Person war in dem Laden. Sie stand hinter der Kasse, eine junge Frau mit attraktiven indianischen Gesichtszügen und vollem, schwarzem Haar, das ihr über den Rücken fiel. Sie blickte auf und lächelte. »Kann ich Ihnen helfen?« Ihr Tonfall und Verhalten deuteten nicht darauf hin, daß Meghan ihr bekannt vorkam.

Meghan dachte rasch nach. »Das hoffe ich. Ich bin nur ein paar Stunden hier, und ich möchte ein paar Verwandte aufsuchen. Ich hab' ihre Adresse nicht, und sie stehen nicht im Telefonbuch. Ich weiß, daß sie hier einkaufen, und hab' gehofft, daß ich vielleicht von Ihnen die Adresse oder Telefonnummer erfahren könnte.«

Die Verkäuferin zögerte. »Ich bin neu hier. Wie wär's, wenn Sie in ungefähr einer Stunde wiederkommen? Dann ist die Besitzerin da.«

»Bitte«, sagte Meghan. »Ich hab' so wenig Zeit.«

»Wie ist der Name? Ich kann ja nachschauen, ob die Leute hier eingetragen sind.«

»E. R. Collins.«

»Oh«, sagte die Verkäuferin, »Sie müssen gestern angerufen haben.«

»Richtig.«

»Ich war hier. Nachdem Mrs. Stoges, die Besitzerin, mit Ihnen gesprochen hatte, hat sie mir von Mr. Collins' Tod erzählt. War er ein Verwandter?«

Meghans Mund wurde trocken. »Ja. Deshalb möchte ich auch unbedingt bei der Familie vorbeischauen.«

Die Verkäuferin stellte den Computer an. »Hier ist die Adresse und Telefonnummer. Ich fürchte, ich muß aber Mrs. Collins anrufen und fragen, ob ich sie Ihnen geben darf.«

Meghan blieb nichts anderes übrig, als zu nicken. Sie beobachtete, wie die Knöpfe auf dem Telefon rasch hintereinander gedrückt wurden.

Einen Augenblick später sprach die junge Frau in den Hörer: »Mrs. Collins? Hier ist Palomino Lederwaren. Da ist eine junge Dame hier, die Sie gerne besuchen möchte, eine Verwandte. Ist es in Ordnung, wenn ich ihr Ihre Adresse gebe?«

Sie lauschte, schaute dann Meghan an. »Darf ich fragen, wie Sie heißen?«

»Meghan. Meghan Collins.«

Die Verkäuferin wiederholte den Namen, hörte wieder zu, verabschiedete sich dann und legte auf. Sie lächelte Meghan an. »Mrs. Collins möchte gern, daß Sie gleich zu ihr kommen. Sie wohnt nur zehn Minuten von hier entfernt.«

47

Frances stand da und schaute hinten am Haus zum Fenster hinaus. Eine niedrige, mit einer Eisenbrüstung versehene Stuckmauer umschloß das Schwimmbecken und die Veranda. Das Grundstück grenzte an das weitläufige Wüstengebiet an, in dem das Reservat der Pima-Indianer lag. In der Ferne glitzerte der »Kamelrücken«, der Berg Camelback, in der Mittagssonne. Ein unangemessen strahlender Tag zur Entlarvung aller Geheimnisse, dachte sie.

Annie war also doch nach Connecticut gefahren, hatte Meghan aufgesucht und sie hierhergeschickt. Warum hätte Annie auch die Wünsche ihres Vaters respektieren sollen, fragte sich Frances voller Ingrimm. Welche Loyalität schuldet sie ihm oder mir?

Während der zweieinhalb Tage, seit sie die Nachricht auf Edwins Anrufbeantworter hinterlassen hatte, wartete sie nun, von Hoffnung und Furcht gebeutelt.

Der Anruf, den sie gerade von Palomino erhalten hatte, war nicht der, auf den sie gehofft hatte. Aber Meghan Collins konnte ihr vielleicht wenigstens sagen, wann sie Annie gesehen hatte, möglicherweise auch, wo Frances sie erreichen konnte.

Das Glockenspiel läutete durchs Haus, sanft, melodiös und dennoch schneidend. Frances wandte sich um und ging zur Haustür.

Als Meghan vor der Nummer 1006 in der Doubletree Ranch Road stehenblieb, hatte sie ein einstöckiges, cremefarbenes Stuckhaus mit einem roten Ziegeldach vor sich, am Rand der Wüste gelegen. Leuchtendroter Hibiskus und Kakteen rahmten die Vorderseite des Anwesens ein, in Harmonie mit der rauhen Schönheit der Bergkette in der Ferne. Auf ihrem Weg zur Haustür kam sie am Fenster vorbei und erhaschte einen flüchtigen Blick auf die Frau im Inneren des Hauses. Sie konnte ihr Gesicht nicht sehen, stellte aber fest, daß die Frau groß und sehr schlank war, mit lose zu einem Knoten gesteckten Haaren. Sie schien eine Art Kittel zu tragen.

Meghan klingelte, dann öffnete sich die Tür.

Die Frau rang nach Luft, sichtbar um Fassung bemüht. Ihr Gesicht wurde bleich. »Mein Gott«, flüsterte sie. »Ich hab' ja gewußt, daß Sie wie Annie aussehen, aber ich hatte keine Ahnung ...« Um weitere Worte im Keim zu ersticken, fuhr sie sich mit der Hand an den Mund und preßte sie gegen die Lippen.

Das ist Annies Mutter, und sie weiß nicht, daß Annie tot ist. Voller Entsetzen dachte Meghan: Für sie wird es noch schlimmer sein, daß ich hier bin. Wie würde sich Mom fühlen, wenn es Annie wäre, die in Connecticut auftauchen und ihr sagen würde, ich sei tot?

»Kommen Sie herein, Meghan.« Die Frau wich zur Seite, die Hand noch immer um den Türgriff geklammert, als hielte sie sich daran fest. »Ich bin Frances Grolier.«

Meghan war sich nicht klar, was für einen Menschen sie vorzufinden erwartet hatte, aber sicher nicht diese Frau mit ihrem frischen, schlichten Aussehen, graumelierten Haaren, kräftigen Händen und einem schmalen, von Falten durchzogenen Gesicht. Die Augen, in die sie blickte, wirkten unglücklich und verstört.

»Hat die Verkäuferin von Palomino Sie nicht Mrs. Collins genannt, als sie anrief?« fragte Meghan.

»Die Händler kennen mich als Mrs. Collins.«

Sie trug einen goldenen Ehering. Meghan betrachtete ihn unverhohlen.

»Ja«, sagte Frances Grolier. »Um den Schein zu wahren, hat mir Ihr Vater den gegeben.«

Meghan mußte daran denken, wie ihre Mutter den Ehering umklammert hatte, nachdem die Hellseherin ihn ihr zurückgeschickt hatte. Sie wandte den Blick von Frances Grolier ab, mit einemmal von einem überwältigenden Gefühl des Verlusts durchflutet. Eindrücke des Raums ringsum wurden gleichsam durch die Trübsal dieses Augenblicks gefiltert.

Das Haus war in Wohn- und Arbeitsbereiche aufgeteilt, die von vorn bis hinten reichten.

Vorne lag das Wohnzimmer. Ein Sofa vor dem offenen Kamin. Erdfarbene Fliesen auf dem Boden.

Der kastanienbraune Lehnstuhl mit dem dazu passenden Fußschemel seitlich vom Kamin: exakte Ebenbilder der Möbel im Arbeitszimmer ihres Vaters; Bücherregale in angenehmer Reichweite vom Sessel. Dad schätzte es offenbar, sich zu Hause zu fühlen, wo immer er war, dachte Meghan voller Bitterkeit.

Eingerahmte Fotos, die so auf dem Sims standen, daß sie sofort ins Auge fielen, zogen sie wie magnetisch an. Es waren Familienbilder ihres Vaters mit dieser Frau und einem jungen Mädchen, das leicht ihre Schwester hätte sein können, tatsächlich aber ihre Halbschwester war – vielmehr gewesen war.

Ein Bild fesselte sie ganz besonders. Es war eine Weihnachtsszene. Ihr Vater, mit einer Fünf- oder Sechsjährigen auf dem Schoß, von Geschenken umgeben. Eine junge Frances Grolier hinter ihm auf den Knien, die Arme um seinen Hals geschlungen. Alle in Pyjamas und Morgenröcken. Eine glückliche Familie.

War das einer jener Weihnachtstage, an denen ich ständig um ein Wunder betete, Daddy möge doch plötzlich zur Tür hereinspazieren? überlegte Meghan.

Ihr wurde übel vor plötzlich aufsteigendem Schmerz. Sie wandte sich ab und entdeckte an der gegenüberliegenden

Wand die Büste auf dem Sockel. Auf bleiernen Füßen bewegte sie sich dorthin.

Ein seltenes Talent hatte dieses bronzene Ebenbild ihres Vaters geschaffen. Liebe und Verständnis hatten den Anflug von Wehmut hinter dem Sprühen in seinen Augen erfaßt, den sensiblen Mund, die langen, ausdrucksvollen, unter dem Kinn gefalteten Finger, den noblen Haarschopf mit der Locke, die ihm immer nach vorn in die Stirn fiel.

Sie bemerkte, daß Sprünge am Hals und an der Stirn geschickt repariert worden waren.

»Meghan?«

Sie drehte sich um. Sie fürchtete sich davor, was sie dieser Frau jetzt sagen mußte.

Frances Grolier kam durch das Zimmer auf sie zu. Mit flehender Stimme sagte sie: »Ich bin auf alles vorbereitet, was Sie von mir halten mögen, aber *bitte* ... ich muß über Annie Bescheid wissen. Wissen Sie, wo sie ist? Und was ist mit Ihrem Vater? Hat er sich bei Ihnen gemeldet?«

Um sein Versprechen gegenüber Meghan einzuhalten, versuchte Mac am Dienstag morgen, angefangen um 9 Uhr, zu jeder vollen Stunde, Stephanie Petrovic zu erreichen. Ohne Erfolg.

Um zwölf Uhr fünfzehn rief er Charles Potters an, Helene Petrovics Testamentsvollstrecker. Als Potters am Apparat war, stellte sich Mac vor, erklärte, warum er anrief, und erfuhr, daß Potters sich ebenfalls Sorgen machte.

»Ich hab's gestern abend bei Stephanie versucht«, sagte Potters. »Mir war klar, daß Miss Collins über ihre Abwesenheit beunruhigt war. Ich gehe jetzt zum Haus hinüber. Ich hab' einen Schlüssel.«

Er versprach, zurückzurufen.

Anderthalb Stunden später berichtete Potters mit vor Entrüstung zitternder Stimme von Stephanies Schreiben. »Dieses hinterhältige Mädchen«, rief er aus. »Sie hat sich, was sie tragen konnte, unter den Nagel gerissen! Das Silberbesteck. Ein paar wunderhübsche Porzellanfiguren. Praktisch Helenes gesamte Garderobe. Ihren Schmuck. Diese Stücke waren für über fünfzigtausend Dollar versichert. Ich melde das der Polizei. Das ist ein Fall gemeinen Diebstahls.«

»Sie sagen, daß sie mit dem Vater des Babys weggegangen ist?« fragte Mac. »Nach dem, was ich von Meghan weiß, kann ich das kaum glauben. Sie hatte das Gefühl, daß Stephanie Angst davor hatte, ihn wegen Kindesunterhalts zu verklagen.«

»Was vielleicht nur vorgespielt war«, entgegnete Potters. »Stephanie Petrovic ist eine sehr kalte junge Frau. Ich kann Ihnen versichern, daß der Hauptgrund für ihren Kummer über den Tod ihrer Tante der Umstand war, daß diese ihr Testament nicht geändert hat, wie sie es nach Stephanies Behauptung vorhatte.«

»Mr. Potters, glauben Sie, daß Helene Petrovic vorhatte, ihr Testament zu ändern?«

»Das kann ich wirklich nicht beurteilen. Ich weiß allerdings, daß Helene in den Wochen vor ihrem Tod ihr Haus zum Verkauf angeboten und ihre Wertpapiere in Inhaberobligationen umgewandelt hat. Zum Glück waren die nicht in ihrem Safe.«

Nachdem Mac den Hörer aufgelegt hatte, lehnte er sich in seinen Stuhl zurück.

Wie lange konnte irgendein Laie, gleich wie begabt, ausgebildete Experten auf dem Gebiet der Fortpflanzungsendokrinologie und künstlichen Befruchtung hinters Licht führen? grübelte er. Und doch hatte Helene Petrovic es jahrelang fertiggebracht. Ich hätte es nicht gekonnt, dachte Mac, wobei er sich seine intensive medizinische Ausbildung vor Augen hielt.

Laut Meghan hatte Petrovic sich während ihrer Arbeit im Dowling Center für künstliche Fortpflanzung häufig im Laboratorium aufgehalten. Sie hatte womöglich auch eine Beziehung zu einem Arzt vom Valley Memorial, dem Krankenhaus, dem das Center angegliedert war.

Mac faßte einen Entschluß. Er würde sich am nächsten Tag freinehmen. Es gab Dinge, die man besser persönlich anging. Morgen würde er zum Valley Memorial in Trenton fahren und den Direktor des Instituts aufsuchen. Er mußte versuchen, einige Unterlagen einzusehen.

Mac hatte Dr. George Manning auf Anhieb sympathisch gefunden, war jedoch bestürzt und bekümmert darüber, daß Manning die Andersons nicht umgehend wegen der potentiellen Embryoverwechslung gewarnt hatte. Fraglos hatte er die Hoffnung gehegt, die Angelegenheit vertuschen zu können.

Jetzt fragte sich Mac, ob irgendeine Möglichkeit bestand, daß Helene Petrovics abrupter Entschluß, die Klinik zu verlassen, ihr Testament zu ändern, ihr Haus zu verkaufen und nach Frankreich zu ziehen, womöglich noch dunklere Gründe hatte als ihre Furcht vor einem Fehler im Labor. Insbesondere, dachte er, da es sich noch herausstellen konnte, daß der Jüngste der Andersons ihr biologisches Kind, wenn auch nicht der erwartete eineiige Zwilling war.

Mac wollte herausfinden, ob Dr. George Manning möglicherweise zu irgendeinem Zeitpunkt während der Jahre, in denen Helene Petrovic in dem angeschlossenen Center gearbeitet hatte, mit dem Valley Memorial in Verbindung gestanden hatte.

Manning wäre nicht der erste Mann, der seine Karriere für eine Frau weggeworfen hätte, und würde auch nicht der letzte sein. Technisch gesehen, war Petrovic über Collins and Carter Executive Search angeheuert worden. Doch gestern erst hatte Manning zugegeben, daß er mit Edwin Collins noch einen Tag, bevor dieser verschwand, gesprochen hatte. Hatten sie beide von diesen falschen Zeugnissen gewußt? Oder hatte ihr jemand anders aus der Manning-Belegschaft geholfen? Die Manning Clinic gab es erst seit etwa zehn Jahren. Ihre Jahresberichte enthielten sicher die Namen der leitenden Mitarbeiter. Er würde sich von seiner Sekretärin eine Kopie davon machen lassen.

Mac holte einen Notizblock hervor und schrieb mit seiner sauberen Handschrift, die den Witzen seiner Kollegen zufolge so untypisch für den Ärztestand war:

1. Edwin Collins nach Brückenunglück für tot gehalten, 28. Januar; kein Beweis.

2. Frau, die Meg ähnlich sieht (Annie?), erstochen, 21. Oktober.

3. »Annie« wurde vielleicht von Kyle am Tag vor ihrem Tod gesehen.

4. Helene Petrovic erschossen, Stunden nach Kündigung ihrer Stelle an der Manning Clinic, 25. Oktober. (Edwin Collins plazierte Helene Petrovic in der Manning Clinic und verbürgte sich für die Korrektheit ihrer falschen Angaben.)

5. Stephanie Petrovic warf Manning Clinic vor, den Tod ihrer Tante geplant zu haben, um Änderung ihres Testaments zu verhindern.

6. Stephanie Petrovic verschwand irgendwann zwischen Spätnachmittag des 31. Oktober und dem 2. November; hinterließ Brief mit der Behauptung, daß sie sich wieder mit dem Vater ihres Kindes zusammentut, einem Mann, vor dem sie offensichtlich Angst hatte.

Nichts ergab einen Sinn. Von einem allerdings war er überzeugt. Alles, was geschehen war, hatte irgendeine logische Verknüpfung. Wie bei Genen, dachte er. Sobald man die Struktur begreift, paßt plötzlich alles zusammen.

Er legte den Notizblock zur Seite. Er mußte mit seiner Arbeit vorankommen, wenn er sich den nächsten Tag für seine Fahrt zum Dowling Center freinehmen wollte. Es war vier Uhr. Das hieß, es war zwei Uhr in Arizona. Er fragte sich, wie es Meg erging, welchen Verlauf der Tag, der unglaublich schwierig für sie sein mußte, wohl nahm.

Meghan starrte Frances Grolier an. »Was meinen Sie damit, ob ich etwas von meinem Vater gehört habe?«

»Meghan, als er das letztemal hier war, habe ich mitbekommen, daß er vor Schwierigkeiten nicht mehr aus noch ein wußte. Er hatte solche Angst, war so bedrückt. Er hat gesagt, er wünschte, er könnte einfach verschwinden.

Meghan, Sie müssen es mir sagen. *Haben Sie Annie gesehen?«*

Nur wenige Stunden vorher hatte sich Meg an die Warnung ihres Vaters erinnert, daß manche Ereignisse einen Schmerz hervorrufen, den man nie mehr vergißt. Mitgefühl ergriff sie, als sie das Entsetzen in den Augen von Annies Mutter heraufdämmern sah.

Frances packte sie an den Armen. »Meghan, ist Annie krank?«

Meghan konnte nicht sprechen. Sie beantwortete den Anflug von Hoffnung in der beschwörenden Frage mit einem kaum wahrnehmbaren Kopfschütteln. »Ist sie ... ist Annie tot?«

»Es tut mir so leid.«

»Nein. Das kann nicht sein.« Frances Groliers Augen untersuchten flehentlich Meghans Gesicht. »Als ich die Tür aufgemacht hab' ... obwohl ich doch wußte, daß Sie kommen ... da hab' ich für diesen Bruchteil einer Sekunde gedacht, es ist Annie. Ich wußte, wie ähnlich Sie beide sich sehen. Ed hat mir Bilder gezeigt.« Ihre Knie gaben nach.

Meghan griff nach ihren Armen und half ihr, auf der Couch Platz zu nehmen. »Gibt es jemanden, den ich anrufen kann, irgendwen, den Sie jetzt gern bei sich hätten?«

»Niemanden«, flüsterte Frances. »Niemanden.« Ihre Blässe verwandelte sich in ein kränkliches Grau, während sie in den Kamin starrte, als habe sie plötzlich Meghans Anwesenheit vergessen.

Meghan sah hilflos zu, wie sich Frances Groliers Pupillen weiteten, ihr Gesichtsausdruck leer wurde. Sie erleidet einen Schock, dachte Meghan.

Dann fragte Frances mit einer Stimme, die völlig unbeteiligt klang: »Was ist mit meiner Tochter passiert?«

»Sie wurde erstochen. Ich war zufällig gerade in der Notaufnahme, als sie eingeliefert wurde.«

»Wer ...?«

Frances Grolier brachte die Frage nicht zu Ende.

»Annie war vielleicht das Opfer eines Raubüberfalls«, sagte Meghan ruhig. »Sie hatte keine Papiere bei sich außer einem Zettel mit meinem Namen und meiner Telefonnummer.«

»Das Notizpapier vom Drumdoe Inn?«

»Ja.«

»Wo ist meine Tochter jetzt?«

»Bei ... der Gerichtsmedizin in Manhattan.«

»Sie meinen das Leichenschauhaus.«

»Ja.«

»Wie haben Sie mich gefunden, Meghan?«

»Durch die Nachricht, die Sie neulich nachts hinterlassen haben, er solle Palomino Lederwaren zurückrufen.«

Ein gespenstisches Lächeln zuckte über Frances Groliers Lippen. »Ich hab' die Nachricht in der Hoffnung hinterlassen, Ihren Vater zu erreichen. Annies Vater. Er hat Ihnen immer den Vorrang eingeräumt, wissen Sie. Er hatte solche Angst, daß Sie und Ihre Mutter das mit uns herauskriegen. Die ganze Zeit hatte er so eine Angst.«

Meghan konnte erkennen, daß der Schock jetzt von Zorn und tiefem Kummer abgelöst wurde. »Es tut mir so leid.« Es war alles, was ihr zu sagen einfiel. Von da aus, wo sie saß, konnte sie das Weihnachtsfoto sehen. Es tut mir um uns alle so leid, dachte sie.

»Meghan, ich muß mit Ihnen reden, aber nicht jetzt. Ich muß alleine sein. Wo übernachten Sie?«

»Ich werde versuchen, ein Zimmer im Hotel Safari zu bekommen.«

»Dann ruf' ich Sie später dort an. Bitte gehen Sie!«

Als Meghan die Tür schloß, hörte sie das anhaltende Schluchzen, tiefe rhythmische Töne, die ihr ins Herz schnitten.

Sie fuhr zum Hotel und hoffte inständig, daß es nicht voll belegt war und daß niemand sie für Annie halten würde. Doch die Anmeldung verlief ohne Verzögerung, und zehn Minuten später machte sie die Tür ihres Zimmers hinter sich zu und ließ sich aufs Bett sinken; gemischte Gefühle bestürmten sie: unendliches Mitleid, tief empfundener Schmerz und eisige Furcht.

Frances Grolier hielt es eindeutig für möglich, daß ihr Liebhaber Edwins Collins noch lebte.

48

Am Dienstag morgen zog Victor Orsini in Edwin Collins' früheren Büroraum um. Am Tag zuvor hatten die Reinigungsleute die Wände und Fenster geputzt und den Teppich gereinigt. Jetzt war der Raum antiseptisch sauber. Orsini mochte nicht einmal daran denken, ihn neu herzurichten. Nicht so, wie die Dinge sich entwickelten.

Er wußte, daß Meghan und ihre Mutter am Sonntag Collins' persönliche Habseligkeiten ausgeräumt hatten. Er ging davon aus, daß sie die Nachricht auf dem Anrufbeantworter gehört und die Kassette mitgenommen hatten. Er konnte sich nur ausmalen, was sie wohl davon hielten.

Er hatte gehofft, sie würden sich nicht mit Collins' Geschäftsunterlagen befassen, aber sie hatten sie alle mitgenommen. Aus emotionellen Gründen? Das bezweifelte er. Meghan war gewitzt. Sie hielt nach etwas Ausschau. War es dasselbe, was er so dringend suchte? War es irgendwo unter diesen Papieren? Würde sie es entdecken?

Orsini hielt beim Auspacken seiner Bücher inne. Er hatte die Tageszeitung auf dem Schreibtisch ausgebreitet, dem Tisch, der Edwin Collins gehörte und den man bald zum Drumdoe Inn befördern würde. Ein Bericht über den letzten Stand des Skandals um die Manning Clinic verkündete auf der Titelseite, Fachleute von der staatlichen Aufsichtsbehörde seien am Montag in der Klinik gewesen und Gerüchte nähmen bereits überhand, daß Helene Petrovic womöglich viele gravierende Fehler gemacht habe. Unter den Gefäßen mit kältekonservierten Embryos seien leere Behälter gefunden worden, was vermuten lasse, daß Frau Petrovics Mangel an medizinischem Fachwissen dazu geführt habe, daß Embryos falsch etikettiert oder gar zerstört worden seien.

Aus unabhängiger Quelle, deren Identität nicht enthüllt werden dürfe, wisse man, daß zum mindesten Klienten, die für die Aufbewahrung ihrer Embryos beträchtlich zur Kasse gebeten würden, überhöhte Rechnungen erhielten. In der schlimmstmöglichen Variante hätten Frauen, die vielleicht keine Eier mehr zur potentiellen Befruchtung erzeugen könnten, ihre Chance zur biologischen Mutterschaft verloren.

Eine Kopie des Briefes von Edwin Collins, in dem er »Dr.« Helene Petrovic nachdrücklich an Dr. George Manning empfahl, war direkt neben dem Bericht abgedruckt.

Der Brief war am 21. März vor nunmehr bald sieben Jahren geschrieben worden und trug einen Eingangsstempel vom 22. März.

Orsini runzelte die Stirn bei der Erinnerung an Collins' vorwurfsvolle, zornige Stimme, als er ihn an diesem letzten Abend vom Autotelefon aus anrief. Er starrte auf die Zeitung und Edwins kühne Unterschrift auf dem Empfehlungsbrief. Schweiß stand ihm plötzlich auf der Stirn. Irgendwo hier im Büro oder in den Unterlagen, die Meghan Collins mit nach Hause genommen hat, ist der belastende Beweis, der dieses Kartenhaus zum Einsturz bringen wird, dachte er. Aber wird ihn jemand finden?

Stundenlang war Bernie nicht in der Lage, die Wut in den Griff zu bekommen, in die der Fahrgast ihn mit seinen Sticheleien versetzt hatte. Sobald seine Mutter am Montag abend zu Bett ging, war er nach unten gelaufen, um die Videos von Meghan abzuspielen. Die Aufzeichnungen von den Nachrichtensendungen enthielten ihre Stimme, aber das Band, das er aus dem Waldstück hinter ihrem Haus aufgenommen hatte, war sein liebstes. Es machte ihn ganz verrückt danach, wieder in ihrer Nähe zu sein.

Er spielte die Bänder die ganze Nacht hindurch und legte sich erst schlafen, als die Morgendämmerung durch den Schlitz in dem Pappkarton flackerte, mit dem er das schmale Kellerfenster abgedeckt hatte. Mama würde merken, wenn sein Bett unberührt war.

Er legte sich völlig bekleidet ins Bett und zog sich gerade noch rechtzeitig die Decke über. Das Quietschen der Matratze im Nebenzimmer kündigte an, daß seine Mutter aufwachte. Einige Minuten später ging die Tür zu seinem Zimmer auf. Er wußte, daß seine Mutter nach ihm schaute. Er hielt die Augen geschlossen. Sie würde nicht annehmen, daß er innerhalb der nächsten Viertelstunde aufwachte.

Sobald die Tür wieder zu war, hockte er sich im Bett auf und plante seinen Tag.

Meghan mußte in Connecticut sein. Aber wo? Bei sich zu Hause? Im Gasthof? Vielleicht ging sie ja ihrer Mutter bei der Leitung des Gasthofs zur Hand. Wie stand es mit dem New Yorker Apartment? Vielleicht war sie dort.

Pünktlich um sieben stand er auf, zog sich Pullover und Hemd aus und statt dessen das Pyjamaoberteil über, falls Mama ihn zu sehen bekam, und ging ins Bad. Dort spritzte er sich Wasser über Gesicht und Hände, rasierte sich, putzte sich die Zähne und kämmte sich. Er lächelte sein Ebenbild im Spiegel des Arzneischränkchens an. Alle hatten immer gesagt, er habe ein warmes Lächeln. Das Problem war nur, daß sich die Silberschicht hinten am Glas ablöste und der Spiegel ein verzerrtes Bild wiedergab, genau wie die auf den Rummelplätzen. Jetzt sah er nicht warmherzig und freundlich aus.

Wie Mama es ihm beigebracht hatte, bückte er sich dann nach dem Reinigungsmittel, schüttelte eine großzügige Portion des sandigen Pulvers ins Waschbecken, rieb es kräftig mit einem Schwamm ab, spülte nach und trocknete das Becken mit dem Lappen, den Mama stets säuberlich gefaltet über den Rand der Badewanne legte.

Im Schlafzimmer machte er sein Bett, faltete das Pyjamaoberteil, zog ein sauberes Hemd an und brachte das schmutzige zum Wäschekorb.

Heute hatte Mama Kleieflocken in seine Schüssel getan. »Du siehst müde aus, Bernard«, sagte sie scharf. »Bekommst du auch genug Schlaf?«

»Ja, Mama.«

»Wann bist du denn ins Bett gegangen?«

»Ach, so um elf Uhr.«

»Ich bin um halb zwölf aufgewacht, weil ich auf die Toilette mußte. Da warst du nicht im Bett.«

»Vielleicht war's ja ein bißchen später, Mama.«

»Mir kam es so vor, als hätte ich deine Stimme gehört. Hast du mit jemand geredet?«

»Nein, Mama. Mit wem sollte ich denn reden?«

»Ich dachte, ich hätte eine Frauenstimme gehört.«

»Mama, das war der Fernseher.« Er schluckte die Bran Flakes und den Tee hinunter. »Ich muß früh zur Arbeit.«

Sie schaute ihm von der Tür aus nach. »Sei rechtzeitig zum Abendessen zurück. Ich will nicht den ganzen Abend in der Küche rumhängen.«

Er wollte ihr eigentlich sagen, daß er wahrscheinlich Überstunden machen müsse, wagte es aber nicht. Vielleicht würde er sie später anrufen.

Drei Straßen weiter hielt er bei einer Telefonzelle an. Es war kalt, aber das Frösteln, das er empfand, als er Meghans New Yorker Nummer wählte, lag mehr an seiner freudigen Erwartung als an den niedrigen Temperaturen. Das Klingelzeichen ertönte viermal. Als sich der Anrufbeantworter anstellte, legte er auf.

Danach rief er bei dem Haus in Connecticut an. Eine Frau meldete sich. Das muß Meghans Mutter sein, dachte Bernie. Er verstellte seine Stimme, sprach tiefer und schneller. Er wollte wie Tom Weicker klingen.

»Guten Morgen, Mrs. Collins. Ist Meghan da?«

»Wer spricht da bitte?«

»Tom Weicker vom PCD.«

»Oh, Mr. Weicker, das tut Meg bestimmt leid, daß sie Ihren Anruf verpaßt hat. Sie ist heute nicht hier.«

Bernie runzelte die Stirn. Er wollte wissen, wo sie war. »Kann ich sie erreichen?«

»Ich fürchte, nein. Aber am Spätnachmittag werd' ich von ihr hören. Möchten Sie, daß sie zurückruft?«

Bernie überlegte geschwind. Es würde falsch klingen, wenn er nicht ja sagte. Aber er wollte herausfinden, wann sie zurückkam. »Ja, sie soll mich zurückrufen. Erwarten Sie sie noch heute abend zurück?«

»Falls nicht heute, dann bestimmt morgen.«

»Danke.« Bernie legte auf, verärgert, daß er Meghan nicht erreichen konnte, aber froh, daß er nicht umsonst nach Connecticut gefahren war. Er stieg wieder in seinen Wagen und machte sich auf den Weg zum Kennedy Airport. Er konnte heute genausogut ein paar Fahrgäste aufsammeln, aber die erzählten ihm besser nicht, wie er fahren sollte.

Diesmal kamen die für den Mordfall Helene Petrovic zuständigen Kriminalbeamten nicht zu Phillip Carter. Sie riefen stattdessen am Dienstag vormittag an und erkundigten sich, ob er zu einem informellen Gespräch im Büro des Staatsanwalts im Gerichtsgebäude von Danbury vorbeischauen könne.

»Wann wollten Sie mich denn sehen?« fragte Carter.

»So bald wie möglich«, beschied ihn Arlene Weiss.

Phillip warf einen Blick auf seinen Kalender. Dort war nichts verzeichnet, was er nicht ändern konnte. »Ich kann gegen eins kommen«, schlug er vor.

»Das ist in Ordnung.«

Nach dem Telefonat versuchte er sich auf die Geschäftspost zu konzentrieren. Es waren einige Empfehlungen zu Kandidaten hereingekommen, die sie für zwei ihrer wichtigsten Kundenfirmen in Betracht zogen. Bisher wenigstens waren diese Kunden noch nicht abgesprungen.

Konnte Collins and Carter Executive Search dem Sturm standhalten? Er hoffte es. Eines aber würde er sehr bald tun: den Namen in Phillip Carter Associates ändern.

Er konnte hören, wie Orsini nebenan in Ed Collins' Büro einzog. Mach es dir nicht zu gemütlich, dachte Phillip. Es war noch zu früh, um Orsini loszuwerden. Vorläufig brauchte er ihn noch, aber Phillip hatte mehrere Nachfolgekandidaten im Visier.

Er hätte gern gewußt, ob die Polizei Catherine und Meghan erneut befragt hatte.

Er wählte Catherines Privatnummer. Als sie sich meldete, sagte er gutgelaunt: »Ich bin's. Wollte nur mal sehen, wie's so steht.«

»Das ist nett von dir, Phillip.« Ihre Stimme klang bedrückt.

»Stimmt was nicht, Catherine?« fragte er rasch. »Die Polizei hat dich doch nicht wieder belästigt, oder?«

»Nein, eigentlich nicht. Ich bin dabei, Edwins Unterlagen durchzuschauen, die Kopien seiner Spesenabrechnungen, solche Sachen halt. Weißt du, worauf Meg mich hingewiesen hat?« Sie wartete nicht erst eine Antwort ab. »Da gibt es Phasen, wo, obwohl Edwin eine Hotelrechnung über drei oder vier Tage bekam, nach den ersten ein, zwei Tagen absolut keine Extrakosten mehr auf seiner Rechnung aufgeführt sind. Nicht einmal für einen Drink oder eine Flasche Wein zum Tagesende. Ist dir das je aufgefallen?«

»Nein, es war ja nicht meine Sache, mir Edwins Abrechnungen anzuschauen, Catherine.«

»All die Akten, die ich habe, scheinen sieben Jahre zurückzureichen. Gibt es irgendeinen Grund dafür?«

»Das wäre richtig. So lange soll man nämlich die Unterlagen für eine mögliche Revision aufheben. Natürlich würde das Finanzamt noch viel weiter zurückgehen, falls sie bewußte Steuerhinterziehung vermuten.«

»Soweit ich sehe, tauchen diese fehlenden Sonderposten immer dann in Hotelrechnungen auf, wenn Edwin in Kalifornien war. Er scheint sehr häufig nach Kalifornien geflogen zu sein.«

»In Kalifornien hat sich am meisten getan, Catherine. Wir haben dort immer eine Menge Leute untergebracht. Das hat sich erst in den letzten paar Jahren geändert.«

»Dann hast du dich nie über seine häufigen Reisen nach Kalifornien gewundert?«

»Catherine, Edwin war mein Partner und Seniorchef der Firma. Wir sind beide immer dahin, wo wir meinten, Geschäfte machen zu können.«

»Entschuldige, Phillip. Ich will nicht unterstellen, daß du etwas hättest bemerken sollen, was ich als Edwins Frau seit dreißig Jahren nicht einmal vermutet hätte.«

»Eine andere Frau?«

»Möglicherweise.«

»Es ist so eine schreckliche Zeit für dich«, sagte Phillip heftig. »Wie geht's Meg eigentlich? Ist sie bei dir?«

»Meg geht's gut. Sie ist heute nicht da. Und ausgerechnet an dem Tag muß ihr Chef anrufen.«

»Kannst du dich heute abend zum Essen freimachen?«

»Nein, tut mir leid. Ich treffe mich mit Mac und Kyle im Gasthof.« Catherine zögerte. »Willst du dazukommen?«

»Ich glaube nicht, danke. Wie wär's mit morgen abend?«

»Das hängt davon ab, wann Meg zurückkommt. Kann ich dich anrufen?«

»Natürlich. Paß auf dich auf. Vergiß nicht, ich bin für dich da.«

Zwei Stunden später wurde Phillip im Büro des Staatsanwalts John Dwyer verhört. Die Ermittlungsbeamten Bob Marron und Arlene Weiss waren ebenfalls anwesend, doch Dwyer stellte die Fragen. Einige darunter waren identisch mit denen, die Catherine aufgeworfen hatte.

»Ist Ihnen zu keinem Zeitpunkt der Verdacht gekommen, daß Ihr Partner ein Doppelleben führt?«

»Nein.«

»Glauben Sie es jetzt?«

»Wo diese junge Frau, die im Leichenschauhaus von New York liegt, genau wie Meghan aussieht? Und wo Meghan selbst DNS-Untersuchungen angefordert hat? Natürlich glaub' ich's jetzt.«

»Haben Sie, wenn Sie sich den typischen Ablauf der Reisen ansehen, die Edwin Collins gemacht hat, eine Vermutung, an welchem Ort er eine intime Beziehung unterhalten haben könnte?«

»Nein, das habe ich nicht.«

Der Staatsanwalt schien die Geduld zu verlieren. »Mr. Carter, ich habe allmählich das Gefühl, daß alle, die Edwin Collins nahestanden, auf die eine oder andere Weise versuchen, ihn in Schutz zu nehmen. Lassen Sie's mich anders formulieren. Wir glauben, daß er noch lebt. Wenn es eine zweite Frau in seinem Leben gab, besonders wenn es sie schon lange gab, dann ist er jetzt vielleicht bei ihr. Einfach mal aufs Geratewohl – wo, glauben Sie, könnte das sein?«

»Ich weiß es einfach nicht«, wiederholte Phillip.

»Nun gut, Mr. Carter«, erklärte Dywer brüsk. »Werden Sie uns die Genehmigung erteilen, sämtliche Unterlagen von Collins and Carter durchzuforsten, wenn wir es für nötig halten, oder müssen wir uns dazu eine richterliche Verfügung besorgen?«

»Ich wünschte, Sie *würden* die Akten durchgehen!« fauchte Phillip. »Tun Sie doch, was Sie können, um diese grauenhafte Geschichte abzuschließen, damit anständige Leute wieder ein normales Leben führen können.«

Auf seiner Rückfahrt zum Büro merkte Phillip Carter, daß er kein Verlangen nach einem einsamen Abend verspürte. Von seinem Wagen aus wählte er erneut Catherines Nummer. Als sie sich meldete, sagte er: »Catherine, ich hab's mir anders überlegt. Wenn du und Mac und Kyle es mit mir aushalten könnt, würde ich sehr gern heute abend mit euch essen.«

Um drei Uhr rief Meghan von ihrem Hotelzimmer aus zu Hause an. Jetzt war es fünf Uhr in Connecticut, und sie wollte ihre Mutter noch vor dem Abendbetrieb im Gasthof erreichen.

Es war eine schmerzliche Unterredung. Ohne recht zu wissen, mit welchen Worten sie die Wirkung abmildern könnte, berichtete sie von dem an die Nieren gehenden Treffen mit Frances Grolier. »Es war ziemlich grauenhaft«, schloß sie. »Sie ist natürlich am Boden zerstört. Annie war ihr einziges Kind.«

»Wie alt war Annie, Meg?« fragte ihre Mutter leise.

»Ich weiß nicht. Ein bißchen jünger als ich, glaube ich.«

»Ah ja. Das heißt, sie waren schon jahrelang zusammen.«

»Ja, das stimmt«, pflichtete Meghan bei und dachte an die Fotos, die sie eben erst gesehen hatte. »Mom, da ist noch was. Frances scheint zu glauben, daß Dad noch lebt.«

»Sie *kann* doch nicht glauben, daß er noch lebt!«

»Tut sie aber. Mehr weiß ich nicht. Ich bleibe hier im Hotel, bis ich von ihr höre. Sie hat gesagt, sie will mit mir reden.«

»Was kann sie dir denn noch zu sagen haben, Meg?«

»Sie weiß noch kaum etwas über Annies Tod.«

Meghan erkannte, daß sie sich zu ausgelaugt fühlte, um weiterzureden. »Mom, ich hör' jetzt lieber auf. Wenn du Gelegenheit bekommst, Mac von dieser Sache zu erzählen, ohne daß Kyle es hört, dann tu's doch.«

Meghan hatte auf dem Bettrand gesessen. Nachdem sie sich von ihrer Mutter verabschiedet hatte, lehnte sie sich auf die Kissen zurück und schloß die Augen.

Sie wurde vom Läuten des Telefons geweckt. Sie setzte sich auf und merkte, daß der Raum um sie dunkel und kühl war. Die beleuchteten Ziffern des Radioweckers zeigten, daß es fünf nach acht war. Sie beugte sich zur Seite und griff nach dem Hörer. Ihre Stimme erschien ihren eigenen Ohren angespannt und heiser, als sie murmelte: »Hallo.«

»Meghan, hier ist Frances Grolier. Können Sie morgen so früh wie möglich zu mir kommen?«

»Ja.« Es schien einer Kränkung gleichzukommen, sich nach ihrem Befinden zu erkundigen. Wie konnte es schon einer Frau in ihrer Situation gehen? Statt dessen fragte Meghan: »Wäre Ihnen neun Uhr recht?«

»Ja, und danke.«

Obwohl sich der Kummer tief in ihr Gesicht eingegraben hatte, machte Frances Grolier am nächsten Morgen einen gefaßten Eindruck, als sie Meghan die Tür öffnete. »Ich hab' Kaffee gemacht«, sagte sie.

Mit der Tasse in der Hand saßen sie beide ziemlich steif auf dem Sofa, einander schräg zugewandt. Frances Grolier kam gleich zur Sache. »Sagen Sie mir, wie Annie umgekommen ist«, forderte sie. »Sagen Sie mir alles! Ich muß es wissen.«

Meghan begann: »Ich war beruflich im Roosevelt-St. Luke's Hospital in New York ...« Wie in dem Gespräch mit ihrer Mutter versuchte sie nicht, die Dinge zu bemänteln. Sie erzählte von dem Fax, das sie bekommen hatte: *Versehen. Annie war ein Versehen.*

Frances beugte sich vor, die Augen höchst erregt. »Was soll das Ihrer Meinung nach bedeuten?«

»Das weiß ich nicht.« Sie fuhr fort, ohne irgend etwas auszulassen: von dem Notizzettel, der in Annies Tasche gefunden wurde, über Helene Petrovics gefälschte Unterlagen und Tod bis zu dem Haftbefehl gegen ihren Vater. »Man hat seinen Wagen gefunden. Sie wissen ja vielleicht, daß er einen Waffenschein besaß. Seine Pistole war im Auto. Das war die Waffe, mit der Helene Petrovic ermordet wurde. Ich halte es für völlig ausgeschlossen, daß er irgendwen umbringen könnte.«

»Ich auch.«

»Gestern haben Sie zu mir gesagt, daß Sie glauben, mein Vater lebt vielleicht noch.«

»Ich halte es für möglich«, sagte Frances Grolier. »Meghan, ich hoffe, daß wir uns nach dem heutigen Tag nie mehr sehen. Es wäre zu schwierig für mich, und, wie ich annehme, auch für Sie. Aber ich schulde Ihnen und Ihrer Mutter eine Erklärung.

Ich lernte Ihren Vater vor siebenundzwanzig Jahren im Palomino-Lederwarengeschäft kennen. Er wollte eine Brieftasche für Ihre Mutter kaufen und hatte zwei in die engere Wahl gezogen. Er fragte mich, welche mir besser gefiel, danach hat er mich zum Lunch eingeladen. So hat alles angefangen.«

»Er war damals erst drei Jahre verheiratet«, sagte Meghan ruhig. »Ich weiß, daß mein Vater und meine Mutter glücklich miteinander waren. Ich verstehe nicht, wieso er eine Beziehung mit Ihnen nötig hatte.« Sie hatte das Gefühl, vorwurfsvoll und gefühllos zu klingen, aber sie konnte es nicht ändern.

»Ich wußte, daß er verheiratet war«, erklärte Frances. »Er hat mir Ihr Bild und das von Ihrer Mutter gezeigt. Nach außen hin hatte Edwin alles zu bieten: Charme, gutes Aussehen, Witz, Intelligenz. Im Innern war er – oder ist er – ein zutiefst unsicherer Mensch. Meghan, versuchen Sie, ihn zu verstehen und ihm zu vergeben. In so vieler Hinsicht war Ihr Vater noch immer das verletzte Kind, das befürchtete, man könnte es wieder im Stich lassen. Er brauchte die Gewißheit, daß er noch einen Platz hatte, wo er hin konnte, einen Platz, wo ihn jemand aufnehmen würde.« Ihre Augen füllten sich mit Tränen. »Es war uns beiden recht so. Ich war in ihn verliebt, wollte aber nicht die Verantwortung für eine Ehe übernehmen. Ich wollte nur frei dafür sein, eine möglichst gute Bildhauerin zu werden. Für mich war die Beziehung gerade richtig, offen und ohne Ansprüche.«

»War denn ein Kind kein Anspruch, keine Verantwortung?« fragte Meghan.

»Annie war eigentlich nicht geplant. Als sie unterwegs war, haben wir das Haus hier gekauft und den Leuten erzählt, wir seien verheiratet. Danach war Ihr Vater fürchterlich hin und her gerissen, immer bemüht, euch beiden ein guter Vater zu sein, immer mit dem Gefühl, beiden Töchtern gegenüber zu versagen.«

»Hatte er nicht Angst, daß die Sache eines Tages auffliegt?« fragte Meghan. »Daß ihm hier jemand über den Weg läuft, so wie es mit seinem Stiefbruder passiert ist?«

»Die Furcht davor hat ihn ständig verfolgt. Annie hat ihn, als sie größer wurde, immer häufiger über seine Arbeit ausgefragt. Sie hat ihm die Geschichte nicht abgenommen, er hätte einen hochgeheimen Regierungsjob. Sie machte sich allmählich einen Namen als Reisejournalistin, Sie waren im Fernsehen zu sehen. Als Edwin letzten November schlimme Schmerzen in der Brust hatte, hat er sich geweigert, ins Krankenhaus zur Beobachtung zu gehen. Er wollte nach Connecticut zurück. Er hat gesagt: ›Wenn ich sterbe, kannst du Annie sagen, daß ich in einer Regierungsmission unterwegs war.‹ Als er das nächstemal kam, hat er mir eine Inhaberobligation über zweihunderttausend Dollar gegeben.«

Die beliehene Versicherung, dachte Meghan.

»Er hat gesagt, wenn ihm irgend etwas zustoßen sollte, wären Sie und Ihre Mutter gut versorgt, ich aber nicht.«

Meghan widersprach Frances Grolier nicht. Ihr war klar, daß sie nicht auf den Gedanken gekommen war, daß wegen der fehlenden Leiche kein Totenschein für ihren Vater ausgestellt worden war. Und sie war absolut überzeugt, daß ihre Mutter eher alles verlieren würde, als das Geld zurückzunehmen, das ihr Vater dieser Frau gegeben hatte.

»Wann haben Sie meinen Vater zum letztenmal gesehen?« fragte sie.

»Er ist am siebenundzwanzigsten Januar abgereist. Er wollte nach San Diego, um Annie zu besuchen, und anschließend am achtundzwanzigsten morgens nach Hause fliegen.«

»Warum glauben Sie, daß er noch lebt?« mußte Meghan noch fragen, bevor sie aufbrach. Sie wollte um alles in der Welt von dieser Frau wegkommen, die, wie ihr bewußt wurde, zugleich tiefes Mitleid und heftiges Mißfallen in ihr hervorrief.

»Weil er schrecklich aufgeregt war, als er ging. Er hatte etwas über seinen Mitarbeiter rausgekriegt, was ihn entsetzt hat.«

»Victor Orsini?«

»Ja, so heißt er.«

»Was hat er rausgekriegt?«

»Ich weiß nicht. Aber die Geschäfte waren seit mehreren Jahren nicht gut gelaufen. Dann gab es eine Story in der Lokalzeitung über eine Feier zum siebzigsten Geburtstag, die Dr. George Mannings Tochter für ihn veranstaltet hatte; sie wohnt etwa fünfzig Kilometer von hier entfernt. In dem Artikel wurde Dr. Manning mit dem Satz zitiert, daß er noch ein weiteres Jahr arbeiten und sich dann zurückziehen wollte. Ihr Vater hat mir gesagt, daß die Manning Clinic ein Kunde ist, und er rief Dr. Manning an. Er wollte sich um den Auftrag bewerben, einen Nachfolger für Dr. Manning zu suchen. Das Telefongespräch hat ihn schrecklich aufgeregt.«

»Warum?« fragte Meghan eindringlich. »Warum?«

»Ich weiß es nicht.«

»Versuchen Sie sich zu erinnern. Bitte. Es ist sehr wichtig.«

Grolier schüttelte den Kopf. »Als Edwin ging, waren seine letzten Worte: ›Es wird mir alles zuviel ...‹ Alle Zeitungen haben die Sache mit dem Unglück auf der Brücke gebracht. Ich dachte, er ist tot, und hab' den Leuten erzählt, daß er beim Absturz eines kleinen Flugzeugs im Ausland umgekommen ist. Annie hat sich mit der Erklärung nicht zufriedengegeben.

Als er sie damals am letzten Tag in ihrer Wohnung besucht hat, gab Edwin Annie Geld, damit sie sich etwas zum Anziehen kaufen konnte. Sechs Hundertdollarscheine. Er hat offenbar nicht gemerkt, daß ihm der Notizzettel vom Drumdoe Inn mit Ihrem Namen und Ihrer Telefonnummer darauf aus der Brieftasche gefallen ist. Sie fand ihn, als Edwin weg war, und hat ihn aufgehoben.«

Frances Groliers Lippen zitterten. Ihre Stimme versagte, als sie fortfuhr: »Vor zwei Wochen ist Annie hierhergekommen und hat eine Art Showdown abgezogen. Sie hatte Ihre Nummer angerufen. Sie haben sich mit ›Meghan Collins‹ gemeldet, da hat sie aufgelegt. Sie wollte den Totenschein ihres Vaters sehen. Sie nannte mich eine Lügnerin und bestand darauf, zu erfahren, wo er ist. Ich hab' ihr schließlich die Wahrheit erzählt und sie angefleht, keinen Kontakt zu Ihnen oder Ihrer Mutter aufzunehmen. Sie hat die Büste, die ich von Ed gemacht hab', umgeschmissen und ist davongestürmt. Ich hab' sie seitdem nicht wiedergesehen.«

Grolier stand auf, legte ihre Hand auf den Kaminsims und lehnte sich mit der Stirn dagegen. »Ich hab' gestern abend mit meinem Anwalt gesprochen. Er begleitet mich morgen nachmittag nach New York, um Annies Leiche zu identifizieren und dafür zu sorgen, daß sie hierher überführt wird. Es tut mir leid wegen der Unannehmlichkeiten, die das für Sie und Ihre Mutter mit sich bringen wird.«

Meghan hatte nur noch eine Frage, die sie stellen mußte. »Warum haben Sie neulich nachts diese Nachricht für Dad hinterlassen?«

»Weil ich dachte, falls er noch leben sollte und der Telefonanschluß noch funktioniert, daß er ihn dann vielleicht aus Gewohnheit überprüft. Es war meine Methode, ihn in Notfällen zu erreichen. Er hat den Anrufbeantworter immer früh am Morgen abgehört.« Sie wandte sich Meghan wieder zu. »Lassen Sie sich von niemandem weismachen, daß Edwin Collins dazu fähig ist, irgendwen zu töten, denn das stimmt nicht.« Sie schwieg eine Weile. »Aber er *ist* dazu fähig, ein neues Leben anzufangen, das Sie und Ihre Mutter nicht einschließt. Oder Annie und mich.«

Frances Grolier wandte sich wieder ab. Es blieb nichts mehr zu sagen übrig. Meghan warf einen letzten Blick auf die Bronzebüste ihres Vaters und ging, wobei sie leise die Tür hinter sich schloß.

49

Sobald Kyle am Mittwoch morgen im Schulbus war, machte sich Mac auf den Weg nach Trenton, New Jersey, zum Valley Memorial Hospital.

Beim Essen am Abend zuvor hatte Catherine, als Kyle für eine Weile vom Tisch weg war, rasch Mac und Phillip von Megs Anruf unterrichtet. »Ich weiß noch nicht viel, außer daß diese Frau eine langjährige Beziehung mit Edwin hatte; sie glaubt, daß er noch lebt, und das tote Mädchen, das wie Meghan aussieht, war ihre Tochter.«

»Du scheinst das erstaunlich gut zu verkraften«, war Phillips Kommentar gewesen, »oder willst du es nur noch nicht wahrhaben?«

»Ich weiß nicht mehr, was ich fühle«, hatte Catherine geantwortet, »und ich mache mir Sorgen um Meg. Ihr wißt ja, was sie für ihren Vater empfunden hat. Ich hab' noch nie jemanden gehört, der so verletzt klang wie sie, als sie heute anrief.« Dann war Kyle zurückgekehrt, und sie wechselten das Thema.

Während er auf der Route 684 durch Westchester nach Süden fuhr, versuchte Mac, seine Gedanken von Meg loszureißen. Sie hatte Edwin Collins abgöttisch geliebt, eine echte Vatertochter. Er wußte, daß diese letzten Monate, seit sie ihren Vater für tot hielt, die reinste Hölle für sie waren. Wie oft schon hatte Mac sie bitten wollen, sich bei ihm auszusprechen, anstatt alles in sich hineinzufressen. Vielleicht hätte er alles daransetzen sollen, sie aus der Reserve zu locken. Mein Gott, wieviel Zeit hatte er doch damit vergeudet, seine Wunden zu lecken, weil Ginger ihn verlassen hatte.

Jetzt sind wir wenigstens ehrlich, sagte er sich. Alle haben gewußt, daß es ein Fehler war, daß du dich mit Ginger zusammengetan hast. Du hast es doch an der Reaktion gespürt, als die Verlobung bekanntgegeben wurde. Meg hatte den Mumm, es geradeheraus zu sagen, und sie war erst neunzehn. In ihrem Brief hatte sie geschrieben, daß sie ihn liebte und daß er eigentlich vernünftig genug sein müßte, um zu wissen, daß sie das einzig richtige Mädchen für ihn sei. »Warte auf mich, Mac«, hatte sie am Schluß geschrieben.

Er hatte lange nicht mehr an den Brief gedacht. Jetzt stellte er fest, daß er neuerdings sehr oft daran dachte.

Sobald Frances Grolier Anspruch auf Annies Leiche erhob, würde die Öffentlichkeit unweigerlich erfahren, daß Edwin ein Doppelleben geführt hatte. Ob Catherine dann wohl beschloß, nicht mehr in der Gegend leben zu wollen, wo alle Edwin gekannt hatten, sondern lieber woanders von vorne anzufangen? Es konnte durchaus so kommen, vor allem, falls sie den Gasthof verlieren sollte. Das würde bedeuten, daß Meg dann auch nicht mehr da wäre. Die Vorstellung jagte ihm einen kalten Schauer über den Rücken.

Du kannst die Vergangenheit nicht ändern, dachte Mac, aber du kannst etwas für die Zukunft tun. Edwin Collins finden, falls er noch lebte, oder aber herausfinden, was mit ihm passiert war, falls er nicht mehr lebte. Das würde Meg und Catherine aus der quälenden Ungewißheit erlösen. Den Arzt aufzutreiben, mit dem Helene Petrovic möglicherweise liiert war, als sie im Dowling Center von Trenton arbeitete, mochte der erste Schritt zur Aufklärung ihrer Ermordung sein.

Mac fuhr normalerweise gern Auto. Es war eine gute Gelegenheit zum Nachdenken. Heute jedoch waren seine Gedanken ganz durcheinander und kreisten um ungelöste Probleme. Die Fahrt durch Westchester zur Tappan Zee Bridge schien sich länger als sonst hinzuziehen. Die Tappan Zee Bridge – dort, wo alles vor beinahe zehn Monaten seinen Anfang nahm, dachte er.

Von hier aus dauerte es noch anderthalb Stunden bis nach Trenton. Mac traf um halb elf im Valley Memorial Hospital ein und fragte nach dem Direktor. »Ich hab' gestern angerufen, und es hieß, daß ich ihn sprechen kann.«

Frederick Schuller war ein stämmiger Mann von etwa fünfundvierzig, dessen nachdenkliche Art im Widerspruch zu seinem bereitwilligen, warmen Lächeln stand. »Ich hab' schon von Ihnen gehört, Dr. MacIntyre. Ihre Arbeit auf dem Gebiet der Gentherapie in der Humanmedizin ist mittlerweile ziemlich aufregend, nehme ich an.«

»Sie ist wirklich aufregend«, bestätigte Mac. »Wir stehen haarscharf vor dem Durchbruch zu einem Verfahren, mit dem wir eine ganze Menge schrecklicher Krankheiten verhindern können. Am schwierigsten dabei ist, die Geduld für empirische Untersuchungen aufzubringen, wenn so viele Menschen auf praktikable Lösungen warten.«

»Ja, sicher. Ich habe diese Art von Geduld nicht; aus dem Grund wäre ich auch nie ein guter Forscher geworden. Mit anderen Worten, wenn Sie einen Tag opfern, um hierherzukommen, müssen Sie einen wirklich guten Grund dafür haben. Meine Sekretärin hat gesagt, daß es dringend ist.«

Mac nickte. Er war froh, zur Sache zu kommen. »Ich bin wegen des Skandals um die Manning Clinic hier.«

Schuller runzelte die Stirn. »Das ist wahrhaftig eine scheußliche Situation. Ich kann mir nicht vorstellen, daß irgendeine Frau, die hier am Dowling-Institut als Sekretärin gearbeitet hat, in der Lage war, sich als Embryologin zu verkaufen, ohne daß es jemand merkt. Da hat wirklich jemand Mist gebaut.«

»Oder jemand hat eine äußerst lernfähige Person ausgebildet, wenn auch, wie man sieht, nicht gut genug. Sie stoßen jetzt auf eine Menge Probleme in dem Labor, und wir reden hier von schwerwiegenden Problemen wie etwa der möglichen Fehletikettierung von Reagenzgläsern mit kältekonservierten Embryos oder sogar ihrer absichtlichen Vernichtung.«

»Wenn irgendein Gebiet nach neuer Gesetzgebung auf Bundesebene schreit, dann allen voran die künstliche Befruchtung. Die Möglichkeit von Fehlern ist einfach enorm. Man braucht bloß ein Ei mit dem falschen Sperma zu befruchten, und falls der Embryo erfolgreich eingepflanzt wird, kommt ein Säugling zur Welt, dessen genetische Struktur sich zu fünfzig Prozent von dem unterscheidet, was die Eltern mit Fug und Recht voraussetzen durften. Das Kind hat vielleicht medizinische Probleme geerbt, die man nicht vorhersehen kann. Ich –« Er brach unvermittelt ab. »Entschuldigen Sie, ich weiß, ich trage hier ja Eulen nach Athen. Wie kann ich Ihnen helfen?«

»Meghan Collins ist die Tochter von Edwin Collins, dem Mann, dem man die Vermittlung von Helene Petrovic an die Manning Clinic mit gefälschten Zeugnissen vorwirft. Meg ist Reporterin für PCD Channel 3 in New York. Letzte Woche hat sie mit der Chefin des Dowling-Instituts über Helene Petrovic gesprochen. Offenbar hatten einige von Frau Petrovics Kolleginnen den Eindruck, daß sie sich oft mit einem Arzt vom

Krankenhaus hier getroffen hat, aber niemand weiß, wer das ist. Ich versuche Meg dabei zu helfen, ihn zu finden.«

»Ist Mrs. Petrovic nicht schon vor sechs Jahren von Dowling weggegangen?«

»Vor beinahe sieben Jahren.«

»Ist Ihnen bewußt, wieviel medizinisches Personal wir hier haben, Dr. MacIntyre?«

»Ja, durchaus«, erwiderte Mac. »Und ich weiß, daß Sie auch Fachkräfte haben, die zwar nicht angestellt sind, aber regelmäßig von Ihnen zu Rate gezogen werden. Es ist ein Schuß ins Blaue, aber zum jetzigen Zeitpunkt, wo die Polizei überzeugt ist, daß Edwin Collins Mrs. Petrovic ermordet hat, können Sie sich vorstellen, wie verzweifelt seine Tochter herausfinden will, ob es in ihrem Leben jemanden gab, der Grund gehabt hätte, sie umzubringen.«

»Ja, das sehe ich ein.« Schuller begann sich Notizen auf einem Block zu machen. »Haben Sie eine Ahnung, wie lange sich wohl Mrs. Petrovic mit diesem Arzt getroffen hat?«

»Soweit ich informiert bin, ein oder zwei Jahre, bevor sie schließlich nach Connecticut ging. Aber das ist bloß eine Vermutung.«

»Es ist ein Anfang. Dann gehen wir also in den Unterlagen zu den drei Jahren zurück, die sie am Dowling Center gearbeitet hat. Und Sie glauben, derjenige hat ihr möglicherweise geholfen, genügend Geschick zu erwerben, um sich als Fachärztin auszugeben?«

»Auch wieder eine Vermutung.«

»Also gut. Ich sorge dafür, daß eine Liste zusammengestellt wird. Wir nehmen auch Leute mit hinein, die in der Fetalforschung oder in den DNS-Labors gearbeitet haben. Nicht alle medizinisch-technischen Fachkräfte sind Ärzte, aber sie sind Profis.« Er stand auf. »Was wollen Sie dann mit dieser Liste machen? Sie wird ganz schön lang.«

»Meg plant, Helene Petrovics Privatleben unter die Lupe zu nehmen. Sie will Namen von Mrs. Petrovics Freunden und Bekannten in der Rumänischen Gesellschaft herausbekommen. Dann vergleichen wir die Namen auf der privaten Liste mit der, die Sie uns schicken.«

Mac griff in seine Tasche. »Hier ist eine Kopie der Aufstellung, die ich von allen Leuten der medizinischen Belegschaft an der Manning Clinic aus der Zeit gemacht habe, als Helene Petrovic dort war. Ob's was nützt oder nicht, ich möchte Ihnen das gern dalassen. Ich wäre froh, wenn Sie als erstes diese Namen durch Ihren Computer laufen ließen.«

Er erhob sich zum Aufbruch. »Wir tappen so ziemlich im dunkeln, sind aber wirklich dankbar für Ihre Hilfe.«

»Es dauert vielleicht ein paar Tage, aber ich besorge Ihnen die gewünschten Informationen«, sagte Schuller. »Soll ich sie Ihnen schicken?«

»Am besten wohl direkt an Meghan. Ich lasse ihre Adresse und Telefonnummer da.«

Schuller begleitete ihn zur Tür. Mac nahm den Aufzug zur Eingangshalle hinunter. Als er auf den Flur trat, kam er an einem Jungen etwa in Kyles Alter vorbei, der im Rollstuhl saß. Spastische Lähmung, dachte Mac. Eine der Krankheiten, die sie allmählich durch Gentherapie in den Griff zu bekommen anfingen. Der Junge lächelte ihn strahlend an. »Hallo. Sind Sie ein Arzt?«

»Ja, aber so einer, der keine Patienten behandelt.«

»Wie die von mir.«

»Bobby!« protestierte seine Mutter.

»Ich hab' einen Sohn in deinem Alter, der sich bestimmt gut mit dir verstehen würde.« Mac fuhr dem Jungen durch die Haare.

Die Uhr über der Anmeldung zeigte Viertel nach elf. Mac beschloß, sich in der Cafeteria, die hinter der Eingangshalle lag, ein Sandwich und eine Cola zu holen. Dann konnte er später im Auto sein zweites Frühstück zu sich nehmen und gleich durchfahren. Auf diese Weise würde er spätestens bis um zwei Uhr zurück im Institut sein und konnte den ganzen Nachmittag lang arbeiten.

Ihm wurde klar, daß er nach einer Begegnung mit einem Kind im Rollstuhl wirklich keine Zeit mehr vergeuden wollte, wo es doch sein Job war, hinter die Geheimnisse genetischer Heilverfahren zu kommen.

Wenigstens hatte er gestern ein paar hundert Dollar verdient. Das war der einzige Trost, der Bernie einfiel, als er am Mittwoch morgen aufwachte. Er war um Mitternacht zu Bett gegangen und hatte glatt durchgeschlafen, weil er wirklich müde gewesen war, aber jetzt fühlte er sich gut. Heute würde es bestimmt ein besserer Tag werden; vielleicht bekam er sogar Meghan zu sehen.

Seine Mutter hatte jedoch leider eine schreckliche Laune. »Bernard, ich war die halbe Nacht wach vor lauter Kopfschmerzen. Ich mußte die ganze Zeit niesen. Ich will, daß du diese Treppe reparierst und das Geländer befestigst, damit ich wieder in den Keller hinunter kann. Ich bin mir sicher, daß du ihn nicht sauberhältst. Und ganz bestimmt steigt von da unten Staub auf.«

»Mama, ich bin nicht gut mit Reparaturen. Diese ganze Treppe ist morsch. Ich hab' gemerkt, daß sich wieder eine Stufe lockert. Willst du dir eigentlich echt was tun?«

»Ich kann's mir nicht leisten, mir was zu tun. Wer hält dann alles in Ordnung hier? Wer soll dann für dich kochen? Wer kümmert sich dann darum, daß du nicht in Schwierigkeiten gerätst?«

»Ich brauch' dich, Mama.«

»Am Morgen muß man was Ordentliches essen. Ich mach' dir immer ein gutes Frühstück.«

»Das weiß ich doch, Mama.«

Heute früh gab es einen lauwarmen Haferflockenbrei, der ihn an den Fraß im Knast erinnerte. Nichtsdestoweniger leerte Bernie seinen Teller bis zum letzten Löffel und trank seinen Apfelsaft aus.

Er fühlte sich entspannt, als er rückwärts aus der Einfahrt herausfuhr und seiner Mutter zum Abschied zuwinkte. Er war froh, daß er gelogen und ihr erzählt hatte, noch eine Treppenbohle hätte sich gelockert. Eines Abends vor zehn Jahren hatte sie angekündigt, sie werde am nächsten Tag den Keller inspizieren, um zu sehen, ob Bernard alles hübsch in Ordnung hielt.

Ihm war damals klar, daß er das nicht zulassen durfte. Er hatte sich gerade seinen ersten Polizeifunkempfänger gekauft.

Mama hätte gemerkt, daß es ein teures Gerät war. Sie nahm an, daß er nur einen alten Fernsehapparat da unten hatte und ihn benützte, wenn sie im Bett war, damit sie nicht gestört wurde.

Mama sah sich nie seine Kreditkartenabrechnungen an. Sie fand, er müßte es lernen, sich selbst darum zu kümmern. Sie gab ihm auch die Telefonrechnung im verschlossenen Kuvert, denn »ich rufe eh nie jemand an«, wie sie sagte. Sie hatte keine Ahnung, wieviel Geld er für Geräte ausgab.

Als er sie dann in jener Nacht gleichmäßig schnarchen hörte und wußte, daß sie fest schlief, hatte er die oberen Treppenstufen gelockert. Sie war dann ordentlich gestürzt. Ihre Hüfte war völlig zertrümmert. Monatelang mußte er sie in jeder Hinsicht bedienen, aber die Sache war es wert gewesen. Daß Mama wieder nach unten ging? Danach bestimmt nicht mehr.

Bernie entschied sich widerstrebend, wenigstens den Vormittag über zu arbeiten. Meghans Mutter hatte gesagt, sie käme heute zurück. Das konnte *irgendwann* heute bedeuten. Er konnte nicht noch einmal anrufen und sich als Tom Weicker ausgeben. Vielleicht hatte Meghan bereits im Sender angerufen und herausgefunden, daß Tom gar nicht versucht hatte, sie zu erreichen.

Der Tag war nicht günstig dafür, Fahrgäste aufzutreiben. Er stand in der Nähe der Gepäckausgabe herum, mit den anderen »Zigeunerfahrern« und diesen Chauffeuren mit ihren dicken Schlitten und den Namensschildern der Fahrgäste in der Hand, auf die sie warteten.

Er ging auf eintreffende Passagiere zu, während sie die Rolltreppe herunterkamen. »Sauberer Wagen, billiger als ein Taxi, prima Fahrer.« Seine Lippen fühlten sich wie in einem ewigen Lächeln erstarrt an.

Das Dumme war, daß so viele Schilder herumhingen, auf denen die Reisenden davor gewarnt wurden, mit Wagen zu fahren, die nicht offiziell als Taxis zugelassen waren. Mehrere Leute wollten schon mit ihm einig werden, änderten dann aber ihre Meinung.

Eine alte Frau ließ ihn ihre Koffer zum Bordstein tragen und erklärte dann, sie würde auf ihn warten, bis er sein Auto geholt hätte. Er versuchte das Gepäck mitzunehmen, aber sie plärrte ihn an, er solle es hinstellen.

Die Leute drehten sich nach ihm um.

Hätte er sie bloß allein zu fassen gekriegt! Ihm Scherereien machen zu wollen, obwohl er doch nur nett zu sein versuchte! Aber er wollte natürlich keine Aufmerksamkeit erregen, also erklärte er: »Aber ja, Ma'am. Ich hol' ganz schnell den Wagen her.«

Als er fünf Minuten später vorfuhr, war sie verschwunden.

Jetzt reichte es ihm endgültig. Heute würde er keine miesen Trottel herumfahren. Ohne ein Paar zu beachten, das nach ihm rief und fragte, was er nach Manhattan verlange, fuhr er los, zum Grand Central Parkway, und wählte, nachdem er die Maut für die Triborough Bridge bezahlt hatte, die Ausfahrt zur Bronx, dieselbe, die auch nach New England führte.

Mittags saß er mit einem Hamburger und einem Bier an der Bar im Drumdoe Inn, wo Joe, der Barkeeper, ihn wie einen alten Stammgast begrüßte.

50

Catherine ging am Mittwoch morgen zum Gasthof hinüber und arbeitete bis halb zwölf im Büro. Es gab zwanzig Reservierungen zum Mittagessen. Selbst wenn noch unangemeldete Gäste dazukamen, konnte Tony sehr gut allein mit der Küche fertig werden, das wußte sie. Sie ging lieber nach Hause, um Edwins Akten weiter durchzusehen.

Als sie durch den Empfangsbereich kam, warf sie einen Blick in die Bar. Dort saßen schon zehn oder zwölf Leute, darunter einige mit einer Speisekarte. Nicht schlecht für einen Werktag. Zweifellos fing die Wirtschaft an, sich zu erholen. Besonders am Abend war der Betrieb fast wieder so gut, wie er es vor der Rezession gewesen war. Doch das hieß noch lange nicht, daß sie den Gasthof halten konnte.

Als sie in ihr Auto einstieg, dachte sie, wie verrückt es eigentlich war, daß sie sich nicht dazu zwang, die kurze Entfernung zwischen Haus und Gasthof zu Fuß zu gehen. Ich hab's ständig eilig, dachte sie, aber leider wird das wohl bald nicht mehr nötig sein.

Der Schmuck, den sie am Montag verpfändet hatte, hatte viel weniger gebracht, als sie erwartet hatte. Ein Juwelier hatte angeboten, alles in Kommission zu nehmen, sie aber darauf aufmerksam gemacht, daß die Zeit dafür nicht günstig sei. »Das sind schöne Stücke hier«, hatte er erklärt, »und der Markt wird wieder besser werden. Falls Sie nicht das Geld unbedingt sofort brauchen, rate ich Ihnen dringend, nicht zu verkaufen.«

Sie hatte die Sachen nicht verkauft. Mit der Verpfändung des gesamten Bestands bei Provident Loan erzielte sie wenigstens genug, um die vierteljährlichen Steuern für den Gasthof bezahlen zu können. Doch in drei Monaten würden sie erneut fällig sein.

Auf ihrem Schreibtisch lag eine Notiz eines aggressiven, auf Gewerbe-Immobilien spezialisierten Maklers. »Haben Sie vielleicht Interesse, Ihren Gasthof zu verkaufen? Wir haben möglicherweise einen Käufer.«

Ein Notverkauf ist genau das, was dieser Aasgeier will, sagte sich Catherine, als sie über den Schotter zur Ausfahrt des Parkplatzes fuhr. Und ich muß vielleicht darauf eingehen. Für eine Weile hielt sie an und blickte auf den Gasthof zurück. Ihr Vater hatte ihn im Stil eines Herrenhauses aus Natursteinen in Drumdoe erbaut, das er als Junge für so edel gehalten hatte, daß es nur Leute von Stand wagen würden, dort einzutreten.

»Ich war über jeden Botendienst froh, wegen dem ich dorthin geschickt wurde«, hatte er Catherine erzählt. »Und von der Küche aus hab' ich dann reingelinst, um noch mehr mitzukriegen. Einmal war die Familie nicht da, und die Köchin hat sich meiner erbarmt. ›Willst du gern den Rest des Hauses sehen?‹ hat sie gefragt und mich an der Hand genommen. Catherine, diese gute Frau hat mir damals das ganze Haus gezeigt. Und jetzt haben wir selbst genau so eins.«

Catherine spürte, wie sich ihr die Kehle zusammenzog, als sie das anmutige Herrenhaus in seinem georgianischen Stil mit den schönen Flügelfenstern und der massiven, geschnitzten Eichentür betrachtete. Es kam ihr immer so vor, als hielte sich Pop drinnen versteckt, ein wohlwollender Hausgeist, der noch immer herumstolzierte, noch immer vor dem Kaminfeuer im Wohnzimmer seine Ruhepause einlegte.

Er würde mich wirklich als Geist heimsuchen, wenn ich es verkaufen würde, dachte sie und gab Gas.

Das Telefon klingelte, als sie die Haustür aufschloß. Sie hastete hinüber und nahm den Hörer ab. Es war Meghan.

»Mom, ich muß mich beeilen. Das Flugzeug nimmt schon Passagiere an Bord. Ich hab' heute morgen wieder Annies Mutter getroffen. Sie und ihr Anwalt fliegen heute abend nach New York, um Annies Leiche zu identifizieren. Ich erzähl' dir davon, wenn ich heimkomme. Das sollte so gegen zehn sein.«

»Ich bin dann hier. Ach, Meg, entschuldige. Dein Chef, Tom Weicker, wollte, daß du ihn anrufst. Ich hab' gestern, als wir miteinander geredet haben, einfach nicht dran gedacht, es dir zu sagen.«

»Es wär' sowieso zu spät gewesen, um ihn im Büro zu erwischen. Warum rufst du ihn nicht eben an und sagst ihm, daß ich mich morgen melde. Ich bin sicher, daß er mir keinen Auftrag erteilen will. Ich geh' jetzt lieber. Ich hab' dich lieb.«

Dieser Job ist Meg so wichtig, dachte Catherine voller Selbstvorwürfe. Wie konnte ich nur vergessen, ihr von Mr. Weickers Anruf zu erzählen? Sie blätterte ihr Adreßbuch auf der Suche nach der Nummer von Channel 3 durch.

Komisch, daß er mir nicht seine Durchwahl gegeben hat, überlegte sie, während sie darauf wartete, daß sie mit Weickers Sekretärin verbunden wurde. Dann aber fiel ihr ein, daß Meg ja die Nummer wußte.

»Er will bestimmt mit Ihnen sprechen, Mrs. Collins«, sagte die Sekretärin, nachdem sie sich gemeldet hatte.

Catherine hatte Tom Weicker etwa ein Jahr zuvor kennengelernt, als Meg sie durch den Sender führte. Sie hatte ihn gemocht, doch, wie sie danach feststellte, »ich hätte keine Lust, vor Tom Weicker erscheinen zu müssen, wenn ich irgendeinen ernsten Schnitzer gemacht hätte«.

»Wie geht's Ihnen, Mrs. Collins, und wie geht's Meg?« sagte Weicker, als sie durchgestellt wurde.

»Uns geht's gut, danke.« Sie erklärte, warum sie anrief.

»Ich hab' gestern nicht mit Ihnen geredet«, sagte er.

Du liebe Zeit, dachte Catherine, ich werde doch nicht noch verrückt neben all dem anderen, oder? »Mr. Weicker, jemand hat angerufen und Ihren Namen benützt. Haben Sie jemandem den Auftrag zu diesem Anruf gegeben?«

»Nein. Was hat dieser Mann im einzelnen zu Ihnen gesagt?«

Catherines Hände wurden feucht. »Er wollte wissen, wo Meg ist und wann sie wieder zurückkommt.« Mit dem Hörer in der Hand ließ sie sich auf einen Sessel fallen. »Mr. Weicker, neulich abend hat jemand Meg von hinter unserem Haus aus fotografiert.«

»Weiß die Polizei davon?«

»Ja.«

»Dann geben Sie ihr auch von diesem Anruf Bescheid. Und halten Sie mich bitte auf dem laufenden, falls Sie noch mehr solche Anrufe bekommen. Sagen Sie Meg, daß sie uns fehlt.«

Er meinte es ehrlich. Da war sie sich sicher, und er machte sich offenbar ernsthaft Sorgen. Catherine kam zu dem Schluß, daß ihre Tochter Weicker all das, was sie in Scottsdale über die junge Tote, die ihr so ähnlich war, in Erfahrung gebracht hatte, bestimmt als Exklusivstory überlassen hatte.

Vor den Medien kann man es sowieso nicht verbergen, dachte Catherine. Frances Grolier würde nach New York kommen, um Anspruch auf die Leiche ihrer Tochter zu erheben.

»Mrs. Collins, ist alles in Ordnung mit Ihnen?«

»Ja, und da gibt es etwas, was Sie als erster erfahren sollten. Meg ist gestern nach Scottsdale, Arizona, geflogen, weil ...«

Sie berichtete ihm, was sie wußte, und beantwortete anschließend seine Fragen. Die letzte fiel ihr am schwersten.

»Als Nachrichtenmann muß ich Sie das fragen, Mrs. Collins. Was empfinden Sie jetzt Ihrem Mann gegenüber?«

»Ich weiß nicht, was ich jetzt für meinen Mann empfinde«, erwiderte Catherine. »Ich weiß allerdings, daß mir Frances

Grolier sehr, sehr leid tut. Ihre Tochter ist tot. Meine Tochter lebt und wird heute abend wieder bei mir sein.«

Als sie schließlich wieder auflegen konnte, ging Catherine ins Eßzimmer und setzte sich an den Tisch, wo die Unterlagen noch so dalagen, wie sie sie zurückgelassen hatte. Mit den Fingerspitzen rieb sie sich die Schläfen. Kopfweh machte sich bemerkbar, ein dumpfer, hartnäckiger Schmerz.

Die Türklingel läutete sanft. Gott steh mir bei, daß es nicht die Leute vom Staatsanwalt oder irgendwelche Reporter sind, dachte sie, während sie müde auf die Beine kam.

Durch das Wohnzimmerfenster konnte sie einen großgewachsenen Mann unter dem Vordach stehen sehen. Wer das wohl sein mochte? Flüchtig bekam sie sein Gesicht ins Blickfeld. Überrascht eilte sie zur Haustür, um zu öffnen.

»Hallo, Mrs. Collins«, sagte Victor Orsini. »Ich bitte um Verzeihung. Ich hätte vorher anrufen sollen, aber ich war in der Nähe und dachte, ich probier's und schaue vorbei. Ich hoffe, daß vielleicht ein paar Papiere, die ich brauche, in Edwins Akten geraten sind. Würde es Ihnen etwas ausmachen, wenn ich sie eben durchgehe?«

Meghan nahm den Flug 292 der Linie America West, Startzeit 13 Uhr 25 ab Phoenix und geplante Ankunft um 20 Uhr 05 Ortszeit in New York. Sie war dankbar, daß sie einen Fenstersitz bekommen hatte. Der mittlere Platz war nicht besetzt, die etwa vierzigjährige Frau zum Gang hin schien jedoch redselig zu sein.

Um ihr zu entgehen, verstellte Meg ihre Sitzlehne nach hinten und schloß die Augen. Sie ließ jede Einzelheit ihrer Zusammenkunft mit Frances Grolier wieder vor ihrem geistigen Auge ablaufen. Während all dies wieder an ihr vorbeizog, schienen ihre Gefühle Achterbahn zu fahren und schlingerten von einem Extrem ins andere.

Zorn auf ihren Vater. Zorn auf Frances.

Eifersucht, daß es noch eine Tochter gegeben hatte, die ihr Vater geliebt hatte.

Neugier, was Annie betraf. Sie war eine Reisejournalistin. Sie muß intelligent gewesen sein. Sie sah wie ich aus. Sie war meine Halbschwester, dachte Meghan. Sie atmete noch, als man sie in den Krankenwagen legte. Ich war bei ihr, als sie starb, und ich hätte nie erfahren, daß es sie überhaupt gab.

Mitgefühl für alle: für Frances Grolier und Annie, für ihre Mutter und für sich selbst. Und für Dad, dachte Meghan. Vielleicht vermag ich ihn eines Tages so zu sehen, wie Frances es tut. Ein verletzter kleiner Junge, der sich nur geborgen fühlen konnte, solange er sicher war, daß es einen Platz gab, wo er hin konnte, einen Platz, wo man ihn haben wollte.

Aber trotzdem, ihr Vater hatte nicht nur ein Zuhause gehabt, wo man ihn liebte, sondern zwei, dachte sie. Hatte er beide nötig, zum Ausgleich für die beiden, die er als Kind kannte, Orte, wo man ihn weder haben wollte noch liebte?

Die Stewardessen begannen Getränke zu verteilen. Meghan bestellte ein Glas Rotwein und trank ihn langsam, froh über die Wärme, die sich in ihrem Körper auszubreiten begann. Sie warf einen Blick zur Seite. Die Frau zwei Sitze weiter war zum Glück in ein Buch vertieft.

Die Lunchportionen wurden ausgeteilt. Meghan hatte keinen Hunger, nahm aber den Salat, das Brötchen und den Kaffee. Ihr Kopf wurde allmählich klarer. Sie holte sich einen Schreibblock aus ihrer Umhängetasche und begann bei einer zweiten Tasse Kaffee, sich Notizen zu machen.

Jenes Stück Papier mit ihrem Namen und ihrer Telefonnummer darauf hatte Annies Auseinandersetzung mit Frances ausgelöst, ihre Forderung, die Wahrheit zu erfahren. Frances hat gesagt, daß Annie mich anrief und einhängte, als ich mich meldete, dachte Meghan. *Wenn sie doch bloß mit mir geredet hätte.* Dann wäre sie womöglich nie nach New York gekommen. Dann würde sie vielleicht noch leben.

Kyle hatte Annie offensichtlich gesehen, als sie in Newtown herumgefahren war. Hatte sie sonst noch jemand dort gesehen?

Ich wüßte gern, ob Frances ihr gesagt hat, wo Dad gearbeitet hat, dachte Meghan und notierte sich die Frage.

Dr. Manning. Frances zufolge war Dad nach dem Telefonat mit ihm am Tag, bevor Dad dann verschwand, ganz erregt gewesen. Den Zeitungen zufolge behauptete Dr. Manning, das Gespräch sei freundlich verlaufen. Was hat Dad dann so aufgeregt?

Victor Orsini. War er der Schlüssel zu all dem? Laut Frances war Dad wegen etwas, was er über ihn herausgefunden hatte, völlig entsetzt gewesen.

Orsini. Meghan unterstrich seinen Namen dreimal. Er hatte seine Stelle um die Zeit herum angetreten, als Helene Petrovic der Manning Clinic als Kandidatin empfohlen wurde. Gab es da einen Zusammenhang?

Das letzte, was Meghan aufschrieb, waren drei Wörter. *Lebt Dad noch*?

Das Flugzeug landete pünktlich kurz nach acht Uhr. Als Meghan den Sicherheitsgurt aufschnappen ließ, schloß die Frau am Gang ihr Buch und wandte sich ihr zu. »Jetzt ist es mir wieder eingefallen«, sagte sie befriedigt. »Ich bin eine Reiseagentin, und ich weiß, daß man jemand, der keine Lust hat zu reden, auch nicht stören sollte. Aber ich wußte einfach, daß ich Sie schon mal irgendwo gesehen hab'. Es war auf einer Konferenz vom ASTA, vom Amerikanischen Reiseverband, in San Francisco letztes Jahr. Sie sind doch Annie Collins, die Reisejournalistin, stimmt's?

Bernie saß an der Bar, als Catherine beim Verlassen des Gasthofs einen Blick hineinwarf. Er sah sie im Spiegel, wandte jedoch sofort den Blick ab und griff nach der Speisekarte, als sie in seine Richtung schaute.

Er wollte nicht, daß sie ihn bemerkte. Es war nie eine gute Idee, wenn Leute einem besondere Aufmerksamkeit schenkten. Sie fingen dann vielleicht an, Fragen zu stellen. Schon von dem flüchtigen Eindruck im Spiegel konnte er sich zusammenreimen, daß Meghans Mutter wie eine smarte Dame aussah. Ihr konnte man nicht allzuviel vormachen.

Wo war Meghan? Bernie bestellte noch ein Bier, fragte sich dann, ob ihn nicht Joe, der Barkeeper, allmählich mit dieser Art Gesichtsausdruck ansah, wie ihn die Cops hatten, wenn sie ihn anhielten und sich erkundigten, was er vorhabe.

Man brauchte dann nur zu erklären: »Ich hänge bloß so herum«, und sie überschütteten einen mit ihren Fragen.

»Warum?« – »Wen kennen Sie hier in der Gegend?« – »Kommen Sie oft hierher?«

Das waren die Fragen, von denen er nicht wollte, daß die Leute hier sie auch nur zu denken anfingen.

Wirklich wichtig war es, die Leute daran zu gewöhnen, daß sie einen sahen. Wenn man daran gewöhnt ist, jemanden die ganze Zeit zu sehen, dann sieht man ihn eigentlich gar nicht. Er und der Gefängnispsychiater hatten sich darüber unterhalten.

Eine innere Stimme warnte ihn, daß es gefährlich wäre, wenn er noch einmal in den Wald hinter Meghans Haus gehen würde. So, wie der Junge geschrien hatte, lag es nahe, daß irgendwer die Polizei benachrichtigt hatte. Vielleicht überwachten sie die Stelle jetzt.

Wenn er aber Meghan nie bei der Arbeit über den Weg lief, weil sie vom Channel 3 beurlaubt war, und auch nicht in die Nähe ihres Hauses konnte, wie sollte er sie dann noch zu sehen bekommen?

Während er schluckweise sein zweites Bier trank, kam ihm plötzlich die Antwort, ganz leicht und einfach.

Das hier war nicht nur ein Restaurant, es war ein *Gasthof*. Leute übernachteten hier. Draußen gab es ein Schild, auf dem ZIMMER FREI stand. Von den nach Süden gelegenen Fenstern aus mußte man einen guten Blick auf Meghans Haus haben. Wenn er sich ein Zimmer mietete, konnte er kommen und gehen, ohne daß sich irgend jemand etwas dabei dachte. Sie würden damit rechnen, daß sein Wagen die ganze Nacht über dort stand. Er konnte behaupten, seine Mutter sei im Krankenhaus, würde aber in ein paar Tagen entlassen und brauchte dann ein ruhiges Plätzchen, wo sie sich ausruhen konnte und nicht zu kochen brauchte.

»Sind die Zimmer hier teuer?« fragte er den Barkeeper. »Ich muß einen Platz für meine Mutter finden, damit sie wieder zu Kräften kommt, wenn Sie wissen, was ich meine. Sie ist nicht mehr krank, aber noch ziemlich schwach und kann jetzt nicht alleine für sich herumhängen.«

»Die Gästezimmer sind super«, sagte Joe. »Sie sind erst vor zwei Jahren renoviert worden. Zur Zeit sind sie nicht teuer. Es ist ja keine Hauptsaison. In ungefähr drei Wochen, ums Erntedankfest herum, gehen die Preise rauf und bleiben die Skisaison hindurch oben. Danach gibt's wieder einen Nachlaß bis April oder Mai.«

»Meine Mutter mag viel Sonne.«

»Ich weiß, daß die Zimmer zur Hälfte leer sind. Reden Sie mit Virginia Murphy. Sie ist Mrs. Collins' Assistentin und kümmert sich um alles.«

Das Zimmer, das sich Bernie aussuchte, war noch besser, als er erwartet hatte. An der Südseite des Gasthofs gelegen, ging es direkt aufs Haus der Collins' hinaus. Selbst bei all den elektronischen Geräten, die er sich in letzter Zeit gekauft hatte, blieb ihm noch reichlich Spielraum mit seiner Kreditkarte. Er konnte hier lange Zeit bleiben.

Murphy nahm sie mit einem freundlichen Lächeln entgegen. »Wann wird Ihre Mutter eintreffen, Mr. Heffernan?« fragte sie.

»Die nächsten paar Tage kommt sie noch nicht«, erklärte Bernie. »Ich möchte das Zimmer zur Verfügung haben, bis sie aus dem Krankenhaus kommt. Es ist eine zu weite Fahrt, jeden Tag von Long Island hierher und wieder zurück.«

»Das kann man wohl sagen, und der Verkehr ist manchmal schlimm. Haben Sie Gepäck?«

»Das bringe ich später nach.«

Bernie fuhr nach Hause. Nach dem Abendessen mit Mama erzählte er ihr, sein Boß habe ihn beauftragt, den Wagen eines Kunden nach Chicago zu chauffieren. »Ich bin ungefähr drei oder vier Tage weg, Mama. Es ist ein teures neues Auto, und sie wollen nicht, daß ich zu schnell fahre. Sie schicken mich dann mit dem Bus zurück.«

»Wieviel zahlen sie dir dafür?«

Bernie griff einen Betrag aus der Luft. »Zweihundert Dollar pro Tag, Mama.«

Sie schnaufte auf. »Mir wird ganz schlecht, wenn ich dran denke, wie ich geschuftet hab', um dich zu ernähren, und so gut wie gar nichts gekriegt hab', und du kriegst zweihundert Dollar am Tag dafür, daß du einen schicken Wagen herumfährst.«

»Er will, daß ich heute abend losfahre.« Bernie ging ins Schlafzimmer und warf ein paar Sachen zum Anziehen in den schwarzen Nylonkoffer, den Mama vor Jahren aus zweiter Hand gekauft hatte. Er sah nicht schlecht aus. Mama hatte ihn gereinigt.

Er achtete darauf, genügend Videokassetten für seine Kamera einzupacken, all seine Objektive und sein Mobiltelefon.

Er verabschiedete sich von Mama, küßte sie aber nicht. Sie gaben sich nie einen Kuß. Mama hatte etwas gegen Küsse. Wie gewöhnlich stand sie an der Tür und schaute ihm nach, als er wegfuhr. Ihre letzten Worte an ihn waren: »Mach keine Dummheiten, Bernard.«

Meghan kam kurz vor halb elf zu Hause an. Ihre Mutter hatte Käse mit Crackers und Weintrauben auf dem Couchtisch im Wohnzimmer hergerichtet und Wein in der Karaffe kühlgestellt. »Ich dachte, du kannst eine kleine Stärkung gebrauchen.«

»Ich brauche etwas. Ich bin gleich wieder unten. Ich mach's mir eben bequemer.«

Sie trug ihre Tasche nach oben, wechselte in einen Pyjama, Morgenrock und Hausschuhe, wusch sich das Gesicht, bürstete die Haare und straffte sie mit einem Band nach hinten.

»Jetzt fühl' ich mich besser«, sagte sie, als sie wieder ins Wohnzimmer kam. »Macht es dir etwas aus, wenn wir heute abend nicht alles bereden? Das Wesentliche weißt du. Dad und Annies Mutter hatten siebenundzwanzig Jahre lang ein Verhältnis. Sie hat ihn zum letztenmal gesehen, als er sich auf die Heimreise zu uns machte und nie ankam. Sie und ihr Anwalt fliegen heute abend mit der Nachtmaschine um elf Uhr fünfundzwanzig von Phoenix aus. Sie landen morgen früh gegen sechs in New York.«

»Wieso hat sie nicht bis morgen abgewartet? Wieso sollte irgendwer die ganze Nacht über fliegen wollen?«

»Ich vermute, daß sie die ganze Angelegenheit so schnell wie möglich hinter sich bringen will. Ich hab' sie gewarnt, daß die Polizei bestimmt mit ihr reden will und es wahrscheinlich einen riesigen Medienrummel gibt.«

»Meg, ich hoffe, ich hab' das richtig gemacht.« Catherine zögerte. »Ich hab' Tom Weicker von deiner Reise nach Scottsdale erzählt. PCD hat die Geschichte über Annie in den Sechs-Uhr-Nachrichten gebracht und bringt sie bestimmt noch mal um elf. Ich glaube, sie waren so rücksichtsvoll wie möglich zu dir und mir, aber es ist kein schöner Bericht. Ich sollte dir vielleicht noch sagen, daß ich das Telefon leise gestellt und den Anrufbeantworter angemacht habe. Ein paar Reporter sind an der Tür erschienen, aber ich konnte ihre Funkwagen draußen sehen und hab' nicht aufgemacht. Sie sind beim Gasthof aufgetaucht, und Virginia hat gesagt, ich sei verreist.«

»Ich bin froh, daß du Tom eingeweiht hast«, sagte Meg. »Ich hab' gern für ihn gearbeitet. Ich will, daß er die Story exklusiv hat.«

Sie versuchte ihre Mutter anzulächeln. »Du hast Mumm.«

»Was bleibt uns schon anderes übrig. Und, Meg, er hat gestern *nicht* wegen dir angerufen. Inzwischen ist mir klar, daß der Mann, der tatsächlich angerufen hat, wer immer es war, in Wirklichkeit herausfinden wollte, wo du bist. Ich hab' die Polizei informiert. Sie wollen das Haus unter Beobachtung halten und regelmäßig in dem Wäldchen nachschauen.« Catherines Selbstbeherrschung versagte. »Meg, ich habe Angst um dich.«

Meg überlegte: Wer in aller Welt hatte nur auf die Idee kommen können, Weickers Namen zu benützen?

Sie sagte: »Mom, ich weiß nicht, was da los ist. Aber die Alarmanlage ist doch an, ja?«

»Ja.«

»Dann können wir uns doch jetzt die Nachrichten ansehen. Es ist Zeit.«

Mumm aufzubringen ist eine Sache, dachte Meg, aber die Gewißheit, daß einige hunderttausend Leute sich einen Bericht anschauen, der das eigene Privatleben verhackstückt, ist ganz etwas anderes.

Sie schaute und hörte zu, wie Joel Edison, der PCD-Moderator der Elf-Uhr-Nachrichten, auf angemessen ernste Weise die Einführungsworte sprach. »Wie wir bereits exklusiv in unserer Nachrichtensendung um achtzehn Uhr berichtet haben, ist Edwin Collins, der seit dem achtundzwanzigsten Januar unauffindbar ist und als mutmaßlicher Täter in dem Mordfall der Manning Clinic gilt, der Vater der jungen Frau, die vor zwölf Tagen mitten in Manhattan erstochen wurde. Mr. Collins …

… der auch der Vater unserer Kollegin Meghan Collins ist … Haftbefehl … hatte zwei Familien … in Arizona bekannt als Ehemann der namhaften Bildhauerin Frances Grolier …«

»Die haben offenbar auch selbst recherchiert«, sagte Catherine. »Das hab' ich ihnen nicht gesagt.«

Endlich kam Werbung.

Meg drückte den »Aus«-Knopf auf der Fernbedienung, und der Bildschirm wurde dunkel. »Annies Mutter hat mir noch etwas gesagt: Als Dad zum letztenmal in Arizona war, hat ihn etwas total entsetzt, was er über Victor Orsini erfahren hatte.«

»Victor Orsini!«

Die Bestürzung im Tonfall ihrer Mutter verblüffte Meg. »Ja. Wieso? War irgendwas los mit ihm in der Zwischenzeit?«

»Er war heute hier. Er hat gefragt, ob er Edwins Unterlagen durchgehen kann. Er hat behauptet, daß ein paar Papiere dabei sind, die er braucht.«

»Hat er irgendwas mitgenommen? Hast du ihn mit den Akten allein gelassen?«

»Nein. Oder höchstens eine Minute. Er war ungefähr eine Stunde lang hier. Als er ging, kam er mir enttäuscht vor. Er hat gefragt, ob das ganz bestimmt alle Unterlagen sind, die wir mit nach Hause genommen haben. Meg, er hat mich angefleht, Phillip vorläufig nichts davon zu erzählen, daß er hier war. Ich hab's ihm versprochen, wußte aber nicht, was ich davon halten soll.«

»Was ich davon halte, ist, daß unter diesen Papieren irgend etwas steckt, von dem er nicht will, daß wir's finden.« Meg erhob sich. »Ich schlage vor, daß wir jetzt ins Bett gehen. Du kannst dich darauf verlassen, daß morgen wieder überall

Journalisten herumschwirren, aber du und ich, wir werden uns den ganzen Tag über die Akten vornehmen.«

Sie schwieg eine Weile, fügte dann hinzu: »Ich wünschte bloß, wir wüßten, wonach wir überhaupt suchen.«

Bernie war am Fenster seines Zimmers im Drumdoe Inn, als Meghan zu Hause eintraf. Er hatte seine Kamera mit dem Teleobjektiv in Bereitschaft und ließ sie abfahren, sobald Meghan das Licht in ihrem Schlafzimmer anmachte. Er seufzte vor Vergnügen, als sie ihre Jacke auszog und die Bluse aufknöpfte.

Dann kam sie herüber und verstellte die Jalousielamellen, schloß sie jedoch nicht völlig, und so bekam er Meghan zwischendurch noch halbwegs ins Visier, während sie sich beim Ausziehen hin und her bewegte. Er wartete ungeduldig, als sie ins Erdgeschoß ging. Er konnte nicht sehen, in welchem Teil des Hauses sie sich jetzt aufhielt.

Was er jedoch mitbekam, machte ihm bewußt, wie schlau er doch gewesen war. Ein Streifenwagen fuhr etwa alle zwanzig Minuten am Haus der Collins' langsam vorbei. Darüber hinaus sah er den Lichstrahl von Taschenlampen im Wald aufblitzen. Man hatte also die Cops benachrichtigt. Sie hielten Ausschau nach ihm.

Was sie wohl denken würden, wenn sie wüßten, daß er genau hier war und sie beobachtete und sich über sie amüsierte? Aber er mußte sich in acht nehmen. Er wollte die Gelegenheit haben, in Meghans Nähe zu sein, begriff aber jetzt, daß es nicht im Umkreis ihres Hauses sein konnte. Er mußte warten, bis sie allein in ihrem Auto wegfuhr. Sobald er sie zur Garage gehen sah, brauchte er bloß schnell nach unten zu laufen und in seinem eigenen Wagen zu warten, bis sie am Gasthof vorbeikam.

Er mußte einfach allein mit ihr sein, wie ein echter Freund mit ihr reden. Es verlangte ihn zu sehen, wie ihre Lippen sich beim Lächeln verzogen, wie ihr Körper sich bewegte, so wie vorhin gerade, als sie die Jacke auszog und die Bluse aufmachte.

Meghan würde es verstehen, daß er ihr niemals etwas zuleide tun würde. Er wollte einfach nur ihr Freund sein.

In dieser Nacht kam Bernie nicht viel zum Schlafen. Es war zu interessant, der Polizei zuzuschauen, wie sie hin und her fuhr.

Hin und her.

Hin und her.

51

Phillip rief als erster am Donnerstag morgen an. »Ich hab' gestern abend den Bericht in den Nachrichten gehört, und alle Zeitungen sind voll davon heute morgen. Kann ich für ein paar Minuten vorbeikommen?«

»Aber natürlich«, sagte Catherine. »Wenn du dir einen Weg durch die Presseleute bahnen kannst. Sie belagern das Haus.«

»Dann geh' ich hinten herum.«

Es war neun Uhr. Meg und Catherine frühstückten gerade. »Ob wohl schon wieder etwas Neues passiert ist?« fragte Catherine. »Phillip klang verstimmt.«

»Denk daran, daß du versprochen hast, nicht zu verraten, daß Victor Orsini gestern hier war«, rief ihr Meg ins Gedächtnis. »Ich will sowieso selbst sehen, was ich über ihn rauskriegen kann.«

Als Phillip kam, konnte man deutlich erkennen, daß ihn etwas sehr beunruhigte.

»Jetzt ist der Deich gebrochen, falls das die richtige Metapher ist«, sagte er zu ihnen. »Gestern wurde die erste Klage eingereicht. Ein Ehepaar, das für die Lagerung von zehn eingefrorenen Embryos in der Manning Clinic gezahlt hat, ist benachrichtigt worden, daß nur sieben im Labor vorhanden sind. Die Petrovic hat eindeutig im Lauf der Zeit eine Menge Fehler gemacht und die Unterlagen getürkt, um das zu vertuschen. Collins and Carter sind neben der Klinik als Beklagte aufgeführt.«

»Ich weiß nicht mehr, was ich sagen soll, außer daß es mir sehr leid tut«, sagte Catherine.

»Ich hätte es euch gar nicht erzählen sollen. Eigentlich bin ich auch nicht deswegen hier. Habt ihr das Interview mit

Frances Grolier gesehen, das sie gab, als sie heute morgen am Kennedy-Flughafen ankam?«

»Ja, wir haben's gesehen.« Diesmal war es Meg, die antwortete.

»Was haltet ihr dann von ihrer Behauptung, daß sie glaubt, daß Edwin noch lebt und vielleicht ein ganz neues Leben angefangen hat?«

»Wir glauben das keine Sekunde lang«, erwiderte Meg.

»Ich muß euch da warnen, denn John Dwyer ist dermaßen überzeugt, daß Edwin sich irgendwo versteckt hält, daß er euch bestimmt deswegen auf den Pelz rückt. Meg, als ich am Dienstag bei Dwyer war, hat er mir praktisch Behinderung der Justiz vorgeworfen. Er hat mir eine hypothetische Frage gestellt: Angenommen, Ed unterhalte irgendwo eine Beziehung, wo das denn meiner Meinung nach sein könnte? Du hast ja offenbar gewußt, wo du suchen mußtest.«

»Phillip«, fragte Meghan, »du willst doch wohl nicht damit sagen, daß mein Vater lebt und ich weiß, wo er ist, oder?«

Von Carters sonst so jovialem und selbstsicherem Auftreten war nichts zu spüren. »Meg«, sagte er, »natürlich glaube ich nicht, daß du weißt, wo man Edwin erreichen kann. Aber diese Grolier hat ihn so gut gekannt.« Er brach ab, als er sich der Wirkung seiner Worte bewußt wurde. »Verzeihung.«

Meghan war sich klar, daß Phillip Carter recht hatte: Der Staatsanwalt würde bestimmt fragen, wie sie darauf gekommen war, nach Scottsdale zu fahren.

Als er weg war, sagte Catherine: »Jetzt fängt Phillip auch an, darunter zu leiden.«

Eine Stunde später versuchte Meg, Stephanie Petrovic zu erreichen. Es meldete sich noch immer niemand am Telefon. Sie rief Mac in seinem Büro an, um zu hören, ob er es geschafft hatte, mit ihr Verbindung aufzunehmen.

Als Mac ihr von dem Schreiben erzählte, das Stephanie hinterlassen hatte, sagte Meghan unumwunden: »Mac, diese Mitteilung ist eine Fälschung. Stephanie ist nie und nimmer freiwillig mit diesem Mann mitgegangen. Ich hab' gesehen, wie sie reagiert hat, als ich vorschlug, ihn wegen Unterhalt für das Kind zu belangen. Sie hat eine Todesangst vor ihm. Ich finde, Helene Petrovics Anwalt sollte sie als vermißt melden.«

Noch so ein geheimnisvoller Fall von Verschwinden, dachte Meghan. Es war zu spät, um heute noch nach New Jersey zu fahren. Morgen würde sie aber hinfahren und sich schon vor Tagesanbruch auf den Weg machen. Auf diese Weise konnte sie vielleicht den Reportern entgehen.

Sie wollte Charles Potters aufsuchen und ihn bitten, sie durch das Haus von Helene Petrovic zu führen. Sie wollte auch mit dem Priester sprechen, der die Gedenkmesse für die Ermordete abgehalten hatte. Er kannte zweifellos die Rumäninnen, die den Gottesdienst besucht hatten.

Es bestand die schreckliche Möglichkeit, daß Stephanie, eine junge Frau, die kurz vor der Niederkunft stand, etwas über ihre Tante gewußt hatte, das dem Mörder von Helene Petrovic gefährlich werden konnte.

52

Die Kriminalbeamten Bob Marron und Arlene Weiss holten vom Bezirksstaatsanwalt in Manhattan die Erlaubnis zum Verhör von Frances Grolier am Donnerstag vormittag ein.

Martin Fox, ihr Anwalt, ein weißhaariger pensionierter Richter von Ende Sechzig, stand ihr in einer Suite im Doral Hotel zur Seite, das gut zehn Straßen vom Gerichtsmedizinischen Institut entfernt lag. Fox zögerte nicht, Fragen abzulehnen, die er für unangemessen hielt.

Frances war im Leichenschauhaus gewesen und hatte Annies Leiche identifiziert. Diese sollte dann per Flugzeug nach Phoenix überführt und dort von einem Bestattungsunternehmer in Empfang genommen werden. Tiefer Kummer hatte sich so unerbittlich in Frances' Antlitz eingegraben, wie es bei einer ihrer Skulpturen der Fall gewesen wäre, aber sie bewahrte Haltung.

Sie beantwortete Marron und Weiss die gleichen Fragen, die sie auch den Beamten des New Yorker Morddezernats beantwortet hatte. Sie wisse von niemandem, der Annie nach New York begleitet haben könnte. Nein, Annie habe keine Feinde gehabt. Sie sei nicht bereit, etwas zu Edwin Collins zu sagen außer, ja, sie denke, es bestehe die Möglichkeit, daß er es vorgezogen habe, zu verschwinden.

»Hat er je von dem Wunsch gesprochen, auf dem Land zu leben?« fragte Arlene Weiss.

Die Frage schien Frances Groliers Teilnahmslosigkeit zu durchdringen. »Warum wollen Sie das wissen?«

»Als sein Wagen vor dem Gebäude, wo Meghan Collins wohnt, gefunden wurde, waren Erdspuren und Strohpartikel im Profil der Reifen vorhanden, obwohl er erst kürzlich gewaschen worden war. Mrs. Grolier, glauben Sie, daß Edwin Collins sich vielleicht an solch einem Ort verborgen halten könnte?«

»Es könnte sein. Er hat manchmal College-Dozenten auf dem Land interviewt. Wenn er von solchen Fahrten erzählte, hat er immer gesagt, wieviel weniger kompliziert das Leben auf dem Land zu sein schien.«

Die Ermittler Weiss und Marron fuhren von New York direkt nach New-town, um erneut mit Catherine und Meghan zu sprechen. Sie stellten ihnen die gleichen Fragen.

»Auf einer Farm könnte ich mir meinen Mann am allerwenigsten vorstellen«, erklärte Catherine.

Meghan war der gleichen Meinung. »Da ist etwas, was mir keine Ruhe läßt. Kommt es Ihnen nicht komisch vor, daß mein Vater, falls er seinen Wagen fuhr, ihn nicht nur dort hat stehenlassen, wo er bestimmt auffallen und einen Strafzettel bekommen würde, sondern auch noch eine Mordwaffe darin hat liegenlassen?«

»Wir schließen bisher keinerlei Möglichkeiten aus«, antwortete ihr Marron.

»Aber Sie konzentrieren sich auf *ihn*. Wenn Sie ihn einmal ganz aus dem Bild lassen, ergibt sich vielleicht ein völlig anderer Zusammenhang.«

»Wir wollen mal darüber reden, weshalb Sie plötzlich diese Reise nach Arizona unternommen haben, Miss Collins. Wir mußten das erst aus dem Fernsehen erfahren. Erzählen Sie's uns selbst. Wann haben Sie erfahren, daß Ihr Vater dort eine Bleibe hatte?«

Als sie eine Stunde später aufbrachen, nahmen sie die Tonkassette mit der Palomino-Nachricht mit.

»Glaubst du, daß irgend jemand dort bei der Polizei nach Erklärungen sucht, die nichts mit Dad zu tun haben?« fragte Meghan ihre Mutter.

»Nein, und sie haben es auch nicht vor«, sagte Catherine voller Bitterkeit.

Sie gingen wieder ins Eßzimmer, wo sie die Akten studiert hatten. Die Durchsicht der kalifornischen Hotelrechnungen ergab Jahr für Jahr die Zeiten, in denen sich Edwin Collins höchstwahrscheinlich in Scottsdale aufgehalten hatte.

»Aber das ist nicht die Art von Information, hinter der Victor Orsini her sein könnte«, sagte Meg. »Da muß es noch etwas anderes geben.«

Im Büro Collins and Carter unterhielten sich am Donnerstag Jackie, die Sekretärin, und Milly, die Buchhalterin, im Flüsterton über die angespannte Atmosphäre zwischen Phillip Carter und Victor Orsini. Sie waren sich einig, daß der ganze schreckliche Medienrummel wegen Mr. Collins und die neuerlich eingereichten Klagen schuld daran waren.

Seit Mr. Collins tot ist, war irgendwie der Wurm drin. »Oder wenigstens, seit wir dachten, daß er tot ist«, sagte Jackie. »Es ist kaum zu glauben, daß er bei so einer netten, hübschen Frau wie Mrs. Collins all die Jahre nebenbei eine andere gehabt haben soll.«

»Ich mach' mir solche Sorgen«, fuhr sie dann fort. »Jeden Pfennig meines Gehalts spare ich fürs College für die Jungs. Dieser Job ist so praktisch. Ich würde ihn schrecklich ungern verlieren.«

Milly war dreiundsechzig und wollte noch zwei Jahre lang arbeiten, bis sie eine bessere Altersversorgung beieinander hatte. »Wenn die Firma den Bach hinuntergeht, wer soll mich dann noch nehmen?« Es war eine rhetorische Frage, die sie neuerdings häufig stellte.

»Einer von den beiden kommt nachts hierher«, flüsterte Jackie. »Du weißt ja, man merkt's doch, wenn jemand die Akten durchgegangen ist.«

»Wieso sollte einer auf so 'ne Idee kommen? Sie können uns doch nach allem suchen lassen, was sie brauchen«, protestierte Milly. »Dafür werden wir schließlich bezahlt.«

»Das einzige, was ich mir vorstellen kann, ist, daß einer von denen die Kopie des Empfehlungsbriefs über Helene Petrovic an die Manning Clinic sucht«, sagte Jackie. »Ich hab' wie verrückt gesucht, und ich kann sie einfach nicht finden.«

»Du warst erst ein paar Wochen hier, als du damals den Brief getippt hast. Du hast dich doch erst an das Ablagesystem hier gewöhnen müssen«, erinnerte sie Milly. »Und überhaupt, was spielt das schon für eine Rolle? Die Polizei hat das Original, und darauf kommt es schließlich an.«

»Vielleicht spielt es sogar eine große Rolle«, entgegnete Jackie. »Um ehrlich zu sein, ich kann mich gar nicht daran erinnern, daß ich den Brief getippt hab', aber es ist ja auch sieben Jahre her, und ich kann mich an die Hälfte der Briefe, die hier rausgehen, nicht mehr erinnern. Und meine Initialen sind wirklich drauf.«

»Ja?«

Jackie zog ihre Schreibtischschublade auf, nahm ihre Handtasche heraus und kramte daraus einen zusammengefalteten Zeitungsausschnitt hervor. »Schon seit ich den Brief an die Manning Clinic über die Petrovic in der Zeitung abgedruckt gesehen hab', hat mich was gestört. Schau mal her.«

Sie reichte Milly den Ausschnitt. »Siehst du, wie die erste Zeile bei jedem Absatz eingerückt ist? So tippe ich die Briefe für Mr. Carter und Mr. Orsini. Mr. Collins wollte seine Briefe immer im Blocksatz getippt haben, ganz ohne Einzug.«

»Das stimmt«, pflichtete Milly ihr bei, »aber es sieht auf jeden Fall wie Mr. Collins' Unterschrift aus.«

»Die Experten sagen, daß es seine Unterschrift ist. Ich aber sage, daß es arg komisch ist, daß ein Brief, den er unterschrieben hat, so getippt rausgegangen ist.«

Um drei Uhr rief Tom Weicker an. »Meg, ich wollte Sie nur wissen lassen, daß wir den Bericht bringen, den Sie über das Franklin-Institut in Philadelphia gemacht haben und den wir eigentlich für die Sondersendung über die eineiigen Zwillinge verwenden wollten. Wir haben ihn für beide Nachrichtensendungen heute abend eingeteilt. Es ist eine gute bündige Zusammenfassung über künstliche Befruchtung und ergänzt die Ereignisse in der Manning Clinic.«

»Ich bin froh, daß Sie's bringen, Tom.«

»Ich wollte sichergehen, daß Sie's auch sehen«, sagte er mit überraschend freundlicher Stimme.

»Vielen Dank, daß Sie mir Bescheid gegeben haben«, erwiderte Meg.

Mac rief um halb sechs an. »Wie wär's, wenn du und Catherine zur Abwechslung mal hier herüber zum Abendessen kommt? Heute abend wollt Ihr doch bestimmt nicht zum Gasthof gehen.«

»Nein, das stimmt«, gab ihm Meg recht. »Und wir könnten Gesellschaft brauchen. Ist dir halb sieben recht? Ich möchte die Channel-3-Nachrichten anschauen. Sie bringen einen Bericht, den ich gemacht hab'.«

»Komm doch gleich herüber und schau's dir hier an. Kyle kann dann damit angeben, daß er gelernt hat, Sendungen aufzuzeichnen.«

»Okay.«

Es war ein guter Bericht. Eine schöne Stelle war der Moment in Dr. Williams' Sprechzimmer, als er auf die Wände mit all den Bildern kleiner Kinder deutete. »Können Sie sich vorstellen, wieviel Freude diese kleinen Kerle in das Leben mancher Menschen bringen?«

Meg hatte den Kameramann zu einem langsamen Kameraschwenk über die Fotos hin veranlaßt, während Dr. Williams weitersprach. »Diese Kinder sind alle nur dank der Methoden künstlicher Fortpflanzung, die hier praktiziert werden, auf die Welt gekommen.«

»Da hat er Reklame fürs Institut gemacht«, bemerkte Meg. »Aber es war nicht zu dick aufgetragen.«

»Es war eine gute Sendung, Meg«, sagte Mac.

»Ja, glaub' ich auch. Wie wär's, wenn wir auf die übrigen Nachrichten verzichten? Wir wissen eh alle, was kommt.«

Bernie blieb den ganzen Tag im Zimmer. Er sagte zum Zimmermädchen, er fühle sich nicht wohl. Er sagte, er bekomme jetzt vermutlich all die Nächte zu spüren, die er im Krankenhaus verbracht habe, als seine Mutter so schlecht beieinander gewesen sei.

Virginia Murphy rief wenige Minuten später an. »Wir servieren normalerweise nur ein einfaches Frühstück aufs Zimmer, aber wir schicken Ihnen gern ein Tablett hoch, wann immer Sie wünschen.«

Sie schickten ihm etwas zum Lunch, später dann bestellte sich Bernie ein Abendessen. Er hatte die Kissen so aufgebaut, daß es aussah, als habe er sich im Bett ausgeruht. Sobald der Kellner gegangen war, saß Bernie wieder am Fenster, und zwar schräg dazu, damit ihn niemand, der zufällig hinaufschaute, bemerken würde. Er beobachtete, wie Meghan und ihre Mutter kurz vor sechs das Haus verließen. Es war dunkel, aber das Licht am Eingang war an. Er überlegte, ob er ihnen folgen sollte, entschied dann aber, daß er nur seine Zeit vergeuden würde, solange die Mutter dabei war. Er war froh, daß er seinen Fensterplatz nicht aufgegeben hatte, als er das Auto nach rechts statt nach links abbiegen sah. Er schloß daraus, daß sie zu dem Haus fuhren, wo dieser Junge wohnte. Es war das einzige dort am Ende der Sackgasse.

Die Streifenwagen erschienen regelmäßig den ganzen Tag hindurch, jedoch nicht mehr alle zwanzig Minuten. Im Verlauf des Abends bemerkte er nur einmal, wie Taschenlampen in dem Wäldchen aufleuchteten. Die Cops nahmen es nicht mehr so genau. Das war gut.

Meghan und ihre Mutter kamen etwa um zehn wieder nach Hause. Eine Stunde später zog sich Meghan aus und ging zu Bett. Sie saß noch ungefähr zwanzig Minuten aufrecht da und schrieb irgendwas in ein Notizbuch.

Noch lange, nachdem sie das Licht ausgeschaltet hatte, blieb Bernie am Fenster sitzen und dachte an sie und malte sich aus, er wäre dort drüben bei ihr im Zimmer.

53

Donald Anderson hatte sich zwei Wochen von der Arbeit beurlauben lassen, um mit für das Neugeborene zu sorgen. Weder er noch Dina wollten Hilfe von außen. »Du ruhst dich aus«, erklärte er seiner Frau. »Jonathan und ich haben jetzt das Kommando.«

Der Arzt hatte am Vorabend die Entlassungspapiere unterschrieben. Er stimmte völlig mit ihnen überein, daß sie der Presse am besten aus dem Weg gingen. »Sie können sich darauf verlassen, daß zwischen neun und elf einige der Fotografen unten in der Halle auftauchen«, hatte er prophezeit. Das war die Zeit, zu der normalerweise die jungen Mütter mit ihren Säuglingen entlassen wurden.

Die ganze Woche über hatte das Telefon geläutet mit Anfragen wegen Interviews. Don hörte sie sich auf dem Anrufbeantworter an und rief in keinem der Fälle zurück. Am Donnerstag rief ihr Anwalt an. Es gebe unwiderlegbare Beweise für strafbare Handlungen in der Manning Clinic. Er bereitete sie darauf vor, daß man sie drängen werde, dem Verfahren beizutreten, das man anstrebe.

»Auf gar keinen Fall«, sagte Anderson. »Das können Sie jedem sagen, der Sie anruft.«

Dina lag mit einigen Kissen im Rücken auf dem Sofa und las Jonathan vor. Geschichten über Bibo aus der Sesamstraße waren ihm neuerdings am liebsten. Sie blickte zu ihrem Mann auf. »Warum stellen wir das Telefon nicht einfach ab?« schlug sie vor. »Schlimm genug, daß ich Nicky stundenlang nach der Geburt nicht einmal angeschaut hab'. Da fehlt es gerade noch, daß er, wenn er groß wird, herausfindet, daß ich jemanden verklagt habe, weil er statt eines anderen Babys auf der Welt ist.«

Sie hatten ihn Nicholas nach Dinas Großvater getauft, denselben, dem er, wie ihre Mutter schwor, ähnlich sah. Vom Babybettchen in der Nähe konnte sie eine Bewegung hören, ein leises Jammern, dann ein kräftiges Schreien, als ihr Säugling aufwachte.

»Er hat gehört, daß wir von ihm geredet haben«, sagte Jonathan.

»Ja, vielleicht, mein Schatz«, stimmte Dina zu, während sie Jonathan auf seinen seidigen Blondschopf küßte.

»Er hat ganz einfach wieder Hunger«, verkündete Don. Er beugte sich hinunter, nahm das zappelnde Bündel auf und reichte es Dina.

»Weißt du bestimmt, daß er nicht mein Zwillingsbruder ist?« fragte Jonathan.

»Ja, ganz bestimmt«, sagte Dina. »Aber er ist dein Bruder, und das ist ganz genauso gut.«

Sie legte sich den Kleinen an die Brust. »Du hast meine olivfarbene Haut«, sagte sie, während sie ihm zart über die Wange strich, damit er zu nuckeln anfing. »Mein kleiner Landsmann.«

Sie lächelte ihren Mann an. »Weißt du was, Don? Es ist wirklich nur fair, daß einer von unseren Jungen wie ich aussieht.«

Meghan brach am Freitag morgen so früh auf, daß sie schon um halb elf in der Pfarrei der Kirche St. Dominic's am Rand von Trenton sein konnte.

Sie hatte den jungen Priester gestern gleich nach dem Abendessen angerufen und sich mit ihm verabredet.

Die Pfarrei war ein schmales dreistöckiges Fachwerkhaus, typisch für das viktorianische Zeitalter, mit einer überdachten Veranda rundum und dem Zuschnitt eines Lebkuchenhauses. Das Wohnzimmer war heruntergekommen, aber behaglich, mit schweren, mächtig gepolsterten Sesseln, einem geschnitzten Bibliothekstisch, altmodischen Stehlampen und einem verblichenen Perserteppich. Der offene Kamin glühte mit brennenden Holzscheiten und sprühenden Funken und vertrieb die Kälte aus der winzigen Eingangshalle.

Pater Radzin hatte ihr mit der Entschuldigung die Tür geöffnet, er sei gerade am Telefon, sie dann in dieses Zimmer geführt und war die Treppe hinauf verschwunden. Während Meghan wartete, kam ihr der Gedanke, daß dies der richtige Raum für bekümmerte Menschen war, um sich frei von Furcht vor Verdammung oder Vorwürfen ihre Sorgen von der Seele zu reden.

Sie war sich nicht ganz sicher, was sie den Pater fragen würde. Von der kurzen Gedenkrede, die er bei dem Trauergottesdienst gehalten hatte, wußte sie jedoch, daß er Helene Petrovic gekannt und geschätzt hatte.

Sie hörte seine Schritte auf der Treppe. Dann war er im Zimmer und entschuldigte sich abermals, daß er sie hatte warten lassen. Er setzte sich in einen Sessel ihr gegenüber und fragte: »Wie kann ich Ihnen helfen, Meghan?«

Nicht: »Was kann ich für Sie tun?«, sondern: »Wie kann ich Ihnen helfen?« Ein feiner Unterschied, der merkwürdig tröstlich war. »Ich muß herausfinden, wer Helene wirklich war. Sie sind doch über die Situation in der Manning Clinic im Bilde?«

»Ja, selbstverständlich. Ich habe die Sache verfolgt. Außerdem sah ich heute morgen in der Zeitung ein Foto von Ihnen und dem armen Mädchen, das erstochen wurde. Die Ähnlichkeit ist tatsächlich bemerkenswert.«

»Ich hab' die Zeitung nicht gesehen, aber ich weiß, was Sie meinen. Eigentlich hat damit alles angefangen.« Meghan beugte sich vor und verschränkte ihre Finger ineinander, die Handflächen zusammengepreßt. »Der Staatsanwalt, der für den Mordfall Helene Petrovic zuständig ist, glaubt, daß mein Vater für Helenes Anstellung bei der Manning Clinic und für ihren Tod verantwortlich ist. Zu viele Dinge ergeben keinen Sinn. Warum sollte er ein Interesse daran gehabt haben, daß die Klinik jemanden einstellt, der für die Position nicht qualifiziert war? Was für einen Vorteil konnte er überhaupt daraus ziehen, sie in dem Labor zu plazieren?«

»Für jede Handlung, die ein Mensch unternimmt, gibt es immer einen Grund, Meghan, bisweilen mehrere.«

»Genau das meine ich. Ich kann keinen einzigen finden, schon gar nicht mehrere. Es gibt einfach keinen Sinn. Weshalb hätte sich mein Vater überhaupt mit Helene befassen sollen, wenn er wußte, daß sie eine Hochstaplerin war? Ich weiß, daß er sehr gewissenhaft bei seiner Arbeit war. Er war stolz darauf, seinen Kunden die richtigen Leute zu besorgen. Wir haben früher oft darüber gesprochen.

Es ist verwerflich, einer unqualifizierten Person einen Job in einer hochsensiblen medizinischen Einrichtung zu geben. Je länger sie das Labor in der Manning Clinic unter die Lupe nehmen, um so mehr Fehler finden sie. Ich kann nicht begreifen, wieso mein Vater absichtlich so eine Lawine lostreten würde. Und was ist mit Helene? Hatte sie denn gar keine Skrupel in dieser Angelegenheit? Machte sie sich keine Sorgen, daß wegen ihrer Schlamperei, Unachtsamkeit oder Ignoranz einige der winzigen Embryos Schaden nehmen oder zugrunde gehen könnten? Zumindest bei einem Teil der gelagerten Embryos bestand die Absicht zu einer späteren Einpflanzung, in der Hoffnung, daß es auch zu einer Geburt kommen würde.«

»Einpflanzung und Geburt«, wiederholte Pater Radzin. »Eine interessante ethische Frage. Helene war keine regelmäßige Kirchgängerin, doch wenn sie zur Messe kam, dann immer zum letzten Gottesdienst am Sonntag, und danach blieb sie zur Kaffeestunde. Ich hatte das Gefühl, sie hatte etwas auf dem Herzen, konnte sich aber nicht überwinden, darüber zu sprechen. Ich muß Ihnen allerdings sagen, daß, wenn ich ihre Eigenschaften beschreiben sollte, mir als allerletztes so etwas wie ›schlampig, unachtsam und ignorant‹ einfallen würde.«

»Wie steht's mit ihren Freunden? Wer stand ihr nahe?«

»Niemand, von dem ich wüßte. Einige ihrer Bekannten haben sich diese Woche bei mir gemeldet. Sie sagen alle, wie wenig sie Helene wirklich gekannt haben.«

»Ich befürchte, daß ihrer Nichte Stephanie vielleicht etwas zugestoßen ist. Sind Sie je dem jungen Mann begegnet, der der Vater ihres Kindes ist?«

»Nein. Und soweit ich weiß, hat ihn auch sonst niemand getroffen.«

»Was halten Sie von Stephanie?«

»Sie ist völlig anders als Helene. Freilich ist sie sehr jung und noch nicht einmal ein Jahr hier im Land. Sie ist jetzt allein. Es könnte doch sein, daß der Vater des Babys wieder aufgetaucht ist und sie sich entschlossen hat, es mit ihm zu probieren.«

Er runzelte die Stirn. So wie Mac, dachte Meghan. Pater Radzin sah wie Ende Dreißig aus, ein bißchen älter als Mac. Weshalb verglich sie die beiden? Das kam daher, weil beide so etwas Vernünftiges und Gutes an sich hatten, entschied sie.

Sie stand auf. »Ich hab' schon genug von Ihrer Zeit in Anspruch genommen, Pater Radzin.«

»Bleiben Sie noch ein oder zwei Minuten, Meghan. Setzen Sie sich doch, bitte. Sie haben die Frage nach der Motivation Ihres Vaters angeschnitten, was die Plazierung von Helene in der Klinik angeht. Falls Sie nichts über Helene ausfindig machen können, würde ich Ihnen raten, weiterzusuchen, bis Sie den Grund für *seine* Beteiligung an dieser Jobvermittlung finden. Glauben Sie, daß er eine intime Beziehung zu ihr hatte?«

»Das bezweifle ich sehr.« Sie zuckte die Achseln. »Er scheint sich ohnehin schon schwer genug damit getan zu haben, seine Zeit zwischen meiner Mutter und Annies Mutter aufzuteilen.«

»Geld?«

»Das ergibt ebenfalls keinen Sinn. Die Manning Clinic hat das übliche Honorar an Collins and Carter für die Vermittlung von Helene und Dr. Williams gezahlt. Meine Erfahrungen im Jurastudium und beim Studium der Natur des Menschen haben mich gelehrt, daß Liebe oder Geld die Ursachen sind, weshalb die meisten Verbrechen begangen werden. Aber hier, finde ich, paßt keins von beiden.« Sie erhob sich. »Jetzt muß ich aber wirklich gehen. Ich treffe mich mit Helenes Anwalt in ihrem Haus in Lawrenceville.«

Charles Potters wartete schon, als Meghan eintraf. Sie war ihm kurz bei dem Trauergottesdienst für Helene begegnet. Als sie jetzt die Gelegenheit hatte, ihn genauer in Augenschein zu nehmen, wurde ihr klar, daß er jenem Typ Familienanwalt glich, wie man ihn in alten Filmen findet.

Sein dunkelblauer Anzug war überaus konservativ, sein Hemd blütenweiß, seine schmale blaue Krawatte unauffällig, seine Gesichtsfarbe rosa, sein spärliches graues Haar ordentlich gekämmt. Eine rahmenlose Brille betonte überraschend lebhafte haselnußbraune Augen.

Was auch immer Stephanie sich aus dem Haus angeeignet hatte, das Zimmer hier, das erste, das sie betraten, erschien unverändert. Es sah genauso aus, wie Meghan es vor weniger als einer Woche gesehen hatte. Die Kraft der Beobachtung, dachte sie. Konzentriere dich. Dann bemerkte sie, daß auf dem Sims die schönen Meißener Porzellanfiguren, die sie bewundert hatte, fehlten.

»Ihr Freund Dr. MacIntyre hat mich davon abgehalten, Stephanies Diebstahl von Helenes Besitztum unverzüglich der Polizei zu melden, Miss Collins, aber ich kann jetzt, fürchte ich, nicht länger warten. Als Testamentsvollstrecker bin ich für den gesamten Besitz von Helene verantwortlich.«

»Das verstehe ich. Ich wünschte nur, man würde sich auch dafür einsetzen, Stephanie zu finden und davon zu überzeugen, daß sie die Sachen zurückgibt. Wenn man einen Haftbefehl gegen sie erläßt, wird sie vielleicht abgeschoben.«

»Mr. Potters«, sagte sie dann, »ich mache mir sehr viel ernstere Sorgen als nur um die Dinge, die Stephanie mitgehen ließ. Haben Sie diesen Abschiedsbrief von ihr?«

»Ja. Hier ist der Zettel.«

Meghan las ihn.

»Haben Sie diesen Jan je getroffen?«

»Nein.«

»Was hielt eigentlich Helene von der Schwangerschaft ihrer Nichte?«

»Helene war eine liebe Frau, zurückhaltend, aber lieb. Das einzige, was sie zu mir über die Schwangerschaft gesagt hat, war ziemlich verständnisvoll.«

»Wie lange verwalten Sie schon ihre Angelegenheiten?«

»Seit etwa drei Jahren.«

»Und Sie haben geglaubt, daß sie Ärztin ist?«

»Ich hatte keinen Grund, es nicht zu tun.«

»Hat sie nicht ein ganz erhebliches Vermögen angesammelt? Bei Manning hatte sie natürlich ein sehr gutes Gehalt. Sie wurde dort als Embryologin bezahlt. Aber während der drei Jahre davor als Sprechstundenhilfe kann sie bestimmt nicht sehr viel verdient haben.«

»Soweit ich weiß, war sie davor Kosmetikerin. Die Schönheitspflege kann lukrativ sein, und Helene hat ihr Geld sehr geschickt angelegt. Miss Collins, ich habe nicht viel Zeit. Sie sagten doch, Sie würden gern mit mir durchs Haus gehen? Ich möchte mich vergewissern, daß alles ordnungsgemäß gesichert ist, bevor ich gehe.«

»Ja, das würde ich gern.«

Meghan ging mit ihm in den ersten Stock. Auch hier schien ihr nichts aufzufallen. Stephanies Aufbruch war zweifellos ohne Hast verlaufen.

Das große Schlafzimmer war luxuriös. Helene Petrovic war offenbar auch ein sinnenfroher Mensch gewesen. Die aufeinander abgestimmten Tapeten, Bettdecken und Vorhänge sahen sehr teuer aus.

Eine Flügeltür aus Glas führte in ein kleines Wohnzimmer. Eine der Wände dort war von Kinderfotos bedeckt. »Das sind die gleichen wie die in der Manning Clinic«, sagte sie.

»Helene hat sie mir gezeigt«, erklärte Potters. »Sie war sehr stolz auf die erfolgreichen Geburten, die durch die Klinik zustande gekommen sind.«

Meg betrachtete die Bilder. »Ich hab' einige dieser Kinder bei dem Treffen in der Klinik vor knapp zwei Wochen gesehen.« Sie suchte das Bild von Jonathan heraus. »Das ist der kleine Anderson, von dessen Familie Sie sicher auch gehört haben. Das ist der Fall, der die offiziellen Ermittlungen im Fall des Manning-Labors ausgelöst hat.« Sie schwieg und musterte jetzt das Foto oben rechts. Es zeigte zwei Kinder, einen Jungen und ein Mädchen, die zueinander passende Pullover trugen und die Arme umeinandergelegt hatten. Was war es nur, was ihr daran bemerkenswert erschien?

»Ich muß jetzt wirklich das Haus abschließen, Miss Collins.«

Die Stimme des Rechtsanwalts hatte einen scharfen Unterton. Meg konnte ihn nicht länger aufhalten. Sie warf einen letzten gründlichen Blick auf das Bild der beiden Kinder mit den gleichen Pullovern und prägte es sich ein.

Bernies Mutter fühlte sich nicht wohl. Es lag an ihren Allergien. Sie mußte schon die ganze Zeit niesen, und ihre Augen juckten. Sie hatte auch das Gefühl, daß es im Haus zog. Sie fragte sich, ob Bernard wohl nicht aufgepaßt und unten ein Fenster offengelassen hatte.

Sie wußte, daß sie Bernard nicht nach Chicago hätte fahren lassen sollen, auch nicht für zweihundert Dollar am Tag. Wenn er zu lange allein unterwegs war, kam er manchmal auf dumme Gedanken. Er fing an, in den Tag hinein zu träumen und sich Sachen zu wünschen, durch die er womöglich in Schwierigkeiten geriet.

Dann fing er an wütend zu werden. Das waren die Anlässe, wo sie dasein mußte; sie konnte einen Zornanfall steuern, wenn sie ihn kommen sah. Sie sorgte dafür, daß er auf dem rechten Weg blieb. Daß er ordentlich und sauber blieb, genug zu essen bekam, und sie achtete darauf, daß er rechtzeitig zur Arbeit ging und dann abends bei ihr zu Hause blieb vor dem Fernseher.

Er benahm sich jetzt schon so lange gut. Doch neuerdings verhielt er sich irgendwie komisch.

Er sollte doch anrufen. Warum tat er es nicht? Er würde doch wohl nicht, sobald er in Chicago angelangt war, anfangen einem Mädchen nachzugehen und versuchen, sie anzufassen, oder? Nicht daß er ihr etwas antun wollte, aber es war zu oft vorgekommen, daß Bernard nervös wurde, wenn ein Mädchen schrie. Ein paar junge Frauen hatte er wirklich schlimm zugerichtet.

Sie hatten gesagt, wenn das noch einmal passieren würde, dann dürfte er nicht mehr nach Hause. Sie würden ihn auf Dauer einsperren. Und er wußte das.

Das einzige, was ich in all diesen Stunden wirklich herausgefunden habe, ist, wie oft mein Mann mich betrogen hat, dachte Catherine, als sie am Freitag spätnachmittags die Akten von sich wegschob. Sie hatte keine Lust mehr, sich damit zu befassen. Was hatte sie denn davon, daß sie das nun alles wußte? Es tut so furchtbar weh, dachte sie.

Sie stand auf. Draußen herrschte stürmisches Novemberwetter. In drei Wochen war Thanksgiving. An diesem Feiertag war immer viel im Gasthof los.

Virginia hatte angerufen. Die Immobilienleute ließen nicht locker. Ob der Gasthof zum Verkauf stehe? Die meinten es offenbar ernst, berichtete sie. Sie hätten sogar den Betrag genannt, den sie als Verhandlungsbasis ansähen. Sie hätten noch ein anderes Objekt im Auge, falls Drumdoe nicht verkäuflich sei. Das hätten sie jedenfalls behauptet. Aber es könnte ja zutreffen.

Catherine fragte sich, wie lange sie und Meg noch gegen den Wind kreuzen konnten.

Meg ... Ob sie sich wohl wegen des Verrats ihres Vaters einkapseln würde, so wie damals, als Mac Ginger heiratete? Catherine hatte es sich nie anmerken lassen, daß sie wußte, wie sehr sich Meg die Sache mit Mac zu Herzen genommen hatte. Edwin war es immer gewesen, bei dem ihrer beider Tochter Trost gesucht hatte. Warum auch nicht? Vaters kleines Mädchen. Das lag in der Familie. Ich war auch eine typische Vatertochter, dachte Catherine.

Catherine bekam sehr wohl mit, wie Mac neuerdings Meg anschaute. Sie hoffte, daß es nicht zu spät war. Edwin hatte es seiner Mutter nie verziehen, daß sie ihn abgelehnt hatte. Meg hatte einen Schutzwall um sich herum aufgerichtet, was Mac betraf. Und so großartig sie auf ihre Weise Kyle behandelte, so übersah sie doch bewußt, wie hoffnungsvoll er immer auf sie zuging.

Catherine sah flüchtig eine Bewegung drüben in dem Waldstück. Sie erstarrte und entspannte sich dann wieder. Es war ein Polizist. Wenigstens überwachten sie die Gegend hier.

Sie hörte das Geräusch eines Schlüssels im Türschloß.

Catherine stieß einen dankbaren Stoßseufzer aus. Die Tochter, die alles übrige erträglich machte, war wohlbehalten zurück.

Vielleicht konnte sie sich jetzt für eine Weile dem suggestiven Bann der Bilder entziehen, die heute nebeneinander in den Zeitungen abgedruckt waren: das offizielle Presseporträt Megs von Channel 3 und das Profifoto, das Annie für ihre Reise-Essays benützt hatte.

Auf Catherines ausdrücklichen Wunsch hin hatte Virginia alle Ausgaben der Tageszeitungen, die zum Gasthof kamen, herübergeschickt, inklusive der Boulevardblätter. In den *Daily News* war neben den beiden Porträts auch das Fax in Kopie abgedruckt, das Meg in der Nacht nach Annies Ermordung erhalten hatte. Die Schlagzeile über dem dazugehörigen Bericht lautete: STARB DIE FALSCHE SCHWESTER?

»Hallo, Mom! Ich bin wieder da.«

Zur Beruhigung warf Catherine noch einen Blick auf den Polizisten am Waldrand und drehte sich dann um, ihre Tochter zu begrüßen.

Virginia Murphy war die halboffizielle stellvertretende Leiterin des Drumdoe Inn. Technisch gesehen die Empfangsdame des Restaurants, nach Bedarf auch für Zimmerreservierungen zuständig, vertrat sie Catherine praktisch in jeder Hinsicht, wenn sie nicht da war oder in der Küche zu tun hatte. Sie war zehn Jahre jünger als Catherine, fünfzehn Zentimeter größer und rundlich dort, wo es hübsch aussah; sie war eine gute Freundin und eine loyale Angestellte.

Da sie um die finanzielle Lage des Gasthofs wußte, bemühte sich Virginia unablässig, dort zu sparen, wo es nicht auffiel. Sie wünschte sich von ganzem Herzen, daß Catherine den Gasthof behalten konnte. Wenn sich erst einmal all diese schreckliche Publicity gelegt hatte, war das hier der beste Platz für Catherine, wieder ein normales Leben zu führen.

Es wurmte Virginia, daß sie Catherine unterstützt und bestärkt hatte, als diese verrückte Innenarchitektin mit ihren sündhaft teuren Stoffmustern und Kachelproben und Installationskatalogen daherkam. Und das nach den Kosten der dringend notwendigen Renovierung!

Der Gasthof sah wunderschön aus, gestand sich Virginia ein, und er hatte ohne Frage einer Verschönerung bedurft, aber es wäre wirklich eine Ironie des Schicksals, die Unannehmlichkeiten und finanziellen Belastungen für die Renovierung und Neugestaltung auf sich zu nehmen, nur damit dann jemand anders daherkam und sich das Drumdoe Inn zu einem Schleuderpreis unter den Nagel riß.

Am allerwenigsten wollte Virginia Catherine noch zusätzliche Sorgen machen, doch der Mann, der Zimmer 3A belegte, fing allmählich an, sie zu beunruhigen. Schon seit seiner Ankunft war er immerzu im Bett, wobei er behauptete, die ständigen Fahrten zwischen Long Island und New Haven, wo seine Mutter im Krankenhaus war, hätten ihn erschöpft.

Es war keine große Sache, ihm ein Tablett ins Zimmer hinaufzuschicken. Damit wurden sie wirklich fertig. Das Dilemma war, daß er vielleicht ernsthaft krank war. Was für einen Eindruck würde es machen, falls ihm während seines Aufenthalts hier etwas zustieße?

Virginia sagte sich: Noch werde ich Catherine nicht damit belästigen. Ich lasse es wenigstens noch einen Tag so weiterlaufen. Wenn er morgen abend noch immer das Bett hütet, gehe ich hinauf und spreche selbst mit ihm. Ich werde darauf bestehen, daß er einen Arzt kommen läßt.

Frederick Schuller vom Valley Memorial Hospital in Trenton rief Mac Freitag spätnachmittags an. »Ich hab' die Aufstellung der medizinischen Angestellten mit Eilpost an Miss Collins geschickt. Sie wird eine Menge zu lesen haben, falls sie nicht weiß, nach welchem Namen sie sucht.«

»Das war wirklich prompt«, sagte Mac aufrichtig. »Ich bin Ihnen sehr dankbar.«

»Warten wir ab, ob es weiterhilft. Da ist jedoch ein Punkt, der Sie vielleicht interessiert. Ich hab' die Liste der Manning Clinic überflogen und Dr. Henry Williams' Namen darauf gesehen. Er ist mir bekannt. Er leitet jetzt das Franklin Center in Philadelphia.«

»Ja, ich weiß«, sagte Mac.

»Es mag ja nicht von Bedeutung sein. Dr. Williams war hier nie angestellt, aber mir fiel wieder ein, daß seine Frau in unserer Station für langfristige Fälle Patientin war, und zwar während zwei der drei Jahre, die Helene Petrovic im Dowling-Institut angestellt war. Ich bin ihm damals hier bisweilen über den Weg gelaufen.«

»Halten Sie es denn für möglich, daß er der Arzt ist, mit dem sich Mrs. Petrovic häufiger getroffen hat, als sie bei Dowling war?« fragte Mac rasch.

Es blieb eine Weile still, dann sagte Schuller: »Was ich jetzt sage, grenzt an Klatsch, aber ich habe mich doch etwas in der Station dort umgesehen. Die zuständige Oberschwester ist seit zwanzig Jahren da. Sie kann sich an Dr. Williams und seine Frau sehr gut erinnern.«

Mac wartete ab. Laß das die Verbindung sein, nach der wir suchen, flehte er.

Ohne Zweifel sträubte sich Frederick Schuller dagegen, fortzufahren. Nach einem weiteren kurzen Schweigen sagte er: »Mrs. Williams hatte einen Gehirntumor. Sie war in Rumänien geboren und aufgewachsen. Als ihr Zustand sich verschlechterte, verlor sie die Fähigkeit, Englisch zu sprechen. Dr. Williams konnte bloß ein paar Brocken Rumänisch, und eine Freundin kam regelmäßig in Mrs. Williams' Zimmer, um für ihn zu dolmetschen.«

»War es Helene Petrovic?« fragte Mac.

»Der Krankenschwester wurde sie nie vorgestellt. Sie beschrieb sie als eine dunkelhaarige Frau mit braunen Augen von Anfang bis Mitte Vierzig, die ziemlich gut aussah.« Schuller sagte noch: »Wie Sie sehen, ist das sehr vage.«

Nein, das ist es nicht, dachte Mac. Er versuchte, gelassen zu klingen, als er Frederick Schuller dankte, doch als er den Hörer auflegte, sprach er im Inneren ein Dankgebet.

Das war der erste Durchbruch! Meg hatte ihm erzählt, daß Dr. Williams leugnete, die Petrovic schon vor dem Antritt ihrer Stelle an der Manning Clinic gekannt zu haben. Williams war der Experte, der Helene Petrovic die Fertigkeiten beigebracht haben konnte, die sie benötigte, um sich als Embryologin auszugeben.

54

»Kyle, solltest du nicht mit deinen Hausaufgaben anfangen?« hakte Marie Dileo, die sechzigjährige Haushälterin, sanft nach.

Kyle schaute sich gerade das Video an, das er von Megs Interview im Franklin-Institut aufgenommen hatte. Er schaute auf. »Gleich, Mrs. Dileo, ehrlich.«

»Du weißt doch, was dein Dad von zuviel Fernsehen hält.«

»Das ist eine Informationssendung. Das ist etwas anderes.«

Dileo schüttelte den Kopf. »Du hast auf alles eine Antwort.« Sie musterte ihn liebevoll. Kyle war so ein nettes Kind, blitzgescheit, lustig und mit natürlichem Charme.

Der Ausschnitt mit Meg ging zu Ende, und er stellte den Apparat ab. »Meg ist doch wirklich eine gute Reporterin, finden Sie nicht?«

»Ja, finde ich auch.«

Mit Jake im Schlepptau folgte Kyle Marie in die Küche. Sie spürte, daß etwas nicht stimmte. »Bist du nicht ein bißchen früh von Danny zurückgekommen?« erkundigte sie sich.

»Ah-hm.« Er versetzte die Obstschüssel in Kreiselbewegung.

»Laß das! Du schmeißt sie noch um. Irgendwas bei Danny passiert?«

»Seine Mutter war ein bißchen sauer auf uns.«

»Ach so?« Marie blickte von dem Hackbraten auf, den sie gerade vorbereitete. »Dafür gab es doch sicher einen Grund.«

»Sie haben sich eine neue Wäscherutsche ins Haus geholt. Wir wollten sie mal ausprobieren.«

»Kyle, ihr beide paßt doch nicht auf eine Wäscherutsche.«

»Nein, aber Penny schon.«

»Ihr habt Penny auf die Rutsche gesetzt?«

»Es war Dannys Idee. Er hat sie raufgesetzt, und ich hab' sie unten aufgefangen, und wir haben eine große Steppdecke und Kissen hingetan, falls ich danebengreife, hab' ich aber nicht, kein einziges Mal. Penny wollte gar nicht mehr aufhören, aber Dannys Mutter ist richtig sauer. Wir dürfen die ganze Woche nicht zusammen spielen.«

»Kyle, wenn ich du wäre, hätte ich meine Hausaufgaben fertig, wenn dein Vater nach Hause kommt. Er wird bestimmt nicht erfreut über diese Sache sein.«

»Ich weiß.« Mit einem schweren Seufzer ging Kyle seinen Schulranzen holen und kippte seine Bücher auf den Küchentisch. Jake rollte sich zu seinen Füßen auf dem Boden zusammen.

Dieser Schreibtisch, den er zum Geburtstag bekommen hat, war reine Geldverschwendung, dachte Marie. Sie wollte gerade den Tisch decken. Nun, das konnte auch warten. Es war erst zehn nach fünf. Es war üblich, daß sie das Abendessen zubereitete und dann ging, wenn Mac gegen sechs nach Hause kam. Er schätzte es nicht, sofort zu essen, wenn er nach Hause kam, deshalb trug er immer selbst das Essen auf, nachdem Marie gegangen war.

Das Telefon läutete. Kyle sprang auf. »Ich geh' schon.« Er meldete sich, hörte zu, reichte dann den Hörer an Marie weiter. »Es ist für Sie, Mrs. Dileo.«

Es war ihr Mann mit der Nachricht, daß ihr Vater aus dem Pflegeheim ins Krankenhaus eingeliefert worden sei.

»Ist irgendwas los?« fragte Kyle, als sie auflegte.

»Ja, mein Dad ist schon lange krank. Er ist sehr alt. Ich muß sofort ins Krankenhaus. Ich setz' dich bei Danny ab und lass' eine Notiz für deinen Vater da.«

»Nicht bei Danny«, protestierte Kyle erschreckt. »Seine Mutter hätte etwas dagegen. Lassen Sie mich bei Meg raus. Ich ruf' sie an.« Er drückte auf den automatischen Wählknopf am Telefon. Megs Nummer war direkt unter den Knöpfen für die Polizei und die Feuerwehr eingespeichert. Einen Augenblick später verkündete er strahlend: »Sie hat gesagt: Komm gleich rüber!«

Mrs. Dileo kritzelte eine Nachricht für Mac. »Nimm deine Hausaufgaben mit, Kyle.«

»Okay.« Er rannte ins Wohnzimmer und griff nach der Videokassette, die er von Megs Interview gemacht hatte. »Vielleicht will sie's ja mit mir anschauen.«

Meg hatte etwas Energisches an sich, das Catherine nicht verstand. In den zwei Stunden, seit sie aus Trenton zurückgekehrt war, hatte Meg Edwins Unterlagen durchgesehen, einige Papiere herausgefischt und mehrere Anrufe vom Arbeitszimmer aus gemacht. Danach saß sie an Eds Schreibtisch und schrieb wie wild vor sich hin. Es erinnerte Catherine an die Zeit, als Meg noch Jura studierte. Wann immer sie zum Wochenende nach Hause kam, saß sie damals fast die ganze Zeit an diesem Schreibtisch, völlig in ihre Fallbeispiele vertieft.

Um fünf Uhr schaute Catherine bei ihr herein. »Ich hab' mir überlegt, ich mache Hühnchen mit Pilzen zum Essen. Wie gefällt dir das?«

»Sehr gut. Setz dich einen Moment her, Mom.«

Catherine wählte den kleinen Lehnstuhl neben dem Schreibtisch. Ihr Blick wanderte über Edwins kastanienbraunen Ledersessel und Polsterschemel. Meg hatte ihr erzählt, daß es exakte Ebenbilder davon in Arizona gab. Früher hatte Catherine bei ihrem Anblick voller Liebe an ihren Mann gedacht, heute schienen die Originale sie zu verhöhnen.

Meg legte die Ellenbogen auf den Tisch, faltete die Hände und stützte ihr Kinn darauf. »Ich hatte heute morgen ein interessantes Gespräch mit Pater Radzin. Er hat die Gedenkmesse für Helene Petrovic abgehalten. Ich hab' ihm gesagt, daß ich keinen Grund dafür sehe, weshalb Dad die Petrovic an die Manning Clinic vermittelt haben sollte. Er sagte sinngemäß, daß es immer einen Grund für die Handlungsweise eines Menschen gibt, und wenn ich ihn nicht finden könnte, dann sollte ich vielleicht die ganzen Voraussetzungen neu überdenken.«

»Was meinst du damit?«

»Mom, ich meine, daß uns mehrere traumatische Sachen auf einmal passiert sind. Ich sah Annies Leiche, als sie ins Krankenhaus eingeliefert wurde. Wir erfuhren, daß Dad höchstwahrscheinlich nicht bei dem Unglück auf der Brücke ums Leben kam, und wir bekamen allmählich den Verdacht, daß er die ganze Zeit ein Doppelleben führte. Dann hat man Dad auch noch Helenes falsche Papiere angelastet und jetzt ihre Ermordung.«

Meg beugte sich vor. »Mom, wenn da nicht der Schock wegen seiner zweiten Existenz und Helene Petrovics Tod gewesen wären, dann hätten wir, als die Versicherungsleute die Zahlung verweigerten, viel länger darüber nachgedacht, aus welchem Grund wir annahmen, daß Dad damals abends auf der Brücke war, als der Unfall passiert ist. Denk darüber nach.«

»Was meinst du denn?« Catherine war wie vor den Kopf gestoßen. »Victor Orsini sprach doch mit Dad, als er gerade auf die Auffahrt zur Brücke rauffuhr. Jemand auf der Brücke hat gesehen, wie sein Wagen runterstürzte.«

»Dieser Jemand auf der Brücke hat sich offensichtlich getäuscht. Außerdem, Mom: Wir wissen nur durch Victor Orsini, daß Dad ihn von dieser Stelle aus angerufen hat. Nimm an, nimm bloß mal an, Dad hätte die Brücke schon überquert, als er Victor anrief. Er könnte auch gesehen haben, wie das Unglück hinter ihm passiert ist. Frances Grolier hat sich erinnert, daß Dad damals über etwas zornig war, was Victor angestellt hatte, und daß Dad nach einem Telefonat mit Dr. Manning von Scottsdale aus wirklich aufgewühlt zu sein schien. Ich war in New York. Du warst über Nacht weg. Es würde Dad wirklich ähnlich sehen, Victor Bescheid zu geben, daß er ihn sofort sehen will, nicht erst am nächsten Morgen, wie Victor behauptet hat. Dad mag in seinem Privatleben unsicher gewesen sein, aber ich glaube nicht, daß er, was seinen Beruf anging, je an sich zweifelte.«

»Willst du damit sagen, daß Victor ein Lügner ist?« Catherine sah verblüfft aus.

»Es wäre doch eine ungefährliche Lüge, oder nicht? Der Zeitpunkt des Anrufs von Dads Autotelefon aus war völlig korrekt und ist verifiziert worden. Mom, Victor war etwa seit einem Monat bei der Firma, als die Empfehlung für die Petrovic an Manning rausging. Er kann sie doch geschickt haben. Er hat direkt unter Dad gearbeitet.«

»Phillip hat ihn noch nie leiden können«, murmelte Catherine. »Aber, Meg, das läßt sich überhaupt nicht beweisen. Und du stößt dann wieder auf dieselbe Frage: Warum? Warum würde Victor, eher als Dad, die Petrovic in dieses Labor stecken? Was hätte er denn davon?«

»Das weiß ich noch nicht. Aber siehst du denn nicht, daß sie bei der Polizei, solange sie daran festhalten, daß Dad noch lebt, im Mordfall Helene Petrovic keine anderen Erklärungsmöglichkeiten ernsthaft in Erwägung ziehen werden?«

Das Telefon klingelte. »Wetten, das ist Phillip für dich«, bemerkte Meg, als sie abhob. Es war Kyle.

»Wir haben Gesellschaft beim Abendessen«, berichtete sie Catherine, als sie den Hörer auflegte. »Hoffentlich kannst du das Hühnchen und die Pilze strecken.«

»Mac und Kyle?«

»Ja.«

»Gut.« Catherine erhob sich. »Meg, ich wünschte, ich könnte mich so wie du über all diese Möglichkeiten begeistern. Du hast eine These, und es ist ein gutes Argument zur Verteidigung deines Vates. Aber vielleicht ist es auch bloß das.«

Meg hielt ein Stück Papier hoch. »Das ist die Januarrechnung für Dads Autotelefon. Schau dir mal an, wieviel dieser letzte Anruf gekostet hat. Er und Victor waren acht Minuten miteinander verbunden. Es dauert doch nicht acht Minuten, einen Gesprächstermin zu vereinbaren, oder?«

»Meg, Dads Unterschrift war auf dem Brief an die Manning Clinic. Das haben Experten bestätigt.«

Nach dem Essen schlug Mac Kyle vor, Catherine beim Abräumen zu helfen. Als er mit Meghan im Wohnzimmer allein war, erzählte er ihr von Dr. Williams' Verbindung mit dem Dowling-Institut und möglicherweise auch mit Helene.

»Dr. Williams!« Meghan starrte ihn an. »Mac, er hat entschieden bestritten, daß er Helene Petrovic schon vor der Manning Clinic kannte. Die Frau am Empfang bei Manning hat sie zusammen im Restaurant gesehen. Als ich Dr. Williams danach fragte, hat er behauptet, daß er generell neue Kollegen als freundliche Geste zum Essen einlud.«

»Meg, ich glaube, wir haben eine heiße Spur, aber wir können noch nicht sicher sein, daß es tatsächlich Helene Petrovic war, die Williams bei seinen Besuchen am Krankenbett seiner Frau begleitet hat«, mahnte Mac sie zur Vorsicht.

»Mac, es paßt genau. Williams und Helene müssen etwas miteinander gehabt haben. Wir wissen, daß sie sich unglaublich für die Arbeit im Labor interessiert hat. Er ist genau der Richtige, der ihr bei der Fälschung ihres Lebenslaufs und dann bei ihrer Einarbeitung in der Manning Clinic geholfen haben kann.«

»Williams ist aber sechs Monate, nachdem Helene Petrovic dort angefangen hat, weggegangen. Wieso würde er das tun, wenn er ein Verhältnis mit ihr hatte?«

»Ihr Haus liegt in New Jersey, nicht weit von Philadelphia. Ihre Nichte sagte, sie wäre oft stundenlang am Samstag oder Sonntag weggewesen. Sie kann doch diese Zeit weitgehend mit ihm verbracht haben.«

»Wie läßt sich dann der Empfehlungsbrief deines Vaters damit zusammenreimen? Er hat Williams an Manning vermittelt, aber wieso sollte er der Petrovic zu der Stelle dort verhelfen?«

»Ich habe eine Theorie, was das betrifft, und sie hat mit Victor Orsini zu tun. Es ergibt allmählich im Zusammenhang einen Sinn, alles miteinander.« Sie lächelte zu ihm hoch, mit einem überzeugenden Lächeln, wie er es schon lange nicht mehr auf ihrem Gesicht gesehen hatte.

Sie standen vor dem Kamin. Mac legte seine Arme um sie. Meg erstarrte sofort und versuchte, seiner Umarmung zu entkommen, aber er ließ sie nicht los. Er drehte sie, so daß sie ihn anschauen mußte. »Jetzt hörst du zu, Meghan«, erklärte Mac. »Du hast recht gehabt vor neun Jahren. Ich wünschte nur, ich hätte es damals kapiert.« Er hielt inne. »Du bist die einzige für mich. Ich weiß es jetzt, und du weißt es auch. Wir können nicht noch länger Zeit verschwenden.«

Er küßte sie leidenschaftlich, ließ sie dann los und trat zurück. »Ich lass' es nicht mehr zu, daß du mich ständig wegschubst. Sobald dein Leben wieder normal verläuft, werden wir uns gründlich über *uns* unterhalten.«

Kyle bettelte darum, die Kassette mit Megs Interview vorführen zu dürfen. »Es dauert bloß drei Minuten, Dad. Ich will Meg zeigen, daß ich jetzt selbst Sachen aufnehmen kann.«

»Ich glaube, das ist ein Vorwand«, sagte Mac zu ihm. »Übrigens, Dannys Mutter hat mich zu Hause erwischt, als ich gerade die Notiz von Mrs. Dileo las. Du hast Stubenarrest. Zeig Meg das Video, aber dann *denke* nicht einmal ans Fernsehen, für eine Woche.«

»Was hast du angestellt?« flüsterte Meg, als Kyle sich neben sie setzte.

»Sag' ich dir gleich. Schau, da bist du.«

Die Aufzeichnung lief. »Das hast du gut gemacht«, versicherte ihm Meg.

In dieser Nacht lag Meg lange im Bett, ohne schlafen zu können. In ihrem Kopf spielte sich ein Aufruhr ab: all die neuen Entwicklungen, die Verbindung von Dr. Williams mit Helene Petrovic, ihr eigener Verdacht gegen Victor Orsini. Mac. Ich habe den Leuten von der Kripo gesagt, wenn sie bloß aufhören würden, sich auf Dad zu konzentrieren, dann kämen sie auf die richtigen Antworten, dachte sie. Aber Mac? Sie wollte jetzt nicht länger über ihn nachdenken.

Das alles – aber da war doch noch etwas anderes, wurde ihr bewußt, etwas, das sich ihr entzog, etwas schrecklich, schrecklich Wichtiges. Was war es nur? Es hatte etwas mit dem Video ihres Interviews im Franklin-Institut zu tun. Morgen bitte ich Kyle, die Kassette herüberzubringen, dachte sie. Ich muß mir das noch einmal anschauen.

Freitag war ein langer Tag für Bernie. Er hatte bis halb acht geschlafen, wirklich spät für seine Verhältnisse. Ihm kam sofort der Verdacht, daß er Meghan verpaßt hatte, daß sie schon früh weggefahren war. Ihre Rollos waren oben, und er konnte sehen, daß ihr Bett gemacht war.

Eigentlich mußte er ja Mama anrufen. Sie hatte gesagt, daß er anrufen sollte, aber er fürchtete sich davor. Wenn sie auf die Idee käme, daß er nicht in Chicago war, würde es Ärger geben. Sie würde ihn zwingen, nach Hause zu kommen.

Er saß den ganzen Tag am Fenster und beobachtete Meghans Haus, wartete auf ihre Rückkehr. Er zog das Telefon so nahe heran, wie es die Schnur zuließ, damit er das Haus nicht aus den Augen verlor, während er Frühstück und später Lunch bestellte.

Er schloß dann jedesmal die Tür auf und sprang, sobald der Kellner klopfte, ins Bett und rief: »Herein!« Die Vorstellung, daß er Meghan womöglich wieder verpaßte, während der Mann mit dem Tablett herumhantierte, machte ihn rasend.

Als das Zimmermädchen klopfte und die Tür mit dem Hauptschlüssel zu öffnen versuchte, wurde sie von der Kette am Schloß aufgehalten. Er wußte, daß ihr die Sicht versperrt war.

»Kann ich eben die Handtücher auswechseln?« fragte sie.

Es war besser, wenn er sie wenigstens das tun ließ, überlegte er. Er wollte keinen Verdacht erregen.

Doch als sie an ihm vorbeiging, merkte er, daß sie ihn merkwürdig ansah, so, wie es Leute tun, die einen zu taxieren versuchen. Bernie gab sich alle Mühe, sie anzulächeln, versuchte, überzeugend zu wirken, als er sich bei ihr bedankte.

Es war Spätnachmittag, als Meghans weißer Mustang in die Einfahrt einbog. Bernie drückte seine Nase an die Fensterscheibe, um einen Blick auf sie werfen zu können, als sie den Pfad zum Haus hinaufging. Ihr Anblick machte ihn wieder froh.

Gegen halb sechs sah er, wie der Junge bei Meghans Haus abgesetzt wurde. Gäbe es diesen Bengel nicht, dann hätte Bernie sich wieder in dem Wäldchen verstecken können. Dann könnte er Meg näher sein. Er würde sie mit der Kamera aufnehmen, damit er sie bei sich haben konnte. Dann könnte er sie beobachten und mit ihr zusammensein, wann immer er wollte. Wenn nicht dieser blöde Bengel wäre. Er haßte den Jungen.

Er dachte nicht daran, sich etwas zum Abendessen zu bestellen. Er war nicht hungrig. Endlich gegen halb elf machte sich sein Warten bezahlt. Meghan knipste das Licht in ihrem Schlafzimmer an und zog sich aus.

Sie war so schön!

Um vier Uhr am Freitag nachmittag fragte Phillip Jackie: »Wo ist Orsini?«

»Er hatte einen Außentermin, Mr. Carter. Er hat gesagt, daß er so um halb fünf zurück ist.«

Jackie stand unschlüssig in Phillip Carters Büro herum. Wenn Mr. Carter verärgert war, war er ein bißchen zum Fürchten. Mr. Collins war nie aus der Haut gefahren.

Aber Mr. Carter war jetzt der Boß, und gestern abend hatte Bob, ihr Mann, zu ihr gesagt, daß sie es ihm schuldig sei, ihm mitzuteilen, daß Victor Orsini nachts all die Akten durchging.

»Aber es kann doch auch Mr. Carter sein, der das macht«, hatte sie eingewendet.

»Wenn es Carter ist, wird er's zu schätzen wissen, daß du aufpaßt. Vergiß nicht, wenn die beiden irgendwelche Auseinandersetzungen miteinander haben, dann muß Orsini gehen, nicht Carter!«

Bob hatte recht. So erklärte Jackie jetzt entschlossen: »Mr. Carter, es geht mich ja vielleicht nichts an, aber ich bin mir ziemlich sicher, daß Mr. Orsini nachts hierherkommt und die ganzen Akten durchschaut.«

Phillip Carter war eine kleine Ewigkeit lang sehr still, dann verhärtete sich seine Miene, und er sagte: »Danke, Jackie. Geben Sie Mr. Orsini Bescheid, er soll zu mir kommen, sobald er zurück ist.«

Ich möchte nicht in Mr. Orsinis Haut stecken, dachte sie.

Zwanzig Minuten später taten sie und Milly nicht länger so, als hörten sie nicht hin, als Phillip Carters laute Stimme durch die geschlossene Tür seines Büros drang, wo er mit Victor Orsini abrechnete.

»Ich habe Sie schon lange im Verdacht, daß Sie Downes und Rosen heimlich Aufträge zuspielen«, fuhr er ihn an. »Wir haben hier große Probleme, und Sie wollen sich bei denen ins gemachte Nest setzen. Sie scheinen aber zu vergessen, daß Sie einen Vertrag haben, der Ihnen ausdrücklich verbietet, unsere Kundendateien anzuzapfen. Jetzt verschwinden Sie, und packen Sie erst gar nicht. Sie haben sich vermutlich schon reichlich bei unseren Akten bedient. Wir schicken Ihnen Ihre persönlichen Sachen nach.«

»Das war's also, was er gemacht hat«, flüsterte Jackie. »Das ist wirklich übel.« Weder sie noch Milly blickten auf, als Orsini an ihren Schreibtischen vorbei hinausging.

Anderenfalls aber hätten sie sehen können, daß sein Gesicht weiß vor Wut war.

Am Samstag morgen ging Catherine für den Frühstücksbetrieb zum Gasthof hinüber. Sie überprüfte ihre Post und Anrufe, unterhielt sich dann lange mit Virginia. Sie beschloß, nicht bis zur Lunchzeit zu bleiben, und kehrte um elf Uhr nach Hause zurück. Sie stellte fest, daß Meg die Akten jetzt Stück für Stück mit ins Arbeitszimmer ihres Vaters nahm und sie dort einzeln studierte.

»Im Eßzimmer ist so ein Durcheinander, daß ich mich nicht konzentrieren kann«, erläuterte Meg. »Victor hat nach etwas Wichtigem gesucht, und wir sehen den Wald vor lauter Bäumen nicht.«

Catherine musterte ihre Tochter. Meg trug eine karierte Seidenhemdbluse und legere lange Hosen. Ihr haselnußbraunes Haar reichte ihr jetzt fast bis zu den Schultern und war zurückgebürstet. Daran liegt es, dachte Catherine. Ihre Haare sind genau um das bißchen länger. Sie mußte an das Bild von Annie Collins in den Zeitungen von gestern denken.

»Meg, ich hab's mir genau überlegt. Ich werde dieses Angebot fürs Drumdoe annehmen.«

»Was wirst du?«

»Virginia gibt mir recht. Die Unkosten sind einfach zu hoch. Ich will nicht, daß der Gasthof zum Schluß noch versteigert wird.«

»Mom, Dad hat Collins and Carter gegründet, und selbst unter den gegebenen Umständen muß es doch einen Weg geben, wie du etwas Geld aus der Firma nehmen kannst.«

»Meg, wenn es einen Totenschein gäbe, dann wäre die Firmenversicherung fällig. Mit den anstehenden Gerichtsverfahren gibt's aber bald keine Firma mehr.«

»Was sagt Phillip dazu? Er läßt sich übrigens in letzter Zeit ziemlich oft sehen«, sagte Meg, »häufiger als in all den Jahren, die er mit Dad gearbeitet hat.«

»Er versucht, freundlich zu sein, und ich schätze das.«

»Ist es nicht mehr als nur Freundlichkeit?«

»Hoffentlich nicht. Da würde er einen Fehler machen. Ich muß mich mit viel zuviel auseinandersetzen, bevor ich in dieser Hinsicht auch nur an jemanden denke.« Leise sagte sie dann: »Aber bei dir ist das anders.«

»Was soll denn das jetzt heißen?«

»Es heißt, daß Kyle nicht gerade ein As im Abräumen ist. Er hat euch beide im Auge behalten und mit großer Befriedigung berichtet, daß Mac dich geküßt hat.«

»Ich hab' kein Interesse –«

»Hör auf damit, Meg«, warf Catherine ein. Sie ging um den Schreibtisch herum, zerrte die untere Schublade heraus, zog ein Bündel Briefe hervor und warf sie auf den Schreibtisch. »Sei nicht wie dein Vater ein Gefühlskrüppel, weil er Zurückweisung nicht verzeihen konnte.«

»Er hatte allen Grund, seiner Mutter nicht zu vergeben!«

»Als Kind, ja. Als Erwachsener mit einer Familie, die ihn von Herzen liebte, nein. Vielleicht hätte er Scottsdale nicht nötig gehabt, wenn er nach Philadelphia gegangen wäre und sich mit ihr versöhnt hätte.«

Meg hob die Augenbrauen. »Du kannst ganz schön zuschlagen, weißt du das?«

»Darauf kannst du dich verlassen. Meg, du liebst Mac. Du hast ihn schon immer geliebt. Kyle braucht dich. Also stell dich um Himmels willen nicht so an und hör auf, Angst zu haben, daß Mac so idiotisch sein könnte, Ginger wieder zu wollen, falls sie je wieder in seinem Leben auftauchen sollte.«

»Dad hat dich immer ›mächtige Maus‹ genannt.« Meg spürte, wie ihr die Tränen kamen.

»Ja, das stimmt. Wenn ich wieder zum Gasthof geh', ruf' ich die Immobilienmakler an. Eins aber versprech' ich dir. Ich werde den Preis so weit hinaufschrauben, bis sie um Gnade betteln.«

Um halb zwei, kurz bevor sie zum Gasthof zurückkehrte, steckte Catherine den Kopf ins Arbeitszimmer. »Meg, weißt du noch, wie ich gesagt hab', daß mir Palomino Lederwaren irgendwie bekannt vorkommt? Ich glaube, Annies Mutter hat dieselbe Botschaft einmal hier zu Hause für Dad hinterlassen. Es muß Mitte März vor sieben Jahren gewesen sein. Ich weiß das noch so genau, weil ich damals, als Dad dein Fest zum einundzwanzigsten Geburtstag verpaßt hat, so außer mir war, daß ich ihm erklärt hab', als er schließlich mit einer Ledertasche für dich nach Hause kam, ich würde sie ihm am liebsten an den Kopf knallen.«

Am Samstag konnte Bernies Mutter überhaupt nicht mehr aufhören zu niesen. Ihre Nebenhöhlen taten weh, und sie spürte ein Kratzen im Hals. Sie mußte etwas unternehmen.

Bernard hatte bestimmt im Keller schon lange nicht mehr Staub gewischt, das wußte sie einfach. Keine Frage, daran mußte es liegen. Jetzt zog der Staub durch das ganze Haus.

Sie wurde von Minute zu Minute wütender und aufgeregter. Um zwei Uhr schließlich hielt sie es nicht mehr aus. Sie mußte da hinuntergehen und saubermachen.

Als erstes schwang sie den Besen und die Kehrschaufel und den Mop hinunter. Dann füllte sie eine Plastiktüte mit Lappen und Putzmittel und warf sie die Stufen hinab. Sie landete auf dem Mop.

Schließlich band sich Mama die Schürze um. Sie befühlte das Geländer. Es war gar nicht so locker. Es würde ihr schon Halt geben. Sie mußte nur langsam gehen, einen Schritt nach dem anderen, und jede Stufe ausprobieren, bevor sie ihr ganzes Gewicht verlagerte. Sie wußte noch immer nicht, wie sie es vor zehn Jahren fertiggebracht hatte, so schwer zu stürzen. Kaum hatte sie sich auf die Treppe gewagt, fand sie sich damals in einem Krankenwagen wieder.

Stufe für Stufe, mit unendlicher Sorgfalt, begab sie sich abwärts. Also, ich hab's doch geschafft, dachte sie, als sie den Kellerboden betrat. Ihre Schuhspitze blieb in der Tüte mit den Lumpen hängen, und sie fiel schwer auf die Seite, während sich ihr linker Fuß unter ihr abwinkelte.

Das Geräusch, als ihr Knöchel brach, schallte durch den dumpfen Keller.

55

Nach der Rückkehr ihrer Mutter zum Gasthof rief Meghan Phillip zu Hause an. Als er am Apparat war, sagte sie: »Ich bin froh, daß ich dich erwische. Ich dachte schon, du bist heute in New York oder bei einer von deinen Versteigerungen.«

»Es war eine turbulente Woche. Ich hab' gestern nachmittag Victor rausschmeißen müssen.«

»Wieso das?« fragte Meghan, entsetzt über diesen neuerlichen Umschwung der Ereignisse. Victor mußte für sie erreichbar bleiben, während sie zu erhärten versuchte, daß er etwas mit der Petrovic-Empfehlung zu tun hatte. Was, wenn er jetzt die Stadt verließ? Bisher hatte sie keinen Beweis, konnte mit ihrem Verdacht nicht zur Polizei gehen. Das brauchte noch Zeit.

»Er ist ein falscher Hund, Meg. Hat uns Kunden geklaut. Ehrlich gesagt, dein Vater hat direkt, bevor er verschwunden ist, ein oder zwei Bemerkungen gemacht, wonach er zu ahnen schien, daß Victor irgendeine linke Sache vorhatte.«

»Das glaub' ich auch«, sagte Meg. »Deswegen ruf' ich ja an. Ich glaube, daß womöglich er den Petrovic-Brief rausgeschickt hat, als Dad weg war. Phillip, wir haben gar keinen von Dads Terminkalendern mit seinen laufenden Geschäftsterminen. Sind sie im Büro?«

»Die hätten bei den Akten sein müssen, die ihr nach Hause mitgenommen habt.«

»Das dachte ich auch, sind sie aber nicht. Phillip, ich versuche Annies Mutter zu erreichen. Idiotischerweise hab' ich mir nicht ihre Privatnummer geben lassen, als ich dort war. Das Palomino Lederwarengeschäft hat sie benachrichtigt und mir dann den Weg zu ihrem Haus erklärt. Ich vermute, daß Dad vielleicht gar nicht in der Firma war, als dieser Brief über die Petrovic an Manning rausging. Das Datum ist doch der einundzwanzigste März, oder?«

»Ich glaube ja.«

»Dann hab' ich einen Treffer gelandet. Annies Mutter kann es bestätigen. Immerhin hab' ich schon den Anwalt erreicht, der mit ihr hergeflogen ist. Er wollte mir die Nummer nicht geben, hat aber gesagt, er setzt sich mit ihr in Verbindung.«

Sie schwieg eine Weile, bevor sie fortfuhr: »Phillip, da ist noch etwas anderes. Ich glaube, daß Dr. Williams und Helene Petrovic etwas miteinander hatten, auf jeden Fall, solange sie miteinander gearbeitet haben, und vielleicht auch schon davor. Und falls das zutrifft, dann ist möglicherweise er der Mann, den ihre Nachbarin gesehen hat, wie er sie in ihrer Wohnung besuchte.«

»Meg, das ist ja unglaublich. Hast du denn Beweise?«

»Noch nicht, aber es dürfte nicht schwierig sein, die aufzutreiben.«

»Sei bloß vorsichtig«, warnte Phillip Carter. »Williams hat einen hervorragenden Ruf in Medizinerkreisen. Erwähne nicht einmal seinen Namen, solange du nicht belegen kannst, was du sagst.«

Frances Grolier rief um Viertel vor drei an. »Sie wollten mit mir sprechen, Meghan.«

»Ja. Sie haben mir neulich gesagt, daß Sie den Palomino-Code in all den Jahren nur ein paarmal benützt haben. Haben Sie je bei uns zu Hause diese Botschaft hinterlassen?«

Grolier fragte nicht, warum Meg das wissen wollte. »Ja, einmal. Das war vor fast sieben Jahren, am zehnten März. Annie war in einen Frontalzusammenstoß verwickelt, und man gab ihr keine Überlebenschancen. Ich hab's bei dem Anrufbeantworter im Büro versucht, aber wie sich dann herausstellte, war er versehentlich abgestellt. Ich wußte, daß Edwin in Connecticut war, und ich *mußte* ihn erreichen. Er flog noch an demselben Abend her und blieb zwei Wochen, bis Annie außer Gefahr war.«

Meg mußte an den achtzehnten März vor sieben Jahren denken, ihren einundzwanzigsten Geburtstag. Ein glanzvoller Ball mit Abendessen im Drumdoe. Der Anruf ihres Vaters damals am Nachmittag. Er habe einen Virusinfekt und sei zu krank, um fliegen zu können. Zweihundert Gäste. Mac mit Ginger, wie sie Fotos von Kyle herumzeigten. Sie hatte den Abend über standhaft zu lächeln versucht, um nicht zu zeigen, wie furchtbar enttäuscht sie darüber war, daß ihr Vater zu diesem besonderen Anlaß nicht bei ihr war.

»Meghan?« erkundigte sich Frances Groliers beherrschte Stimme am anderen Ende der Leitung.

»Es tut mir leid. Alles tut mir so leid. Was Sie mir gerade erzählt haben, ist fürchterlich wichtig. Es ist mit so vielem verknüpft, was passiert ist.«

Meghan legte den Hörer wieder auf, hielt ihn aber noch eine Weile fest. Dann wählte sie Phillips Nummer.

»Bestätigung.« Rasch erklärte sie ihm, was Frances Grolier ihr gerade gesagt hatte.

»Meg, du bist ein Genie«, sagte Phillip.

»Phillip, jetzt klingelt es. Das muß Kyle sein. Mac bringt ihn her. Ich hab' ihn gebeten, mir etwas herüberzubringen.«

»Ja, mach nur. Und, Meg, rede nicht über diese Sache, bis wir ein umfassendes Bild haben, das wir Dwyer präsentieren können.«

»Ich sag' nichts. Unser Staatsanwalt und seine Leute trauen mir sowieso nicht über den Weg. Ich rede erst mit dir.«

Kyle kam mit einem fröhlichen Grinsen herein.

Meghan beugte sich hinunter und gab ihm einen Kuß.

»Mach das bloß nie vor meinen Freunden«, warnte er.

»Wieso denn nicht?«

»Jimmys Mutter wartet an der Straße und küßt ihn, wenn er aus dem Schulbus steigt. Ist das nicht ekelhaft?«

»Warum hab' ich dir dann einen Kuß geben dürfen?«

»Privat ist es okay. Niemand hat uns gesehen. Du hast gestern abend Dad geküßt.«

»Er hat mich geküßt.«

»Hat's dir gefallen?«

Meg dachte nach. »Man könnte sagen, daß es nicht ekelhaft war. Willst du ein paar Kekse und Milch?«

»Ja, bitte. Ich hab' das Video dabei, damit du's dir anschauen kannst. Warum willst du's noch mal sehen?«

»Ich weiß nicht genau.«

»Okay. Dad hat gesagt, er kommt ungefähr in einer Stunde. Er mußte irgendwas aus dem Laden abholen.«

Meghan brachte den Teller Kekse und die Gläser mit Milch in den Hobbyraum. Kyle setzte sich ihr zu Füßen auf den Boden; mit Hilfe der Fernbedienung ließ er wieder einmal die Aufnahme des Interviews im Franklin Center laufen. Meg bekam auf einmal Herzklopfen. Sie fragte sich: Was war es nur, was mir dabei aufgefallen ist?

In der letzten Einstellung im Sprechzimmer von Dr. Williams, als die Kamera über die Abbildung der Kinder schwenkte, die durch künstliche Befruchtung zur Welt gekommen waren, fand sie, wonach sie gesucht hatte. Sie riß Kyle die Fernbedienung aus der Hand und hielt das Band an.

»Meg, es ist fast vorbei«, protestierte Kyle.

Meg starrte auf das Foto mit dem kleinen Jungen und Mädchen, die beide den gleichen Pullover trugen. Sie hatte dasselbe Bild an der Wand von Helene Petrovics Wohnzimmer in Lawrenceville gesehen. »Es *ist* vorbei, Kyle. Jetzt weiß ich den Grund.«

Das Telefon klingelte. »Ich bin gleich wieder da«, sagte sie zu Kyle.

»Ich spule zurück. Ich weiß, wie's geht.«

Es war Phillip Carter. »Meg, bist du allein?« fragte er hastig.

»Phillip! Ich hab' soeben den Beweis gefunden, daß Helene Petrovic Dr. Williams gekannt hat. Ich glaube, ich weiß jetzt, was sie in der Manning Clinic getrieben hat.«

Es war, als hätte er sie gar nicht gehört. »Bist du allein?« wiederholte er.

»Kyle ist im Hobbyraum.«

»Kannst du ihn nach Hause bringen?« Seine Stimme klang leise und aufgeregt.

»Mac ist nicht da. Ich kann ihn im Gasthof lassen. Mutter ist dort. Phillip, worum geht's?«

Carter klang jetzt fassungslos, ja geradezu hysterisch. »Ich hab' eben mit Edwin gesprochen! Er will uns beide sehen. Er versucht sich klar darüber zu werden, ob er sich stellen soll. Meg, er ist verzweifelt. Laß niemand etwas davon wissen, bis wir Gelegenheit haben, ihn zu treffen.«

»Dad? Hat dich angerufen?« Meg schnappte nach Luft. Wie betäubt stand sie da und hielt sich am Schreibtischrand fest.

Mit einer kaum hörbaren Stimme verlangte sie zu wissen: »Wo ist er? Ich muß unbedingt zu ihm.«

56

Als Bernies Mutter wieder zu Bewußtsein kam, versuchte sie um Hilfe zu rufen, aber sie wußte, daß keiner ihrer Nachbarn sie hören konnte. Sie würde es niemals schaffen, die Treppe hochzukommen. Sie mußte sich in Bernards Fernsehecke schleppen, wo ein Telefon war. Es war allein seine Schuld, weil er den Platz nicht sauberhielt. Ihr Knöchel tat schrecklich weh. Die Schmerzen schossen ihr durchs ganze Bein. Sie öffnete den Mund und japste nach Luft. Es war die reinste Qual, sich über den schmutzigen, rauhen Beton vorwärtszuschieben.

Endlich kämpfte sie sich bis zu der Nische vor, die sich ihr Sohn hergerichtet hatte. Selbst bei all den Schmerzen, die sie empfand, riß sie die Augen vor Bestürzung und Wut auf. Dieser enorme Fernseher! All diese Radioapparate! Die ganzen Geräte! Was fiel Bernard ein, soviel Geld für all diese Sachen zu vergeuden?

Das Telefon stand auf dem alten Küchentisch, den er sich hereingeholt hatte, nachdem ihn einer ihrer Nachbarn am Straßenrand abgestellt hatte. Sie kam nicht ganz heran, deshalb zog sie es an der Schnur näher. Es krachte auf den Boden.

In der Hoffnung, daß es nicht kaputt war, wählte Bernies Mutter die Notrufnummer. Bei dem willkommenen Klang der Stimme eines diensthabenden Beamten sagte sie: »Schicken Sie einen Krankenwagen!«

Sie war noch in der Lage, ihren Namen und ihre Adresse durchzugeben und zu sagen, was geschehen war, bevor sie wieder das Bewußtsein verlor.

»Kyle«, erklärte Meg rasch, »ich muß dich im Gasthof lassen. Ich hab' einen Zettel für deinen Dad an die Tür gemacht. Sag meiner Mutter einfach, daß etwas dazwischengekommen ist und daß ich sofort weg mußte. Du bleibst bei ihr. Geh nicht nach draußen, okay?«

»Warum bist du so aufgeregt, Meg?«

»Bin ich nicht. Das ist eine wichtige Geschichte. Ich muß darüber berichten.«

»Ach, das ist toll.«

Beim Gasthof wartete Meg noch ab, bis Kyle den Eingang erreicht hatte. Er winkte, und sie winkte mit einem gezwungenen Lächeln zurück. Dann gab sie Gas.

Sie war mit Phillip an einer Kreuzung in West Redding verabredet, etwa dreißig Kilometer außerhalb von Newtown. »Du kannst von dort aus hinter mir herfahren«, hatte er ihr hastig Bescheid gegeben. »Es ist dann nicht mehr weit, aber du könntest es unmöglich alleine finden.«

Meg wußte nicht, was sie denken sollte. In ihrem Kopf herrschte ein Wirrwarr konfuser Gedanken und konfuser Gefühle. Ihr Mund fühlte sich so trocken an. Ihre Kehle war wie zugeschnürt. *Dad war am Leben, und er war verzweifelt!* Warum nur? Doch bestimmt nicht, weil er Helene Petrovics Mörder war. Bitte, lieber Gott, nur das nicht.

Als Meg auf die Kreuzung der schmalen Landstraßen stieß, stand Phillips schwarzer Cadillac schon da. Es war leicht, ihn zu entdecken. Es war weit und breit kein anderes Auto zu sehen.

Er nahm sich nicht die Zeit, mit ihr zu sprechen, sondern hielt die Hand hoch und gab ihr ein Zeichen, sie solle ihm folgen. Nach knapp einem Kilometer bog er scharf in einen Feldweg ein. Fünfzig Meter weiter begann der Weg sich durch ein Waldgebiet zu winden, und Meghans Wagen war für jemanden, der eventuell auf der Straße vorbeifuhr, nicht mehr zu sehen.

Der Showdown mit Phillip Carter am Freitag nachmittag hatte Victor Orsini nicht überrascht. Es war nie eine Frage gewesen, ob es dazu kommen würde. Die Frage war schon seit Monaten gewesen: *wann*?

Wenigstens hatte er noch gefunden, was er brauchte, bevor er nicht mehr ins Büro hineinkam. Als er von Carter wegging, war er direkt zu seinem Haus am Candlewood Lake gefahren, hatte sich einen Martini gemacht und sich dorthin gesetzt, wo er einen Blick auf das Wasser hatte und sich überlegen konnte, was er nun tun sollte.

Der Beweis, den er in der Hand hatte, reichte für sich genommen und ohne weitere Bestätigung nicht aus, würde vor Gericht nicht standhalten. Und außerdem, wieviel konnte er ihnen sagen, ohne zugleich Dinge zu enthüllen, die ihm schaden konnten?

Er war fast sieben Jahre bei Collins and Carter gewesen, doch mit einemmal war nur noch jener erste Monat wichtig. Er war das entscheidende Verbindungsstück, das alles, was in letzter Zeit passiert war, miteinander in Zusammenhang brachte.

Victor hatte den ganzen Freitag abend lang das Pro und Kontra erwogen, ob er zum Staatsanwalt gehen und darlegen sollte, was seiner Ansicht nach geschehen war.

Am nächsten Morgen joggte er eine Stunde am See entlang: ein langer erfrischender Lauf, durch den er einen klaren Kopf bekam. Als er wieder zu Hause war, stand sein Entschluß fest.

Um halb drei am Samstag nachmittag wählte er die Nummer, die ihm der Kriminalbeamte Marron gegeben hatte. Er rechnete halbwegs damit, daß Marron am Samstag nicht im Revier war, doch er kam sofort an den Apparat.

Victor nannte seinen Namen. Mit der ruhigen, sachlichen Stimme, die bei Kunden und Stellungsuchenden Vertrauen erweckte, fragte er: »Würde es Ihnen passen, wenn ich in einer halben Stunde vorbeikomme? Ich glaube, ich weiß, wer Helene Petrovic ermordet hat …«

Vom Eingang des Drumdoe Inn aus blickte Kyle zurück und schaute Meghan nach, wie sie wegfuhr. Sie machte also wieder einen Bericht. Toll! Wie gern wäre er mit ihr gegangen. Er hatte erst vorgehabt, wie Dad Arzt zu werden, wenn er mal groß war, hatte dann aber beschlossen, daß es mehr Spaß machte, Reporter zu sein.

Im nächsten Moment schoß ein Auto aus dem Parkplatz heraus, ein grüner Chevy. Das ist der Typ, der Jake nicht überfahren hat, dachte Kyle. Es tat ihm leid, daß er keine Gelegenheit gehabt hatte, mit ihm zu reden und ihm zu danken. Er sah den Chevy in derselben Richtung in die Straße einbiegen, die Meg genommen hatte.

Kyle ging ins Foyer hinein und entdeckte Meghans Mutter und Mrs. Murphy an einem Schreibtisch. Sie wirkten beide auffallend ernst. Er ging zu ihnen hinüber. »Hallo.«

»Kyle, was machst du denn hier?« Das ist ja vielleicht eine Art, ein Kind zu begrüßen, dachte Catherine. Sie strich ihm durch die Haare. »Ich meine, bist du mit Meg herübergekommen, um Eis zu essen oder so was?«

»Meg hat mich abgesetzt. Ich soll bei dir bleiben. Sie muß einen Bericht machen.«

»Ach, hat ihr Chef angerufen?«

»Irgend jemand hat angerufen, und sie meinte, sie muß sofort weg.«

»Wäre das nicht großartig, wenn sie ihren Job wieder hätte?« sagte Catherine zu Virginia. »Das würde ihr solchen Auftrieb geben.«

»Ja, bestimmt«, stimmte Viriginia zu. »Also, was sollen wir jetzt deiner Meinung nach mit diesem Kerl auf 3A machen? Ganz ehrlich, Catherine, ich glaube, mit dem stimmt irgendwas nicht.«

»Das fehlt uns gerade noch.«

»Wie viele Leute würden denn fast drei Tage lang auf dem Zimmer bleiben und sich dann dermaßen schnell aus dem Staub machen und beinahe Leute umrennen? Du hast ihn gerade verpaßt, aber ich kann dir sagen, Mr. Heffernan kam mir kein bißchen krank vor. Er ist die Treppe heruntergejagt und mit einer Videokamera durch die Lobby gerannt.«

»Sehen wir uns mal das Zimmer an«, sagte Catherine. »Komm mit, Kyle.«

Die Luft in 3A war muffig. »Ist hier saubergemacht worden, seit er das Zimmer bezogen hat?« fragte Catherine.

»Nein«, erwiderte Virginia. »Betty hat gesagt, er hätte sie nur reingelassen, um die Handtücher zu wechseln, und daß er sie beinahe rausgeworfen hat, als sie saubermachen wollte.«

»Er muß zwischendurch vom Bett aufgestanden sein. Schau mal, wie der Stuhl ans Fenster geschoben ist«, bemerkte Catherine. »Einen Moment mal!« Sie durchquerte das Zimmer, setzte sich auf den Stuhl und sah hinaus. »Mein Gott«, entfuhr es ihr.

»Was ist denn?« fragte Virginia.

»Von hier aus kann man direkt in Meghans Schlafzimmerfenster reinschauen.« Catherine rannte zum Telefon, warf einen Blick auf die Notrufnummern, die auf dem Hörer aufgeführt waren, und wählte.

»Polizei. Wachtmeister Thorne am Apparat.«

»Hier ist Catherine Collins im Drumdoe Inn in Newtown«, sagte sie gehetzt. »Ich glaube, daß ein Mann, der im Gasthof übernachtet, unser Haus bespitzelt hat. Er hat sich seit Tagen in sein Zimmer eingesperrt, und gerade eben ist er in wahnsinniger Eile mit seinem Wagen weggefahren.« Ihre Hand flog an den Mund. »Kyle, als Meg dich abgesetzt hat, hast du da gesehen, ob ihr ein Auto gefolgt ist?«

Kyle spürte, das etwas wirklich Schlimmes in der Luft lag, aber das konnte doch nicht an dem netten Kerl liegen, der so ein guter Fahrer war. »Mach dir keine Sorgen. Der Typ in dem grünen Chevy ist okay. Er hat Jakes Leben gerettet, als er letzte Woche bei uns am Haus vorbeigefahren ist.«

Der Verzweiflung nahe schrie Catherine: »Herr Wachtmeister, er folgt jetzt meiner Tochter. Sie fährt einen weißen Mustang. Er ist in einem grünen Chevy. *Finden Sie sie! Sie müssen sie finden!*«

57

Der Streifenwagen fuhr in die Auffahrt zu dem schäbigen, einstöckigen Holzhaus in Jackson Heights hinein, und zwei Polizisten sprangen heraus. Das schrille Iiee-Oooah eines herankommenden Krankenwagens übertönte das Quietschen der Bremsen einer Hochbahn beim Einfahren in die Haltestelle, die nur wenige Häuser entfernt lag.

Die Polizisten rannten um das Haus herum zur Hintertür, brachen sie auf und stampften die Kellertreppe hinunter. Eine lose Stufe gab unter dem Gewicht des jüngeren nach, aber er hielt sich am Geländer fest und vermied mit knapper Not einen Sturz. Der Sergeant stolperte über den Mop am Fuß der Treppe.

»Kein Wunder, daß sie sich verletzt hat«, brummte er. »Das Haus ist das reinste Minenfeld.«

Ein leises Stöhnen von einem groben Verschlag her lenkte sie zu Bernies Reich. Die Polizeibeamten fanden die ältere Frau auf dem Boden ausgestreckt, neben ihr das Telefon. Sie lag in der Nähe eines wackligen Tischs mit einer emaillierten Metallplatte, die von Telefonbüchern überhäuft war. Ein ramponierter Kunstledersessel stand direkt vor einem Fernsehapparat mit einem Ein-Meter-Bildschirm. Ein Kurzwellenempfänger, ein Polizeifunkradio, eine Schreibmaschine und ein Faxgerät standen dichtgedrängt auf einer alten Anrichte.

Der jüngere Beamte ließ sich neben der verletzten Frau auf ein Knie hinab. »Ich bin Officer David Guzman, Mrs. Heffernan«, sagte er fürsorglich. »Man bringt gleich eine Tragbahre, um Sie ins Krankenhaus zu fahren.«

Bernies Mutter versuchte zu sprechen. »Mein Sohn meint es nicht böse.« Sie konnte kaum die Worte herausbringen. Sie schloß die Augen, unfähig, fortzufahren.

»David, schau mal her!«

Guzman sprang auf. »Was ist?«

Das Telefonbuch des Stadtteils Queens lag offen da. Auf den aufgeschlagenen Seiten waren neun oder zehn Namen eingekringelt. Der Sergeant deutete darauf. »Kommen dir die bekannt vor? In den letzten paar Wochen haben all diese Leute gemeldet, daß sie am Telefon bedroht worden sind.«

Sie hörten die Sanitäter näher kommen. Guzman lief zum unteren Treppenabsatz. »Paßt bloß auf, wenn ihr herunterkommt, oder ihr brecht euch den Hals«, warnte er sie.

In nicht einmal fünf Minuten hatte man Bernies Mutter auf eine Trage geschnallt und zum Krankenwagen gebracht.

Die Polizeibeamten blieben noch da. »Wir haben ausreichend Verdachtsgründe, um uns hier umzusehen«, stellte der

Sergeant fest. Er griff nach einem Stapel Papiere neben dem Faxgerät und fing an, darin zu blättern.

Guzman zog die grifflose Schublade des Tischs heraus und entdeckte eine hübsche Brieftasche. »Sieht ganz so aus, als hätte Bernie nebenbei auch 'n paar Raubüberfälle begangen«, sagte er.

Während Guzman das Bild von Annie Collins auf ihrem Führerschein anstarrte, fand der Sergeant das Original der Faxbotschaft. Er las sie laut vor. »›Versehen. Annie war ein Versehen.‹ «

Guzman schnappte sich das Telefon auf dem Boden. »Sergeant«, erklärte er, »Sie geben wohl besser dem Boß Bescheid, daß wir auf einen Mörder gestoßen sind.«

Selbst für Bernie war es nicht einfach, genügend Abstand von Meghans Auto zu halten, damit er nicht auffiel. Aus der Distanz sah er, wie sie der dunklen Limousine zu folgen begann. Hinter der Kreuzung hätte er beide Wagen fast verloren, als sie urplötzlich verschwunden zu sein schienen. Er wußte, daß sie irgendwo abgebogen sein mußten, deshalb fuhr er ein Stück zurück. Der Weg in den Wald hinein war die einzige Möglichkeit, wo sie hingefahren sein konnten. Vorsichtig lenkte er seinen Wagen auf den Feldweg.

Jetzt kam er auf eine Lichtung zu. Meghans weißes Auto und die dunkle Limousine wippten auf und ab, als sie über den unebenen, zerfurchten Boden rollten. Bernie wartete ab, bis sie die Lichtung überquert und wieder ein Waldstück erreicht hatten, bevor er seinen Chevy über die Lichtung steuerte.

Das zweite Waldstück war längst nicht so tief wie das erste. Bernie mußte auf die Bremse latschen, um nicht entdeckt zu werden, als der schmale Pfad abrupt wieder aufs offene Feld führte. Jetzt ging der Weg direkt auf ein Haus mit einer Scheune in der Ferne zu. Dorthin fuhren die beiden Wagen.

Bernie packte seine Kamera. Mit dem Zoom war es möglich, ihnen zu folgen, bis sie hinter die Scheune fuhren.

Er saß ruhig da und überlegte, was er tun sollte. In der Nähe des Hauses stand eine Gruppe immergrüner Gewächse. Vielleicht konnte er den Chevy dort verstecken. Er mußte es versuchen.

Es war nach vier, und immer mehr Wolken türmten sich vor der blasser werdenden Sonne. Meg fuhr hinter Phillip den kurvenreichen, holprigen Weg entlang. Sie ließen das Waldstück hinter sich, überquerten ein Feld, passierten eine weitere Waldstrecke. Der Weg lief jetzt geradeaus. In der Ferne sah sie Gebäude, ein Farmhaus und eine Scheune.

Ist Dad hier auf diesem gottverlassenen Hof? fragte sich Meghan. Sie betete im stillen, daß ihr die rechten Worte einfielen, wenn sie ihm von Angesicht zu Angesicht gegenüberstand.

Ich liebe dich, Daddy, wollte das Kind in ihr rufen.

Dad, was ist aus dir geworden? Dad, warum? wollte die verletzte Erwachsene schreien.

Dad, du hast mir gefehlt. Wie kann ich dir helfen? War es das, womit sie am besten anfing?

Sie folgte Phillips Wagen um die baufälligen Gebäude herum. Er hielt an, stieg aus seiner Limousine, kam herüber und öffnete die Wagentür für Meg.

Meg blickte zu ihm hoch. »Wo ist Dad?« fragte sie. Sie fuhr sich mit der Zunge über die Lippen, die jetzt aufgesprungen und trocken wirkten.

»Er ist ganz in der Nähe.« Sein Blick heftete sich auf sie.

Die schroffe Art seiner Antwort war es, die ihr auffiel. Er ist so nervös wie ich, dachte sie, während sie ausstieg.

58

Victor Orsini hatte vereinbart, um drei Uhr John Dwyers Amtszimmer im Gerichtsgebäude von Danbury aufzusuchen. Die Kriminalbeamten Weiss und Marron waren anwesend, als er eintraf. Eine Stunde später konnte er aus ihren unbewegten Gesichtern noch immer nicht schließen, ob sie dem, was er ihnen mitzuteilen hatte, irgendwelche Bedeutung beimaßen.

»Also, noch mal von vorne«, sagte Dwyer.

»Ich hab's jetzt bereits x-mal wiederholt«, schnauzte Victor.

»Ich möchte es noch einmal hören«, sagte Dwyer.

»Schon gut, schon gut. Edwin Collins hat mich von seinem Autotelefon aus am achtundzwanzigsten Januar abends angerufen. Wir haben ungefähr acht Minuten miteinander geredet, bevor er das Gespräch abbrach, weil er auf der Auffahrt zur Tappan Zee Bridge war und die Fahrbahn sehr glatt war.«

»Wann sagen Sie uns endlich, worüber Sie geredet haben?« forderte Weiss. »Was hat acht Minuten gedauert, um besprochen zu werden?«

Genau diesen Teil seines Berichts hatte Victor gehofft elegant umgehen zu können, aber er begriff, daß man ihm keinen Glauben schenken würde, wenn er nicht die ganze Wahrheit erzählte. Widerwillig gestand er: »Ed hatte ein oder zwei Tage vorher herausgefunden, daß ich einem unsrer Konkurrenten einen Tip zu Positionen gegeben hatte, die demnächst bei unseren Hauptkundenfirmen zu haben waren. Er war total empört und hat verlangt, daß ich am nächsten Morgen bei ihm im Büro erscheine.«

»Und das war ihr letzter Kontakt mit ihm?«

»Am neunundzwanzigsten Januar hab' ich um acht in seinem Büro auf ihn gewartet. Ich wußte, daß Ed mich feuern würde, aber ich wollte nicht, daß er auf die Idee kam, ich hätte die Firma um Geld betrogen. Er hatte mir gesagt, falls er Beweise fände, daß ich Provisionen für mich abgezweigt hätte, würde er mich verklagen. Damals dachte ich, daß er Schmiergeld meinte. Jetzt aber glaube ich, daß er sich dabei auf Helene Petrovic bezog. Ich glaube nicht, daß er irgendwas von ihr wußte, aber dann muß er etwas herausgekriegt und gedacht haben, ich wollte ihn reinlegen.«

»Wir wissen, daß das Honorar für ihre Vermittlung an die Manning Clinic aufs Firmenkonto geflossen ist«, sagte Marron.

»Das kann er nicht gewußt haben. Ich hab' nachgeschaut und herausgefunden, daß der Betrag absichtlich unter dem Honorar für die Vermittlung von Dr. Williams versteckt worden ist. Offenbar sollte Edwin nie etwas über Mrs. Petrovic herausfinden.«

»Wer hat dann Mrs. Petrovic der Klinik empfohlen?« fragte Dwyer.

»Phillip Carter. Er muß es gewesen sein. Als vor fast sieben Jahren am einundzwanzigsten März der Brief mit der Beglaubigung ihrer Unterlagen rausging, war ich erst seit kurzer Zeit bei Collins and Carter. Ich hatte noch nie etwas von dieser Frau gehört, als sie vor knapp zwei Wochen ermordet wurde. Und ich würde mein Leben darauf wetten, daß Ed auch nichts von ihr wußte. Er war damals Ende März außer Haus, einschließlich des einundzwanzigsten März.«

Er schwieg kurz. »Wie ich Ihnen schon gesagt habe, als ich die Zeitung sah, in der der Brief mit seiner angeblichen Unterschrift abgedruckt war, da wußte ich, daß es eine Fälschung ist.«

Orsini deutete auf das Blatt Papier, das er Dwyer gegeben hatte. »Bei seiner früheren Sekretärin, die eine Perle war, hatte Ed es sich angewöhnt, ihr einen Stapel unterschriebener Firmenbriefbögen dazulassen, die sie verwenden konnte, wenn er etwas per Telefon diktieren wollte. Er hat ihr völlig vertraut. Dann ging sie in den Ruhestand, und Ed war von ihrer Nachfolgerin, Jackie, nicht sonderlich angetan. Ich weiß noch, wie er die unterschriebenen Bögen zerriß und mir erklärte, von jetzt ab wolle er alles sehen, was mit seiner Unterschrift hinausging.

Auf den Blättern mit dem Briefkopf unterschrieb er immer auf derselben Stelle, die seine langjährige Sekretärin mit Bleistift markiert hatte: fünfunddreißig Zeilen von oben und beginnend mit dem fünfzigsten Anschlag. So wie auf dem Blatt, das Sie in der Hand haben.

Ich hab' Eds Akten durchforstet, weil ich hoffte, daß da vielleicht noch ein paar unterschriebene Briefbögen sind, die er übersehen hatte. Das Blatt hier in Ihrer Hand hab' ich in Phillip Carters Schublade gefunden. Ich hab' mir vom Schlüsseldienst einen Schlüssel machen lassen. Ich kann mir vorstellen, daß Carter das aufgehoben hat, falls er noch etwas mit Edwin Collins' Unterschrift fabrizieren mußte.«

»Ob Sie mir nun glauben oder nicht«, fuhr Orsini fort, »aber wenn ich wieder an den Morgen des neunundzwanzigsten Januar denke, als ich damals in Eds Büro gewartet hab', da hatte ich das deutliche Gefühl, daß er erst vor kurzem dagewesen war. Die Lade von H bis O im Aktenschrank war herausgezogen. Ich könnte schwören, daß er in der Manning-Akte nach einem Beleg über Helene Petrovic gesucht hat.

Während ich dort auf ihn gewartet habe, rief Catherine Collins an. Sie war in Sorge, weil Ed nicht zu Hause war. Sie war am Abend zuvor zu einem Klassentreffen in Hartford gewesen und hatte das Haus leer vorgefunden, als sie heimkam. Also versuchte sie es in der Firma, um zu sehen, ob wir etwas von ihm gehört hätten. Ich erzählte ihr, daß ich am Vorabend mit ihm telefoniert hatte, als er auf der Auffahrt zur Tappan Zee Bridge war. Zu dieser Zeit wußte ich noch nichts von dem Unglück. Sie war es, die auf die Idee kam, daß Ed womöglich dem Unfall zum Opfer gefallen war.«

»Ich war mir natürlich klar darüber, daß das möglich war«, berichtete Victor weiter. »Das letzte, was Ed zu mir sagte, war, daß die Auffahrt vereist war, und wir wissen ja, daß der Unfall nicht einmal eine Minute später passiert ist. Nach meinem Gespräch mit Catherine versuchte ich Phillip anzurufen. Seine Leitung war besetzt, und da er nur zehn Minuten vom Büro weg wohnt, fuhr ich zu seinem Haus. Ich hatte mir in etwa vorgestellt, daß wir zu der Brücke fahren und nachsehen, ob sie Opfer aus dem Wasser ziehen.

Als ich ankam, war Phillip in der Garage und stieg gerade in seinen Wagen. Sein Jeep war ebenfalls da. Ich weiß noch, daß er betonte, er habe den Jeep vom Land hergebracht, um ihn zur Inspektion zu bringen. Ich wußte ja, daß er einen Jeep besaß, mit dem er gewöhnlich auf dem Land herumfuhr. Er fuhr dann mit seiner Limousine hinaus und wechselte dort die Wagen.

Damals hab' ich mir nichts Besonderes dabei gedacht. Aber letzte Woche hab' ich mir folgendes überlegt: Falls Ed nicht in den Unfall verwickelt war, sondern zum Büro gefahren ist und dort etwas gefunden hat, was ihn veranlaßte, zu Carter nach Hause zu fahren, dann muß das, was immer mit ihm passiert ist, dort passiert sein. Carter könnte Ed in seinem eigenen Wagen weggebracht und das Auto dann irgendwo versteckt haben. Ed hat immer erzählt, daß Phillip eine Menge Grundstücke auf dem Land besitzt.«

Orsini musterte die unergründlichen Mienen seiner Befrager. Ich habe das, was ich tun mußte, getan, dachte er. Wenn sie mir nicht glauben, habe ich es wenigstens versucht.

Dwyer schien völlig unbeeindruckt. »Das hilft uns vielleicht weiter. Danke, Mr. Orsini. Sie hören noch von uns.«

Nachdem Orsini gegangen war, sagte der Staatsanwalt zu Weiss und Marron: »Es paßt. Und es erklärt die Ergebnisse aus dem Labor.« Sie hatten gerade erfahren, daß man bei der Untersuchung von Edwin Collins' Wagen Blutspuren im Kofferraum gefunden hatte.

59

Es war kurz vor vier Uhr, als Mac seine letzte Besorgung erledigte und sich auf den Heimweg machte. Er war zum Friseur gegangen, hatte die Sachen von der Reinigung abgeholt und im Supermarkt eingekauft. Mrs. Dileo würde vielleicht am Montag noch nicht von ihrem Vater zurück sein, um die üblichen Einkäufe zu machen.

Mac fühlte sich gut. Kyle war richtig glücklich darüber gewesen, daß er bei Meg bleiben konnte. Für Kyle würde es bestimmt keine Belastung bedeuten, wenn es Mac gelang, die Gefühle, die Meg einst für ihn gehegt hatte, neu zu entfachen. Meggie, du hast keine Chance, schwor sich Mac. Du wirst mir nicht wieder entkommen.

Es war ein kalter, verhangener Tag, aber Mac verschwendete keinen Gedanken an das Wetter, als er in die Bayberry Road einbog. Er dachte an Megs hoffnungsvolles Gesicht, als sie über Helene Petrovics Verbindung zu Dr. Williams sprachen und über die Möglichkeit, daß Victor Orsini den Namen von Edwin auf dem Empfehlungsbrief gefälscht hatte. Ihr war bei der Gelegenheit klargeworden, daß das der Beweis dafür sein könnte, daß ihr Vater mit dem Fall Petrovic und dem Skandal um die Manning Clinic nichts zu tun hatte.

Es gibt nichts daran zu deuteln, daß Ed in all den Jahren ein Doppelleben geführt hat, dachte Mac. Doch wenn sein Name nicht mehr mit Mord und Betrug in Zusammenhang gebracht wird, wird es verdammt viel leichter für Meg und Catherine sein.

Mac merkte sofort, daß etwas nicht stimmte, als er sich dem Gasthof näherte. Polizeiwagen standen in der Einfahrt, und der Parkplatz war abgeriegelt. Ein Polizeihubschrauber setzte zur Landung an. Mac konnte einen weiteren Hubschrauber mit dem Logo eines Fernsehsenders aus New Haven sehen, der bereits gelandet war.

Er stellte seinen Wagen auf dem Rasen ab und rannte zum Gasthof hinüber.

Die Eingangstür wurde aufgerissen, und Kyle kam herausgerannt. »Dad, Megs Chef hat gar nicht angerufen, daß sie einen Bericht machen soll«, schluchzte er. »Der Mann, der nicht über Jake drübergefahren ist, ist der Kerl, der Meg bespitzelt hat. Er ist mit seinem Auto hinter ihr her.«

Meg! Für den Bruchteil einer Sekunde konnte Mac nicht mehr klar sehen. Er war im Leichenschauhaus und starrte auf das tote Gesicht von Annie Collins herab, Megs Halbschwester.

Kyle packte seinen Vater am Arm. »Die Polizei ist da. Sie schicken Hubschrauber los, um nach Megs Auto und dem grünen Auto von dem Kerl zu suchen. Mrs. Collins weint.« Kyles Stimme versagte. »Dad, mach, daß Meg nichts passiert.«

Während er hinter Meghan herfuhr, die dem Cadillac immer weiter aufs Land folgte, merkte Bernie, wie sich allmählich dumpfer Zorn in ihm ausbreitete. Er wollte doch mit ihr allein sein, ohne sonst irgendwen in der Nähe. Doch dann hatte sie sich mit diesem anderen Wagen getroffen. Wenn nun der Typ, mit dem Meg zusammen war, ihm Ärger machen wollte? Bernie tastete nach seiner Hosentasche. Es war da. Er konnte sich nicht erinnern, ob er es dabei hatte oder nicht. Eigentlich durfte er es ja nicht mitnehmen, und er hatte sogar versucht, es im Keller zu lassen. Doch wenn er einer Frau begegnet war, die ihm gefiel, und ständig an sie zu denken anfing, dann wurde er nervös, und eine Menge Dinge änderten sich.

Bernie ließ den Wagen hinter dem immergrünen Gebüsch stehen und schlich sich vorsichtig an die paar Bruchbuden heran. Jetzt aus der Nähe konnte er erkennen, daß das Farmhaus kleiner war, als es ihm von weiter weg vorgekommen war. Was er für eine geschlossene Veranda gehalten hatte, war in Wirklichkeit ein Vorratsschuppen. Daneben stand die Scheune. Zwischen dem Haus und dem Schuppen blieb gerade genug Platz, daß er sich seitlich hineinschieben konnte.

Der Durchgang war dunkel und moderig, aber er bot ihm ein gutes Versteck. Von hier aus konnte er deutlich ihre Stimmen hören. Er wußte, daß dies, genau wie das Fenster im Gasthof, ein guter Ort war, um zu beobachten, ohne selbst gesehen zu werden.

Als er das Ende des Durchgangs erreichte, schob er den Kopf gerade so weit vor, daß er sehen konnte, was da passierte.

Meghan war mit einem Mann zusammen, den Bernie noch nie zuvor gesehen hatte, und sie standen anscheinend neben einem alten Brunnen, etwa sieben Meter weit weg. Sie sahen sich an und sprachen miteinander. Die Limousine war zwischen ihnen und Bernies Versteck geparkt, deshalb kauerte er sich nieder und bewegte sich geduckt vorwärts, wobei der Wagen ihm Deckung gab. Dann blieb er hocken, hob seine Kamera und begann, die beiden aufzunehmen.

60

»Phillip, bevor Dad kommt – ich glaube, ich weiß jetzt den Grund, warum Helene Petrovic in der Manning Clinic war.«

»Nämlich, Meg?«

Sie ignorierte den seltsam geistesabwesenden Ton von Phillips Stimme. »Als ich gestern in Helene Petrovics Haus war, hab' ich in ihrem Arbeitszimmer die Fotos von kleinen Kindern gesehen. Ein paar davon sind dieselben Bilder, die ich auch an der Wand von Dr. Williams' Sprechzimmer im Franklin Center in Philadelphia gesehen hatte.

Phillip, diese Kinder sind nicht mit Hilfe der Manning Clinic zur Welt gekommen, und ich weiß jetzt, was Helene damit zu tun hatte. Sie hat gar keine Embryos im Manning-Labor verschlampt. Ich glaube, daß sie diese Embryos gestohlen und Dr. Williams übergeben hat, damit er sie in seinem Spender-Programm am Franklin verwenden kann.«

Weshalb schaute Phillip sie nur so komisch an? fragte sie sich plötzlich. Glaubte er ihr nicht? »Überleg doch mal, Phillip«, drang sie in ihn. »Helene hat ein halbes Jahr unter Dr. Williams bei Manning gearbeitet. Und davor hat sie sich drei Jahre lang, als sie am Dowling als Sekretärin angestellt war, ständig im Labor herumgetrieben. Jetzt können wir sie auch dort mit Williams in Verbindung bringen.«

Phillip schien nun wieder bei der Sache zu sein. »Meg, das paßt. Und du glaubst also, daß Victor, nicht dein Vater, den Empfehlungsbrief für Mrs. Petrovic an Manning geschickt hat?«

»Ganz genau. Dad war in Scottsdale. Annie hatte einen Unfall gehabt und rang mit dem Tode. Wir können beweisen, daß Dad gar nicht in der Firma war, als der Brief rausging.«

»Ja, gewiß.«

Der Anruf von Phillip Carter hatte Dr. Henry Williams um Viertel nach drei am Samstag nachmittag erreicht. Carter hatte darauf bestanden, daß man Williams mitten aus der Untersuchung einer Patientin an den Apparat holte. Die Unterredung war kurz, aber entmutigend.

»Meghan Collins hat dich mit der Petrovic in Verbindung gebracht«, informierte ihn Carter, »obwohl sie denkt, daß Orsini den Empfehlungsbrief geschickt hat. Und ich weiß, daß Orsini etwas im Schilde führt und vielleicht sogar vermutet, was los war. Wir sind vielleicht noch immer nicht in Gefahr, aber egal, was passiert, halte bloß dicht. Weigere dich, Fragen zu beantworten.«

Irgendwie gelang es Dr. Williams, seine übrigen Termine zu bewältigen. Der letzte war um halb fünf vorbei. Um diese Zeit schloß das Franklin-Institut für künstliche Fortpflanzung gewöhnlich am Samstag.

Seine Sprechstundenhilfe steckte den Kopf zur Tür herein. »Dr. Williams, kann ich noch was für Sie tun?«

Niemand kann etwas für mich tun, dachte er. Er schaffte es, zu lächeln. »Nein, nichts mehr, danke, Eva.«

»Herr Doktor, geht's Ihnen nicht gut? Sie sehen etwas mitgenommen aus.«

»Mir geht's prima. Bin nur ein bißchen erschöpft.«

Bis Viertel vor fünf war das gesamte Personal gegangen, und er war allein. Williams griff nach dem Foto seiner verstorbenen Frau, lehnte sich in seinen Arbeitssessel zurück und betrachtete es. »Marie«, sagte er leise, »ich wußte ja nicht, in was ich da hineingerate. Ich war ehrlich davon überzeugt, daß ich etwas Gutes bewirke. Helene hat es auch geglaubt.«

Er stellte das Bild zurück und starrte vor sich hin. Er bemerkte gar nicht, daß draußen die Schatten immer länger wurden.

Carter war durchgedreht. Man mußte ihm Einhalt gebieten.

Williams dachte an seinen Sohn und seine Tochter. Henry junior war Frauenarzt in Seattle. Barbara war Spezialistin für Endokrinologie in San Francisco. Was würde dieser Skandal ihnen antun, besonders wenn es zu einem langen Verfahren kam? Die Wahrheit würde ans Licht kommen. Es war unvermeidlich. Das wußte er jetzt.

Er dachte an Meghan Collins, an die Fragen, die sie ihm gestellt hatte. Hatte sie damals vermutet, daß er sie belog?

Und an ihren Vater. Es war entsetzlich genug zu wissen, ohne erst fragen zu müssen, daß Carter Helene umgebracht hatte, um sie zum Schweigen zu bringen. Hatte er auch etwas mit Edwin Collins' Verschwinden zu tun? Und sollte Edwin Collins für etwas verantwortlich gemacht werden, was andere getan hatten? Sollte man Helene die Schuld für Fehler geben, die sie gar nicht begangen hatte?

Dr. Henry Williams nahm einen Block von seinem Schreibtisch und begann zu schreiben. Er mußte es erklären, es ganz deutlich darlegen, mußte versuchen, den Schaden, den er angerichtet hatte, wiedergutzumachen.

Als er fertig war, steckte er die Seiten, die er geschrieben hatte, in ein Kuvert. Meghan Collins hatte es verdient, dies den Behörden zu präsentieren. Er hatte ihr und ihrer Familie schweren Schaden zugefügt.

Meghan hatte ihre Visitenkarte dagelassen. Williams fand sie, adressierte den Umschlag an sie beim Channel 3 und versah ihn sorgfältig mit Briefmarken.

Er blieb lange stehen und betrachtete die Bilder der Kinder, die auf der Welt waren, weil ihre Mütter zu ihm in die Klinik gekommen waren. Für einen Augenblick fand die Düsternis in seinem Herzen Linderung bei dem Anblick dieser jungen Gesichter.

Dr. Henry Williams machte das Licht aus, als er sein Sprechzimmer zum letztenmal verließ.

Er nahm den Umschlag zu seinem Wagen mit, hielt bei einem Briefkasten in der Nähe an und warf den Brief ein. Meghan Collins würde ihn spätestens am Dienstag in Händen haben.

Doch das hatte dann keine Bedeutung mehr für ihn.

Die Sonne sank allmählich. Ein Windstoß drückte die kurzen gelben Grashalme nieder. Meghan bibberte. Sie hatte sich den Burberry noch geschnappt, als sie aus dem Haus gehetzt war, ohne daran zu denken, daß sie ja für ihre Reise nach Scottsdale das Futter herausgenommen hatte.

Phillip Carter trug Jeans und eine Winterjacke. Seine Hände steckten in seinen weiten Hosentaschen. Er lehnte sich an den offenen Brunnen aus Naturstein.

»Glaubst du, daß Victor Helene Petrovic getötet hat, weil sie beschlossen hatte zu kündigen?« fragte er.

»Victor oder Dr. Williams. Williams hat vielleicht Panik gekriegt. Helene wußte so viel. Sie hätte jeden der beiden auf Jahre hinaus ins Gefängnis bringen können, wenn sie ausgepackt hätte. Ihr Gemeindepfarrer hat mir gesagt, er habe das Gefühl gehabt, daß sie etwas auf dem Herzen hatte, was ihr schrecklich zusetzte.«

Meghan begann zu zittern. Waren es bloß die Nerven und die Kälte? »Ich setz' mich jetzt ins Auto, bis Dad kommt, Phillip. Wie weit hat er's denn bis hierher?«

»Nicht weit, Meg. Er ist sogar erstaunlich nahe.« Phillip nahm die Hände aus den Taschen. Die rechte Hand hielt eine Pistole. Er wies auf den Brunnen. »Euer Medium hatte recht, Meg. Dein Dad liegt tatsächlich unter Wasser. Und er ist schon lange tot.«

Mach, daß Meg nichts passiert! Dieses Stoßgebet flüsterte Mac, als er und Kyle den Gasthof betraten. Am Empfang dort wimmelte es vor Polizisten und Reportern. Angestellte wie Gäste schauten aus offenen Türen zu. In dem angrenzenden Aufenthaltsraum saß Catherine auf der Kante eines kleinen Sofas, Virginia Murphy neben ihr. Catherines Gesicht war leichenblaß.

Als Mac auf sie zukam, griff sie nach seinen Händen und umklammerte sie. »Mac, Victor Orsini hat mit der Polizei gesprochen. Phillip hat hinter all dem gesteckt. Wir glauben, daß er's war, der Meg angerufen und so getan hat, als wäre er Edwin. Und da ist ein Mann, der sie verfolgt, ein gefährlicher Mann, der schon ein langes Strafregister hat, weil er zwanghaft Frauen nachstellt. Er war es wahrscheinlich, der Kyle an Halloween solche Angst eingejagt hat. Die New Yorker Polizei hat John Dwyer über ihn informiert. Und jetzt ist Meghan weg, und wir wissen nicht, warum sie weg ist und wo sie ist. Ich hab' solche Angst, daß ich nicht weiß, was ich tun soll. Ich darf sie nicht verlieren, Mac. Ich könnte es nicht ertragen.«

Arlene Weiss kam ins Zimmer gelaufen. Mac erkannte sie wieder. »Mrs. Collins, die Besatzung eines Verkehrshubschraubers glaubt den grünen Wagen auf einer alten Farm in der Nähe von West Redding entdeckt zu haben. Wir haben ihnen gesagt, sie sollen sich von der Gegend fernhalten. Wir werden voraussichtlich in weniger als zehn Minuten dort sein.«

Mac umarmte Catherine und hoffte sie damit etwas zu beruhigen. »Ich finde Meg«, versprach er. »Ihr wird nichts passieren.«

Dann rannte er hinaus. Der Reporter und der Kameramann aus New Haven liefen auf ihren Hubschrauber zu. Mac hastete hinterher und kämpfte sich nach ihnen in die Maschine. »He, Sie können hier nicht rein«, brüllte der dicke Reporter über das Motorengetöse hinweg, als die Maschine für den Start auf Touren kam.

»Doch, kann ich wohl«, erklärte Mac. »Ich bin Arzt. Ich werde vielleicht gebraucht.«

»Die Tür zu«, schrie der Reporter zum Piloten hinüber. »Los, auf geht's!«

Meghan starrte ihn völlig verwirrt an. »Phillip, ich ... ich verstehe nicht«, stotterte sie. »Die Leiche meines Vaters ist in dem Brunnen da?« Meg machte einen Schritt nach vorn und legte ihre Hände auf die rauhe Ummauerung. Ihre Fingerspitzen krümmten sich über den Rand und befühlten das klammfeuchte Gestein. Sie war sich der Anwesenheit von Phillip oder der Pistole, die er auf sie richtete, nicht mehr bewußt, noch der brachliegenden Felder um sie herum oder des schneidend kalten Windes.

Betäubt vor Entsetzen starrte sie in das gähnende Loch hinunter und stellte sich vor, wie der Körper ihres Vaters dort unten auf dem Grund lag.

»Du kannst ihn nicht sehen, Meg. Dort unten gibt's nicht viel Wasser, schon seit Jahren nicht, aber es reicht, um ihn zu bedecken. Er war tot, als ich ihn hineingestoßen habe, falls das ein Trost für dich ist. Ich hab' ihn an dem Abend, als das Unglück auf der Brücke passiert ist, erschossen.«

Meg wirbelte zu ihm herum. »Wie konntest du ihm das nur antun? Er war dein Freund, dein Partner. Wie konntest du das nur Helene und Annie antun?«

»Du traust mir zuviel zu. Mit Annies Tod hatte ich nichts zu tun.«

»Du wolltest mich umbringen. Du hast mir das Fax geschickt, in dem steht, daß Annies Tod ein Versehen war!« Megs Augen flogen suchend hin und her. Gab es irgendeine Möglichkeit, wie sie ihr Auto erreichen konnte? Nein, er würde sie erschießen, bevor sie auch nur einen Schritt tat.

»Meghan, *du* hast mir von dem Fax erzählt. Es war wie ein Geschenk. Ich war darauf angewiesen, daß die Leute glauben, Ed sei noch am Leben, und du hast mir die Methode geliefert, wie ich es anstellen konnte.«

»Was hast du mit meinem Vater gemacht?«

»Ed hat mich an dem Abend des Unglücks im Büro angerufen. Er hatte einen Schock. Hat erzählt, wie er um Haaresbreite in die Explosion auf der Brücke geraten wär'. Hat mir gesagt, er wüßte, daß Orsini uns hinterging. Dann, daß Manning darüber geredet hätte, wir hätten ihm eine Embryologin namens Petrovic vermittelt, von der er, Ed, aber noch nie etwas gehört hätte. Er war direkt zum Büro gegangen und hatte sich die Manning-Akte vorgenommen, konnte aber keinen Hinweis auf die Petrovic finden. Er hat Orsini die Schuld gegeben. Meghan, versuch mich zu verstehen! Es wäre alles zu Ende gewesen. Ich hab' gesagt, er soll doch zu mir nach Hause kommen, damit wir drüber reden und uns Orsini am nächsten Morgen gemeinsam vorknöpfen. Als er dann bei mir vor der Tür stand, war er soweit, mich zu beschuldigen. Er hatte alles richtig kombiniert. Dein Vater war sehr gescheit. Er ließ mir keine Wahl. Ich wußte, was ich tun mußte.«

Mir ist so kalt, dachte Meghan, so kalt.

»Für eine Weile ging alles gut«, fuhr Phillip fort. »Dann hat die Petrovic gekündigt und zu Manning gesagt, daß sie einen Fehler gemacht hat, der schlimme Folgen nach sich ziehen würde. Ich konnte doch nicht riskieren, daß sie alles verrät, oder? Damals, als du ins Büro gekommen bist und von dem Mädchen erzählt hast, das erstochen worden war und wie sehr sie dir ähnlich sah, da hast du mir von dem Fax erzählt. Ich wußte, daß dein Vater im Westen drüben irgendwas laufen hatte. Es war nicht schwer, darauf zu kommen, daß er dort vielleicht eine Tochter gehabt hatte. Das schien der perfekte Zeitpunkt, ihn wieder zum Leben zu erwecken.«

»Vielleicht hast du ja nicht das Fax geschickt, aber du hast den Anruf gemacht, durch den Mutter ins Krankenhaus mußte. Du hast diese Rosen in Auftrag gegeben und hast neben Mom gesessen, als sie überbracht wurden. Wie konntest du ihr nur so etwas antun?«

Gestern erst, dachte Meghan, hat Pater Radzin zu mir gesagt, ich sollte nach dem Motiv Ausschau halten.

»Meghan, ich hab' bei meiner Scheidung eine Menge Geld verloren. Ich mußte Höchstpreise für Grundbesitz aufwenden, an dem ich festhalten will. Ich hatte eine scheußliche Kindheit. Ich war eins von zehn Kindern in einem Vier-Zimmer-Haus. Ich werde nie wieder arm sein. Williams und ich haben eine Methode gefunden, an Geld zu kommen, ohne daß es jemandem schadet. Und die Petrovic hat auch einiges kassiert.«

»Mit gestohlenen Embryos für das Spenderprogramm vom Franklin-Institut?«

»Du bist nicht so clever, wie ich dachte, Meghan. Da steckt doch noch viel mehr dahinter. Spenderembryos sind kleine Fische.«

Er hob die Pistole. Sie merkte, daß die Mündung auf ihr Herz zielte. Sie sah, wie seine Finger den Hahn spannten, hörte ihn sagen: »Ich hab' Edwins Wagen bis letzte Woche in der Scheune aufgehoben. Jetzt stell' ich deinen statt dessen rein. Und du kannst zu Edwin.«

In einem unwillkürlichen Reflex warf sich Meghan zur Seite.

Phillips erste Kugel ging über ihren Kopf weg. Die zweite traf sie an der Schulter.

Bevor er abermals abdrücken konnte, kam eine Gestalt aus dem Nichts angeschossen. Eine schwere Gestalt mit einem starr ausgestreckten Arm. Die Finger, die das Messer hielten, und die glänzende Klinge waren eins, ein Racheschwert, das Phillip zum Ziel hatte und seine Kehle fand.

Meghan spürte einen unerträglichen Schmerz in ihrer linken Schulter. Schwärze umhüllte sie.

61

Als Meghan wieder zu sich kam, lag sie auf der Erde, den Kopf auf den Schoß von jemandem gebettet. Sie zwang sich, die Augen zu öffnen, blickte auf und sah Bernie Heffernans engelhaftes Lächeln, spürte dann seine feuchten Küsse auf ihrem Gesicht, auf ihren Lippen, auf ihrem Hals.

Von irgendwo in der Ferne vernahm sie ein knatterndes Geräusch. Ein Flugzeug? Ein Hubschrauber. Dann schwand es und war weg.

»Ich bin froh, daß ich dich gerettet hab', Meghan. Es ist doch richtig, ein Messer zu benützen, um jemanden zu retten, oder nicht?« fragte Bernie. »Ich will nie jemandem weh tun. Ich wollte auch Annie damals am Abend nichts tun. Es war ein Versehen.« Er wiederholte es leise, wie ein Kind. »Annie war ein Versehen.«

Mac lauschte dem Funkgespräch zwischen dem Polizeihubschrauber und den Streifenwagen, die zu dem Zielgebiet rasten. Sie sprachen ihre Strategie ab.

Meg ist mit zwei Killern zusammen, wurde ihm plötzlich klar – dieser Verrückte, der am Sonntag abend im Wald war, und Phillip Carter.

Phillip Carter, der seinen Partner betrog und umbrachte, sich dann Catherine und Meghan gegenüber als Beschützer aufspielte, eingeweiht in jeden Schritt von Megs Suche nach der Wahrheit.

Meghan. Meghan.

Sie waren irgendwo über offenem Land. Die Hubschrauber begannen nach unten zu gehen. Vergebens suchte Mac den Grund ab. In einer Viertelstunde würde es dunkel sein. Wie sollten sie ein Auto ausfindig machen, wenn es dunkel war?

»Wir sind in der Umgebung von West Redding«, sagte der Pilot und zeigte nach vorne. »In ein paar Minuten sind wir dort, wo sie den grünen Chevy gesehen haben.«

Der ist verrückt, dachte Meg. Das war doch Bernie, der freundliche Garagenwächter, der ihr immer von seiner Mutter erzählt hatte. Wie kam der hierher? Warum war er ihr gefolgt? Und er hat gesagt, daß er Annie getötet hat. Mein Gott, er hat Annie getötet!

Sie versuchte, sich aufzusetzen.

»Willst du nicht, daß ich dich halte, Meg? Ich würde dir niemals etwas tun.«

»Natürlich nicht.« Sie wußte, daß sie sanft mit ihm umgehen mußte, zusehen, daß er ruhig blieb. »Der Boden ist bloß so kalt.«

»Entschuldigung. Das hätt' ich wissen müssen. Ich helf' dir.« Er hielt sie mit dem Arm umschlungen und an sich gepreßt, während sie sich gemeinsam ungeschickt mühten, auf die Füße zu kommen.

Der Druck seines Arms um ihre Schulter verstärkte noch die Schmerzen von der Schußwunde. Sie durfte ihn nicht verärgern. »Bernie, könntest du bitte …« Sie drohte wieder ohnmächtig zu werden. »Bernie«, sagte sie flehentlich, »meine Schulter tut so weh.«

Sie sah das Messer auf dem Boden liegen, mit dem er Phillip umgebracht hatte. War das auch das Messer, dem Annie zum Opfer gefallen war?

Phillips Hand umklammerte immer noch die Pistole.

»Oh, das tut mir leid. Wenn du willst, kann ich dich tragen.« Seine Lippen waren auf ihrem Haar. »Aber bleib doch eben kurz stehen. Ich will dich aufnehmen. Siehst du meine Kamera?«

Seine Kamera. Ja, klar. Er mußte der Kameramann in dem Wäldchen gewesen sein, der Kyle fast erwürgt hätte. Sie lehnte sich an den Brunnenrand, während er sie filmte, und sah zu, wie er um Phillip herumging und auch ihn aufnahm.

Anschließend legte Bernie die Kamera hin und kam zu ihr herüber.

»Meghan, ich bin ein Held«, brüstete er sich. Seine Augen glichen schimmernden blauen Knöpfen.

»Ja, das stimmt.«

»Ich hab' dir das Leben gerettet.«

»Ja, das stimmt.«

»Aber ich darf eigentlich keine Waffe tragen. Ein Messer ist eine Waffe. Die stecken mich wieder weg, ins Gefängniskrankenhaus. Ich hasse den Laden.«

»Ich werde mit ihnen reden.«

»Nein, Meghan. Deswegen hab' ich ja Annie töten müssen. Sie fing zu schreien an. Dabei bin ich an dem Abend bloß von hinten auf sie zugegangen und hab' gesagt: ›Hier ist's gefährlich. Ich kümmere mich um dich.‹ «

»Das hast du gesagt?«

»Ich dachte, daß du's bist, Meghan. Du wärst doch froh gewesen, wenn ich mich um dich gekümmert hätte, oder?«

»Ja, natürlich.«

»Ich hatte keine Zeit, um's zu erklären. Da kam grade ein Polizeiwagen. Ich wollte ihr wirklich nichts tun. Ich wußte nicht mal, daß ich an dem Abend das Messer dabei hatte. Manchmal vergeß ich, daß ich's hab'.«

»Ich bin froh, daß du's diesmal dabei hattest.« Das Auto, dachte Meg. Meine Schlüssel sind drin. Es ist meine einzige Chance. »Aber, Bernie, ich finde, du solltest dein Messer lieber nicht hier liegenlassen, sonst findet's noch die Polizei.« Sie zeigte darauf.

Er blickte über seine Schulter nach hinten. »Ach ja, danke, Meghan.«

»Und vergiß deine Kamera nicht.«

Wenn sie nicht schnell genug war, würde er merken, daß sie zu flüchten versuchte. Und er hätte das Messer in der Hand. Doch als er sich umwandte und Anstalten machte, die fünf, sechs Schritte bis zu Phillips Leiche zu gehen, warf sich Meghan herum, wobei sie vor Schwäche und Hast stolperte, riß die Tür zu ihrem Wagen auf und schob sich hinter das Steuerrad.

»Meghan, was machst du da?« schrie Bernie.

Seine Hände erwischten den Türgriff, als sie gerade den Verschlußknopf drückte. Bernie hing an dem Griff, während sie den Gang reinwarf und auf das Gaspedal trat.

Der Wagen setzte sich mit einem Satz in Bewegung. Bernie hielt sich noch drei Meter lang am Griff fest und schrie auf sie ein, bis er losließ und zu Boden ging. Sie kurvte um die

Gebäude herum. Er tauchte gerade aus dem Durchgang zwischen Haus und Schuppen auf, als sie den Weg durch die offenen Felder einschlug.

Sie hatte noch nicht den Wald erreicht, als sie im Rückspiegel seinen Wagen die Verfolgung aufnehmen sah.

Sie flogen über ein Waldgebiet. Der Polizeihubschrauber war vor ihnen. Der Reporter und der Kameramann schauten angestrengt nach unten.

»Da seht!« rief der Pilot. »Da ist das Farmhaus.«

Mac sollte nie begreifen, wieso er in diesem Moment zurücksah. »Umdrehen!« rief er erregt. »Umdrehen!«

Megs weißer Mustang schoß aus dem Wald hervor, direkt dahinter ein grüner Wagen, der immer wieder in den Mustang krachte. Unter Macs Augen zog der Chevy neben den Mustang und begann ihn von der Seite zu rammen, ganz offensichtlich, um ihn vom Weg abzudrängen.

»Gehen Sie runter«, schrie Mac den Piloten an. »Das ist Meghan in dem weißen Auto. Sehen Sie denn nicht, daß er versucht, sie zu töten?«

Meghans Wagen war schneller, aber Bernie war ein besserer Fahrer. Für eine kurze Weile war es ihr gelungen, Abstand von ihm zu halten, doch jetzt konnte sie ihm nicht mehr entkommen. Er knallte in ihre Fahrertür hinein. Meghans Körper wurde hin und her geschleudert, als der Airbag sich aus der Mitte des Steuerrads entfaltete. Für einen Moment konnte sie nichts sehen, behielt aber den Fuß auf dem Gaspedal, und ihr Wagen fuhr in wildem Zickzack querfeldein, während Bernie ihn weiter attackierte. Die Fahrertür krachte ihr gegen die Schulter, als der Mustang ins Schaukeln geriet und schließlich auf die Seite kippte. Kurz darauf brachen Flammen aus der Motorhaube hervor.

Bernie wollte zuschauen, wie Meghans Auto brannte, aber die Polizei kam. Er hörte die Sirenen näher kommen. Über sich hörte er den Lärm eines Hubschraubers lauter werden. Er mußte sich aus dem Staub machen.

Eines Tages tun Sie noch jemandem was an, Bernie. Genau das macht uns Sorgen. Das war es, was der Psychiater zu ihm gesagt hatte. Aber wenn er zu Mama nach Hause kam, dann würde sie sich um ihn kümmern. Dann würde er sich einen anderen Job in einer Tiefgarage besorgen, wo er jeden Abend bei ihr daheim sein konnte. Von jetzt ab würde er nur noch bei Frauen anrufen. Das fand bestimmt nie einer heraus.

Meghans Gesicht schwand allmählich aus seinem Bewußtsein. Er würde sie genauso vergessen, wie er all die anderen Frauen vergessen hatte, die ihm einmal gefallen hatten. Ich hab' doch noch nie wirklich einer etwas getan, und Annie wollte ich auch nichts tun, sagte er vor sich hin, während er durch die schnell hereinbrechende Dunkelheit fuhr. Vielleicht glauben sie's mir, wenn sie mich finden.

Er fuhr durch das zweite Waldstück und erreichte die Kreuzung, wo sie auf den Feldweg eingebogen waren. Scheinwerfer erstrahlten plötzlich. Ein Megaphon verkündete: »Polizei, Bernie. Sie wissen, was zu tun ist. Steigen Sie aus dem Wagen, und halten Sie die Hände hoch!«

Bernie begann zu weinen. »Mama, Mama«, schluchzte er, öffnete die Wagentür und hob die Hände.

Der Wagen lag auf der Seite. Die Fahrertür drückte auf sie. Meghan tastete nach dem Knopf, um den Sicherheitsgurt zu lösen, konnte ihn aber nicht finden. Sie hatte die Orientierung verloren.

Sie roch Rauch. Er strömte durch die Lüftungsschlitze. O Gott, dachte Meghan. Ich sitze in der Falle. Der Wagen lag auf der Beifahrertür.

Hitze kam in Wellen über sie. Rauch drang ihr in die Lunge. Sie versuchte zu schreien, aber kein Ton kam heraus.

Mac lief allen voran wie verrückt vom Hubschrauber auf Meghans Auto zu. Die Flammen aus dem Motorraum schossen in dem Moment noch höher, als sie bei dem Wagen eintrafen. Er konnte Meg im Inneren sehen, wie sie sich freizukämpfen versuchte, ihr Körper von den Flammen beleuchtet, die über die Motorhaube züngelten. »Wir müssen sie durch die Beifahrertür rauskriegen«, brüllte er.

Wie ein Mann legten sie – er, der Pilot, der Reporter und der Kameramann – die Hände auf das glühende Dach des Mustang. Wie ein Mann schoben sie, schaukelten sie hin und her und schoben wieder.

»Jetzt«, brüllte Mac. Mit einem Aufstöhnen warfen sie ihr volles Gewicht gegen den Wagen, ließen nicht locker, während ihre schmerzenden Handflächen Blasen schlugen.

Und dann begann das Auto nachzugeben, langsam und widerstrebend, bis es endlich das Übergewicht bekam und wieder auf seinen Rädern landete.

Die Hitze wurde jetzt unerträglich. Wie im Traum sah Meghan plötzlich Macs Gesicht und schaffte es irgendwie, hinüberzugreifen und den Türknopf zu ziehen, bevor sie das Bewußtsein verlor.

62

Der Hubschrauber landete vor dem Danbury Medical Center. Benommen und vor Schmerzen wie betäubt, merkte Meghan, wie jemand sie aus Macs Armen nahm und auf eine Tragbahre legte.

Noch eine Tragbahre. Annie, wie man sie im Laufschritt zur Notaufnahme schob. Nein, dachte sie, nein. »Mac.«

»Ich bin hier, Meggie.«

Blendendes Licht. Ein Operationssaal. Eine Sauerstoffmaske über ihrem Gesicht. *Die Maske, wie man sie von Annies Gesicht im Roosevelt Hospital abnahm.* »Mac.«

Eine Hand auf ihrer. »Ich bin hier, Meggie.«

Als sie im Erholungsraum aufwachte, trug sie einen dicken Verband um ihre Schulter, und eine Krankenschwester blickte auf sie herab. »Sie sind außer Gefahr.«

Später rollte man sie in ein Zimmer. Ihre Mutter. Mac. Kyle. Alle warteten auf sie.

Das Gesicht ihrer Mutter, erstaunlich friedvoll, als ihre Blicke sich trafen. Sie schien Megs Gedanken zu lesen. »Meg, sie haben Dads Leiche geborgen.«

Mac, mit dem Arm um ihre Mutter. Seine verbundenen Hände. Mac, ihr Fels in der Brandung. Mac, ihre Liebe.

Kyles tränenverschmiertes Gesicht gleich neben ihr. »Es ist schon okay, wenn du mir hier vor den Leuten einen Kuß geben willst, Meg.«

Sonntag nacht fand man Dr. Henry Williams' Leiche in seinem Wagen am Stadtrand von Pittsburgh, Pennsylvania, dort in der ruhigen Gegend, wo er und seine Frau aufgewachsen waren und sich als Teenager kennengelernt hatten. Er hatte eine tödliche Dosis Schlaftabletten genommen. In Briefen an seinen Sohn und seine Tochter sprach er von seiner Liebe und bat sie um Vergebung.

Meghan konnte am Montag morgen das Krankenhaus verlassen. Ihr Arm war in einer Schlinge, ihre Schulter schmerzte beständig und diffus. Ansonsten aber erholte sie sich rasch.

Als sie zu Hause ankam, ging sie in ihr Zimmer hinauf, um einen bequemen Morgenrock anzulegen. Doch als sie sich auszuziehen begann, zögerte sie, ging dann zu den Fenstern hinüber und schloß die Rollos ganz dicht. Hoffentlich überwinde ich das noch, dachte sie. Sie wußte, daß sie lange brauchen würde, die Vorstellung von Bernie, wie er sie bespitzelt hatte, aus ihrem Bewußtsein zu verbannen.

Catherine legte soeben den Telefonhörer auf. »Ich hab' gerade den Verkauf des Gasthofs storniert«, sagte sie. »Der Totenschein ist ausgestellt worden, und das heißt, daß die Sperre auf dem ganzen gemeinsamen Vermögen von Dad und mir aufgehoben ist. Die Sachverständigen von der Versicherung bereiten die Auszahlung aller Privatpolicen von Dad ebenso wie die der Geschäftspolice vor. Es ist eine Menge Geld, Meg. Du weißt ja, bei den Lebensversicherungen gibt's eine doppelte Entschädigungssumme bei Tod durch Unfall.«

Meg gab ihrer Mutter einen Kuß. »Ich bin so froh wegen des Gasthofs. Ohne Drumdoe wärst du verloren.« Bei einer

Tasse Kaffee und einem Glas Saft schaute sie sich die Tageszeitungen an. Im Krankenhaus hatte sie in den Frühnachrichten den Fernsehbericht über den Selbstmord von Williams gesehen. »Sie sieben jetzt die Unterlagen vom Franklin Center durch, um herauszufinden, wer die Embryos bekommen hat, die Helene Petrovic von der Manning Clinic gestohlen hat.«

»Meg, wie schrecklich es doch für die Leute sein muß, die dort eingefrorene Embryos gelagert hatten und jetzt nicht wissen, ob ihr biologisches Kind von einer anderen Frau ausgetragen worden ist«, sagte Catherine. »Kann es denn soviel Geld auf der Welt geben, damit einer so etwas tut?«

»Offenbar schon. Phillip Carter hat zu mir gesagt, daß er Geld brauchte. Aber, Mom, als ich ihn fragte, ob es das war, was die Petrovic gemacht hat – Embryos für das Spenderprogramm zu stehlen –, da hat er behauptet, ich sei doch nicht so smart, wie er gedacht hätte. Da stecke noch mehr dahinter. Ich hoffe bloß, sie finden in den Unterlagen heraus, was.« Meghan nahm einen Schluck Kaffee. »Was kann er nur damit gemeint haben? Und was ist aus Stephanie Petrovic geworden? Hat Phillip das arme Mädchen etwa auch umgebracht?«

Als abends dann Mac kam, sagte sie: »Dad wird übermorgen beerdigt. Frances Grolier sollte benachrichtigt werden und die Umstände von Dads Tod erfahren, aber mir graut davor, sie anzurufen.«

Mac legte seine Arme um sie. All die Jahre hatte sie darauf gewartet.

»Das kann ich doch für dich erledigen, Meggie, oder?« sagte Mac.

Und dann redeten sie miteinander. »Mac, wir wissen noch nicht alles. Dr. Williams war unsere letzte Hoffnung, je zu erfahren, was Phillip meinte.«

Am Dienstag morgen um neun Uhr rief Tom Weicker an. Diesmal fragte er nicht wie am Vortag halb ernst, halb frotzelnd: »Sind Sie soweit, wieder zur Arbeit zu kommen, Meg?«

Er erkundigte sich auch nicht, wie es ihr ginge. Noch bevor er sagte: »Meg, wir haben eine Sensationsgeschichte«, spürte sie den Unterschied in seinem Tonfall.

»Was ist denn, Tom?«

»Hier ist ein Brief für Sie von Dr. Williams, auf dem ›Persönlich und vertraulich‹ steht.«

»Dr. Williams! Machen Sie auf. Lesen Sie's mir vor.«

»Sind Sie sicher?«

»Tom, machen Sie den Brief auf!«

Es gab eine Pause. Sie stellte sich vor, wie er das Kuvert aufschlitzte und herausholte, was darin war.

»Tom?«

»Meg, das ist Williams' Geständnis.«

»Lesen Sie's mir vor!«

»Nein. Sie haben doch das Faxgerät, das Sie vom Büro mitgenommen haben?«

»Ja.«

»Geben Sie mir noch mal die Nummer. Ich faxe es Ihnen hinüber. Wir lesen's gemeinsam.«

Meghan gab ihm die Nummer durch und eilte ins Erdgeschoß. Sie kam gerade rechtzeitig ins Arbeitszimmer, um den hohen Quietschton des Faxapparats zu hören. Die erste Seite der Erklärung von Dr. Henry Williams begann langsam auf dem dünnen, glatten Papier herauszukommen.

Der Text war fünf Seiten lang. Meghan las ihn mehrmals hintereinander. Schließlich begann die Reporterin in ihr spezielle Abschnitte und besondere Sätze herauszusuchen.

Das Telefon läutete. Es war wie erwartet Tom Weicker. »Was halten Sie davon, Meghan?«

»Es steht alles da. Er brauchte Geld wegen der Rechnungen für die langwierige Behandlung seiner Frau. Mrs. Petrovic war von Natur aus begabt und hätte eine Ärztin sein sollen. Sie konnte den Gedanken nicht ertragen, daß kältekonservierte Embryos vernichtet werden. Sie sah Kinder in ihnen, die dem Leben kinderloser Paare einen Sinn geben könnten. Williams sah sie als Kinder an, für die manche Leute ein Vermögen zahlen würden, um sie zu adoptieren. Er machte sich vorsichtig an Carter heran, der sich nur zu gern dazu hergab,

Helene Petrovic an Manning zu vermitteln, mit Hilfe der Unterschrift meines Vaters.«

»Die hatten wirklich alles bedacht«, sagte Weicker, »ein abgelegenes Haus, wohin sie illegale Einwanderinnen brachten, die bereit waren, für zehntausend Dollar und ein gefälschtes Einwanderungsvisum als Leihmütter zu fungieren. Nicht gerade viel, wenn man bedenkt, daß Williams und Carter die Babys für hunderttausend Dollar Minimum das Stück verkauft haben.«

»In den vergangenen sechs Jahren« fuhr Weicker fort, »haben sie über zweihundert Säuglinge untergebracht, und sie hatten schon vor, noch mehr solcher Gebärhäuser zu eröffnen.«

»Und dann hat Helene gekündigt«, sagte Meghan, »unter dem Vorwand, sie hätte einen Fehler begangen, der an die Öffentlichkeit dringen würde.

Dr. Manning hat als erstes nach Mrs. Petrovics Kündigung Dr. Williams angerufen und ihn davon in Kenntnis gesetzt. Manning vertraute Williams und mußte sich bei jemandem aussprechen. Er war entsetzt bei dem Gedanken, der Ruf seiner Klinik könnte Schaden nehmen. Er erzählte Williams, wie bestürzt Mrs. Petrovic gewesen war und daß sie dachte, sie hätte den eineiigen Zwillingsbruder des kleinen Anderson versehentlich vernichtet, als sie im Labor ausrutschte.

Dann hat Williams Carter angerufen, der sofort in Panik geriet. Carter hatte einen Schlüssel zu Helenes Wohnung in Connecticut. Sie hatten keine Affäre miteinander. Er mußte sich von Zeit zu Zeit um den Transport von Embryos kümmern, die sie unmittelbar nach ihrer Befruchtung und bevor sie eingefroren wurden aus der Klinik mitgebracht hatte. Er brachte sie dann schleunigst nach Pennsylvania, wo sie einer Leihmutter eingesetzt wurden.«

»Carter ist in Panik geraten und hat sie getötet«, bestätigte Weicker. »Meg, Dr. Williams hat Ihnen die Adresse von dem Haus gegeben, wo er und Carter die schwangeren jungen Frauen untergebracht haben. Wir sind verpflichtet, diese Information an die Behörden weiterzugeben, aber wir wollen dabeisein, wenn sie dort auftauchen. Fühlen Sie sich gut genug dazu?«

»Da fragen Sie noch? Tom, können Sie mir einen Hubschrauber herüberschicken? Und zwar einen von den großen. Sie übersehen etwas Wichtiges an dem Williams-Bericht. Er war die Person, an die sich Stephanie gewandt hat, als sie Hilfe brauchte. Er war derjenige, der ihr einen Embryo eingesetzt hatte. Sie muß jetzt gerade niederkommen. Wenn einen überhaupt etwas mit Dr. Williams versöhnen kann, dann die Tatsache, daß er Phillip nicht erzählt hat, daß er Stephanie versteckt hielt. Andernfalls wäre ihr Leben keinen roten Heller wert gewesen.«

Tom versprach, innerhalb einer Stunde einen Hubschrauber zum Drumdoe Inn zu schicken. Meghan machte zwei Anrufe. Einer galt Mac. »Kannst du dich freimachen, Mac? Ich will, daß du bei dieser Sache an meiner Seite bist.« Der zweite Anruf galt einer frischgebackenen Mutter. »Können Sie und Ihr Mann sich in einer Stunde mit mir treffen?«

Das Anwesen, das Dr. Williams in seinem Bekenntnis beschrieben hatte, lag etwa fünfundsechzig Kilometer außerhalb von Philadelphia. Tom Weicker und das Team von Channel 3 warteten schon, als der Hubschrauber mit Meghan, Mac und den Andersons auf einem Feld in der Nähe landete.

Fünf, sechs amtliche Fahrzeuge standen nicht weit davon geparkt.

»Ich hab' ausgehandelt, daß wir mit den Beamten zusammen hineingehen«, unterrichtete sie Tom.

»Warum sind wir eigentlich hier, Meghan?« fragte Dina Anderson, als sie sich in einen bereitstehenden Wagen von Channel 3 begaben.

»Wenn ich das genau wüßte, würde ich's Ihnen sagen«, erwiderte Meghan. Sie war fast sicher, daß ihre Instinkte sie nicht trogen. In seinem Geständnis hatte Williams geschrieben: »Ich hatte damals keine Ahnung, als Helene mit Stephanie zu mir kam und mich bat, ihr einen Embryo in die Gebärmutter einzusetzen, daß Helene die Absicht hatte, das Kind als ihr eigenes großzuziehen.«

Die jungen Frauen in dem alten Haus waren in unterschiedlichen Phasen der Schwangerschaft. Meghan sah die tiefe Angst in ihren Gesichtern, als sich die Beamten ihnen zuwandten. »Sie schicken mich doch nicht nach Hause, bitte?« bettelte ein Teenager. »Ich hab' nur getan, was ich versprochen habe. Wenn das Kind da ist, krieg' ich bitte das Geld?«

»Leihmütter«, flüsterte Mac zu Meghan. »Hat Williams erwähnt, ob sie irgendwo festgehalten haben, von wem die Babys stammen, die die jungen Frauen hier austragen?«

»In seinem Geständnis steht, daß die Babys alle von Frauen stammen, die in der Manning Clinic tiefgefrorene Embryos haben«, sagte Meghan. »Helene Petrovic ist regelmäßig hierhergekommen, um sicherzugehen, daß die Mädchen gut versorgt sind. Sie wollte, daß all die kältekonservierten Embryos die Chance haben, geboren zu werden.«

Stephanie Petrovic war nicht da. Eine schluchzende Hilfsschwester erklärte: »Sie ist im hiesigen Krankenhaus. Dort kriegen alle unsere Mädchen ihre Kinder. Sie hat die Wehen bekommen.«

»Warum sind wir eigentlich hier?« fragte Dina Anderson eine Stunde später erneut, als Meghan in die Empfangshalle des Krankenhauses zurückkehrte.

Meghan hatte die Erlaubnis erhalten, während der letzten Wehen bei Stephanie zu sein.

»In ein paar Minuten bekommen wir Stephanies Baby zu Gesicht«, sagte sie. »Sie hat es für Helene ausgetragen. Das war ihre Abmachung.«

Mac nahm Meghan zur Seite. »Sag mal, vermute ich da richtig?«

Sie gab keine Antwort. Zwanzig Minuten später trat der Gynäkologe, der Stephanie von dem Kind entbunden hatte, aus dem Aufzug und winkte sie zu sich. »Sie können jetzt raufkommen«, sagte er.

Dina Anderson griff nach der Hand ihres Mannes. Sprachlos vor Gefühlen, die auf sie einstürmten, fragte sie sich: Ist es denn möglich?

Tom Weicker und der Kameramann begleiteten sie und begannen mit ihren Aufnahmen, als eine lächelnde Schwester das in Decken gewickelte Baby zum Fenster der Säuglingsstation brachte und hochhielt.

»Es ist Ryan!« schrie Dina Anderson auf. »Es ist Ryan!«

Am folgenden Tag fand unter Ausschluß der Öffentlichkeit eine Messe in der Pfarrei St. Paul's statt, und die sterblichen Überreste von Edwin Richard Collins wurden der Erde übergeben. Mac stand mit Catherine und Meg am Grab.

Ich habe so viele Tränen für dich vergossen, Dad, dachte Meg. Ich glaube, ich habe keine mehr in mir. Und dann flüsterte sie so lautlos, daß es niemand mitbekam: »Ich liebe dich, Daddy.«

Catherine dachte an den Tag, als es bei ihr an der Haustür geläutet hatte und er dastand: Edwin Collins, gutaussehend, mit dem lebhaften Lächeln, das sie so liebte, ein Dutzend Rosen in der Hand. *Ich mache dir den Hof, Catherine.*

Nach einer Weile werde ich nur noch an die guten Zeiten zurückdenken, nahm sie sich vor.

Hand in Hand schritten die drei zu dem Wagen, der schon bereitstand.

DANKSAGUNG

Voraussetzung für dieses Buch waren umfangreiche Recherchen. Mit großer Dankbarkeit zolle ich all den Menschen Anerkennung, die mir so wunderbar hilfreich zur Seite gestanden haben.

B. W. Webster, M. D., Associate Director, Reproductive Resource Center of Greater Kansas City; Robert Shaler, Ph. D., Director of Forensic Biology, New York City Medical Examiner's Office; Finian I. Lennon, Mruk & Partners, Management Consultants – Executive Search; Leigh Ann Winick, Producer, Fox/5 TV News; Gina und Bob Scrobogna, Realty Executives, Scottsdale, Arizona; Jay S. Watnick, JD, ChFC, CLU, President, Namco Financial Associates, Inc.; George Taylor, Director – Special Investigation Unit, Reliance National Insurance Company; James F. Finn, Retired Partner, Howard Needles Tammen & Bergendoff, Consulting Engineers; Sergeant Ken Lowman (Ret.), Stamford, Conn., City Police.

Ewigen Dank meinem bewährten Lektor, Michael V. Korda, und seinem Kollegen, Cheflektor Chuck Adams, für ihre großartige und überaus wichtige Beratung. Sine qua non.

Wie stets waren mein Agent Eugene H. Winick und meine Pressereferentin Lisl Cade immer da, wenn ich sie brauchte.

Besonderer Dank gebührt Judith Glassman, meinem »zweiten Paar Augen«, und meiner Tochter Carol Higgins Clark für ihre Ideen und ihre Hilfe beim endgültigen Kombinieren des Puzzles.

QUELLENVERZEICHNIS